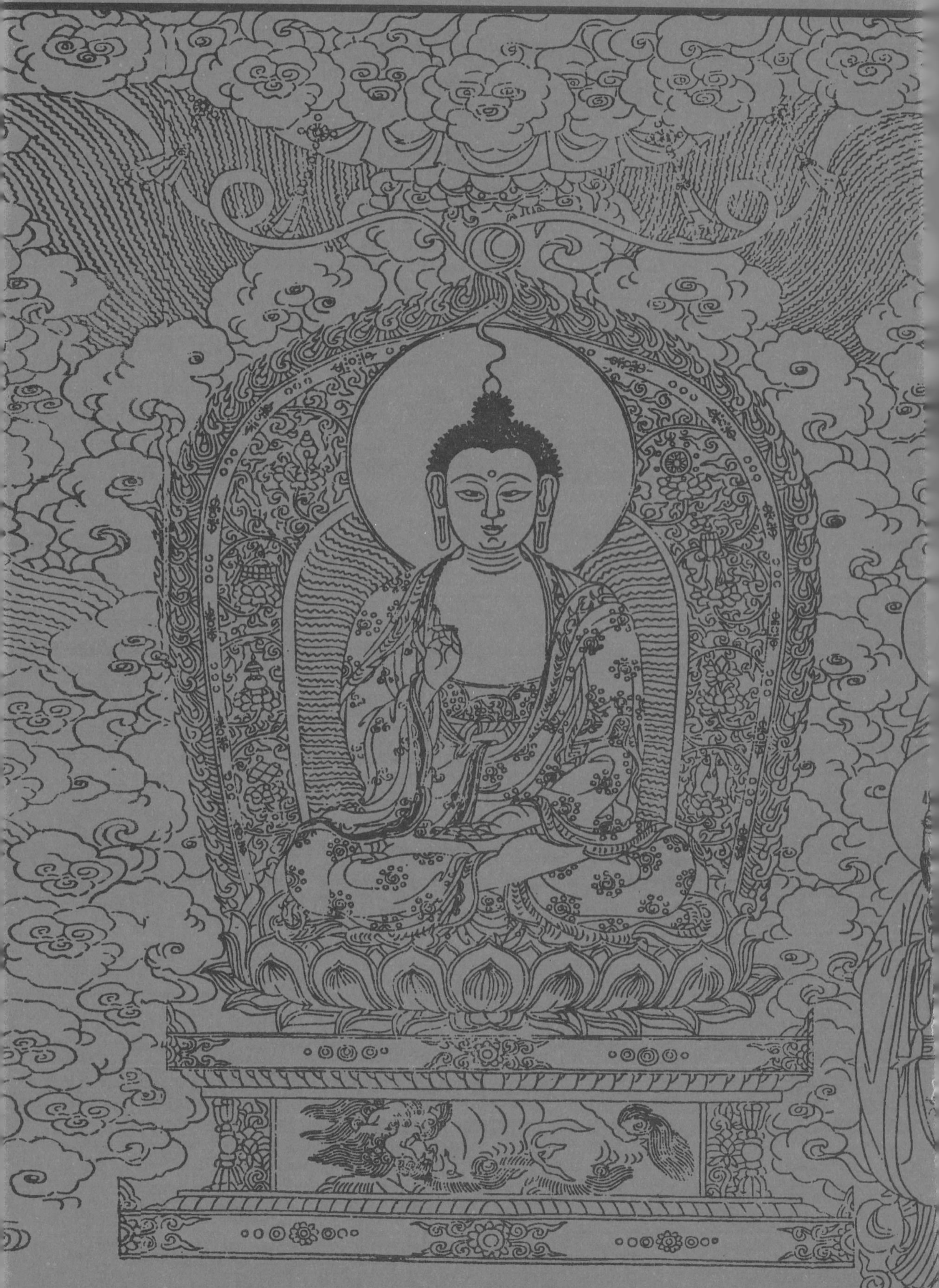

御製

佛光恩照　三千大千　隨緣徧滿
恒沙法界　普度衆生　悉證菩提
身心安泰　年時豐稔　風雨調順
日月升恒　乾坤清寧　百昌蕃熾
上下樂利　中外協和　庶物咸亨
萬善圓成　情與無情　同登正覺
大清雍正十三年四月初八日

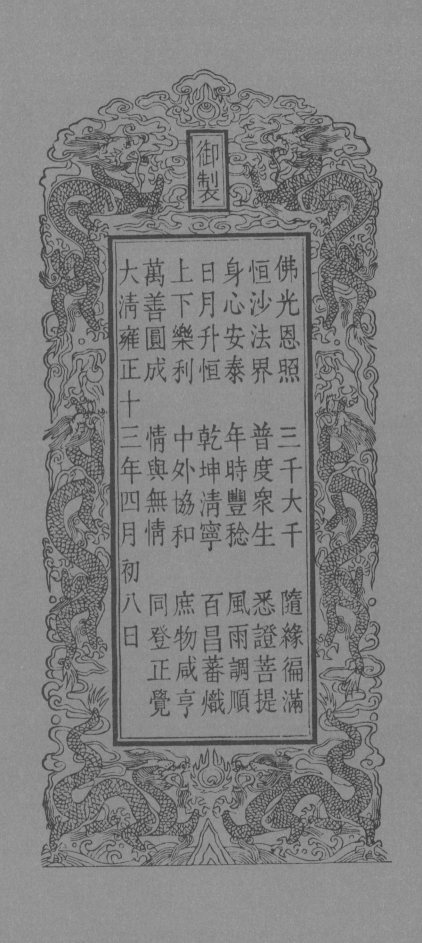

第一五〇册　此土著述（四〇）

辯僞録

元道者山雲峯禪寺沙門祥邁奉 勅實録撰

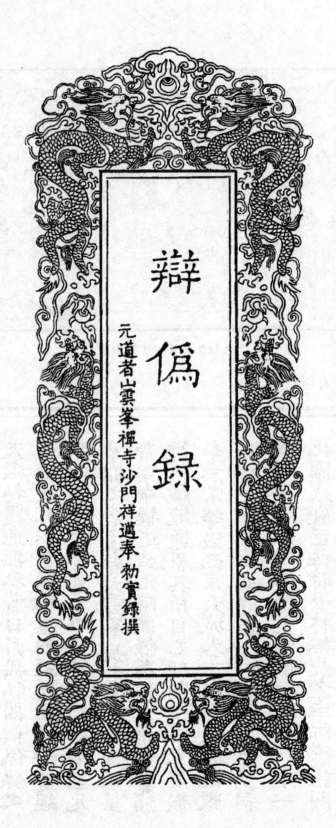

清刻龍藏佛說法變相圖

辯僞録序

元翰林直學士奉訓大夫知制誥同修國史張伯淳撰

天無私覆地無私載日月無私照辯僞録之所云良有以也洪惟聖朝繼天立極論道經邦以佛心子育萬方以正法澤被四海至元辛卯之歲孟春大雲峯長老邁吉祥欽奉皇帝明命撰述至元辯僞録奏對天顔睿覽頒行入藏流通原其所自乙卯間道士丘處機李志常等毀西京天城夫子廟爲文城觀毀滅釋迦佛像白玉觀音舍利寶塔謀占梵刹四百八十二所傳襲王浮僞語老子八十一化圖惑亂臣佐時少林裕長老率師德詣闕陳奏先朝蒙哥皇帝玉音宣諭登殿辯對化胡眞僞聖躬臨朝親證李志常等義墮詞屈奉旨焚僞經罷道爲僧者十七人還佛寺三

十七所黨占餘寺流弊益甚丁巳秋少林復奏續奉綸旨僞經再焚僧復其業者二百三十七所由乙卯而辛酉凡九春而其徒鼠匿未悛邪說諂行屏處猶妄驚瀆聖情由是至元十八年冬欽奉玉音頒降天下除道德經外其餘說謊經文盡行燒毀道士愛佛經者爲僧不爲僧道者娶妻爲民當是時也江南釋教都總統永福楊大師璉眞佳大弘聖化自至元二十二春至二十四春凡三載恢復佛寺三十餘所如四聖觀者昔孤山寺也道士胡提點等舍邪歸正罷道爲僧者奚啻七八百人挂冠於上永福帝師殿之梁栱間故典如南嶽山之劵爲事僞者戒試嘗攷之自大教西來漢明帝迎摩騰竺法蘭二師於洛陽五嶽道士褚善信等上表譏毀佛法當時築壇以佛道二經焚之道經悉爲灰燼佛經放光無損尊者踊身作十八變有狐非獅子類燈非日月明之至言道士爲僧者不可勝數如寇謙之矯妄崔浩惑魏太武而崔浩卒以族誅曇謨最之挫屈姜斌斌流於馬邑齊曇顯之愧陸修靜唐總章元年法明辯化胡之僞勑搜聚天下化胡經抑嘗火其書矣由古而今歷代帝王之制斯可忽諸蓋世尊等視三界衆生由如一子棄背大覺是子背其父也子背其父是自昧其所天也且師老子者道德二篇以清虛澹泊絕世棄智立其宗隱居以求其志翛然無爲爾今盜名之徒業囑黨援假立冠褐峻侈宮觀苟世利養豈老氏之用心哉況老氏謂大辯若訥大巧若拙辯者不善善者不辯勿矜勿伐抱一爲天下

式而占毁佛寺竄經扇化胡之僞是若拙若訥歟是善者不辯歟師老子而違其術亦復違其自宗矣若嫡師於老子者則弗爲也過歸末流爾雖然麒麟至於走獸鳳凰至於飛鳥蘭蕙至於薰蕕栴檀至於穢壤則世未有舍鳳凰麒麟之瑞蘭蕙栴檀之馨而惬走獸飛鳥之常薰蕕穢壤之垢者人心天理愛惡之所同也柰何菽麥未析而甘事於僞妄不實之教復誇誕其浮辭侮慢大覺訕毁至聖而弗憚三塗之淪溺乎斯辯僞録之正名教造理淵奥排難精明凛乎抗凌雲之勁操坦然履王道之正塗而隄備後世之溺於巨浸者其爲言也至矣蓋有僞則辯無僞則無辯豈好辯哉弘四無礙之辯者邁公之德歟言之者無罪聞之者足以戒故我皇金言喻辭曰譬如五指皆從掌出佛門如掌餘皆如指信乎王言如絲其出如綸明逾日月堅逾金石爲萬世之龜鑑則斯録豈小補哉

辯僞録序

蓋聞五運未形元無人物之號三才既立乃
叙尊甲之名肇分六爻始畫八卦而有書契
定乎訓章鳳篆龜圖金縢玉字百家之異轍
萬卷之分區雖理究乎精微言殫乎物範紀
情括性未出乎域中原始要終詎該於化内
况乎法身無相高超於象帝之先眞諦絶稱
逈出乎思議之表英猷茂實代有人焉如意
者俗姓乎延氏太原人也系乎延讃之裔世
傳纓冕累葉播遷代郡因爲家焉九歲落紺
隨師請業玉離荆岫價重之德彌彰桂去幽
巖馨香之風遠遞阿師内窮三藏之奥外覈
九流之源名冠於中華聲聞於朝野運談天
之口施不世之才郁郁間綺錦之文雄雄聳
凌雲之氣班馬之珠玉未可同年顔陸之文
章寧堪並駕至若莊生墨生之學黄老李老
之書三清謗道之文十異九迷之論混元隱
月之祕靈寳赤書之儀煥若冐膺明猶指掌
加以禪悆於五泒傍閲於群書既有雄才巨
筆特専著述運思之外汲引無窮挫邪則有
吼石之功扶正則具鞭屍之德固以才侔安
遠學邁生融實覺海之龍鱗廼佛門之柱礎
切見全眞道士者丘處機李志常史志經令
狐璋等學業庸淺識慮非長並爲鄙辭排毁
正法擊兹布鼓竊比雷門使中下之流咸生
邪見欽奉薛禪聖明皇帝發大悲心愍其盲
瞽恐墮泥犁敕令製斯論耳震蕩法海摧彼
詞鋒碧鷄之鋭競馳黄馬之駿争鶩狀鴻鑪
之焚纖羽猶炎日之煉輕冰負勝之儔於斯
可見甊歸慈定巳破魔軍至元十八年十月

二十日復欽奉先皇帝聖旨勑令天下僞經一時焚盡由是佛日重暉於碧漢法雲廣布於閻浮右如意所作文賦注解四經序韓文別傳性海賦等在世已傳然茲論五卷二百餘紙窮釋老之淵源分邪正之優劣蓋唱彌高而和彌寡深可愧焉余文慚綺麗學匪通圓覩斯論之嘉言欽吾皇之鴻護不勝手舞勉爲斯引輒以藤綆聯彼珪璋庶博雅君子詳其致云爾大雲峯住持襲祖沙門雪谿野老貴吉祥述

辯僞録卷第一

元道者山雲峯禪寺沙門祥邁奉　勑實録撰

葢聞法王御世弘正道以濟時明主臨軒闡皇極而拯物剪邪扶正崇德辯惑故堯誅四凶而八紘道泰佛降六衆而五印歸心皆所以整亂救焚啓迪耳目夫我佛者功成曩劫爲物降靈無生示生利見大千之土絶相現相頓化百億之方猶皓月之流空千江普應若長風之噫氣萬籟聞聲誘凝子於一極之乘引迷途於八正之路拔五濁之熱惱撤四倒之樊籠指衣下之明珠剖塵中之經卷破魔軍於道樹不下廟堂摧外道於金河折衝無外恩流萬國澤及四生慈雲蔭有頂之天法雨潤無疆之界群生無感大聖歸眞聖哲繼輝維持玄範則有馬鳴龍樹恢教網於西天提婆愛賢建法幢於南印世親擅鞭屍之德陳那騁吼石之奇挫外道於一時播嘉聲於萬古洎乎金容東夢玉馬西來摩騰顯正於洛陽道書咸從火化僧融破邪於關内梵志結舌無言懸佛日於昏衢扇慈風於寰寓英髦接武俊彥聯芳故有大統齊法上多能折姜斌於魏闕法琳博物排傅奕於唐朝騰盛德於當時震佳聲於叔世但以去聖逾遠魔僞逼眞紫實亂朱珉常混玉自非上智疇克考明所以鼠璞濫名周人一其貴賤鷄鳳殊狀楚俗迷其是非故有守文曲流拒爲異端之説巧言邪道引爲同巳之談雖至道無損於毫釐而僞説有塵於視聽此幽途所以易墜聖門所以難涉者也我元之有天下也慶叶金輪禎符玉曆掩六合而光宅統萬國

以提封東盡蟠桃西窮細柳南移金鼎北抵玉衡自尊盧赫胥以來秦漢隋唐之後未有如今朝之盛者也太祖太宗頒明詔而匡護元帝明帝捨金寶而修崇咸思付囑之心共仰慈悲之訓免其賦役展其化風今上皇帝深仁睿智體道寬明荷四聖之雄基纂百王之洪烈萬機之暇眷顧佛門諷百千藏之金文延數萬僧之勝會植福覺苑修建伽藍政尚寬仁澤及黎庶搜揚仄陋黜陟賢愚明釋道之淺深達邪正之優劣道士無識蔑視國家欺以朔方之居肆其私臆之辯丘處機妄言諂上李志常矯飾媚時萃逋役之罪徒集排釋之僞典令狐璋首編妄說史志經又廣邪文效如來八十二龕集老子八十一化古今不辯經史匪通攘竊佛書收爲道教採釋瑞而爲老瑞換姓安名改迦祥而作老祥擅爲已德僞中生僞虛上架虛張李聃出於空洞之前屈迦文降於周莊之代立傳圖像行板流通俾尹喜作佛尊老聃爲釋迦之祖伏犧授訓高伯陽爲犧農之師軒皇問道於廣成認爲老子文王師承於吕望紐爲老君周公屈膝於床前（老子教以璇璣經）孔子厥角於座下（問禮）滅三教而獨顯超千聖以居尊孤高五運之前作師百代之下域中獨聖更有誰何巧飾百端了無一實詳此圖也意欲剪除百氏獨擅一宗掩犧軒之聖功滅釋孔之洪範元惡大憝世人不知雖有窮之亂夏政王莽之欺漢庭未足過也若非主上明聖朗鑒無惑孰能察辯眞僞目識是非由是特下明詔揀定虛實萬載凶裁一時而拔爰有典教宗師

少林和尚者祖庭柱礎梵宇棟梁心質直而無私性淵澄而深愽愍其愚瞽蕩彼迷封掃妖祲於長空揭佛日而高朗祥邁側聞斯論不可惜言嘉聖主之神聰美少林之雅對聊憑正典斥破狂談塞妄説之根源倒邪山之林藪使大羅玉帝魂驚於九天之中元始天尊膽落於三清之上萬天教主羞赧難伸九府洞仙慚惶無地且條數件舉一例餘俾夫金鍮各色涇渭分流玉液澆腸使迷涎而蕩散金錍刮膜令智眼以分明爲暗室之夜光作幽衢之曉鏡通明達士知此道焉至元二年歲次旃蒙龍集星紀陽復之月絶筆於萬壽蘭若

妄立天尊僞第一

第一化云道者萬化之父母自然之極尊於此幽玄微妙之中而生空洞空洞者眞一也眞一之氣化生之後歴九十九萬億九十九萬歳乃化生上三氣三氣相去九十九萬億九十九萬歳三合成德共生無上乃虚皇天尊又歴如上歳數乃生中三氣三合成德乃生玄老即元始天尊也又歴如上歳數乃生下三氣三合成德共生太上即太上道君也自後又一氣復生三氣每氣相去八十一萬億八十一萬歳三合成德共生李老君雖四聖相次各不相因謂之獨化老君生後乃生五運謂太易太初太始太素太極第五化云老君混沌之祖宗天地之父母故能分布清濁開闢乾坤

辯曰蓋聞龍圖鳥篆之文龜書科斗之典玉版玉諜之記金縢金匱之書秦漢魏晋之章

宋齊梁陳之簡記事記史直筆直言靡覩虛皇之名不聞元始之號安有手執玉圭身掛黃褐頂垂皓髮頭戴金冠別號天尊高拱三清之上獨稱教主統御九華之宮縱有天尊之名並是偷竊佛語古經稱佛名爲天尊不關道君之事竊他美稱妄自尊嚴取信通人斯言謬矣案列子及易鉤命訣皆云天地未生之前有太易有太初有太始有太素有太極說者咸云太易者未見氣也太初者氣之始也太始者形之始也太素者質之始也太極者質形已具混沌未分也太極之後乃生兩儀謂之天地夫名從實生實從名起名實既著其道乃行太易之前杳然空洞溟溟漠漠本絕音容何得謾張九氣妄生四人虛上生虛似敲空而求響僞中起僞如趂影之尋蹤豈不思既立其名須有其體既立其體須有氏族且道虛皇元始誰人所生氏族何起居在何處若有源系出在何書若無來由即是虛設又空洞之前本無歲數今標歲數愈見虛張蓋數目起於伏犧甲子唱乎黃帝將今記古顛倒何多且上之三尊爲有形耶爲無形耶若是有形不在太易之上爰從父母而生須有年代時處姓氏名字前云三氣共德而生則是以氣生氣與氣不殊何有形名若是無形本無名位下第七化乃云老君以上皇元年九月二日出遊西河遇元始天尊乘八景玉輿駕九色玄龍群仙導從手把華旛師子白鶴嘯歌噰噰同會西河之上授老君洞玄王符此是誰耶進退兩求並無準的則知海棗虛談有名無實彫冰鏤雪枉廢詞

章山海之所不收大荒之所不載庸愚巧飾何足信哉老君衰周之柱史誑云混沌之祖宗避周亂而過函關妄云天地之父母既自語之相戾何函矢之相攻掩耳偷鈴欲隱彌露道德章云吾有三寶寶而持之一曰慈二曰儉三曰不敢爲天下先老君獻胡王妻子與胡兵格戰何有慈乎乘玉衡之輿坐金闕之内披九色離羅之衣廕九光偃鶴之蓋何有儉乎生於無始起於無因爲萬道之先作元氣之祖觀混沌之未判視清濁之未分爲帝王之師作天地之母何有不敢爲天下先乎遼陽高憲字仲常遊東京白鶴觀見三清像指其右曰此何像也觀主對曰老君像曰何代人曰周定王時又指左曰此何像也主曰道君像曰此何代人主倉惶未答憲指中尊曰且饒這元始天尊聞者傳以爲笑

創立劫運年號僞第二

第三化云始則太虚之氣其氣相擊往來亂射經百億萬氣之後其氣方慢往來流行爲自然之氣（此偷佛書出界初成風輪下旋之事也）又號彌羅萬梵之氣又經九萬九千九百九十九億氣之後結吉祥之氣成一聖人自號元始天王同時生五老（五行之主）其劫號延康年號龍漢又經如上氣數乃生道君時劫號赤明年亦號赤明同時生九老分爲九天又經如上氣數方生老君劫號清運年號上皇時生八公又立五運太易太初等老君乃以陰陽二氣結爲混沌而分布天地萬物始備矣

辯曰蓋聞班固律曆之志史記天官之書皇甫謐之帝年陶隱居之帝紀未聞五運之前

先有年號三氣之内虚立刧名既清濁之未形只是洪濛一氣何有老君元始五老九天雖竊佛立刧之名而不曉成壞之數梵云刧波此云時分時雖長短皆立刧名錯謬梵言迷惑體相釋教未來此土但有刧殺刧賊故許慎説文云以兵脅人曰刧又魯將曹沫刧桓公於壇上求所侵地此則逼奪名刧豈有刧運之言乎今陳此言妄竊見矣夫名位既有年號斯張將以率領萬方整齊四海混同九有同一車書天子至尊得建年號無名位者不敢立焉孔子雖然删書定禮分辯君臣以無貴位止號素王矧乎老聃周之柱史臣子之列而草竊帝王妄建年號哉況軒皇之前本無甲子（黄帝臣大橈造甲子）漢武之代始建年號（武帝始立年號）將古標古亦何僞乎或曰老子生於天地之前別立年號有何乖違答曰既在天地之上乃是太易之前世界未形君臣無跡杳然空寂唯一溟濛建立年號統領誰人乎明知偷佛莊嚴賢刧星宿之意而立此延康赤明清運之目彼明三世此約一時正同山羗偷王衣物迷惑顛倒上下失次爾下云老子生於天崗李谷字曰光明則在三皇之後何得老君以陰陽二氣結爲混沌而分布天地耶首尾兩端穿鑿見矣

開分三界僞第三

第五化云天地有形之大者太上老君乃混沌之祖宗天地之父母故能分布清濁開闢天地運玄元始三氣而成天上爲三清三境即始氣爲玉清境元氣爲上清境玄氣爲太清境又以三清之氣各生三氣合成九氣而

爲九天第一欝單天第二上禪壽無量壽天第三梵藍須延天第四寂然兜術天第五波羅尼蜜不驕樂天第六洞玄化應聲天第七靈化梵輔天第八高虛清明天第九無想無愛天此之九天各生三氣每氣爲一天合二十七天通此九天爲三十六天則三界四民上極三清是其數也初下六天爲欲界一太黄天二太明天三清明天四玄胎天五元明天六七曜天次一十八天爲色界一虛無天二太極天三赤明天四恭華天五曜明天六皇笳天七靈明天八端靖天九元明天十極瑶天十一元載天十二太安天十三極風天十四始皇天十五太黄天十六無思天十七阮樂天十八曇誓天次四天爲無色界一霄慶天二元同天三妙成天四禁上天此二十八天名爲三界此上又四天名爲種人天一常融天二玉隆天三梵度天四賈奕天此四天超出三界又云上三天爲三清境一曰太赤天二曰禹餘天三曰清微天最上曰大羅天包羅諸天極高無上玄都玉京鎮於其上三尊所處焉又太霄隱書云大道君治在五十五重無極大羅天中玉京之上七寶玄臺金牀玉几金童玉女之所侍衛住居在三十二天三界之外

辯曰詳夫蛇軀(伏犧)牛首(炎帝)之書龍師(太皞)鳳紀(少皞)之典談天(鄒衍)論天(黄繚)之誥括地(地志)輿地(地圖)之圖甘氏星經張衡靈憲不說三清之號匪聞大羅之名並是依傍佛經改頭換尾採他名相粧綴已書且道教之宗源起黄帝而老子涓子列子莊周鶡冠尹文泒爲道教諸子

所談並無說天之事唯是張道陵所集靈寶經中始說三十二天劾佛神呪而作密言自後道書互相鼓唱空枝引蔓唯誑下俗佛教未來云何不說釋經廣布始唱斯名明名修靜增加三張妄闡狗偷鼠盜何足貴乎爾雅之立四號約於四時太玄之說九天准於九有不似道家虛加數目天本定體何有少多今各說不同顯知妄立案佛經三界三業所感總二十八欲界有六色界十八無色有四具勝妙欲名爲欲界形色超絶名爲色界根識兩忘名無色界越此而去名出生死捨分段之後身絶形名而無寄安有玄都之境玉京之山金童玉女交雜之事瓊輿碧帳之飾妄竊不眞於斯見矣試問道士三界從何而來何功所感釋名辯相全不能知且道宗極致惟盡昇天靈寶幽微秖貪羽化難逃四相詎免五衰汎業浪以漂沉隨生死而輪轉縱茫茫之業識積浩浩之苦源長往不歸良可歎息鬱頭藍弗是其驗歟

隨代爲帝王師僞第四

第十一化云老君在伏犧時號鬱華子說元陽經教伏犧叙人倫畫八卦在祝融時號廣壽子說按摩通精經教以鑽木出火陶冶爲器在神農時號大成子說太一元精經教以播種五穀採和諸藥在黃帝時號廣成子教以抱神守靜之道在少昊時號隨應子說莊敬經教以鳥官爲理分布九扈以統百司在顓頊時號赤精子說微言帝嚳時號録圖子說黃庭經帝堯時號務成子說宣化經帝舜時號尹壽子說通玄經七十卷又說道德經

一千二百卷夏禹時號眞行子說元始經六十卷殷湯時號錫則子說長生經二十卷周文王時號爕邑子說赤精經教以仁孝之道乃至云上古之君皆受教於老子然後造作群物也

辯曰夫賢之與聖名位不同古哲今人出處各異莊周云萬世之後一遇大聖猶旦暮過之此明聖人出世表瑞協祥應千年之期膺適時之運孤標特秀逈出常流故得帝王師之諸侯禮重萬載一遇尚爲旦暮豈有隨代而出現乎夫李耳者退靜之士史記稱爲隱君子也避亂過關葬於槐里潛身柱下本是人臣位不躐於上階名未厠於台輔何乃擢居聖地爲帝王師諭誕不經駭人耳目培塿要齊於嵩華孰肯憑焉潢洿擬廣於滄溟終難信矣豈有開闢之後萬億餘年中間別無一人拔萃唯有老子爲帝王師乎三墳五典八索九丘孔子春秋丘明國語百家異說九流雜談並無老子爲師之語唯是後代無知道士妄撰斯言欲使老子獨高群聖美則美矣僞且僞焉且伏犧神農皆有聖德軒皇堯舜並號明君或幼而能言或生知妙道詎假老子教之然後造作群物乎況書傳所紀古史所明（有古史考並世本並明造物之源）燧人鑽火伏犧畫卦炎帝播耨女媧造簧黃帝作宮室軒冕樂有咸池顓頊作六英堯有大章舜有大韶及作圍碁禹有大夏湯有大濩文王有辟雍武王有下武鯀作城郭蚩尤作兵器岐伯造醫俞附脉經伶倫制律隸首作筭容成作曆大撓造甲子奚仲作車曹胡作衣伯余作裳於

則作履共鼓作舟楫巨揮作弓夷牟作矢黃雍父作杵臼孟莊子作鉅趙武靈王作靴蘇威公作箎暴辛作塤后稷之孫叔均作犂蒙恬作筆蔡倫作紙夏昆吾氏作瓦此皆各有其主群書所明何得自矜覽爲我造又周易繫辭孔子所述列明古帝制造之事如云庖犧氏之王天下也觀像於天俯察於地近取諸身遠取諸物始畫八卦以通神明之德以類萬物之情作結繩而爲網罟以佃以漁蓋取諸離神農氏作爲耜爲耒以利天下日中爲市交易有無乃至黃帝堯舜垂衣裳而天下治蓋取諸乾坤如此歷陳法易造物不言老子所造也竊他功業標爲巳能衒名自高君子不忍又云老子在堯時爲務成子者案後漢應邵風俗通云東方朔是太白星精黃帝時爲風后堯時爲務成子周時爲老聃在越時爲范蠡在齊爲鴟子此則務成子乃東方朔非干老子明矣何得妄加鈎引稱老子爲人師乎案魯哀公問於子夏曰五帝三皇皆有師乎子夏曰有臣聞黃帝學乎太眞顓頊學乎綠圖帝嚳學乎赤松子堯學乎尹壽舜學乎務成跗禹學乎西王國湯學乎威子伯文王學乎鉸時子斯武王學乎郭政周公學乎太公呂望上之所叙文極分明而言老子隨代爲帝王師何出言之狂悖哉巧言如簧顏之厚矣且老子衰周柱史史有明文本是人臣返爲上古帝王之師履冠戴屨何顛狂之甚乎又上文云上古之君皆受教於老子則桀紂之不仁幽厲之無道秦皇之凶暴王莽之篡逆亦老子之所教也既然如是則

老子爲悖逆之魁首巨猾之元匠不忠不孝老子之所生不義不仁老子之所主爲人師者不亦慚乎老君既説隨代爲師而秦漢之下至於今朝偏無一現乎今既無矣古亦虚焉且漢文恭儉孝武英明孝明達禮樂之情孝章優儒雅之道魏文帝風流文藻晋世祖明達寛仁宋文帝致治昇平梁武帝文武兼備隋高祖混同四海唐太宗混一車書此時不俟老子之化而皆金聲玉振則知牽合巧會枉廢詞章秪可誑於閭閻難可信於達士嫫母加粉見者愈嗤隣女效顰鄉人不貴哀公問子夏文見劉向新序呂氏春秋亦有文不次爾

老子出靈寶三洞僞第五

第九化云太上老君以中皇元年三月一日於玉清天金闕上宫撰集靈篇以爲寶經三百卷符圖七千章玉訣九千篇老君於上三皇時出爲萬天法師又號玄中法師當龍漢元年授上三皇洞真經一十二部以無極之道下教人間其時人壽九萬歲於中三皇時號有古先生當赤明元年授中三皇洞玄經一十二部行無上正真之道以化於人其時人壽六萬歲於下三皇時出爲師號金闕帝君當開皇元年授下三皇洞神經一十二部以太平之道化人其時人壽一萬八千歲夫洞真洞玄洞神各一十二部合爲三十六部尊經也

辯曰夫仲尼入夢十翼之道始宣伯陽過關二篇之教方闡有名爲萬物之始無名爲天地之先混徼妙而同玄驚寵辱而一致谷神不死久視長生挫鋭解紛謙卑自牧此老氏

之旨也自餘教典皆是僞書制雜凡流唯尚誇競採傍佛語換體安名擬三界而立三清彷三藏而立三洞虛勞紙墨妄飾詞章何以知之漢時張道陵造靈寶經王褒造洞玄經吳時葛孝先造上清經晉時王浮造明威化胡經鮑靜造三皇經後改爲三清經齊朝陳顯明造六十四眞步虛經梁時陶弘景造太清經隋末輔慧祥改涅槃爲長安經後事發被誅案甄鸞笑道論云道家妄注諸子三百五十卷爲道經如此詳之代代穿鑿人人妄制採他佛教標爲道書或言仙洞飛來或言老子再現群賢不覩道士獨傳欺誷時君不懼朝憲故唐琳法師對太宗皇帝云若據蕭温衆議道家上有道德二篇如依漢明校量便應七百餘卷約葛洪神仙之説僅有一千准脩靜所上目中過前九十又檢玄都目録轉復彌多既其先後不同顯知後人妄制增加卷軸添足篇章依傍佛經改頭換尾或道名山自出時唱仙洞飛來何乃黃領獨知英賢罕覩典籍不記書史無聞試問當今道士推勘後出之經爲是老子别陳爲是天尊更説若也更説應有時方師資傳授爲是何年何月何邦何代若在天上而説何人傳來若在西域而談何人譯出如其有據容可流行若也妄言理須焚翦又漢晉之代僧號道士寇謙得志僭冒其名今稱法師愈爲矯飾法師之號源出佛經萬卷百家本無此語且爲法之師名爲法師法即是師名爲法師名義不知妄安已號按賢劫已來有三佛出初佛出時人壽六萬歲第二佛出時人壽四萬第

三佛出人壽二萬何乃改彼三皇妄合其數又前説云上三氣中而有龍漢赤明之號是時五運尚無但唯一氣何有三皇之君人壽之數乎上古縱有五龍四姓九頭十紀亦無三皇建立年號試問龍漢赤明上皇開皇誰君之年乎若言有説史無明文若言無憑不可妄立扣其兩端竟無一是又伏犧之前文字未有何出三洞靈寶之篇乎又十二部名源出佛經一代時教類分十二道家名義不知何以妄著巳典如琢美玉擬作甑窐雖受劬勞智者見誚

遊化九天僞第六

第二十六化云是時老君於青羊大會引尹喜冉冉昇空初至第一天見波利天帝乘九光元靈之輿蔭七元交晨之蓋建五色攝魔之節金童玉女九萬人迎老君入大有宫請問自然之道如是摩夷天梵寶天化應天不憍樂天兜率天須延天禪善天鬱單天隨處天帝皆與天童玉女迎禮老君請問法要所到天宫皆設瓊漿碧醴丹液流薫蘭羞八徹靈芝珍果

辯曰昔我世尊初成正覺不離道樹而赴諸天一身不分而遍一切即多而一即一而多猶如素月流空影分衆水大塊噫氣萬竅怒號大小咸周遠近無隔無心頓應豈止九天伯周之柱史尹喜函谷關吏身居下位難等聖蹤欲爲巳德蓋善竊者鬼神不覺旣爲人知非是好手離欲而獲輕舉禪定而感神通老子旣無此功何以昇於天上昔列子居鄭夫妻相忘耳目不分翛然絶寄心凝形釋骨

肉都融然後身如槁葉隨風東西萬里須臾過旬乃返而莊周譏云猶有所待矧乎老耳不絶妻子老子之子名宗宗之子名注注之子名宮侍魏文侯未逮形亡過闕乘薄軬之車道經垂有身之患詎可昇天履霧駕鶴乘雲擬効牟尼矜爲已勝且布施而獲大福持戒而感生天汝尚不達斯由安能爲天說法欲界本六妄云九天初禪絁男而云王女勾虛闡僞巧說多端且初禪已上禪悅爲食定生喜樂捨念清淨何用瓊漿碧醴蘭羞八徹乎將謂天上同於人間羨酒肉之葷羶爭魚臭之穢濁喻乎鴟耽死鼠便爲鳳凰同飡盜聽不真請杜臆說窮鄉多怪曲學多辯斯言信乎

辯僞録卷第一

音釋

悛且緣切改也 謊呼晃切 璉力展切 啻施智切奚啻謂何止如是也 券苦倦切契也 攷苦浩切校也 斌畀民切 薰猶薰許云切香草也猶夷周切臭草也 縢徒登切緘也緘之以金曰金縢 殫都寒切極盡也 慇徒對切惡也 混沌混胡本切沌徒本切混沌陰陽未分也 趑丑及切逐也 嗈於容切嗈嗈音聲和也 謚覓筆切 皡胡老切太皡伏羲氏也 鶡何葛切鳥似雉也 鳸侯古切少昊以鳥名官故有九鳸 顓頊顓朱緣切頊虛玉切 嚳苦沃切高辛氏也 鯀古本切禹父名也 篪塤篪陳知切塤許元切篪塤並樂器 跗風無切 鉸居效切 嫫莫胡切嫫母醜婦也

辯僞録卷第二

元道者山雲峯禪寺沙門祥邁奉勑實録撰

偷佛經教僞第七

第三十化云胡王見太上徒衆甚多疑見鬼魅遂積薪焚之火起衝天老君放身光明火中爲王說金光明經胡王益怒納之大鑊煑之三日老君鑊湯之中蓮華涌出坐蓮華上說涅槃經又云老君使尹喜爲佛與胡王爲師懺悔三業六根五逆十惡乃說五戒十善廾四十二章經

辯曰夫麒麟鬪而日月虧鯨鯢死而彗星現銅山崩而洛鐘應葭灰缺而月暈殘蓋感應之道交故機教之相扣人心渴仰法雨芳菲沃彼情塵開他蒙昧故孔子曰不憤不啓不悱不發此明待問而說也況乎聖人設教權變多方豈使他人起怒自受焚溺全無㥏[illegible]强與他言豈知虛往實歸之道哉剜刻字樣巧合經名既坐火焰上說金光明經坐蓮華上說蓮華經則道德二篇坐於道路而說洞玄三部元在水洞而談此既不然彼云何爾且金光明性相通顯法華經破權歸實涅槃經明佛性眞常四十二章群經集出不窮根蔕盜聽妄談唯口起羞出何容易難惑上智只誑下愚又上經既是老子所陳道士應宜依而學佛何乃合氣爲道專諷靈寶試問三經文明何義道藏既不收攝道士又不通明偷大聖之至詮爲老君之極唱正符涅槃盜牛之喻又同聾者悞入金穴雖得其寶未知何用又曰懺悔三業至年月齋法若如是者道士應通且問懺悔是何語言今此懺悔爲

事懺耶爲理懺耶約功德門而滅罪耶約逆生死心而滅罪耶能懺之心宜有幾種所懺之罪何處安排懺悔二字由尚罕知則三業六根五逆十惡戒善之軌年月齋名決不曉達若是老子所説道士應合備知既然一字不通顯知偷佛妄説此同竊賊人物被主認著猶不招承更生拒辯焚經火板方乃慚惶君子悔前不至如此

老君結氣成字僞第八

第八化云聖紀經云太上老君昔於龍漢之年從元始天尊於中央大福堂國説靈寶十部妙經出法度人又於東極大浮黎國出法度人以紫筆書於空青之林又於南極禪離界以火煉眞文瑩發字形又於西極衛羅世界北極鬱單國皆出法度人老君以五方眞氣之精結成寶字大方一丈八角垂芒爲雲篆之形飛鳥之狀以立文章又云墳典自我而出經籍自我而生

辯曰夫文字之聿興爰從上古伏犧氏之王天下也始畫八卦造書契以代結繩之政由是文籍生焉故有青丘紫府三皇刻石之文緑檢黄繩六甲靈蜚之字後有蒼頡因而增制大篆起於史籀小篆興於李斯飛白創於蔡邕隷書變於程邈秦書八體漢字六形瘦金堆金垂雲垂露蔡葉龍爪顔體坡書皆循古以增成近代而改制豈假眞氣而結何關老子傳來掩竊他能衒賣巳德放舒白眼不恥清流上云龍漢起於初氣何有老子而生既言紫筆書林乃在蒙恬之後牽今引古欺我賢人孔安國云伏犧神農黄帝之書謂之

三墳言大道也少昊顓頊高辛唐虞之書謂之五典言常道也易則三聖方定詩則群英之言春秋孔子所修禮則周公所定爾雅周公所纂國語丘明所述劉熈釋名許慎説文埤蒼廣雅桂苑珠叢顧野王之玉篇陸法言之切韻各有源系非干老聃而言墳典自我而出經籍自我而生荒唐謬談侮弄明哲亦由相如上林説盧橘夏熟楊雄甘泉賦玉樹冬青聽其言則洋洋美耳究其事則杳杳空傳矧乎國名虛設妄採他書大福堂改大堂而取名東浮黎彷扶桑而立號南禪黎葦重黎而標字西衛羅竊於迦維羅衛北方全收鬱單越名十洲所不收神異所不攝地理無所紀括地絶形名空闈五車了無一實偷鐘掩耳斯之謂歟

周文王時爲柱下史僞第九

第十九化云周文王時老君爲爕邑子時帝紂荒虐天下塗炭乃乘飛飆之輪風伯前驅彭祖驂乘降於岐山之陽西伯聞之拜爲守藏吏武王克商遷爲柱下史作赤精經教文王以仁義之道作璇璣經以授周公成王康王之代世爲柱下史昭王時有黒氣之祥（此破佛生夜虹十二道入貫太微之事）老君以八天隱文授昭王王不用之後感膠船之難

辯曰蓋聞九頭五龍之紀重瞳四乳之書金秦火漢之文黃魏白晉之典不聞文王師於老子璇璣訓於周公但云文王師於太公武王師於姬旦群書具載先儒盛談何乃違戾百家別張毛目逢心瞽唱聧目生靈夫欲聖人者宜務其實無稽之談自招世誚案史記

別傳老子生於定王之世與孔子相接何乃妄爲西伯之時乎旣是聖人見紂荒淫宜盡力規諫匡其不逮而乃高乘飛輪棄而遠遁爲忠臣者固若是乎昔日過關雇徐甲而爲御乘薄輦之車今則乘飛飆輪風伯前驅彭祖驂乘何自高之不經乎況彭祖此時已殁風伯不肯前驅文王自公劉以來世積仁孝美化行乎江漢仁慈及於行葦何待赤精之教哉周公制禮作樂代臨天下設金縢而表誓製周禮而流規何用璇璣之教乎昭王時號明君史無黒氣之變妄改白虹之兆而云黒氣之言授以隱文又成孟浪之説前云老君爲九天教主金闕帝君建七曜之冠披九色之帔乘八景玉輿駕五色神龍金闕之中坐玉帳之内仙童左奉玉女右陪萬聖擁隨千靈翊從老子旣有如此高貴之位而不肯居返就守藏之職屈身爲臣侍君之傍立柱之下晨趍暮拜端笏搢紳捨喬木之高遷投幽谷之賤地翻上倒下以何謬哉熒邑之號周書之所不載金闕帝君爰從道士虛張有名無實孰肯傳信栽風求影種電尋根此之謂歟若以昭王不信故感膠船之難者秦皇求仙親臨海上凌波涉險冀遇神仙虛想安期之名不覩羡門之面沙丘道死鮑臭熏人漢武好仙身著羽人之衣口飲天表之露縱欒大之詭説信少君之詐術而身入茂陵竟無一補魏太武任寇謙之説建靜輪天宮廢竭人勞終感癘疾周武帝口服丹藥身脤黄衣熱發瘖陽失音而死唐武宗師趙歸真餌金丹藥會昌不滿早致崩亡近宋上皇信林

靈素遊月宮誦太極之章佩驅邪之劒而亡國破家身死東韓此之數君皆傾誠一志望享千年而遘患彌留竟無一驗譏以膠船之難不亦妄求人過乎幸人有災君子不爲也

前後老君降生不同僞第十

第一化云老子生在五運之前第二化云老子生下三氣之中第六化云老君姓李諱弘元曜靈字光明以上和七年歳在庚辰九月三日甲子卯時始育於北玄玉國天崗靈鏡山李谷之間玄靈聖母既誕之夕有三日出於東方九龍吐水月妃散華日童揚彩年五歳體道凝眞二十而有金姿玉顔棄家離親超迹風塵後感元始下教授以鬱儀太章太洞眞經紫微天帝玉清君以瓊輿下迎賜丹璽符書爲上清金闕後聖帝君掌握十天河海神仙第十一化云老君以清漢元年七月一日託玄神玉精降太元玉女千三百年號無上老子一號大千法王第十二化云老君以清漢元年寄九天飛玄玉女八十一年號高上老子第十三化云老君以清漢元年甲午九月九日降元素玉女七十三年號九靈老子第十化云老子以殷十八王陽甲庚寅歳建午月入於玄妙玉女口中八十一年至武丁九年庚寅歳二月十五日聖母剖左腋攀李樹而生生即行九步步生蓮華九龍吐水具七十二相八十一好左手指天右手指地曰天上天下唯道獨尊我當闡揚無上道法普度一切又云李靈飛得修生之道眞妻天水尹氏於厲鄉晝寢見太上從天而下化爲玄珠呑而有娠八十一年生而皓首曰老

子生李樹下指李爲姓

辯曰夫星流貫昴實標文命之祥電繞樞星是顯軒皇之慶虹流華渚少昊於是膺期星冠月輪巔項以之應瑞赤龍晻曖言旌帝堯雲屯鬱蒸實徵漢祖此則聖人神異譜牒具詳未聞老子初生三日共出九步周行月妃散華日童揚彩之事且星隕如雨日有蝕之春秋書之以爲異事李耳若有徵瑞孔子何以不記乎且魯陽揮戈而返日淮南子有景公善言而退熒劉向新文貳師拔劒而泉流前漢書中耿恭拜井而水出後漢書中苟有奇相書爲美談老既無文事必虛唱倚他大聖取爲神奇夫聖人現相雖有多途託化誕生事無兩體世尊百億化身大千世界一時頓顯化緣事訖便入涅槃老子隨代降生以何大謬乎本是李耳妄改其諱李伯陽而云光明隱其本名而加美號史記眞文一詞不録道書僞說百種粧塡前之兩化說在太易之前後之十重紀在伏犧之後尋虛撫僞誑惑後人前說五歲凝眞二十入道後則八十一歲生而皓首自語矛盾何待他攻亳州厲鄉實而不認北玄玉國虛而妄傳聃耳鼕頭謬說七十二相野合懷胎諂云周行九步採他釋瑞而爲老奇將此薰蕕亂彼蘭茝北玄玉國山海之所不紀天崗李谷地里之所匪詳王儉百家太尉王儉有百家譜弗聞玉女之名何姓氏苑罕說玄妙之族案道士賈善翔高道傳序云伯陽起迹於姬周既云起迹於姬周則是老子不在商也明知陽甲之時本無李耳衰周之際始見老聃胡曾云七雄戈戟亂如麻四海無人得坐家老氏却思天竺去便將徐甲過流

(沙斯則周末時人明矣)避亂入秦死葬槐里秦佚吊之三號而出斯良證也何更疑哉史記本傳莫知所終化胡浪語云過流沙將如來降誕之禎合老子過關之氣汝雖巧會僞說孰憑案燉煌實録云周桓王三十九年幸閑豫庭與群臣對論古今王曰老聃父何如人也天水太守索綏對曰老聃父姓韓名乾字元卑癃跛下戢胎則無耳一目不明孤單乞貸年六十二無妻與鄰人益壽氏宅上牧猪老婢子曰精敷野合懷胎八十一年而生老子生而皓首故號老君此本實跡蔽而不傳偷竊他能欲張老聖家有弊帚享之千金斯言信歟

三番作佛僞第十一

第三十四化云老君告胡王曰使我弟子爲佛汝當師之即使尹喜變身爲佛與胡人爲師令作桑門授以浮圖之法說四十二章經又云老君至舍衛國自化作佛坐七寶座身長百千萬丈徧滿虛空又云老君將欲再整釋教以周莊王九年乃於梵天命頻陀王(老君弟子)乘月精託陰天竺摩耶夫人胎至十年四月八日右脇誕生後入雪山修行六年道成類佛陀衆號未牟尼至匡王四年解化太上命昇貫弈天爲善惠仙人

辯曰夫根深果茂源遠流長虎嘯風生龍吟霧起聖人利見皆有深源昔植善因今感妙果我佛世尊三無數劫積行累功六度無捨而求菩提棄身命如恒河沙捐國城如微塵數莊嚴世界誘掖群生然後應然燈記補迦葉位下生中印託化王宮七步周行指天地而獨貴三十二相映日月而爭輝四王捧足

出塵寰六年行滿而成道現身百億國土說法四十九年播聲教於人天摧外道於雙樹化緣事畢却返無爲應物適時如是示現何待老子始化尹喜變身掩他神功矜爲已勝佛生周昭之代老降定王之朝世隔一十七帝年經三百餘祀化已滿於天下教已滿於龍宮家仰仁慈之風國遵釋氏之範豈假李耳重整煩陀再現援前著後謟誑庸愚昔日過關雇徐甲而爲從奚有天人侍衛乎乘鹿柴車何有七寶之座乎廣額聃耳焉有萬丈之身乎狡佞不經欺賢調聖鯤化爲鵬蓋緣自變蚍蜣爲雉匪假他功此皆物理自然陰陽感召待時而發非他使然老子自是凡人身爲臣子何能別生神聖更使尹喜作佛昧自心靈瞎他眼目悖禮慢聖殃報拔舌善惠仙人將登八地遇然燈佛受無生記此乃世尊往生之號既然成佛功成果滿化緣事畢入於涅槃遷神常樂之鄉永入無爲之境豈可作佛事畢更作善惠仙人將後著前一何錯亂妄竊不真壞人視聽夫上天雖樂終是輪迴不免三災之殃難逃五衰之苦聖人超出生死苦樂兩忘高超三界之津獨步六塵之表何返歸天上却入囂塵雜汙我聖人欺謾我大覺此同棄天子之尊嚴慕廝養之賤役捨華堂之廣厦悅蔀屋之茅簷汝欣買弃之榮我恥糞土之辱隋大臣楚國公楊素行經樓觀見壁間畫像問道士曰此何圖也道士對曰老子化胡成佛圖素曰承聞老子化胡胡人不受老子變身作佛胡人方受是則佛能化胡道不能化何言老子化胡也道士

不能加答善哉楊素之言此通人之論也若胡人不先知有佛詎肯受佛之化乎以此考之則印度先有佛矣而言尹喜作佛老子始變何欺吾門之深乎（樓觀尹喜故宅在關之南今道士居之仍在）

冒名僭聖僞第十二

第四十八化云商太宰問夫子曰夫子聖人歟孔子對曰聖則丘何敢焉然則丘博學多識者也太宰曰三王聖者歟孔子曰三王善任智勇者聖則丘弗知太宰曰五帝聖者歟孔子曰五帝善任仁義者聖則丘弗知太宰曰三皇聖者歟孔子曰三皇善任因時者聖則丘弗知太宰大駭曰然則孰者爲聖孔子動容有間曰丘聞西方之人有聖者焉不治而不亂不言而自信不化而自行蕩蕩乎民無能名焉丘疑其爲聖人也史志經云孔子在魯老子在周以魯望周之洛陽故在西方蓋指老子爲西方聖人也孔子問禮之時先有猶龍之歎故此指老子也

辯曰夫自衒自媒婦女之醜行不矜不伐聖人之深能是以舜美禹功嘉有勳而弗競孔稱孟反（孟之反）猶退厚而居薄由是美譽播於千秋謙光輝於四海上之所引具見列子仲尼篇中古今通論以謂此夫子推佛爲西方大聖人之語也（唐琳法師對太宗之表張丞相作護法論皆引此文佛西方聖人也）未聞老子在周孔子在魯故指老子爲西方聖人竊名冒聖欺我何多僭聖人者不仁言乖理者非智且道源之祖肇起黃帝非干老子老子師容成子演五千文縱然説聖不能起於軒轅既三皇五帝孔子不推爲聖返指老子而爲聖人不亦過乎蓋我世尊功

圓萬行果證十身流光徧於刹塵分身應於沙界不可以人事測不可以處所求實三界之大師是四生之慈父寰中獨步爲王中之法王出世獨尊爲聖中之大聖故能高拱覺場威行萬國縱使周公之制禮作樂孔子之述易刪詩卜偃之文章端木之言語馬遷之辯博葛洪之該通輔嗣之玄談左慈之神化並驅馳於域内言未涉於大方可爲善世之高流難作出塵之聖者案天竺聖方群賢所聚過去諸佛共生於彼范曄漢書云（後漢西域傳史論文）其土則殷乎中土玉燭和暢靈聖之所降集賢懿之所挺生故古昔賢能時有往者老子西昇經云聞道竺乾（今改爲開道竺乾）有古皇先生善入無爲不始不終永存綿綿是以西行又古本化胡經云我生何以晚泥洹一何早不見釋迦文心中空懊惱此則老子自指於佛爲西方聖人也又黄帝夢遊華胥之國其國在弇州之西王邵注云此指西方天竺也又周穆王時聞西方有大聖人出世心甚懼之乃使造父乘騂騮八駿西上崑崙觀日所没以厭其氣又西極有化人來能返天易地聖力無方千變萬化不可窮極穆王敬之若神築中天臺以居之化人引穆王神遊斯須之間已如數載又穆王五十二年如來示滅西方有白虹十二道南北通貫連夜不滅王問太史扈多是何祥也扈多對曰西方有大聖人衰相現爾穆王喜曰朕常懼於彼今無憂矣此則竺乾勝方聖人居彼故得賢王西求化人東來也又張騫奉使西窮河源至於大夏聞雪山南有申毒國其人奉浮圖不殺

罰乘象而戰申毒即今印度也此則仁慈之風詳於漢史明也上之所引咸指印度以爲西方佛生於彼故指佛爲西方聖人豈説洛陽以爲西方老子爲聖人哉又云孔子先有猶龍之歎故此聖德指老子者意欲將孔子一期問禮之事便爲老子弟子孔子曰吾無常師主善爲師三人行必有我師焉故學琴於師襄問樂於萇弘問官於郯子入太廟每事問有問稼曰吾不如老農有問圃曰吾不如老圃此明孔子虚懷納善汲汲於道爾豈有一事便爲師哉蓋當時老子爲守藏吏掌周公之禮典故孔子問之若以問禮便爲孔子之師則老農老圃亦孔子之師哉必不然矣沽名衒世求爲人師君子不爲也

合氣爲道僞第十三

第二十三化云老子以周昭王二十三年七月十二日至函關尹喜既見邀歸本第説道德經二篇五千餘言尹喜扣頭曰願授其要老君曰善乃爲解道德之要曰道者謂泥丸泥丸者天德也理在人頭中紫氣下降下至丹田名堵謂脾也脾者中黄太一也黄氣徘徊理中宫萬物之母者謂丹田也丹田玄牝也居下元中半夜之時一氣下降周旋三宫同出而異名者謂精也一曰精二曰汗三曰血四曰液故曰異名玄之又玄者謂左右腎也衆妙之門道可道者謂朝食美也非常道者謂暮爲屎（此依張道陵解道陵如此説也）有無相生謂口與腹也難易相成謂精與氣也此老子授尹喜節要也又授尹喜神丹經金液經及八煉九還丹伏火之訣其方云金液還丹仙華流

高飛雲翔登天丘赤黃之氣成須臾當得雌雄分亂珠可以騰變致行廚靈童玉女我爲夫出入無間天同符眞精凝霜善沉浮汝其珍敬必來游又授九丹之名及歌曰

圓三五　寸一分　口四八　兩寸唇
長二尺　厚薄均　腹三齊　坐垂溫
陰在上　陽下奔　首尾武　中間文
始七十　終三旬　內二百　善調勻
陰火白　黃芽鉛　兩湊聚　輔翼人
子處宮　得安存　去來游　不出門

辯曰夫道貴清淨德尚無爲恬憺內持謙卑自牧不依此道別唱多端唯以行氣運功而爲修養失道德之淳粹乖自然之妙門虛設巧言妄加穿鑿保丹田爲至道守兩腎爲重玄鄙穢麤浮誑謼閭里王喬羨門之輩非好此方白石赤松之流不依此道丹經煉訣不見延年服餌飡芝罕曾久視周武服丹而暗啞唐武服丹而早亡悞他多少賢良不守樂天之旨既道德眞訣理極於此則道藏餘文不足貴也今之道士更騁淺術或有扶鸞而亂書祇貪夜飲或有驅邪而斷鬼誑人除凶或有拘環墻而內守此謂坐馳或有惜言語而不行此謂癡默或有熊經而鳥引擬彭祖而齊肩或有飲氣而息神効龜鶴而老壽或有運精而上腦謂挽河車或固丹田而內封謂之保養或有合氣而爲道父子聚麀或有奪精而採神男女混雜扣齒謂之天鼓嚥津謂之醴泉呼男根爲金莖只圖强勁呼女竅爲玉户潛隱醜名呼童女爲眞人呼交構爲龍虎嬰兒姹女鉛汞丹鑪故曰開命門抱眞

人嬰兒回龍虎戲三五七九天羅地網故張道陵黄書云男女有和合之法三五七九交接之道其道真訣在於丹田者玉門也唯以禁忌爲急不許泄於道路道路者尿孔也又道家内朝律云禮法男女至朔望日朝師入私房詣師立功德陰陽並進日夜六時常立功德不得失内侍之序不得貪外道失中御之道不得抄前排後失次第之序亦不得嫌醜愛美又云朔望之際侍師私房情意相親男女交接使四目兩鼻上下相當兩口兩舌彼此相對陰陽既接精氣遂通故老子云我師教我金丹經使我專心養五莖三五七九還陰精呼吸玉池入玄冥行道平等昇太清此等歌訣義皆如是將斯猥媟以爲真修不思歸根復命之言唯行合氣鄙薄之術以此求道枉陷人倫以此超昇終身叵得以斯滅罪罪不可亡以斯消災災不可退以斯求福福不可生以斯出家家不可出何異蒸砂作飯虚受劬勞鏡裏尋真終無所獲嗚呼棄驪珠而拾礫斡夏鼎而羨甗自悮悮他死沉苦海哀哉哀哉

辯僞録卷第二

辯僞録卷第三

元道者山雲峯禪寺沙門祥邁奉勅實録撰

偷佛神化僞第十四

第四十二化云老子入摩竭國現希有相以化其王立浮圖教名清淨佛號末摩尼至舍衛國自化作神從天而降天人侍衛現身長百千萬丈又至罽賓降胡王及王子火不能燒鑊不能煑水不能溺胡兵百萬弓矢劔戟一時摧落飛電八衝聲如霹靂人馬驚仆北郭先生空中頌讃又至條支國手撥大山至拘薩羅降伏九十六種外道至迦夷羅國左手把日右手把月藏於頭中天地冥暗山飛石裂海水逆流山川空行又至于闐於南渠山示教胡王令尹喜化作金人身長丈六項佩圓光足踏蓮華從空而下拜禮老君謂胡王曰此吾弟子與汝爲師又留神鉢令得法味又於毘摩城地變金色放九色神光徧照塵沙國土即有赤靈眞人中黄丈人太一眞君九宮六丁八卦神君青龍白虎散華玉女浮雲而至老君坐七寶座燒百和香奏鈞天樂又有八十餘國諸王妃后皆來聽法留尹喜作佛及鉢於毘摩城却昇天去老君又於葱嶺降大毒龍徧歷五天於耆闍山獨木樹下化王座與王說浮圖度桑門二千五百人受以戒律又六十六化云于闐國毘摩城伽藍是老君化胡成佛之處中有石幢刻記其事云東方聖人號老君來化我國下引八學士議證其事跡

辯曰案後漢西域傳三國志魏隋書西域志（圖六十卷志四十卷合一百卷成西域志）並紀西天五印有佛聖

跡或幢或柱咸勒其事不説老君曾留名字初張騫西來始傳浮圖之號至於今代國使徃還無慮百人並不見老君西化之説古谷皇帝西征盡海所到之地唯有佛僧行近西北海有一國土城中佛塔森然若林彼國君王唯是和尚又唐王玄策奉使西行至摩竭陀國於耆闍崛山及佛成道處咸述碑銘讚佛聖化未聞説有老君之事（上之銘讚在王玄策傳中）又湛然居士扈從太祖西征于闐及可弗叉國越天山過雪嶺風化具詳亦未知有老子之事即今煦烈大王皇帝親弟鎮守西域在尋思干西南雪山之西使命徃還來徃不絶除親諮詢老化云並云無聞則老子神異道書僞出既非通論何足信哉

夫顯明神聖至人之能鼠竊狗偷狡兒巧倖且聖王之立教也自近化之然後及遠故書叙堯之盛德先親九族然後平章百姓百姓昭明然後恊和萬邦故能光被四表格於上下文王之德先刑寡妻後清四海故遠方慕義九譯而來老君爲柱史之時周道不興諸侯擅權大夫執政上陵下僭州土日促李耳既有神聖即合拯頽扶弱富國安民使君臣各位不相逾僭何乃九州遠棄一身西遁若能自已家鄉顯大靈異九族光榮一門讙慶不亦妙乎而八十四年蔑無奇異雇人駕車西過函谷身死扶風（今扶風槐里鄉有老子塚）僞云西去纔踐羌胡即有神通神州中原全無一驗無人見處便唱萬端偷佛勝能巧説附會佛之神異西經具載今有聖跡老君靈變東史不書以此驗之虛實見矣明眼君子試聽根

由世尊上忉利天爲報母恩三月說法李耳效之亦昇太微世尊成佛不起道樹而昇六天老子倣之亦遊九天世尊菩提樹下示現降魔弓矢盡變老君亦摧劒戟世尊向拘尸那國路擲大石老君亦撥大山世尊說大集經並集諸王老君亦會八千餘國世尊北游降阿波羅龍王兼留其影老君雪山亦降毒龍世尊於本行經說九十六種外道老君亦降九十六種外道世尊現大神力須彌山王涌没低昂老君亦山飛石裂海水逆流世尊留下神鉢以福群生老君亦留神鉢世尊右脇而生老君剖左腋而出世尊周行七步表圓滿七聖財故老子乃行九步妄合陽極之數世尊三十二相八十種好老君七十二相八十一好佛說眞應二身顯其權實老君亦說眞身法身佛說身有四種謂法身報身分自他報化身老君亦說虛皇元始道君老君佛說三界彼說三清佛說三輪持世彼說三氣下運青龍白虎像彼金剛玄中法師倚於聖者學禪庭而建方丈依佛宇而樹法堂以至歌讚偈唱之文鐘鼓雲板之飾祭靈送死懺悔消災九幽懺文二十四願戒全依華嚴十地品十不善法集成據釋有者彼便立之此處若無彼不能制則知凡百立事全取佛門代代穿鑿人人妄起金鍮相混智者難分本欲粧點自家翻成混沌鑿竅耳目具矣眞神喪焉棄道德之眞文收僞說之澆薄教門中折誰之罪歟且北郭先生本侍漢武今隨李老愈見後增又南渠山及毘摩城本佛聖跡望合其事屈相附會恐人不知今具出之案西域記云于闐國

王城西南二十餘里有瞿（今改南渠）室稜伽山中有伽藍其中佛像時燭光明昔佛至此爲諸人天略說法要巖有石室現有羅漢入滅盡定以待慈氏此則非老君明矣又曰王城東三百餘里有媲摩城中有彫檀立佛之像高二丈餘甚多靈異時放光明隨有疾病禱之即愈此像本是優塡王造佛滅之後凌虛而來以福此土釋迦法盡像入龍宮評曰據此記說文甚昭然佛之聖蹤欲爲老跡汝雖巧會且冝三思駟不及舌請君隱臆入學士議雖號唐人唐書列傳一無名姓況復所議不入要策進退兩求並無可據設欲廣辯枉廢詞章道士虛陳不勞煩叙雖有員半千名傳無化胡經議詳此謬經古今排擯唐中宗禁之於前代（見劉煦舊唐書）今世宗斷之於後朝（見悟了然）（破化胡狀）若實眞文孰敢除滅而無識道士恒踵斯跡使老子獲僭聖之罪俾道人招謗佛之愆王浮已在地獄史志經又投圜戶老子本欲隱遁志經推出户庭垂歸根之本心轉流浪於他土執迷不返固妄難除同木石之頑嚚似藥酒之瞑眩今之辯析要破狂心返正道於醇源引邪徒於坦路知道德是賢者之語識化胡是妖怪之談弘老子謙靜之風抑道士誇衒之弊皆遵斯訓雅道長興如曰不然覆車及之爾

論曰大法東流千有餘載時君信毀代涉汙隆邪正爭衡未曾勝釋而道士爲僧前後三代初漢明帝夜夢金人飛來殿庭項有日光遂遣使西求佛法從此入洛旣圖於顯節陵上又經譯在蘭臺室中而道士矜能欲騁薄

伎摩騰暫現神異無不歸心佛教錬而愈精道書焚而火化由是改邪入正落髮爲僧比齊高祖文宣皇帝投誠佛理銳意法門而道士無知縱其私憤騁螢光之耀掩龍燭之輝文宣試之一無可驗聖上匪施於寸刃脩靜納欵於轅門剃髮去冠一皆爲釋我聖朝當古皇帝深仁睿聖體道多能英謀扇於八紘威稜擅於萬國留心佛理備曉正邪究道教之麤浮達釋宗之要妙首行明詔特與掃除欽惟今上皇帝稟太易太初之質資天皇天帝之靈道契百王播淳風而育德智周萬物弘至治以濟時若末尼珠豈受纖塵之汙如軒轅鏡寧容片垢之惑故能英明獨斷亮察是非息道士之虛聲識僧徒之實理敬承先制重與辯明具召兩宗詳其優劣陣旗未展銜壁倒戈空談六韜之謀不補三代之失脫袍剃髮盡付釋門蓋以邪法易摧是眞難滅匪經鑪鞴何顯眞金妖氣於是屏消佛日於是高朗使迷途者從茲返路溺喪者於是知歸爲今代之銓衡作後來之藻鑑但佛教慈仁本無爭競邪徒狂狷妄說多端以汝不平起我分別故孔子曰必也正名乎良在斯矣夫儒道釋三世稱三教約其懲惡勸善則三教皆可遵行較其宗趣淺深則不能無其優劣漢唐已來固有定論不待餘人妄生高下佛教慈悲利生爲本老君謙退遠害爲功儒法濟民忠孝爲首忠孝行則可以全家國播身命謙退行則可以解紛爭除後患慈悲行則可以濟群靈窮性命洽淺至深表裏相救亦由天有三光互相顯照鼎有三足共力扶

持然道宗多僞別唱規模欲罩古今獨超儒釋然前賢後哲各著典謨咸遵於佛不言老聖案文自驗何必强爭孔子對太宰曰丘聞西方有聖者焉不治而不亂不言而自信不化而自行蕩蕩乎民無能名焉（此出列子仲尼篇）老子云吾師化游天竺善入泥洹（此出老潭經）此孔老推佛爲聖人也符子云（符朗也）老氏之師名釋迦文後漢牟子云（爲蒼梧太守）堯舜周孔老莊之化比之於佛猶白鹿之麒麟尚書令闞澤對呉主云若將孔老二教比方佛法遠之遠矣何以明之孔老設教法天制用不敢違天諸佛設教天法奉行不敢違佛以此言之實非比對呉主善之加太子太傅（此出舊呉書）比齊光禄大夫顔之推出云（有家則篇）佛家三世之事信而可徵萬行歸空千門入善豈徒六經百氏之博哉非堯舜周孔老莊所能及也唐祕書監虞世南帝紀史論云老子之義谷神不死玄牝長存久視長生乘雲駕鶴此域中之教也釋氏之詰空有不滯人我兼忘超出生死歸於寂滅此象外之談者也後周王褒庭詰唐李思慎釋道十異深有旨趣不勞繁出智者知之（後周王褒庭詰章在梁弘明十異又在清涼華嚴大教中）今上皇帝嘗有言曰世人將孔老與佛稱爲三聖斯言妄矣孔老之教治世少用不達性命唯說現世止可稱爲賢人（暗符班固九等人表老子列在賢人之階及晋孫盛有老子非大賢論文在廣弘明集也）佛之垂範窮盡死生善惡之本深達幽明性命之道千變萬化神聖無方此眞大聖人也自今已後三教圖像不得與佛齊列唐李商隱（字義山）三教贊曰儒吾之師曰魯仲尼仲尼師聃龍吾不知聃師

竺乾善入無爲稽首正覺吾師（仲尼）師（老子）師佛也以此酬校穹壤懸殊以此求宗蘭蕙自辯且夫其流易曉闕澤之對天分（吳主對事）其理難惑思慎之文海截（李思慎釋道十異文）虞世南之著論嶽峙淵渟（帝王通紀）顏之推之述篇雲開日朗但以去聖時遠魔僞亂眞苟非其人道不虛設仰惟今上皇帝受佛付囑不忘護持萬機之餘留神釋典西天德士東土明師屢詢三藏之言妙達一乘之旨偏欣論議頗尚毘尼窮性相之淵源達釋道之優劣龍蛇易辯天眼難瞞卷氛祲於九霄布慈雲於四海再然慧炬荐燭智燈爲法宇之棟梁作釋天之日月祥邁叨生像季慶遇昌時每有雅談預聞座末載欣載抃述頌曰

二儀始判　三才肇分　樹君建國　爰濟斯民
羲軒以來　五運相襲　金朝政衰　玄天繼迹
太祖撥亂　世宗建隆　篤生我后　紹美前蹤
納款南宋　聽獻西荒　梯山航海　萬國朝王
天縱神聰　生知妙道　建寺龍庭　誦經瓊島
道士庸愚　鴟張老聖　眩彼魚目　掩此金鏡
聖明懸鑑　特出狂談　一言逐北　萬古司南
佛日高懸　法雲廣布　九有回光　四生蒙福
保龍圖而鞏固　慶鳳曆以彌新
統金輪而永曜　調玉燭而長存
邵鴻名於帝籙　煥大寶於蒼旻
播皇威於戎夏　等眞固於乾坤
躋黎元於壽域　享邦國之來賓
敦王道之坦坦　宜子孫之仁仁
聖皇延於萬載　懿后樂於千春
四三皇而六五帝　曾何唐漢之足云

後記

余昔見唐人譏道士云出言猥穢誑妄不眞使人奉者不仁不孝家生梟鏡之皃無禮無親世出豺狼之子又見新落髮道士駡長春宮家云教門無事汝等受榮教門有害使俺受辱尊稱掌教披秉藍袍日無素飡月有佳宴粉白黛黒滿目歡呼螓首蛾眉終宵私樂睛他上分之饌受他鑿折之恭昧天謾心今日自感作聆此語以爲不然今此觀之未爲過也老子生於厲陽之鄉終於槐里之地此本墳隴棄而不修恣荆棘之荒涼任狐兎之蹂踐年終臘節孰聞道士之蒸嘗獻歲秋成弗覩女冠之礿祀行人爲之隕涕見者爲之哀矜而漫説化胡之妖言流落他邦而不返王浮發乎餘簸志經又揭臭風使老子重玄之妙門到此掃地而蕩盡且今八十一化其中五十餘化偷佛效顰二十餘化道聽塗説唯有一化言老子授尹喜道德眞訣全將合氣運精而爲立功不以清淨爲心專以交遘爲道以斯祈福福云何生以斯禳災災云何殄祥邁仰荷宸恩忝充釋子刳心守道閉戸閑居待殘喘於桑榆無求辯於邪正憤志常之姧狡嘉少林之甄明蕩化胡之穢談返遏占之寺宇光輝釋範匡弼眞乘功蓋補天業隆立極雖摩騰見美於漢朝法上溢名於齊代（法上北齊大統與道士爭論道士落髮）以今校古曽何足云哉加以主上明聖洞曉佛心知玉石之不同審薰蕕之異氣佛是聖中之大聖老是賢中之大賢既天壤之懸殊亦珠礫而異價由是特回天睠目察實虛偃彼濁風朗茲慧日祥

邁預斯嘉會慶躍心靈希前代之清塵仰先哲之洪範輒憑古典斥破今圖拔妄説之根株折志經之誑辯本顛末墜瓦解冰消豈唯千載之楷模亦顯一時之奇事靡敢進於龍藏亦可續於弘明唱斯言而不慚冀英能而知賞撫我華者難與言論云至元單閼之歲孟春絶筆道者山大雲峯禪寺灑掃比丘祥邁記

欽奉聖旨禁斷道藏僞經下項見者便宜燒毁

化胡經王浮撰　猶龍傳

太上實録宋謝守灝撰　聖紀經

西昇經　出塞記　帝王師録

三破論齊人張融假託他姓　十異九迷論傳弈李玄卿　明眞辯僞論吳筠

十小論吳筠　欽道明證論唐員半千假託他姓

輔正除邪論吳筠　辟邪歸正議杜光庭

齕邪論梁曠　辯仙論梁曠　三光列記

謗道釋經破大藏經林靈素杜光庭撰　五公問虛無經

三教根源圖大金天長觀道士李大方述

道先生三清經　九天經

赤書經　上清經　赤書度命經

十三虛無經　藏天隱月經

南斗經　玉緯經

靈寶二十四生經　歷代應現圖

歷代帝王崇道記　青陽宫記

紇勝賦　玄元内傳　樓觀先生内傳

高上老子内傳　道佛先後論

混元皇帝實録

長生天氣力裏大福廕護助裏皇帝聖旨道與中書省樞密院御史臺隨路宣慰司按察

司達魯花赤管民官管軍站人匠等官并衆先生每在前蒙哥皇帝聖旨裏戊午年和尚先生每折證佛法先生每輸了底上頭教十七箇先生剃頭做了和尚更將先生每説謊做來的化胡等經并印板都燒毀了者隨路觀院裏畫著底石碑上鐫著底八十一化圖盡行燒毀壞了者麽道來如今都功德使司奏隨路先生每將合毀底經文并印板至今藏著却不曾毀了更保定真定太原平陽河中府王祖師庵頭開西等處有道藏經板這般奏的上頭教張平章張右丞焦尚書泉總統忽都于思翰林院衆學士中書省客省使都中書省宣使苦速丁淵僧録眞藏僧判衆講主長老等張天師祁眞人李眞人杜眞人衆先生每一同於長春宫内分揀去來如今

張平章等衆人每迴奏這先生家藏經除道德經是老君眞實經旨其餘皆後人造作演説多有詆毀釋教偷竊佛語更有收入陰陽醫藥諸子等書往往改易名號傳注訛舛失其本眞僞造符呪妄言佩之令人商賈倍利夫妻和合有如鴛鴦子嗣蕃息男壽女貞誑惑萬民非止一端意欲貪圖財利誘説妻女至有教人非妄佩符在臂男爲君相女爲后妃入水不溺入火不焚刀劒不能傷害等及令張天師祁眞人李眞人杜眞人試之於火皆求哀請命自稱僞妄不敢試驗今議得除老子道德經外隨路但有道藏説謊經文并印板盡宜焚去又據祁眞人李眞人杜眞人等奏告據道藏經内除老子道德經外俱係後人捏合不實文字情願盡行燒毀了俺也

乾淨准奏今後先生每依著老子道德經裏
行者如有愛佛經底做和尚去者若不爲僧
道娶妻爲民者除道德經外說謊做來底道
藏經文并印板盡行燒毀了者今差諸路釋
教泉總統中書省客省使都魯前去聖旨到
日不問是何官吏先生道姑秀才軍民人匠
鷹房打捕諸色人等應有收藏道家一切經
文本處達魯花赤管民官添氣力用心拘刷
見數分付與差去官眼同焚毀更觀院裏畫
著底石碑上鐫著底八十一化圖盡行除毀
了者自宣諭已後如有隨處隱匿道家一切
說謊捏合毀謗釋教偷竊佛言窺圖財利誘
說妻女如此誑惑百姓符呪文字及道家大
小諸般經文若所在官司不添氣力拘刷與
隱藏之人一體要罪過者外民間諸子醫藥
等文書自有板本不在禁限准此

至元十八年十月二十日

長生天氣力裏皇帝聖旨宣撫司每根底城
子裏村子裏達魯花赤根底官人每根底張
眞人爲頭兒先生每根底宣諭的聖旨馬兒
年和尚先生每持論經文問倒先生每的上
頭十七箇先生每根底教做了和尚也已前
屬和尚每底先生每占了的四百八十二處
寺院内二百三十七處寺院并田地水土産
業和尚根底回與也麽道張眞人爲頭兒先
生每退狀文字與了來又先生每說謊做來
的化胡經等文字印板教燒了者石碑上有
底不揀甚麽上頭寫著底文字有呵盡都毀
壞了者麽道來又已前先生每三教裏釋迦
牟尼佛的聖像當中間裏塑著有老君孔夫

子的相貌左右兩邊塑著有來如今先生每把已前體例撇了釋迦牟尼佛的聖像下頭塑者有麽道這般說有依著已前三教體例裏做者釋迦牟尼佛的聖像下頭塑有呵攺正了者麽道斷了來如今少林長老爲頭兒和尚每奏告教回與來的寺院內一半不曾回與了的却再爭有又說謊做來的化胡經等文字印板一半不曾燒了有三教也不依著已前體例裏做有麽道這言語是實那是虚眞箇這的每言語一般呵一般斷了者別了呵怎生行的依著已前斷了的內不曾回與來的寺院有呵但屬寺家的田地水土產業回與了者說謊做來的化胡經文書印板不曾毀壞了的有呵毀壞了者三教也依著已前體例裏做者俺每的這聖旨這宣諭了呵已前斷了的言語別了呵寺院的田地不回與呵爭底人有呵斷按打奚罪過者又這和尚每有聖旨麽道已前斷了的已外不屬自已的寺院田地水土爭呵不怕罪過那甚麽聖旨俺每底鷄兒年六月二十八日開平府有的時分寫來

長生天底氣力裏蒙哥皇帝福蔭裏薛禪皇帝潛龍時令旨道與漢兒州城達魯花赤管民官僧官僧衆道官道衆人等據少林長老告稱蒙哥皇帝聖旨裏委付布只兒爲頭斷事官斷定隨路合退先生住寺院地面三十七處却有李眞人差人詐傳蒙哥皇帝聖旨一面奪要了來這言語問得承伏了是李眞人差人詐傳的上頭如今只依先前的聖旨委付布只兒爲頭斷事官元斷定三十七處

地面教分付與少林長老去也准此

至元戊午年七月十一日開平府行

辯僞録卷第三

音釋

鯨鯢鯨渠京切鯢研兮切鯨鯢巨魚也 暈禹慍切日月傍氣也 㥏懡㥏他典切懡寄北切㥏懡慚也 頡胡結切 籒直又切 蒨倉甸切蔥蒨草木盛貌 璇璣璇旬緣切璣居希切 睞洛代切 畚布衮切車上蓬也 帔披義切裠屬 厲落蓋切厲鄉地名老子所生處 晻曖晻烏感切曖於代切不明也 誑諕誑古況切斯也諕虚訏切誑也 嚥伊甸切吞也 姹陟駕切姹女水銀也 鈆汞鈆余專切黑錫也汞胡孔切水銀也 㟪媟㟪烏罪切媟私列切㟪媟𡜵嬻也 斡古緩切棄也 㼹口郎切㼹𤬪也 扈從扈侯古切後從也從才用切侍從也 誇衒衒熒絹切誇衒大言自矜也 鑪韛鑪龍都切與爐同韛步拜切韋囊所以吹火也 氛祲氛敷文切祲咨林切氛祲妖氣也 荐才甸切重也 螓慈鄰切螓首言顙廣而方也 睛疾盈切受賜也 單閼單時連切閼於歇切太歲在卯曰單閼

辯僞録卷第四

元道者山雲峯禪寺沙門祥邁奉勑實録撰

夫三聖人教列於中國猶鼎足而峙以扶皇化夫子之言仁義者軌於不道之士也老子之守謙退者息於躁競之徒也釋氏之談性命者欲令返源也而叔葉紛論獨師已見自矜自勝迷本迷宗蓋不達道之通途守於一岐之說也殊不知仁義行則人人蹈於君子之徑矣謙退行則人人杜於貪恪之求矣性命明則人人達於妙道之源矣不如是者何爲達士君子乎仲尼所謂齊一變至於魯魯一變至於道幾於此矣而晚世道士專尚誇誕以譎詭不經爲奇異以誣妄不眞爲妙門棄二篇之醇濃雜三張之穢術王害風以顛狂爲至德不識道之淵源立處機以行鷙爲神奇失全眞之要妙西行萬里不明對主之談東迴三年偶合標其殊異欺人調聖矜衒自高始爲烏有之談終成無是之說古來矯妄且略不言今朝行事且陳數段我太祖成吉思皇帝龍飛朔野虎步中原膺寶曆以匡圖赴昌期而司牧順天革命戡亂定功軍國雖煩留心覺路首頒恩詔護持佛門大聖神化不可測量所在形儀無得損壞隨處寺宇所有田地水澆上地水碾水磨寺用什物凡是佛底並令歸還莫得侵占大小科役鋪馬祗應並休出者出家僧人是佛弟子與俺皇家子子孫孫念經告天助修福者凡是僧人去住自在休遮當者有歹人每倚著氣力撓擾佛寺奏將名姓來者後代明君咸遵此式而魔辯逼眞妄生高下咸言立公開三教之

基爲儒釋本地試敘首末請詳臧否初全眞之興事非振古按元裕之重陽眞人碑云金朝正隆中有王世雄者三輔人也少以任俠見稱中歲忽有所得遂棄家事浮沉酒間詭浪無節倡狂妄行咄空獨笑時人以爲病狂遂自王害風焉後遇氊裘二道士汲水飲酒狂縱愈甚狡獪難測於縣東掘墓止之以活死人目之居之二年移於劉蔣庵大衆不聚於三人庵不搆於二屋自是棲遲土窟託處窮巷破裘敗絮以裹其身執杖操瓢乞食自濟效癡禪之守黙坐環墻而自拘嘗謂禪僧達性而不明命儒人談命而不言性余今兼而修之故號全眞行丐而東至寧海軍得弟子馬丹陽丘處機劉譚郝凡七人全眞之教乃大行焉後其徒潘志源等致范君幕府致之王君書數命元裕之述碑賛德裕之引葛洪稚川之於晉陶(弘景)貞白之於梁寇輔眞(謙之)之於魏司馬子微之於唐陳圖南(摶)之於宋敘此數賢皆不及之曲成其美而全眞之輩謂不光故好問之文立而復毀其徒又發杜順寶塔聮環金骨埋於世雄壙中爲王害風之舍利焉(金朝世宗章廟禁斷其風使楊尚書就海州竟校斷丘公八十而音不絕世之共聞非妄言也)道士丘處機字通密登州棲霞人號長春子師王害風繼唱全眞本無道術有劉温字仲祿者以作鳴鏑幸於太祖首信僻說阿意甘言以醫藥進於上言丘公行年三百餘歲有保養長生之術乃奏舉之戊寅中應召北行丘公倦於跋涉聞上西征表求待迴使中書湛然温詔召之丘公遂行初上西征大石林牙及可弗叉國盡有其地唯算

端汗奪破乃滿之地軍馬强盛據有尋思干城（或云邪木思干遼之河中府也）聞上西討即南走入鐵門遁於大雪山南潛趍印度上率衆襲之駐蹕大雪山南辛巳冬十一月十八日丘公至尋思干城以雪山大雪屯谷可有二丈深不可行且止城中壬午夏四月初五日始過雪山達於行宫至上前數拜退身致敬禮畢然後入帳上問有何長生之藥以資朕躬丘公逡巡拱身答曰有衛生之道而無長生之藥上以言實賜以馬乳時迴紇山賊亂於峪邇且令丘公還尋思干城期以十月再詔八月後旬丘公復至行宫凡有所對皆平平之語無可採聽問其年甲多少僞云不知考問神仙之要唯論固精養氣出神入夢以爲道之極致美林靈素之神遊愛王害風之入夢又舉馬丹陽恒云屢蒙聖賢提奬眞性遨遊異域又非禪家多惡夢境蓋由福薄不能致好夢也又問湛然居士觀音賛意中書輕而不荅而有識聞之莫不絶倒既而東迴表求牌符自出師號私給觀額自塡聖旨謾昧主上獨免丘公門人科役不及僧人及餘道衆古無體例之事恣欲施行上之所説湛然居士編入西遊録中備明丘公十謬回至宣德等州屈僧人迎拜後至燕城左右鼓奬特力侵占使道徒王伯平騶從數十懸牌出入馳躍諸州便欲通管僧尼丘公自往薊州特開聖旨抑欲追攝甘泉本無玄和尚望其屈節竟不能行西京天城毁夫子廟爲文成觀景州奪龍角山賈先生改爲冲虚觀後僧欲爭丘公移書從樂居士文過飾非平谷縣水谷寺正

殿三身皆劉鸞絶手悉打凋中改觀居之太原府丘公弟子宋德芳占淨居山穿石作洞改爲道院立碑樹號相州黄華山隋唐古刹碑刻存焉道士占定混源西道院本崇福寺道士占訖灤州下縣數座佛殿道士拆訖并毁佛像檀州黍谷山靈巖寺昔是鄒衍吹律之處堂殿廊廡悉皆完足全眞賈志平王志欽倚著丘公氣力蕩除佛像塑起三清石幢子推入澗中有底田園占佃爲主改名大同觀檀州木林寺正殿懸壁壬子年全眞許知觀拆毁塑像改立三清號爲天寶萬壽宫良鄉縣東南張謝村興禪寺地土棗樹林檎園并外白地丘公弟子孔志童强占種佃欺侮尼衆如此等例略有數百雖莊蹻狼戾於南荆盜跖跋扈於東魯方今剽劫未爲過也不以道德爲心專以攘奪爲務後毒痢發作卧於厠中經停七日弟子移之而不肯動疲困羸極乃詐之曰且偃之與寢何異哉又經二日竟據厠而卒而門弟子外誑人云師父求福編丘公録者（李浩然集來）即日登葆光而化異香滿室此皆人人具知尚變其説餘不公者例皆如此故當時之人爲之語曰一把形骸瘦骨頭長春一旦變爲秋和灘帶屎亡圊厠一道流來兩道流斯良證也（大道四祖之語也）即丁亥年七月初九日也後道士志常字浩然號眞常子簪冠自整紹復前蹤斂道士之財買王臣之意婾薄巧飾趍媚時流虚冒全眞之名不行道德之實梟鳴正道虎視釋家挾邪作威侵占佛寺襲丘公之僞跡扇殘賊之餘風縱群下之剽奪任私情之毁撤打佛像而

安老像廢菩薩而作天尊貪得忘仁窺求無度他處遼遠恐人未憑且叙京城及内屬州縣占奪寺舍侵植田園磨毁碑幢損滅佛像略舉一二驗知虛實京通玄開觀音院正殿三間塑畫完具李志常遣本觀道衆打絶聖像塑著三清雖屢陳訴抗詔不與今雖革正而街西院舍近三十楹尚未分付京淨恩禪寺正殿房寮方丈庫舍五十餘楹殿内無量壽佛十六觀像金碧炫目女冠改作修真觀永占住持京憫忠寺東塔院大道信道姑占守住坐京慈聖院長春宮薛道録改爲玄都觀占住京寶塔寺經藏院天長觀下任道姑福童占定住坐京資聖寺唐遼舊刹前後通街地有三十餘畒房有百十餘間全真輩志朗改作葆真觀占定住持京顯花門外金橋寺正殿釋迦渾金成就全真張知觀拆毁大殿平治基址安先生丘塚改作墳地京銅馬坊建福院全真鬅頭張先生占改住坐京春臺坊西萬盈坊弘教院正殿聖堂僧寮廚庫菜園石碑盡被樊先生拆打訖却將木石於戴外郎宅東蓋訖天齊仁聖廟京西北隅吉祥院長春宮占作窯場煉丹經今聖旨斷定由未分付玉田縣北鄉妙峰院全真榮道士盡行拆訖於田家莊蓋女冠楊道姑路道姑住坐通州在城觀音院前後正殿廚庫僧房全真陳和童打壞觀音改塑老君易名通仙觀宛平縣齋堂村靈樂寺全真劉知觀把釋迦太子賣與他人火爆石碑藏了銅鐘拆訖佛殿壞了舍利寶塔平蕩墳林蓋作通仙觀塑起三清涿州在城設濟院有舍利塔七層

五十餘尺全眞賈先生夜間拆了塔尖本官詰責逃了甲寅年改爲齊仙觀涿州行滿寺觀音殿有白玉石觀音菩薩坐高三尺有糠禪任志堅夜中打碎共十一塊并占訖寺院改爲永寧觀住坐廣因寺常住位舊堂咸備全眞梁先生改作十方觀住坐平谷縣曆西寺正殿聖容全眞王知觀打壞塑像占植栗園磨了石碑耕了地土文家莊水谷寺殿宇三門雲堂庫房水碾園土全眞王知觀打了塑像却塑老君并獨波寺正殿拆訖占植栗園改作道院順州年豐龍泉寺麻地東園并餘白地盡被馬法師占定改爲大道觀安次縣北臺寺全眞羊皮李占佃普慈寺楊道姑占訖遵化縣臺山寺下院靈應山栗園劉先生占淨因院羅文谷栗園張先生占植縣東

北般若院大殿中疃寺雲堂淨家谷雲堂三門盡被張先生拆了蓋作開陽觀薊州天香寺栗園地土盡被王道政占佃舍利寶塔高四十尺王道政拆訖塔上鐵竿亦自使了又拆了墳塔十三座甘泉山下院水碾一所孫先生强行蓋了報國寺下院栗園賈先生占了崆峒山下院田地栗園呉先生蓋觀占守如此等例寧可具詞其餘東平濟南益都眞定河南關西平陽太原武朔雲中白霫遼東肥水等路打拆奪占碎幢磨碑難可勝言略知名者五百餘處皆李志常之所主行又自覽貢獻圓米果木齋煎茶蕈馳驛馬疋每歲上下要君取榮不以謙退爲心專以衒名爲務壬辰中合罕皇帝吊民洛汭問罪汴梁急於外征未遑内整而志常姧心狙妬欲欺佛

家茷視朝廷敢爲不軌乗國軍擾攘之際當羽檄交馳之辰縱庸鄙之徒作無稽之典令狐璋首集僞説史志經又廣邪文菽麥不分古今匪辯採王浮之詭説取西昇之鄙談學佛家八十二龕糅老子八十一化要合九九之數簧鼓二篇之風乃舉李耳在虚無之前屈迦文降周莊之代倚竊佛教增闡多端欲高釋氏之前乃説李耳在陽甲之歳欲登儒者之上乃立九歳在太易之先欲同佛家五方如來乃説五方出法度人擬偷佛經世界初成風輪下布乃説氣射往來變作彌羅之氣如此之事一一難陳秖欲混自濁流濫彼清濟金鍮相雜涇渭難分謂聖欺賢蔽蒙天下瞎他正眼昧自心靈夭過佛門溝壑正道慠慢典憲不懼朝章使秦川道衆暗板流傳遠地發揚欲妨自害不遇明聖眞假孰分佛法中興待時而顯苟非其人道不虚行我蒙哥皇帝克岐克嶷曰聖曰明布政簡嚴聰達神武修祖宗之令典酌先代之洪規率由舊章不忘外護初鑄國寶先賛佛門凡是僧人並無徭賦聖旨特賜那摩國師白金二千定（計鈔二十萬兩）修福佛門又令勝菴主發黄金五百兩白金萬兩於昊天寺大作佛事（七日方滿飯僧萬餘也）道門志常以八十一化圖刻板既成廣張其本若不遠近咸布寧知李老君之勝宜先上播朝廷則餘者自然草靡乃使金坡王先生道人温的罕廣齎其本徧散朝廷近臣土魯及乞台普華等並授其本時少林長老裕公建寺鶻林皇上欽仰因見其本謗訕佛門使學士安藏獻呈阿里不哥大王訴其僞妄

大王披圖驗理閱實甚虛乃奏天子備陳詐冒破滅佛法敗傷風化天子未詳眞僞俾召少林長老及道士李志常於大内萬安閣下共丞相鉢剌海親王貴戚等譯語合剌合孫弁學士安藏帝御正座對面窮考按圖徵詰志常一詞罔措拱身叉手唯稱乞兒不會而已推以不知少林讓曰汝既不知何以掌教志常又黙無言少林因曰道士欺負國家敢爲不軌今此圖中說李老君生於五運之前如此妄言從何而得且史記老子與孔子同時出衰周之際故唐初秀才胡曽詠史詩云七雄戈戟亂如麻四海無人得坐家老氏却思天竺住便將徐甲去流沙此則周末時人明矣何乃妄搆此說謾昧主上乎志常曰此是下面歹人做來弟子實不知也少林又曰老子既是大賢宜當佐國安民匡君不逮何乃坐視亂亡西去流沙忍而不救乎自巳家鄉而不能整且欲遠化羌胡不亦謬哉此同頭上火燒而不能却且欲遠救他山之火縱是愚人亦知迂誕志常拱黙無言面赧汗出少林重奏曰道士欺謾朝廷遼遠倚著錢財壯盛廣買臣下取媚人情恃力凶愎占奪佛寺損毀佛像打碎石塔玉泉山白玉石觀音像先生打了隨處石幢先生推倒占植寺家園果梨栗水土田地大略言之知其名者可有五百餘處今對天子悉要歸還而志常情願吐退别無詶荅少林又曰此化胡圖本是僞造若不燒板難塞邪源志常唯言情願燒却更無伸說上曰我爲皇帝未登位時舊來有底依古行之我登位後先來無底不宜添

出既是説謊道人新集不可行之時勝講主瞋目詈之指爲畜類塊然無對帝謂群臣曰道士理短不敢詶答也少林翌日復上表云和林上都北少林寺嗣祖雪庭野人誠惶誠恐頓首頓首謹言聞舉直錯諸枉能使枉者直舉枉錯諸直能使直者枉此二者賞罰之源治亂之機莫不發乎其中矣自生民以來淳朴未散故三皇五帝垂拱南面其政教不肅而成不嚴而治是以聖人觀天文以察時變觀人文以化成天下也及三代以降姦宄日萌故聖賢間生應時設教或洗之以道德或封之以仁義以防微後世之弊也於是我釋迦大覺以周第五主昭王二十四年甲寅四月八日生於天竺父曰淨飯皇帝母曰大術聖后夢感白象駕日輪忽墜於懷覺時乃娠誕彌厥月聖母攀枝右脇神化而生列宿襯於紅蓮九龍沐以香水三十二相以嚴體八十種好以隨形指天地以稱尊現吉祥而應世四門觀苦午夜逾城六年苦行以圓曠劫之因萬德周身以克多生之果教談三百餘會化揚八萬之門受波旬請而入涅槃順衆生機而示圓寂由是道超凡聖化被人天凡聲教所及莫不波蕩風靡而從之冠其位於列聖之首也學其道者持五戒則備於五常修十善則杜其十惡存者安於王道亡者託於人天其大則頓息生死之源獨出聖凡之表也繼有東夏賢者是曰老君以周第二十二帝定王二年丙辰九月十四日生於楚國苦縣厲鄉曲仁里父曰韓乾母曰精敷孕八十一年而生於李樹下因以姓李名耳字

伯陽身長四尺六寸額凸眉麤反唇騫鼻髆尖胯闊耼耳鬅頭生而皓首故曰老耼以疑獨之道祕于心以三寶之德資于用曰慈曰儉曰不敢爲天下先至簡王二年官至守藏吏十四年遷太史及景王二十三年己卯以七雄分覇天下擾攘老氏不忍坐視其弊有紫氣浮關欲西涉流沙而訪至函谷得關令尹喜授以道德二篇深造妙道之理已而弗克流沙死於槐里即而葬焉乃京兆之典平也後之學其道者虛心實腹游於道德黙於聰明高蹈煙霞迥出塵世聲利不能屈刑勢莫能移雖二聖賢時有先後教有淺深觀其聖賢之心未甞有間也自我皇朝聖祖開闢大統以來兵燼之際有學者興肇起其門是曰全眞冠伯陽之衣冠稱伯陽之徒黨棄伯陽之宗廟悖伯陽之道德漫漫四方不可勝數毀拆寺宇摧滅聖像僞興圖籍妄設典章肆其異端以干時惑衆殘賊聖人之道輙以無稽之言自彫入藏目之爲經良可笑也如新集老氏八十一化圖化胡經等百端誑誕之說使識者誦之則齒寒聞之則鼻掩圖云老君以殷第十八王陽甲庚申歲眞妙玉女晝寢夢日精駕九龍而下化五色流珠吞之而孕八十一年至二十一王武丁庚辰二月十五日其母攀李樹剖左腋而生九步生蓮四方乘足日童揚輝月妃散華七元流景祥雲蔭庭四靈翊衛玉女捧接其母攀枝萬鶴翔空九龍吐水七十二相八十一好指天指地唯道獨尊及長爲文王守藏吏至成康爲柱下史而棄周爵不知此語何從所出也又

云老君以周昭王二十四年四月八日上昇太微復生於成都李氏家與尹喜會復上昇適西竺使尹喜作佛以化胡人剃鬚髮爲僧誓而歸之如此謬妄數端皆兒戲之語也嘻噫佛生周昭老生於定尹喜受道德於景王之己卯相去五百有七年何尹喜之爲佛耶是今日適越而昔至也無乃太誕乎夫老氏之首末具載周史而今以爲殷陽甲眞妙玉女所生者然則眞妙者凡耶聖耶若聖則老氏豈復仕周爲吏耶若凡則何族耶況老氏之聖也有萬種禎祥而世人豈不知復以爲吏耶何捨明趣昧如此可不愧歟況今槐里塚墓在焉其徒以爲老氏白日上昇何塚墓之有哉乃棄於荆棘之閒而不祀此皆具人眉目者之所不爲也其莊列氏亦伯陽之命世亞聖也而子莊子言老聃死秦佚弔之三號而出獨不言上昇太微之事乎子列子雖闡尹喜一言之善又嘗捨之又喜仲尼答西方有大聖人以爲至言獨不言化胡之事乎略舉其兩端則衆謬斯釋矣以前後所説全與本史相違似非老聃者也然則老聃外別有太上老君者成聖耶何設僞以非聖人者如此且夫世亦有至不肖者然樵牧之豎安敢輒欺之況大聖人乎仲尼曰非聖人者無法此大亂之道也又許昌新作三教碑以老氏正席佛儒翼之亦不稽古之甚也且三教之位自漢至今千有餘載如指之據於掌短長左右固有定處豈匹夫匹婦能異哉觀此效顰忘本之徒必欲毁滅大覺之道非毁而能滅惜乎伯陽之道掃地矣何哉猶藤蘿倚

於喬松枝葉繁榮蔭及頃畝樵牧過之仰而嘆曰大哉鬱鬱乎藤之茂且盛矣如此而不言松栢之大本也旣而松無以施其枝葉則枯枯則絶藤蘿委地靡所不致雖深根固蔕而復欲望之於雲漢不亦遠乎于戲伯陽之道其若是而已矣幸遇主上英雄紹聖聰哲御天軒鑑洞乎八方舜日照於四海察纖毫而莫隱臨大統以無私仰顧正三教之典謨訓誥保合大和爲萬世之規矩準繩固非小補但野人福裕無任瞻天望聖誠惶誠恐頓首頓首謹言卽乙卯年八月也帝旣目覽是非具知臧否乃傳聖旨曰那摩大師少林長老奏來先生毀壞了釋迦牟尼佛底經教做出假經來有毀壞了釋迦牟尼佛底聖像塑著老君來有把釋迦牟尼佛塑在老君下面坐有共李眞人一處對證問來李眞人道我並不理會得來今委布只兒衆斷事官那造假經人及印板木不揀是誰根的有呵與對證過若實新造此說謊經分付那摩大師者那造假經底先生布只兒爲頭衆斷事官一處當面對證倒時決斷罪過要輕重那摩大師識者又毀壞釋迦佛像及觀音像改塑李老君底却教那先生依前舊塑釋迦觀音之像改塑功了却分付與和尚每者那壞佛的先生依理要罪過者斷事官前立下證見交那摩大師識者若是和尚每壞了老子塑著佛像亦依前體例要罪過者卽乙卯年九月二十九日君腦兒裏行此聖旨那摩大師緣此聖旨見奉福寺先生侵了餘占寺院先生不肯分付及玉泉山白玉觀音先生打了不

肯陪還使少林長老金燈長老就德興府對今上皇帝宣前聖旨即要陪償少林長老先與執結而張樌教志敬妄欲支吾不肯分付今上大怒令劉侍中活者思毆擊駡之頭面流血全無愧恥明年遣使胡覩孫下來依著皇帝聖旨本意盡行歸斷時禁界墻分付奉福寺家初蒙哥皇帝聖旨裏委付布只見爲頭衆斷事官隨路合退先生住著寺院地面三十七處並令分付釋門而李志常不依歸斷差道士樊道録再奏聖旨別生情見依著胡覩虎那演抄數已後不許改正雖如是奏上未允許而道士樊志應但向乞台普花處說便詐傳皇帝聖旨一面却都奪了復推界墻丙辰年五月那摩大師再共少林長老奉福亨長老統攝温庵主開覺邁長老大名津長老上方雲長老資福朗講主塔必小大師蘇摩室利中山提領要阿失真定譯言蒙古歹並上合剌鶻林預待李志常等共對朝延與先生每大行辯論以七月十六日覲帝於鶻林城之南昔剌行宫帝引諸師入内温顔接話並賜金帛專待道士辯明真僞而李志常怯不敢去自念前對天子唯推不知今更相抗慮恐墮負乃使樌教張志敬字義卿魏仲平温的罕等遷延緩進狙僧遠近竟不面會覌聞諸師退朝即復趁程天子阿里不哥大王知此道士無理雖復多語竟不與言而李志常見僧上行進退狼狽愁思内鬱變成腦疽股慓蒐驚又感雷震因而殂焉故當時之人爲詩詠云楂子店前不死方老丘傳與李真常三千玉女長春舘十二瓊樓偃月堂服

氣變爲休息痢呑霞化作腦疽瘡全眞業貫年來滿霹靂掀簷罪王皇聞者以爲實言即戊午年六月日也帝以諸王大會封賞事般僧道對辯之事且令阿里不哥大王替行問當所有事件一一奏聞初盤山中盤法興寺亥子年間天兵始過罕有僧人海山本無老師之嗣振公長老首居上方橡栗充粮以度朝夕全眞之徒挾丘公之力謀占中盤乃就振公假言借住振公以謂道人棲宿猶勝荒涼且令權止占居既久遂覬永定王道政陳知觀呉先生等乃改拆殿宇打損佛像又冒奏國母太后娘娘立碑改額爲棲雲觀院內古佛舍利寶塔高二百尺又復平蕩影堂正殿三門雲堂悉皆拆壞屢僧爭奪而不能革乙卯年聖旨斷與和尚不肯分付後上方長老雲公忿其無理破碎其碑奏告今上皇帝又共那摩大師少林長老朝覲蒙哥皇帝具陳其事聖旨委付今上皇帝改正其弊却爲僧院即戊午年九月初四日也德興府水谷寺舊來佛像及十六羅漢並是石作妙盡奇功兵火之後無僧看守有諸道士竊而居之日久綿遠恐僧爭奪故泯其跡遂毀諸像塡於水塹後僧爭之諱本道院僧搜刷像出道士乃伏上方提領雲長老負壞像首上奏朝廷阿里不哥大王見而悲感即喚金坡王先生道人右法籙鳴鏑射之以石打之道士頭皆流血謂道士曰佛之眞身杳然絶朕猶如虚空不可破壞眼尚不覩豈能損耶但汝無知作地獄種子縱汝邪愚世中有底汝能壞了還曾損著眞佛身耶明知道士侵占佛寺壞了佛像

故不虚語又燕北玉泉山舊有白玉石觀音像被道士打壞身首分離擊碎石塔穿石作洞内刻道像上諂朝廷爲國家修善之所投簡福地欲永占定恐後爭奪李志常後腦疽既發雷震而卒遂假葬棺柩内盛笠子柱杖埋於玉泉而實屍葬於五華觀中圖欲移年遷葬但顯空棺妄待傳播效他達磨尸解仙去而神不容姦欲隱彌露因賽典赤使人貢傘具陳其事蕃漢聞之哂其姦佞皇弟大王聞斯矯詐乃訴於帝曰道士從來欺謾國家昔年說爲投簡福地今日返葬浩然臭身若實如此不可輕赦乃遣馹使何會必闍赤及阿斯蘭下來發掘果掊出空棺鞫問實尸埋在五華觀内剖而視之已成腐爛如此僞妄天下共知而道士刻圖出神上昇而天長觀內千片雲板自破無聲萬人之鑊不覺鏵裂瑠璃巨閣忽爾崩摧不祥之事難以具數斯亦積僞謾之所致也而玉泉山水地土聖旨盡付那摩國師跨崖據泉上蓋觀音重閣内塑其像金塗綵繪巧妙丹青却爲釋有帝對諸師曰我國家依著佛力光闡洪基佛之聖旨敢不隨奉而先生每見俺皇帝人家歸依佛法起憎嫉心横欲遮當佛之道子這釋道兩路各不相妨只欲專擅自家遏他門户非通論也今先生言道門最高秀才人言儒門第一迭屑人奉彌失訶言得生天達失蠻叫空謝天賜與細思根本皆難與佛齊帝時舉手而喻之曰譬如五指皆從掌出佛門如掌餘皆如指不觀其本各自誇衒皆是群盲摸象之說也時逼冬寒而先生每終不肯到路

上淹留帝謂諸師曰道家既不肯來必是理短不敢持論却令僧衆乘驛還燕乃丙辰年九月十日也丁巳年秋八月少林長老金燈長老再上朝廷阿里不哥大王特傳聖旨道家前來做下八十一化圖破壞佛法幷餘謗佛文字有底板木燒毀了者有塑著底畫著底石頭上刻著底先生毎不依舊時體例裏底並與壞了者刷洗了者磨了者委付今上皇帝如法行了者帝念此處已定漢地不知若不就彼廣集對辯辭窮自屈乃訟國家强抑折伏時今上皇帝建城上都爲國東藩皇帝聖旨倚付將來令大集九流名士再加考論俾僧道兩路邪正分明今上皇帝承前聖旨事意普召釋道兩宗少林長老爲頭衆和尚毎張眞人爲頭衆先生毎就上都宮中大閣之下座前對論內衆即有那摩國師拔合斯八國師西蕃國師河西國僧外五路僧大理國僧漢地中都圓福超長老奉福亨長老平灤路開覺邁長老大名津長老塔必小大師提點蘇摩室利譯言眞定蒙古歹北京詢講主大名珪講主中都壽僧錄資福朗講主龍門育講主太保聰公等三百餘僧儒士竇漢卿姚公茂等丞相蒙速速廉平章丞相没魯花赤張仲謙等二百餘人共爲證義道士張眞人蠻子王先生道錄樊志應道判魏志陽講師周志立等二百餘人共僧抗論今上問曰道家所造八十一化圖幷餘謗佛文字李志常先於蒙哥皇帝面前共少林辯論已屈伏了招承燒却

辯僞録卷第四

音釋

調扶紡切誣也
碾尼展切轢物器也
狡獪狡古卯切獪古外切
鏑丁歷切矢鋒也
灤盧官切州名
蹻訖約切莊蹻楚之大盜也
跖之石切盜跖秦之大盜也
剽匹妙切攻劫也
跛扈跛蒲撥切扈侯古切跛扈猶強梁也
褓博浩切
濉息遺切
媮他侯切巧黠也
鬅步崩切鬅鬠也
疃土緩切
霫七入切奚霫東北夷名
汭儒稅切水北曰汭
狙千余切狙詐也
妬都故切嫉妬也
嶷魚力切小兒有知識貌
赧乃版切面慚而赤也
愎彌力切狠也
宄居洧切在外爲姦在內曰宄
襯初覲切
楂莊加切棃屬

辯僞録卷第五

元道者山雲峯禪寺沙門祥邁奉勑實録撰

今上問曰道家所造八十一化圖幷餘謗佛文字李志常先於蒙哥皇帝面前共少林辯論已屈伏了招承燒却皇帝恐先生每心内不伏特傳聖旨再倚付將來令子細持論若是僧道兩家有輸了底如何治罰釋曰西天體例若義墮者斬頭相謝而道士相顧莫敢明答帝曰不須如此但僧家無據留髮戴冠道士義負剃頭爲釋時先生每踴躍鶴列藍袍錦袖攘臂爭前僧曰釋道辯諍源起化胡今將從頭一一討論且如汝書題云太上混元上德皇帝明威化胡成佛經若具辯之恐成繁雜且舉大意試爲評論問云今化胡經文端的實是老子說耶道曰是老君說也釋曰若是老君說來化胡經中說俺僧衆剃髮受戒所行之事汝宜知之受戒儀範詳細說來道曰你每之事我不管之釋曰受戒小事汝猶不知明顯化胡經文並是偷佛經作道士無答又問化胡成佛佛是何義道曰佛是世間上等好人釋曰自古以來多少好人何不稱佛耶佛之深義汝本不知道曰佛是覺義釋曰覺箇甚麼道曰覺察覺悟釋曰何者能覺何者所覺道曰覺天覺地覺陰覺陽覺仁覺義覺知覺信無所不覺是佛義也釋曰佛是大聖之人窮盡性命之道豈但覺於仁義耶五常訓世之典孔子所談佛若但知此者孔子何不稱佛耶道士無答圓福長老問姚公茂曰仁義等語老子之言耶孔子之言耶姚公茂答曰孔子之教也圓福曰道士從

來偷俺佛經改作道書儒門唯有仁信之言汝家看守不定亦被道士每當面偷了帝問諸儒曰仁義之語孔子所談耶姚公茂等對曰是孔子之說也帝曰既是孔子之說云何將來說佛明知道家之言並是說謊之語道士既不能答乃將老子傳化胡經史記等書呈於帝帝曰不須道士多言但取文字爲證帝曰此是何人之書道曰此是漢地自古已來有名皇帝集成底史記古今爲憑帝問自古皇帝唯漢地出耶他處亦有耶道曰他國亦有又問他國皇帝與漢地皇帝都一般麽道曰一般又問既是一般他國皇帝言語漢地皇帝言語都一般中用麽答曰都中使用帝曰既中使用老子他處不曾行化而這史記文字主張老子化胡不是說謊文字那這

般史記都合燒了不可憑信道士並無一答那摩國師以拄杖指著道士罵曰這般驢馬之人百事不曉與這般先生說箇什麽拔合思八國師問曰老子留下根本經教名爲什麽答曰有道德經是正根本再問除此經外更有什麽根本經教再答唯此道德爲源本經再問此道德中還有化胡事麽答無有此事問此中無有何處說耶答曰漢兒地面史記文字說化胡事問你上說言他國史記與此漢地史記一般中用俺西天有頻婆娑羅王史記言語還憑麽答曰都是史記敢不憑信又問既然憑信彼史記道天上天下無如佛十方世界亦無比此是西天史記恁般說來既天上天下無如佛何處更顯老君化胡成佛來明知你每之言並是虛詒之說道士

無答國師又曰彼史記又言天下有頭髮底俗人禮拜一箇小小沙彌這般言語彼史記道來不曾見説老君度人汝曾聞歷道士答曰不曾聞得上怒曰偏此史記汝不聞得漢地史記你偏聞得姚公茂謂道士曰守隅曲士難論大方只爲執著漢兒史記自語相違向者前言都是史記敢不憑信既西天史記如此言之則佛是聖也今已輸了猶更折證道士默然帝曰老君之名但聞此處佛之名宇普聞天下何得與佛齊耶道士言既無據而赧詞窮先是少林上表於蒙哥皇帝論道不眞中有一道士不勝其憤髙言謂少林曰汝之表文謗李老君言其實死妄引莊子秦佚吊之此乃莊周寓言何可憑信少林曰莊子之書道家宗尚既是寓言則道藏之言並無實説道士又屈帝問張眞人曰你心要持論否張眞人曰不敢持論上曰你每常説道士之中多有通達禁呪方法或入火不燒或白日上昇或攝人返魂或驅妖斷鬼或服氣不老或固精久視如此方法今日盡顯出來張眞人並無酬答時逼日没閤中昏暗帝曰道士出言掠虚即依前約脱袍去冠一時落髮當時正抗論者一十七名論畢那摩大師使西京明提領燕京定僧判玉田張提點德與府龐僧録及隨路僧官監守防送來到燕京既入都門塔必大師蘇摩室利使道士星冠袍服掛在長竿普令曉諭幷所占寺宇山林水土四百八十二處並令分付釋家洎燕京奉福寺長春宫所占虚皇大閣却分付與金燈長老上件八十一化等僞經及有雕底

板木並令燒却幷天下碑刻之文塑畫之像道家無底盡與剗除少林長老與僧議曰若盡要了恐識恃力却回與二百八十處但取訖二百二處大小讃美稱佛門之多讓焉今上皇帝乃降聖旨曰依著蒙哥皇帝斷來聖旨先前少林長老告稱李眞人爲頭先生雕造下説謊底文書化胡經十異九迷論復淳化論明眞辯僞論辯正謗道釋經辟邪歸正議八十一化圖上欽奉聖旨倚付將來俺每拘集至和尚先生對面持論過爲先生每根脚説謊上將和尚指説出來底説謊化胡經衆多文書幷刻下板燒毀了者這般斷了也恐別人搜刷不盡却教張眞人自行差人各處追取上件經文板木限兩箇月赴燕京聚集燒毀了者及依著這説謊文書轉刻到碑幢幷塑畫壁上有底省會隨處先生就便磨壞了者刮刷了者先生不得隱藏者若有隱藏的或人告首出來那先生有大罪過者時戊午年七月十一日行張眞人既聽讀訖乃使人就雲臺觀追取説謊僞經化胡經八十一化圖等板木及隨處宮觀有底僞經輦載到燕京於大憫忠寺正殿之西南面對百官並與燒却萬壽諫和尚與下火云伏聞三元五運之肇百家諸子之書莫不導人倫信義之風述堯舜周孔之道統其要也未達眞俗之源陳其理也不出有無之域豈若三達無礙之智百神無以儔十方無等之尊千聖莫能匹梵天仰焉帝釋師焉道濟四生化通三界圓音一唱則外道摧鋒法鼓暫鳴則天魔稽首故號佛爲天人師無上大法王豈得與

衰周老子比德爭功但以法流漸遠魔外滋多爰有全真裒集道藏充凾溢几空多修煉之方堆案盈箱謾説導引之術延年却老自古虚傳羽化長生於今有幾無奈祭酒道士王浮志經學謝管窺智慚螺測矜白鳥之翼望駭泰山負爝火之明爭輝日月攄巳所憾悖乎揚言妄語化胡謬稱十異邪言惑正魔辯逼眞攘竊佛經黷亂聖典全無忌憚恣其猖狂履水而説涅槃曾無憑據蹈火而談妙法有類俳優用梵爲唐以冠加足文多訛謬義有差違誣詐自彰寧煩縷説既非老氏所制毀之則有益生民況是鄙人所談除之則有光先哲伏承我聖朝世主大國賢王膺千載之期安九五之運扶危濟世之德越湯武而獨高夷凶剪暴之功逾漢唐而孤顯蕩蕩巍巍聖德難名加以留心釋氏駐意佛門志欲還淳情存去僞理乖事舛者雖在親而必除義當名符者雖有疎而必舉近聞隨處道觀妄傳化胡僞書并餘傳記屬詞鄙陋殆不可聞出惡語若梟鷹肆慘毒如蠆尾述妖妄惑人心傳淫書亂物性爲善寡爲惡深玷辱先賢之典謨敗傷人倫之風化如聖旨到日拘刷前來於燕京稠人廣衆之前並皆焚毀杜絶邪源若私畜者準制科罪從此葉墜柯摧雲收霧卷狀洪鑪之焚纖羽猶炎景之爍輕氷負勝之流於斯可見暫歸慈定巳破魔軍聊奮慧刀即除邪教可謂廓清寰宇大振玄風佛日由是增輝法雲所以大布蒙皇家闢正覺之路使黎民出邪見之林正當今日既然滿載將來好與一時燒却且道燒却後

成得箇甚邊事諸人還委悉麽西風也解嫌狼藉吹却當年道教灰（巳未年九月初七日於中都憫忠寺前築臺集在城僧道官僚及士庶人焚燒諸路應有道藏經傳記幷刊行印板並皆除毀掃其邪蹤仍仰隨處道觀不得私畜如違治罪）今築土臺用記其處其天下占了寺院亦即改正所有星冠袍服普散西蕃回回大理國咸使聞見其落髮道士徧散諸寺無一逃失若去了者與賊同罪當時論畢有一道士潛隱名姓不勝憤怒乃上言三百八十歲駕言壽永以傾僧人上召問曰你既多年當初宋上皇時僧有何過使戴冠耶道士曰山中住來不知此事上曰既言三百何言不知既不能知此是說謊人也使寮佐張仲謙元學士窮考年數乃三十餘歲本邢州人也上怒其不實始則配塗役夫終竟喂了豹子嗚呼作德心逸日休作僞心勞日拙桀紂殊世而齊惡姦人異代而等僞斯言信乎初丘公西行壬午年中見太祖時有七十四五至於遷化纔近八十而劉温誑詐太祖言丘公有三百餘歲及太祖問以年甲僞云不知故湛然居士編此語在西遊録中標其調主今此道人又踵前蹤既一言之出口終駟馬之難追恣倔强而狂言竟葬身於豹腹疾在膏肓而莫療心同頑石以難迴前車已覆其轍後車又不改轍邪妖僞妄歷代恒興略叙二三以彰奸慝初後漢沛人張道陵客遊蜀上住鵠鳴山造作道書創置條儀縻鶴山頂誑誘獠民奉其道者出米五斗時號米賊後爲大蛇所呑身葬蟒腹弟子詐云全身上昇後魏寇謙之字輔眞自號天師佞惑太武於嵩高山上建淨輪天宮太武親受符

籙旗幟尚青以合道家之色覬覦長壽而太武身感癘疾冦謙身亦早卒勞擾萬民竟無一補金陵道士陸修靜辯口利語增制符章妄陳三籙救世禳凶會梁武捨事李老詔行天下道不能興乃率門弟子北投高齊廣贈金帛徧散王公冀行道法專倚淺術欲振佳聲文宣試之一無可驗昇空者墜於臺下入火者燎却眉毛唐之葉靜妖術亂主夜引玄宗遊於月宮而祿山構禍幾於亡國道士趙歸眞巧言取譽惑亂武宗行合氣穢術服金石毒藥長生未驗藥燥先亡宋林靈素衒騁小伎要君取榮夜引上皇夢遊神霄傾惑耳目號爲天師既而汴水泛溢陷沒齊民上俾林氏治之了無一效洪波湧沸上起天津朝野驚惶控告無所上皇焚香禱佛謝過責躬感泗州僧伽大聖現身雲濤自弭萬民懽慶林氏逃亡金朝末代有烏骨崙先生常披麻被徒遊里巷咄空罵衆詐號神仙下愚庸徒亦有信者哀帝惑之頗信鄙術任道士狡獪之情行世間猥媟之法道士身罹於憲網哀帝命盡於蔡州如此姦凶隨代常有始禍延於閭里終傾覆於家邦若蘖狐之爲祥猶蛇虺之洩毒以怪生怪將虛捏虛聽之則滿耳洋洋求之則捕風繫影散道德之醇粹扇澆漓之邪風汙辱人倫敗傷王化而更賜頑嚚不懼朝章無上善若水之能有下愚饕餮之行侵黎民之沃壤占釋氏之膏腴買權勢之人情遮佛門之正道首濫觴於丘老卒潰堰於志常雖恣縱於姦心終見笑於智者善乎湛然中書西遊録中云客問居士曰今之出

家人率多避役苟圖衣食若削髮則難歸於俗故爲僧者少入道者多兵火已來精刹名藍率例摧壞若道士不占亦爲勢家所有或撤以爲薪有何益焉居士曰聰明特達之士必不如此脫有爲此者此愚人鄙夫爾又何取焉既號出家之人返爲小人之事改寺毀像侵奪山林所以君子責備於賢者也此曹始居無像之院後毀有像之寺初奪山林之精舍豈無曩望城郭伽藍之意乎從遠至近從少至多深存奄有之智亦所圖不淺爾設有古墳宿塚人愛其山崗之雄麗林麓之秀茂乃曰此塚我不伐則後亦有人伐我將出其骸骨棄諸溝壑而瘞我之父毋較之人情以謂如何爾古人美六月衣羊裘而不拾遺金者既爲道人忍作豪奪之事乎此曹首以修葺寺舍救護聖像爲名居之既久漸毀尊像尋改額名大有摩滅佛教之意其修護寺舍者乃如此乎果欲弘揚本教固當選地結緣創建宫觀不爲道門之光乎大丈夫竊人之宇舍毀人之祖宗以爲巳能何異鼠竊狗盜之作乎因他成事豈不羞哉兵火之事代有廢興未嘗有改寺爲觀之事渠蔑視朝廷而敢爲此不軌乎昔林靈素託神怪詐力見用於宋可爲元惡大憝矣尚未敢改寺爲觀毀像爲道今則此曹所爲過靈素遠矣豈非神明震怒而促丘公之壽乎夫物速成則疾亡晚就則善終昔佛教西來迄今二千餘載明君賢相罔不宗敬高僧奇士隨代而出爲國師者何世無之佛圖澄後趙國師衛道安符秦見重羅什姚秦師仰法果元魏家師朗

公諸國咸奉北齊敬崇大統隋朝重於天台大唐老安惠忠北宗神秀清涼國師不空三藏大遼竹國師大金圓通善國師如此名師未有改道觀爲寺宇者是以佛祖之道根深蔕固確乎其不可拔也若釋得志以奪道觀道得權而毀佛寺則鬬諍之風無日而息矣夫國之憲章漢唐舊政非一代之法也寔萬世之法也時君世主皆則而用之若大匠之規矩莫可廢也雜律有毀像之嚴刑勑條載禁邪之明式今此曹毀宣聖之廟撤釋迦之像遊手之人歸者如市糊口之客日聚共門不分臧否一槩收之此所謂聚逋逃之淵藪爾會觀不攻而自敗也噫林泉之士不與物競韜光匿跡人猶恥之況自專符印抑有司之權奪有司之民自覽貢獻懸牌上下取媚人主者豈能見容於世乎以此證之則乖謫不軌之事人皆知之詎待予之喋喋也蒙哥皇帝初壬子春詔以今上皇帝征吐蕃及花馬大理等國上於大理國得舍利及黄金塔高可二尺晨夕禮奉載以前驅迴至六盤山今庵主温公爲教門統攝聚集天下名僧於清涼山建百日勝會享供文殊大聖官給所需絶瑞嘉祥不能備紀上道回秦川見三教堂有以老君處中佛却傍侍乃謂左右曰老子世人中賢其教少用未達聖人之理難超生死之津共佛同坐於理不堪況乃僭尊愈爲不可明年至日月山俾中山府乾明寺長老志公奉旨乘驛隨處改正通四十九處塑者碎之畫者洗之所有乖戾並與遷革於河中京兆絳州平陽府四處立碑旌其僞妄集

録者曰古稱根深果茂源遠流長斯言信矣昔我法王三無數劫積功累德果成道圓然後百億世界一時現身説法四十九年度脱百千萬億梵王帝釋稽首傾心外道天魔蹶角折膽集萬聖於菩提場内伏六師於跋提河邊化緣事周返歸蓮藏八大國王競分舍利五百羅漢結集微言教滿人天法流沙界無爲之風扇矣不言之化行焉逮乎像季斯文不亡馬鳴龍樹纂其徽音無著天親播其遺美蜚英聲於四海騰茂實於八方法蘭僧會齎貝典而東傳慧遠道林唱玄風於南國佛圖澄掌照千里阿目佉坐衂群凶衛道安注教科經隋智者分宗立典救生靈於塗炭解危縛於倒懸拔出生死之津高置涅槃之岸巍巍蕩蕩無德而稱煥煥融融有生斯賴明君外護碩德内持歷代帝王仰弘聖範所以漢明帝遣使西請繪像翻經晉明帝口誦金文手圖佛像簡明帝恒思法味孝武帝禀受戒章宋文帝受訓跋摩齊武帝欽崇僧遠梁武帝講經持戒陳宣帝降意法筵宣武帝廣供梵侶齊文昌專憑佛力隋文帝屈膝曇延玄宗注般若眞文肅宗誦仁王寶典德宗憲宗迎舍利而供養宣宗懿宗復覺路以興行梁晉爭衡徽猷未輟炎宋受命付囑不忘大遼則傾國奉佛金朝則始終崇釋大元啓祚睠意法門太祖則明詔首班弘護兹道太宗則試經造寺雕補藏經谷與罕則令僧扈從恒誦佛經蒙哥皇帝則供僧書經高營寶塔今上皇帝則飯僧建刹造像鎔金捨廣大之珍財誦無上之藏教以拔合思八爲國之

師耳目具知非爲虛飾莫不構巨殿而安其像架長廊以處其徒味其道而渫其神尊其人而遺其禮非唯緝熈於帝道乃亦恊賛於皇基返澆漓於醇源躋黎民於壽域家知積惡之苦人興趣善之方始風靡於朝廷終波流於士女若非至妙安能久行昔公孫龍古之善堅白之者田巴之徒坐租丘議稷夏非三皇滅五帝强詞巧辯口伏千人而不流傳於後者以無實道可傳也佛生西域教興東方賢宰哲王繼踵護持者其道可法也故大顛和尚對韓愈曰自漢至於今歷代如此其久也君臣士民如此其衆也天地神祇如此其明也而佛之説乃行於中其人仰而信之無敢議而去之此必有以敵天地而不恥關百聖而不慚妙理存乎其間然後至於此也子盍深思之乎斯確論也今之道士專飾詐力夭閼他門苟騁姦心蔽蒙覺路不荷國家寬恩洪溥更恣私臆廣撰謗文言無入聖之詮文有亂眞之誑竊佛聖教妄作僞書恣其猖狂不思顛蹶覩法華教即云在蓮華中見金光明便説坐火焰上全迷至理巧會經名醜語似於梟鳴暴戾過於狼噬悖言亂德妖詐惑人玷辱憲章蠹傷風化如或不剪惡種復滋仰惟今上皇帝道恊夏禹業廣周文紹三五之洪圖安九五之寶位神襟内朗智鑒外明有德者雖在怨而必封無功者縱至親而決罰明達四目幽枉咸通威震九服姦邪克剪體僧徒之實理委道士之虛聲具召二門辯析宗趣而道士欲張魚目用奪驪珠眩彼蹄涔爭多滄海聊題綱目結舌無言試探

宗源啣璧納欵元戎走陳李浩然先敗於前裨將倒戈張志敬緘言於後雖晁趍而鶴列終瓦解而土崩摘星冠而面慚脱霞氅而情愧佛眞道妄於是顯焉積歲姦宄今朝敗露由是雲收席捲葉墜柯摧猶赫日之爍纖冰若洪鑪之燎輕羽螗蜋拒轍豈曰堪任蚍蜉奮威終成虀粉昔明帝驗眞僞之情子書咸從火化今上辟妖邪之氣道經並作煙灰化胡出塞落空亡謗道辟邪隨風散費叔才當時憾死李志常膽破先殂日赴五千之威靈於今何在飛符起尸之神變此際不聞藏天隱地之勝方了無半驗移山掣斗之祕術莫顯微徵笑倒閭巷之庸夫羞愧隨鸞之會首一場出醜千載難磨雖巧言之如簧終貽顔之厚矣故得聖上回睠朝臣改觀佛日於是再懸法雲由茲廣被廓清寰宇大扇慈風剪邪見之稠林闢法王之正路歡呼帝苑舞蹈閭閻盛德孔昭嘉聲遐暢矣嗚呼太虛淨而迷雲起大聖生而外道興異學亂眞自古而有非汝諍論那顯我宗以汝不平起我不平汝道若平則我自平爾正道如海汝能堰乎正道如空汝能滅乎仰面唾天只自汙首徒與角辯於汝何補哉不勝舞蹈謹申讚曰

覺皇利見　龍興五天　教唯入善　宗本忘筌
聖哲欽依　愚夫大笑　道不絶倫　匪爲要妙
異道凶頑　瀆聖無禮　明主難惑　片言可折
邪難扶正　僞不掩眞　魔雲永滅　佛日長春
聖壽萬年　英聲千古　熙帝之載　享天之祿
大海有竭　虛空可量　弘規雅範　永遠無疆

偉法王之鴻烈　邁今古而獨高

廓五乘而圍範　運六通而遊遨
坦八正之達路　藴十智之鉗韜
跨四大而超步　冠百氏之雄豪
據大千之疆域　濟四生之劬勞
慈風軼於麟趾　仁化逾於鵲巢
侔陰陽之盖載　等造化之甄陶
智者知而欽慕　愚者迷而遠逃
嗟聖運之澆季　慨正道之生蒿
嘉吾皇之聰睿　明鑑察於秋毫
哂全真之爲僞　欲桀犬而吠堯
曾一言之未整　咸脫氅而去袍
喬山壓於春卵　洪鑪燎於羽毛
蕩魔雲於八表　敭佛日於九臯
至道鬱而復闡　眞乘軸而再膏
羙斯文之未喪　播盛德於旌毛

對道士持論師德一十七名

燕京

圓福寺長老從超　奉福寺長老德亨
藥師院長老從倫　法寶寺長老圓胤
資聖寺統攝至温　大名府長老明津

薊州

甘泉山長老本璡　上方長老道雲
灤州開覺寺長老祥邁
北京傳教寺講主了詢
大名府法華寺講主慶規
龍門縣抗講主行育

大都

延壽寺講主道壽　仰山寺律主相叡
資福寺講主善朗

絳州

唯識講主祖珪　蜀川講主元一
持論道士落髮者一十七名
大都天長觀一十二名
道録樊志應　道判魏志陽
提點霍志融　講師周志立
講師周志全　講師張志柔
講師李志和　講師衛志益
講師張志眞　講師申志眞
講師郭擇善　待詔馬志寧
眞定府神霄宫講師趙志修
西京開元觀講師張志明
平陽路玄都觀講師李志全
代陽勝寧觀講師石來玉
撫州龍興觀主于志申
薛道録并道士李掌祭暗中在逃餘者一十七名先是童謠有云十七换頭至是驗矣

後詩曰
可笑全眞説化胡　洎乎論議盡成虚
詞窮理盡抛冠氅　負墮頭傾剃髮鬚
暮禮佛名慚接和　晨叅僧衆謾長嘘
自從漢代燒經後　恥道爲僧兩徧輸
其二
全眞論議口如緘　納欵爲僧别老聃
昨日擎拳猶稽首　今朝合掌便和南
七星冠帔纔抛却　三事衣盂尚未諳
自做這場千古笑　丘劉雖死也應慚

辯僞録卷第五

音釋

俳優（俳步皆切優於尤切俳優調戲也）蠆（丑邁切長尾毒蟲也）喂（王貴切）倔强（倔渠勿切强巨兩切倔强梗戾貌）覞覷（覞几利切覷容朱切覞覷欲得也）㜸（魚列切㜸狐妖獸也）潰（胡對切決壞也）堰（於憾切壅水為埭也）喋（達協切喋喋多言也）蜚（芳微切與飛同）衄（女六切敗北也）氅（齒兩切羽衣也）螗蜋（螗徒郎切蜋魯堂切螗蜋蟬屬）虀（牋西切碎也）

辯僞録卷第六

元道者山雲峯禪寺沙門祥邁奉勅實録撰

聖旨焚毀諸路僞道藏經之碑

翰林院臣唐方楊文郁王構李謙閻復李濤

王磐等奉勑撰

至元二十一年三月日詔遣資德大夫總制院使兼領都功德使司事相哥諭翰林院戊午年僧道持論及至元十八年十月二十日焚毀道藏僞經始末可書其事于后臣磐等謹按釋教總統合台薩哩所録事跡昔在憲宗皇帝朝道家者流出一書曰老君化胡成佛經及八十一化圖鏤板本傳四方其言淺陋誕妄意在輕蔑釋教而自重其教罽賓大師蘭麻總統少林福裕以其事奏聞時上居潛邸憲宗有旨令僧道二家詣上所辯析二家自約道勝則僧冠首而爲道僧勝則道削髮而爲僧僧問道曰汝書謂化胡成佛經且佛是何義道對曰佛者覺也覺天覺地覺陰覺陽覺仁覺義之謂也僧曰是殆不然所謂覺者自覺覺他覺行圓滿三覺圓明故號佛陀豈特覺天地陰陽仁義而已哉上謂侍臣曰吾亦心知仁義乃孔子之語謂佛覺仁覺義其説非也道者又持史記諸書以進欲以多説僥倖取勝帝師辯的達拔合思八曰此謂何書曰前代帝王之書上曰今持論教法何用攀援前代帝王帝師曰我天竺亦有史記汝聞之乎對曰未也帝師曰我爲汝説天竺頻婆娑羅王讃佛功德有曰天上天下無如佛十方世界亦無比世間所有我盡見一切無有如佛者當其説是語時老子安在道

不能對帝師又問汝史記有化胡之説否曰無然則老子所傳何經曰道德經此外更有何經曰無帝師曰道德經中有化胡事否曰無帝師曰史記中旣無道德經中又不載其爲僞妄明矣道者辭屈尚書姚樞曰道者負矣上命如約行罰遣使臣脫懽將者樊志應等十有七人詣龍光寺削髮爲僧焚僞經四十五部天下佛寺爲道流所據者二百三十七區至是悉命歸之道教提點甘志泉所居吉祥院其一也據而不與至元十七年夏四月僧人復爲徵理長春道流謀害僧録廣淵聚徒持捉毆擊僧衆自焚廩舍誣廣淵遣僧人縱火且聲言焚米三千九百餘石他物稱是事達中書省辯其誣甘志泉王志眞欵伏詔遣樞密副使孛羅及諸大臣覆按無異辭

志泉志眞就誅劓刖流竄者凡十人仍徵所聲言米物如其數歸之僧衆會有道家僞經尚存爲言者聞諸皇太子十八年九月都功德司脫因小演赤奏言往年所焚道家僞經板本化圖多隱匿未毀其道藏諸書類皆詆毀釋教剽竊佛語宜加甄別於是命樞密副使與前中書省左丞文謙祕書監友直釋教總統合台薩哩太常卿忽都于思中書省客省使都魯在京僧録司教禪諸僧及臣等詣長春宮無極殿偕正一天師張宗演全眞掌教祁志誠大道掌教李德和杜福春曁諸道流考證眞僞翻閲兼旬雖卷帙數千究其本末惟道德二篇爲老子所著餘悉漢張道陵後魏寇謙之唐吳筠杜光庭宋王欽若輩撰造演説鑿空架虛罔有根據詆毀釋教以妄

自尊崇復愛慕其言而竊爲巳有假陰陽術數以示其奧衰諸子醫藥以誇其博往往改易名號傳註訛舛失其本眞又所載符呪妄謂佩之令人商賈倍利子嗣蕃息伉儷和如鴛鴦之有偶將以媒淫辭而規財賄至有教人非妄佩符在臂則男爲君相女爲后妃入水不溺入火不焚刀劍不能傷害之語其僞妄駁雜如此流之徒以誑惑愚俗自道德經外宜悉焚去臣等同辭以聞上曰道家經文傳訛踵謬非一日矣若遽焚之其徒未必心服彼言水火不能焚溺可姑以是端試之俟其不驗焚之未晚也遂命樞密副使孛羅守司徒和禮霍孫等諭張宗演祁志誠李德和杜福春等俾各推擇一人佩符入火自試其衕四人者奏言此皆誕妄之說臣等入火必爲灰燼實不敢試但乞焚去道藏庶幾澡雪臣等上可其奏遂詔諭天下道家諸經可留道德二篇其餘文字及板本化圖一切焚毀隱匿者罪之民間刊布諸子醫藥等書不在禁限今後道家者流其一遵老子之法如嗜佛者削髮爲僧不願爲僧道者聽其爲民乃以十月壬子集百官于憫忠寺盡焚道藏僞經雜書遣使諸路俾遵行之臣磐等聞老氏之爲道也以清淨爲宗無爲爲本謙冲以處巳損抑以下人非有貪欲好勝之事厥後枝分派列徒屬寖盛襲訛成僞誇誕百出清淨一變而爲汙穢無爲一變無所不爲如漢之文成五利致身求僊恍惚誕幻帛書飯牛之詐黃金可成之妄一旦敗露爲武帝所誅三張之徒以鬼道惑衆倡亂天下爲皇甫嵩曹

魏所滅宋王仔昔居上清寶籙宮與女冠爲姦林靈素自稱神霄紫府僊卿檥大水不驗並爲徽宗誅竄而死迨今末年復有麻被先生鐵笠李二人以姦謀祕計出入時貴之門肆爲淫汙之行咸受顯戮歷代以來若此之類不可勝數追惟禍亂之源姦宄之本率皆假符籙以神其教託僞經以警其俗横肆巧誣倡爲詭狀詆毀聖教冦攘内典固已悖老氏不爭不盜之禁矣及陷刑辟皆孽子自内作愎將誰咎哉且夫釋氏之教宏闊勝大非他教所擬倫歷百千世聖帝明王莫不尊崇東冒扶桑西極昧谷冰天桂海山河大地昆蟲草木胎卵濕化有情無情百千萬類皆依佛蔭生息動止於天地之間故天上天下惟佛爲尊超出乎有生之表歸極乎無礙之眞智周三界神妙諸方澤及大千功用不宰其大有如此者慈航所至無溺不援法雨所霑有生皆潤憫世人之沉淪幻海顛覆迷津展轉多生流連累劫將使之脫凡企聖蠲弊崇眞故神光破沉晦之門大覺指無生之路其仁有如此何意狂謀輒形媢忌雖積毀銷骨衆煦漂山法體圓成初無小玷譬如盲人之毀日月何傷日月之明井蛙之小河海奚損河海之大多見其不知量也欽惟聖天子識超四諦道慕三乘參無象之眞空傳法王之心印所以尊崇之禮歸向之誠矯百僞以從眞黜群邪而歸正有不容不嚴者焉況乎筆墨勸婬妖術誤世恣爲欺誑鼓蕩群愚若不大爲改革則邪説肆行枉道惑衆其如天下後世何凡天下之理有善有惡有正有邪有

眞有僞常混然而同處雜然而並行自非禀
上聖之資誕生知之性智出庶物明照群情
則紅紫之亂朱洼淫之變雅是孰得而辯明
之哉由是言之聖天子匡濟眞圖翼扶大法
之功至矣槩諸聖不可有加矣于以鑿含靈
之耳目開正途之荒穢使般若之光永乎無
際刼徧滿恒河沙界延洪聖壽於無疆衍緜
儲君之福利鼎祚於億萬年之久者庸有既
乎是可述也臣磐等敬爲之書以貽後人俾
爲老氏之學者有所警焉

至元二十一年三月　日

皇帝聖旨裏中書省近據長春宮先生王志
眞等告奉福寺淵僧録使令小和尚馬戒顯
放火燒訖本宮倉庫房舍及盛放米粮三千
九百餘石幷油麵鹽粉公事歸問得當始元
係是甘提點教道馬戒顯交指著淵僧録使
令放火王志眞使令馮道童將馬戒顯作放
火賊人捉拿及詐作知宮名字馮道童教唆
語言告狀人又問得元告粮食不曾燒訖却
指此爲名於諸人處要訖施利錢物取其各
各招伏六月二十二日有孛羅副樞張平章
張右丞焦尚書耿參政脫因脫里阿里尚書
等官員欽奉聖旨節該先生與和尚爭奪的
觀院其間聚著五百箇來先生把著棍棒打
和尚每來他每教法裏不行胡做呵那裏有
那般體例前京兆府地面裏王祖師庵頭聚
著人衆生歹心來如今這先生每又那般胡
行有這先生每明白招來了上頭爲頭兒底
殺了兩箇也別箇的割了耳朶鼻子的割了
也別箇的打了也其餘的交做了軍也這般

斷了也欽此除今將斷訖人數開具下項及
將提點甘志泉首級於本宮門首竿子上常
川懸掛合行立石曉諭者正典刑二名教令
虛指渊僧録放火犯人提點甘志泉虛拿馬
戒顯放火賊人知宫王志真割耳朶鼻子一
名添寫狀情節人提點蔡志祥流於邊遠六
名聚衆行兇人殷鶴童陳道廣上都先告狀
人王志玉陳志用寫狀撿人蘭德義虛報燒
訖粮食人李德禎斷放三人使令王志真告
狀人提點蔡志希同告狀人副官周道旋賈
志柔
右示諸人通知
至元十七年六月　日立石
聖旨就大都大憫忠寺焚燒道藏僞經除道
德經外盡行燒毁遂命拈香舉火謝恩畢拈
香云佛心天子愍衆生恐墮三塗邪見坑箇
裏了無偏黨處就中朱紫要分明所以道聖
鑑無私天機莫測既來頌德敢不酬恩此香
端爲祝延大元世主當今皇帝聖躬萬歳萬
歳萬萬歳伏願金輪與法輪同轉福越三祇
舜日共佛日齊明壽延億劫次舉火云憶昔
當年明帝時曽憑烈焰辯妍媸大元天子續
洪範顯正摧邪誰不知嗟乎道教陰蠹佛書
自古至今造訛捏僞盜竊釋經言句圖謀貝
葉題名謗毁如來賍誣先聖醜辭惡語何可
言哉無帶狂談實難徧舉始自張陵杜撰不
導老氏玄言謬作醮書兼集靈寶詐道從空
而得妄言太上親傳用三張鬼法以誑惑愚
夫設五運神符而魘姦匹婦以此觀之葛孝
先徒捜要妙陶弘景謾述浮辭杜光庭白拈

巧偷劫賊無異陸脩靜外好裏弱説客何殊若非喫苦不甘爭肯説長道短鮑靜被誅猶可王浮招報非輕傅奕姜斌不堪齒録張生焦輩何足言論寇謙之口舌瀾翻損他利巳林靈素機謀謟詐敗國亡家毀人祖兮定遭一時之辱滅賢良兮必招三世之殃因果無差報應有準嗚呼悲法琳不遇而遭貶嗟道世雖再而難爲致令釋子傷心幸得皇天開眼恭惟我大元世主聖明皇帝陛下闢邪歸正去僞存眞恐衆生永墮迷津令萬姓咸登覺路雪寃巳竟感謝皇恩粉骨碎身莫能酬報遂以火炬打一圓相云諸仁者只如三洞靈文還能證此火光三昧也無若也於斯會得家有北斗經枉教人口不安寧其或未然從此灰飛烟滅後任伊到處覓天尊急著眼看

至元十八年十月二十日

大都報恩禪寺林泉倫吉祥

長老奉勑下火

虛鐘受扣集

元　如意長老奉　詔　撰

如意答石介怪記

宋石介字守道作怪說誣謗佛老眯他耳目通人不惑但誑愚夫爾乃曰中國聖人之所治也四民之常居也衣冠之所聚也而釋氏髡髮左衽不士不農爲夷者半中國可怪也夫中國道德之所治禮樂之所施五常之所被而汗漫不經之教行妖誕幻惑之所滿眞可怪也又云人君見一日蝕一星殞風雨不時草木不植則爲天地之怪也彼其滅君臣之道絶父子之親棄道德悖禮樂裂五常移四民毀中國之衣冠去祖宗之祀祭反不知爲怪而更奉焉時人見一狐媚一梟鳴野鵲噪草雉入人以爲怪而離父子習夷鬼千有餘年反不爲怪乎余答之曰夫好同惡異人之常情不達道之淵源而辯像服之異是知石而不知玉爾夫聖人出世利濟尤深根器不同設教亦異或明域中之訓則說五乘或闡象外之風獨標一極破自然而談因果緣會而生爲滯有而演眞空諸法無性應病設藥故有多方究竟歸宗不存一法而頑夫愚俗浪鼓口舌不達是非妄興辯論而不思所同者道所異者服且孔子所談仁義者佛家所謂慈愛也老子所稱玄妙者佛家所謂空寂也至理不殊於文小變且夫禹入裸國脫去衣冠順其俗也太伯奔吳文身斷髮合其儀也豈爲怪乎變俗以爲會其道故捨君臣華服非悖禮也捐親以爲棄其累故亡妻子之情非慢俗也子陵抗禮於光武愈見尊嚴

逸民不事於王侯高尚其志不明其本謬斥以夷亦猶楚靈詬天天何怒哉子貢譽天天何喜哉喜怒不涉而詬譽自辱夫聖人在天不求於世但留典教帀布神州不言之化自行無爲之風自靡星羅梵刹碁布伽藍設像安人獻華酌水王侯禮重士庶欽崇苟無大功孰肯崇奉且夫自漢至今歷年如此其多也君臣士民如此其衆也天地神明如此其靈也其可欺乎決不誣矣大凡爲人之道力量自知石介但以書生智同芥子將已不達妄毀聖人同斥鷃之笑鯤鵬似朝菌之輕松栢類乎魏文火浣入火愈鮮昆吾之劒切玉轉利豈可不覩便責爲謬乎石介之智比孫綽而小焉石介之才比昭明而淺矣石介之論比王通而難鄰石介之文比柳子而罕及石介之位望魏徵而地天石介之學校蘇軾而涔海石介之議連陸贄而狗麟石介之詩攀杜甫而金鐵上之君子悉皆信佛汝之材量孰不勝之而妄意貶駁訕斥大聖佛如日月也疇可愈焉昔田巴强辯勝人之口不伏人之心口毀三皇坐非五帝至今聞之人猶切齒況佛六通懸鑑萬古無敵而妬聖嫉賢奴唇婢舌恣出其口多見其不知量也六帖中載虞世南飯千僧手疏則曰弟子虞世南稽首和南十方三寶弟子早年嘗遇重病即時運心願託佛力差愈之日奉設千僧齋今謹於道場飯供百僧蔬會以斯願力希世世生生常無病惱幷及七世父母六道怨親並同令願又閱帝紀得世南史論辯周武帝宇文邕建德三年普滅佛道二教之事問者曰

豈廢二教是耶非耶先生曰非也請與論之釋氏之法空有不滯人我兼忘絶生死之根去大患之累榮利無嬰歸於寂滅此象外之談也老子之義則谷神不死玄牝長存徼妙同玄騰龍駕鶴此域中之教也至於勝殘去殺止競尚仁並有益於王化無乖越於典謨縱人有虧於法何黜今以僧徒犯律道士違經便謂其教可捐其道可絶何異責檮杌而廢堯怨有苗而黜禹見瓠子之泛濫遽塞河源覩崑嶽之方炎即投金鐩曾不思潤下之德利濟尤深變腥之用其功甚博井蛙觀海多自不知蜩鳩翔榆恥逢鵬翼局於小量暗於大方輪迴長夜之迷自貽沉溺之苦疑悞後人良可痛哉余讀此文乃知世南真奇人也唐太宗嘗稱世南有四絶一曰德行二曰忠信三曰文章四曰筆札夫有異行者必有異能有異能者必有異才觀世南之爲人也事君忠厚與友直諒德高物表學盡天人窮釋老之幽宗達聖人之玄趣字高一代行貫四科登翰苑之瀛洲擅文場之綺席信佛篤敬尊奉釋僧師襄陽林公爲金蘭之契豈與韓愈石介倔强求名坐井觀天瞽言非聖不入通人之論濫厠竪儒之流下愚不移斯言效矣

聖旨特建釋迦舍利靈通之塔碑文

元　如意長老　奉　勑　撰

蓋聞三祇鍊行證眞淨之法身六度修因果圓融之妙覺無生無滅絶三際之去來不晦不明離百非之眹跡但以眞慈易物昔願令酬鳳翥迦維龍飛道樹無相見相頓彰百億之身常名非名普應大千之界破十軍於座上聲振於九天會諸聖於覺場光流於萬國御三輪而赴感遐邇咸周懸四辯以談詮聖凡總被教闡一十二部門開八萬四千蘊十智之韜鉗知來藏往運六通之神鑑洞古披今縮十號以稱尊跨三界而獨步智窮眞際十聖慶獲於朝聞妙極重玄六師甘欣於夕死拔火宅之熱惱引解脫之清涼無勞傳說之霖濟四生於六道非假曦和之照蕩七趣於重昏慈雲廕有頂之天法雨潤無疆之域萬靈翊衛若衆星之拱北辰五印傾心類百川之宗東海豈止孕虞育夏甄殷陶周實乃彈壓九流牢籠萬彙縱周公之制禮作樂仲尼之讚易修書莊老之談玄軻雄之論道張華之博物輔嗣之通微郭璞之多聞左慈之神化舒向金玉淵海馬班黼黻河漢並驅馳於域内言未達於大方冝爲治世之高賢難作出塵之教主若非理包象外道越寰中蔽群聖而不慚冠百家而拔萃何能總斯衆妙集此大成者哉逮乎化緣將謝顧命慇懃正法付於阿難心印傳於迦葉然後拂衣雙樹脫屣金河超二死之樊籠湛三點之圓寂然而大慈不悋利物情深粉金剛不壞之身留舍利通靈之骨色含明玉堅侔眞金龍王天

帝各分建於自宮印度閻浮競崇興於寶塔百年之後敬奉彌隆有阿育輪王統攝贍部廣樹靈塔八萬四千從此神跡徧於五天聖化覃於四海洎乎漢明夜夢聲教昭宣譯梵貝於蘭臺室中繪金容於顯節陵上始波騰於帝紀終風靡於閭閻由是吳王創起於建初隋主盛興於京洛皇都帝邑棊布伽藍沃野名山星陳窣覩莫不金盤耀日輿仙掌以相高寶鐸搖風雜天音而共響層簷偃蹇上軼於大清疊栱駢羅傍迴於日月丹楹鴈列紺瓦鴦分金龍蚴蟉於華梁玉鳳翺翔於繡户忽若龍宮之化出恍疑天上之移來斯皆發自於信心非是誘惑而妄作我大元之有天下也宗堯祖舜踵禹基湯聖道恊於金輪明德光於玉曆應乾革命有此武功英聲震於百蠻威稜加於萬國八荒入貢九服來賓纂四聖之丕圖膺千載之期運規億兆之遠度恢弈世之宏綱緯武經文制禮作樂建都定鼎樹闕營宮以爲非巨麗無以顯尊嚴非雄壯無以威天下遂乃闢閶闔搆元殿興傑閣架紫宸飾以丹青縟以綺繢金題玉碣上下交輝藻棁雕梁縱横散彩行商容之洪範列步武之威儀陳鐘鼓以醼王侯會百僚而朝萬國將將濟濟穆穆煌煌真天子之盛禮也聽政之暇留意佛門遵祖宗之舊章行寬仁之温詔凡是佛子悉獲肅安屢召名僧講論玄奥誠心佛法誦百藏之金文探賾未聞聆三乘之妙義恒慮新都既建宜卜永年以福爲基莫如起塔與神龍之扶護資社稷之久長即於都城坤隅禁苑之内箕踵漫衍墺

塏寬平磨玉礲珉樹斯寶塔初舊都通玄關北有永安寺殿堂廢盡惟塔存焉覩其名額釋迦舍利之塔考其石刻大遼壽昌二年三月十五日顯密圓通法師道殿之所造也内有舍利戒珠二十粒香泥小塔二千無垢淨光等陀羅尼經五部水晶爲軸因罹兵火荒涼蕪没每於淨夜屢放神光近居驚惶疑爲失火即而仰視煙焰却無乃知舍利威靈人始禮敬奉御禿列奏其祥瑞上聞而信之欲增巨麗俾開舊塔發而詳視果有香泥小塔下啓石函中有鐵塔内貯銅缾香水盈滿皎然鮮白色如玉漿舍利堅圓燦若金粟前二龍王跪而守護案上五經宛然無損金珠七寶異果十種列而供養缾底獲一銅錢上鑄至元通寶四字乃知聖人制法預定冥中待時呈顯開乎天意即至元八年三月二十五日帝后閱之愈加崇重即迎其舍利立斯寶塔取軍持之像標馱都之儀妙罄奇功深窮剞劂瓊瑤上釦碔砆下成表法設模座鏤禽獸角垂玉杵階布石欄簷掛華鬘身絡珠網珍鐸迎風而韻響金盤向日而光輝亭亭高聳遙映於紫宮岌岌孤危上陵於碧落制度之巧古今罕有爰有國師益鄰眞者西番人也聰明神解器局淵深顯教密教無不通融大乘小乘悉皆朗悟勝縁符會德簡帝心每念皇家信佛建此靈勳益國安民須憑神呪乃依密教排布莊嚴安置如來身語意業上下周帀條貫有倫第一身所依者先於塔底鋪設石函刻五方佛白玉石像隨立陳列傍安八大鬼王八鬼母輪弁其形像用固其下

次於須彌石座之上鏤護法諸神主財寶天
八大天神八大梵王四王九曜及護十方天
龍之像後於缾身安置圖印諸聖圖像即十
方諸佛三世調御般若佛母大白傘蓋佛尊
勝無垢淨光摩利支天金剛摧碎不空羂索
不動尊明王金剛手菩薩文殊觀音甲乙環
布第二語所依陀羅尼者即佛頂無垢祕密
寶篋菩提場莊嚴迦囉沙拔尼幢頂嚴軍廣
博樓閣三記句呪般若心經諸法因緣生偈
如是等百餘大經一一各造百千餘部夾盛
鐵錮嚴整鋪累第三意所依事者缾身之外
琢五方佛表法標顯東方單杵南方寶珠西
方蓮華北方交杵四維間厠四大天母所執
器物又取西方佛成道處金剛座下黄膩真
土及此方東西五臺岱嶽名山聖迹處土龍
腦沉箋紫白栴檀蘇合鬱金等香金銀珠璣
珊瑚七寶共擣香泥造小香塔一千八箇又
以安息金顔白膠熏陸都梁甘松等香和雜
香泥印造小香塔一十三萬並置塔中宛如
三寶常住不滅則神功聖德空界難量護國
佑民於斯有在竊論古今賢喆但載空名校
其靈蹤杳然無迹黄帝喬山之塚謾葬衣冠
虞舜蒼梧之陵空委韶樂伏犧但存於八卦
文命唯設於九疇奚聞不朽之真詎見剛真
之骨豈若牟尼舍利神化無方鍊而愈精鎚
而愈固金堅玉潤歷古恒傳聖帝明王累朝
欽奉故唐太宗皇帝有讚云
功成積劫印紋端　不是南山得恐難
眼覩數重金色潤　手擎一片玉光寒
鍊時百火精神透　藏處千年瑩彩完

定果熏修眞祕密　信心莫作等閑看
宋仁宗皇帝讃鳳翔法門寺舍利塔偈曰
金骨靈牙體可誇　毫光一道透雲霞
歷代君王曾供養　累朝天子獻香華
鐵鎚任打徒勞力　百火焚燒色轉加
年年只聞開舍利　何曾頂戴老君牙
宋仁宗皇帝觀禮舍利述偈讃云
三皇掄質皆歸土　五帝潛形已化塵
夫子域中誇是聖　老聃世上亦言眞
埋軀秖見空遺塚　何處將身示後人
惟有吾師金骨在　曾經百鍊色常新
察此至言可爲龜鑑按龍樹菩薩智度論云如來舍利濟物將終變作輪王如意寶珠猶與群生爲大利益則眞靈不歇福世何窮今天子不忘付囑之言恒存外護之意篤信佛理食息匪移凡殿宇新成必召僧焚講新都適就先創斯塔托佛力之加祐冀寶祚之永長保大業之隆昌享天祿於遐載懼陵遷而谷變恐鴻烈而弗傳爰詔末釋發揮斯道余才非琳遠學愧生融勉力摛毫乏曹娥之八字竭情抒思勞楊雄之五神欽吾皇弘贊之心嘉舍利重光之美手舞足蹈謹系銘言金藏雲垂玉蘂華芳妙哉賢刼千佛表祥聖祖能仁第四出世雲起陀天風翔迦衛天擎寶蓋龍吐金盆東西獨步上下稱尊道成摩竭智滿覺場青蓮出水皓月騰光聲徧塵方法周沙界無爲而化不言而會剖塵中經指衣內寶迷者知歸愚者懷道教設三乘本爲一實大事一周歸神常寂戒定熏修廣流舍利福庇人天恩霑動植初興西竺後播東州龍

宫帝闕禮供無休僧會感靈吳邦首建魏后
真誠永寧大闡欽惟我皇聰懷正道墻壍佛
門匡弼法寶築此金城營斯玉塔楚璧迴環
燕珉周帀綿聯珠網交絡華纓光生帝苑壯
觀王城簷傾遠岫戶映喬林松風颯颯桂魄
沉沉至元統號聖意難量塔中顯出方見其
祥惟茲神造福我帝居與天同久萬古不渝

辯僞録卷第六

音釋

伉儷伉口浪切儷郎計切伉儷配偶也　眯莫禮切物蔽目不明也　鷖於諫切乍鷖小鳥也　菌巨隕切地蕈也　鐩徐醉切金鐩火鑑也　蚴蟉蚴於蚪切蟉力九切蚴蟉龍貌　縟而欲切繁采色也　綺繢綺去倚切綺麗也繢胡對切采畫也　磶思積切柱礎也　藻棁藻子皓切棁朱劣切藻棁謂畫梁上侏儒爲藻文也　塽塏塽所兩切塏可亥切塽塏地高明燥處　礲盧紅切磨也　珉彌鄰切石次玉也　剞劂剞舉豈切劂居月切剞劂曲刀也　釦苦厚切金飾器口也　碔砆碔甬切砆芳無切碔砆石次玉也　鎪先侯切刻雕也　殿特人切

大元至元法寶勘同總録
元講經律論沙門慶吉祥等奉
詔集

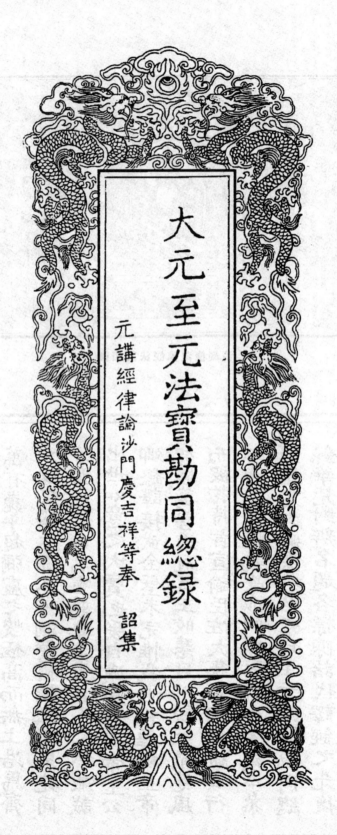

清刻龍藏佛說法變相圖

大元至元法寶勘同總録序

蓋聞佛世尊之垂世立教也拯溺三界彌綸萬有巍乎超彌盧之峻極高而無上浩焉齊大浸之稽天深不可測譬栴檀雜遝衆苑同芳摩尼奪目萬寶競集奚啻貧人之伏藏誠出世如意之大寶也爰自漢唐歷代帝王公卿翻譯接武全璧未完惟我世祖薛禪皇帝智極萬善道冠百王皎慧日以鏡空扇慈風而被物特旨宣諭臣佐大集帝師總統名行師德命三藏義學沙門慶吉祥以蕃漢本叅對楷定大藏聖教名之曰至元法寶勘同總録華梵對辨名題各標陳諸代譯經之先後分大小乘教之品目言簡意密文約義豐舊梓方冊未類梵典今前松江府僧録廣福大師管主八欽念天朝盛事因循未彰睿澤鴻

恩報稱何及謹刊入大藏節續隨函于以對揚明命昭示萬世噫覺皇世尊大寂定中二千二百五十餘年而道愈尊法愈熾光明盛大洞徹昭著雖上古帝王孰不崇尚而莫可企及者我世祖皇帝即古佛示現之應身也若夫飯僧建刹造像範金天下讀誦藏經資戒廣大施會豈筆舌所可勝紀雖然聖主之所以睿意尊事佛法者何謂也蓋諸子百家九十六種外道言教無有等於大覺之至理故以斯道覺斯民總令大地衆生了如幻三昧遠離貪著悉知具有如來廣大智慧增上戒定慧學同證阿耨菩提經云若以三千大千世界七寶持用布施不如聞此經名及一句義况聖教之名義粲然耶離文字相者迺能證知回福聚昌皇圖垂億萬世而無疆是謂法王大寶是頂髻珠是大摩尼是真利樂是世希有不思議之願海也克己才慳窺管學愧濫竽等持尺以量空類蹄涔而浴日聊述短序略讚聖功者焉時大德十年歲次丙午冬至日江西吉州路前官講報恩寺講經論釋克己序

奉詔旨編修執筆校勘譯語證義諸師名銜

順德府開元寺佛日光教大師講論沙門慶吉祥奉　詔　集

平灤路水岩寺傳法輔教大師講論沙門恩吉祥奉　詔同編修

大寶集寺傳法潮音妙辯大師講經沙門海吉祥奉　詔　執　筆

真定府興化寺傳法通玄大師講經沙門温吉祥奉　詔　執　筆

奉訓大夫行工部郎中牙識漢養阿奉　詔　執　筆

大都大憫忠寺傳法通辯大師講經沙門湍吉祥奉　詔　校　勘

大都大昊天寺傳法玄悟大師講經沙門習吉祥奉　詔　校　勘

上都黄梅寺住持通慧大師講經沙門釋温吉祥奉　詔　校　勘

大都弘法寺通顯密二教演祕大師沙門澂吉祥奉 詔校勘
大崇國寺臨壇大德圓融崇教大師沙門演吉祥奉 詔校證
大聖壽萬安寺臨壇大德崇教大師沙門應吉祥奉 詔校勘
北庭都護府通二國言音解顯密教迦魯拏答思奉 詔譯西番語
翰林學士嘉議大夫脱印都統奉 詔譯畏兀兒語
濟寧路金山寺妙辯通義大師講論沙門慶吉祥奉 詔校證
大聖壽萬安寺傳大乘戒臨壇大德沙門理吉祥奉 詔證義
宣授江淮釋教都總攝扶宗弘教大師釋行吉祥奉 詔證義
聖壽萬安寺都總統佛覺普安大師沙門揀吉祥奉 詔證義
宣授諸路釋教都總統道通眞智大禪師昭吉祥奉 詔證義
宣授諸路釋教都總統西番講主遠丹巴奉 詔證義
翰林學士承旨正奉大夫安藏奉 詔譯語證義
資德大夫釋教都總統正宗弘教大師合台薩里奉 詔譯語證義
翰林學士承旨中奉大夫彈壓孫奉 詔譯西番語
北庭都護府通顯密教講經律論沙門齋牙答思奉 詔證西天語

西番通顯密二教講經律論賜衣沙門釋速端然奉 詔校勘證義
西番傳顯密二教講經律論賜衣沙門洪陽亘思奉 詔校勘證義
西番傳顯密二教講經律論沙門端羅思八臧布奉 詔證義
西天扮底答通五明師尾麻羅室利奉 詔證明
西番扮底答拔合思八帝師上足弟子葉輦國師奉 詔證明
拔合思八帝師完布達哩麻八羅阿羅吃答帝師奉 詔證明

夫佛法由漢唐以迄于今揭日月於齊明致乾坤於泰定弘濟群迷出生衆有不可得而云喻大元天子佛身現世間佛心治天下萬幾暇餘討論教典與帝師語詔諸講主以西蕃大教目録對勘東土經藏部帙之有無卷軸之多寡然文詞少異而義理攸同大矣哉會萬物爲已者其唯聖人乎於是宣授江淮都總統求福大師見之歎曰雖前古興崇諦信未有盛於此者可謂是法徧在一切處一

切處無不是法一切處無不具足遂乃開大藏金經損者完之無者書之修大寶塔而放光造諸梵刹而增新塑諸佛像而現瑞復諸田土而贍衆放生禽魚而翔泳撫治僧尼而安居行諸方便靡有不至如春在物不言其功不言其德助揚國化用報皇恩歷塵刧而不泯廓太虚而常存敬入梓以便披閲庶廣流傳非惟利己利他抑亦爲龜爲鑑至元二十六年三月　日杭州靈隱禪寺住持沙門淨伏謹序

大元至元法寶勘同總録卷第一

元講經律論沙門慶吉祥等奉　詔集

佛日西曜法雨東霑感夢禎猷其來遠矣惟我大元世主憲天述道仁文義武大光孝皇帝出鎮膺期乘乾握紀萬邦一統洪濟爲心敷德化於四海之中扇仁風於千禩之下搜遺訪闕有教必申念藏典流通之久蕃漢傳譯之殊特降綸言溥令對辯諭釋教總統合台薩里召西番板底答帝師拔合思八高弟葉璉國師湛陽宜思西天扮底答尾麻囉室利漢土義學亢理二講主慶吉祥及畏兀兒齋牙答思翰林院承旨旦壓孫安藏等集於大都二十二年乙酉春至二十四年丁亥夏大興教寺各秉方言精加辯質自至元頂踵三齡銓讎乃畢雖同瀾共派竝策分鑣究本窮源若合符契莫不一乘之性海湛湛波澄三藏之義天輝輝星布重光法寶大啓群迷然晉宋之弘興漢唐之恢闡未有盛於此也經之在是録者凡一千四百四十部五千五百八十六卷復詔講師科題總目號列群函標次藏乘互明時代文詠五録譯綜多家作永久之繩規爲方今之龜鑑帝主恢弘正法之意其至矣乎部類品章略陳於左

科此總録大分爲四

初總標年代括人法之宏綱

二别約歳時分記録之殊異

三略明乘藏顯古録之梯航

四廣列名題彰本目之倫序

初總標年代括人法之宏綱

自後漢孝明皇帝永平十年戊辰至大元聖

世至元二十二年乙酉凡一千二百一十九年中間譯經朝代歷二十二代傳譯之人一百九十四人所出經律論三藏一千四百四十部五千五百八十六卷

經藏

大乘經八百九十七部二千九百八十卷

小乘經二百九十一部七百一十卷

律藏

大乘律二十八部五十六卷

小乘律六十九部五百單四卷

論藏

大乘論一百一十七部六百二十八卷

小乘論三十八部七百單八卷

二别約歲時分記録之殊異

自後漢明帝永平十年戊辰至唐玄宗開元十八年庚午凡一十九代六百六十三年中間傳譯緇素總一百七十六人所出大小乘三藏教文九百六十八部四千五百單七卷 上開元録所紀

自唐開元十八年庚午至德宗貞元五年己巳凡六十年中間傳譯三藏八人所出大乘經論及念誦法一百二十七部二百四十二卷 上貞元録所紀

自唐貞元五年己巳至宋太宗太平興國七年壬午凡一百九十三年中間並無譯人其年壬午始起譯場至真宗大中祥符四年辛亥凡二十九年中間傳譯三藏六人所出三藏教文二百單一部三百八十四卷 上祥符録所紀

自宋真宗祥符四年辛亥至仁宗景祐四年丁丑凡二十七年中間傳譯三藏 興祥符同

所出三藏教文一十九部一百四十八卷上景祐録所紀

自宋仁宗景祐四年丁丑至今大元聖世至元二十二年乙酉凡二百五十四年中間傳譯三藏四人所出三藏教文二十部一百一十五卷其餘前録未編入者經律論等五十五部一百四十一卷通前七十五部二百五十六卷隨各聚類編次於左此是拾遺編入

三略明乗藏顯古録之梯航

開元録所紀經律論一千一十六部四千五百七卷

大乘經五百六十三部二千一百七十三卷二百三帙

大乘律二十六部五十四卷五帙

大乘論九十七部五百一十八卷五十帙

小乘經二百四十部六百十八卷四十八帙

小乘律五十四部四百四十六卷四十五帙

小乘論三十六部六百九十八卷七十二帙

貞元録所紀經論一百二十七部二百四十二卷

大乘經一百二十五部二百四十卷二十三帙

大乘論二部二卷

祥符録所紀經律論二百部三百八十四卷

大乘經一百四十部二百九十卷三十帙

大乘律一部一卷

大乘論一十一部一十九卷三帙

小乘經四十四部六十九卷七帙

小乘律五部五卷一帙

景祐録所紀經律論十九部一百五十卷

大乘經九部一百八卷十一帙

大乘律一部一卷

大乘論二部二十八卷帙三

小乘經六部一十一卷帙

小乘律一部一卷

弘法入藏録及拾遺編入經律論七十五部

一百五十六卷

大乘經五十七部一百二十一卷帙七

大乘論六部六十一卷帙七

小乘經一部一十二卷帙一

小乘律九部五十二卷帙三

小乘論二部一十卷帙一

四廣列名題彰今目之倫序分三

初契經藏一千一百八十八部　三千六百九十卷

二調伏藏九十七部　五百六十卷

三對法藏一百五十五部　一千三百三十七卷

初契經藏分二

初菩薩契經藏八百九十七部　二千九百八十卷

二聲聞契經藏二百九十一部　七百一十卷

初菩薩契經藏分二

初顯教大乘經五百四十九部　二千三百二十二卷

二密教大乘經三百四十六部　六百五十八卷

二調伏藏分二

初菩薩調伏藏二十八部　五十六卷

二聲聞調伏藏六十九部　五百四卷

三對法藏分二

初菩薩對法藏一百一十七部　六百二十八卷

二聲聞對法藏三十八部　七百八卷

已上科判預知總録宏綱次下別分令曉令集大體自翻譯已來經律論等卷目年次緇素來源悉已著於圖録今略舉其梗槩唯右

科分具列於左

初顯教大乘經分六

初般若部（總四十部七百九十四卷）

二寶積部（總八十四部一百七十七卷）

三大集部（總二十七部一百五十五卷）

四華嚴部（總三十一部二百三十九卷）

五涅槃部（總六部五十九卷）

六諸大乘經（三百六十一部八百九十七卷）

初般若部（諸録所紀新舊譯本及支派經并拾遺等並編於此）總四十部七百九十四卷（問何故般若為首答般若建初者謂諸佛之母也今此總録將大小乘經皆以部類編為次第小乘諸録據本末而為倫次大乘諸論以釋經者為先集解義者居後小乘諸論據有部次第而論發智為初六凡居次毗婆沙等支派在末賢聖集傳內外兩分大夏神州東西有異所以者何欲使科條有緒覽者易見）

梵云麻訶鉢囉（二合）提亞波囉蜜怛（二合）蘇怛囉（二合今此總録於題目內間有一二所以安梵名者自來三藏但以梵文譯為華言所以不存梵名間有存者於五義中亦有具云一二義故不翻者也今因與蕃相對隨彼蕃云有無紀録有者著之無者仍舊或有的對或約蕃義不可一准也義學高德善二音者勿請疑矣）

大般若波羅蜜多經六百卷（二百七十五品）

唐三藏玄奘譯（於玉華宮譯）

此經佛於四處十六會説（鷲峯山七會給孤園七會他化天一會竹林園一會）總二十萬頌十六會分前六會分有品後十會分但有分名而無品稱今依處會蕃漢同異具列于左第一會王舍城鷲峯山説四百卷（七十九品）從第一卷至四百卷

此會經與蕃本十萬頌般若對同（此會比西蕃本多常啼囑累法勇三品其蕃本却在第五會中）

第二（重會）王舍城鷲峯山説七十八卷（八十五品）從四百一至四百七十八卷（比於舊經無常啼等品餘義大同）

此會經與蕃本二萬五千頌般若對同

第三會重王舍城鷲峯山說五十九卷三十一品從
四百七十九至五百三十七
此會經與蕃本一萬八千頌般若對同
第四會重王舍城鷲峯山說一十八卷二十九品從
五百三十八至五百五十五卷
此會經與蕃本八千頌般若對同
第五會重王舍城鷲峯山說一十卷二十四品從五
百五十六至五百六十五
此會經與蕃本八千頌般若對同此會比蕃本少常啼法勇囑累慈氏所問四品前三品却在前第一會中慈氏所問品全闕
第六會重王舍城鷲峯山說八卷十七品從五百
六十六至五百七十三
此會經蕃本闕
第七會室羅筏城給孤獨園說曼殊室利分
二卷當第五百七一四至五百七十五卷

此會與蕃本七百頌般若對同
第八會重室羅筏城給孤獨園說那伽室利分
一卷當第五百七十六
此會經蕃本闕
第九會重室羅筏城給孤獨園說能斷金剛分一
卷當第五百七十七卷
此會經與蕃本三百頌般若對同
第十會他化自在天王宮說般若理趣分一
卷當第五百七十八卷
此會經與蕃本一百五十頌般若對同
第十一會重室羅筏城給孤獨園說布施波羅
蜜多分五卷從五百七十九至五百八十三
卷
第十二會重室羅筏城給孤獨園說淨戒波羅
蜜多分五卷從五百八十四至五百八十八

卷

第十三重會室羅筏城給孤獨園說安忍波羅蜜多分一卷當第五百八十九卷

第十四重會室羅筏城給孤獨園說精進波羅蜜多分一卷當第五百九十卷

第十五重會王舍城鷲峯山說靜慮波羅蜜多分二卷當第五百九十一九十二卷

右五會共一十四卷與蕃本一千八百頌般若對同

第十六會王舍城竹林園中白鷺池側說般若波羅蜜多分八卷從第五百九十三至六百卷

此會與蕃本二千一百頌般若對同

此大般若經總二十萬頌西蕃本唯有十六萬四千五十頌若比漢本少三萬五千九百五十頌

上一經六百卷六十帙　天至柰六十號

已上大般若經六百卷四處十六會與蕃本相對竟下般若部類若與大般若新舊重譯者更無相對闕具之言若是支派別行之經隨對有無一一註録

放光般若波羅蜜多經三十卷或二十卷九十品

西晉三藏無羅叉共竺叔蘭譯

上一經三十卷二帙　菜重二號

摩訶般若波羅蜜多經四十卷或三十卷亦云大品

姚秦三藏鳩摩什共僧叡等譯九十品

上一經四十卷三帙　芥薑海三號

光讃般若波羅蜜多經十五卷或一十卷二十七品

西晉三藏竺法護譯

右三經與大般若第二會同本異譯其

光讚般若比於新經三分將一至散華
品後文並闕
摩訶般若鈔經五卷一名須菩提品亦名長安品十三品
苻秦天竺沙門曇摩蜱共竺佛念譯
此經與小品道行等經同本依今所勘此文
不足若比後經三分過二惟道行後闕十品
上二經二十卷二帙　鹹河二號
道行般若經十卷亦名般若道行品或八卷三十品
後漢月支三藏支婁迦讖譯
上一經十卷一帙　淡字號
小品般若波羅蜜多經十卷或七八卷二十九品
姚秦三藏鳩摩羅什譯
上一經十卷一帙　鱗字號
大明度無極經四卷亦云大明度或六卷三十品
吳月支優婆塞支謙譯

右四經與大般若第四會同本異譯
勝天王般若經七卷十六品
陳憂禪尼國王子月婆首那譯
此經與大般若第六會同本異譯
上二經十一卷同帙　潛字號
文殊所說摩訶般若經二卷或一卷
梁扶南三藏曼陀羅仙譯
此經本是般若又編入寶積第十六會者為
與後經名同恐有差錯故後出之
文殊所說般若經一卷
梁扶南三藏僧伽婆羅譯
右二經與大般若第七會曼殊室利分
同本異譯
濡首菩薩無上清淨分衛經二卷亦名決定諸法如幻化三昧經

宋沙門翔公於南海郡譯

此經與大般若第八會同本舊經稍廣

金剛般若波羅蜜多經一卷 在舍衛國

姚秦三藏鳩摩羅什譯

金剛般若波羅蜜多經一卷 在舍婆提

元魏天竺三藏菩提留支譯

金剛般若波羅蜜多經一卷 在祇樹林

陳天竺三藏眞諦譯

能斷金剛般若波羅蜜多經一卷 在室羅筏

唐三藏玄奘譯 出內典録

能斷金剛般若波羅蜜多經一卷 在名稱城

唐天后代三藏義淨譯 出內典録

右五經同本異譯其第四本當大般若第九能斷金剛分全本編入更不重翻

實相般若波羅蜜多經一卷

唐天后代天竺三藏菩提流志譯 出大周録

此經與大般若第十會般若理趣分同本

仁王護國般若經二卷 或只一卷八品

姚秦三藏鳩摩羅什譯

此經蕃疑折辨入藏

摩訶般若波羅蜜大明呪經一卷

姚秦三藏鳩摩羅什譯

般若波羅蜜多心經一卷

唐三藏玄奘譯

右二經同本異譯與蕃本對同

上十二經十五卷同帙　羽字號

已上開元録所紀般若部竟下貞元續録所紀般若具列如左

仁王護國般若波羅蜜多經二卷 八品

唐三藏大廣智不空譯
此經與鳩摩羅所譯仁王經同本異譯
普徧智藏般若波羅蜜多心經一卷
東天竺三藏達磨戰濕羅譯
般若波羅蜜多心經一卷
罽賓沙門般若共利言等譯
右二經與前大明呪般若心等經同本
異譯
大乘理趣六波羅蜜多經十卷
罽賓三藏般若共利言等譯此經蕃
本闕
上四經十四卷同帙　翔字號
已上貞元録所紀般若竟下祥符録所紀般
若具列如左
佛母出生三法藏般若波羅蜜多經二十五
卷（三十二品）
宋西域三藏施護等譯
此經與小品般若同本前經闕此三品
佛母寶德藏般若波羅蜜多經三卷（三十三品）
宋天竺三藏法賢譯
梵本般若波羅蜜多心經一卷
宋三藏慈賢譯
梵本般若波羅蜜多心經一卷
唐天竺三藏大廣智不空譯（拾遺編入）
右二經同本異譯
聖佛母般若波羅蜜多經一卷
宋天竺三藏施護譯
此經與大明呪等四經同本異譯
了義般若波羅蜜多經一卷（本録云析出别譯未曾勘當與何本同）

宋天竺三藏施護譯
上六經三十二卷三帙　龍師火三號
宋天竺三藏施護譯
五十頌聖般若波羅蜜多經一卷
觀想佛母般若波羅蜜多菩薩經一卷（此是儀軌）
宋天竺三藏天息災譯
右二經與蕃本對同
帝釋般若波羅蜜多心經一卷
宋天竺三藏施護譯
徧照般若波羅蜜多經一卷
宋天竺三藏施護譯
右二經蕃本闕
聖八千頌般若波羅蜜多一百八名真實圓
義陀羅尼經一卷（此經合在密教大乘經中爲是般若部類故編於此）

宋天竺三藏施護譯
聖佛母小字般若波羅蜜多經一卷
宋天竺三藏天息災譯
金剛場莊嚴般若波羅蜜多教中一分一卷
宋天竺三藏施護譯
佛母般若波羅蜜多大明觀想儀軌一卷（此是儀軌）
宋天竺三藏施護譯
右四經與蕃本同
前觀想佛母及此觀想儀軌並合附於巳後
儀軌中爲本録中云大乘經秘密部收故編
於此
巳上祥符録所紀般若竟下景祐録所紀般
若唯有一部
佛說開覺自性般若波羅蜜多經四卷

宋三藏惟淨法護等譯

此經蕃本闕

上九經一十二卷同帙 帝字號

二寶積部(今將諸録新舊譯本及支派經並編於此)總八十四部

一百七十七卷

梵云麻訶囉怛(二合)拏孤都 蘇怛囉(二合)

大寶積經一百二十卷(七十七品)

唐南天竺三藏菩提流志等譯

此經重單合譯共四十九會合成一部(雖云重單合成一部若以新舊別譯然四十九所以總部云八十四計總數故勿請有疑)

梵云滴哩(二合)散拔囉(二合)你哩(二合)底沙(二合)

第一三律儀會說經三卷

唐三藏菩提流志譯(第三譯)

從第一至第三卷

梵云阿難怛穆迦(空架切)尾秫怛拏你哩(二合)底瑟(二合)答 巴哩(二合)哇囉(二合)答 麻訶衍拏拏麻

第二無邊莊嚴會說四卷(三品)

唐南天竺三藏菩提流志譯(新譯單本)

從第四至第七卷

梵云怛答哥達 阿嗔低亞酟胡(二合)牙 你哩(二合)底沙(二合) 拏麻

第三密跡力士會說七卷

西晉三藏竺法護譯(舊譯單本)

從第八至第十四卷

梵云阿唎(二合)亞秫怛拏你哩(二合) 底沙(二合)拏麻

第四淨居天子會說二卷

西晉三藏竺法護譯(舊譯單本)

當第十五十六卷

梵云阿唎(合二)亞 阿彌怛 阿喻沙 尾餘
訶
第五無量壽如來會說二卷
唐天竺三藏菩提流志譯(新譯第十一譯)
當第十七十八卷
梵云阿唎(合二)亞 阿乞(合二)述巴思(合二)亞 怛
答迦達四亞 尾喻訶 拏麻
第六不動如來會說二卷(六品)
唐天竺三藏菩提流志譯(第三譯)
當第十九二十卷
梵云阿唎(合二)亞 哇囉(合二)麻 尾喻訶 你
哩(合二)底沙(合二) 拏麻
第七被甲莊嚴會說五卷
唐天竺三藏菩提流志譯(新譯單本)
從第二十一至二十五卷

梵云阿唎(合二)亞 達囉(合二)麻怛都 吃哩(合二)
怛牙 散必怛 你哩(合二)底沙(合二) 拏麻
第八法界體性無分別會說二卷
梁三藏曼陀羅仙譯(第二譯舊譯重本)
當第二十六二十七卷
右八會經與蕃本同
梵云阿唎(合二)亞怛沙 達囉(合二)麻迦
第九大乘十法會說一卷
元魏三藏佛陀扇多譯(第二譯單本)
當第二十八卷
梵云阿唎(合二)亞三滿怛穆迦(空架切) 巴哩(合二)哇
囉(合二)怛
第十文殊師利普門會說一卷
唐天竺三藏菩提流志譯(新譯重本)
當第二十九卷

梵云阿囉室（合三）彌尼訶囉（合二）喪吉蘭帝

第十一出現光明會說五卷

唐三藏菩提流志譯（新譯重本）

從第三十至三十四卷

梵云菩提薩埵（合二）哇　必怛哥（合二）

第十二菩薩藏會說二十卷（十二品）

唐三藏玄奘譯（舊譯單本）

從第三十五至五十四卷（其菩薩藏會准大周録入重譯中云與三卷菩薩藏經同本異譯者誤也其三卷菩薩藏經亦編入此寶積會中即富樓那會是也）

右四會經與蕃本同

第十三爲阿難說處胎會一卷

唐南天竺三藏菩提流志譯（新譯重本）

當第五十五卷

第十四說入胎藏會二卷

唐天后代三藏義淨譯（舊譯單本）

當第五十六五十七（此會本是根本說一切有部毗柰耶雜事第十一十二卷三藏義淨析出別行今菩提流志勘梵本同編入會次）

第十五文殊師利授記會說三卷

唐于闐三藏實叉難陀譯（舊譯重本）

從第五十八至六十卷

右三會經蕃本闕

梵云阿唎（合二）亞必怛　晡怛囉（合二）　薩麻廿

第十六菩薩見實會說十六卷（二十六品）

高齊三藏那連提耶舍譯（舊譯單本）

從第六十一至七十六卷

梵云阿唎（合二）亞　補嚕尼（合二）

第十七富樓那會說三卷（七品）

姚秦三藏鳩摩羅什譯（舊譯重本）

從第七十七至七十九卷
梵云阿唎合二亞阿羅合二室　特囉合二拔梨
八哩合二巴哩赤合三
第十八護國菩薩會說二卷
隋天竺三藏闍那崛多譯舊譯單本
當第八十八十一卷
梵云阿唎合二亞　郁迦羅　八哩合二巴哩赤
合三
第十九郁伽長者會說一卷
曹魏三藏康僧鎧譯舊譯重本
當第八十二卷此會與蕃本同
第二十無盡伏藏會說二卷
唐三藏菩提流志譯新譯單本
當第八十三及八十四卷此會經蕃本闕
梵語阿唎合二亞巴喞囉合二麻牙哥哩八哩合二
巴哩赤
第二十一授幻師跋陀羅記會說一卷
唐三藏菩提流志譯新譯重本
當第八十五卷此會與蕃本同
梵云阿唎合二亞麻訶鉢囉合二帝訶囉嗚拔滴
沙合二
第二十二大神變會說二卷
唐三藏菩提流志譯新譯單本
當第八十六及八十七卷此會與蕃本同
梵云麻訶迦葉毗
第二十三摩訶迦葉會說二卷
元魏優禪尼國王子月婆首那譯舊譯
單本
當八十八八十九卷此會與蕃本同
梵云阿唎合二亞　尾拏野尾你扎野嗚波離

八哩合二巴哩赤合二
第二十四優波離會說一卷
唐三藏菩提流志譯第二譯新譯重本
當第九十卷此會與蕃本同
梵云阿喇合二亞 阿替牙 阿沙牙散佳答
你
第二十五發勝志樂會說二卷
唐三藏菩提流志譯第二譯舊譯單本
當第九十一九十二卷此會與蕃本同
梵云阿喇合二亞 蘇拔呼 八哩合二巴哩赤
合三
第二十六善臂菩薩會說二卷
姚秦三藏鳩摩羅什譯出法上録勘同編入舊譯
單本
當第九十三九十四此會與蕃本同

梵云蘇囉合二怛 八哩合二巴哩赤合二
第二十七善順菩薩會說一卷
唐三藏菩提流志譯新譯單本
當第九十五卷此會與蕃本同
梵云阿喇合二亞 尾囉合二怛達 八哩合二巴
哩赤合三
第二十八勤授長者會說一卷
唐三藏菩提流志譯新譯單本
當第九十六卷此會與蕃本同
梵云阿喇合二亞烏答亞拏 哇忒合二薩阿囉
合二扎 拏麻巴哩 哇哩合二怛 八哩合二巴
哩赤合三
第二十九優陀延王會說一卷
唐三藏菩提流志譯第二譯新譯重本
當第九十七卷此會與蕃本同

梵云阿咧二合亞　蘇麻帝　答哩哥巴哩赤三合

第三十妙慧童女會兼後一會共說一卷

唐三藏菩提流志譯第四譯新譯重本

當第九十八前半卷此會與蕃本同

梵云阿咧二合亞　剛孤怛囉

第三十一河沙上優婆會與前同卷

唐三藏菩提流志譯新譯單本

當第九十八後半卷此會與蕃本同

梵云阿秫哥　怛達尾囉　紇囉拏

第三十二無畏德菩薩會說一卷

元魏三藏佛陀扇多譯第五譯舊譯重本

當第九十九卷此會與蕃本同

梵云阿咧二合亞　尾麻囉怛達　八哩二合巴哩赤三合　拏麻麻訶衍拏　蘇怛囉二合

第三十三無垢施菩薩應辨會說一卷五品

西晉居士聶道真譯第二譯重本

當第一百卷此會與蕃本同

梵云阿咧二合亞　孫拏囉怛三合拏散枯蘇你怛

第三十四功德寶華敷菩薩會兼後一會共說一卷

唐三藏菩提流志譯新譯單本

當第一百一初半四紙六行此會與蕃本同

梵云阿咧二合亞阿嗔低亞晡達尾沙野你哩二合滴沙

第三十五會善德天子會與前同卷

唐三藏菩提流志譯新譯單本

當第一百一卷後半十五紙十八行此會與蕃本同

第三十六善住意天子會說四卷十品

隋三藏達磨笈多譯出內典録第七譯舊譯重本

從一百二至一百五卷此會經蕃本闕
梵云阿咧(二合)辛訶八哩(二合)巴哩赤(三合)
第三十七阿闍世王子會(與後會共一卷)
唐三藏菩提流志譯(第二譯新譯重本)
當第一百六初半(四紙)此會與蕃本同
梵云阿咧(二合)亞　薩哩哇晡怛阿囉(二合)訶厮(二合)亞烏拔野　孫沙囉(二合)牙　文名因亞拏　烏怛囉(二合)菩提薩埵八哩(二合)巴哩赤(三合)
第三十八大乘方便會(兼前三卷)
東晉天竺居士竺難提譯(第三譯)
從第一百六卷半至一百八卷末此會與蕃本同
梵云阿咧(二合)亞　巴怛囉(二合)巴囉　室咧失(三合)巴哩(二合)巴哩赤(三合)
第三十九賢護長者會說二卷

隋三藏闍那崛多譯(第一譯重本)
當第一百九及一百十卷此會與蕃本同
第四十淨信童女會(與後二會共說一卷)
唐三藏菩提流志譯(新譯單本)
當第一百十一卷初(九紙十三行)此會蕃本闕
梵云阿咧(二合)亞　埋怛囉(二合)
第四十一彌勒菩薩問八法會
元魏三藏菩提留支譯(第二譯舊譯重)
當一百十一卷中(首末三紙)此會與蕃本同
梵云阿咧(二合)亞　埋怛囉(二合)八哩(二合)巴哩赤(三合)
第四十二彌勒菩薩所問會(兼前二會共說一卷)
唐三藏菩提流志譯(第三譯新譯重本)
當第一百十一卷末(九紙十五行)此會與蕃本同
第四十三普明菩薩會說一卷

失譯人名憑開元録是第三譯

當第二百一十二卷此會蕃本闕

梵云阿唎合二亞囉怛合二拏　阿囉室

第四十四寶梁聚會說二卷七品

北梁沙門釋道龔譯舊譯單本

當第一百十三一百十四此會與蕃本同

梵云阿唎合二亞阿乞合二沙野　罵啼八哩合二

巴哩赤合三

第四十五無盡慧菩薩會兼後一會共爲二卷

唐三藏菩提流志譯新譯單本

當一百一十五初七紙十二行此會與蕃本同

梵云阿唎合二亞　曼殊室利哺怛　乞室怛

囉合二　孫拏　尾喻訶　拏麻　麻訶衍拏

蘇怛囉合二

第四十六文殊說般若會兼前一會共爲二卷

梁三藏曼陁羅仙譯第一譯舊譯重本

從一百一十五卷八紙後半至一百一十六

卷末此會與蕃本同

梵云阿唎合二亞　囉怛合二拏　朮怛八哩合二

巴哩赤合三

第四十七寶髻菩薩會說二卷

西晉三藏竺法護譯別品第二譯舊譯重本

當第一百十七一百十八

梵云阿唎合二亞　尾喻訶　八哩合二　巴哩

赤合二

第四十八勝鬘夫人會說一卷

唐三藏菩提流志譯第三譯新譯重本

當第一百一十九二會與蕃本同

第四十九廣博仚人會說一卷

唐三藏菩提流志譯第三譯新譯重本

當第一百二十卷此會蕃本闕

上一經一百二十卷十二帙鳥至裳十二號

巳上大寶積經一百二十卷新舊重單合譯共四十九會與蕃本對畢巳下寶積部類新舊重譯者更無相對闕具之言若是支派別行之經隨對有無一一註録

大方廣三戒經三卷

北凉天竺三藏曇無讖譯出法上録第一譯

此經與寶積第一三律儀會同本異譯

無量清淨平等覺經二卷亦云無量清淨經第二譯

後漢月支三藏支婁迦讖譯

阿彌陀經二卷内題云阿彌陁三耶三佛薩樓佛檀過度人道經

吳月支優婆塞支謙字恭明譯第三譯

梵云阿唎二合亞　阿鉢囉二合彌怛阿喻失蘇怛囉二合

無量壽經二卷

曹魏天竺三藏康僧鎧譯第四譯

右三經與寶積第五無量壽會同本此第會新舊十一譯七譯闕本

上四經九卷同帙　推字號

阿閦佛國經二卷亦名阿閦佛刹諸菩薩學成品經

後漢月支三藏支婁迦讖譯拾遺編入第一

此經與寶積第六不動如來會同本

大乘十法經一卷初云佛住王舍城

梁扶南三藏僧伽婆羅譯第一譯

此經與寶積第九大乘十法會同本

普門品經一卷亦云普門經

西晉三藏竺法護譯第一譯

此經與寶積第十文殊師利普門會同本同録將為法華支派者昇云誤之甚也新舊三譯二具一闕

胞胎經一卷 亦云胞胎受身經
西晉三藏竺法護譯 第一譯
此經與寶積第十三佛爲阿難陀說處胎會
同本 此經舊録編爲小乘單本昇以義類相從附之於此
此經蕃本闕
文殊師利佛土嚴淨經二卷 或直云嚴淨佛土經亦直云佛土嚴淨經
西晉三藏竺法護譯 三譯一闕
此經與寶積第十五文殊授記會同本蕃本
闕
法鏡經二卷 或一卷
後漢安息優婆塞安玄共沙門嚴佛
調譯 第一譯
上六經九卷同帙
位字號
郁迦羅越問菩薩行經一卷 或云郁伽長者經或二卷入品

西晉三藏竺法護譯 第四譯六譯三闕
右二經與寶積第十九郁伽長者會同
本異譯
梵云阿唎二合亞拔怛囉二合麻牙迦哩八哩三合
巴哩赤三合
幻士仁賢經一卷 或云仁賢幻士經
西晉三藏竺法護譯 第一譯
此經與寶積第二十一授幻師會同本
決定毗尼經一卷 亦名破壞一切心識
衆録皆云燉煌譯竟不顯人名年代 昇云
附東晉録第一譯
此經與寶積第二十四優波離會同本
發覺淨心經二卷
隋天竺三藏闍那崛多等譯 第二譯
此經與寶積第二十五發勝志樂會同本異

譯

梵云阿唎合二亞　烏達牙拏　哇忒合二薩

阿囉　扎一拏麻八哩瓦八哩合二巴哩赤合三

囉答合二

優填王經一卷

西晉沙門釋法炬譯第一譯

此經與寶積第二十九優陀延王會同本

梵云阿唎合二亞　須麻提答哩葛巴哩赤合三

拏麻麻訶衍拏　蘇怛囉合二

須摩提經一卷

西晉三藏竺法護譯第一譯

須摩提菩薩經一卷

姚秦三藏鳩摩羅什譯第二譯

右二經與寶積第三十妙慧童女會同

本

阿闍世王女術達菩薩經一卷亦云達經

西晉三藏竺法護譯第二譯

此經與寶積第三十二無畏德會同本

離垢施女經一卷

西晉三藏竺法護譯第一譯

上九經十卷同帙　讓字號

得無垢女經一卷或云無垢女經一名論義辯才法門

元魏婆羅門瞿曇般若流志譯第三譯

右二經與寶積第三十三無垢施會同

本

文殊師利所説不思議佛境界經二卷出大周録

唐天后代天竺三藏菩提流志譯

此經與寶積第三十五善德天子會同本異

譯

如幻三昧經二卷或三卷或四卷

西晋三藏竺法護譯第二譯

聖善住意天子所問經三卷或四卷

元魏婆羅門瞿曇菩提般若流支譯

第五譯七譯四闕

右二經與寶積第三十六善住意會同本蕃本闕

太子刷護經一卷

西晋三藏竺法護譯出法上録第一譯

太子和休經一卷或作私休

僧祐録云安公録中失譯經今附西晋録第三譯

右二經與寶積第三十七阿闍世王子會同本異譯

上六經十卷同帙　國字號

慧上菩薩問大善權經二卷或卷

西晋三藏竺法護譯第二譯五譯三闕

此經與寶積第三十八大乘方便會同本異譯

大乘顯識經二卷

唐中天竺三藏地婆訶羅譯出大周録

此經與寶積第三十九賢護長者會同本異譯

大乘方等要慧經一卷

後漢安息三藏安世高譯第一譯

此經與寶積第四十一彌勒問八法會同本異譯

彌勒菩薩所問本願經一卷

西晋三藏竺法護譯第一譯三譯一闕

此經與寶積第四十二彌勒所問會同本

佛遺日摩尼寶經一卷亦名古品日遺日說般若經

後漢月支三藏支婁迦讖譯第一譯

摩訶衍寶嚴經一卷亦名大迦葉品

晋代失譯人名舊在後漢録昇云今且依舊第二譯

右二經與寶積第四十三普明菩薩會同本異譯此經蕃本闕

勝鬘獅子吼一乘大方便方廣經一卷亦直云勝鬘經

宋天竺三藏求那跋陀羅譯第二譯

此經與寶積第四十八勝鬘夫人會同

毗耶娑問經二卷

元魏三藏般若流支譯出序記第一譯

此經與寶積第四十九廣博仙人會同本異譯諸録皆云勒那摩提譯或云菩提流支譯者昇云二總誤也今依序記爲正此毗耶娑經舊録爲小乘單本今勘爲大乘重譯此經蕃本闕

上八經十一卷同帙　有字號

已上開元録所紀寶積部竟下貞元續録所紀寶積部類唯有一部今勘編入

大聖文殊師利菩薩佛刹功德莊嚴經三卷

唐西域三藏大廣智不空譯

此經與寶積第十五文殊授記會同本異譯蕃本闕

已下祥符録所紀寶積部類唯有一部今勘編入

大迦葉問大寶積正法經五卷

宋天竺三藏施護譯重本此經蕃本闕

上二經八卷同帙　虞字號

大元至元法寶勘同總録卷第一

大元至元法寶勘同總録卷第二

元講經律論沙門慶吉祥等奉　詔集

二大集部（總諸録中大集部類並編於此）總二十七部（開元録二十四部貞元録二部祥符録一部總二十七部）一百五十六卷（梵文將大虛空藏菩薩念誦法編入大集部中是流類故今將此經編次於後非本經故）共一十六分

大方等大集經三十卷（或四十卷）

北涼天竺三藏曇無讖譯（於姑藏譯第一譯梵文云此大集經一十一分四十八品品局當部分及支派今勘本經總有八品三分於三分中曲分二十八品共成三十六品云四十八未詳所以若將日藏一十三品與日密分同本是此數者何言品局當部今將古記及今校勘備彰於左）

謹按梁沙門僧祐大集記云有十二段共成一經第一瓔珞品二陀羅尼自在王品三寶女品四不眴品五海慧品六無言品七不可言品八虛空藏菩薩品九寶幢分十虛空目分十一寶髻品十二無盡意品已上述古次下申今重撿經本與祐記不同品次標題具列於左　第一陀羅尼自在王菩薩品（亦有經本分爲瓔珞品者昇云不然此是一段不合分二一大哀經即是此品）第二寶女品第三不眴菩薩品第四海慧菩薩品第五虛空藏菩薩品第六無言菩薩品第七不可言菩薩品第八寶幢分（此分有十三品）第九虛空目分（此有十品）第十寶髻菩薩品第十一日密分（此有五品）其日藏經與日密分同本亦是第十一分此上十一分三十六品共成三十卷爲一部（從陀羅尼自在王菩薩品至第十一日密分中第五救龍品未爲三十卷成一部已後大方等大集日藏等二十六經皆是大集部收於中同本異譯者有十九部單譯者有七部通前總爲二十六部此依品次録若依弘法録將大方等大集經大集日藏大集月

藏大集月藏等經合爲一部從陀羅尼自在王菩薩品至法滅盡爲六十卷成一部已後重單合譯有二十四大集部收通前總爲二十五部雖三六成部不同今依三十卷成部者與蕃相對彼日藏等經别爲部故

蕃本少第六無言菩薩品第七不可言菩薩品餘皆同此

上此經三十卷三帙　陶唐弔三號

梵云蘇嚕(二合)亞　迦哩(二合)鞞　麻訶　蘇怛囉(二合)

大方等大集日藏經十卷(或十五卷第十一分一十三品)

隋天竺三藏那連提耶舍譯(第四譯)

右此經與前大集經末日密分同本異譯(日密文略此中稍廣是日密分餘義)

右此經十卷一帙與蕃本同　民字號

大集月藏經十卷(或十五卷第十一分二十八品)

高齊天竺三藏那連提耶舍譯(單本)

右此經一十卷一帙與蕃本同伐字號

梵云答沙　扎訖囉麻　拏麻

大乘地藏十輪經十卷(第十三分八品)

唐三藏玄奘譯(第二譯)

右此經十卷一帙與蕃本同　罪字號

大方廣十輪經八卷(一十五品)

凉失譯(今附凉録第二譯)

上二經同本異譯(周録云曇無讖譯出長房録今檢長房入藏録乃云失譯周録誤也)其第十四分本在西方未流於此蕃本亦無

大乘須彌藏經二卷(第十五分四品)

高齊三藏那連提耶舍共法智譯(單本)

上二經十卷同帙　周字號

梵云阿迦沙迦哩(二合)毗菩提薩埵　蘇怛囉(二合)

虚空藏菩薩經一卷（或無菩薩二字）

姚秦罽賓三藏佛䭾耶舍譯（販罽賓寄來秦國第一譯并下虚空藏神呪虚空孕等三經合是第十六分一）

梵云阿剃（二合）亞 阿哥沙 迦哩（二合）吡 拏

麻 麻訶衍拏 蘇怛囉（二合）

虚空藏菩薩神呪經一卷

宋罽賓三藏曇摩蜜多譯（第三譯）

虚空孕菩薩經二卷

隋天竺三藏闍那崛多等（第四譯）

右三經同本異譯（前後四譯闕第二譯） 與蕃本同

觀虚空藏菩薩經一卷（或無觀字）

宋罽賓三藏曇摩蜜多譯（單本）

此經首末三紙餘三十五佛懺悔等文及有十神名未詳於後安之所以蕃疑折辯入藏

菩薩念佛三昧經六卷（或無菩薩二字一十六品）

宋天竺沙門功德直共玄暢譯（第一譯）

上五經一十一卷同帙 發字號

梵云麻訶 不嚕（二合） 麻訶薩匿八怛 菩

提薩埵 哺怛阿耨 悉麻哩底 二麻地

大方等大集菩薩念佛三昧經十卷（一十五品）

隋天竺三藏達磨笈多譯（出內典録）

右二經同本異譯（其隋譯本比於前經後闕二品文不足矣）

蕃本與功德直所譯同

上一經十卷一帙 殷字號

般舟三昧經三卷（或加大字或只二卷一十六品）

後漢月支三藏支婁迦讖譯（第二譯）

拔陂菩薩經一卷（亦名拔波）

僧祐云安公古典經（是般舟三昧經初四品異譯附漢録）

大方等大集賢護經五卷或有云賢護經十七品

隋天竺三藏闍那崛多等譯

右三經同本異譯蕃云對同未見其本

上三經九卷同帙　湯字號

梵云阿剌二合亞　阿吃二合沙囉麻提　你哩

二合底沙　拏麻麻訶衍拏　蘇怛羅二合

阿差摩經七卷或四卷五卷

西晉天竺三藏竺法護譯第三譯

無盡意菩薩經六卷亦云阿差末經出大集經

宋涼州沙門智嚴共寶雲譯第四譯

右二經同本異譯與蕃本同

上二經十三卷同帙　坐字號

大集譬喻王經二卷大集別品

隋天竺三藏闍耶崛多譯單本

大哀經八卷或云如來大哀經或六卷七卷二十八品

西晉天竺三藏竺法護譯

此經是大集經初陀羅尼自在王菩薩

品同本異譯出第一卷初至第五卷半

上二經十卷同帙與蕃本同　朝字號

寶女所問經三卷亦云寶女問惠經或四卷一十三品

西晉天竺三藏竺法護譯

此經與大集經寶女品同本異譯出第五卷

半後至第七卷前半與蕃本同

無言童子經二卷或云無言菩薩經或一卷

西晉天竺三藏竺法護譯

此經與大集經無言品同本異譯出第七卷

半至第十八卷後半過一與蕃本闕

自在王菩薩經二卷

姚秦三藏鳩摩羅什譯於逍遥園譯第一

此經與大集經自在王菩薩品大同少

異與蕃本相對稍少於彼大同

奮迅王問經二卷

元魏婆羅門般若流支譯 出序說第二譯

右二經同本異譯 內典録云抄大集經自在王菩薩品者不然尋其文理懸絶不同但可爲大集别分耳

上四經九卷同帙 問字號

寶星陀羅尼經十卷 或八卷一十三品

唐天竺三藏波羅婆蜜多羅譯 單本

內典録云此經是大集經别分謹按前大集經中寶幢分佛於欲色二界中間大寶坊中重說此寶星陀羅經故寶幢分初云佛於欲色二界中間大寶坊中告大衆言云云次第至末文意並同此經可爲重說不可爲重譯耳更思

上一經十卷一帙與蕃本同 道字號

梵云阿哷二合亞 各哥孥 乾怛八哩二合巴哩赤三合

巳上開元録所紀大集部竟下貞元續録所紀大集部類具列於左 今勘編入

大虛空藏菩薩所問經八卷 或云大集

唐天竺三藏大廣智不空譯

此經是大集經别分非是大集經第五虛空藏菩薩品昇云即是虛空藏品抄出别行今檢稍異更詳 與蕃本同

百千頌大集地藏菩薩請問法身讚經一卷

唐天竺三藏大廣智不空譯

此經雖云其讚地藏請問如來說故又是大集部類故編於此更詳

上二經九卷同帙與蕃本同 垂字號

巳下祥符録中大集部類唯有一部 今勘編入

佛說大集會正法經五卷

宋天竺三藏施護譯 新譯

此經與蕃本相對彼經稍少

上一經五卷一帙　拱字號
四華嚴部華嚴本部及眷屬經皆纂於此總三十一部二百三十九卷二十三帙
梵云晡怛　阿瓦怛薩甘　拏麻麻訶布嚕二合亞　麻訶衍那　蘇怛囉二合
大方廣佛華嚴經六十卷或五十卷
東晉天竺三藏佛馱跋陀羅等譯初譯
此經總七處八會合二十四品會列如左
第一寂滅道場會合二品三卷
第二普光法堂會合六品四卷
第三忉利天宮會合六品三卷
第四夜摩天宮會合四品三卷
第五兜率天宮會合三品十卷
第六他化天宮會合十一品十三卷新經開爲二會
第七重會普光法堂會一品六卷
第八給孤獨園會一品十四卷
上一經六十卷六帙　平至首六號
大方廣佛華嚴經八十卷
唐天后代于闐三藏實叉難陀譯第二譯
此經總七處九會合三十九品具列於左
第一會菩提場說合六品十一卷
第二會普光明殿說合六品四卷
第三會忉利天宮說合六品三卷
第四會夜摩天宮說合四品三卷
第五會兜率天宮說合三品十二卷
第六會他化天宮說一品六卷
第七重會普光明殿說合十一品一十三卷

第八會普光明殿說一品七卷

第九會給孤獨園說一品二十一卷

右二經同本異譯此經蕃本從漢本譯

出對同

上一經八十卷八帙　臣至體八號

梵云阿唎二合亞　室囉怛巴羅怛拏　阿瓦

怛羅毋怛羅拏麻　麻訶衍拏　蘇怛囉二合

信力入印法門經五卷

元魏天竺三藏曇摩流支譯單本

度諸佛境界智光嚴經一卷

失譯人名今附秦録大周録云元魏三藏菩提流支譯出長房録今按長房録流支所譯無此經名今爲失譯附於秦録又云與如來莊嚴智慧光明入一切佛境界智嚴經同本者誤也今尋文理義旨全殊名雖似同所詮乃異求其旨趣乃與佛華嚴入如來德智不思議境界經等同本異譯故移編此

佛華嚴入如來德智不思議境界經二卷

隋天竺三藏闍那崛多等譯出內典第三譯

大方廣入如來智德不思議經一卷

唐于闐三藏實叉難陀譯昇編入録第四譯

右三經同本異譯新舊四譯三存一闕　蕃本闕

大方廣佛華嚴經不思議佛境界分一卷或二卷

唐于闐三藏提雲般若譯出大周録第一譯

大方廣如來不思議境界經一卷

唐于闐三藏實叉難陀譯昇編入録第二譯

右二經同本異譯

大乘金剛髻珠菩薩修行分一卷亦名剛鬘菩薩加行

唐天竺三藏菩提流志譯出大周録單本

大方廣佛華嚴經修慈分一卷

唐于闐三藏提雲般若譯昇編入録單本

右四經蕃本闕

上八經十三卷同帙　率字號

大方廣普賢菩薩所説經一卷

唐于闐三藏實叉難陀譯 昇編入録單本

莊嚴菩提心經一卷

姚秦三藏鳩摩羅什譯 第四譯

大方廣菩薩十地經一卷

元魏三藏吉迦夜共曇曜譯 第五譯

上二經同本異譯 前後五譯二具三闕是菩薩十地經大周云是華嚴十住品異譯者誤也尋閱文句義旨懸殊但可爲華嚴眷屬耳

右三經蕃本闕

兜沙經一卷

後漢月支三藏支婁迦讖譯

此經是華嚴經如來名號品異譯 舊經在第五卷新經在第十二比於大經此本稍略

菩薩本業經 亦直云本業經亦名淨行品經 一卷

吳月支優婆塞支謙譯

諸菩薩求佛本業經一卷 或無諸字

西晉清信士聶道眞譯

右二經是華嚴淨行品異譯 舊經在第六卷新經在第十四其支謙譯者兼十住品略無偈

菩薩十住行道品一卷 亦直云菩薩十住經

西晉三藏竺法護譯 出法上録拾遺編入

菩薩十住經一卷

東晉西域三藏祇多蜜譯

右二經是華嚴菩薩十住品同本異譯

舊經從第九卷新經在第十六卷略無偈

漸備一切智德經五卷 或十卷一十品

西晉三藏竺法護譯

上九經十三卷同帙　賔字號

十住經四卷（或一卷）
姚秦三藏鳩摩羅什共佛陀耶舍譯
右二經是華嚴十地品異譯（舊經從第二十五卷至第二十九新經從三十四至第三十九天親菩薩造十地釋論一十二卷今勘定）

等目菩薩所問三昧經二卷（亦名普賢菩薩定意經或三卷十三品）
西晉三藏竺法護譯
此經是新華嚴十定品異譯（從第四十卷至第四十舊華嚴無十定品此等目所問周録爲單本今勘爲重譯）

顯無邊佛土功德經一卷
唐三藏玄奘譯（出內典録）
此經是華嚴壽量品異譯（舊經在第三十一卷新經在第四十五卷）

如來興顯經四卷（亦名興顯如幻經）
西晉三藏竺法護譯
此經是舊華嚴寶王如來性起品及十忍品異譯（從第三十五卷半至第三十七卷盡其十忍品在第三十卷此略無偈不知何故前後差異也）新經名如來出現品（從第五十卷至第五十二其十忍品在第四十四卷）

右十經並與華嚴同本亦與蕃本對同
上四經十卷同帙　歸字號

度世品經六卷（或五卷）
西晉三藏竺法護譯
此經是華嚴離世間品異譯（舊經從十八卷至第四十四新經從第五十三卷至第五十九卷）

羅摩伽經三卷
乞伏秦沙門聖堅譯（出內典録）
此經是華嚴入法界品異譯（此羅摩伽經比於本品文闕不足於其中間譯出少分舊經從第五十一卷無上勝長者至第五十

三卷初妙德救護衆生夜天所其文即盡新經從第六十七卷半至第七十卷初

大方廣佛華嚴經續入法界品一卷或無續字

唐中天竺三藏地婆訶羅譯出大周録

此經續舊華嚴經入法界品或有經本續入大部之中在第五十七卷

右三經並與華嚴同本亦與蕃本對同

上三經十卷同帙　王字號

已上開元録所紀華嚴部竟已下貞元續録所紀華嚴部類具列於左勘同編入

大方廣佛華嚴經四十卷

罽賓三藏般若與利言等譯

此經與前華嚴大部同本異譯此部卷軸雖少比前大部多普賢行願品一卷

上一經四十卷四帙　鳴至樹四號

十力經一卷

于闐三藏尸羅達摩共安西三藏勿提犀魚等譯於北庭譯

回向輪經一卷

于闐三藏尸羅達摩共勿提犀魚等譯

梵云　怛沙晡麻乞二合　蘇怛囉二合

十地經九卷

于闐三藏尸羅達摩共勿提犀魚譯

華嚴入法界品四十二字觀門一卷經內題云大方廣佛華嚴經

唐三藏大廣智不空譯

右四經與蕃本同

上四經一十二卷同帙　白字號

五涅槃部及支派經並編於此　總六部五十九卷六帙

大般涅槃經四十卷或三十六卷一十三品

北凉天竺三藏曇無讖譯於姑臧譯第五重單

合譯其涅槃經宋文帝代元嘉年中達于建業時有務州沙門慧嚴清河沙門崔惠觀陳郡處士謝靈運等以讖前經品數踈㨂乃依舊泥洹經加之品目結爲三十六卷成一部

此經未見蕃本彼云對同

上一經四十卷四帙　駒至化四號

梵云阿剌合二亞　麻訶巴哩　尼哩合二哇拏

拏麻

大涅槃經後譯荼毗分二卷亦云闍維分亦云後分四品

唐南海波凌國三藏若那跋陀羅共

唐國沙門會寧於彼國共譯單本出大周録

此經是前大涅槃經之餘憍陳如品之

末兼説滅度已後焚燒等事與蕃本闕

梵云阿剌合二亞　麻訶巴哩　尼哩合二瓦拏

拏麻

大般泥洹經六卷或十卷一十八品

東晋平陽沙門法顯共覺賢譯第四譯

此經是大涅槃經之前分盡大衆問品

同本異譯兼荼毗分前後七譯三具四闕

上二經八卷同帙　被字號

方等般泥洹經二卷亦名大般泥洹經或三卷九品

西晋三藏竺法護譯第一譯

此經蕃本闕

梵云阿剌合二亞　北都喻合二怛囉哥　三摩

提　拏麻

四童子三昧經四卷或三卷或直名四童子經六品

隋天竺三藏闍那崛多等譯第三譯

右二經同本異譯此經既與前經同本何言蕃闕本正相對四童時對方等般涅槃經彼言無本對四童子彼云却有由此前言闕本據理皆同

梵云麻訶迦嚕拏　奔怛剌乞二合　蘇怛囉二合

大悲經五卷單本一十三品

高齊天竺三藏那連提耶舍共法智譯

右二經與蕃本同

上三經十卷同帙　草字號

已上五大部及本部類支派別行於衆録中所紀之經及古録中未詳定者今勘編入下五大部外諸重單譯之經總七百單九部一千五百五十五卷內大乘諸經百六十二部百九十七卷祕密陀羅尼儀軌等經三百四十七部六百五十八卷

方廣大莊嚴經十二卷亦名神通遊戲經二十七品

唐天竺三藏地婆訶羅譯出大周録第四譯

普曜經八卷亦名方等本起經三十品

西晉三藏竺法護譯第二譯四譯二闕

右二經同本異譯其大莊嚴經周録編爲單譯或有以普曜經在小乘藏者二俱誤也與蕃本同

上二經二十卷二帙　木賴二號

法華三昧經一卷法華支派

宋凉州沙門智嚴譯單本

無量義經一卷雖在法華前說義同法華故編於此

蕭齊天竺三藏曇摩伽陀耶舍譯第二譯一具一闕

薩曇分陀利經一卷法華寶塔天授二品各少分法華別行也

失譯人名附西晉録拾遺編入

右三經蕃本闕

梵云薩達哩二合　麻　奔怛剌乞二合　蘇怛囉二合

妙法蓮華經八卷 或七卷二十八品

姚秦三藏鳩摩羅什譯 第五譯

此經與蕃本同

上四經十一卷同帙　及字號

正法華經十卷 或云方等正法華經或爲七卷二十七品

西晉三藏竺法護譯 第三譯

添品妙蓮華經七卷 或八卷二十七品

隋天竺三藏崛多笈多二法師添品

出經前序及内典録

右三經同本異譯

上二經一十七卷二帙　萬方二號

維摩詰所説經三卷 亦名不可思議解脱或直云維摩詰經

姚秦三藏鳩摩羅什譯 第六譯

維摩詰經二卷 或三卷十四品

吴月支優婆塞支謙譯 第二譯

説無垢稱經六卷 十四品

唐三藏玄奘譯 第七譯出内典録

右三經同本異譯與蕃本同

大方等頂王經一卷 亦名維摩詰子問經亦名善思童子經

西晉三藏竺法護譯 第三譯

大乘頂王經一卷 亦名維摩兒經

梁優禪尼國王子月婆首那譯 第二譯

上五經十三卷同帙　蓋字號

善思童子經二卷

隋天竺三藏闍那崛多譯 第四譯

右三經同本異譯 其善思童子周録在單本中昇云誤也前後四譯第二本闕

梵云麻訶迦嚕拏　奔怛哩二合　蘇怛囉二合

大悲分陁利經八卷 亦云大乘悲經三十品

失譯人名 今附秦録第三譯

上二經十卷同帙　此字號

梵云迦嚕拏　奔怛哩乞(二合)

悲華經十卷(六品)

北涼天竺三藏曇無讖譯(於姑臧譯第四譯)

右二經同本異譯(前後四譯兩具兩闕)與蕃本同

上一經十卷一帙　身字號

梵云蘇瓦囉(二合)拏　阿哇拔　薩烏答　麻

訶囉扎拏麻

金光明最勝王經十卷(三十一品)

唐天后代三藏義淨譯(第五譯)

上一經十卷一帙　髮字號

金光明經八卷(二十四品)

隋大興善寺沙門寶貴合出譯(其無讖四卷真諦七卷崛多五卷並皆有闕今寶貴合出文義備足當第四譯)

右二經同本異譯與蕃本同

純真陀羅所問經二卷(或三卷)

後漢月支三藏支婁迦讖譯(第二譯)

上二經十卷同帙　四字號

梵云麻訶都嚕麻　緊拏羅　阿囉(二合)扎八

哩(二合)巴哩赤(三合)

大樹緊那羅王所問經四卷(亦名說不可思議品經)

姚秦三藏鳩摩羅什譯(第二譯)

右二經同本異譯與蕃本同

佛昇忉利天爲母說法經二卷(亦名佛昇忉利天品經或三卷)

西晉三藏竺法護譯(第一譯)

道神足無極變化經四卷(亦名合道神足經或二卷或三卷)

西晉安西三藏安法欽譯(第二譯)

右二經同本異譯(前後三譯第三本闕)蕃本闕

上三經十卷同帙　大字號

梵云阿囉怛(二合)拏　咩哥拏麻　麻訶衍拏
蘇怛囉
寶雨經十卷　唐天后代南印度三藏達磨流支等
譯(出大周録第三譯)
上一經十卷一帙　五字號
寶雲經七卷
梁扶南三藏曼陀羅仙共僧伽婆羅
譯
右二經同本異譯(新舊三譯第三本闕)與蕃本同
阿惟越致遮經三卷(或無遮字或四卷十八品)
西晉三藏竺法護譯(第一譯)
上二經十卷同帙　常字號
梵云阿猁(二合)牙阿哇囉(二合)　瓦囉(二合)提牙拏
麻麻訶衍拏　蘇怛囉(二合)

不退轉法輪經四卷
僧祐録云安公凉土異譯(北凉録第三譯)
廣博嚴淨經四卷(或名廣博嚴淨不退轉輪經或六卷)
宋凉州沙門智嚴共寶雲譯(第二譯)
右三經同本異譯(其阿惟越遮經周録在單本中誤也)與
蕃本同
不必定入定入印經一卷
元魏婆羅門瞿曇般若流支譯(諸録皆云菩提留支譯者昇云異也今依序記爲正)
入定不定印經一卷
唐天后代三藏義淨譯
右二經同本異譯(其舊譯經周録爲單本今勘其重譯)蕃
本闕
上四經十卷同帙　恭字號
等集衆德三昧經三卷(或二卷)

西晉三藏竺法護譯第二譯

梵云呵𠷈合二亞 薩哩哇奔牙三没荼野

三麻提拏麻 麻訶衍拏 蘇怛囉合二

集一切福德三昧經三卷

姚秦三藏鳩摩羅什譯出真寂寺録

右二經同本異譯前後三譯一譯本闕 與蕃本同

持心梵天經四卷亦名莊嚴佛法經又名等御諸法經十八品

西晉三藏竺法護譯或六卷第一譯

上三經十卷同帙 惟字號

梵云阿𠷈合二亞 尾失沙 真帝 鉢囉訶三合

麻八哩合二巴哩赤 拏麻

思益梵天所問經四卷或直云思益又云思益義二十四品

姚秦三藏鳩摩羅什譯第二譯

勝思惟梵天所問經六卷

元魏天竺三藏菩提留支譯第三譯

右三經同本異譯其勝思經有釋論四卷 蕃本同

上二經十卷同帙 鞠字號

持人菩薩經四卷或有加所問二字三卷十五品

西晉三藏竺法護譯第一譯

持世經四卷亦名法印經或三卷十二品

姚秦三藏鳩摩羅什譯第三譯

右二經同本異譯前後三譯第二本闕 蕃本闕

濟諸方等學經一卷或無學字

西晉三藏竺法護譯第一譯

大乘方廣總持經一卷或無乘字

隋天竺三藏毗尼多流支譯第二譯

右二經同本異譯周録爲單本今勘爲重譯 蕃本闕

上四經十卷同帙 養字號

文殊師利現寳藏經三卷或云寳藏經或二卷第一譯

西晉三藏竺法護譯

梵云阿唎(二合)亞 囉怛(二合)拏 迦囉那(二合)怛
迦尾喻訶拏麻麻訶衍拏 蘇怛囉(二合)

大方廣寶篋經三卷(或二卷)
宋天竺三藏求那跋陀羅譯(第四譯)
右二經同本異譯(前後四譯兩闕)與蕃本同
梵云麻訶衍拏 阿毗三麻牙 蘇怛囉(二合)

大乘同性經二卷(亦名一切佛行入智毗盧遮那藏說經或四卷)
周宇文氏天竺三藏闍那耶舍譯(第一譯)

證契大乘經二卷(亦名入一切佛境智倍盧遮那藏)
唐中天竺三藏地婆訶羅譯(出周録第二譯)
右二經同本異譯與蕃本同
上四經十卷同帙 豈字號
梵云阿唎(二合)亞 珊底 你哩(二合) 牟吒你
麻訶衍拏 蘇怛囉(二合)

深密解脫經五卷(八品)
元魏天竺三藏菩提留支譯(初譯)

解深密經五卷(十一品)
唐三藏玄奘譯(出内典録第一譯)
上二經十卷同帙 敢字號

解節經一卷(四品)
陳天竺三藏真諦譯
此經是解深密經初五品異譯

相續解脫地波羅密了義經一卷(亦名解脫了義亦云相續解脫經二品)
宋天竺三藏求那跋陀羅譯
此經是解深密後二品異譯
右四經同本異譯(二是全本二是初譯)與蕃本同

緣生初勝分法本經二卷
隋天竺三藏達摩笈多譯(出内典録第一譯)

分別緣起初勝法門經二卷
唐三藏玄奘譯出内典録第二譯
右二經同本異譯蕃本闕
楞伽阿跋多羅寶經四卷一品
宋天竺三藏求那跋陀羅譯第一譯
上五經十卷同帙　毀字號
入楞伽經十卷十八品
元魏天竺三藏菩提流支譯第二譯
上一經十卷一帙　傷字號
梵云阿刹二合亞　摩訶阿琅迦　阿哇怛羅
二合拏麻麻訶衍拏　蘇怛囉二合
大乘入楞伽經七卷十品
唐于闐三藏實叉難陀譯昇編入録第四譯
右三經同本異譯四譯一闕與蕃本同
菩薩行方便境界神通變化經三卷

宋天竺三藏求那跋陀羅譯第一譯
上二經十卷同帙　女字號
大遮尼乾子所説經十卷或七八為卷十一品
元魏天竺三藏菩提留支譯第二譯
右二經同本異譯蕃本闕
上一經十卷一帙　慕字號
大方等大雲經六卷亦名大方等無相經或四卷或五卷三十三品
北凉天竺三藏曇無讖譯第二譯兩譯一闕
此經蕃本闕
大雲輪請雨經一卷題云大雲經請雨品第六十四
周天竺三藏闍那耶舍等譯第一譯
大雲輪請雨經二卷
隋天竺三藏那連提耶舍譯第二譯
大方等大雲請雨經一卷題云大方等大雲請雨品第六十四
隋天竺三藏闍那崛多譯出内典録第二譯

大雲輪請雨經二卷(今勘編入)
宋天竺三藏大廣智不空譯(第四譯)
右四經同本異譯與蕃本同
上五經一十二卷同帙　貞字號
梵云薩哩(二合)瓦　達哩(二合)阿鉢囉　尾哩
滴　你哩滴沙　拏麻麻訶衍拏　蘇怛囉
(二合)
諸法無行經二卷(或一卷)
姚秦三藏鳩摩羅什譯(第一譯)
諸法本無經三卷
隋天竺三藏闍那崛多等譯(第三譯)
右二經同本異譯(前後三譯二具一闕)與蕃本同
無極寶三昧經一卷(或直云無極寶經)
西晉三藏竺法護譯(第一譯)
寶如來三昧經二卷(亦名無極寶三昧經或一卷)

東晉西域三藏祇多密譯(第二譯)
右二經同本異譯蕃本闕
梵云阿唎(二合)亞　怛答迦達印牙拏穆時
囉(二合)拏麻
慧印三昧經一卷(亦名寶田慧印三昧經)
吳月支優婆塞支謙譯
如來智印經一卷(亦名諸佛法身)
僧祐録中失譯經(今附宋録第二譯)
右二經同本異譯與蕃本同
上六經十卷同帙　潔字號
大灌頂經十三卷(或無大字録云九卷未詳)
東晉西域三藏帛尸梨蜜多羅譯(單重)
(合譯)
此經蕃疑折辨入藏　每卷别名是　經
具列如左

第一三歸五戒帶佩護身呪經
第二七萬二千神王護比丘呪經
第三十二萬神王護比丘尼呪經
第四灌頂百結神王護身呪經
第五灌頂宮宅神王守鎮左右呪經
第六灌頂塚墓因緣四方神王呪經
第七灌頂伏魔封印大神呪經
第八摩尼羅亶大神呪經
第九召五方龍攝疫毒神呪經
第十梵天呪策經
第十一隨願往生十方淨土經
第十二拔除過罪生死得度經
右除第十二卷外餘十一卷蕃本闕
上十二卷同帙　　男字號
藥師如來本願經一卷

隋天竺三藏達摩笈多譯 出內典録第二譯
梵云阿剌二合亞　八迦瓦帝　拜沙底二合　不
牙孫嚕都嚕二合　拔薩牙　牙鉢囉二合　拏麻
嚕二合凹鉢囉尼　怛拏　晡囉二合牙　拏麻
藥師如來本願功德經一卷 或名藥師瑠璃光如來本願功德經
唐三藏玄奘譯 出內典録第三譯
梵云阿剌二合亞　薩拔二合達　怛答迦達
布嚕二合瓦鉢囉帝怛拏尾失灑尾思二合怛
囉拏麻
藥師瑠璃光七佛本願功德經二卷
唐三藏義淨譯 於大內佛光殿譯第四譯
三經及前灌頂第十二卷拔除過罪生
死得度經同本異譯與蕃本同
梵云阿剌二合亞　阿扎怛　沙都嚕　孫吉

哩合二佉牙　尾奴怛拏　拏麻
阿世王經二卷
後漢月支三藏支婁迦讖譯第一譯
普超三昧經三卷或上加文殊師利字或四卷十三品
西晉三藏竺法護譯第二譯
放鉢經一卷是普超經舉鉢品異譯出第一卷
僧祐録云安公録中失譯人名附西晉録
右三經同本異譯前後六譯三譯闕本　與蕃本同
上六經十卷同帙　效字號
大元至元法寶勘同總録卷第二

大元至元法寶勘同總録卷第三

元講經律論沙門慶吉祥等奉　詔集

月燈三昧經十卷（或十一卷五品）

高齊天竺三藏那連提耶舍譯（全本後出）

上一經十卷一帙　木字號

月燈三昧經一卷（亦名文殊師利菩薩十事行經）

宋沙門先公譯（第二別譯）

此經出前大月燈經第七卷異譯蕃本

闕

無所希望經一卷（亦名象步經）

西晉三藏竺法護譯

梵云訶思（二合）伭迦　乞沙

象腋經一卷（蕃云象力大經）

宋罽賓三藏曇摩蜜多譯（第四譯）

右二經同本異譯（兩譯本闕）與蕃本同

大淨法門經一卷

西晉三藏竺法護譯（第一譯）

梵云阿刹（二合）亞　曼殊室利　尾吉哩（二合）低

答　拏麻　麻訶衍拏　蘇怛囉（二合）

大莊嚴法門經二卷

隋天竺三藏那連提耶舍譯（第二譯）

右二經同本異譯（一譯闕本）與蕃本同

如來莊嚴智慧光明入一切佛境界經二卷

元魏天竺三藏曇摩流支譯（第一譯）

度一切諸佛境界智嚴經一卷

梁扶南三藏僧伽婆羅等譯（第二譯）

右二經同本異譯蕃本闕

後出阿彌陀佛偈經一卷（與後經異本或無經字）

後漢失譯人名（第二譯）

觀無量壽佛經一卷（亦云無量壽觀經與前後經異本）

宋西域三藏畺良耶舍譯第一譯闕第二

梵云阿弭利二合亞　速迦瓦低　阿彌哩二合怛

尾喻訶　拏麻　麻訶衍拏　蘇怛囉

阿彌陀經一卷或名無量壽經

姚秦三藏鳩摩羅什譯第一譯第二譯闕

稱讚佛淨土攝受經一卷亦名稱讚淨土佛攝受經亦直稱讚淨土經

唐三藏玄奘譯出内典録第二譯

右二經同本異譯與蕃本同

上十一經十三卷同帙　良字號

觀彌勒菩薩上生兜率天經一卷亦云彌勒上生經

宋居士沮渠京聲譯單本

此上生經雖是單本隨成佛經次第編

此

彌勒成佛經一卷與後本異

姚秦三藏鳩摩羅什譯第二譯兩譯一闕

彌勒來時經一卷

失譯人名出法上録今附東晉録第三譯

彌勒下生經一卷亦名彌勒受決經初云大智舍利弗

姚秦三藏鳩摩羅什譯第四譯

彌勒下生成佛經一卷

唐三藏義淨譯第六譯

右三經同本異譯前後六譯三具三闕　蕃本闕

諸法勇王經一卷

宋罽賓三藏曇摩蜜多譯第二譯

一切法高王經一卷亦名一切法義經

元魏三藏婆羅門瞿曇般若流支譯

出序記第三譯

右二經同本異譯前後三譯二具一闕　蕃本闕

梵云八囉麻　阿囉二合怛　達哩麻尾扎亞

拏麻 麻訶衍拏 蘇怛囉合二

第一義法勝經一卷

元魏三藏般若流支譯 出序記第一譯

大威燈光仙人問疑經一卷

隋天竺三藏闍那崛多譯 第一譯

右二經同本異譯與蕃本同

梵云阿剌合二亞 伊思合二 地剌合二 尾瓦囉二合 怛尾牙迦囉拏 拏麻麻訶衍拏 蘇怛囉合二

順權方便經二卷 亦名轉女身菩薩經或一卷

西晉三藏竺法護譯 第二譯

樂瓔珞莊嚴方便品經一卷 亦云轉女身菩薩問答經

姚秦罽賓三藏曇摩耶舍譯 出經後記第三譯

右二經同本異譯 前後四譯兩譯闕本 與蕃本同

上十一經十二卷同帙 知字號

六度集經八卷 亦名六度無極經或九卷九十章

吳天竺三藏康僧會譯 重單合譯

施度二十五章 戒度十五章 忍度十三章 進度十九章 禪度九章 明度九章

太子須大拏經一卷 或名須達拏

乞伏秦沙門聖堅譯 周金爲單昇爲重譯

此經出六度經第二卷施度中異譯

菩薩睒子經一卷 亦云孝子睒經

僧祐録云安公録中失譯人名 今附西晉録第二譯

睒子經一卷

乞伏秦沙門聖堅譯 第四譯

右二經同本出六度經第二卷施度中異譯

太子墓魄經一卷
後漢安息三藏安世高譯第一譯
太子沐魄經一卷或作慕魄
西晉三藏竺法護譯第三譯
右二經同本出六度經第四卷戒度中異譯
九色鹿經一卷
吳月支優婆塞支謙譯出法上録
此經出六度經第六卷精進度中同本異譯
無字寶篋經一卷
上七經十四卷同帙蕃本闕　過字號
元魏天竺三藏菩提留支譯第一譯
梵云阿拏阿乞二合沙羅迦蘭答迦　嚕扎拏迦羅巴拏麻　麻訶衍拏　蘇怛囉二合

大乘離文字普光明藏經一卷
唐中天竺三藏地婆訶羅譯於西太原寺譯出大周録
大乘徧照光明藏無字法門經一卷
唐中天竺三藏地婆訶羅重譯第四譯
右三經同本異譯大周録云與大方廣寶篋經同本譯異者
老女人經一卷亦名老母經或名老女經
昇云與蕃本同誤也
吳月支三藏支謙譯
老母經一卷
僧祐作失譯人名今附宋録第二譯
老母女六英經一卷亦云老母經
宋天竺三藏求那跋陀羅譯第三譯
右三經同本異譯蕃本闕
月光童子經一卷亦名月明童子經或名申日經

西晉竺法護譯第一譯
中日兒本經一卷 録作兒本誤也或無日字
宋天竺三藏求那跋陀羅譯第二譯
梵云室剌穀布二合怛 拏麻 蘇怛囉二合
德護長者經二卷 亦名尸利崛多長者經 與蕃本同
隋天竺三藏那連提耶舍譯第四譯
右三經同本異譯 上之三經雖是同本而廣略全異互有增減也
文殊師利問菩提經一卷 亦名菩提無行亦直名菩提經
姚秦三藏鳩摩羅什譯第一譯
伽耶山頂經一卷 亦云伽耶頂經
元魏三藏菩提留支譯第二譯
象頭精舍經一卷
隋天竺沙門毗尼多流支譯第三譯
大乘伽耶山頂經一卷

唐天竺三藏菩提流志譯 出大周録第四譯
右四經同本異譯蕃本闕
長者子制經一卷 亦名制經
後漢安息三藏安世高譯第三譯
菩薩逝經一卷 或云菩童子或直云逝經
西晉沙門白法祖譯第三譯
逝童子經一卷
西晉沙門支法度譯第四譯 闕一譯
右三經同本異譯蕃本闕
犢子經一卷
吳月支三藏支謙譯 出法上録第一譯
梵云瓦薩 蘇怛囉二合
乳光佛經一卷 亦云乳光經
西晉三藏竺法護譯第二譯
右二經同本異譯 廣略稍異四譯兩闕 與蕃本同

梵云阿剌二合亞　亦思二合地剌二合　尾瓦羅

二合怛尾牙迦蘭二合拏　拏麻　麻訶衍拏

蘇怛囉二合

無垢賢女經一卷或名胎藏經

西晋三藏竺法護譯

腹中女聽經一卷亦名不莊校女經

北凉天竺三藏曇無讖譯第三譯

轉女身經一卷

宋罽賓三藏曇摩蜜多譯第四譯

右三經同本異譯前二經稍略五譯二闕與蕃本同

上二十一經二十二卷同帙　必字號

無上依經二卷七品

梁天竺三藏真諦譯全本第二譯出經後記

未曾有經一卷

後漢失譯人名舊録在小乘單本非初譯

甚希有經一卷

唐三藏玄奘譯出内典第三譯

右二經同本異譯是前無上依經初品出第一卷與蕃本同

決定總經一卷或云決定總持經亦云決總持經

西晋三藏竺法護譯第一譯

謗佛經一卷

元魏天竺三藏菩提留支譯第二譯

右二經同本異譯與蕃本同

梵云阿剌二合亞　阿囉忒二合拏　孤特哩二合

拏麻　麻訶衍拏　蘇怛囉二合

寶積三昧文殊問法身經一卷

後漢安息三藏安世高譯第一譯

法界體性經一卷

隋天竺三藏闍那崛多譯第二譯

右二經同本異譯與蕃本同

梵云阿㘕二合亞　辛訶拏迦　拏麻　麻訶

衍拏　蘇怛囉二合

如來獅子吼經一卷

元魏天竺三藏佛陀扇多譯第一譯

大方廣獅子吼經一卷

唐中天竺三藏地婆訶羅譯出大周第二譯

右二經同本異譯與蕃本同

梵云阿㘕二合亞　曼殊室利八哩二合巴哩赤

三合拏麻

大乘百福相經一卷蕃云聖曼殊室利百福相經彼此同

唐中天竺三藏地婆訶羅譯出大周第一譯

大乘百福莊嚴相經一卷

唐天竺三藏地婆訶羅譯第二重譯

右二經同本異譯與蕃本同

梵云阿㘕二合亞　荼都失二合迦　你哩二合訶

羅拏麻　麻訶衍拏　蘇怛囉二合

大乘四法經一卷

唐天竺三藏地婆訶羅譯於東太原寺譯出大周録第一譯

菩薩修行四法經一卷

唐天竺三藏地婆訶羅譯於弘福寺譯第二譯

右二經同本異譯與蕃本同

希有希有校量功德經一卷或直云希有校量功德經

隋天竺三藏闍那崛多譯

最無比經一卷

唐三藏玄奘譯出内典録第二譯

右二經同本異譯蕃本闕

前三世轉經一卷

西晉沙門法炬譯第二譯

銀色女經一卷

元魏天竺三藏佛陀扇多譯第一譯

右二經同本異譯蕃本闕

阿闍世王授決經一卷

西晉沙門法炬譯第一譯

採蓮違王上佛授決號妙華經一卷亦直云採蓮華王經

東晉西域三藏竺曇無蘭譯

右二經同本異譯從無上經大依經下十九周録中在單本內今勘爲重譯與蕃本同

正恭敬經一卷或名正法恭敬經

元魏天竺三藏佛陀扇多譯第一譯

善敬經一卷亦名善恭敬經亦名善恭敬師經

隋天竺三藏闍那崛多譯第二譯

右二經同本異譯廣略少異蕃本闕

稱讃大乘功德經一卷

唐三藏玄奘譯內典録所紀第二譯

說妙法決定業障經一卷

唐至相寺沙門智嚴譯新編入録第二譯

右二經同本異譯其稱讃大乘經舊爲單本今爲重譯

上二十三經二十四卷同帙　改字號

諫王經一卷亦云大小諫王經

宋居士沮渠京聲譯第一譯

如來示教勝軍王經一卷亦直云勝軍王經

唐三藏玄奘譯出內典録第二譯

佛爲勝光天子說王法經一卷亦直云勝光天子經

唐三藏義淨譯昇編入録第三譯

右三經同本異譯其諫王經周録在小乘勝軍王經在大乘並云單本昇云誤也蕃本闕

大方等修多羅王經一卷

元魏天竺三藏菩提留支譯第一譯

轉有經一卷

天竺三藏佛陀扇多譯第二譯

右二經同本異譯蕃本闕

文殊師利巡行經一卷

元魏天竺三藏菩提留支譯第一譯

文殊師利行經一卷

隋天竺三藏闍那崛多譯第二譯

右二經同本異譯與蕃本同

貝多樹下思惟十二因緣經一卷

吳月支優婆塞支謙譯第三譯

緣起聖道經一卷

唐三藏玄奘譯出内典録第六譯

右二經同本異譯前後六譯四譯本闕蕃本闕

梵云阿唎二合亞　舍剌思檐八　蘇怛囉二合

稻竿經一卷

失譯人名附東晉録

了本生死經一卷

吳月支優婆塞支謙譯謙自注解三譯一闕

右二經同本異譯失其先後與蕃本同

自誓三昧經一卷題下注云獨證品第四出比丘淨行中

後漢安息三藏安世高譯昇編入録第一譯

如來獨證自誓三昧經一卷

西晉三藏竺法護譯第二譯

右二經同本異譯前後三譯一譯闕本蕃本闕

灌洗佛形像經一卷亦云四月八日經亦直云灌

西晉沙門法炬譯昇編入録第一譯

摩訶剎頭經一卷亦名灌佛形像經

乞伏秦沙門聖堅譯第二譯

右二經同本異譯蕃本闕

造立形像福報經一卷

失譯人名 附東晉録

作佛形像經一卷 亦云優填王作佛形像經

失譯人名 今在漢録

右二經同本異譯 失其先後 與蕃本同

龍施女經一卷 或無女字

呉月支優婆塞支謙譯

龍施菩薩本起經一卷 或云龍施女經亦云龍施本經

西晉三藏竺法護譯 第二譯

右二經同本異譯 廣略少異 蕃本闕

八吉祥神呪經一卷 或無神字

呉月支優婆塞支謙譯 第一譯

八陽神呪經一卷 亦直云八陽經舊單今勘重譯

西晉三藏竺法護譯 第二譯

八吉祥經一卷

梁扶南三藏僧伽婆羅譯 第四譯

八佛名號經一卷

隋天竺三藏闍那崛多譯 第五譯

右四經同本異譯 緣起大同佛名稍異前後五譯四具一闕

與蕃本同

盂蘭盆經一卷 亦云盂蘭經

西晉三藏竺法護譯

報恩奉盆經一卷

失譯人名 附東晉録

右二經同本異譯 廣略稍異 蕃本闕

浴像功德經一卷

唐天竺三藏寶思惟譯 昇編入録第一譯

浴像功德經一卷

唐天后代三藏義淨譯 昇編入録第二譯

右二經同本異譯後本稍廣蕃本闕

校量數珠功德經一卷

唐天竺三藏寶思惟譯昇編入録初譯

數珠功德經一卷内題云曼殊室利呪藏中校量數珠功德法

唐三藏義淨譯第二譯昇編入録

右二經同本異譯與蕃本同

上二十九經二十九卷同帙　得字號

梵云螺迦阿耨　瓦囉二合丹　蘇怛囉二合

内藏百寶經一卷亦云内藏百品經

後漢月支三藏支婁迦讖譯第一譯闕第二

温室洗浴衆僧經一卷亦直云温室經

後漢安息三藏安世高譯二譯一闕

須賴經一卷

前涼月支優婆塞支施崘譯出經後記第三譯前後三譯三本闕

右三經與蕃本同

私訶昧經一卷亦名菩薩道樹經亦名道樹三昧經

吳月支優婆塞支謙譯第一譯闕第二

菩薩生地經一卷亦名差摩竭經

吳月支三藏支謙譯第一譯闕第二周爲單本

四不可得經一卷

西晉三藏竺法護譯第二譯闕第一

梵女首意經一卷亦名首意女經

西晉三藏竺法護譯第一譯闕第二

成具光明定意經一卷或云成具光明三昧或直云成具光明經

後漢西域三藏支曜譯第二譯闕第一

右五經蕃本闕

梵云阿囉忒三合拏　扎哩　八哩二合巴哩赤三合

寶網經一卷亦云寶網童子經

西晉三藏竺法護譯第一譯兩譯一闕
菩薩行五十緣經一卷
西晉竺法護譯第一譯闕第二
菩薩修行經一卷亦名威德長者問觀身行經
西晉河内沙門白法祖譯第三譯闕一二
諸德福田經一卷或云諸福田經或云福田經
西晉沙門法立法炬共譯第一譯兩譯一闕
右四經前一經與蕃本同後三經蕃本闕
梵云阿剌二合亞 怛答迦達 迦囉二合 把拏
麻 麻訶衍拏 蘇怛囉二合
大方等如來藏經一卷
東晉天竺三藏佛陀跋陀羅譯第三譯二闕
此經與蕃本同

佛語經一卷
元魏天竺三藏菩提流支譯第一譯第二闕
金色王經一卷
元魏婆羅門瞿曇般若流支譯第二譯闕第一
演道俗業經一卷
乞伏秦釋聖堅譯第二譯闕第一
百福佛名經一卷
隋天竺三藏那連提耶舍譯第二譯第一闕
右四經蕃本闕
上十七經十七卷同帙 能字號
梵云阿剌二合亞 姑蘇麻 散扎牙 拏麻
麻訶衍拏 蘇怛囉二合
稱揚諸佛功德經三卷亦名集諸佛華或四卷
元魏西域三藏吉迦夜共曇曜譯第三

（譯二闕）

須眞天子經三卷（亦名問四事經或二卷十品）

西晉三藏竺法護譯（第一譯闕第二譯）

摩訶摩耶經一卷（亦直云摩耶經或二卷）

蕭齊沙門曇景譯（第二譯闕一譯）

梵云沙離干怛（二合）蘇怛囉（二合）

除恐災患經一卷

乞伏秦沙門聖堅譯（第二譯兩譯一闕）

右四經與蕃本同

孛經一卷（或云孛經鈔）

吳月支三藏支謙譯（第二譯闕兩譯）

觀世音菩薩受記經一卷（亦名觀音受決經）

宋黃龍沙門曇無竭譯（第三譯前二闕）

此經蕃本闕

上六經十卷同帙　莫字號

梵云阿別（二合）亞　娑迦囉拏迦　阿囉（二合）扎

海龍王經四卷（或三卷二十品）

西晉三藏竺法護譯（第一譯兩譯一闕）

梵云秫哏迦麻　三麻提　拏麻

首楞嚴三昧經三卷（亦直云首楞嚴經或二卷）

姚秦三藏鳩摩羅什譯（第九譯八譯闕）

右二經與蕃本同

觀普賢菩薩行法經一卷（出深功德經亦云普賢觀）

宋罽賓三藏曇摩蜜多譯（第三譯二闕）

此經蕃本闕

梵云拜沙怛（二合）扎　阿囉扎　拜沙怛（二合）扎

三沒都迦地　蘇怛囉（二合）

觀藥王藥上二菩薩經一卷

宋西域三藏畺良耶舍譯（第二譯一闕）

梵云阿別（二合）亞　阿嗔伭牙　鉢囉（二合）八薩

伱哩底沙 拏麻麻訶衍拏 蘇怛囉二合

不思議光菩薩所問經一卷

姚秦三藏鳩摩羅什譯第二譯二闕

右二經與蕃本同

上五經十卷同帙 忘字號

十住斷結經十卷或云十地斷結經或十一卷十四卷三十三品

姚秦凉州沙門竺佛念譯第一譯一闕

梵云阿唎二合亞 菩怛 喪吉帝 拏麻麻

訶衍拏 蘇怛囉二合

諸佛要集經二卷亦直云要集經

西晉三藏竺法護譯第一譯闕第二

未曾有因縁經二卷亦直云未曾有經

蕭齊沙門曇景譯第二譯闕一譯

右三經十四卷二帙與蕃本同

罔談二字號

菩薩瓔珞經十二卷或十四卷或十六卷四十五品

姚秦凉州沙門竺佛念譯第二譯 兩譯一闕

超日明三昧經二卷或無三昧字或三卷

西晉信士聶承遠譯第二譯第一闕

上二經十四卷二帙蕃本闕

彼短二字號

梵云阿唎二合亞 巴底羅 迦囉二合 鞞迦拏

麻麻訶衍拏 蘇怛囉合

賢劫經十三卷亦名颰陀三昧經或七卷或十卷二十四品

西晉三藏竺法護譯第一譯闕第二

上一經十三卷一帙與蕃本同靡字號

昇云自百寶藏經下三十四經雖云重

譯但一本存餘皆遺失尋求不獲又開

元録云大乘單譯經

佛名經十二卷或十三卷

元魏天竺三藏菩提留支譯

三劫三千佛名經三卷

失譯人名（今附梁録）

上二經十五卷二帙蕃本闕　恃已二號

五千五百佛名經八卷

隋天竺三藏闍那崛多譯

不思議功德諸佛所護念經二卷（昇云出衆經或四卷）

曹魏失譯人名

上二經十卷同帙蕃本闕　長字號

梵云阿剁（二合）亞　姑沙羅殺羅　散拔哩

毗囉訶　拏麻麻訶衍拏　蘇怛囉（二合）

華手經十三卷（亦名攝諸善根經此名與西蕃本同或十二或十一卷三十五品）

姚秦三藏鳩摩羅什譯

僧伽吒經四卷（蕃本云雙雙經）

元魏優禪尼國王子月婆首那譯

大莊嚴三昧經三卷（或名力莊嚴三昧經）

隋天竺三藏那連提耶舍譯

右三經與蕃本同

大方廣圓覺修多羅了義經一卷

唐罽賓三藏佛陀多羅譯

上四經二十一卷二帙　信使二號

觀佛三昧海經十卷（或無海字或八卷）

東晉天竺三藏佛陀跋陀羅譯

上一經十卷一帙蕃本闕　可字號

大方便佛報恩經七卷（蕃云此是因緣經）

失譯人名（在後漢録）

菩薩本行經三卷

失譯人名（附東晉録）

上二經十卷同帙蕃本闕　覆字號

梵云怛哩合二麻　喪吉帝　蘇怛囉合二

法集經六卷或七卷或八卷

元魏天竺三藏菩提留支譯

觀察諸法經四卷

隋天竺三藏闍那崛多譯

上二經十卷同帙與蕃本同　器字號

菩薩處胎經五卷宋録直云胎經或八卷

姚秦凉州沙門竺佛念譯

此經蕃本闕

梵云阿唎合二亞　阿耨瓦怛八合二答拏迦阿囉扎八哩巴哩赤合三拏麻麻訶衍拏　蘇怛囉合二

弘道廣顯三昧經四卷或無三昧字亦名阿耨達龍王經亦名入金剛問定意經凡十二品

西晉竺法護譯舊日竺佛念譯誤也又云失譯人名亦誤昇云今按唐内典録乃西晉竺法護譯

梵云阿唎合二亞　鉢囉合二敵八　怛哩顔拏麻　麻訶衍拏　蘇怛囉合二

施燈功德經一卷亦名然燈經

高齊天竺三藏那連提耶舍譯

此經蕃有少疑折辯入藏

上三經十卷同帙　欲字號

梵云阿唎合二亞　央姑囉　麻離顔　拏麻

央崛魔羅經四卷

宋天竺三藏求那跋陀羅譯

右三經與蕃本同

梵云安特囉包　蘇怛囉合二

中陰經二卷一十二品

姚秦凉州沙門竺佛念譯

無所有菩薩經四卷

隋天竺三藏闍那崛多譯出内典録
右二經與蕃本同
上三經十卷同帙　難字號
明度五十校計經二卷或無明度字或無五十字
後漢安息三藏安世高譯
大法鼓經三卷
宋天竺三藏求那跋陀羅譯
文殊師利問經二卷亦直云文殊問經
梁扶南三藏求那跋陀羅譯
右三經蕃本闕
梵云阿剌二合牙怛羅　烏怛羅　答哥尾
牙迦　囉拏　拏麻麻訶衍拏　蘇怛囉二合
月上女經二卷
隋天竺三藏闍那崛多譯
大方廣如來秘密藏經二卷

失譯人名今附秦録
右二經與蕃本同
上五經十卷同帙　量字號
梵云阿剌二合亞　迦拏尾喻訶　拏麻麻訶
衍拏　蘇怛囉二合
大乘密嚴經三卷八品
此經與蕃本同

大元至元法寶勘同總録卷第三

大元至元法寶勘同總録卷第四

元講經律論沙門慶吉祥等奉　詔集

佛印三昧經一卷

後漢安息三藏安世高譯

文殊師利般涅槃經一卷

西晉居士聶道真譯

異出菩薩本起經一卷（或無起字）

西晉居士聶道真譯

千佛因緣經一卷

姚秦三藏鳩摩羅什譯（出法上録）

賢首經一卷（亦名賢首夫人經）

乞伏秦沙門聖堅譯

月明菩薩經一卷（或云月明童子或云月童男經）

吳月支優婆塞支謙譯（大周録中編爲重譯云與月光童子經同本异云誤也文義全異今攺爲單本）

心明經一卷（亦名心明女梵志飯汁施經）

西晉三藏竺法護譯

右七經蕃本闕

梵云阿剃（二合）亞　怛沙　昂怛迦羅　尾忒（二合）孿薩拏　拏麻麻訶衍拏　蘇怛囉（二合）

滅十方冥經一卷（或云十方滅冥經）

西晉三藏竺法護譯

此經與蕃本同

鹿母經一卷

西晉三藏竺法護譯

魔逆經一卷

西晉三藏竺法護譯

右二經蕃本闕

德光太子經一卷（亦名賴吒和羅所問光德太子經）

西晉三藏竺法護譯

此經與蕃本同

大意經一卷

宋天竺三藏求那跋陀羅譯

堅固女經一卷亦名牢固女經

隋天竺三藏那連耶舍譯

商主天子所問經一卷或無所問字

隋天竺三藏闍那崛多等譯

諸法最上王經一卷

隋天竺三藏闍那崛多譯

右四經蕃本闕

上二十經二十卷同帙　悲字號

師子莊嚴王菩薩請問經一卷亦名八曼荼羅經

唐天竺三藏那提譯出大周録

離垢惠菩薩所問禮佛法經一卷

唐天竺三藏那提譯出大周録

受持七佛名號所生功德經一卷

唐三藏玄奘譯出内典録

右三經蕃本闕

佛臨般涅槃記法住經一卷

唐三藏玄奘譯出翻經圖

梵云阿利二合亞　鉢囉珊怛　尾你扎亞

鉢囉地訶囉二合牙　拏麻三麻地麻訶衍拏

蘇怛囉二合

寂照神變三摩地經一卷

唐三藏玄奘譯出翻經圖

梵云阿唎二合亞　尾牙迦乞濕二合麻瓦地羅

拏拏麻　麻訶衍拏　蘇怛囉

差摩婆帝授記經一卷

元魏天竺三藏菩提留支譯

右三經與蕃本同

不增不減經一卷
元魏天竺三藏菩提留支譯
造塔功德經一卷
唐中天竺三藏地婆訶羅譯
右繞佛塔功德經一卷亦云造塔功德經或名遶塔功德經
唐于闐三藏實叉難陀譯昇編入録
此經與蕃本同
梵云阿唎合二亞　荼都失合二迦　你哩合二訶
囉　拏麻麻訶衍拏　蘇怛囉合二
大乘四法經一卷
于闐國三藏實叉難陀譯新編入録
有德女所問大乘經一卷
唐天后代三藏菩提流志譯
梵云阿唎合二亞　八瓦喪吉蘭帝拏麻　麻
訶衍拏蘇怛囉合二

大乘流轉諸有經一卷
唐天后代三藏義淨譯昇編入録
妙色王因緣經一卷
唐天后代三藏義淨譯昇編入録
梵云阿唎合二亞　薩迦囉拏迦阿囉扎八哩
巴哩赤合三
佛爲海龍王説法印經一卷
唐天后代三藏義淨譯昇編入録
師子素駄娑王斷肉經一卷
唐至相寺沙門智嚴譯
右七經與蕃本同
般泥洹後灌臘經一卷亦名四輩灌臘經亦直云灌臘經
西晉三藏竺法護譯舊云與盂蘭盆經等同本尋文異故爲單本
此經蕃本闕

梵云阿濕二合怛　晡怛廿　拏麻　麻訶衍

拏蘇怛囉二合

八部佛名經一卷亦云八佛經

元魏婆羅門瞿曇般若流支譯

此經與藩本同

上十七經十七卷同帙　絲字號

菩薩内習六波羅蜜經一卷或云内六波羅蜜經出方等部

後漢臨淮沙門嚴佛調譯

菩薩投身餓虎起塔因緣經一卷祐云以身施餓虎經

北涼高昌沙門法盛譯出經後記

金剛三昧本性清淨不壞不滅經一卷

失譯人名昇爲共譯附三秦録亦云金剛清淨經

師子月佛本生經一卷昇爲共譯附三秦録

失譯人名

長者法志妻經一卷

失譯人名昇云今附梁録

薩羅國經一卷或云薩羅國王經或無王字

失譯人名附東晉録

右二經法上録並云姚秦三藏鳩摩羅什譯昇云並非今依安公昇公註録恐有異文更詳

十吉祥經一卷

失譯人名今附秦録

長者女菴提遮師子吼了義經一卷

失譯人名今附梁録

一切智光明仙人慈心因緣不食肉經一卷

失譯人名今附秦録拾遺編入

金剛三昧經二卷或一卷八品

北京失譯人名

法滅盡經一卷

僧祐録中失譯人名（今附宋録）

甚深大回向經一卷

僧祐録中失譯人名（今附宋録）

天王太子辟羅經一卷（或無天王字亦云辟羅）

僧祐録云安公關中異經（今附秦録）

優婆夷淨行法門經二卷（亦直云淨行經或無經字三品）

僧祐録中安公梁土異經（今附梁録）

八大人覺經一卷

後漢安息三藏安世高譯（出寶唱録）

三品弟子經一卷（亦云弟子學有三輩經）

呉月支優婆塞支謙譯

四輩經一卷（或云四輩弟子經亦云四輩學）

西晉三藏竺法護譯（出法上録）

當來變經一卷（或云當來變識經）

西晉三藏竺法護譯

過去佛分衛經一卷（或云過世）

西晉三藏竺法護譯

十二頭陀經一卷（亦名沙門頭陀經）

宋天竺三藏求那跋陀羅譯

樹提伽經一卷

宋天竺三藏求那跋陀羅譯

長壽王經一卷

安公失譯人名（附西晉録）

法常住經一卷

安公失譯人名（附西晉録）

右二十三經二十五卷同帙蕃本闕

染字號

自優婆夷淨行下十經舊録中皆編小乘部内今按尋文理多涉大乘編在小乘中恐乖至理故移於此

已上開元録所紀大乘經竟下貞元續
録所紀大乘經備彰於左
觀自在菩薩授記一卷或云大方廣曼殊室利經觀自在菩薩授記品第三十一
唐西域三藏大廣智不空譯
梵云阿唎二合亞　掌孫哩　拏麻　尾滴二合
牙
穰麌梨童女經一卷
唐三藏大廣智不空譯
梵云阿唎二合亞沙唎　悉檐巳　蘇怛囉二合
慈氏菩薩所說大乘緣生稻䕎喻經或云稻䕎喻經
唐三藏大廣智不空譯
此經與前稻芉經同本
三十五佛名經一卷
唐三藏大廣智不空譯

此經與烏波離所問經及與大寶積經
第二十四優波離會同本彼廣此略
右四經與蕃本同
文殊問字母品經一卷是大部中第十四文殊問字母品
梵云阿唎二合亞迦拏尾喻訶拏麻麻訶衍拏
蘇怛囉二合
大乘密嚴經三卷八品
唐三藏大廣智不空譯
右一經與地訶婆羅所譯密嚴經同本
佛爲優塡王說王法政論經一卷
唐三藏大廣智不空譯
右二經與蕃本同
上七經九卷同帙　詩字號
大方廣如來藏經一卷
唐三藏大廣智不空譯

木槵經一卷
唐三藏大廣智不空譯
文殊師利菩薩及諸仙所説吉凶時日善惡
宿曜經二卷上卷前譯下卷後譯有序
唐三藏大廣智不空譯
右三經蕃本闕
末利支提婆華鬘經一卷
唐三藏大廣智不空譯
大華嚴長者問那羅延力經一卷
北天竺迦畢試國三藏般刺若共利
言等譯言屬賓者訛也
右二經蕃本闕
佛説大方廣善巧方便經四卷
宋天竺三藏施護譯
右經與前大寶積第三十七阿闍世王
子會同本蕃云雖有本未至此
上六經十卷同帙　讚字號
大乘本生心地觀經八卷
迦畢試三藏般刺若譯
上一經八卷同帙蕃本闕　羔字號
已上貞元續録所紀大乘經竟下祥符
録所紀大乘經具列於左
未曾有正法經六卷
宋天竺三藏法天共施護譯
上一經六卷一帙與蕃本同　羊字號
大乘無量壽莊嚴經三卷
宋天竺三藏法賢譯
此經與大寶積經第五無量壽如來會
同本
如幻三摩地無量印法門經三卷

宋天竺三藏施護譯
護國尊者所問大乘經四卷
宋天竺三藏施護譯
上三經一十卷同帙與蕃本同　景字號
妙法聖念處經八卷
宋天竺三藏法天等譯
此經與寶積經第四十三普明菩薩會
同本
四無所畏經一卷
宋天竺三藏施護譯
大自在天子因地經一卷
宋天竺三藏施護譯
上三經一十卷同帙蕃本闕　行字號
梵云達哩麻　舍刹囉(二合)　蘇怛囉(二合)
法身經一卷(析出別譯)

宋天竺三藏法賢譯
諸佛經一卷
宋天竺三藏施護譯
十號經一卷
宋天竺三藏天息災譯
較量一切佛利功德經一卷
宋天竺三藏法賢譯
右四經與蕃本同
梵云阿刹(二合)亞　菩提拔乞(二合)灑　旻殊室利　你哩(二合)底沙　拏麻　麻訶衍拏蘇怛囉(二合)
大乘善見變化文殊師利問法經一卷(祕密部收)
宋西域三藏天息災譯
妙吉祥菩薩所問大乘法螺經一卷
宋三藏法賢等譯

外道問聖大乘法無我義經一卷
　宋天竺三藏法天譯
大乘舍棃娑擔摩經一卷
　宋天竺三藏施護譯
右二經與稻榦經同本異譯
如意寶總持王經一卷
　宋天竺三藏施護譯
右五經與蕃本同
八大菩薩經一卷
　宋三藏法賢譯
大乘寶月童子問法經一卷
　宋天竺三藏施護譯
分別布施經一卷
　宋天竺三藏施護譯
右三經蕃本闕

上十二經十二卷同帙　維字號
法印經一卷
　宋天竺三藏施護譯
大方廣未曾有經善巧方便品一卷安公云析出別譯一
　宋西域三藏施護等譯
右二經蕃本闕
梵云阿唎二合亞　薩迦囉　拏迦　阿囉二合
扎八哩巴哩赤三合　摩訶衍拏　蘇怛囉二合
佛爲娑伽羅龍王所説大乘經一卷
　宋西域三藏施護等譯
梵云栴怛囉　鉢囉毗　阿瓦怛喃　菩提
薩埵
月光菩薩經一卷
　宋三藏法賢等譯

耀童子經一卷
　宋天竺三藏天息災譯
布施經一卷
　宋三藏法賢譯
尊那經一卷
　宋三藏法賢譯
右五經與蕃本同
入無分別法門經一卷
　宋天竺三藏施護譯
寶授菩薩菩提行經一卷
　宋三藏法賢譯
大乘日子王所問經一卷
　宋天竺三藏法天譯
右三經蕃本闕
右經與前優填王經同本

上一十經一十卷同帙　賢字號
巳上祥符録所紀大乘經竟下景祐録
所紀大乘經
福力太子因緣經四卷或三卷
　宋西域三藏施護等譯
無畏授所問大乘經三卷
　宋西域三藏施護等譯於崇正殿譯
右三經與蕃本同
上二經七卷同帙　克字號
佛説頂生王因緣經六卷
　宋西域三藏施護等譯於崇正殿譯
大乘大方廣佛冠經二卷
　宋西域三藏法護等譯
右二經與蕃本相對彼具前經闕後經
上二經八卷同帙　念字號

佛說除蓋障菩薩所問經二十卷

宋三藏法護惟淨譯

右經與前寶雲寶雨經同本（此廣彼略）蕃闕

上一經二十卷二帙　作聖二號

梵云阿刹（二合）亞　薩迦囉羅麻提八哩（二合）巴哩赤（二合）

佛說海意菩薩所問淨印法門經一十八卷

宋三藏法護惟淨譯

此經與大集經第八九十十一四卷五品同本異譯西蕃具本

上一經十八卷二帙　德建二號

已上四録所紀大乘經（密藏陀羅尼儀軌悉在後列今雅正結四録所有大乘之經）下四録之外所有大乘經拾遺編入備彰於左（一十部一百單七卷）

佛說大乘菩薩藏正法經四十卷（十一品）

宋三藏沙門惟淨等譯（拾遺編入）

此經與前大寶積經第十二菩薩藏會同本　名至端四號

上一經四十卷四帙蕃本闕

梵云阿唎（二合）亞　薩哩瓦菩怛　尾沙野阿瓦怛囉印牙拏　阿爐哥　阿浪迦囉拏麻

佛說大乘入諸佛境界智光明莊嚴經五卷

宋西域三藏法護等譯（拾遺編入）

此經與蕃本同

梵云阿利（二合）亞　怛答迦達　印牙拏　穆特囉拏麻　麻訶衍拏　蘇怛囉（二合）

大乘智印經五卷

宋沙門金總持等譯（拾遺編入）

右經與前德印智印二經同本

上二經十卷同帙與西蕃本同表字號

父子合集經二十卷二十七品
宋沙門日稱等譯拾遺編入
右一經與大寶積第十六菩薩見實會
同本　正空二號
上一經二十卷二帙與蕃本同
梵云阿唎二合亞　僧迦怛蘇怛囉二合達哩二合
麻巴哩哇囉
大乘僧伽吒法義經七卷
宋三藏金總持等譯拾遺編入
右經與前僧伽吒經同本
梵云阿唎二合亞　八羅麻阿囉二合怛散瓦囉
二合底悉地二合牙你哩低沙　拏麻麻訶　衍
拏　蘇怛囉二合
清淨毗柰耶最上大乘經三卷
宋西夏三藏智吉祥等譯新編入録

此經本是大律與下寂調等三經同本
上二經十卷同帙與蕃本同　谷字號
大乘隨轉宣説諸法經三卷
宋三藏紹德等譯新編入録
巨力長者所問大乘經三卷
宋西夏三藏智吉祥等譯新編入録
右二經蕃本闕
梵云阿唎二合亞　阿羅怛　尾你怛牙拏
麻達哩麻拔哩二合　瓦牙
法大乘義決定經三卷
宋西夏三藏金總持等譯新編入録
此經與蕃本同
上三經九卷同帙　傳字號
大佛名經十八卷
姚秦三藏鳩摩羅共僧肇譯新編入録

上一經十八卷二帙蕃本闕聲虚二號
已上諸録所紀及拾遺編入諸大乘經
具列於右自下諸録所紀及拾遺編入
大乘秘密陀羅尼儀軌等經備彰于左
秘密陀羅尼二百六十三部五百五十卷
儀軌等經八十九部一百一十五卷
梵云阿咧(二合)亞　阿穆迦巴沙迦羅(二合)八阿
囉扎孥麻
不空罥索神變真言經三十卷(七十八品)
唐南天竺三藏菩提流志譯(當第四譯)
上一經三十卷三帙與蕃本同
堂習聽三號
不空罥索呪經一卷
隋天竺三藏闍那崛多等譯(第一譯)
不空罥索神呪心經一卷
唐三藏玄奘譯第二譯(出内典録)
右二經同本異譯(是前大經序品别譯)
不空罥索自在王呪陀羅尼經三卷(亦名心呪王經一十六分)
唐天竺三藏寶思惟譯(第一譯)
不空罥索陀羅尼經一卷(亦名普門總有十六品除根本大陀羅尼外更有二十七陀羅尼)
唐天后代北天竺婆羅門李無諂譯(第一譯)
右二經同本異譯(與前三經同名異本蕃云對同未見其本)
梵云你囉千怛(二合)
千手千眼觀世音菩薩姥陀羅尼身經(或云千臂千眼)
天竺三藏菩提流志譯(第二譯)
千眼千臂觀世音菩薩陀羅尼神呪經二卷

或一卷

唐總持寺沙門智通譯 第一譯

千手千眼觀自在菩薩大身呪經一卷

唐三藏大廣智不空譯 今編入録第三譯

右三經同本異譯與蕃本同

千手千眼觀世音菩薩廣大圓滿無礙大悲心陀羅尼經一卷

唐天竺三藏伽梵達磨譯 昇云單本今於開元録內取不空所譯圓滿無礙大悲心經編移於此故爲重本

千手千眼觀自在菩薩廣大圓滿無礙大悲心陀羅尼經一卷

唐天竺大廣智不空譯 第二譯

右二經同本異譯與蕃本同

上九經十二卷同帙 禍字號

觀世音菩薩秘密藏神呪經一卷

于闐三藏實叉難陀譯 第一譯

觀世音菩薩如意摩尼陀羅尼經一卷

唐天竺三藏寶思惟譯 第二譯

觀自在菩薩如意心陀羅尼呪經一卷

唐三藏義淨譯 第三譯

梵云八怛二合麻 鎮怛麻尼 陀羅尼蘇怛羅二合

如意輪陀羅尼經一卷 十品

唐天竺三藏菩提流志譯 第四譯

如意摩尼陀羅尼經一卷

宋天竺三藏施護譯 第五譯新譯入録

右五經同本異譯與蕃本同

大悲心陀羅尼經一卷 拾遺編入

唐西域三藏不空譯 第三譯今編入録

大悲心陀羅尼經一卷 拾遺編入

宋沙門慈賢譯第四譯今新編入録

右二經同本異譯通前伽梵等所譯四

經同本

文殊師利根本一字陀羅尼經一卷亦名一字呪王

唐天竺三藏寶思惟譯第二譯

曼殊室利菩薩呪藏中一字呪王經一卷

唐三藏義淨譯第一譯

右二經同本異譯蕃本闕

梵云阿唎二合亞　都瓦怛沙部怛于麻訶衍

拏蘇怛囉二合

十二佛名神呪經一卷

隋天竺三藏闍那崛多譯第一譯

稱讚如來功德神呪經一卷

唐天后代三藏義淨譯第二譯

右二經同本異譯蕃本闕

上十一經十一卷同帙　因字號

梵云麻訶麻喻哩　尾滴二合牙　阿羅忒三合

伊

孔雀王呪經一卷亦名大金色孔雀王經并結界場法具

姚秦三藏鳩摩羅什譯第四譯

大金色孔雀王呪經一卷

失譯人名今附秦録第五譯

佛說大金色孔雀王呪經一卷

失譯人名亦附秦録第六譯

佛母大金曜孔雀明王經三卷出貞元録

唐三藏大廣智不空譯第九譯

孔雀王呪經二卷

梁扶南三藏僧伽婆羅譯第七譯

大孔雀呪王經三卷

唐三藏義淨譯於東都內道場譯第八譯

唐梵相對孔雀經三卷

唐三藏大廣智不空譯今編入録第九譯

右七經同本異譯十四卷同帙與蕃本

同　惡字號

陀羅尼集經十二卷蕃有少疑折辨入藏

唐中天竺三藏阿地瞿多譯出大周録單重合譯此經出大道場經大明呪藏之少分也撮要譯出

此經蕃本闕

十一面觀世音神呪經一卷

周天竺三藏耶舍崛多譯

十一面神呪心經一卷

唐三藏玄奘譯出內典録第二譯

右二經與陀羅尼集經第四卷十一面

神呪經同本異譯而集經中印法稍廣

摩利支天經一卷或加小字

失譯人名附梁録

右一經是集經第十卷初摩利支天經

少分異譯

呪五首經一卷

唐三藏玄奘譯出翻經圖單重合譯

千轉陀羅尼觀世音菩薩呪經一卷

唐總持寺沙門智通譯第二譯

此千轉呪二首與上集經第五卷初千

囀觀世音呪及雜呪中千囀陀羅尼同

本

六字神呪經一卷或云六字呪法

唐天后代天竺三藏菩提流志譯第四譯

此經與上集經第六卷中文殊呪法及

呪五首經六字陀羅尼并雜呪中六字

陀羅尼呪同本異譯

右七經蕃本闕六字呪經上同蕃闕下同蕃具

六字呪王經一卷

失譯人名附東晉録第一譯

六字神呪王經一卷

失譯人名附梁録第三譯

右三經同本異譯

此經與蕃本同

積福二號

上九經二十卷二帙上帙七卷下帙十三

六字大陀羅尼呪經一卷

失譯人名附梁録今編入録

七俱胝佛大心准提陀羅尼經一卷

唐中天竺三藏地婆訶羅譯出周録第一譯

七俱胝佛母准泥大明陀羅尼經一卷

唐南天竺三藏金剛智譯第二譯

七俱胝佛母准提大明陀羅尼經一卷新編入録

中天竺摩竭陀國那蘭陀寺三藏多羅句鉢多譯

右四經與蕃本同

觀自在菩薩隨心呪經一卷亦云多利心經

唐總持寺沙門智通譯

種種雜呪經一卷或無經字總二十三首

周天竺三藏闍那崛多譯

佛頂尊勝陀羅尼經一卷

唐朝散郎杜行顗奉制譯出周録第二譯

梵云阿剃二合亞　薩哩瓦　都嚕二合迦帝

八哩秫怛你　烏瑟二合尼沙尾扎牙　拏麻

陀羅尼

佛頂最勝陀羅尼經一卷

唐中天竺三藏地婆訶羅譯第二譯

佛頂尊勝陀羅尼經一卷
唐罽賓三藏佛陀波離譯出大周錄第三譯
最勝佛頂陀羅尼淨除業障經一卷
唐中天竺三藏地婆訶羅譯於東都再譯
佛頂尊勝陀羅尼經一卷或加呪字
唐天后代三藏義淨譯第五譯
最勝佛頂陀羅尼經一卷
宋天竺三藏法賢譯新編入錄第六譯
尊勝陀羅尼一卷新編入錄
契丹國師中竺摩竭陀國三藏慈賢譯
右七經同本異譯與番本同
上十四卷同帙　緣字號
梵云阿唎二合亞　阿難怛穆迦你哩訶囉拏
摩陀羅陀

無量門微密持經一卷亦名成道降魔得一切智經
吳月支優婆塞支謙譯第一譯
出生無量門持經一卷或云新微密持經
東晉天竺三藏佛陀跋陀羅譯第五譯
阿難陀目佉尼呵離陀經一卷或云出無量門持經
宋天竺三藏求那跋陀羅譯第六譯
無量門破魔陀羅尼經一卷或直云破魔陀羅尼
宋西域沙門功德直共玄暢譯第七譯
阿難陀目佉尼呵離陀鄰尼經一卷
後魏天竺三藏佛陀扇多譯第八譯
舍利弗陀羅尼經一卷
梁扶南三藏僧伽婆羅譯第九譯
一向出生菩薩經一卷
隋天竺三藏闍那崛多譯第二譯
出生無邊門陀羅尼經一卷

唐至相寺沙門智嚴譯 第十一譯

出生無邊門陀羅尼經一卷

唐三藏大廣智不空譯 第十二譯 今編入録

右九經同本異譯與蕃本同

大元至元法寶勘同總録卷第四

大元至元法寶勘同總録卷第五

元講經律論沙門慶吉祥等奉　詔集

勝幢臂印陀羅尼經一卷

唐三藏玄奘譯 第一譯

妙臂印幢陀羅尼經一卷

于闐三藏實叉難陀譯 第二譯

右二經同本異譯蕃本闕

無崖際總持法門經一卷 亦名無際經

乞伏秦沙門聖堅譯 第一譯

尊勝菩薩所問一切諸法入無量法門陀羅尼經一卷

高齊居士萬天懿譯 第三譯

右二經同本異譯蕃本闕

梵云瓦唎囉　曼怛囉　陀羅尼

金剛上味陀羅尼經一卷

元魏天竺三藏佛陀扇多譯 第二譯

金剛場陀羅尼經一卷

隋天竺三藏闍那崛多譯 第二譯

右二經同本異譯與蕃本同

師子奮迅菩薩所問經一卷

失譯人名 附東晉録

華聚陀羅尼呪經一卷

失譯人名 附東晉録

華積陀羅尼神呪經一卷

吳月支優婆塞支謙譯 周録云單誤也

此經蕃本闕

上九經十八卷同帙　善字號

梵云阿咧 二合 亞　拏麻薩婆 二合 怛　晡怛干

拏麻麻訶衍拏　蘇怛囉 二合

虛空藏菩薩問佛經一卷 亦名虛空藏菩薩問七佛陀羅尼呪

經

失譯人名（今附梁録第一譯）

如來方便善巧呪經一卷

隋天竺三藏闍那崛多譯（第二譯）

右二經同本異譯與蕃本同

持句神呪經一卷（亦云陀羅尼呪）

吳月支優婆塞支謙譯（第一譯）

陀隣尼鉢經一卷（亦云隣鉢呪）

東晉西域沙門竺曇無蘭譯（第二譯）

東方最勝燈王如來經一卷

隋天竺三藏闍那崛多等譯（内典録第四譯）

右三經同本異譯（前二本略後經稍廣）蕃本闕

善法方便陀羅尼經一卷

失譯人名（附東晉録）

金剛祕密善門陀羅尼經一卷

失譯人名（附東晉録）

護命法門神呪經一卷

唐天竺三藏菩提流志譯（出周録第三譯）

右三經同本異譯蕃本闕

無垢淨光大陀羅尼經一卷

唐西域三藏彌陀山等譯（第二譯）

請觀世音菩薩消伏毒害陀羅尼呪經一卷（亦直云請觀世音經）

東晉外國居士竺難提譯（第二譯）

梵云阿唎（二合）亞　鉢囉（二合）帝烏都（二合）巴拏晡

怛三　穆迦　阿亙思（二合）滴怛　三麻帝

拏麻麻訶衍拏　蘇怛囉（二合）

大方等檀持陀羅尼經四卷（亦名大方等陀羅尼經爲五分）

北涼沙門法衆於高昌郡譯（出寶唱録）

此經與蕃本同

上十一經十四卷同帙　慶字號

大法炬陀羅尼經二十卷五十二品

隋天竺三藏闍那崛多譯

上一經二十卷二帙蕃本闕　尺璧二號

大威德陀羅尼經二十卷

隋天竺三藏闍那崛多等譯

上一經二十卷二帙蕃本闕　非寶二號

廣大寶樓閣善住祕密陀羅尼經三卷十品

唐南天竺三藏菩提流志譯

一字佛頂輪王經五卷亦云五佛頂經或四卷十三品

唐南天竺三藏菩提流志譯昇編入錄

大陀羅尼末法中一字心呪經一卷

唐北天竺三藏寶思惟譯昇編入錄

右二經蕃本闕

上三經九卷同帙　寸字號

大佛頂如來密因修證了義諸菩薩萬行首楞嚴經十卷蕃辯入藏疑折

唐循州沙門懷迪共梵僧於廣州譯

上一經十卷一帙蕃本闕　陰字號

大毗盧遮那成佛神變加持經七卷三十一品

唐中天竺三藏輸波迦羅共一行譯

蘇婆呼童子經三卷十二分

唐中天竺三藏輸波迦羅譯

上二經十卷同帙蕃本闕　是字號

梵云蘇悉地迦羅　摩訶單特羅　薩怛拏烏八夷迦　八怛囉

蘇悉帝羯羅經三卷三十七品

唐中天竺三藏輸波迦羅譯

此經與蕃本同

牟梨曼陀羅呪經一卷

失譯人名附梁録昇編入

七佛所説神呪經四卷或無所説字

失譯人名附東晉録出

右二經蕃本闕

大吉義神呪經二卷

上三經八卷同帙　競字號

元魏昭玄統沙門曇曜譯出法上録

文殊師利寶藏陀羅尼經一卷

唐南天竺菩提流志譯昇編入録

金剛光焰陀羅尼經一卷

唐南天竺三藏菩提流志譯

阿吒婆拘鬼神大將上佛陀羅尼經一卷

失譯人名附梁録編入録

右四經蕃本闕

阿彌陀鼓音聲王陀羅尼經一卷

失譯人名附梁録出

大普賢陀羅尼經一卷

失譯人名附梁録出

大七寶陀羅尼經一卷

失譯人名附梁録出

右三經與蕃本同

安宅神呪經一卷

後漢失譯人名畨疑折辨入藏

摩尼羅亶經一卷

東晉西域三藏竺曇無蘭譯

玄師颰陀所説神呪經一卷録云幻師無所説字

東晉西域三藏竺曇無蘭譯

護諸童子陀羅尼呪經一卷

元魏天竺三藏菩提留支譯

右四經蕃本闕

梵云晡怛　阿囉(二合)怛牙　拏麻陀羅尼
諸佛心陀羅尼經一卷
唐三藏玄奘譯(出內典録)
拔濟苦難陀羅尼經一卷
唐三藏玄奘譯(出內典録)
八名普密陀羅尼經一卷
唐三藏玄奘譯(出內典録)
梵云阿唎(二合)亞　瓦蘇怛羅　拏麻陀羅尼
持世陀羅尼經一卷
唐三藏玄奘譯(出內典録)
右四經與蕃本同
六門陀羅尼經一卷
唐三藏玄奘譯
此經蕃本闕
梵云阿唎(二合)亞　三滿多八怛羅(二合)拏麻陀

羅尼
清淨觀世音普賢陀羅尼經一卷
唐總持寺沙門智通譯(出大周録)
此經與蕃本同
上十七經十八卷同帙　資字號
梵云阿唎(二合)亞　印牙拏　烏嚧迦　拏麻
陀羅尼　薩哩瓦迦帝　八哩秫答尼
智炬陀羅尼經一卷
唐天后代于闐三藏提雲般若譯(出大周録)
梵云阿唎(二合)亞　薩哩瓦晡怛　印孤瓦帝
拏麻陀羅尼
諸佛集會陀羅尼經一卷
唐天后代于闐三藏提雲般若譯(出大周録)

隨求即得大自在陀羅尼神呪經一卷

唐北天竺三藏寶思惟譯（出大周録）

右三經與蕃本同

百千印陀羅尼經一卷

于闐三藏實叉難陀譯

此經蕃本闕

救面然餓鬼陀羅尼神呪經一卷（亦云施餓鬼食呪經後乘有施水呪）

于闐三藏實叉難陀譯（第一譯）

佛說救拔焰口餓鬼陀羅尼經一卷（勘同編入出天聖録）

唐三藏大廣智不空譯（第二譯）

右二經同本異譯與蕃本同

梵云阿唎（二合）亞　薩哩瓦　怛答迦達　阿地瑟（二合）怛拏薩埵瓦（二合）阿瓦路扎迦拏　晡怛乞濕特囉（二合）　散怛羅（二合）沙拏　尾喻訶阿羅扎　拏麻麻訶衍拏蘇怛囉（二合）

莊嚴王陀羅尼呪經一卷

唐天后代三藏義淨譯（今編入録）

此經與蕃本同

香王菩薩陀羅尼呪經一卷

唐天后代三藏義淨譯

拔除罪障呪王經一卷

唐天后代三藏義淨譯（昇編入録）

虛空藏菩薩能滿諸願最勝心陀羅尼求聞持法一卷（出成就一切義品）

唐中天竺三藏輸波迦羅譯

金剛頂經曼殊室利五字心陀羅尼品一卷

唐南天竺三藏金剛智譯

觀自在如意輪菩薩瑜伽法要一卷

唐南天竺三藏金剛智譯昇編入録右虛空藏等三經及後四卷瑜伽並出金剛頂經彼經梵本有十萬頌此之四經略要抄譯非全部也

右三經蕃本闕

梵云烏樞瑟麻　姑嚕怛

大威力烏樞瑟摩明王經三卷或二卷蕃云此經是本續

唐天竺三藏大廣智不空譯

金剛頂瑜珈真實攝大乘現證大教王經三卷

唐天竺三藏大廣智不空譯

此經與一切如來真實攝大乘經初分六卷同本

右二經與蕃本同

上十四經十八卷同帙　父字號

阿唎多羅阿嚕力經一卷

唐天竺三藏大廣智不空譯

菩提場所說一字頂輪王經五卷

唐天竺三藏大廣智不空譯

梵云阿唎二合亞　薩哩瓦　怛答迦達　阿地失怛拏　吉唎怛牙曲呼二合牙怛都[口+紇]蘭怛悶怛　拏麻陀羅尼

一切如來心祕密全身舍利寶篋印陀羅尼經一卷

唐天竺三藏大廣智不空譯

右三經與蕃本同

一切如來金剛壽命陀羅尼經一卷

唐天竺三藏大廣智不空譯

此經蕃本闕

梵云阿囉怛二合拏　咩迦　拏麻陀羅尼

雨寶陀羅尼經一卷

唐天竺三藏大廣智不空譯

此經與前持世陀羅尼同本

梵云阿剌(合二)亞　麻訶麻你　尾晡囉　尾麻拏蘇不囉地瑟(合二)伭恒　孙乎牙八囉麻阿囉訶(合三)失牙迦囉(合二)八阿囉扎　拏麻陀羅尼

大寶廣博樓閣善住祕密陀羅尼經三卷

唐天竺三藏大廣智不空譯

右二經與蕃本同

上六經十二卷同帙　事字號

菩提場莊嚴陀羅尼經一卷

唐三藏大廣智不空譯

梵云阿喇(合二)亞　薩哩瓦　烏嚕八　鉢囉(合二)殺麻尼　拏麻陀羅尼

除一切疾病陀羅尼經一卷

唐三藏大廣智不空譯

梵云阿剌(合二)亞　斫乞(合二)蒭嚧(合二)　尾秣怛你　拏麻尾帝(合二)野　陀羅尼

能淨一切眼疾病陀羅尼經一卷

唐三藏大廣智不空譯

八大菩薩曼荼羅經一卷

唐三藏大廣智不空譯

梵云阿喇(合二)亞　阿失怛　曼怛哩迦　拏麻麻訶衍拏　蘇怛羅(合二)

大乘八大曼拏羅經一卷

宋三藏法賢譯

右二經同本異譯

梵云阿剌(合二)亞　八囉拏　灑瓦哩拏麻陀羅尼

葉衣觀自在菩薩陀羅尼經一卷

唐三藏大廣智不空譯
右五經與蕃本同
訶利帝毋眞言法經一卷
唐三藏大廣智不空譯
觀自在菩薩説普賢陀羅尼經一卷
唐三藏大廣智不空譯
右二經蕃本闕
一字頂輪王瑜伽經一卷 經内題云瑜伽翳迦訖沙羅烏瑟尼沙斫訖羅眞言安怛陀那儀則一字頂輪王瑜伽經
唐三藏大廣智不空譯
此經蕃本闕
梵云麻訶 鉢囉二合帝 薩囉 拏麻陀羅
尼
普徧光明清淨熾盛如意寶印心無能勝大
明王隨求陀羅尼經二卷

唐三藏大廣智不空譯
此經與蕃本同
金剛恐怖集會方廣軌儀觀自在三世最勝
心明王經一卷
唐三藏大廣智不空譯
此經與蕃本同
不空罥索毗盧遮那佛大灌頂光眞言經一
卷 與前大不空罥索經第二十八同本
唐三藏大廣智不空譯
佛説一髻尊陀羅尼經一卷
唐三藏大廣智不空譯
此經蕃本闕
上十三經十四卷同帙 君字號
瑜伽念珠經一卷 此經於金剛頂瑜伽十萬廣頌中略出
唐天竺三藏大廣智不空譯

梵語烏瑟抳沙　扎紇囉　瓦里(二合)滴　單
特羅
一字奇特佛頂經三卷(是大部中現威德品正爲因達羅菩提天子説)
唐天竺三藏大廣智不空譯
大吉祥天女十二契一百八名無垢大乘經
一卷
唐天竺三藏大廣智不空譯
梵云阿唎(二合)亞　麻訶室利　蘇怛羅(二合)
大吉祥天女十二契名號經一卷
唐天竺三藏大廣智不空譯
毗沙門天王經一卷
唐天竺三藏大廣智不空譯
右五經與蕃本同七卷同帙　曰字號
已上諸大乘經並依諸録次第而紀今

密教經諸録間有所以不次諸看尋者
勿請有疑
梵云菩提薩埵瓦畢怛迦阿瓦怛薩迦阿哩
啞曼殊室利牙　牟囉　迦囉(二合)抜拏麻麻
訶單特囉
大方廣菩薩藏文殊師利根本儀軌經二十
卷(出祥符法寶録)
宋西域三藏天息災譯(二十八品)
上一經二十卷二帙與蕃本同
嚴與二號
梵云室唎　孤乎(二合)牙　三摩扎　單特囉
阿囉扎
一切如來金剛三業最上祕密大教王經七
卷(八十一分)
宋西域三藏施護譯

上一經七卷一帙與蕃本同　敬字號

最上根本大樂金剛不空三昧大教王經七卷(二十五分)

宋三藏法賢譯

上一經七卷一帙蕃本闕　孝字號

大方廣總持寶光明經一部五卷

宋三藏法天譯

此經與華嚴經第十六十住品同本異譯

梵云孤呼牙　迦羅(二合)拔　阿羅扎

佛說祕密相經三卷

宋西域三藏施護譯(於崇政殿)

梵云阿剎(二合)亞　曼殊室利(二合)拏麻僧吉帝

最勝妙吉祥根本智最上祕密一切名義三摩地分二卷

宋西域三藏施護譯(於崇政殿)

文殊所說最勝名義經二卷

宋西夏沙門金總持譯

右二經同本異譯與蕃本同

上四經十二卷同帙　當字號

無二平等最上瑜伽大教王經六卷(二十一分)

宋西域三藏施護譯

梵云孤乎(二合)牙　三昧牙迦囉(二合)八　阿囉扎

佛說祕密三昧大教王經四卷

宋西域三藏施護譯

上二經十卷同帙與蕃本同　竭字號

梵云麻牙扎囉　麻訶單特囉　麻訶衍拏

紺畢囉乃牙　孫忽(二合)嵓　拔囉訶悉拏麻

瑜伽大教王經五卷

宋三藏法賢譯
發菩提心破諸魔經二卷
宋西域三藏施護譯
梵云瓦唧囉 迦囉(二合)巴 阿囉怛(二合)拏
阿囉叉 單特囉
最上大乘金剛大教寶王經二卷(與因達羅菩提天子說此王是與祕密之緣由)
宋西竺三藏法天譯
右三經與蕃本同
聖觀自在菩薩不空王祕密心陀羅尼經一
卷
宋西域三藏施護譯
此經與前不空罥索神呪等經同本
上四經一十卷同帙 力字號
大摩里支菩薩經七卷

宋三藏天息災譯(於崇政殿)
摩利支天經一卷(出貞元録)
唐天竺三藏不空譯(於大部中析出別譯)
上二經八卷同本同帙蕃本同 忠字號
大乘不思議神通境界經三卷
宋西域三藏施護譯
一切如來大祕密王未曾最上微妙大曼拏
羅經五卷
宋西域三藏天息災譯
上二經八卷同帙蕃本闕 則字號
梵云室唎 薩哩(二合)瓦 晡怛 答麻囉
單特囉 拏麻
金剛手菩薩降伏一切部多大教王經三卷
宋三藏法賢譯
梵云阿唎(二合)亞 曼殊室利 薩怛畢哩怛

孤忽二合牙　單特囉　阿囉叉爺瓦　尾應
二合灑佉迦　古嚕答　尾扎牙　窣叉拏
妙吉祥最勝根本大教王經三卷
宋三藏法賢譯
梵云失囉　縛納育　晡特囉　拏答　孤
毗囉　牙迦囉二合八　阿囉扎拏麻
最上祕密那拏天經三卷
宋三藏法賢譯
上三經九卷同帙與蕃本同　盡字號
梵云阿㨖二合亞迦蘭怛　尾喻訶　拏麻
麻訶衍拏　蘇怛囉二合
大乘莊嚴寶王經四卷
宋西域三藏天息災譯
梵云阿㨖二合亞　蘇拔呼八哩　八哩赤二合
妙臂菩薩所問經四卷十二分

宋西域三藏法天譯
右二經與蕃本同
此經與前蘇婆呼童子經同本
普賢曼拏羅經一卷
宋西域三藏施護譯
此經蕃本闕
上三經九卷同帙　命字號
廣大蓮華莊嚴曼拏羅滅一切罪陀羅尼經
一卷
宋西域三藏施護譯
此經與蕃本同
囉嚩拏説救療小兒疾病經一卷
宋三藏法賢譯
此經蕃本闕
梵云阿㨖二合亞　麻訶　薩訶悉囉　鉢囉

二合麻哩二合怛你　蘇怛囉二合
守護大千國土經三卷
　宋西域三藏施護譯
大乘聖無量壽決定光明王如來陀羅尼經
一卷
　宋西域王藏法天譯
聖多羅菩薩經一卷
　宋三藏法賢譯
聖多羅菩薩一百八名陀羅尼經一卷
　宋西域王藏施護譯
梵云怛囉巴滴剃　迦牙　拏麻阿失二合
怛薩怛憾
讚揚聖德多羅菩薩一百八名經一卷
　宋西域三藏天息災譯
右五經與蕃本同

上七經九卷同帙　臨字號
聖觀自在菩薩一百八名經一卷
　宋西域三藏天息災譯
毗俱胝菩薩一百八名經一卷
　宋西域三藏法天譯
毗沙門天王經一卷
　宋西域三藏法天譯
梵云三滿怛穆迦　鉢囉二合尾沙　阿囉失
二合彌尾麻囉　烏瑟捉沙　鉢囉八　薩哩
瓦　怛答迦達訶囉怛野三摩尾嚕吉拏拏
麻陀羅尼
佛頂放無垢光明入普門觀察一切如來心
陀羅尼經二卷
　宋西域三藏施護譯
大乘觀想曼拏羅淨諸惡趣經二卷

宋三藏法賢譯
右五經與蕃本同
出生一切如來法眼徧照大力明王經二卷
宋北印土鳴塡曩國帝釋宫寺施護
譯
聖莊嚴陀羅尼經二卷
宋天竺三藏施護譯
右二經蕃本闕
梵云阿唎（合二）亞　彌迦囉　拏麻陀羅尼
寶帶陀羅尼一卷
宋北印土三藏施護譯
梵云阿唎（合二）亞　麻訶單怛　拏麻陀羅尼
大寒林聖難拏陀羅尼一卷
宋西域三藏法天譯
右二經同本異譯與蕃本同

上九經十三卷同帙　深字號
金身陀羅尼一卷
宋北印土三藏施護譯
大護明大陀羅尼經一卷
宋西域三藏法天譯
普賢菩薩陀羅尼經一卷
宋西域三藏法天譯
一切如來正法祕密篋印心陀羅尼經一卷
宋北印度三藏施護譯
聖虛空藏菩薩陀羅尼經一卷
宋西域三藏法天譯
此經與前虛空藏問七佛陀羅尼同本
異譯
右五經蕃本闕
梵云阿唎（合二）　瓦蘇怛囉　拏麻陀羅尼

聖持世陀羅尼經一卷
宋北印土三藏施護譯
最勝無比大威德金輪佛頂熾盛光消災吉祥陀羅尼經一卷
唐天竺三藏大廣智不空譯
大威德金輪佛頂熾盛光如來消除一切災難陀羅尼經一卷
唐代失譯人名
大愛陀羅尼經一卷
宋三藏法賢譯
右三經與蕃本同
樓閣正法甘露鼓經一卷
宋西域三藏天息災譯
善樂長者經一卷與前能淨眼意陀羅尼同本
宋三藏法賢譯

聖大總持王經一卷
宋天竺三藏施護譯
智光滅一切業障陀羅尼經一卷
宋天竺三藏施護譯
此經與前智炬陀羅尼同本
右四經蕃本闕
上十三經十三卷同帙　履字號
梵云阿刹二合亞　補失二合八　孫達　拏麻陀羅尼
華積樓閣陀羅尼經一卷
宋北印土三藏施護譯
此經與前華積華聚二陀羅尼同本
勝旛瓔珞陀羅尼一卷
宋天竺三藏施護譯
聖六字增壽大明陀羅尼經一卷

宋北印土三藏施護譯
千轉大明陀羅尼經一卷
宋北印土三藏施護譯
增慧陀羅尼經一卷
宋北印土三藏施護譯
俱枳羅陀羅尼經
宋三藏法賢譯後十一經並法賢
消除一切災障寶髻陀羅尼經
妙色陀羅尼經
梅檀香身陀羅尼經
鉢蘭那賒嚩哩大陀羅尼經
宿命智陀羅尼經
梵云阿𠰒利合二亞 埋滴哩 拏麻鉢羅倷地
合二牙 拏麻陀羅尼
慈氏菩薩誓願陀羅尼經

滅除五逆罪大陀羅尼經
無量功德陀羅尼經
十八臂陀羅尼經
洛叉陀羅尼經
辟除諸惡陀羅尼經
右十二經合一卷蕃本闕
寶生陀羅尼經
宋天竺三藏施護譯後一經亦施護譯
蓮華眼陀羅尼經
右二經合一卷蕃本闕
一切如來烏瑟膩沙最勝總持經一卷
宋西域三藏法天譯
此經與前尊勝陀羅尼同本
持明藏八大總持王經一卷
宋天竺三藏施護譯

大金剛香陀羅尼經一卷
　宋三藏法賢譯
最上意陀羅尼經一卷
　宋三藏法賢譯
無畏陀羅尼經一卷
　宋三藏法賢譯
　右五經蕃本闕
　上二十四經十二卷同帙　溥字號
消除一切閃電障難隨求如意陀羅尼經一
卷
　宋北印土三藏施護譯
梵云阿鉢囉(合二)枳帝　陀羅尼
無能勝大明心陀羅尼經一卷
　宋天竺三藏法天譯
無能勝大明王陀羅尼經一卷
　宋西域三藏法天譯
無能勝大明陀羅尼經一卷
　宋西域三藏法天譯
聖無能勝金剛火陀羅尼經一卷
　宋西域三藏法天譯
梵云阿刹(合二)亞度瓦(合二)扎阿吃羅紀諭囉拏
麻陀羅尼
無能勝幢王如來莊嚴陀羅尼經一卷
　北天竺三藏施護譯
　右六經與蕃本同
妙吉祥菩薩陀羅尼經
　宋三藏法賢譯
無量壽大智陀羅尼經
　宋三藏法賢譯
宿命智陀羅尼經

宋三藏法賢譯
慈氏菩薩陀羅尼經
宋三藏法賢譯
虛空藏菩薩陀羅尼經
宋三藏法賢譯
此五經合一卷

大元至元法寶勘同總録卷第五

大元至元法寶勘同總録卷第六

元講經律論沙門慶吉祥等奉　詔集

大吉祥陀羅尼經

宋三藏法賢譯

寶賢陀羅尼經

宋三藏法賢譯

此二經合一卷

聖最勝陀羅尼經一卷

北天竺三藏施護譯

大乘聖妙吉祥持世陀羅尼經一卷

宋西域三藏法天譯

此經與前雨寶持世二陀羅尼同本異譯

右九經蕃本闕

延壽妙門陀羅尼經一卷

宋三藏法賢譯

祕密八名陀羅尼經一卷

宋三藏法賢譯

梵云阿唎(二合)亞　麻訶瓦則囉(二合)　彌嚕識迦羅　孤怛迦羅　陀羅尼

大金剛妙高山樓閣陀羅尼經一卷

宋北印度三藏施護譯

右三經與蕃本同

上十八經十三卷同帙　夙字號

梵云阿唎(二合)亞　薩哩瓦　阿怕牙　鉢囉怛達　拏麻陀羅尼

施一切無畏陀羅尼經一卷

宋北天竺三藏施護譯

聖最上燈明如來陀羅尼經一卷

宋北天竺三藏施護譯

一切如來名號陀羅尼經一卷
宋三藏法賢譯
梵云阿剌二合亞 嚩囉訶 麻陀羅尼 麻
帝迦哩拏
聖曜母陀羅尼經一卷
宋西域三藏法天譯
息除賊難陀羅尼經一卷
宋三藏法賢譯
右五經與蕃本同
觀自在菩薩母陀羅尼經一卷
宋三藏法賢譯
諸佛心印陀羅尼經一卷
宋西域三藏法天譯
此經與前諸佛心陀羅尼同本異譯
梵云軫怛麻尼 拏麻 薩哩瓦 迦怛嚕

伊 瓦囉尼怛 拏麻陀羅尼
息除中夭陀羅尼經一卷
宋北天竺三藏施護譯
右三經前二經蕃本闕後一經具
大乘瑜伽金剛性海曼殊室利千臂千鉢大
教王經十卷
唐天竺三藏大廣智不空譯
此經蕃本闕
上九經十八卷二帙 與溫二字號
一切如來眞實攝大乘現證三昧大教王經
三十卷六分
唐北天竺三藏施護譯
上一經三十卷三帙與蕃本同 清似蘭三號
如來不思議祕密大乘經二十卷二十五品

宋三藏惟淨等譯於延和殿譯
此經與前寶積第三密迹金剛力士會
同本彼無品呪此有品呪彼略此廣
上一經二十卷二帙　斯馨二字號
文殊師利法寶藏陀羅尼經一卷
陳天竺三藏眞諦譯新編入録
尊勝大明王經一卷
宋北印度三藏施護譯拾遺編入
金剛峯樓閣瑜祇經一卷
唐天竺三藏金剛智譯拾遺編入
右四經蕃本闕
梵云悉怛哆　拔地哩　陀羅尼
白傘蓋大佛頂陀羅尼經一卷今編入録
唐天竺三藏大廣智不空譯
大佛頂陀羅尼經一卷今編入録

宋中天竺三藏慈賢譯
梵云麻訶鉢囉二合帝　薩囉　拏麻陀羅尼
大隨求陀羅尼經一卷今編入録
宋中天竺三藏慈賢譯
此經與前大明王隨求陀羅尼同本異
譯
右三經與蕃本同
大摧碎陀羅尼經一卷
宋中天竺三藏慈賢譯今編入録
大聖文殊師利菩薩讚佛法身經一卷
唐天竺三藏大廣智不空譯
右二經蕃本闕
上八經八卷同帙　如字號
金剛頂瑜伽現證大教王經二卷
唐天竺三藏大廣智不空譯拾遺編入

妙吉祥平等觀門大教王經五卷
　摩羯陀國三藏慈賢譯
上二經七卷同帙蕃本闕　松字號
守護國主陀羅尼經十卷
　宋罽賓三藏般若譯
上一經十卷一帙蕃本闕　之字號
已上大乘秘密陀羅尼經竟已下大乘
儀軌念誦等經具列于左八十九部一
百一十五卷
金剛頂瑜伽中略出念誦法四卷
　唐南天竺三藏金剛智譯
　此經於金剛頂經略要抄譯非全部也
金剛頂經瑜伽修習毗盧遮那三摩地法一
卷
　唐南天竺三藏金剛智譯

不動使者陀羅尼祕密法一卷
　唐南天竺三藏金剛智譯
金剛頂經瑜伽文殊師利菩薩法一品一卷
　唐天竺三藏大廣智不空譯
金剛頂經瑜伽觀自在王如來修行法一卷
　唐天竺三藏金剛智譯拾遺編入
金剛頂經瑜伽般若理趣一卷題云大樂金剛不空三昧耶經般若波羅蜜多理趣品
　唐天竺三藏金剛智譯拾遺編入
略述金剛頂瑜伽分别聖位修證法門一卷
　唐天竺三藏大廣智不空譯
金剛頂瑜伽十八會指歸一卷
　唐天竺三藏不空譯
上八經十一卷同帙蕃本闕　盛字號
金剛頂蓮華部心念誦儀軌一卷

唐天竺三藏大廣智不空譯

金剛頂瑜伽千手千眼觀自在菩薩修行儀軌經一卷

唐三藏大廣智不空譯

金剛頂勝初瑜伽普賢念誦法一卷

唐天竺三藏大廣智不空譯

金剛頂瑜伽金剛薩埵五祕修行念誦儀軌一卷

唐三藏大廣智不空譯

金剛頂經一字頂輪王瑜伽一切時處念誦成佛儀軌一卷

唐天竺三藏大廣智不空譯

金剛頂瑜伽護摩儀軌一卷

唐天竺三藏大廣智不空譯

金剛頂勝初瑜伽經中略出大樂金剛薩埵念誦儀軌一卷

唐天竺三藏大廣智不空譯

金剛頂超勝三界經說文殊五字眞言勝相一卷

唐天竺三藏大廣智不空譯

金剛頂瑜伽他化自在天理趣會普賢修行念誦儀軌一卷

唐天竺三藏大廣智不空譯

瑜伽金剛頂經釋字母品一卷

唐天竺三藏大廣智不空譯

金剛頂瑜伽降三世成就極深密門一卷

唐天竺三藏大廣智不空譯

金剛頂瑜伽般若理趣一卷

唐天竺三藏大廣智不空譯此經與前金剛智所譯般若理趣同本此依本録今撿未獲其本似或重録更詳

上十二經十二卷同帙蕃本闕川字號

金剛頂經觀自在如來修行法一卷

唐天竺三藏大廣智不空譯（云與本録前金剛智所譯觀自在修行法同本今檢未獲更勘）

金剛頂瑜伽經文殊師利菩薩儀軌供養法一品一卷

唐天竺三藏大廣智不空譯

金剛頂瑜伽三十七尊禮懺文一卷

唐天竺三藏大廣智不空譯

右三經蕃本闕

十一面觀自在菩薩儀軌三卷（或有經字）

唐天竺三藏大廣智不空譯

底哩三昧耶不動使者念誦品一卷

唐天竺三藏大廣智不空譯

大雲祈雨壇法一卷

唐天竺三藏大廣智不空譯

受菩提心戒儀軌一卷

唐天竺三藏大廣智不空譯

右四經與蕃本同

大樂金剛不空眞實三昧耶經般若波羅蜜多理趣釋二卷

唐北印土三藏大廣智不空譯

此經蕃本闕

上八經十一卷同帙　流字號

無量壽如來念誦修行觀行儀軌一卷

唐天竺三藏大廣智不空譯

普賢金剛薩埵念誦儀軌一卷

唐北天竺三藏大廣智不空譯

一字頂輪王念誦儀軌一卷

唐北天竺三藏大廣智不空譯

大虛空藏菩薩念誦法一卷
唐北天竺三藏大廣智不空譯
佛頂尊勝陀羅尼念誦儀軌一卷
唐北天竺三藏大廣智不空譯
阿閦如來念誦法一卷
唐北天竺三藏大廣智不空譯
仁王般若念誦法一卷
唐北天竺三藏大廣智不空譯
瑜伽蓮華部念誦法一卷
唐北天竺三藏大廣智不空譯
觀自在多羅瑜伽念誦法一卷
唐北天竺三藏大廣智不空譯
金剛王菩薩祕密念誦儀軌一卷
唐北印土三藏大廣智不空譯
觀自在如意輪菩薩念誦法一卷
唐北印土三藏大廣智不空譯
都部陀羅尼目一卷
唐北印土三藏大廣智不空譯
上十二經十二卷同帙番本闕不字號
甘露軍吒利菩薩供養念誦成就儀軌一卷
唐天竺三藏大廣智不空譯
聖觀自在菩薩心眞言瑜伽觀行儀軌一卷
唐北天竺三藏大廣智不空譯
般若波羅蜜多理趣經大樂不空三昧眞實
金剛薩埵菩薩等大曼荼羅義述一卷
唐北天竺三藏大廣智不空譯
金剛壽命陀羅尼念誦法一卷
唐北天竺三藏大廣智不空譯
大樂金剛薩埵修行成就儀軌一卷
唐北印土三藏大廣智不空譯

成就妙法蓮華經王瑜伽觀智儀軌一卷
唐北印土三藏大廣智不空譯
此經蕃疑折辨入藏
右六經蕃本闕
大藥叉女歡喜母并愛子成就法一卷
唐天竺三藏大廣智不空譯
梵云瓦枳羅　姑麻囉　單特羅
聖迦抳忿怒金剛童子菩薩成就儀軌三卷
唐北天竺三藏大廣智不空譯
聖閻曼德迦威怒王立成大神驗念誦法一卷
唐北印土三藏大廣智不空譯
右三經與蕃本同
上九經十一卷同帙　息字號
曼殊室利菩薩閻曼德迦忿怒真言儀軌一卷
唐北天竺三藏大廣智不空譯
梵云迦嚕帝　迦囉合二拔　阿囉扎
文殊師利菩薩根本大教王金翅鳥王品一卷
唐北印度三藏大廣智不空譯
觀自在大悲成就瑜伽蓮華部念誦法門一卷
唐天竺三藏大廣智不空譯
右三經與蕃本同
五字陀羅尼頌一卷
唐天竺三藏大廣智不空譯
金剛手光明灌頂經最立印聖無動尊大威怒王念誦儀軌法品一卷
唐天竺三藏大廣智不空譯

觀自在菩薩如意輪瑜伽一卷
唐天竺三藏大廣智不空譯
修習般若波羅蜜菩薩觀行念誦儀軌一卷
唐北天竺三藏大廣智不空譯
右四經蕃本闕
金輪王佛頂要略念誦法一卷
唐天竺三藏大廣智不空譯
大孔雀明王畫像壇場儀軌一卷
唐天竺三藏大廣智不空譯
大聖天歡喜雙身毗那夜迦法一卷
唐天竺三藏大廣智不空譯
仁王般若陀羅尼釋一卷
唐天竺三藏大廣智不空譯
一切如來安像三昧儀軌一卷
宋北印度三藏施護譯

右五經前四經蕃本闕後一經對同
上十二經十二卷同帙　淵字號
梵云阿剌(二合)亞暫拔羅　扎羅　因怛羅(二合)
牙八怛　迦囉(二合)八　拏麻
聖寶藏神儀軌二卷(或有經字)
宋西域三藏法天譯
寶藏神大明曼拏羅儀軌經二卷
宋西域三藏法天譯
金剛香菩薩大明成就儀軌三卷(或有經字)
宋北印土三藏施護譯
金剛薩埵說頻那夜迦天成就儀軌經四卷
(或無經字)
宋天竺三藏法賢譯
上四經十一卷同帙與蕃本同　澄字號
幻化網大瑜伽教十忿怒明王大明觀想儀

軌經一卷

宋天竺三藏明教大師法賢譯

此經蕃本闕

持明藏瑜伽大教尊那菩薩大明成就儀軌

經四卷

宋天竺三藏法賢譯

梵云瓦唎囉拜羅瓦 拏麻 單特羅 穀

嚕怛 怛忒合二瓦 阿囉叉 比蕃本七儀軌中六儀軌全誦

妙吉祥瑜伽大教金剛倍囉嚩輪觀想儀軌 呪儀軌闕本

成就經一卷 或無經字

宋天竺三藏法賢譯

右二經與蕃本同

一切佛攝相應大教王經聖觀自在菩薩念

誦儀軌一卷

宋天竺三藏法賢譯

此經蕃本闕

尊勝佛頂眞言修瑜伽法二卷 拾遺編入

天竺三藏輸波迦羅譯

此經與蕃本同

仁王念誦儀一卷

唐天竺三藏大廣智不空譯 拾遺編入

此經蕃本闕

上六經一十卷同帙 取字號

大悲心陀羅尼修行念誦略儀一卷

唐天竺三藏大廣智不空譯 拾遺編入

如意輪蓮華心觀門儀一卷 拾遺編入

宋中天竺三藏慈賢譯

右二經蕃本闕

大教王經略出護摩儀一卷 拾遺編入

宋中天竺三藏慈賢譯

妙吉祥平等觀身成佛儀軌一卷

宋中天竺三藏慈賢譯拾遺編入

仁王護國經道場念誦儀軌一卷

唐天竺三藏大廣智不空譯

右三經蕃本闕

大威怒烏樞瑟摩儀軌一卷

唐天竺三藏大廣智不空譯

速疾立驗魔醯首羅天說阿尾奢法一卷

唐天竺三藏大廣智不空譯

右二經與蕃本同

大日經略攝念誦隨行法一卷

唐天竺三藏大廣智不空譯

大毗盧遮那成佛神變加持經略示七支念誦隨行法一卷

唐天竺三藏大廣智不空譯

大聖曼殊室利童子五字瑜伽法一卷

唐天竺三藏大廣智不空譯

右三經蕃本闕

上十經十卷同帙　昳字號

帝釋巖成就儀軌經一卷或無經字

宋北天竺三藏施護譯

一切祕密大教王儀軌二卷新編入録

宋北印土三藏施護譯

右二經蕃本闕

梵云兮　拔唧囉　單特羅

大悲空智金剛大教王儀軌五卷新編入録二十品

宋天竺三藏法護譯

此經與蕃本同比西蕃少合字一品

上三經八卷同帙　容字號

蘇悉地羯羅供養法三卷

宋三藏善無畏譯拾遺編入

普賢菩薩行願讚一卷

唐天竺三藏大廣智不空譯

百千頌大集地藏菩薩請問法身讚一卷

唐天竺三藏大廣智不空譯

一切如來佛頂輪王一百八名讚一卷

宋西域三藏施護譯今編入錄

聖金剛手菩薩一百八名梵讚一卷

宋西域三藏明教大師法賢譯今編入錄

上五經七卷同帙畨本闕 止字號

右諸大乘等經其間雖有賢聖集者儀軌念誦讚等於中一二有是賢聖集者然古錄中已編入大乘經內今依本錄亦云大乘經攝今述古意雖云儀軌念誦法等似賢聖集然附本經集出云大乘經非如疏論依經釋義

或本佛說更詳

已上諸錄所紀及拾遺編入諸大乘經具列于右已下諸錄所紀小乘等經備彰于左

二小乘契經藏二百九十一部七百一十卷

五十七帙

阿含部重單合譯阿含部類支派別行並編於此一百一十一部

三百三十七卷問小乘諸經二百餘部何故首列阿含答阿含建初者如來首成正覺於鹿野苑說四阿笈摩度五俱輪等斯乃小乘契經之本也故標初首次列餘經

梵云地哩二合甘阿甘

長阿含經二十二卷

姚秦罽賓三藏佛陀耶舍共竺佛念譯重單合譯

此經凡四分總三十經別

第一分此有四經共五卷

第二分（此有十五經共七卷）
第三分（此有十經共五卷）
第四分（此有一經五卷一十二品）
上一經二十二卷二帙與蕃本同　若思二號
梵云麻地（二合）嵒阿甘
中阿含經六十卷（或五十八卷）
東晉罽賓三藏瞿曇僧伽提婆譯
此經凡五部共十八品總二百二十二
經別
第一誦（有五品半合有六十四經一十二卷）
第二誦（有四品半合有五十二經十六卷）
第三誦（有一品半合有三十五經九卷）
第四誦（有三品半合有三十五經十一卷）
第五誦（有三品半合有三十一經十二卷）

此經與蕃本同
上一經六十卷六帙　言至初六號
梵云伊姑達囉（二合）阿甘
增一阿含經五十卷（或四十二卷或三十二卷）
東晉罽賓三藏瞿曇僧伽提婆譯（第二譯初闕）
此經凡五十經別二品總四百五十二
經具如品次
上一經五十卷三帙與蕃本同　誠至宜五號
梵云散瑜乞（二合）怛迦　阿甘
雜阿含經五十卷
宋天竺三藏求那跋陀羅譯（重單合譯）
此經說事既雜故無品次誦等差別
上一經五十卷五帙與蕃本同

令至基五號

梵云薩乞怛瓦囉二合吉阿甘

別譯雜阿含經二十卷

失譯人名經中子注有秦言字雖不的知譯人姓名必是三秦代人譯今附秦録

此經與前經文雖前後不次子細尋究不出前經此但撮要故別爲部

上一經二十卷二帙與蕃本同

籍甚二號

麻訶巴哩　你里彎　蘇怛囉

大般泥洹經三卷或二卷

東晉平陽沙門法顯譯或云支謙譯

佛般泥洹經二卷或直云泥洹經

西晉河内沙門白法祖譯經中只云竺法護譯未詳今依梵公所注

般泥洹經二卷或無般字

失譯人名附東晉録

右三經出阿含第二至第四與初分遊行經同本異譯

此經與蕃本同

人本欲生經一卷

後漢安息三藏安世高譯

此經出長阿含第十卷與第二分大方便經同本異譯

迦尸羅越六向拜經一卷

後漢安息三藏安世高譯

此經出長阿含第十一卷與第二分善生經同本異譯比於本經此文稍各

梵志阿颰經一卷一加佛開解字亦名阿颰摩納經

吳月支優婆塞支謙譯

此經出長阿含第十三卷與第三分阿
摩晝經同本異譯
梵網六十二見經一卷 亦名梵網經
吳月支優婆塞支謙譯
此經出長阿含第十四卷與第三分梵
動經同本異譯
寂志果經一卷
東晉天竺三藏曇無蘭譯
此經出長阿含第十七卷與第三分沙
門果經同本異譯
上八經十二卷同帙　無字號
起世經十卷 一十二品
隋天竺三藏闍那崛多等譯 第五譯
上一經十卷一帙　竟字號
起世因本經十卷 一十二品
隋天竺三藏達磨笈多譯 第六譯出内典
上一經十卷一帙　學字號
樓炭經六卷 或有大字或八卷一十三品
西晉沙門法立共法炬譯 第二譯
右三經出長阿含第十八至二十二卷
與第四分記世經同本異譯
長阿含十報經二卷 亦名多增道章經或直云十報經
後漢安息三藏安世高譯
中本起經二卷 或云太子中本起經十五品
後漢西域三藏曇果共康孟祥譯
右二經出長阿含別行之經
上三經十卷同帙　優字號
七知經一卷 或云七智
吳月支優婆塞支謙譯
此經與中阿含第一卷善法經同本

鹹水喻經一卷或云譬喻
失譯人名附西晉録
此經與中阿含第一水喻經同本異譯
一切流攝守因緣經一卷
後漢安息三藏安世高譯
此經與中阿含第二漏盡經同本異譯
四諦經一卷
後漢安息三藏安世高譯
此經與中阿含第七分别聖諦經同本
恒水經一卷亦云恒河喻經
西晉沙門法炬譯
此經與中阿含第九瞻波經同本異譯
本相倚致經一卷亦云大相
後漢安息三藏安世高譯
緣本致經一卷

失譯人名附東晉録
右二經同本與中阿含第十本際經同本異譯
頂生王故事經一卷或無故字
西晉三藏法炬譯
文陀竭王經一卷
北凉天竺三藏曇無讖譯
右二經同本與中阿含第十一四闕經同本異譯
閻羅王五天使者經一卷亦名鐵城泥犂經
宋沙門惠揀譯
鐵城泥犂經一卷
東晉西域三藏曇無蘭譯
右二經同本與中阿含第十二天使經同本異譯

古來世時經一卷

失譯人名附東晉録

此經與中阿含第十三說本經同本

阿那律八念經一卷亦名禪行斂意經

後漢西竺三藏支曜譯

此經與中阿含第十八八念經同本

離睡經一卷

西晉三藏竺法護譯

此經與中阿含第二十五長老上尊睡眠經同本異譯

是法非法經一卷

後漢安息三藏安世高譯

此經與中阿含第二十一眞人經同本

求欲經一卷

西晉沙門法炬譯

此經與中阿含第十二穢經同本異譯

受歲經一卷

西晉三藏竺法護譯

此經與中阿含第二十三比丘請經同本異譯

梵志計水淨經一卷

失譯人名附東晉録

此經與中阿含第三十三水淨梵志經同本異譯

苦陰經一卷

失譯人名附後漢録有云西晉法炬譯未詳

此經與中阿含第二十五苦陰經同本

釋摩男本經一卷

吴月支優婆塞支謙譯

苦陰因事經一卷

西晉沙門法炬譯
右二經同本與中阿含第二十五後苦陰經同本異譯
樂想經一卷
西晉三藏竺法護譯
此經與中阿含第二十六想經同本
漏分布經一卷
後漢安息三藏安世高譯
此經與中阿含第二十七梵行經同本
阿耨風經一卷唐言依次
東晉西域三藏曇無蘭譯
此經與中阿含第二十七阿奴波經同本異譯
諸法本經一卷
吳月支優婆塞支謙譯

此經與中阿含第二十八初諸法本經同本異譯
瞿曇彌記果經一卷
宋沙門慧簡譯
此經與中阿含第二十八瞿曇彌經同本異譯
瞻婆比丘經一卷或云瞻波
西晉沙門法炬譯
此經與中阿含第二十九瞻波經同本
伏婬經一卷
西晉沙門法炬譯
此經與中阿含第三十行欲經同本
魔嬈亂經一卷亦名弊魔試目連經亦名魔王入目連蘭腹經
失譯人名附後漢録
弊魔試目連經一卷亦名魔嬈亂經

吳月支優婆塞支謙譯
右二經同本與中阿含第三十降魔經
同本異譯
上三十經三十卷同帙　登字號
賴吒和羅經一卷亦名羅漢賴吒和羅經
此經與中阿含第三十一賴吒和羅經
同本異譯
善生子經一卷
西晉沙門支法度譯
此經與中阿含第三十善生經同本
數經一卷
西晉沙門法炬譯昇編入録
此經與中阿含第三十五筭目揵連經
同本異譯
梵志頞羅延問種尊經一卷

西晉天竺三藏竺曇無蘭譯
此經與中阿含第三十七阿攝和經同
本異譯
三歸五戒慈心猒離功德經一卷
失譯人名附東晉録拾遺編入
須達經一卷亦名須達長者經
蕭齊天竺三藏求那毗地譯
右二經同本與中阿含第三十九須達
多經同本異譯
佛爲黃竹園老婆羅門說學經一卷
僧祐録中失譯人名今附宋録
此經與中阿含第四十黃蘆園經同本

大元至元法寶勘同總録卷第六

大元至元法寶勘同總録卷第七

元講經律論沙門慶吉祥等奉　詔集

梵摩渝經一卷

吳月支優婆塞支謙譯

此經與中阿含第四十一梵摩經同本

尊上經一卷

西晉三藏竺法護譯

此經與中阿含第四十三釋中禪室尊經同本異譯

鸚鵡經一卷 亦名兜調經

宋天竺三藏求那跋陀羅譯

兜調經一卷

失譯人名 附東晉録

右二經同本與中阿含第四十四鸚鵡經同本異譯

意經一卷

西晉三藏竺法護譯

此經與中阿含第四十五心經同本異譯

應法經一卷

西晉三藏竺法護譯

此經與中阿含第四十五受法經同本

泥犁經一卷 或名阿含泥犁經

東晉西域三藏竺曇無蘭譯

此經與中阿含五十三癡慧地經同本 或云與前第十二天使經及閻羅王鐵城泥犁經同本非也

優婆夷墮舍迦經一卷

失譯人名 今附宋録或云支謙所譯未詳

齋經一卷 亦名齋經

吳月支優婆塞支謙譯

右二經同本與阿含第五十五持齋經
同本異譯
鞞摩肅經一卷
宋天竺三藏求那跋陀羅譯
此經與中阿含第五十七卷鞞摩那修
經同本異譯
婆羅門子命終愛念不離經一卷
後漢安息三藏安世高譯
此經與中阿含第六十愛生經同本
十支居士八城人經一卷亦直云十支經
後漢安息三藏安世高譯
此經與中阿含第六十八城經同本
邪見經一卷
失譯人名今附宋録有云竺法護譯未詳
此經與中阿含第六十見經同本異譯

箭喻經一卷
失譯人名附東晉録
此經與中阿含第六十箭喻經同本異
譯
普法義經一卷亦名具法經亦名普義經
後漢安息三藏安世高譯
廣義法門經一卷
陳天竺三藏眞諦譯
右二經同本異譯
自七知經下五十三經並出中阿含中
別經異譯
誠德香經一卷
東晉西竺三藏竺曇無蘭譯
此經與增一阿含第十三地主品同本
四人出現世間經一卷

宋天竺三藏求那跋陀羅譯
此經與增一阿含第十八四意斷品同
本

波斯匿王太后崩塵土坌身經一卷
西晉沙門法炬譯
此經與增一阿含第十八四意斷品同
本

須摩提女經一卷
吳月支優婆塞支謙譯
此經與增一阿含第二十二須陀品同
本

婆羅避死經一卷
後漢安息三藏安世高譯
此經與增一阿含第二十三增上品同
本

食施獲五福報經一卷（亦名施色力經　亦名福德經）
此經與增一阿含第二十四善聚品同
本（譯人元闕）

頻毗娑羅王詣佛供養經一卷
西晉沙門法炬譯
此經與增一阿含第二十六等見品同
本

長者子六過出家經一卷
宋沙門惠蘭譯
此經與增一阿含第二十七聚品同本

鴦崛摩羅經一卷（亦名拾遺經）
西晉三藏竺法護譯
上三十二經三十二卷同帙　仕字號

鴦崛髻經一卷
西晉沙門法炬譯

右二經同本與增一阿含第三十一力品同本

力士移山經一卷亦直云移山經

西晉三藏竺法護譯

未曾有法經一卷或無法字

西晉三藏竺法護譯

右二經與增一阿含第三十六難品同本

舍利弗摩訶目揵連遊四衢經一卷

後漢外國三藏康孟詳譯

此經與增一阿含第四十一馬王品同本

七佛父母姓字經一卷亦名七佛姓字

曹魏失譯人名

此經與增一阿含第四十五不善品同本

放牛經一卷亦云牧牛

姚秦三藏鳩摩羅什譯

此經與增一阿含第四十六放牛品同本此廣

緣起經一卷亦名十二緣起經

唐三藏玄奘譯

此經與增一阿含第四十六放牛品同本

十一想思念如來經一卷

宋天竺三藏求那跋陀羅譯

此經與增一阿含第四十八禮三寶品同本

四泥犂經一卷

東晉西域三藏竺曇無蘭譯

此經與增一阿含第四十八禮三寶同本

阿那邠邸化七子經一卷
後漢安息三藏安世高譯
此經與增一阿含第四十九非常品同本（本經有四子餘文皆同）

大愛道般泥洹經一卷
西晉河内沙門白法祖譯

佛母般泥洹經一卷
宋沙門惠蘭譯
右二經同本與增一第五十大愛道般泥洹品同本

國王不犂先泥十夢經一卷
東晉天竺三藏竺曇無蘭譯

舍衛國王夢見十事經一卷
失譯人名（附西晉録）
右二經同本與增一第五十一大愛道般涅槃品同本

阿難同學經一卷
後漢安息三藏安世高譯
自德香經下二十四經並出增一阿含中別經異譯

五蘊皆空經一卷
唐天后代三藏義淨譯
此經與雜阿含第二卷同本

七處三觀經一卷
後漢安息三藏安世高譯
此經與雜阿含初七處三觀經同本

聖法印經一卷（亦名聖印經亦名惠印經）
西晉天竺三藏竺法護譯

此經與雜阿含第三卷同本

雜阿含經一卷

失譯人名（在魏吳録）

此經出雜阿含中異譯（此經首末有二十七經初心二經出第四卷而先後不次七處三觀經居末）

五陰譬喻經一卷（亦名水沫可漂亦名五陰喻經）

後漢安息三藏安世高譯

水沫所漂經一卷（亦名河中大聚沫亦名聚沫喻經）

東晉西域三藏竺曇無蘭譯

右二經同本出雜阿含中異譯

不自守意經一卷

吳月支優婆塞支謙譯

此經與雜阿含第十一同本

滿願子經一卷

失譯人名（附東晉録）

此經出雜阿含第十三卷異譯

轉法輪經一卷

後漢安息三藏安世高譯

三轉法輪經一卷

唐天后代三藏義淨譯

此經與雜阿含第十五異譯

八正道經一卷

後漢安息三藏安世高譯

此經出雜阿含第二十八卷異譯

難提釋經一卷

西晉沙門法炬譯

此經出雜阿含第三十卷異譯

馬有三相經一卷（有加善字）

後漢西域三藏支曜譯

馬有八態譬人經一卷（或無譬人字）

後漢西域三藏支曜譯
右二經並出阿含第三十三卷異譯
相應相可經一卷
西晉沙門法炬譯 昇編入録
此經出前單卷雜阿含經中異譯
治禪病祕要經一卷 或云法無經字或二卷
宋居士沮渠京聲譯 此經初首題云尊舍利弗所問出雜阿含經阿練若雜事今尋雜阿含大本無等文或恐梵經譯之未盡既云出彼且編於末若依祕要法合編於集内
此經蕃疑折辯入藏
自五蘊皆空經下十五經並出雜阿含
中別經異譯
上三十一經三十一卷同帙 攝字號
右同本異譯諸經並出阿含亦與蕃本
同阿含部竟

摩鄧女經一卷 亦名阿難為蠱道女
後漢安息三藏安世高譯 第一譯
摩鄧女解形中六事經一卷
失譯人名 附東晉録 第五譯
摩鄧伽經三卷 或二卷七品出法上録
吳天竺三藏律炎共支謙譯 第三譯
舍頭諫經一卷 亦名太子二十八宿一名虎耳一名虎覺
西晉三藏竺法護譯 第四譯
右四經同本異譯廣略有異蕃本闕
鬼問目連經一卷
後漢三藏安世高譯
雜藏經一卷 與前後經文理稍別
東晉平陽沙門法顯譯 第二譯
餓鬼報應經一卷 亦名目連說地獄餓鬼因緣經
失譯人名 附東晉録 第三譯

右三經同本異譯畨本闕

阿難問事佛吉凶經一卷或云阿難問事或云事佛吉凶

後漢安息三藏安世高譯第一譯

慢法經一卷

西晉沙門法炬譯第一譯

阿難分別經一卷

乞伏秦沙門法堅譯第三譯

右三經同本異譯畨本闕

五子毋經一卷

呉月氏居士支謙譯第一譯

沙彌羅經一卷

失譯人名附三秦録第二譯

右二經同本異譯畨本闕

玉耶女經一卷

安公失譯人名附西晉録第一譯

玉耶經一卷亦名長者詣佛說子婦無敎經

東晉天竺三藏竺曇無蘭譯第二譯

阿遬達經一卷

宋天竺三藏求那跋陀羅譯第三譯

右三經同本異譯與畨本同

修行本起經二卷四品

後漢西域三藏竺大力共康孟詳譯第三譯

太子瑞應本起經二卷

上十六經十九卷同帙　職字號

呉月氏居士支謙譯第四譯

過去現在因果經四卷

宋天竺三藏求那跋陀羅譯第六譯

右三經同本異譯畨本闕前之二經文略不備

法海經一卷

西晉沙門法炬譯第三譯
海八德經一卷
姚秦三藏鳩摩羅什譯第二譯
右二經同本異譯蕃本闕
四十二章經一卷
後漢天竺三藏迦葉摩騰共竺法蘭
譯
奈女耆域因緣經一卷
後漢安息三藏安世高譯
此經與蕃本同
罪業報應教化地獄經一卷
後漢安息三藏安世高譯
龍王兄弟經一卷一名難龍王一名降龍王
吳月氏優婆塞支謙譯
長者音悅經一卷或不蘭迦葉經

吳月支居士支謙譯
右三經蕃本闕
上九經十三卷同帙　從字號
禪祕要法經五卷或四卷
姚秦三藏鳩摩羅什譯
此經蕃本闕
七女經一卷或名七本經
吳月支優婆塞三藏支謙譯
此經蕃本闕
八師經一卷
吳月支支謙譯
此經蕃本闕
越難經一卷亦名難長者經亦名難經
西晉清信士聶承遠譯
所欲致患經一卷

西晉三藏竺法護譯

右二經蕃本闕

阿闍世王問五逆經一卷

西晉沙門法炬譯

此經與蕃本同

五苦章句經一卷（或名五道章經）

東晉西竺三藏竺曇無蘭譯

此經蕃疑折辨入藏

堅意經一卷（亦名堅心正意經亦名堅心經）

後漢安息三藏安世高譯

淨飯王涅槃經一卷

宋居士沮渠京聲譯

進學經一卷（或名勸進學道）

宋居士沮渠京聲譯

得道梯橙錫杖經一卷

失譯人名（附東晉録）

貧窮老翁經一卷

宋沙門慧蘭譯

三摩竭經一卷（一名須摩提女經一名難國王經亦名恕和檀王經）

吳天竺三藏竺法炎譯

右六經蕃本闕

萍沙王五願經一卷（一名弗沙迦王經）

吳月氏居士支謙譯

瑠璃王經一卷

西晉三藏竺法護譯

右二經與蕃本同

上十五經十九卷同帙　政字號

生經五卷（內有五十五經或四卷）

西晉三藏竺法護譯

義足經二卷（內有十六經）

吳月支三藏支謙譯
上二經七卷同帙蕃本闕　存字號
自四十二章經下二十二經雖是重譯
本今所流行但有一本餘皆零落尋求
不獲
梵云薩怛囉合二麻　悉麻囉合二地　烏婆薩
怛拏　拏麻　蘇怛囉合二
正法念處經七十卷七品
元魏婆羅門瞿曇般若流支譯
此經大周録編爲重譯云與善時鵞王
經同譯者誤也其善時鵞王經從此抄
是別生此爲單本
上一經七十卷七帙　以至詠七號
梵云布怛　荼哩地合二
佛本行集經六十卷六十品

隋天竺三藏闍那崛多等譯
右二經與蕃本同
此經大周録編爲大乘重譯云與七卷
本行經同本者誤也彼是偈讚與此懸
殊有録編爲集傳之内特乖經旨今移
於此
上一經六十卷六帙　樂至別六號
本事經七卷三品
唐古梁三藏玄奘譯出內典録
興起行經二卷亦名嚴誡宿緣經一名十緣經題云出雜藏
後漢外國三藏康孟詳譯經有十緣
右二經與蕃本同
業報差別經一卷
隋洋川郡守瞿曇法智譯
此經蕃本闕

上三經一十卷同帙　尊字號

大安般守意經二卷亦直云大安般經或無大字安云小般或一卷

後漢安息三藏安世高譯

陰持入經二卷或爲一卷

後漢安息三藏安世高譯

處處經一卷

後漢安息三藏安世高譯

罵意經一卷

後漢安息三藏安世高譯

分别善惡所起經一卷

後漢安息三藏安世高譯

出家緣經一卷一名出家因緣

後漢安息三藏安世高譯

阿鋡正行經一卷一名正意

後漢安息三藏安世高譯

十八泥犁經一卷亦名十八地獄

後漢安息三藏安世高譯

法受塵經一卷

後漢安息三藏安世高譯

禪行法想經一卷

後漢安息三藏安世高譯

長者子懊惱三處經一卷

後漢安息三藏安世高譯

揵陀國王經一卷

後漢安息三藏安世高譯

右十二經蕃本闕

須摩提長者經一卷

吳月支居士支謙譯

阿難四事經一卷

吳月支居士支謙譯

未生怨經一卷
吳月支居士支謙譯
四願經一卷
吳月支居士支謙譯
黒氏梵志經一卷
吳月支居士支謙譯
猘狗經一卷
吳月支居士支謙譯
此經蕃有少疑折辨入藏
分別經一卷或云與阿難分別經同本非也
西晉三藏竺法護譯昇編入録
右七經蕃本闕
八關齋經一卷
宋居士沮渠京聲譯
此經與蕃本同

阿鳩留經一卷
僧祐云失譯人名今附漢録
孝子經一卷一名孝子報恩經
僧祐云安公失譯人名附西晉録
右二經蕃本闕
上二十二經二十四卷同帙　甲字號
五百弟子自説本起經一卷三十品
西晉三藏竺法護譯
大迦葉本經或無大字
西晉三藏竺法護譯
四自侵經一卷
西晉三藏竺法護譯
羅云忍辱經一卷或直云忍辱經
西晉沙門法炬譯
年少比丘説正事經一卷

西晉三藏法炬譯
沙曷比丘功德經一卷
西晉三藏法炬譯
右六經蕃本闕
時非時經一卷或直云時經
外國法師若羅嚴譯莫知世代出經後記
自愛經一卷亦云自愛不自愛經
東晉西竺三藏竺曇無蘭譯
中心經一卷亦云中心正行經或云大忠心經亦云小中心經
東晉西域三藏竺曇無蘭譯
見正經一卷一名生死變識經
東晉西域三藏竺曇無蘭譯
大魚事經一卷
東晉天竺三藏竺曇無蘭譯
阿難七夢經一卷

東晉天竺三藏竺曇無蘭譯
右六經與蕃本同
呵鵰阿那含經一卷一名荷鵰或作奇字
東晉天竺三藏竺曇無蘭譯
此經蕃本闕
燈指因緣經一卷
姚秦三藏鳩摩羅什譯
此經與蕃本同
婦人遇辜經一卷亦名婦遇對經
乞伏秦聖堅譯
四天王經一卷
宋涼州釋智嚴共寶雲譯
十二品生死經一卷
宋天竺求那跋陀羅譯
摩訶迦葉度貧母經一卷

宋天竺三藏求那跋陀羅譯
罪福報應經一卷亦名輪轉五道罪福報應經
宋天竺求那跋陀羅譯
右五經與蕃本同
五無返復經一卷亦名五無返復本義經
宋居士沮渠京聲譯
佛大僧大經一卷
宋居士沮渠京聲譯
邪祇經一卷
宋居士沮渠京聲譯
右三經蕃本闕
末羅王經一卷
宋居士沮渠京聲譯
摩達國王經一卷
宋居士沮渠京聲譯

旃陀越國王經一卷或無國王二字
宋居士沮渠京聲譯
五恐怖世經一卷或無世字
宋居士沮渠京聲譯
弟子死復生經一卷或云死更生經蕃稍有疑折辯入藏
宋居士沮渠京聲譯
右五經蕃本闕
懈怠耕者經一卷或云懈怠耕兒
宋沙門慧簡譯
此經與蕃本同
辯意長者子經一卷
元魏沙門法場譯
無垢優婆夷問經一卷
元魏婆羅門瞿曇般若流支譯
右二經蕃本闕

上三十經三十卷同帙　上字號

賢者五福經一卷
西晉河内沙門白法祖譯

天請問經一卷
唐三藏玄奘譯出内典録

僧護經一卷或有因緣二字
失譯人名附東晉録

護淨經一卷
失譯人名附東晉録

木患子經一卷或作串字
失譯人名附東晉録

無上處經一卷
失譯人名附東晉録

右六經蕃本闕

盧志長者因緣經一卷
失譯人名附東晉録

五王經一卷
失譯人名附東晉録

出家功德經一卷
失譯人名附東晉録

此經有三本餘二並從賢愚經中抄出

此本别行非與彼同今依梵公也

右三經與蕃本同

栴檀樹經一卷
僧祐云安公失譯人名今附漢録

頞多和多耆經一卷
失譯人名附西晉録

普達王經一卷
失譯人名附西晉録

佛滅度後棺斂葬送經一卷亦名比丘師經或云師比丘經

僧祐云安公失譯人名（附西晉録）

右四經蕃本闕

鬼子母經一卷

失譯人名（附西晉録）

此經與蕃本同

梵摩難國王經一卷

失譯人名（附西晉録）

父母恩難報經一卷（亦名懃報）

後漢三藏安世高譯

右三經蕃本闕

孫多邪致經一卷（或上加梵志字）

吳月支居士三藏支謙譯

新歲經一卷

東晉西天三藏竺曇無蘭譯

群牛譬喻經一卷

西晉沙門法炬譯

九横經一卷

後漢安息三藏安世高譯

禪行三十七經一卷（或云禪行三十七品經）

後漢安息三藏安世高譯

比丘避女惡名欲自殺經一卷

西晉沙門法炬譯

比丘聽施經一卷

東晉西域三藏曇無蘭譯

身觀經一卷

西晉三藏竺法護譯

右八經蕃本闕

無常經一卷（亦云三啓）

唐天后代三藏義淨譯

八無暇有暇經一卷

唐天后代三藏義淨譯
長爪梵志請問經一卷
唐天后代三藏義淨譯
譬喻經一卷
唐天后代三藏義淨譯
略教誡經一卷
唐天后代三藏義淨譯
療痔病經一卷亦名痔瘻
唐天后代三藏義淨譯
右六經與蕃本同
上三十經三十卷同帙　和字號
已上開元録所紀小乘經竟下祥符録
所紀小乘經具列於左
衆許摩訶帝經一部十三卷
宋天竺三藏法賢譯

上一經一十三卷一帙　下字號
大集法門經二卷
宋北天竺三藏施護譯
大生義經一卷
宋北天竺三藏施護譯
分别緣生經一卷
宋天竺三藏法賢譯
信佛功德經一卷
右四經蕃本闕
宋天竺三藏法賢譯
此經與蕃本同
大三摩惹經一卷
宋西域三藏法天譯
決定義經一卷
宋天竺三藏法賢譯

長者施報經一卷
宋天竺三藏法天譯
右三經蕃本闕
四品法門經一卷
宋天竺三藏法賢譯
信解智力經一卷
宋天竺三藏法賢譯
右二經與蕃本同
上九經一十卷同帙 睦字號
給孤長者女得度因緣經三卷
宋天竺三藏施護譯
此經與增一阿含第二十二卷第五紙
終同本異譯
分別善惡報應經二卷
宋天竺三藏天息災譯奉政殿譯

右二經蕃本闕
此經與前鸚鵡經同本
梵云阿咧亞阿羅扎 阿哇達哥 拏麻
麻訶衍拏 蘇怛囉合二
勝軍王所問經一卷
宋北印土三藏施護譯
此經與蕃本同

大元至元法寶勘同總録卷第七

大元至元法寶勘同總録卷第八
元講經律論沙門慶吉祥等奉　詔集

阿羅漢具德經一卷
宋天竺三藏法賢譯
此經與前增一阿含第三卷同本蕃本闕

七佛經一卷
宋西域三藏法天譯

金光王童子經一卷
宋天竺三藏法賢譯蕃云此是因緣經更云最好

頻婆羅王經一卷
宋天竺三藏法賢譯
右三經與蕃本同
上七經一十卷同帙　夫字號

初分說經二卷
宋北印度三藏施護譯
此經蕃本闕

毗婆尸佛經二卷
宋西域三藏法天譯
此經與蕃本同

息諍因緣經一卷蕃云此經似律
宋北印土三藏施護譯

淨意優婆塞所問經一卷
宋天竺三藏施護譯

帝釋所問經一卷
宋天竺三藏法賢譯

嗟韈曩法天子受三皈依獲免惡道經一卷
宋西域三藏法天譯
右四經蕃本闕
上六經八卷同帙　唱字號

光明童子因緣經四卷
宋天竺三藏施護譯
尼拘陀梵志經二卷
宋北印度三藏施護譯
大正句王經二卷
宋天竺三藏法賢譯
上三經八卷同帙　婦字號
大堅固婆羅門緣起經二卷
宋天竺三藏施護譯
灌頂王喻經一卷
宋北天竺三藏施護譯
輪王七寶經一卷
宋北天竺三藏施護譯
右六經蕃本闕
蟻喻經一卷

宋北印度三藏施護譯
此經與蕃本同
園生樹經一卷
宋北天竺三藏施護譯
此經蕃本闕
月喻經一卷
宋北天竺三藏施護譯
此經與蕃本同
戒香經一卷
宋天竺三藏法賢譯
此經蕃本闕
舊城喻經一卷
宋天竺三藏法賢譯
醫喻經一卷
宋北印度三藏施護譯

右二經與蕃本同
上九經一十卷同帙　隨字號
十二緣生祥瑞經二卷
宋天竺三藏法天譯
此經蕃有少疑折辨入藏
護國經一卷
宋天竺三藏法賢譯
較量壽命經一卷
宋西域三藏天息災譯
人仙經一卷
宋天竺三藏法賢譯
右四經蕃本闕
難你計濕嚩囉天說支輪經一卷
宋天竺三藏法賢譯
此經與蕃本同

迦葉仙人說醫女人經一卷
宋天竺三藏法賢譯
諸行有爲經一卷
宋西域三藏法天譯
右二經蕃本闕
薩鉢多酥哩踰捺野經一卷
宋天竺三藏法賢譯
此經與蕃本同
解憂經一卷
宋西域三藏法天譯
此經蕃本闕
上九經一十卷同帙　外字號
已上祥符録所紀小乘經竟下景祐録
所紀小乘經具列于左
白衣金幢二婆羅門緣起經三卷或二卷

宋天竺三藏施護譯

清淨心經一卷

安西三藏勿提犀魚譯於北庭譯

勝義空經一卷

宋天竺三藏施護譯

右三經蕃本闕

佛十力經一卷

宋北印度三藏施護譯

此經與蕃本同

佛說隨勇尊者經一卷

宋西域三藏施護譯

此經蕃本闕

身毛喜豎經三卷

宋三藏惟淨譯

此經與蕃本同

上六經一十卷同帙　受字號

金色童子因緣經十二卷阿難從小乘集

宋三藏惟淨等譯

此經本是西集因與蕃本相對蕃云此是小乘經今編於此

上一經一十二卷一帙　傅字號

已上大小乘契經藏竟已下大小乘調伏藏備彰於左

菩薩調伏藏二十八部五十六卷五帙

菩薩地持經十卷二十七品

北京天竺三藏曇無讖譯於臧

上一經十卷一帙　訓字號

菩薩善戒經九卷亦名菩薩地或十卷三十品

宋罽賓三藏求那跋摩譯

此經群録皆云與地持經同本今依昇

公二經文理非不差殊其善戒經前有
序品後有奉行地持經並無其地持戒
品中有受菩薩戒文及菩薩戒本善戒
經即無自餘之外文意大同既有差殊
今且編於單本之中更詳
右二經蕃本闕
梵云迦羅（二合）麻　阿瓦羅那拏秫地　摩訶
衍拏　蘇怛囉（二合）
淨業障經一卷
失譯人名（今附秦録法上録云竺法護譯昇編文勢全異故爲失譯人名）
此經與蕃本同
上二經十卷同帙　入字號
優婆塞戒經七卷（是在家菩薩戒或五卷或六卷二十八品）
北凉天竺三藏曇無讖譯

梵網經二卷
姚秦鳩摩羅什譯（兩譯一闕）
受十善戒經一卷（二品）
後漢失譯人名
大乘戒經一卷
宋天竺三藏施護譯（祥符録所紀）
右四經蕃本闕十一卷同帙　奉字號
菩薩瓔珞本業經二卷（或無菩薩字昇編入録八品）
姚秦凉州沙門竺佛念譯
梵云晡怛　必怛迦　匿吉羅訶　拏麻
訶衍拏　蘇怛囉（二合）
佛藏經四卷（亦名選擇諸法經或二卷或三卷十品）
姚秦三藏鳩摩羅什譯
右二經與蕃本同
菩薩戒本一卷（出地持戒品中慈氏菩薩説）

北凉天竺三藏曇無讖譯

菩薩戒本一卷 出瑜伽論本地分中菩薩地彌勒菩薩說

唐三藏玄奘譯 出内典録

右二經同本異譯

菩薩戒羯磨文一卷 出瑜伽論本地分中菩薩地彌勒菩薩說

唐三藏玄奘譯 出内典録

菩薩善戒經一卷

宋罽賓三藏求那跋摩譯 出寶唱録

八種長養功德經一卷

宋三藏法護等譯 景祐録所紀

右五經蕃本闕

上七經十一卷同帙　毋字號

菩薩内戒經一卷

宋罽賓三藏求那跋摩譯 出法上録

優婆塞五戒威儀經一卷

宋罽賓三藏求那跋摩譯 出寶唱録

右二經蕃本闕

梵云阿唎二合亞八囉麻阿囉二合怛　散瓦囉二合帝　薩提牙二合你哩底沙　拏麻麻訶衍拏　蘇怛囉二合

文殊師利淨律經一卷 或直云淨律經四品

西晉三藏竺法護譯 第二譯

清淨毗奈耶方廣經一卷

姚秦三藏鳩摩羅什譯 出法上録 第三譯

寂調音所問經一卷 亦名如來所說清淨調伏經

宋沙門法海譯 第四譯

右三經同本異譯

梵云迦囉麻阿瓦囉拏　必囉地必囉悉悉囉二合地

大乘三聚懺悔經一卷

隋天竺三藏闍那崛多等譯出內與録

右四經與蕃本同

菩薩五法懺悔經一卷或名菩薩五法懺悔文

失譯人名附梁録出

此經蕃本闕

菩薩藏經一卷

梁扶南三藏伽婆羅譯

三曼陀颰陀羅菩薩經一卷五品

西晉清信士聶道眞譯

菩薩受齋經一卷

西晉清信士聶道眞譯

文殊悔過經一卷亦名文殊五體悔過經

西晉三藏竺法護譯

梵云滴哩二合 巻干怛迦

舍利弗悔過經一卷亦直云悔過經

後漢安息三藏安世高譯

法律三昧經一卷亦直云法律經

呉月支優婆塞支謙譯

十善業道經一卷

唐天后代于闐三藏實叉難陀譯

上十四經十四卷同帙　儀字號

菩薩調伏藏竟

二聲聞調伏藏六十九部五百五卷五十三帙

梵云麻訶喪吉　尾奈耶

摩訶僧祇律四十卷或三十卷此律建初者是根本調伏藏也即是大衆部毗奈耶佛滅度後尊者迦葉集千應眞於王舍竹林石室定論無差之所結也

東晉天竺三藏佛陀跋陀羅共法顯譯

此律總明二部戒法共十八段僧十段尼八段

此律四十卷四帙蕃本同諸至叔四號

梵云薩囉(二合)瓦　阿悉地瓦怛　尾奈耶

十誦律六十一卷(前五十八卷)

姚秦羅什共佛若多羅譯

東晉卑摩羅叉續譯

後毗尼序三卷(此是説一切有部毗奈耶藏佛滅度後三百年初從上座部出)

此律十誦總二十九段與蕃本同(僧律相八段受具足下一十六段尼律相五段第八誦增文第九誦問部第十誦雜事)

右二律雖與蕃本大同彼略此廣

上一律六十一卷六帙　猶至懷六號

根本説一切有部毗奈耶五十卷(八段)

唐天后代三藏義淨譯

上一律五十卷五帙　兄至連五號

根本説一切有部苾芻尼毗奈耶二十卷(七段)

唐天后代三藏義淨譯

上一律二十卷二帙　枝交二號

根本説一切有部毗奈耶雜事四十卷(八門)

唐天后代三藏義淨譯

右三律蕃本闕

上一律四十卷四帙　友至切四號

根本説一切有部尼陀那目特迦十卷(或八卷)

唐天后代三藏義淨譯(大小頌總八十九)

此律與蕃本同彼略此廣

上一律十卷一帙　磨字號

右四律與十誦律俱是説一切有部然

其文理與十誦律非無有異未詳所以

梵云麻兮屐吉　尾奈耶

五分律三十卷(亦云彌沙塞律或三十四卷共三十五段此是化地部毗奈耶藏佛滅度後三百年中從説一切有部中出)

宋罽賓三藏佛陀什共竺道生譯

此律與蕃本同彼略此廣

上一律三十卷三帙　箴規仁三號

梵云達囉（二合）麻　孤（合口）地　尾奈耶

四分律六十卷（或五十卷或七十卷此是法密部毗奈耶藏佛滅度後三百年中從化他部中所出）

姚秦罽賓三藏佛陀耶舍共竺佛念譯

此律二十段二十揵度（初分明僧八段第二分明尼六段二揵度第三分有十五揵度第四分有二揵度六段二揵度當初一段也）

此律與蕃本同彼略此廣

上一律六十卷六帙　慈至弗六號

僧祇比丘戒本一卷（或云摩訶僧祇戒本一十段）

東晉天竺三藏佛陀跋陀羅訶譯

僧祇比丘尼戒本一卷（亦名比丘尼波羅提木叉僧戒本九段）

東晉平陽沙門法顯共覺賢譯

十誦比丘戒本一卷（亦云十誦波羅提木叉戒）

姚秦三藏鳩摩羅什譯

十誦比丘尼戒本一卷（亦云十誦比丘尼波羅提木叉戒本）

姚秦鳩摩羅什共佛若多羅譯（宋長千寺）

根本說一切有部戒經一卷（沙門法顯集出）

唐天后代三藏義淨譯

根本說一切有部苾芻尼戒經一卷

唐天后代三藏義淨譯

五分比丘戒本一卷（亦云沙彌塞戒本）

宋罽賓三藏佛陀什等譯

右七經七卷同帙與蕃本同　離字號

五分比丘尼戒本一卷（亦云沙彌塞尼戒本）

宋罽賓佛陀什共竺道生譯（梁沙門明徽建）

初寺集出出法寶録

四分比丘戒本一卷 題云四分戒本

姚秦罽賓佛陀中舍共竺佛念譯 唐西太原寺沙門懷素集出

四分比丘尼戒本一卷 唐西太原寺沙門懷素依律集出

四分律僧戒本一卷 亦云曇無德戒本或無僧字

姚秦罽賓三藏佛陀耶舍譯

右九律並出大部亦與蕃本同

解脱戒本一卷 出迦葉毗部

元魏婆羅門瞿曇般若流支譯

沙彌十戒法并威儀一卷 亦云沙彌威儀戒本

失譯人名 附東晉録

沙彌威儀一卷 與前威儀大同少異

宋罽賓三藏求那跋摩譯

沙彌雜戒文一卷

失譯人名 附東晉録

沙彌尼戒經一卷

失譯人名 在後漢録

右五律蕃本闕

舍利弗問經一卷

失譯人名 附東晉録

上十律十卷同帙與蕃本同　節字號

根本説一切有部百一羯磨十卷

唐天后代三藏義淨譯

上一律十卷一帙蕃本闕　義字號

大沙門百一羯磨法一卷 出十誦律

僧祐録中失譯人名 今附宋録

十誦羯磨比丘要用一卷 出十誦律或二卷二十段

宋楊都中興寺沙門僧璩於律中集

出

優波離問佛經一卷 或云優波離律
失譯人名 在後漢錄
右三律與蕃本同
五分羯磨一卷 題云彌沙塞羯磨本一十段
唐大開業寺沙門愛同律中集出
四分雜羯磨一卷 題云曇無德部雜羯磨十一段
曹魏天竺三藏康僧鎧譯
曇無德羯磨一卷 九段
曹魏安息沙門曇諦譯
四分比丘尼羯磨法一卷 九段
宋罽賓三藏求那跋摩譯
右四律蕃本闕
上七經七卷同帙　康字號
四分律刪補隨機羯磨二卷 十篇
唐崇義寺沙門道宣依律集出

四分僧羯磨三卷
沙門懷素依律集出
四分尼羯磨三卷
沙門懷素依律集出
右三律依律集出與蕃本同
上三律八卷同帙　退字號
大愛道比丘尼經二卷 亦云大愛道受試經或直云大愛道經
失譯人名 附北涼錄
迦葉禁戒經一卷 亦名摩訶比丘經亦名真偽沙門經
宋居士沮渠京聲譯
犯戒報應輕重經一卷 出目連問毗尼經或云目連問經
後漢安息三藏安世高譯
戒銷災經一卷 或名戒伏消災經
吳月支優婆塞支謙譯
優婆塞五戒相經一卷 亦名優婆塞五戒略論

宋罽賓三藏求那跋摩譯
右五律蕃本闕
根本説一切有部毗奈耶頌五卷尊者毗舍佉造
唐天后代三藏義淨譯
根本説一切有部毗奈耶雜事攝頌一卷
唐天后代三藏義淨譯
根本説一切有部毗奈耶尼陀那目特迦攝頌一卷
唐天后代三藏義淨譯
右三律與蕃本同
五百問事經一卷一十七品
失譯人名附東晉録
此律蕃本闕
上九經十四卷同帙　顛字號
梵云薩囉二合瓦　阿悉地瓦怛　毘奈耶

喪吉囉訶
根本薩婆多部律攝二十卷尊者勝友集
唐天后代三藏義淨譯
上一律二十卷二帙　沛匪二號
毗尼摩得勒伽十卷
宋天竺三藏僧伽跋摩譯
右二律與蕃本同
上一律十卷一帙　虧字號
鼻奈耶律十卷亦名戒因緣經
姚秦涼州三藏竺佛念譯
上一律十卷一帙　性字號
善見律毗婆沙十八卷或名毗婆沙律亦直云善見律
蕭齊外國三藏僧伽跋陀羅譯
此律與前波離問戒經大同
佛阿毗曇經二卷亦云論

陳天竺三藏眞諦譯單本

右三律蕃本闕

上二律二十卷二帙　靜情二號

毗尼毋經八卷亦云論

失譯人名今附秦録

大比丘三千威儀經二卷亦云大僧威儀經

後漢安息三藏安世高譯

右二律十卷同帙蕃本闕　逸字號

薩婆多毗尼毗婆沙九卷七段

失譯人名今附秦録單本

律二十二明了論一卷亦云了論

陳天竺三藏眞諦譯

上二律十卷同帙蕃本闕　心字號

根本說一切有部毗奈耶藥事二十卷

唐天后代三藏義淨譯新編入録

上一律二十卷二帙蕃本同　動神二號

梵云喪迦　別怛迦　瓦厮二合都

根本說一切有部毗奈耶破僧事二十卷

唐天后代三藏義淨譯新編入録

上一律二十卷二帙蕃本同　疲守二號

梵云毗囉　尾囉直亞　瓦厮二合都

根本說一切有部毗奈耶出家事五卷

唐天后代三藏義淨譯新編入録

梵云荼囉二合麻　瓦厮二合都

根本說一切有部毗奈耶皮革事二卷

唐天后代三藏義淨譯新編入録

梵云瓦囉二合沙　瓦悉怛　瓦厮二合都

根本說一切有部毗奈耶安居事一卷

唐天后代三藏義淨譯新編入録

梵云毗囉瓦囉拏　瓦厮二合都

根本說一切有部毗奈耶隨意事一卷
唐天后代三藏義淨譯新編入録
梵云加低拏　瓦厮二合都
根本說一切有部毗奈耶羯恥那衣事一卷
唐天后代三藏義淨譯新編入録
上五律十卷同帙與蕃本同　真字號
巳上開元録所紀及拾遺編入小乗等
律竟下祥符等録所紀小乗等律具列
於後
苾芻迦尸迦十法經一卷
宋天竺三藏法天譯
苾芻五法經一卷
宋天竺三藏法天譯
目連所問經一卷
宋天竺三藏法天譯

解夏經一卷
宋天竺三藏法賢譯
沙彌十戒儀則經一卷
宋北天竺三藏施護譯
佛說五大施經一卷
宋天竺三藏施護譯出景祐録
右六律蕃本闕
根本說一切有部出家授近圓羯磨儀範一
卷
元帝師西蕃三藏八思拔譯
根本說一切有部苾芻戒本一卷
元帝師西蕃三藏八思拔譯
上八律八卷同帙　志字號
巳上大小乗調伏藏竟自下諸録所紀
及拾遺編入大小乗對法藏具列於左

菩薩對法藏一百一十七部六百二十九卷

六十一帙

大乘論乃有二類一者解釋契經二者詮法體相舊録所載雜而編之今所集者以爲二例釋經者列之於前詮法者編之於後庶無雜糅覽者易知

大乘釋經論二十一部一百五十五卷一十五帙

大智度論一百卷九十品

龍樹菩薩造

姚秦三藏鳩摩羅什譯

此論蕃本闕彼蕃有疑折辨入藏

上一論一百卷十帙　滿至好十號

梵云怛沙　布麻迦　沙悉特囉二合

十地經論十二卷或十五卷

天親菩薩造

元魏天竺三藏菩提留支譯

上一論十二卷一帙蕃本同　爵字號

彌勒菩薩所問經論五卷或七卷或十卷

元魏天竺三藏菩提留支譯

此論蕃本闕

梵云阿囉忒三合拏　姑怛　沙悉特囉二合

大乘寶積經論四卷

元魏天竺三藏菩提留支譯

此論與蕃本同

寶髻菩薩四法經論一卷

天親菩薩造

元魏天竺三藏毗目智仙等譯單本出序記

上三論十卷同帙　自字號

此論蕃本闕
梵云䐑怛　布麻　蘇怛囉二合　沙悉特囉
佛地經論七卷
親光等菩薩造
唐三藏玄奘譯出内典録
梵云瓦枳囉　這怛迦
金剛般若論二卷
無著菩薩造
隋天竺三藏達磨笈多譯出内典録
右二論與蕃本同
能斷金剛般若波羅蜜多經論頌二卷
無著菩薩造
唐天后代三藏不空譯
此論蕃本闕

上三論一十卷同帙　靡字號
梵云瓦枳囉　這怛迦　拏麻
金剛般若經論三卷
天親菩薩造
元魏天竺三藏菩提留支譯第一譯
能斷金剛般若波羅蜜多經論三卷
無著頌世親釋
唐天后代三藏義淨譯第二譯
右二論及頌同本異譯與蕃本同
金剛般若破取著不壞假名論二卷亦名功德論
功德施菩薩造
唐天竺三藏地婆訶羅譯
此論蕃本闕
梵云阿剌二合亞　迦乎　室利沙　蘇怛二合
提迦

文殊師利問菩提經論二卷（亦名伽耶山頂經論）

天親菩薩造

元魏天竺三藏菩提留支譯

梵云薩怛囉（二合）麻　逩怛剎迦　沙悉特囉

妙法蓮華經論一卷

天親菩薩造

元魏天竺三藏勒那摩提共僧朗譯

右五論一十一卷同帙　都字號

法華經論二卷（或一卷）

元魏天竺三藏菩提留支共曇林譯

右二論同本異譯與蕃本同

梵云阿唎（二合）亞　尾失沙　眞地　必囉訶

（二合）麻拏　嚩哩嚩哩扎　蘇怛囉（二合）　提迦

勝思惟梵天所問經論四卷（或三卷）

元魏天竺三藏菩提留支譯

此論與蕃本同

涅槃論一卷

天親菩薩造

元魏天竺三藏達磨菩提譯（出内典録）

涅槃經本有今無偈論一卷

梁天竺三藏眞諦譯

遺教經論一卷

陳天竺三藏眞諦譯

右三論蕃本闕

梵云阿唎（二合）亞　阿鉢囉（二合）彌怛　阿喻失

蘇怛囉（二合）

無量壽經論一卷

天親菩薩造

元魏天竺三藏菩提流支譯

三具足經論一卷

天親菩薩造
元魏天竺三藏毗目智仙等譯
轉法輪經論一卷
天親菩薩造
元魏天竺三藏毗目智仙等譯
右三論前一論蕃本同後二論蕃本闕
上八論十卷同帙　邑字號
大乘集義論九十六部四百七十四卷四十
六帙
梵云薩哈怛　怛　沙布麻迦　沙悉特囉（二合）
欲迦荼囉（二合）牙布麻
瑜伽師地論一百卷（總有五分）
彌勒菩薩説
唐三藏玄奘譯
此論梁代眞諦譯者名十七地只得五
卷北涼曇無讖譯地持論俱成十卷乃
是本地分中菩薩地此當第三譯前二
少分今方備矣
上論一百卷十帙蕃本同華至洛十號
顯揚聖教論二十卷（一十品）
無著菩薩造
唐三藏玄奘譯（出內典録）
上一論二十卷二帙蕃本同　浮渭二號
瑜伽師地論釋一卷
最勝子菩薩造
唐三藏玄奘譯（出翻經圖）
顯揚聖教論頌一卷（十一品）
無著菩薩造
唐三藏玄奘譯
正法正理論一卷

彌勒菩薩造
唐三藏玄奘譯
大乘阿毗達磨集論七卷二分八品
無著菩薩造
唐三藏玄奘譯
上四論十卷同帙蕃本闕　據字號
大乘阿毗達磨雜集論十六卷二分八品
安惠菩薩釋
唐三藏玄奘譯
此論蕃本闕
梵云必囉你三合亞　泼囉　沙悉特囉二合提
迦
中論四卷二十七品
龍樹菩薩本
梵志青目釋

姚秦三藏鳩摩羅什譯
此論與蕃本同
上二論二十卷二帙　涇宫二號
般若燈論釋十五卷二十七品
龍樹本頌
分別明釋
唐天竺三藏波羅頗蜜多羅譯
此論與中論本同釋異西蕃本闕
十二門論一卷十二門
龍樹菩薩造
姚秦三藏鳩摩羅什譯
十八空論一卷或云十六或云十七十四
陳天竺三藏真諦譯出翻經圖
百論二卷一十品
提婆菩薩造

天親開士釋
姚秦三藏鳩摩羅什譯
廣百論本一卷八品
聖天菩薩造
唐三藏玄奘譯
右四論蕃本闕
上五論二十卷二帙　殿盤二號

大元至元法寶勘同總録卷第八

大元至元法寶勘同總録卷第九

元講經律論沙門慶吉祥等奉　詔集

大乘廣百論釋論十卷八品

聖天本

護法釋

唐三藏玄奘譯

上一論十卷一帙　鬱字號

十住毗婆沙論十四卷或十二十五三十五品

龍樹造

姚秦三藏鳩摩羅什譯

右二論蕃本闕

菩提資粮論六卷

龍樹菩薩本

比丘自在釋

隋天竺三藏達磨笈多譯

上二論二十卷二帙　樓觀二號

梵云蘇怛囉二合　阿浪迦囉　提迦

大乘莊嚴經論十三卷或十五二十四品

無著菩薩造

唐天竺三藏波羅婆蜜多羅譯

上一論十三卷一帙　飛字號

梵云蘇怛囉二合　阿浪迦囉　沙悉特囉二合

大莊嚴經論十五卷或十卷

馬鳴菩薩造

姚秦三藏鳩摩羅什譯

右三論與蕃本同

順中論二卷

無著菩薩造

元魏婆羅門瞿曇般若流支譯

攝大乘論三卷十段

無著菩薩造
陳天竺三藏眞諦譯第二譯
右二論前一論蕃本闕後一論蕃本同
上三論二十卷二帙　驚圖二號
攝大乘論二卷
無著菩薩造
元魏天竺三藏佛馱扇多譯第譯
攝大乘論本三卷十一分
無著菩薩造
唐三藏玄奘譯第三譯
右三論同本異譯與蕃本同
攝大乘論釋十五卷或十二十段
世親釋
陳天竺三藏眞諦譯第二譯
上三論二十卷二帙　寫禽二號

攝大乘論釋論十卷十段
世親釋
隋天竺三藏達磨笈多譯第二譯
上一論十卷一帙　獸字號
攝大乘釋論十卷十一分
世親造
唐三藏玄奘譯第三譯
上一論十卷一帙　畫字號
攝大乘論釋十卷十一分
無性菩薩造
唐三藏玄奘譯
右四論本同譯異
上一論十卷一帙　彩字號
佛性論四卷總四分十六品
天親菩薩造

陳天竺三藏眞諦譯

決定藏論三卷一品

失造人名

陳天竺三藏眞諦譯

右六論蕃本闕

梵云麻底二合牙　顔怛　尾拔迦二　吉蘭怛

辯中邊論頌一卷七品

彌勒菩薩造

唐三藏玄奘譯

此論與蕃本同

中邊分別論二卷七品

天親菩薩造

陳天竺三藏眞諦譯第一譯

上四論十卷同帙　仙字號

辯中邊論三卷七品

世親造

唐三藏玄奘譯第二譯

右二釋論同本異譯蕃本闕

梵云麻訶衍拏　烏怛羅　單特囉二合　沙

悉特囉二合

究竟一乘寶性論四卷或三五卷三段二十一品

元魏天竺三藏勒那摩提譯

梵云迦囉二合麻悉怛必囉　迦囉拏沙悉特

囉二合

業成就論一卷

天親菩薩造

元魏天竺三藏毗目智仙等譯第譯

大乘成業論一卷

天親菩薩造

唐三藏玄奘譯第二譯

右二論同本異譯與蕃本同
梵云你牙壓 塗瓦囉 怛囉(二合)迦沙悉
特囉(二合)
因明正理門論本一卷
大域龍菩薩造
唐三藏玄奘譯(第一譯)
上五論十卷同帙 靈字號
因明正理門論一卷
大域龍菩薩造
唐三藏玄奘譯(第二譯)
右二論同本異譯
梵云你牙壓 必囉尾沙 怛囉(二合)迦沙悉
特囉(二合)
因明入正理論一卷
商羯羅主菩薩造

唐三藏玄奘譯
右三論與蕃本同
顯識論一卷(梵云顯識品從無相論出二品從)
天竺三藏眞諦譯(附陳代録)
轉識論一卷(從前論出)
陳天竺三藏眞諦譯(附陳代録)
右二論蕃本闕
梵云尾底(二合)牙 麻伭囉 悉底
唯識論一卷(亦名破色心論)
元魏婆羅門瞿曇般若流支譯(第一譯)
唯識論一卷
陳天竺三藏眞諦譯(第二譯)
唯識二十論一卷
右三論天親菩薩造
唐三藏玄奘譯(第三譯出斷結圖)

右三論同本異譯
唯識三十論一卷
天親菩薩造
唐三藏玄奘譯 出內典録
右四論與蕃本同
成唯識寶生論五卷 亦名二十唯識順釋論
護法造
唐天后代三藏義淨譯
此論蕃本闕
上九論十三卷同帙　丙字號
成唯識論十卷
護法等菩薩造
唐三藏玄奘譯
此論蕃云對同未見其本
上一論十卷一帙　舍字號

梵云麻訶晡嚕沙　沙悉特囉 二合
大丈夫論二卷 二十九品
提婆羅造
北凉沙門道泰譯 出翻經圖
此論與蕃本同
入大乘論四卷 三品
堅意菩薩造
北凉沙門道泰譯 出內典録
大乘掌珎論二卷
清辯菩薩造
唐三藏玄奘譯 單本
右二論蕃本闕
梵云盤扎　悉干怛迦　沙悉特囉 二合
大乘五蘊論一卷
唐三藏玄奘譯

此論與蕃本同
大乘廣五藴論一卷與前異
安惠造
唐中天竺三藏地婆訶羅譯單本
寶行王正論一卷五品
陳天竺三藏眞諦譯單本
大乘起信論一卷
馬鳴菩薩造
梁天竺三藏眞諦譯第一譯
上七論十卷同帙　傍字號
大乘起信論二卷
馬鳴菩薩造
唐天后代三藏實叉難陀譯
上二論同本異譯
右四論蕃本闕

發菩提心論二卷或云發菩提心經十二品
姚秦三藏鳩摩羅什譯
此論與蕃本同
三無性論二卷或一卷出無相論
陳天竺三藏眞諦譯單本
方便心論一卷或二卷四品
元魏西域沙門吉迦夜共曇曜譯
右二論蕃本闕
梵云怛羅二合迦　沙悉特羅
如實論一卷三品
梁天竺三藏眞諦譯
無相思塵論一卷
陳天竺三藏眞諦譯第一譯
觀所縁論一卷
陳那菩薩造

唐三藏玄奘譯第二譯
右二論同本異譯
觀所緣論釋一卷
護法造
唐天后代三藏義淨譯
右四論與蕃本同
上八論十一卷同帙 啓字號
回諍論一卷四品
龍樹菩薩造
元魏天竺三藏毗目智仙等譯
緣生論一卷
聖者鬱楞伽造
隋天竺三藏達磨笈多譯
右二論蕃本闕
梵云毗囉伍二合提牙 三沒怛 拔怛二合

十二因緣論一卷
淨意造
元魏天竺三藏菩提留支譯
此論與蕃本同
壹輸盧迦論一卷
龍樹菩薩造
元魏婆羅門瞿曇般若留支譯
取因假設論一卷
陳那菩薩造
唐天后代三藏義淨譯
觀總相論頌一卷
陳那菩薩造
唐天后代三藏義淨譯
止觀門論頌一卷總七十七頌
世親造

唐三藏義淨譯

手杖論一卷

尊者釋迦稱造

唐天后代三藏義淨譯

六門教授習定論一卷

無著本

世親造

唐天后代三藏義淨譯

大乘法界無差別論一卷

堅惠菩薩造

唐天后代于闐三藏提雲般若譯

法界無差別論一卷

失譯人名（附洪法録）

右八論蕃本闕

大乘百法明門論一卷

提婆菩薩造

唐三藏玄奘譯

百字論一卷

提婆菩薩造

元魏天竺三藏菩提留支譯

解捲論一卷

陳那菩薩造

陳天竺三藏真諦譯（第一譯）

掌中論一卷

陳那菩薩造

唐天后代三藏義淨譯（第一譯）

上二論同本異譯

右四論與蕃本同

破外道小乘四宗論一卷

提婆菩薩造

元魏天竺三藏菩提留支譯
破外道小乘涅槃論一卷
提婆菩薩造
元魏天竺三藏菩提留支譯
右二論與蕃本同
上十七論十七卷同帙　甲字號
已上開元録所紀大乘論竟自下貞元
續録内大乘論唯有二部具列于後
大乘縁生論一卷
唐三藏大廣智不空譯
金剛頂瑜伽中發阿耨多羅三藐三菩提心
論一卷
唐天竺三藏大廣智不空譯
右二論與蕃本同
已上貞元録所紀大乘論竟自下祥符
録所紀大乘論備列於左
佛母般若波羅蜜多圓集要義論一卷
大域菩薩造
宋天竺三藏施護譯
佛母般若波羅蜜多圓集要義論釋四卷
大三寳尊者造
宋天竺三藏施護譯
右二論蕃本闕
上四論十卷同帙　帳字號
廣釋菩提心論四卷
蓮華戒菩薩造
宋天竺三藏施護譯
菩提心離相論一卷
龍樹菩薩造
宋天竺三藏施護譯

大乘二十頌論一卷
大龍樹造
宋天竺三藏施護譯
六十頌如理論一卷
大龍樹造
宋天竺三藏施護譯
上四論七卷同帙與蕃本同　對字號
集諸法寶最上義論二卷
善寂菩薩造
宋天竺三藏施護譯
集大乘相論二卷
覺吉祥菩薩造
宋天竺三藏施護譯
大乘破有論一卷
大龍樹造

宋天竺三藏施護譯
諸教決定名義論一卷
大彌勒菩薩造
宋天竺三藏施護譯
金剛針論一卷
法稱菩薩造
宋天竺三藏法天譯
上五論七卷同帙蕃本闕　楹字號
巳上祥符録所紀大乘論竟巳下景祐
録所紀大乘論具列於左
大乘寶要義論十卷
失造人名
宋天竺三藏法護譯
上一論十卷一帙　肆字號
大乘中觀論十八卷

安惠造

宋天竺三藏法天譯（內題云法護譯）

上一論十八卷二帙　筵設二號

大乘集菩薩學論二十五卷

法稱菩薩造

宋沙門日稱等譯（新編入録）

上一論二十五卷二帙　席鼓二號

菩薩本生鬘論十六卷

聖勇寂變聖天等造

宋沙門紹德等譯（新編入録）

上一論十六卷二帙　瑟吹二號

大宗地玄文本論八卷

馬鳴菩薩造

陳天竺三藏眞諦譯（新編入録）

右五論蕃本闕

上一論八卷一帙　笙字號

梵云摩訶衍拏　尾牙極牙拏　沙悉特囉

釋摩訶衍論十卷

龍樹菩薩造

天竺三藏筏提摩多譯（新編入録）

此論蕃云有本未至於此

上一論十卷一帙　陛字號

聲聞對法藏三十八部七百八卷七十三帙

此對法藏諸部不同今者據其有部根本身論爲初足論居次毗婆沙等支派編末其餘部類相次編之

梵云阿毗達囉（二合）麻　印牙拏　毗羅亦思（二合）怛拏　沙悉特囉（二合）

阿毗曇八揵度論三十卷（四十四跋渠）

迦旃延造

苻秦罽賓三藏僧伽提婆共竺佛念

譯第一譯

上一論三十卷三帙　階納陛三號

阿毗達磨發智論二十卷八犍度四十四納息

迦多衍尼子造

唐三藏玄奘譯

右二論同本異譯

上一論二十卷二帙　弁轉二號

梵云阿毗達囉二合麻　悉干怛　拔怛

阿毗達磨法蘊足論十二卷二十一品

大目連造

唐三藏玄奘譯出內典録

上一論十二卷一帙　疑字號

梵云阿毗達囉二合麻　喪吉怛　⿱癶哩牙壓⿰口癹怛二合

阿毗達磨集異門足論二十卷十二品

舍利子說

唐三藏玄奘譯

上一論二十卷二帙　星右二號

梵云尾底牙二合拏　迦亞　⿰口癹怛二合

阿毗達磨識身足論十六卷六品

提婆設摩造

唐三藏玄奘譯佛滅度後一百年造

梵云達都迦牙　⿰口癹怛二合

阿毗達磨界身足論三卷十六門二品

世友造

唐三藏玄奘譯佛滅度後三百年造

右六論與蕃本同

上三論十九卷二帙　通廣二號

梵云阿毗達囉二合麻毗囉　迦囉拏　⿰口癹怛

二合

衆事分阿毗曇論十二卷 八品

世友造

宋天竺三藏求那跋陀羅共菩提耶舍譯 第一譯

阿毗達磨品類足論十八卷 八品

世友造

唐三藏玄奘譯 第二譯

右二論同本異譯與蕃本同

上二論三十卷三帙　内左達三號

梵云阿毗達囉 二合 麻　麻訶外拔沙　沙悉特囉 二合

阿毗曇毗婆沙論六十卷 十六品

五百大阿羅漢造

北涼天竺三藏浮陀跋摩共道泰譯 第一譯

上一論六十卷六帙　承至典六號

阿毗達磨大毗婆沙論二百卷 四十三納息

五百大阿羅漢造

唐三藏玄奘譯 第二譯 佛滅度後四百年造

右二論同本異譯與蕃本同

上一論二百卷二十帙　亦至卿二十號

梵云阿毗達囉 二合 麻　哥沙　沙悉特囉 二合

俱舍釋論二十二卷 九品

世親造

陳天竺三藏眞諦譯 第一譯

梵云阿毗達囉 二合 麻　哥沙　迦哩迦

俱舍論本頌一卷 六百頌八品配

世親造

唐三藏玄奘譯 第二譯

上二論二十三卷三帙　户封八三號
俱舍論三十卷九品
世親造
唐三藏玄奘譯第二譯
上一論三十卷三帙　縣家給三號
梵云你牙歷　阿耨薩囉　沙悉特囉二合
順正理論八十卷八品
尊者衆賢造
唐三藏玄奘譯
上一論八十卷八帙　千至轂八號
梵云阿毗達囉二合麻　毗囉　迦囉麻　沙
薩拏　沙悉特囉二合
顯宗論四十卷九品
尊者衆賢造
唐三藏玄奘譯

右二部論與俱舍論頌同釋異
上一論四十卷四帙　振至禄四號
梵云阿毗達囉二合麻　訶囉二合怛牙
阿毗曇心論四卷或無論字十品
尊者法勝造
東晉罽賓三藏瞿曇僧伽提婆譯
右六論與蕃本同
法勝阿毗曇心論六卷或七卷十品
大德優波扇多造
高齊天竺三藏那連提舍共法智譯
上二論十卷同帙　侈字號
雜阿毗曇心論十一卷亦云雜阿毗曇毗婆沙或十四卷十一品
尊者法救造
宋天竺三藏僧伽跋摩等譯
右二論蕃本闕

上三論俱名阿毗曇心然其所釋廣略有異

梵云阿毗達囉(二合)麻　阿彌哩怛　沙悉特囉(二合)

阿毗曇甘露味論二卷(或云甘露味阿毗曇論十六品)

尊者瞿沙造

曹魏失譯人名

此論與蕃本同

隨相論一卷(亦名求那摩諦隨相論或三卷十六諦)

德惠師造

陳天竺三藏真諦譯

上三論十四卷二帙　富車二號

尊婆須蜜所集論十卷(或十四十二卷十一品十四揵度)

婆須蜜造

苻秦罽賓三藏僧伽跋澄譯

上一論十卷一帙　駕字號

三法度論二卷(或無論字或云經或三卷或一卷三品)

東晉罽賓三藏瞿曇僧伽提婆譯

入阿毗達磨論二卷

尊者塞建陀羅陀造

唐三藏玄奘譯

右四論蕃本闕

上二論四卷一帙　肥字號

成實論二十卷(二百二品)

訶梨跋摩造

姚秦三藏鳩摩羅什譯

上一論二十卷二帙蕃本同　輕策　號

立世阿毗曇論十卷(或無論字或十五卷二十五品)

陳天竺三藏真諦譯

此論蕃有少疑折辨入藏

上一論十卷一帙　功字號

解脫道論十二卷 或十三卷十二品

梁扶南三藏僧伽婆羅譯

上一論十二卷一帙　茂字號

舍利弗阿毗曇論二十二卷 或二十卷或三十卷四分三十三品

姚秦罽賓三藏曇摩耶舍共曇摩崛多譯

五事毗婆沙論二卷 亦云阿曇達磨五事論三品

尊者法救造

唐三藏玄奘譯

上二論二十四卷三帙　實勒碑三號

鞞婆沙論十四卷 亦云鞞婆沙阿毗曇論四十二處

阿羅漢尸陀盤尼撰

苻秦罽賓三藏僧伽跋澄譯

三彌底部論三卷 或無部字或四卷

失譯人名 附三秦録

右五論蕃本闕

上二論十七卷二帙　刻銘二號

分別功德論四卷 或云分別功德經或三卷五卷

失譯人名 附後漢録據法上録云竺法護譯者非

四諦論四卷 六品

婆藪跋摩造

陳天竺三藏眞諦譯

辟支佛因緣論二卷 此有九處

失譯人名 今附秦録

十八部論一卷

失譯人名 附三秦録第一譯

部執異論一卷 亦名部異執論

陳天竺三藏眞諦譯 第二譯

異部宗輪論一卷

世友造

唐三藏玄奘譯（出翻經圖第三譯）

右三論同本異譯

上六論十三卷同帙蕃本闕　磻字號

梵云必囉（二合）地　壓必（二合）地　嚩怛沙悉特囉（二合）

施設論七卷

失造人名

宋天竺三藏法護譯（今編入録）

此論與蕃本同

入對法論集勝義疏三卷

彌多羅造

唐三藏玄奘譯（宋朝收入論藏今遂編入）

此論蕃本闕

上二論十卷同帙　溪字號

有譯有本聖賢傳記

傳記録者佛滅度後聖賢弟子之所撰集雖非三藏正典然亦助揚玄化於此之中總爲五類一讃揚佛德二明法真理三述僧行軌四摧邪護法五外宗異執以類科分莫過此五五中所辯通大小乘於此類中更開二例梵本翻譯者居先此土傳揚者於後庶東西不雜覽者易悉

梵本翻譯集傳九十三部二百二十八卷二十帙

佛所讃經傳五卷（亦云佛本行二十八品）

馬鳴菩薩造

北凉天竺三藏曇無讖譯

此傳蕃本闕
佛本行經七卷亦名本行讚傳三十一品
宋凉州沙門寶雲譯
此經與蕃本同
上二集十二卷同帙　伊字號
撰集百緣經十卷十品各十緣
吳月支優婆塞支謙譯
上一經十卷一帙與蕃本同　尹字號
出曜經二十卷或云出曜論或十九卷二十四品
姚秦凉州沙門竺佛念譯於苻秦代
此經蕃本闕
賢愚經十三卷河西惠覺等八人分聽各記後集六十九品
元魏凉州沙門惠覺等譯在高昌郡
此經與蕃本同
上二經二十三卷四帙　佐至衡四號

道地經一卷總七章
後漢安息三藏安世高譯
此經是後修行道地經之少分異譯
修行道地經六卷或直云修行經三十品
衆護撰
西晉三藏竺法護譯第三譯
右二經同本異譯蕃本闕
僧伽羅刹所集經五卷
僧伽羅刹撰
苻秦罽賓三藏僧伽跋澄譯
上三集十卷同帙　奄字號
百喻經四卷或五卷九十八喻
僧伽斯那撰
蕭齊天竺三藏求那毗地譯
菩薩本緣經三卷或四卷一卷八品

僧伽斯那撰

吳月氏優婆塞支謙譯

右三經蕃本闕

大乘修行菩薩行門諸經要集三卷總四十一部六十六條

唐志相寺沙門智嚴譯

上三集十卷同帙　宅字號

付法藏因緣傳六卷或無因緣字或四卷五卷

元魏西域三藏吉迦夜共曇曜譯

坐禪三昧經三卷亦名菩薩禪法經或云禪經或二卷

姚秦三藏鳩摩羅什譯

佛醫經一卷亦云佛醫王經

吳天竺沙門竺律炎共支越譯

惟日雜難經一卷

吳月氏優婆塞支謙譯

佛般泥洹摩訶迦葉赴佛經一卷亦云迦葉赴佛般涅槃經

東晉西竺三藏竺曇無蘭譯

菩薩訶色欲法一卷或加經字

姚秦三藏鳩摩羅什譯

四品學法經一卷或無經字

宋天竺三藏求那跋陀羅譯

佛入涅槃密跡金剛力士哀戀經一卷

失譯人名今附秦録

迦旃延說法沒盡偈經一卷一百二十章

失譯人名附西晉録

佛治身經一卷

失譯人名附西晉録

治意經一卷或云佛治意經

失譯人名附西晉録

右十二經蕃本闕
上十一經十八卷同帙　曲字號
雜寶藏經八卷或爲十卷一百二十録
元魏西竺三藏吉迦共曇曜譯
那先比丘經二卷或直云那先經或三卷
失譯人名附東晋録
右二經蕃本闕
上二經十卷同帙　阜字號
五門禪經要用法一卷
佛陀蜜多撰
宋罽賔三藏曇摩蜜多譯
達磨多羅禪經二卷又名不淨觀禪經修行方便十七段
東天竺三藏佛陀跋羅譯
禪法要解經二卷亦名禪要經
姚秦三藏鳩摩羅什譯
禪要訶欲經一卷題云禪要經訶欲品一品
後漢失譯人名昇編入録
内身觀章句經一卷
後漢失譯人名昇編入録
法觀經一卷
西晋三藏竺法護譯拾遺編入
思惟要略法一卷總九觀法
姚秦三藏鳩摩羅什譯
十二遊經一卷
東晋西竺三藏迦留陀伽譯
舊雜譬喻經二卷亦名雜譬喻集經
吳天竺三藏康僧會譯
雜譬喻經一卷
後漢月支三藏支婁迦讖譯
上十經十三卷同帙蕃本闕　微字號

雜譬喻經二卷亦名菩薩度人經
失譯人名附後漢録
衆經撰出雜譬喻經一卷
比丘道略集
姚秦三藏鳩摩羅什譯
阿育王譬喻經一卷題云天尊説阿育王譬喻古以佛爲天尊
失譯人名附東晉録
此經與前卷廣略有異
阿育王經十卷或加大字二十三緣
梁扶南三藏僧伽婆羅譯第二譯
上四經十四卷同帙蕃本闕　旦字號
阿育王傳七卷亦云大阿育王經十緣
西晉安西三藏安法欽譯第二譯
右二傳同本異譯佛涅槃後一百年餘育王出世方有此集
阿育王息壞目因緣經一卷亦名王子法益壞目因緣經
苻秦天竺三藏曇摩難提譯第三譯
右傳總三百四十三首盧一首盧三十
二字
四阿含暮抄解二卷九品
阿羅漢婆素跋陀撰
苻秦西竺三藏鳩摩羅佛提譯
上三經十卷同帙蕃本闕　孰字號
法句經二卷亦名法集經三十九品
法救撰
吳天竺三藏維祇難等譯
右經凡七百五十二章章即偈也或四
句或六句爲一章

大元至元法寶勘同總録卷第九

大元至元法寶勘同總録卷第十

元講經律論沙門慶吉祥等奉 詔集

法句譬喻經四卷 亦名法句本末經或五卷六卷三十九品

西晉沙門法立共法炬譯 第二譯

右集六十八縁前經但偈此兼因縁比前偈文此略不備又前後偈文互有增減

迦葉結經一卷

後漢三藏安世高譯

撰集三藏及雜藏傳一卷

失譯人名 附東晉録

三慧經一卷

失譯人名 今附凉録

阿毗曇五法行經一卷 亦云阿毗曇苦惠經或無行字

後漢安西三藏安世高譯

阿含口解十二因縁經一卷 亦直云阿含口解經亦云斷十二因縁經

後漢安息三藏塞安玄嚴佛調譯

小道地經一卷

後漢天竺三藏支曜譯

文殊師利發願經一卷 或加偈字

東晉天竺三藏佛陀羅譯

六菩薩名一卷

失譯人名 附後漢録

一百五十讚佛頌一卷

尊者摩咥里制吒造

唐三藏義淨譯 於那爛陀寺譯

讚觀世音菩薩頌一卷

唐天后代佛授記寺慧智譯

上十二集十六卷同帙蕃本闕營字號

無明羅刹集一卷 亦云無明羅刹經或二卷

失譯人名 今附秦録

馬鳴菩薩傳一卷

姚秦三藏鳩摩羅什譯 一紙十五行

龍樹菩薩傳一卷

姚秦三藏鳩摩羅什譯

提婆菩薩傳一卷

姚秦三藏鳩摩羅什譯

婆藪盤豆法師傳一卷

陳天竺三藏眞諦譯 第二譯

龍樹菩薩爲禪陀迦王說法要傳偈一卷

宋罽賓三藏求那跋摩譯 第二譯

勸發諸王要偈一卷

龍樹菩薩撰

宋天竺三藏僧伽跋摩譯 第二譯

右二經同本異譯 梵云諸經藏連爲一卷今分爲二軸

龍樹菩薩勸誡王訟一卷

失譯人年代

賓頭盧突羅闍爲優陀延王說法經一卷

宋天竺三藏求那跋陀羅譯 單譯异云又有賓頭盧爲王說法經一卷文與此同故不雙出

請賓頭盧法一卷 或加經字

宋沙門慧簡譯 第二譯

分別業報略一卷 大勇菩薩或加集字

宋天竺三藏僧伽跋摩譯 單本

迦丁比丘說當來變經一卷

失譯人名 今附宋録單本

大阿羅漢難提蜜多羅所說法住偈一卷

唐三藏玄奘譯 單本

金七十論三卷 亦云僧法論或二卷又外道迦毗羅仙人造明二十五大

等諦非是佛法所謂數論是也
陳天竺三藏眞諦譯 單本
勝宗十句義論一卷 慧月造明十句義衛世師論是其勝數二論非是佛法
唐三藏玄奘譯 出翻經圖單本
上十五集十七卷同帙　桓字號
已上開元録所紀西方聖賢集竟自下
祥符録所紀西方聖賢集具列于左總
二十一部計二十九卷三帙
菩提行經四卷 八品
龍樹菩薩造
宋天竺三藏天息災譯 單本
法集要頌經四卷 三十三品
法救尊者造
宋天竺三藏天息災譯 單本

法集名數經一卷
宋西域三藏施護譯
菩提心觀釋一卷
宋西域三藏法天譯
上四集一十卷同帙　公字號
佛吉祥德讚三卷
尊者寂友造
宋天竺三藏施護譯
聖觀自在菩薩功德讚一卷
宋天竺三藏施護譯
佛三身讚一卷
宋三藏法賢譯
佛一百八名讚一卷
宋天竺三藏法天譯
聖多羅菩薩梵讚一卷

宋天竺三藏施護譯
文殊師利一百八名梵讚一卷
宋天竺三藏施護譯
聖觀自在菩薩梵讚一卷
宋三藏法賢譯
犍稚梵讚一卷
宋三藏法賢譯
上八集一十卷同帙　輔字號
八大靈塔名號經一卷
宋三藏法賢譯
八大靈塔梵讚一卷
宋三藏法賢譯
三身梵讚一卷
宋三藏法賢譯
此讚祥符録中雖二名今勘藏本唯有一部譯人既同定是重本此三讚合一卷
七佛讚唄伽陀一卷
宋西域三藏法天譯
賢聖集伽陀一百頌一卷
宋天竺三藏天息災譯
廣大發願頌一卷
龍樹菩薩造
宋天竺三藏施護譯
勝軍化世百喻伽陀經一卷
宋天竺三藏天息災譯
讚法界頌一卷八十七頌
龍樹菩薩造
宋西域三藏施護譯
六道伽陀經一卷

宋西域三藏法天譯
上九集九卷同帙　合字號
已上諸録所紀西方集竟自下拾遺編
入西方集等具彰於左
福蓋正行所集經十二卷
龍樹菩薩造
宋三藏日稱等譯
尼乾子問無我義經一卷
馬鳴菩薩造
宋三藏日稱等譯
事師法五十頌一卷
馬鳴菩薩造
宋三藏日稱等譯
六趣輪回經一卷
馬鳴菩薩造

宋三藏日稱等譯
十不善業道經一卷
馬鳴菩薩造
宋三藏日稱等譯
上五集十六卷二帙　濟弱二號
諸法集要經十卷
觀無爲尊者造
宋三藏日稱等譯
上一集十卷二帙　扶字號
已上西方聖賢集竟次下東土聖賢集
傳具列如左
釋迦譜十卷三十四緣
蕭齊建初寺沙門僧祐撰出長房録
釋迦氏略譜一卷或無略字五科八跡
唐西明寺沙門道宣撰出内典録

釋迦方誌二卷八篇
唐西明寺沙門道宣撰出内典録
上三集十三卷二帙　傾綺二號
經律異相五十卷總二十一部共六百三十九條
梁天監十五年勑寶唱等撰出長房録
上一集五十卷五帙　回至感五號
陀羅尼雜集十卷七佛呪等總百八十五首
未詳撰者今附梁録
上一集十卷一帙　武字號
諸經要集二十卷條有一千部唯三十
唐西明寺沙門玄惲撰
上一集二十卷三帙　丁俊乂三號
出三藏記集十五卷總四段
蕭齊建初寺沙門僧祐撰

衆經目録七卷總九段四十二分
隋開皇十四年勑沙門法經等撰
上二集一十二卷二帙　密勿二號
開皇寶録十五卷内典録歷代三寶紀
隋開皇十七年翻經學士臣費長房撰
衆經目録五卷總五分
隋仁壽二年勑沙門及學士等撰
上二集二十卷二帙　多士二號
大唐内典録十卷十段
唐西明寺沙門道宣撰
上一集十卷一帙　實字號
續大唐録一卷
唐西崇福寺沙門智昇撰
古今譯經圖記四卷

唐翻經沙門靖邁撰
續古今譯經圖記一卷
唐西崇福寺沙門智昇撰
大周刊定衆經目録十五卷
唐天后勅佛授記寺沙門明佺撰
上四集二十一卷二帙　寧晉二號
開元釋教録二十卷
唐西崇福寺沙門智昇撰
上一集二十卷二帙　楚更二號
一切經音義二十五卷
唐沙門玄應撰（出内典録）
新譯華嚴經音義二卷
唐淨法寺沙門慧苑撰
上二集二十七卷四帙　覇至困四號
大唐西域記十二卷（總一百三十八國）

唐三藏玄奘撰（出内典録）
集古今佛道論衡四卷（或三卷總三十段）
唐西明寺沙門道宣撰
續集古今佛道論衡一卷
唐西崇福寺沙門智昇撰
上三集十七卷二帙　横假二號
東夏三寶感通録三卷（總三段二十緣）
唐西明寺沙門道宣撰（出内典録）
集沙門不拜俗儀六卷（總三段）
唐弘福寺沙門彦悰撰（出内典録）
上二集九卷同帙　途字號
大唐慈恩寺三藏法師傳十卷（往來二十七年凡見聞一百三十國）
唐西太原寺沙門慧立撰
上一集十卷一帙　滅字號

大唐西域求法高僧傳二卷總五十六人
唐三藏義淨撰
法顯傳一卷亦云歷遊天竺記傳
東晉沙門法顯自説遊天竺事
高僧傳十四卷總十科
梁會稽嘉祥寺沙門慧皎撰出長房録
上三集十七卷二帙　號踐二號
續高僧傳三十卷總十科
唐西明寺沙門道宣撰出內典録
上一集三十卷四帙　土至何四號
辯正論八卷一十二篇
唐終南山龍田寺釋失名撰
上一集八卷一帙　遵字號
破邪論二卷或三卷
唐終南山龍田寺釋失名撰

甄正論二卷或三卷
唐天后代佛授記寺沙門玄嶷撰
十門辯惑論二卷或三卷總十段
唐大興善寺沙門復禮撰
弘明集十四卷三十二論二十二段
梁建初寺沙門僧祐撰出長房録
上四集二十卷二帙　約法二號
廣弘明集三十卷總十篇
唐西明寺沙門道宣撰出內典録
上一集三十卷四帙　韓至刑四號
集諸經禮懺儀二卷
唐西崇福寺沙門智昇撰
大唐南海寄歸內法傳四卷總四十章
唐三藏義淨撰
比丘尼傳三卷凡六十五人

梁莊嚴寺沙門寶唱撰
別說罪要行法一卷（或無別字）
唐天后代三藏義淨撰
受用三水要法一卷
唐三藏義淨撰
護命放生軌儀一卷
唐三藏義淨撰
上六集十二卷同帙　起字號
已上開元録所記東土聖賢集竟自下弘法入藏録所記東土聖賢集具列如左（今略記録集傳題名及撰述人餘品章段至文當知）
一切經音義一百卷
沙門慧林撰
上一集一百卷十帙　翦至沙十號
續一切經音義一十卷
沙門希麟集
上一集十卷一帙　漢字號
護法沙門法林別傳三卷
唐弘福寺沙門彥悰集
貞元續開元釋教録三卷
唐西明寺臨壇沙門圓照集
上二集六卷同帙　馳字號
法苑珠林一百卷
西明寺沙門道世集
上一集一百卷十帙　譽至泰十號
釋教最上乘祕密藏陀羅尼集三十卷
沙門行琳集
上一集三十卷三帙　幷嶽宗三號
一切佛菩薩名集二十二卷
沙門思孝集

上一集二十二卷二帙　泰岱二號
新編隨願往生集二十卷
沙門非濁集
上一集二十卷二帙　禪主二號
大方廣佛華嚴經隨品讚十卷
聖文神武睿孝皇帝御製
上一集十卷一帙　云字號
大方廣佛華嚴經論一百卷唐集宋收
靈辯撰
上一集一百卷十帙　亭至昆十號
廣品歷章三十卷
沙門玄逸撰
上一集三十卷三帙　池碣石三號
注維摩詰經十卷
姚秦鳩摩羅什及僧肇等釋

上一集十卷一帙　鉅字號
注遺教經一卷
失造人名
注三寶讚一卷
明孝皇帝御製呂夷簡等參定注釋
注四十二章經一卷
失造人名
注仁壽慈聖發願文三卷
仁壽慈聖皇太后製呂夷簡參定注
釋
普勸僧俗發菩提心文一卷
綿州刺史裴休述
上五集七卷同帙　野字號
大方廣佛華嚴經清凉疏四十卷
唐清凉國師澄觀造

上一集四十卷四帙　洞至遠四號

大方廣佛華嚴經清凉疏科十卷

清凉國師澄觀造

上一集十卷一帙　綿字號

大方廣佛華嚴經隨疏演義鈔六十卷

清凉國師澄觀造

上一集六十卷六帙　邈至治六號

金剛宣演疏六卷

勑隨駕講論沙門道氤集

上一集六卷一帙　本字號

成唯識論述記十卷

唐翻經沙門窺基撰

上二集十卷二帙　於農二號

成唯識樞要三卷

唐翻經沙門窺基撰

上生兜率天經疏二卷

大慈恩寺翻經沙門窺基撰

因明正理論過類疏一卷

大慈恩寺翻經沙門窺基撰

百法明門論決頌一卷

慈恩寺沙門窺基撰

真定府智宣勘本

大乘瑜伽劫章頌一卷

慈恩寺沙門窺基撰

弘通大師注疏

上五集八卷同帙　務字號

法苑義林西翫記六卷

大慈恩寺翻經沙門窺基撰

百法論疏二卷

潞府沙門義忠撰

萬善同歸集三卷
智覺禪士延壽述
上三集十一卷同帙　兹字號

因明入正理論疏三卷
大慈恩寺翻經沙門窺基撰

般若心經幽賛疏二卷
大慈恩寺翻經沙門窺基撰

阿彌陀經通賛疏二卷

異部宗輪論疏一卷

彌勒下生成佛經疏一卷
大慈恩寺翻經沙門窺基撰
上五集九卷同帙　稼字號

妙法蓮華經玄賛疏十卷
大慈恩寺翻經沙門窺基撰
上一集十卷二帙　穡俶二號

瑜伽論略纂十六卷
大慈恩寺翻經沙門窺基撰
上一集十六卷二帙　載南二號

瑜伽師地論義演四十一卷
大安國寺清素述
上一集四十一卷八帙　畆至貢八號

瑜伽師地論記二十卷
滹陽傳戒大德崇遇述
上一集二十卷四帙　新至陟四號

妙法蓮華經玄義十卷
天台智者大師說
上一集十卷一帙　孟字號

妙法蓮華經玄義釋籖十卷
荆溪沙門湛然述
上一集十卷一帙　軻字號

妙法蓮華經文句十卷
天台智者大師說
上一集十卷一帙　敦字號
妙法蓮華經文句記十卷
荆溪沙門湛然述
上一集十卷一帙　素字號
摩訶止觀十卷
天台智者大師說
上一集十卷一帙　史字號
摩訶止觀輔行傳弘訣十五卷
毗陵沙門湛然述
上一集十五卷二帙　魚秉二號
大般涅槃經疏十八卷
章安尊者述
上一集十八卷二帙　直庶二號

大般涅槃經玄義二卷
章安尊者述
金光明經文句三卷
天台智者大師說
金光明經玄義一卷
天台智者大師說
觀音經玄義二卷
天台智者大師說
觀無量壽佛經疏一卷
天台智者大師說
上五集九卷同帙　幾字號
四教義四卷
天台智者大師撰
四念處四卷
天台智者大師說

觀心論疏二卷
天台沙門灌頂撰
菩薩戒義疏二卷
天台智者大師説
止觀大意一卷
毗陵沙門湛然述
觀心論一卷
天台智者大師説
金剛錍一卷
天台沙門湛然述
上七集十五卷同帙　中字號
國清百録二卷
天台沙門灌頂録
法界次第初門三卷
天台智者大師説

止觀義例一卷
荆溪沙門湛然述
方等三昧行法一卷
天台沙門遵式述
上四集七卷同帙　庸字號
釋禪波羅蜜次第法門十卷
天台智者大師説
上一集十卷一帙　勞字號
維摩詰經疏十卷
天台智者大師説
上一集十卷一帙　謙字號
維摩詰經疏記六卷
天台智者大師説
觀世音普門品經疏二卷
天台智者大師説

法華三昧儀勘定元本序一卷
　天台沙門遵式述
六妙禪門法一卷
　天台智者大師説
　上四集十卷同帙　謹字號
傳燈玉英集十五卷
　翰林大學士楊億等撰
　上一集十五卷二帙　勑聆二號
景祐天竺字源七卷
　宋三藏惟淨等撰
　上一集七卷一帙　音字號
圓覺道場修證儀十八卷
　草堂寺沙門宗密述
　上一集十八卷二帙　察理二號
天聖廣燈録三十一卷
　鎮國公節度使駙馬都尉李勗編
　上一集三十一卷三帙　鑑貌辨三號
祥符法寶録二十二卷
　翰林學士楊億等編
　上一集二十二卷二帙　色貽二號
景祐法寶録二十一卷
　宋昭文館大學士呂夷簡編修
　上一集二十一卷一帙　厥字號
寶林傳九卷
　宋陵沙門智炬集
　上一集九卷一帙　嘉字號
慈悲道場懺法十卷
　梁誌公寶唱等集
　上一集十卷一帙　猷字號
景德傳燈録三十卷

沙門道源纂
上一集三十卷三帙　勉其祇三號
寶藏疏三卷
大禪師覺潤述
演玄集六卷
北庭翰林學士安藏述
上三集九卷同帙　植字號

大元至元法寶勘同總録卷第十

楞伽阿跋多羅寶經註解

宋求那跋多羅奉詔譯
大明天界善世禪寺住持臣僧宗泐
演福講寺住持臣僧如玘奉詔同註

清刻龍藏佛說法變相圖

欽錄

洪武十一年七月初十日天界善世禪寺住持宗泐演福教寺住持如玘持奉新註楞伽經同考功監令李求等官於西華樓進呈

御覽當日欽奉

聖旨這經好生註得停當可即刊板印行教

天下衆僧每講習欽此

進新註楞伽經序

臣聞法運之興雖曰在人亦必有其時焉有其人而無其時有其時而無其人雖欲興之其可得哉是故必有

聰明聖智之君當天下乂安之時以興之也

至若楞伽一經我
大覺世尊說之於二千年之前而
今上皇帝行之於二千年之後豈非有其人
而有其時乎不然何此經東流中國千
有餘載前代帝王未曾有如我
聖天子之留神注意究其旨趣
敕僧徒咸肄習之有如此之盛也然吾
佛之所以說此經者蓋欲除衆生之妄心俾
歸於眞正之道而
皇上之心欲天下後世之人皆捨妄歸眞去
惡從善以躋乎仁壽之域其有契於
佛之心乎且此經之要不出五法三自性八
識二無我而該乎眞妄修性聖凡因果
皆不外乎一心能究此心者則畏惡而
遷善捨妄而歸眞得至自覺正智之地
不能究此心者則縱情肆欲流而忘返
至于失其忠孝敗俗亂常甘蹈刑辟如
履水火此吾
佛所以興大悲心而拔濟之亦猶
帝王之仁育黎庶若保赤子者也臣僧宗泐
如玘非於
內廷欽承
聖諭以爲心經金剛楞伽三經實治心法門
遣情離著具在是矣爾輩可不勉乎臣
等受
命以來夙夜兢惕懼無以上副
宸衷於是竭誠殫慮註釋心經金剛二典已
於洪武十一年正月二十八日
奏準行世而楞伽以今七月初七日如克
註成謹熏沐繕寫拜手稽首誥

闕進呈重念臣等才識庸陋學術空踈固
不敢叨於註釋之列然承
雨露之餘澤依
日月之清光庶幾少裨流通之萬一云爾
洪武十一年七月　日序

楞伽阿跋多羅寶經註解卷第一上

宋求那跋多羅奉詔譯

大明天界善世禪寺住持臣僧宗泐

演福講寺住持臣僧如玘奉詔同註

此經凡四譯今存者三其一則劉宋求那跋多羅譯成四卷曰楞伽阿跋多羅寶經其二則元魏菩提流支譯成十卷曰入楞伽經其三則唐實叉難陀與復禮等譯成七卷曰大乘入楞伽經若論所譯文之難易則唐之七卷文易義顯始末具備今釋從宋譯四卷者以此本首行於世習誦者衆况達磨大師授二祖心法時指楞伽四卷可以印心而張方平甞書此本蘇子瞻爲序其事是知歷代多從此本也然文辭簡古至於句讀有不可讀乃取七卷中文義顯者釋之仍採古註善者併註之

此經以法喩爲名第一義心爲體了妄顯性爲宗斥小辯邪爲用方等大乘爲教相法喩爲名者楞伽是城名華言不可往其城在南海摩羅山頂無神通者不可往佛於此處說法即佛境界以處表法也阿跋多羅者華言無上亦云入寶者至貴之物以喩此經尊貴故云法喩爲名也經者貫也謂貫通諸義也第一義心爲體者即如來藏自性清淨第一義心也了妄顯性爲宗者謂達妄顯眞離性執也斥小辯邪爲用者謂破小乘之偏執摧外道之邪見也方等大乘爲教相者謂經通三乘義從圓頓也此之五章皆經中所詮之旨今預取而釋首題者欲令學者知一經之大意也

一切佛語心品

佛語心者即諸佛所說心法也然經中所說法門大約有四謂五法三自性八識二無我而獨言心者蓋此四種法門是一經之綱目究心之精要如入楞伽云五法自性等衆妙法門是一切諸佛菩薩入自心境離所行相稱眞實義諸佛教心也

如是我聞一時佛住南海濱楞伽山頂種種寶華以爲莊嚴與大比丘僧及大菩薩衆俱從彼種種異佛刹來是諸菩薩摩訶薩無量三昧自在之力神通遊戲大慧菩薩摩訶薩而爲上首一切諸佛手灌其頂自心現境界善解其義種種衆生種種心色無量度門隨類普現於五法自性識二種無我究竟通達

此通序分也如是者指所聞之法亦信順之辭我聞者阿難從佛聞持是法也一時者教主徒衆嘉會之時也佛者覺也謂覺道既成乘機說法導利羣生也住南海濱楞伽山頂

者說法之處也實華莊嚴者是其處勝也大比丘菩薩衆者列同聞之衆也從彼異佛剎來者舉遠知近以顯衆多也無量三昧等者讚菩薩之德也自大慧下别讚大慧之德諸佛手灌其頂者明其位居等覺當授佛位故爲灌頂自心現境界者一切善惡境界皆由自心發現大慧善解其智趣勝也種種衆生心色者謂一切有情五蘊種種不同大慧以無量度門而普應之則法門深廣也五法者曰名曰相曰妄想曰正智曰如如也三自性者曰妄想曰緣起曰成也識即八識也二無我者即人無我法無我也已上諸法大慧皆能究竟通達爲衆作發起之人此佛所以深讚之也

爾時大慧菩薩與摩帝菩薩俱遊一切諸佛剎土承佛神力從座而起偏袒右肩右膝著地合掌恭敬以偈讚佛此下别序分也摩帝華言慧也自偏袒至恭敬天竺之敬儀也

世間離生滅　猶如虛空華　智不得有無
而興大悲心　一切法如幻　遠離於心識
智不得有無　而興大悲心　遠離於斷常
世間恒如夢　智不得有無　而興大悲心

一切世間衆生背覺合塵流轉生死而起妄想心識復計斷常二見無由出離如來以妙智觀察了達生滅等一切諸法如空華如幻如夢不有不無故興大悲心而度脫之使其皆得遠離也

知人法無我　煩惱及爾燄
常清淨無相　而興大悲心

此離惑智二障煩惱惑障也爾燄乃梵語智障也智本破惑即人法二執無我者無此二執也若於智生著智亦成障如來了知人法惑智本空故云常清淨無相衆生在迷受苦故起悲心而拔濟之

一切無涅槃　無有涅槃佛　無有佛涅槃
遠離覺所覺　若有若無有　是二悉俱離

一切者一切衆生也涅槃者不生不滅之理也佛與衆生同具此理尚無生死可斷焉有涅槃可證故云一切無涅槃然非證而證證此涅槃是則佛爲能證之人涅槃是所證之法離法無人故云無有涅槃佛離人無法故云無有佛涅槃入楞伽云佛不住涅槃涅槃不住佛辭異而義同也覺即佛所覺即涅槃人法俱泯故云遠離覺所覺然人法俱泯是亡有而未亡無故云若有若無有是二悉俱離也

牟尼寂靜觀　是則遠離生　是名爲不取
今世後世淨

牟尼是梵語華言寂默佛之名也此言人能如是觀佛寂靜之體從遠離而生是則於佛不生取著故今世後世皆得清淨入楞伽云若見於牟尼寂靜

遠離生是人今後世離著無所取辭義尤顯已上諸偈讃佛皆言離著者蓋讃佛生善若不離著生善不深故也

爾時大慧菩薩偈讃佛已自說姓名

我名爲大慧　通達於大乘　今以百八義　仰諮尊中上此下正宗分也大慧自言是大乘機爲衆發起

世間解之士　聞彼所說偈　觀察一切衆　告諸佛子言　汝等諸佛子　今皆恣所問　我當爲汝說　自覺之境界世間解者如來十號之一也大慧所問百八義皆如來親證之法故云自覺之境界

爾時大慧菩薩摩訶薩承佛所聽頂禮佛足　合掌恭敬以偈問曰寶臣註入楞伽云此後諸偈問百八句義或一句爲一問或二句爲一問或三句爲一問乃至十句爲一問或一句爲兩問然此百八句正問五法三自性八識二無我度衆生對治法門是故大慧舉上與摩帝遊諸佛剎所見之事故下問山海日月等即五法中名相妄想下問諸禪解脫等即五法中正智如如也

云何淨其念問淨其妄念而生正念　云何念增長問增淨念　云何見癡惑問起見惑　云何惑增長問增長見惑　何故剎土化相及諸外道問如來於剎土中示現身相化衆生及諸外道　云何無受次入楞伽云及無影次第謂問無相法中因何有次第　何故名無受承上問若有次第何名無相法無受即無相義　何故名佛子問菩薩何名佛子　解脫至何所問行人既得解脫復能往至何所　誰縛誰解脫問迷時誰縛悟時誰解　何等禪境界問諸禪定以何爲境界　云何有三乘惟願爲解說問何故有聲聞緣覺菩薩三乘　緣起何所生　云何作所作問善惡緣起及所作業果　云何俱異說問外道邪見何有俱異之說　云何爲增長入楞伽云云何諸有起謂起三有也　云何無色定問無色界四空定　及與滅正受問滅盡定之正受　云何爲想滅　何因從定覺問受想心滅爲定何得從定起覺　云何所作生　進去及持身問從定起用凡所作爲是身去住得大自在　云何現分別問現身說法分別諸法種相差別　云何生諸地問得悟入諸地位入楞伽云云何入諸地　破三有者誰　何處身云何問能破諸有出三界是何佛子入楞伽云

(云何有佛子而能破三有)往生何所至(問既破三有往生何處)云何最勝子(問弟子之中誰爲第一)何因得神通及自在三昧(問神通三昧修何行而得)云何三昧心最勝爲我說(問三昧之心何者爲勝)云何名爲藏(問第八藏識)云何意及識(問意根及諸識)云何生與滅云何見已還(問意識起見生滅已還亦滅也入楞伽云云何起諸見云何退諸見)云何爲種性非種及心量(問三乘差別種性外道非種及不定種心量)云何建立相及與非我義(問有相及無我相)云何無眾生云何世俗說(問眞無俗有)云何爲斷見及常見不生(問斷常二見)云何佛外道其相不相違(問邪正無背)云何當來世種種諸異部(問佛滅後弟子所宗經部各異)云何空何因云何剎那壞(問諸法性空剎那念滅剎那極微細念也)云何胎藏生(問托胎受生)云何世不動(問世相遷流性何不動)何因如幻夢及揵闥婆城世間熱時燄及與水月光(問此五喩世間生滅相皆無實義揵闥婆梵語也此云尋香城)何因說覺

支及與菩提分(問七覺支及八正道)云何國土亂(問所依國土何因亂壞)云何作有見(問諸法無體何作有見有即三有入楞伽云何故見諸有)云何不生滅世如虛空華(問世相如空華何故言不生不滅入楞伽云云何如空華不生亦不滅)云何覺世間云何說離字(問眾生云何覺知世法云何離文字相)離妄想者誰云何虛空譬(問誰知諸法如虛空離妄想分別入楞伽云云何如虛空云何離分別)如實有幾種(問眞如有幾)幾波羅蜜心(問諸度心有幾)何因度諸地誰至無所受(問誰能超越十地至於佛地無所受即佛境界)何等二無我(問誰能空人法二執惑障)云何爾燄淨(問誰能淨智障)諸智有幾種(問諸正智)幾戒眾生性(問眾生性殊禁戒有幾)誰生諸寶性摩尼眞珠等(問諸寶物何從而生)誰生諸語言眾生種種性(問眾生語言差別種性不同何因而起)明處及伎術誰之所顯示(問五明法及伎術五明者一曰內論謂一切佛法二曰外論有四種曰因曰聲曰毉方曰工巧此五各能生智故云明處)伽陀有幾種長頌及短句(伽陀梵語也此云孤起亦曰諷誦與重頌

不同問孤起頌及長行重頌成爲有幾種問經中理趣入楞伽云道理幾不問云何名爲論問釋經之論入楞伽云解釋幾差別云何生飲食及生諸愛欲問飲食訛作愛欲何起云何名爲王轉輪及小王云何守護國問大小諸王及守國土之法諸天有幾種云何名爲地星宿及日月問欲界名相解脫修行者是各有幾種問學無學人解脫是無學修行是學弟子有幾種云何阿闍黎問師弟子阿闍黎此云教師佛復有幾種復有幾種生問佛三身及本生事本生謂宿世所行事入楞伽云如來有幾種本生事亦然魔及諸異學彼各有幾種問衆魔及諸外道魔梵語魔羅此云能害謂能害善法自性及與心彼復各幾種問性與心幾種差別云何施設量惟願最勝說問心量安想施設最勝者稱佛也云何空風雲問欲界無情名相云何念聰明問欲界有情心念云何能生智慧云何爲林樹云何爲蔓草云何象馬鹿云何而捕取問草木之生誰使之然象鹿誰使之生又復誰能捐取何因而卑陋問卑陋賤人何業所致

云何六節攝問一年云何分六節西域以兩月爲一節一年分爲六節云何一闡提問一闡提是梵語此云極惡又云信不具男女及不男斯皆云何生問世間若男若女及五種不男之人何因而生云何修行退云何修行生問修行之人因何退墮因何精進而生禪師以何法建立何等人問修禪定者用何法示人入道衆生生諸趣何相何像類問六道生趣形像云何爲財富何因致財富問世間財富何因而致云何爲釋種何因有釋種云何甘蔗種無上尊願說問釋迦種及甘蔗種本行經云大茅草王得成王仙被獵師所射滴血於地生二甘蔗日炙而開出一男一女男名善生即甘蔗王釋種乃其裔也云何長苦仙彼云何教授問苦行仙人意求長生受教於誰如來云何於一切時剎現種種名色類最勝子圍繞問佛現身塵剎隨類不同衆所圍繞何因如是耶云何不食肉云何制斷肉食肉諸種類何因故食肉問食肉及斷食肉因緣云何日月形須彌及蓮華師子勝相剎側住覆世界如因陀

羅網此問世界形相須彌者妙高山也說一四天下一日月所繞蓮華者華藏世界乢師子世界於諸剎土最勝世界如器有側有覆有仰有橫因陀羅網即帝網網有千珠珠光交映喻世界重重無盡或悉諸珍寶箜篌細腰鼓狀

種種諸華或離日月光如是等無量此亦問世界形相不同或諸寶所成或狀如箜篌如鼓如華或無日月所照何因而致云何爲

化佛云何報生佛云何如如佛云何智慧佛問佛身名不同者何化佛應身也謂千百億化身報生佛他報身也謂他機所見如如佛法身也謂體性如如不異智慧佛自報身也謂自已修因感果以始覺之智合於本覺故曰智慧云何於欲界不成等正覺何故色究竟

離欲得菩提問盧舍那報身佛不於欲界得道而於色究竟處得道者何耶

善逝般涅槃誰當持正法問佛滅後傳持正法者誰天師

住久如正法幾時住問佛住世及滅後正法所住時分長短天師即天人師也悉檀及與見各復有幾種問所化機緣及與見解悉檀者徧施也有四種一世界悉檀世界者次第也謂聞說法次第得歡喜益二對治悉檀謂聞法修行對破宿障得滅惡益三爲人悉檀謂因聞法故得生善益四第一義悉檀謂

因聞法故得悟理益毗尼比丘分云何何因緣毗尼者律也問因事制律及持律之僧入楞伽云何故立毗尼及以諸比丘彼諸最勝子

緣覺及聲聞何因百變易云何百無受問二乘生處變易者謂變易生死居方便土因移果易也無受者謂入無餘涅槃不受後有也云

何世俗通云何出世間云何爲七地惟願爲

演說問世間五通得出世六通及住第七地中第七名已辦也僧伽有幾

種云何爲壞僧問三乘僧及破戒僧梵語僧伽此云衆亦名和合云

何醫方論是復何因緣問世間及出世間醫方諸論爲誰而說入楞伽云云何爲衆生廣說醫方論何故大牟尼唱說如是言

迦葉拘留孫拘那含是我問何故如來說過去佛即是我耶義見第三卷經文四等中釋出何故說斷常及與我無我何

不一切時演說眞實義而復爲衆生分別說

心量問如來何不但說大乘而廣說諸法耶何因男女林訶梨

阿摩勒問世間果木男女林木也訶梨阿摩勒二果名皆西域所有雞羅

及鐵圍金剛等諸山無量寶莊嚴仙闥婆充

滿問此諸山及衆寶莊嚴仙人樂神充滿者何乾闥婆天帝之樂神也此下是世尊頌大慧所問亦釋也無上世間解聞彼所說偈大乘諸度門諸佛心第一善哉善哉問大慧善諦聽我今當次第如汝所問說入楞伽云爾時世尊聞其所謂大乘微妙諸佛之心最上法門即告之曰善哉大慧諦聽諦聽如汝所問當次第說即說頌曰生及與不生涅槃空刹那趣至無自性此釋大慧所問有爲生法無爲不生法涅槃虛空刹那流轉等法皆妄想所現初無自性佛諸波羅蜜佛子與聲聞緣覺諸外道及與無色行如是種種事領上所問人及所行法無色行外道所行法也須彌巨海山洲渚刹土地領上國土中無情名相星宿及日月外道天修羅解脫自在通力禪三摩提滅及如意足覺支及道品領上所問諸法名相三摩提即三昧滅即無受如意足即欲念進慧四如意足也覺支即念擇進喜輕安定捨七覺支也道品總言即三十七道品也諸禪定無量諸陰身往來正受滅盡定三昧起心說心意及與識無我法有五

自性想所想及與現二見諸禪定世出世間大小禪定也諸陰身六道生死身也正受即三昧滅盡定者受想心滅身證此定三昧起心說者從定而起運心說法也自心意及二見者總領五法三自性八識二無我也乘及諸種性金銀摩尼等一闡提大種荒亂及一佛智爾燄得向衆生有無有乘即三乘一闡提見前註大種即四大種荒亂即國土亂一佛即前迦葉等是我得向猶魔得便義有無有即空有象馬諸禽獸云何而捕取譬因成悉檀及與作所作譬即譬喻因成即相應悉檀即四悉檀如上註作所作即能作所作之業也叢林迷惑通心量不現有諸地不相至百變百無受醫方工巧論伎術諸明處此名相並如前註此上皆領大慧所問諸山須彌地巨海日月量下中上衆生身各幾微塵自此至毛孔眉毛幾皆佛反詰大慧所問不周量者度數也上中下衆生總十界而言也身幾塵謂身量長短輕重也一一刹幾塵弓弓數有幾肘步拘樓舍半由延由延刹即刹土謂大千世界爲一刹土二尺爲一肘四肘爲一弓五百弓爲一拘樓舍十拘樓舍爲一由延由延即

由句也兔毫窻塵蟣羊毛麵麥塵古註云七微塵成一窻塵七窻塵成一兔毛頭塵七兔毛頭塵成一羊毛頭塵七羊毛頭塵成一牛毛頭塵七牛毛頭塵成一蟣七蟣成一蝨七蝨成一芥七芥成一大麥麨即大麥也鉢他幾麵麥鉢他是半斗阿羅麵麥幾阿羅是一斗獨籠那佉梨獨籠是一斛那佉梨是十斛勒叉及舉利十萬為勒叉一億為舉利乃至頻婆羅是各有幾數頻婆羅一垓也為有幾阿㒆塵也名舍梨沙婆芥子也幾舍梨沙婆名為一賴提草子也幾賴提摩沙豆也幾摩沙陀那銖也復幾陀那羅為迦梨沙那兩也幾迦梨沙那為成一波羅斤也此等積聚相幾波羅彌樓彌樓須彌山也謂幾斤之塵能成彌樓之山入楞伽云幾斤成須彌者是矣是等所應請何須問餘事聲聞辟支佛佛及最勝子身各有幾數何故不問此謂何不問佛及三乘身各幾塵火燄幾阿㒆風阿㒆復幾言火風二大各幾塵數根根幾阿㒆毛孔眉毛幾根根言六根此下復領大慧所問護財自在王領何

名為王轉輪聖帝王云何王守護領云何護國云何為解脫領解脫修行者此復有幾種廣說及句說如汝之所問領伽陀有幾種長頌及短句入楞伽云云何長行句衆生種種欲五欲也種種諸飲食領食肉不食肉云何男女林金剛堅固山云何如幻夢野鹿渴愛譬云何山天仙揵闥婆莊嚴領無量寶莊嚴仙闥婆充滿解脫至何所誰縛誰解脫此二句領問語同云何禪境界領何等禪境界變化及外道領剎土化相及諸外道云何無因作云何有因作有因無因作及非有無因此四句領云何俱異說云何現已滅領見已還云何淨諸覺云何諸覺轉及轉諸所作領云何淨其念云何念增長云何斷諸想云何三昧起破三有者誰何處為何身領破三有及何處身云何無衆生而說有吾我云何世俗說惟願廣分別此領無衆生及世俗說所問相云何及所問非我領建立相及非我義云何為胎藏及種種異身

領胎藏生及名色類云何斷常見領何故說斷常云何心得定領云何三味言說及諸智領諸語言及諸智戒種性佛子領幾戒衆生性云何成及論領成為幾種何名為論云何師弟子領弟子幾種及阿闍黎種種諸衆生斯等復云何領男女及不男云何為飲食聰明魔施設領念聰明魔及幾種施設量云何樹葛藤領林樹蔓草最勝子所問云何種種剎領云何日月形乃至如是等無量仙人長苦行云何為族姓領釋種乃至甘蔗種從何師受學領建立何等人云何為醜陋領云何卑陋云何人修行領修行進退欲界何不覺阿迦膩吒成領欲界不成正覺及色究竟天離欲得菩提阿迦膩吒即色究竟也云何俗神通領世俗通云何為比丘領毗尼比丘分云何為化佛云何為報佛云何如如佛平等智慧佛領問佛身云何為衆僧佛子如是問領三乘僧箜篌腰鼓華剎土離光明領問剎土形相心地者有七領云何為七地七地乃已辨地謂思惑已盡慧心顯著故曰心地所問皆

如實總結指大慧所問皆如實義此及餘衆多佛子所應問總結指大慧所失問一一相相應遠離諸見過悉檀離言說我今當顯示次第建立句總結前生後即總上問領皆契理離過以四悉檀當作百八句顯示建立佛子善諦聽戒令聽受此上百八句如諸佛所說此百八句法該五法三自性八識二無我諸佛所說之法無出于此自此以下結指諸句一一令人破情遣著故皆言非句入楞伽云爾時大慧菩薩摩訶薩白佛言世尊何者是一百八句佛言大慧所謂生句非生句云云不生句生句常句無常句合云生句非生句此言不生句生句語倒也言衆生於真如無生境上妄起生法之見本自非生故云非生句若計生法此則有常以無有生故曰非常相句無相句住異句非住異句計常則有相非常則無相因生有住因住有異住謂住於世間異謂從少至老其相變異住異二句前無問辭蓋問雖略答必詳悉也剎那句非剎那句自性句離自性句離即非也空句不空句斷句不斷句邊句非邊句中句非中句此二句無問常句非常句前云常句言凡夫於住計常此言常句言外道計四大性常

緣句非緣句因句非因句煩惱句非煩惱句愛句非愛句方便句非方便句（此句無問）巧句非巧句淨句非淨句成句非成句譬句非譬句弟子句非弟子句師句非師句種性句非種性句三乘句非三乘句所有句非所有句願句非願句（此句無問）三輪句非三輪句（此句無問三輪者謂身輪現通口輪說法意輪鑒機）相句非相句有品句非有品句俱句非俱句緣自聖智現法樂句非現法樂句（入楞伽云自證聖智句非自證聖智句現法樂句非現法樂句）剎土句非剎土句阿㝹句非阿㝹句水句非水句弓句非弓句實句非實句數句非數句（數微塵數也）數句非數句（數上聲）明句非明句虛空句非虛空句雲句非雲句工巧伎術明處句非工巧伎術明處句風句非風句地句非地句心句非心句施設句非施設句自性句非自性句

陰句非陰句眾生句非眾生句慧句非慧句涅槃句非涅槃句爾燄句非爾燄句外道句非外道句荒亂句非荒亂句幻句非幻句夢句非夢句燄句非燄句像句非像句輪句非輪句（入楞伽云火輪句）揵闥婆句非揵闥婆句天句非天句飲食句非飲食句婬欲句非婬欲句見句非見句波羅蜜句非波羅蜜句戒句非戒句日月星宿句非日月星宿句諦句非諦句（牒上如實）果句非果句（此句無問）滅起句非滅起句（入楞伽云滅句非滅句起句非起句）治句非治句（入楞伽云豎方句非豎方句）相句非相句（所答凡有三相前則體相次則標相此則法相）支句非支句（入楞伽云支分句謂支形分段）巧明處句非巧明處句禪句非禪句迷句非迷句現句非現句護句非護句族句非族句仙句非仙句王句非王句攝受句非攝受句（此一句無問）寶句非寶句

記句非記句（此一句無問）一闡提句非一闡提句女男不男句非女男不男句味句非味句（此一句無問）事句非事句（此一句無問）身句非身句覺句非覺句動句非動句根句非根句有爲句非有爲句無爲句非無爲句因果句非因果句（此三句無問）色究竟句非色究竟句節句非節句叢樹葛藤句非叢樹葛藤句雜句非雜句（此一句無問）說句非說句毗尼句非毗尼句比丘句非比丘句處句非處句字句非字句大慧是百八句先佛所說汝及諸菩薩摩訶薩應當修學

按今宋本正文止得百單四句於中加唐本四句方足如有品句非有品句下唐本作有句非有句無句非無句又緣自聖智現法樂句非現法樂句唐本開作兩句又起滅句非起滅句亦分作兩句又說句非說句下唐本更有決定句非決定句總加四句此一百八義文有三段始則大慧請問中則如來一領釋然所問所領皆無倫次故不可以定數開合而論之至後乃結指顯示一百八句句句遺著然而不多不少數至此者蓋表對百八煩惱成百八法門也其爲法也有事有理有性有修有眞有妄有迷有悟有敎有行有因有果有體有用有即有離有亡有照一經大旨舉在是矣此下別問別答

爾時大慧菩薩摩訶薩復白佛言世尊諸識有幾種生住滅佛告大慧諸識有二種生住滅非思量所知諸識有二種生謂流注生及相生有二種住謂流注住及相住有二種滅謂流注滅及相滅（從此至盡文別問答五法三自性八識二無我也首）

問諸識者蓋識即是心心爲萬法之本故也據常途所立諸識謂第九菴摩羅識即眞常淨識屬佛第八阿黎耶識即舍藏識屬菩薩第七阿陀那識即傳送識屬二乘第六分別事識亦名波浪識屬凡夫或有譯師不立第九者謂第九即第八異名今經所明諸識不同常途據後經文謂如來藏名識藏及意根意識眼等五識共爲八識以此諸識約生滅門說故問有幾種生住滅佛答有二種生住滅非思量所知者眞如妙性本無生滅隨緣明緣而起諸識故有生住異滅生謂因緣所生住謂住止異謂變異滅謂滅盡此不言異者文略耳然此諸識生滅之相唯佛智能明故云非思量所知言流注生住滅者謂識蘊於內念念相續如水流注未始暫停也言相生住滅者念念相顯於外根境相對起生住滅

也

大慧諸識有三種相謂轉相業相眞相轉相者無始熏變覺成不覺也業相者以不覺故動則成業也眞相者隨緣不變體性眞淨也依起信論云業相轉相現相乃從眞起妄妄動成業因動故轉見有境界次第發現也此不言現而言眞者蓋言此識隨緣不變故名眞耳

大慧略說有三種識廣說有八相何等爲三謂眞識現識及分別事識大慧譬如明鏡持諸色像現識處現亦復如是諸識略說有三種者眞識即如來藏識現識即如來藏所轉亦名識藏名轉而體不轉分別事識即意根意識及五識身此開藏識爲二合事識爲一也廣說有八相者據後經文即合上眞識現識爲一藏識開上分別事識爲七識謂意根意識眼識耳識鼻識舌識身識也然此諸識廣略開合不同者良以如來藏是善不善因隨染淨緣熏變不同衆生無始惡習所熏唯逐染緣故如來藏轉名識藏次第轉生諸識此全眞成妄全理成事也若能隨於淨緣了達諸識皆即眞智如來藏無復轉名則即事而理反妄歸眞矣鏡喻現識者以現識是能生諸法之本造因招果如鏡之照物妍醜不差也

大慧現識及分別事識此二壞不壞相展轉因現識含藏善惡種子無失故名不壞事識以根對境起憎愛心念念生滅故名爲壞然此二識雖壞不壞有異而展轉相因非異非不異也

大慧不思議熏及不思議變是現識因熏者熏灸也變者轉變也言不思議熏者全眞成妄也言不思議變者全理成事也眞妄不二事理體一不熏而熏不變而變不可心思口議如是熏變成現識因

大慧取種種塵及無始妄想熏是分別事識因種種塵者六塵也取者六根取六塵而起愛見也無始妄想熏者無始以來起此愛見妄想熏成事識是爲因也

大慧若覆彼眞識種種不實諸虛妄滅則一切根識滅是名相滅覆者反復也謂若能返照眞識則一切愛見妄想自然消滅能熏妄想既滅則所熏根識亦泯是爲相滅

大慧相續滅者相續所因滅則相續滅所從滅及所緣滅則相續滅大慧所以者何是其所依故依者謂無始妄想熏緣者謂自心見

等識境妄想相續滅者即流注滅也識之相續是有因緣因緣若滅則相續滅因謂無始妄想緣謂自心所見分別境界無始妄想即根本無明也

大慧譬如泥團微塵非異非不異金莊嚴具亦復如是大慧若泥團微塵異者非彼所成而實彼成是故不異若不異者則泥團微塵應無分別此喻明轉識與藏識非異非不異正顯藏識真相不滅以爲一經之要所謂佛語心者其在是歟泥團喻轉識微塵喻藏識藏識是真轉識是妄泥團因微塵而成其體是一故不可言異泥團微塵若定是一則無所分別故不可言非異乃喻從真起妄妄滅真顯金爲莊嚴具其喻亦然然後合法

如是大慧轉識藏識真相若異者藏識非因若不異者轉識滅藏識亦應滅而自真相實不滅此明法非一異謂諸轉識與藏識若異者彼無明風熏動之時藏識之體應不隨緣則墮常見然藏識是善不善因非不隨緣也若不異者轉識滅時藏識亦應滅則墮斷見然藏識真相終不可滅蓋衆生自性清淨心因無明風動心與無明俱無形相不相捨離而心非動性若無明滅相續則滅而智性不壞也

是故大慧非自真相識滅但業相滅若自真相識滅者藏識則滅大慧藏識滅者不異外道斷見論議此明真妄滅不滅所以也上言轉識滅藏識不滅已顯其非異非不異猶恐大慧未達深意故復告云真相不滅但業相滅蓋真是不變之性本離生滅業是無明虛妄之相故有生滅既反妄歸真則妄滅而真不滅也真若有滅何異外道斷見論議論議即戲論謂外道不實言教也

大慧彼諸外道作如是論謂攝受境界滅識流注亦滅若識流注滅者無始流注應斷大慧外道說流注生因非眼識色明集會而生更有異因大慧彼因者說言若勝妙若士夫若自在若時若微塵外道之論不出斷常二見所謂攝受境界滅則識流注亦滅者此計斷也攝受境界者謂心識所取之塵境也內教謂流注滅者蓋言其相滅耳而性未嘗滅也外道言滅是爲斷滅豈知流注識性出於無始藏識也哉彼又言流注生因非眼識色明四緣和合而生以爲別有異因異因者若勝妙即勝性是生梵天之天主也若士夫亦名丈夫即十六知見之一神我之別名也自在謂大自在天也及計

時節微塵等爲能生者外道所計生因皆此類也

復次大慧有七種性自性所謂集性自性性自性相性自性大種性自性因性自性緣性自性成性自性此七種自性名義或約妄釋是凡非聖恐非經意如下文云此是三世如來性自性第一義心又曰凡夫無性自性豈非性義是聖非凡耶故當約聖釋於七中前六不出因果謂集性自性即萬善聚集因也由集因故有性有相性內而相外也大種自性者謂四大種果也大種本通凡聖今約聖報所謂色常等常謂眞常即法性五集果故有因有緣因親而緣踈也因果所成者成欣自性也即後文第一義心也

復次大慧有七種第一義所謂心境界慧境界智境界見境界超二見境界超十地境界如來自到境界言境界者入楞伽云所行即所行境界而有通別之異前六種通於菩薩及佛自到境界第七種唯屬於佛心境界者即心所造詣第一義處也心能發慧慧力既勝則成智用智用既成則正見現前正見現前則超斷常二見乃至超越菩薩境界至如來自到境界也

大慧此是過去未來現在諸如來應供等正覺性自性第一義心此總結自性第一義心是佛所證

以性自性第一義心成就如來世間出世間出世間上上法自此以下明如來依自性第一義成就自行化他德用也成就世間者示同人法而化他也出世間者通三乘也出世間上上法者惟佛與佛能究竟也

聖慧眼入自共相建立如所建立不與外道論惡見共聖慧眼者佛知佛見也自相者自證之法也共相者化他之法也由自悟入佛之知見建立種種法門令諸衆生依法修行亦皆悟入佛之知見然所建立法門皆是全體起用故不同外道戲論邪見也

大慧云何外道論惡見共所謂自境界妄想見不覺識自心所現分齊不通外道修行亦發邪慧所見境界不知惟心發現妄自分別有無故言妄想見也言分齊不通者謂所現境界之相不能通達也

大慧愚癡凡夫性無性自性第一義作二見論凡夫無性自性第一義者迷而不知非實無也以其迷故於此性義非有非無中起

有無二見戲論也

復次大慧妄想三有苦滅無知愛業緣滅自心所現幻境隨見今當說三有者欲界色界無色界言有者生死不亡也苦即生死苦也無知是無明愛是思惑業緣是善惡業緣此生死煩惱業緣即苦惑業三道皆是自心所現虛幻之境若能了達如幻則諸境自滅如入楞伽云若了境如幻自心所現則滅妄想三有苦及無知愛業緣

大慧若有沙門婆羅門欲令無種有種因果現及事時住緣陰界入生住或言生已滅沙門此云勤息謂勤修衆善止息諸惡婆羅門此云淨行此段言二衆起有無見過同外道無種者計自然性也有種者計此身從微塵生從世性生也以此爲因欲令成果故云因果現也及計依事物時節而住或緣五陰十八界十二入等所生而住此常見也或言生已即滅此斷見也

大慧彼若相續若事若生若有若涅槃若道若業若果若諦破壞斷滅論所以者何以此現前不可得及見始非分故若相續謂因果相續若事謂事物若生謂陰界入等生若有謂如上諸法實是有者則顯涅槃等四諦之法皆無也乃成其破壞斷滅之論且涅槃與道是出世間之法若業緣若苦果是世間之法此云四諦是佛所說眞俗法門彼以爲無成斷滅論故復微釋其義云以此現前四諦之法彼皆以爲實無於我見最初起處計有計無皆是邪見非解脫正因之分故也

大慧譬如破瓶不作瓶事亦如焦種不作牙事設此二喻以明外道斷見初喻無果無果則無因也次喻無因無因則無果也

如是大慧若陰界入性已滅今滅當滅自心妄想見無因故彼無次第生若謂五陰十八界十二入已滅則是無因今滅則是無果當滅則復無因以是推之皆是自心妄想所見彼因既無則無次第相續生矣

大慧若復說無種有種識三緣合生者龜應生毛沙應出油汝宗則壞違決定義有種無種說有如是過所作事業悉空無義此重複破外道轉計也上惟計有計無爲生法之因既被斥矣若復計有無與識三緣和合而生者亦無是理故說喻以曉之龜既不能生毛沙既不能出油則所計義墮故云汝宗則壞以其違

背大乘決定之義故也外計以有無二見爲本故總斥云有如是過既無其本則所作事業因果皆無實義也

大慧彼諸外道說有三緣合生者所作方便因果自相過去未來現在有種無種相從本已來成事相承覺想地轉自見過習氣作如是說上止言彼說三緣爲能生之因未言其所作之事所作者何若方便若因果若其自相通乎三世方便者外道教法也因果者依彼教所修因果也自相者自心所現之相也此三世之事自其近者言之若探其本而有無二種之相相承覺想地轉所謂八萬劫前冥初生覺覺生性性生地次第轉生二十五諦皆由自已邪見過患熏習餘氣作如是說也

如是大慧愚癡凡夫惡見所害邪曲迷醉無智妄稱一切智說愚癡凡夫亦是外道由著惡見邪見迷無所知自以爲智立教誨人故妄稱一切智說也

大慧若復諸餘沙門婆羅門見離自性浮雲火輪揵闥婆城無生幻燄水月及夢內外心現妄想無始虛僞不離自心妄想因緣滅盡離妄想說所說觀所觀受用建立身之藏識於識境界攝受及攝受者不相應無所有境界離生住滅自心起隨入分別此明佛法正說即廣前說所現幻境也見離自性者謂見一切法悉離自生性執亦離他生共生無因生性執今總略云自性以離性執故無生也譬之如空中雲如旋火輪如尋香城如幻如燄如水中月如夢所見與幻境一也若達此幻境本無內外見有內外然從無始妄想虛僞所成是不離自心自心性離則妄想因緣滅盡此即妄想三有苦果滅也以及能說所說能觀所觀至於受用建立身之藏識一切皆離言於識境界攝受者境界即六塵攝受即六根言及攝受者即六識也言不相應者由了識境空寂則無待對豈復有生住滅然後藏識自心得起隨入一切境界以正智分別無不可也

大慧彼菩薩不久當得生死涅槃平等大悲巧方便無開發方便大慧彼於一切衆生界皆悉如幻不勤因緣遠離內外境界心外無所見次第隨入無相處次第隨入從地至地

三昧境界法界平等本無生滅迷之為生死悟之為涅槃迷悟雖殊理常平等菩薩修行自淺至深故云不久當得生死涅槃平等此自證也自既證理起用化他運大悲心施設善巧方便誘接羣生使其修無作行開發本性言無開發方便者即無功用行也理雖人人本具非此無功用則行自行化他皆不成就彼菩薩既詣此理則了一切衆生皆如幻化不勞作意任運遠離內外境界諸相唯一眞心更無所見是為入無相處無相處即初住破無明顯法性處次第入行向地從地至地者從一地至十地也

解三界如幻分別觀察當得如幻三昧度自心現無所有得住般若波羅蜜捨離彼生所作方便金剛喻三摩提隨入如來身隨入如如化神通自在慈悲方便具足莊嚴等入一切佛刹外道入處離心意意識是菩薩漸次轉身得如來身上了衆生界如幻則知心外無法至此又了三界如幻得如幻三昧度越自心所現境界不復有種種相乃得安住智慧彼岸言捨離彼生所作方便者離於有生所作乃得無生無作之方便也金剛喻者言等覺菩薩用佛智斷最後微細無明能斷難斷故以金剛至堅至利之物喻之三摩提者此云等持即金剛後心所得之定從此定轉入佛地如如者本覺之理也恒住此理起諸變化故能神通自在慈悲方便以為莊嚴言入一切佛刹者是入佛界也言外道入處者是入魔界也由能究竟離心意識得無分別智普現色身三昧故也言轉身得如來者此總結菩薩所證之果也

大慧是故欲得如來隨入身者當遠離陰界入心因緣所作方便生住滅妄想虛僞唯心直進觀察無始虛僞過妄想習氣因三有思惟無所有佛地無生到自覺聖趣自心自在到無開發行如隨衆色摩尼隨入衆生微細之心而以化身隨心量度諸地漸次相續建立是故大慧自悉檀善應當修學言欲得如來身者必依已證之果而修因行應遠離五陰十八界十二入種種妄心及因緣和合所作生住滅法虛妄分別言唯心直進觀察者謂觀諸法唯心不涉餘途直觀一念三道本無所有言虛偽過者煩惱道也習氣因者業道也言三有者苦道也於此思惟了無一法則道契佛地無生到自覺聖趣境界既得自心無入而不自在故日到無開發行即無功用行也菩薩至此位中隨機應現如摩尼珠隨色而轉以微細智入衆生微細之心隨彼心量說無

量度門令彼所度衆生亦由諸地漸次相續建立法門菩薩度生莫善於四種悉檀故總結勸云應當修學悉檀之義已見前註

爾時大慧菩薩復白佛言世尊所說心意意識五法自性相一切諸佛菩薩所行自心見等所緣境界不和合顯示一切說成眞實相一切佛語心爲楞伽國摩羅耶山海中住處諸大菩薩說如來所歎海浪藏識境界法身

自所說心意識至一切佛語心是大慧述所聞之法乃佛菩薩之所行者然不離衆生自心境界言不和合者不與根塵和合也蓋五法三自性諸法迷悟共由眞妄同出而有和合不和合之異和合者妄識也不和合者眞實也既不和合則顯一切所說皆眞實相即諸佛教之大要也既述已聞復起後請惟願爲諸菩薩演說如來前所稱歎之法言海浪藏識者即第八識此識含藏善惡諸法隨染淨緣如海起浪如來究竟眞理法身境界也

爾時世尊告大慧菩薩言四因緣故眼識轉何等爲四謂自心現攝受不覺無始虛僞過色習氣計著識性自性欲見種種色相大慧是名四種因緣水流處藏識轉識浪生此答上問

首言眼等四緣明轉識依藏識生所謂四緣者根緣色緣識緣欲見緣也根緣者根即眼根眼所對境自心發現由不覺故妄生執取色緣者色塵本空無始時來執著爲色妄想熏習使之然也識緣者識以分別爲性根塵相對而起計著欲見緣者雖三緣和合若不起心欲見則諸色相猶不見也由是四緣眼識轉生若推其本起於藏識故曰水流處由藏識而生轉識如水起浪也

大慧如眼識一切諸根微塵毛孔俱生隨次境界生亦復如是譬如明鏡現衆色像猶如猛風吹大海水

心體如海八識如水流注七識如暴流六識如波浪今依八識流動得有眼等轉識浪生如眼識餘五根至於一微塵一毛孔皆與識俱生無不覺知隨次境界生亦如是者言外塵境界亦與識漸次而生萬法唯識見於是矣然識之所生有頓有漸如明鏡現衆色像者喻頓生也如猛風吹大海水者喻漸生也鏡之現像無有前後風吹海水則前波起而後波隨也

外境界風飄蕩心海識浪不斷因所作相異

不異合業生相深入計著不能了知色等自性故五識身轉大慧即彼五識身俱因差別分段相知當知是意識因心爲外塵所動如風吹海諸識浪生相續不斷藏識爲因轉生諸識作諸業相有同不同合所作業及所生因所以深入妄計執著不知色等自性體空故眼等五識一次第轉生言身者聚集爲義謂聚諸見塵爲一眼識等既生五識則有意識與之俱緣故曰即彼五識身俱然彼五識因五塵差別分段之相而生知覺意識因者言五識是六識之因也彼身轉彼不作是念我展轉相因自心現妄想計著轉而彼各各壞相俱轉分別境界分段差別謂彼轉彼身轉者謂彼五識轉生六識而識亦不自謂展轉相因而生皆由自心所現妄計前境境有生滅轉亦隨之或以彼境有變壞之相識亦俱轉又以彼識分別諸境而識轉故曰謂彼轉也如修行者入禪三昧微細習氣轉而不覺知而作是念識滅然後入禪正受實不識滅而入正受以習氣種子不滅故不滅以境界轉攝受不具故滅此既二乘入滅盡定以例微細藏識不滅之義蓋二乘之人入此定不能知是識轉自謂我因滅諸識而入正受而實未嘗滅也不滅者以識之習氣種子依藏識故也彼滅盡定但伏六識不取塵境以爲滅耳攝受不具者即不取塵境也

大慧如是微細藏識究竟邊際除諸如來及住地菩薩諸聲聞緣覺外道修行所得三昧智慧之力一切不能測量決了此言藏識微細行相唯有諸佛及登地菩薩能知究竟邊際一切二乘外道所得三昧之力皆不能知餘地相智慧巧便分別決斷句義最勝無邊善根成熟離自心現妄想虛僞宴坐山林下中上修能見自心妄想流注無量刹土諸佛灌頂得自在力神通三昧諸善知識佛子眷屬彼心意意識自心所現自性境界虛妄之想生死有海業愛無知如是等因悉已超度是故大慧諸修行者應當親近最勝知識餘地

相者蓋言修習如實行者以智慧力善巧方便分別諸地相也決斷句義者即善達諸句義也善根成熟者謂於無邊佛所廣集善根而最勝也離自心現妄想虛偽者謂不妄分別自心所現能知之耳山林乃修行之處下中上修根器不等悉皆能見自心妄想流注所以無量刹土諸佛爲之灌頂乃得自在神通三昧衆所知識是諸菩薩眷屬心意意識所行境界無不知之則能超越業愛無明生死大海故誠修者應當親近如實修學此段經文詞義隱晦舊註多有不同今依唐譯顯白處釋之

爾時世尊欲重宣此義而說偈言

譬如巨海浪　斯由猛風起　洪波鼓冥壑
無有斷絕時　藏識海常住　境界風所動
種種諸識浪　騰躍而轉生　青赤種種色
珂乳及石蜜　淡味衆華果

初八句頌上猶如猛風吹大海水也青赤色等此該六塵追頌上外境界風飄蕩心海也青赤是色能起眼識珂珮是聲能起耳識檀乳是香能起鼻識木羅石蜜是觸能起身識甘淡是味能起舌識現在之華未來之果種種法塵能起意識是爲境界風起心海識浪也

日月與光明　非異非不異　海水起波浪
七識亦如是　心俱和合生

此二喻政謂八識心與六識和合俱生非異非不異而云七識者以意根意識兼五識身而言非謂第七識日月海水喻本光明波浪喻末也

譬如海水變　種種波浪轉　七識亦如是
心俱和合生　謂彼藏識處　種種諸識轉
謂以彼意識　思惟諸相義　不壞相有八
無相亦無相　譬如海波浪　是則無差別
諸識心如是　異亦不可得

此依上海浪之喻復開爲二義初喻言異據入楞伽多此七識亦如是心俱和合生二句蓋此本喻八識轉生諸識如海水變起諸波浪言以彼意識思惟諸相者以意識思惟六塵等相故曰異也次喻言不異偈云不壞相有八者謂八識無壞相也無相亦無相者謂八識本無相可見諸識同依無藏識亦無相可見如海浪雖異同一濕性則無差別諸識唯心亦不可得故曰異亦等也

心名採集業　意名廣採集　諸識識所識
現等境說五

釋論云心意識三一法異名對數名心能生爲意分別爲識又云前起爲心次起爲意後了別爲識言心名採集業者根塵相對一念心起而生取著成

善惡業意名廣採集者由前心轉入意根起貪瞋癡廣造諸業諸識識所識者謂第六識分別前之五識所受五塵故云現等境說五五即五識也

爾時大慧菩薩以偈問曰

青赤諸色像　衆生發諸識　如浪種種法

云何惟願說上云青赤等塵發生五識如海波浪皆非一異又云心能積集業等故致斯問

爾時世尊以偈答曰

青赤諸雜色　波浪悉無有　採集業說心

開悟諸凡夫上二句頌法喻皆空下頌心意採集成業要令凡夫知造業之由而悟本性也

彼業悉無有　自心所攝離　所攝無所攝

與彼波浪同此頌明所造之業及能造之心悉皆空寂亦同波浪攝即取也

受用建立身　是衆生現識　於彼現諸業

譬如水波浪此頌明衆生依正二報及所作業皆自心妄現如水起波然達妄即真如波即是水同一濕性焉有差別之相

爾時大慧菩薩復說偈言

大海波浪性　鼓躍可分別　藏與業如是

何故不覺知此問言法喻是同何故衆生有知不知

爾時世尊以偈答曰

凡夫無智慧　藏識如巨海　業相猶波浪

依彼譬類通凡夫無智不能覺知藏識如海而常住業相似浪而轉生舉喻引類令彼通解

爾時大慧菩薩復說偈言

日出光等照　下中上衆生　如來照世間

爲愚說眞實　巳分部諸法　何故不說實

此之問意正由請說法身境界當爲說實而如來但說藏識如海等諸部法相是故設喻以問既分諸部何不說實也

爾時世尊以偈答曰

若說眞實者　彼心無眞實　譬如海波浪

鏡中像及夢　一切俱時現　心境界亦然

如來之意正欲說實而未說者機未熟耳故云彼心無眞實由無眞實故如來說藏識轉生諸識如海起浪及鏡中之像夢中之事雖一時俱現皆非眞實故曰心境界亦然也

境界不具故　次第業轉生　識者識所識

意者意謂然　五則以顯現　無有定次第

此明外塵境界非心本具但隨業轉生六識分別五識所取外塵故云識所識也意根對法塵而起意識亦復然矣五識隨五塵而顯現豈定有次第而生耶

譬如工畫師　及與畫弟子　布彩圖衆形

我說亦如是　彩色本無文　非筆亦非素

爲悅衆生故　綺錯繪衆像

此喻正顯言說文字無實之義如來隨機說法如畫師之隨形圖像然圖像雖由彩色筆素而成其實則非彩色筆素但爲取悅衆情假之以繪諸像也

言說別施行　眞實離名字　分別應初業

修行示眞實　眞實自悟處　覺想所覺離

此爲佛子說

言說別施行等者謂對機施設言敎非實在於言敎以其眞實本離名字所以分別者爲應初業初業謂初發心人也若有眞實心者則示眞實之法令其修行及其悟眞實之處則能覺所覺俱遣況言說乎

愚者廣分別　種種皆如幻　雖現無眞實

如是種種說　隨事別施設　所說非所應

於彼爲非說

此再釋應初業句雖爲愚者廣以言敎種種分別其實非眞亦猶幻師現出諸相皆非眞實故種種言說隨機方便施設耳言所說非所應者謂小乘之人爲說眞實之法則非所宜彼翻以爲非說所謂說法不投機翻成大妄語是也

彼彼諸病人　良醫隨處方　如來爲衆生

隨心應量說　妄想非境界　聲聞亦非分

哀愍者所說　自覺之境界

良醫隨病授藥不同以況如來應量說法有異然如來所說自覺眞實境界非外道小乘境界也妄想即外道入楞伽云外道非境界聲聞亦復然

楞伽阿跋多羅寶經註解卷第一上

楞伽阿跋多羅寶經註解卷第一下

宋求那跋多羅奉詔譯

大明天界善世禪寺住持臣僧宗泐

演福講寺住持臣僧如玘奉詔同註

復次大慧若菩薩摩訶薩欲知自心現量攝受及攝受者妄想境界當離羣聚習俗睡眠初中後夜常自覺悟修行方便當離惡見經論言說及諸聲聞緣覺乘相當通達自心現妄想之相前明真實固非外道小乘境界然而心之本具法門若能修習何憂不就故茲結勸現量塵境無不出於自心迷而不覺妄想取著言攝受者能取也及攝受者所取也欲了虛妄而顯真實當獨處遠俗離諸昏散於初中後夜覺悟所謂修行方便法門然惡見經論是外道之本小乘空相是聲聞緣覺之病若解遠離則能通達自心所現妄想之相而造夫真實之境矣

復次大慧菩薩摩訶薩建立智慧相住已於上聖智三相當勤修學何等爲聖智三相當勤修學所謂無所有相一切諸佛自願處相自覺聖智究竟之相修行得此已能捨跛驢心智慧相得最勝子第八之地則於彼上三相修生大慧無所有相者謂聲聞緣覺及外道相彼修習生大慧自願處相者謂諸先佛自願處修生大慧自覺聖智究竟相者一切法相無所計著得如幻三昧身諸佛地處進趣行生大慧是名聖智三相若成就此聖智三相者能到自覺聖智究竟境界是故大慧聖智三相當勤修學上言法身境界是如來究竟之地修行之人欲到此地非智莫進是故建立智慧之相爲修學者之所依住若不進功何由成就故誡勸云於上聖智三相當勤修學又恐大慧未達三相復徵而釋之然此三相二乘所不能行故喻如跛驢最勝子者即第八地菩薩不共二乘故云能捨良以此經雖是大乘亦兼通教也言修生者謂修行而生聖智也無所有相者無二乘外道之相也自生願處相者諸佛從本立願修行也聖智究竟相者自證中道智相也中道離空有二邊之相故云無所計

著也三昧身即報身也諸地處等者謂化身徧諸佛刹示同行者進修趣果故云行生結勸可知

爾時大慧菩薩摩訶薩知大菩薩衆心之所念名聖智事分別自性經承一切佛威神之力而白佛言世尊惟願爲說聖智事分別自性經百八句分別所依五法三自性八識二無我皆是此經所說聖智之事諸菩薩已聞說八識竟念欲聞三自性法是故大慧爲衆再請但言自性經者舉總而攝別也言百八句分別所依者謂百八句以分別自性爲所依也如來應供等正覺依此分別說菩薩摩訶薩入自相共相妄想自性以分別說妄想自性故則能善知周徧觀察人法無我淨除妄想照明諸地超越一切聲聞緣覺及諸外道諸禪定樂觀察如來不可思議所行境界畢定捨離五法自性諸佛如來法身智慧善自莊嚴起幻境界昇一切佛刹兜率天宮乃至色究竟天宮逮得如來常住法身如來開諸菩薩於生法自共相執爲說妄計自性差別義門知是義已周徧觀察則離人法二我之執執既離已乃入諸地所以度越凡小禪定優入如來不思議境其五法三自性之妄執不離而離也法身智慧莊嚴者自行之果圓也起幻境界者現土化他也至於一切佛刹天宮凡有衆生可受化者無不於中示現受生成等正覺兜率陀者此云知足謂於五欲知止足也

佛告大慧有一種外道作無所有妄想計著覺知因盡兎無角想如兎無角一切法亦復如是大慧復有餘外道見種求那極微陀羅驃形處橫法各各差別見已計著無兎角橫法作牛有角想外道之見無出二種一者計無見一切法隨因而盡更無有因如兎無角諸法亦爾此斷見也二者計有見大種依微塵而生大種者四大種也求那翻依陀羅驃翻塵於塵等諸物形量處橫計差別作牛有角想此常見也大慧彼墮二見不解心量自心境界妄想增長身受用建立妄想根量大慧一切法性亦復如是離有無不應作想大慧若復離有無

而作兎無角想是名邪想彼因待觀故兎無角不應作想乃至微塵分別自性悉不可得大慧聖境界離不應作牛有角想彼外道之起有無二見因不了諸法唯心但於自心境界增長妄想分別至於世間資身之具無非妄想心量根猶心也若能達此心量所現境界皆是虛妄其有無二見則可泯矣復告大慧非但心法本空一切諸法之性亦本離有無之相不應妄計又復若謂有無俱離作兎無角想亦是邪計言待觀者待謂待對謂對牛角之有觀兎角之無亦非真空故云不應作想至於微塵自性求其體相皆不可得良以聖智境界本離彼見是故於此不應分別也

爾時大慧菩薩摩訶薩白佛言世尊得無妄想者見不生相已隨比思量觀察不生妄想言無耶既斥外道有無皆非正因故又問云今正教得無妄想者唯見不生相而已與彼外道觀察不生妄想言無者何異耶

佛告大慧非觀察不生妄想言無所以者何妄想者因彼生故依彼角生妄想以依角生妄想是故言依因故離異不異故非觀察不生妄想言無角答中先正揀非言非觀察等者蓋了妄想無自性爲無不同彼分別對有言無蓋彼以分別妄想爲生法之因如因角有無而起分別故云以依角生妄想言離異不異者異謂依角而起有無分別不異謂角無分別離此見故故云非觀察不生妄想言無角也

大慧若復妄想異角者則不因角生若不異者則因彼故乃至微塵分析推求悉不可得不異角故彼亦非性二俱無性者何法何故而言無耶大慧若無故無角觀有故言兎無角者不應作想大慧不正因故而說有無二俱不成此復妄想異角等者再釋上義若謂分別與角異者則角非所依之因若不異者因彼而起分別若分析至於微塵悉不可得者則有角無角二見俱泯故曰不異角故彼亦非性非性者非實性也若有無二法俱無性者指何法而言無耶言無故無角者謂異於有角而言無角者決無是理故云不應作想言不正因者謂不得正因論有無者皆無實義故云二俱不成也

大慧復有餘外道見計著色空事形處橫法

不能善知虛空分齊言色離虛空起分齊見妄想重舉外計色空之義以辯其非因如入楞伽云復有外道見色形狀虛空分齊而生執著言色異虛空起於分別大慧虛空是色隨入色種大慧色是虛空持所持處所建立性色空事分別當知大慧四大種生時自相各別亦不住虛空非彼無虛空上言不善分別色空此言空即是色色即是空持所持處者謂色爲虛空所持於所持處建立諸色則空外無色互爲能所云何而言離虛空起分齊見也言性色空事者謂性色性空之事當如是分別也入楞伽云色空分齊應如是知四大種者地水火風也此四大生時堅濕煖動自相各別雖不住於虛空未嘗離於虛空故云非彼無虛空也如是大慧觀牛有角故兔無角大慧又牛角者析爲微塵又分別微塵刹那不住彼何所觀故而言無耶若言觀餘物者彼法亦然觀牛有角等者是對牛角之有言兔角之無也此牛角析爲微塵又分分析之至於隣虛如是則覺無覺相求刹那住相亦不可得刹那者微細念也彼外道計無者對牛角之有而言牛角求之既無微塵可得不知對何物而言無耶入楞伽云若待餘物彼亦如是待即對也

爾時世尊告大慧菩薩摩訶薩言當離兔角牛角虛空形色異見妄想汝等諸菩薩摩訶薩當思惟自心現妄想隨入爲一切刹土最勝子以自心現方便而敎授之此結勸離二種見又曰當思惟自心現妄想欲知妄想有無之實但當返觀自心是果有耶果無耶亦有亦無非有非無思之自得亦當以此敎導於他故曰隨入一切刹土最勝子猶佛子也

爾時世尊欲重宣此義而說偈言

色等及心無　色等長養心　身受用安立
識藏現衆生　心意及與識　自性法有五
無我二種淨　廣說者所說　長短有無等
展轉互相生　以無故成有　以有故成無
微塵分別事　不起色妄想　心量安立處
惡見所不樂　覺想非境界　聲聞亦復然

救世之所說　自覺之境界色等及心無者頌上妄想自性不出色等外塵及內識心以理言之本無所有此一無字斷妄利刀莫過乎此承當得去何想不除但凡夫不了而起妄想及取以長養自心故身受用等物由之建立自本而言藏識所現故心意識次第而生自性法有五者約三自性立名相等五法及二無我也廣說等者頌上有無妄想及觀待等皆非正因也微塵分別事不起色等頌上析角無角邪計妄想也心量安立處者頌上思惟自心離有無計即第一義安立之處非外道小乘惡見覺想所樂境界乃佛所說自覺境界也

爾時大慧菩薩爲淨除自心現流故復請如來白佛言世尊云何淨除一切衆生自心現流爲頓爲漸耶自心現流者謂八識自心現行流法煩惱亦謂之自心現過患習氣大慧爲此請淨除之法爲頓耶爲漸耶

佛告大慧漸淨非頓如菴羅果漸熟非頓如來淨除一切衆生自心現流亦復如是漸淨非頓譬如陶家造作諸器漸成非頓如來淨除一切衆生自心現流亦復如是漸淨非頓譬如大地漸生萬物非頓生也如來淨除一切衆生自心現流亦復如是漸淨非頓譬如人學音樂書畫種種伎術漸成非頓如來淨除一切衆生自心現流亦復如是漸成非頓譬如明鏡頓現一切無相色像如來淨除一切衆生自心現流亦復如是頓現無相無有所有清淨境界如日月輪頓照顯示一切色像如來爲離自心現習氣過患衆生亦復如是頓爲顯示不思議智最勝境界譬如藏識頓分別知自心現及身安立受用境界彼諸依佛亦復如是頓熟衆生所處境界以修行者安處於彼色究竟天譬如法佛所作依佛光明照耀自覺聖趣亦復如是彼於法相有性無性惡見妄想照令除滅此段示漸頓淨相佛告大慧下示漸淨相文凡四喻有法有喻有合文皆可見譬如明鏡下示頓淨相亦有四喻初無相

色像者爲即明之像像體本空以喻法中無相境界本無所有故云無有所有藏識喻云頓分別知者非藏識分別乃分別藏識所現境界如鏡現像此喻依佛頓熟大根衆生所居之境言依佛者報身佛也以報身依法身故言譬如法佛所作依佛者入楞伽云譬如法佛頓現報佛及以化佛是也自覺聖趣者即自證聖境彼外道有無性執惡見照了今滅也

大慧法依佛說一切法入自相共相自心現習氣因相續妄想自性計著因種種不實如幻種種計著不可得法依佛者法即法身體也依佛即報佛用也謂全體起用說一切法法即大乘法也入自相共相等者言衆生迷於本性入於自相共相之執是自心所現煩惱名習氣因由煩惱相續妄計造諸結業名計著因由煩惱結業受諸虛妄生死故云不實如幻此之三道該乎九界故云種種計著然此三道本是三德衆生迷之流轉三道佛說此法令其了達自性本空即妄成眞眞妄俱泯故曰不可得也

復次大慧計著緣起自性生妄想自性相大慧如工幻師依草木瓦石作種種幻起一切衆生若干形色起種種妄想彼諸妄想亦無眞實此言自共相等諸法不出二種自性由緣起自性而生妄想自性之相故復以喻顯之依草木等作種種幻比喻緣起自性也若干形色等者謂妄想自性也彼諸妄想如幻師作諸幻相故云亦無眞實也

如是大慧依緣起自性起妄想自性種種妄想心種種相行事妄想相計著習氣妄想是爲妄想自性相生大慧是名依佛說法上以幻法喻諸妄想此合前喻言種種妄想心等者因有心則有想有想則有行有行則有事無非妄想即前三道之相但開合異耳入楞伽云由取著境界習氣力故於緣起性中有妄計性種種相現是名妄計性生文顯故引註于此是名依佛說法結也

大慧法佛者離心自性相自覺聖所緣境界建立施作者法佛修德法身也言離心自性相離妄念也且法身究竟何所不離而特言心者以心爲萬法之本心若不亡則一切法生今言離相則諸法寂滅寂滅相者法身之謂也既言離相則法身名相何自而立故曰自覺聖所緣境界建立施作所謂强指法性爲法身斯乃無名之名非相之相也

大慧化佛者說施戒忍精進禪定及心智慧

離陰界入解脫識相分別觀察建立超外道見無色見化佛者即應身佛也說三乘法度諸衆生所說六度者菩薩法也離五陰十八界十二入及解脫識相分別者二乘法也觀察建立即後文二種覺義乃菩薩自行化他法也超外道見者離斷常二見也無色見者計無色定為涅槃定即受想心滅也

大慧又法佛者離攀緣攀緣離一切所作根量相滅非諸凡夫聲聞緣覺外道計著我相所著境界自覺聖究竟差別相建立是故大慧自覺聖究竟差別相當勤修學自心現見應當除滅又法佛者重示所離前言離心自體離也今復示離所離之境離也離攀緣則異於凡夫離攀緣離則異於二乘蓋二乘雖離攀又著於空佛則不然也一切所作根量相滅者異於外道也故曰非諸凡夫乃至所著境界所離既極則惟自覺聖境界而已而言究竟差別相者究竟乃極於果位差別乃以無為法而有差別無差之差也結勸有二勸修學結當文次除滅結上自心現流也

復次大慧有二種聲聞乘通分別相謂得自覺聖差別相及性妄想自性計著相云何得自覺聖差別相聲聞謂無常苦空無我境界真諦離欲寂滅息陰界入自共相外不壞相如實知心得寂止心寂止已禪定解脫三昧道果正受解脫不離習氣不思議變易死得自覺聖樂住聲聞是名得自覺聖差別相聲聞上勉菩薩修自覺聖智既有大小不同故出聲聞所證之相有二種異自覺聖差別相者所證之理也性妄想自性計著相者教起見也雖同是聲聞得失永異無常苦空無我者聲聞所修析空之觀也境界者所空之境也真諦者真理也離欲寂滅者離三界愛欲入無餘涅槃也息滅五陰十八界十二入自相共相自共相即總別相也外不壞相如實知者謂聲聞不能如實了知生死相即涅槃相故以為外也以必得寂滅而後心止心既止寂故得禪定乃至正受解脫不離習氣等者所破煩惱有正有習但能斷正離分段生死未能斷習猶有變易生死分段者三界內支形分段生死也變易者方便土因移果易生死也言不思議者此變易生死非凡夫所能思議也樂住者謂聲聞樂住於真空涅槃也

大慧得自覺聖差別樂住菩薩摩訶薩非滅門樂正受樂顧愍衆生及本願不作證大慧是名聲聞得自覺聖差別相樂菩薩摩訶薩於彼得自覺聖差別相樂不應修學此言菩薩亦證眞諦而不住著言非滅門者不同小乘住寂滅門趣正受樂言顧愍衆生等者謂菩薩以悲願度生不取著涅槃也此重結指是聲聞所得三昧之樂然菩薩於此三昧不應修學大慧云何性妄想自性計著相聲聞所謂大種青黃赤白堅濕煖動非作生自相共相先勝善說見已於彼起自性妄想菩薩摩訶薩於彼應知應捨隨入法無我相滅人無我相見漸次諸地相續建立是名諸聲聞性妄想自性計著相此段徵釋著相聲聞初釋性妄想謂四大種色各有自然之性如地以堅爲性水以濕爲性火以煖爲性風以動爲性言非作生者非造作而生也乃於陰界入自共相而生執著先勝是佛謂佛善巧宣說言執教聲聞不能了達自性本空見彼境界諸相起自性妄想爲菩薩者當知是過而捨離之隨入法無我相等入楞伽云離人無我見入法無我相漸入諸地是名下結

爾時大慧菩薩摩訶薩白佛言世尊世尊所說常不思議自覺聖趣境界及第一義境界世尊非諸外道所說常不思議因緣耶如來所談常不思議與外道所說名同恐學者濫眞妄故舉以爲問名同義異具見下文所言常與不思議無出二種境界常即自覺聖趣不思議即第一義自覺常智也聖趣常境也由常智而契常境故名爲常第一義體絕言思故云不思議也豈外道邪見所可同也佛告大慧非諸外道因緣得常不思議所以者何諸外道常不思議不因自相成若常不思議不因自相成者何因顯現常不思議復次大慧不思議若因自相成者彼則應常由作者因相故常不思議不成答言非諸外道因緣等者蓋外道修證非正因緣因非正因果非正果故徵釋而斥之不因自相成者謂非自覺相所成則常不思議境界之果亦不成也彼因若從自覺相成則因常而果亦常也言由作因相等者由所作之因是邪計故所以常不思議不成果也

大慧我第一義常不思議第一義因相成離性非性得自覺相故有相第一義智因故有因離性非性故譬如無作虛空涅槃滅盡故常如是大慧不同外道常不思議論如是大慧此常不思議諸如來自覺聖智所得如是故常不思議自覺聖智所得應當修學此對外道之非而顯正敎之是言第一義因相成等者此第一義即是中道實相以是爲因即是常因以是爲相即是常相遠離有無之過言離性則非有離非性則非無非有非無正顯中道中道絕待故常常故妙妙故不可思議此所以爲如來究竟常不思議異彼外道無自相因故復言有因有相言譬如無作虛空等者虛空以無爲故常涅槃以滅盡故常此常不思議則與外道諍論自不侔矣言諸如來等者佛言非但我法如是諸佛所證常不思議無不然也故誡菩薩應當修學

復次大慧外道常不思議無常性異相因故非自作因相力故常復次大慧諸外道常不思議於所作性非性無常見已思量計常此斥外道無常性所以難其無果以其因非正因故復對因反復斥之言異相因者非我自因之相也彼言常者非自作正因實相之力所成之常乃非常計常之常豈顯常性之果哉又復外道所計常不思議乃言世間所作之法有巳還無悉是無常性非性即有無也作是見巳妄計神我以爲常不思議故云思量計常

大慧我亦以如是因緣所作者性非性無常見巳自覺聖境界說彼常無因大慧若復諸外道因相成常不思議因自相性非性同於兎角此常不思議但言說妄想諸外道輩有如是過所以者何謂但言說妄想同於兎角自因相非分又曰我亦如是因緣者謂如來亦見彼性無常而修於常顯自覺聖境界而後乃知彼無常性故說彼常無因又若以外道邪因邪相成常不思議者然彼因自相性但有言說而無實義故云同於兎角諸外道輩下結過其略有四言說妄想一也自因相非分二也非自覺得相三也思量計常四也故云有如是過也

大慧我常不思議因自覺得相故離所作性非性故常非外性非性無常思量計常大慧

若復外性非性無常思量計常不思議常而復不知常不思議自因之相去得自覺聖智境界相遠彼不應說我常不思議等者佛謂我之所得不思議以自證爲因相不同外道有已還無爲無常以神我思量計常若復外性等者復斥外計亦有四議初斥思量計常二名不知常不思議自因之相三斥去佛所得相遠四彼不應說者斥其但有言說也

復次大慧諸聲聞畏生死妄想苦而求涅槃不知生死涅槃差別一切性妄想非性未來諸根境界休息作涅槃想非自覺聖智趣藏識轉是故凡愚說有三乘說心量趣無所有是故大慧彼不知過去未來現在諸如來自心現境界計著外心現境界生死輪常轉小乘畏懼生死忻求涅槃不知生死涅槃差別之相皆是妄想無有實性此小乘智眼見未來根塵息滅認爲涅槃豈眞所謂自覺聖智所趣之境亦非藏識所轉之涅槃也言凡愚說有三乘者謂生死即涅槃大乘之法非彼所知爲說小乘眞空涅槃心量無所有即眞空也而又不知三世諸佛涅槃妙心自心發現非別有也妄計心外有法起惑造業輪轉生死也

復次大慧一切法不生是過去未來現在諸如來所說所以者何謂自心現性非性離有非有生故大慧一切性不生一切法如兎馬等角是愚癡凡夫不覺妄想自性妄想故大慧一切法不生自覺聖智趣境界者一切性自性相不生非彼愚夫妄想二境界自性身財建立趣自性相大慧藏識攝所攝相轉愚夫墮生住滅二見希望一切性生有非有妄想生非聖賢也大慧於彼應當修學諸佛分上覺無生尚叵得況一切法乎良由衆生無始著於諸法是故諸佛破其昔計故言不生以一切法唯自心現性無實性豈但離乎有生亦離無生涅槃經所謂不生不生是也一切性不生等者復約迷悟以示得失謂不能了生即無生但言一切性不生計著一切法如兎馬之無角此愚夫不覺妄想是自性之妄想故也非令所謂不生若言一切法不生是佛自

覺聖智趣境界者則一切法性相俱不生此眞無生非彼愚夫妄想分別有無二境也言自性身財等者如入楞伽云身及資生器世間等一切皆是藏識影像所取能取二種相現愚夫不了墮生住滅有無二見取著一切性生不出有無妄想實非聖賢所得無生言於彼者於諸佛所說無生應當修學也

復次大慧有五無間種性云何爲五謂聲聞乘無間種性緣覺乘無間種性如來乘無間種性不定種性各別種性論其種性本無差別無始熏習或內或外或大或小或定或不定此經所以明夫種性有五言無間者謂其種性純一無間雜也

云何知聲聞乘無間種性若聞說得陰界入自共相斷知時舉身毛孔熙怡欣悅及樂修相智不修緣起發悟之相是名聲聞乘無間種性聲聞無間見第八地起煩惱斷習煩惱不斷不度不思議變易死度分段死正師子吼我生已盡梵行已立不受後有如實知修習人無我乃至得般涅槃覺聲聞厭苦心切急於取證故聞說四諦知苦斷集慕滅修道之時則身心悅豫陰界入自共相雖聞合不同即是苦諦相智者四諦之總相智也聲聞根鈍樂修此智不修緣起發悟之相者緣即十二因緣乃緣覺所修而發悟者而聲聞不樂修也聲聞以無間三昧見第八辟支佛地斷現行見思煩惱未斷無明別惑言習煩惱者即無明也以故未能超越變易生死但能超越分段生死苦海耳師子吼即無畏說也謂至八地說言我生已盡斷苦集也梵行已立不受後有修道證滅也皆實不虛故云如實知也修習人無我乃至得涅槃覺謂空人執而得涅槃證眞空也

大慧各別無間者我人衆生壽命長養士夫彼諸衆生作如是覺求般涅槃復由異外道說悉由作者見一切性已言此是般涅槃作如是覺法無我見非分彼無解脫大慧此諸聲聞乘無間外道種性不出出覺爲轉彼惡見故應當修學各別無間者此言著相聲聞不異外道而言無間於我人知見等各各差別之法計爲涅槃而不知此是生死根本反以爲覺而取證也復有一種

計一切法悉由造作而有非因計因見一切性是爲涅槃如聲聞之樂滅修道然於法無我解脫實非其分名爲佛子實是外道故云無間外道雖欲出離三界而不能出故云不出出覺亦勸令學者當轉彼惡見而趣如來種性也

大慧緣覺乘無間種性者若聞說各別緣無間舉身毛竪悲泣流淚不相近緣所有不著種種自身種種神通若離若合種種變化說是時其心隨入若知彼緣覺乘無間種性已隨順爲說緣覺之乘是名緣覺乘無間種性相

緣覺者從佛稟敎觀十二因緣覺眞諦理名爲緣覺亦名獨覺者出無佛世覩緣自悟也各別緣無間者聞說十二因緣因果循環而悟無生適其所願悲感交集至於流淚言不相近等者謂樂獨善寂修遠離行凡所有相皆不能著或時爲說身通變化或離一身爲多或合多身爲一聞如是說心有所入菩薩知彼緣覺種性當爲說此緣覺乘法也

大慧彼如來乘無間種性有四種謂自性法無間種性離自性法無間種性得自覺聖無間種性外剎殊勝無間種性大慧若聞此四事一一說時及說自心現身財建立不思議境界時心不驚怖者是名如來乘無間種性相

如來種性無間者謂其性圓融無礙也言四種者一自性法即如來藏自性清淨心也二離自性法謂此性離性執也三得自覺聖即如來究竟覺智也四外剎殊勝謂如來悲願嚴土攝生種種殊勝也入楞伽云所證法有三種者合自性法離自性法爲一此三種即法報應三身也及說自心現身財等者入楞伽云聞自心所現身財建立阿賴耶識者不思議境不驚不怖不畏當知此是如來乘性

大慧不定種性者謂說彼三種時隨說而入隨彼而成大慧此是初治地者謂種性建立爲超入無所有地故作是建立彼自覺藏者自煩惱習淨見法無我得三昧樂住聲聞當得如來最勝之身

不定種性者聞說聲聞緣覺如來三種法時隨生信解而順修學從小入大其性可移故言不定初治地者即乾慧地人爲其說不定種性令彼超入無所有地此地即第七已辦地作是建立者作是說也彼自覺藏幸者入楞伽云

彼住三昧樂聲聞若能證知自所依識見法無我淨煩惱習畢竟當得如來之身自所依識即自覺藏第八識也煩惱習即無明也

爾時世尊欲重宣此義而說偈言

須陀槃那果　往來及不還　逮得阿羅漢　是等心惑亂須陀槃那者即須陀洹此云預流能斷三界見惑預入聖人之流此初果也往來者梵語斯陀含能斷欲界前六品思惑後三品未斷於人天中更一往來此二果也不還者梵語阿那含斷欲界思盡更不來欲界受生此三果也阿羅漢四果也是四果人雖斷見思取證小果而未能斷塵沙無明二惑是爲惑亂也

三乘與一乘　非乘我所說　愚夫少智慧　諸聖遠離寂三乘者聲聞緣覺不定三種性也一乘如來種性也非乘各別種性也如來之意但說一乘爲機器不齊故說三乘非乘引權歸實諸聖遠離寂即樂入寂滅四果聖人也

第一義法門　遠離於二教　住於無所有　何建立三乘第一義門是爲寂理豈有權實之殊如來住此寂理一法不立況三乘乎

諸禪無量等　無色三摩提　受想悉寂滅　亦無有心量諸禪者四禪也無量者四無量心也無色者四無色定也三摩提者謂等持即三昧也受想寂滅者小乘滅盡定也此等諸法心量都盡也

大慧彼一闡提非一闡提世間解脫誰轉大慧一闡提有二種一者捨一切善根及於無始衆生發願云何捨一切善根謂謗菩薩藏及作惡言此非隨順修多羅毗尼解脫之說捨一切善根故不般涅槃一闡提是梵語此翻信不具亦云極惡非一闡提者非定是極惡若定是極惡則永無轉惡爲善得解脫時也然闡提現行雖惡性不斷善若能照性亦得成佛故又告云闡提有二種捨一切善根者此眞極惡人也及於無始衆生發願者此菩薩闡提也云何捨一切等者徵釋極惡之義也謗菩薩藏及作惡言此乃人法俱謗安肯隨順經律解脫之法而入涅槃所謂闡提斷修善盡者是也二者菩薩本自願方便故非不般涅槃一切衆生而般涅槃大慧彼般涅槃是名不般涅槃法相此亦到一闡提趣此言大乘菩薩以本願方便欲令一

切衆生悉入涅槃而後涅槃言不般涅槃法相者菩薩了生死即是涅槃涅槃本具非別有涅槃可入所謂清淨行者不入涅槃者是也言亦到一闡提趣者蓋菩薩了惡即善無善可修趣同闡提捨一切善及不入涅槃故也

大慧白佛言世尊此中云何畢竟不般涅槃

佛告大慧菩薩一闡提者知一切善法本來般涅槃已畢竟不般涅槃而非捨一切善根一闡提也大慧捨一切善根一闡提者復以如來神力故或時善根生所以者何謂如來不捨一切衆生故以是故菩薩一闡提不般涅槃

此徵釋菩薩闡提不般涅槃之所以言本來般涅槃等者經云一切衆生即涅槃相不可復滅然菩薩非終不般涅槃蓋了修即性離涅槃相也或時善根生等文顯可見

復次大慧菩薩摩訶薩當善三自性云何三自性謂妄想自性緣起自性成自性

分別自性乃此經之要領前已略明今復詳說

大慧妄想自性從相生大慧白佛言世尊云何妄想自性從相生佛告大慧緣起自性事相相行顯現事相相計著有二種妄想自性如來應供等正覺之所建立謂名相計著相及事相計著相名相計著相者謂內外法計著事相計著相者謂即彼如是內外自共相計著是名二種妄想自性相若依若緣生是名緣起

言妄想自性從相生者正從緣起相生也緣起者謂從因緣起乎事相事相顯現而生二種計著言相相者事相非一也如來建立者即如來為衆生演說妄想自性以令了妄無妄也名相計著相者謂於根塵內外法中計著名相事相計著相者謂即於彼根塵法上不了性空計著自相共相若依若緣生正明緣起自性依即因也謂諸法從因緣而生因緣有根塵因緣有業惑因緣而業惑又從根塵而起凡世出世間一切諸法無有不從因緣而生龍樹所謂因緣所生法是也

云何成自性謂離名相事相妄想聖智所得及自覺聖智趣所行境界是名成自性如來

藏心成即成就言離名相事相妄想者謂諸佛聖人觀因緣所生之法即空即假即中離諸妄想成就正智如如也聖智所得即正智也自覺聖智即如如也合此二法成一自性是為如來藏心

爾時世尊欲重宣此義而說偈言

名相覺想　自性二相　正智如如　是則成相名相即緣起自性覺想即妄想自性正智如如即成自性此攝五法為三自性故知五法三自性特開合異耳

大慧是名觀察五法自性相經自覺聖智趣所行境界汝等諸菩薩摩訶薩應當修學一經所說雖通五法三自性勸修從要乃為自覺聖智故茲結勸也

復次大慧菩薩摩訶薩善觀二種無我相云何二種無我相謂人無我及法無我云何人無我謂離我我所陰界入聚無知業愛生眼色等攝受計著生識一切諸根自心現器身藏自妄想相施設顯示言善觀人法無我相者謂用二空妙觀破生法二執也在他經則曰生法二空此云人無我法無我無即空也人乃眾生假名法乃五陰實法凡夫於此假實我見偏重故以無我破之若達無我則一切離著顯出本性妙人妙法矣人無我中言離我我所者我即假名我所即實法也蓋假不自假依實法而有假名若推假必兼其實故曰陰界入聚無知即煩惱謂實法從煩惱業愛所生眼色等者謂眼等諸識取於色等諸塵器身藏者器即依報謂世間如器身即正報藏即藏識入楞伽云又自心所見身器世間皆是藏心之所顯現此等諸法求其妄執皆不可得是為人無我也

如河流如種子如燈如風如雲剎那展轉壞躁動如猿猴樂不淨處如飛蠅無猒足如風火無始虛偽習氣因如汲水輪生死趣有輪種種身色如幻術神呪機發像起善彼相知是名人無我智河流等五喻剎那壞相躁動等三乃虛妄識相故以猿蠅風火喻之然皆無始虛妄習因墮於生死三有輪轉故以汲井輪喻之種種身色等者此喻幻身如幻術能使機發神呪能使像起入楞伽云譬如死屍呪力故行亦如木人因機運動善彼相知即善知如上喻相是觀人無我妙智也

云何法無我智謂覺陰界入妄想相自性如陰界入離我我所陰界入積聚因業愛繩縛展轉相緣生無動搖諸法亦爾離自共相不實妄想相妄想力是凡夫生非聖賢也心意識五法自性離故（法無我智從實法直示謂覺知陰界入相是妄計性如陰界入等者例前人無我觀離我我所但由陰等積聚業愛纏縛互爲緣起推其自性了不可得故曰無動搖動搖即造作也入楞伽云無能作者既無能作安有所作諸法故云離自共相然此虛妄之相是凡夫妄想分別非諸聖賢既了法法本空尚何妄想之有哉故曰自性離也離非遠離即達其性亡耳）大慧菩薩摩訶薩當善分別一切法無我善法無我菩薩摩訶薩不久當得初地菩薩無所有觀地相觀察開覺歡喜次第漸進超九地相得法雲地於彼建立無量寶莊嚴大寶蓮華王像大寶宮殿幻自性境界修習生於彼而坐同一像類諸最勝子眷屬圍繞從一切佛剎來佛手灌頂如轉輪聖王太子灌頂超佛子地到自覺聖智法趣當得如來自在法身見法無我故是名法無我相汝等諸菩薩摩訶薩應當修學（此結勸利益文中言當得初地者歡喜地也無所有等者謂菩薩用中道妙觀了諸地相無有障礙如是觀察故開覺而生歡喜或超或漸至法雲地住此地已有無量寶莊嚴境界而現其前幻自性者由修習幻性法門感如是報同一像類等者謂法身菩薩之類皆來圍繞諸佛亦來手摩其頂灌頂以下如文可見）

爾時大慧菩薩摩訶薩復白佛言世尊建立誹謗相惟願說之令我及諸菩薩摩訶薩離建立誹謗二邊惡見疾得阿耨多羅三藐三菩提覺已離常建立斷誹謗見不謗正法（眞如界中尚不當無安得言有非有說有名建立常見也非無說無名誹謗斷見也大慧設此以問云何離此二見當得菩提不謗正法耶）

爾時世尊受大慧菩薩請已而說偈言

建立及誹謗　無有彼心量　身受用建立
及心不能知　愚癡無智慧　建立及誹謗
此言建謗皆由心量然心量之實求不可得如來如此直示令彼凡迷了本無有離諸邪見言身受用建立者身即色身正報也受用即資財依報也由愚癡無智不知是自心妄現墮於二見

爾時世尊於此偈義復重顯示告大慧言有四種非有有建立云何爲四謂非有相建立非有見建立非有因建立非有性建立是名四種建立又誹謗者謂於彼所立無所得觀察非分而起誹謗是名建立誹謗相上言建立誹謗是斷常邪見而未詳說名義故列其名而後釋義名相固多其略有四曰相曰見曰因曰性皆言非有建立者謂其本無強作有見誹謗相不從他起至於建立法中求不可得以作空想故云於彼所立無所得言觀察非分者入楞伽云不善觀察蓋不能了眞空不空而起誹謗之見也

復次大慧云何非有相建立相謂陰界入非有自共相而起計著此如是此不異是名非有相建立相此非有相建立妄想無始虛僞過種種習氣計著生此釋建立初相中言非有相建立者謂於陰界入自相共相本無所有而生計著云此如是此不異如是者自相也不異者共相也然此非有相建立相非始今世故云無始虛僞習氣計著生也

大慧非有見建立相者若彼如是陰界入我人衆生壽命長養士夫見建立是名非有見建立相非有見等者此見亦從我所上起謂於陰界入中妄起我人衆生等見故云非有見建立也

大慧非有因建立相者謂初識無因生後不實如幻本不生眼色明界念前生生已實已還壞是名非有因建立相此因建立言初識無因生者謂最初識念無因而生生後不實如幻既然如幻豈有生乎眼色明界等者言初識本無後因眼等四緣一念前生生已實有實已還壞是爲生滅故皆非也

大慧非有性建立相者謂虛空滅般涅槃非

作計著性建立此離性非性一切法如兎馬等角如垂髮現離有非有是名非有性建立相性建立中言虛空滅般涅槃者即三無爲也虛空謂虛空無爲滅謂非擇滅無爲般涅槃謂擇滅無爲此三無爲皆無作性但邪計執著建立爲有言離性非性者謂一切諸法本來非有非無如兎馬等角是喻非有如垂髮由翳目而生是喻非無建立及誹謗愚夫妄想不善觀察自心現量非聖賢也是故離建立誹謗惡見應當修學此總結斥由愚夫不善觀自心現量非有非無而妄計有無實非聖賢故勸菩薩離此二見當修學也

復次大慧菩薩摩訶薩善知心意意識五法自性二無我相趣究竟爲安衆生故作種種類像如妄想自性處依於緣起譬如衆色如意寶珠普現一切諸佛刹土一切如來大衆集會悉於其中聽受佛法所謂一切法如幻如夢光影水月於一切法離生滅斷常及離聲聞緣覺之法此言菩薩善知心意意識五法二性二無我相可趣究竟之地自行既成當化衆生隨類現形故云作種種類像言如妄想等者況菩薩隨機設化亦猶凡夫妄想從緣而起又曰譬如衆色等者喻菩薩以一身一切身普現一切諸佛刹土與諸大衆聽受如來說法其所說者如幻如夢如鏡中像如水中月遠離生滅及以斷常不住二乘之地也得百千三昧乃至百千億那由他三昧得三昧已遊諸佛刹供養諸佛生諸天宮宣揚三寶示現佛身聲聞菩薩大衆圍繞以自心現量度脫衆生分別演說外性無性悉令遠離有無等見既離二乘之地即得諸佛無量三昧乃至示見佛身言自心現等入楞伽云爲諸大衆說外境界皆唯是心悉令遠離有無等執

爾時世尊欲重宣此義而說偈言

心量世間　佛子觀察　種類之身　離所作行

得力神通　自在成就言心量世間者謂菩薩以自心現量觀諸世間隨機普應然皆出於無緣慈力故離所作行亦由得如幻三昧力等而成就也

爾時大慧菩薩摩訶薩復請佛言惟願世尊爲我等說一切法空無生無二離自性相我等及餘諸菩薩衆覺悟是空無生無二離自性相已離有無妄想疾得阿耨多羅三藐三菩提爾時世尊告大慧菩薩摩訶薩言諦聽諦聽善思念之今當爲汝廣分別說大慧白佛言善哉世尊唯然受教大慧聞上諸法遠離斷常二見則已了達眞空諸法無生無異離性離相而到於聖趣爲未了者復有此請故如來條列而答之

佛告大慧空空者即是妄想自性處大慧妄想自性計著者說空無生無二離自性相大慧彼略說七種空謂相空性自性空行空無行空一切法離言說空第一義聖智大空彼彼空空空者空之又空之謂也空之又空能空之觀也妄想自性處所空之境也由凡夫於此執著妄想自性故如來說空無生無二離性離相之法也空有廣略故諸經敎所說空義非一此經但說七種乃赴一時之機如應病與藥也具見下文

云何相空謂一切性自共相空觀展轉積聚故分別無性自共相不生自他俱性無性故相不住是故說一切性相空是名相空此徵釋相空而言一切性自共相空者蓋一切法本無自他共離四性衆生妄執從四性生四性即四句四句求其生相了不可得故云相空展轉積聚者即陰界入互相待對也分別無性者即分析推求皆無自性無性亦無故云相不生也自他俱性無性者此覆蹟上義自謂自生他謂他生俱謂共生無謂無因生無因生即離生也相不住即不住於相也

云何性自性空謂自己性自性不生是名一切法性自性空是故說性自性空自性空者謂於當念觀一切所生之法無自生性名自性空前已空性此復言性空者前乃推檢入空故性相俱相約修說也此則本自二空故性性相俱性約性說也

云何行空謂陰離我我所因所成所作業方便生是名行空行空言陰離我我所者陰是我所性本離執從陰成我從我起行因所者因我所也謂因我所起業方便和合而生妄執順性推求皆不可得名行

空也

大慧即此如是行空展轉緣起自性無性是名無行空無行空者不離前所作行乃了達諸陰展轉緣起無有自性乃行無行矣是爲無行空

云何一切法離言說空謂妄想自性無言說故一切法離言說是名一切法離言說空一切法離言說空者謂一切法妄計自性自性叵得豈容言說是爲離言說空也

云何一切法第一義聖智大空謂得自覺聖智一切見過習氣空是名一切法第一義聖智大空自覺聖智本不當空而能空彼見過習氣所既空已能空亦空即畢竟空也

云何彼彼空謂於彼無彼空是名彼彼空大慧譬如鹿子母舍無象馬牛羊等非無比丘衆而說彼空非舍舍性空亦非比丘比丘性空非餘處無象馬是名一切法自相彼於彼無彼是名彼彼空是名七種空彼彼空者是空最麤汝當遠離彼彼空者正謂外道所計之空對此言之但空於彼而不空此故云於彼無彼空譬如鹿子等者鹿子人名也其母毗舍佉優婆夷深重三寶造立精舍安止比丘於中不畜象馬等言彼舍空者但無象馬爲空非謂比丘衆亦空非舍以下總斥外道邪計之空謂其縱能空舍比丘而不能空其二者之性縱以是處無象馬爲空而餘處非無是則能所彼此宛然何空之有是名一切法下結斥之詞初彼字指外道但於彼無彼而不能無此又言七種空內而彼彼空最麤者是外道之邪計故誡學者深當遠離也

大慧不自生非不生除住三昧是名無生此訓無生之問不自生者具言當如大論偈云諸法不自生亦不從他生不共不無因是故說無生非不生者謂非一向不生以理言之無生無所不生永嘉亦云若實無生無不生除住三昧者除登初地初住破無明顯法性是眞無生也

離自性即是無生離自性刹那相續流注及異性現一切性離自性是故一切性離自性此訓離自性相之問還約無生言之故曰離自性即是無生言刹那相續流注者心也及

異性現等者法也謂心若變動則有異性所現一切諸法若了心空則諸法自泯故云離自性也

云何無二謂一切法如陰熱如長短如黑白大慧一切法無二非於涅槃彼生死非於生死彼涅槃異相因有性故是名無二如涅槃生死一切法亦如是是故空無生無二離自性相應當修學此訓無二之問先約事示其二相陰熱長短黑白之相待對宛然不得不二又曰一切法無二者約理言也以其理一融彼事異則一切法無二也言非於涅槃等者生死涅槃本來平等非涅槃外別有生死非生死外別有涅槃彼即此也然此二者不二而二二而不二若不了此而謂有異相因則各有自性故說無二以之既了此二無二則一切法無不然也是故下總結勸

爾時世尊欲重宣此義而說偈言

我常說空法　遠離於斷常　生死如幻夢
而彼業不壞　虛空及涅槃　滅二亦如是
愚夫作妄想　諸聖離有無佛謂我說中道妙空則有無俱遣故云遠離於斷常此總明也生死如幻夢下次明生死涅槃各離斷常則了生死如幻夢故不常彼業不壞故不斷虛空及涅槃即三無爲法總是涅槃此涅槃亦如幻故不常非同小乘滅無故不斷滅二無二也謂生死涅槃無二離乎斷常亦如是也愚夫妄想故墮斷常聖人已離有無則無二法之異耳

爾時世尊復告大慧菩薩摩訶薩言大慧空無生無二離自性相普入諸佛一切修多羅凡所有經悉說此義諸修多羅悉隨衆生希望心故爲分別說顯示其義而非眞實在於言說如鹿渴想誑惑羣鹿鹿於彼相計著水性而彼無水如是一切修多羅所說諸法爲令愚夫發歡喜故非實聖智在於言說是故當依於義莫著言說此總結空無生等諸法非但此經所說乃一切大教所詮之旨聖智境界本無言說然如來善巧分別者爲令衆生離著顯性苟或執之則失於理故誡云莫著言說妙在得意忘言如月指之喻斯得之矣

楞伽阿跋多羅寶經註解卷第一下

楞伽阿跋多羅寶經註解卷第二上

宋求那跋多羅奉　詔譯

大明天界善世禪寺住持臣僧宗泐

演福講寺住持僧如玘奉　詔同註

一切佛語心品第二

爾時大慧菩薩摩訶薩白佛言世尊世尊修多羅說如來藏自性清淨轉三十二相入於一切衆生身中如大價寶垢衣所纏如來之藏常住不變亦復如是而陰界入垢衣所纏貪欲恚癡不實妄想塵勞所汙一切諸佛之所演說云何世尊同外道說我言有如來藏耶世尊外道亦說有常作者離於求那周徧不滅世尊彼說有我

內外言教或有相似苟不辯明邪必濫正故大慧以佛說如來藏有同外道所計神我爲問首言如來藏性清淨者體離染汙名曰清淨此如來藏生佛本同諸佛悟此起三十二相應身之用衆生迷佛所悟轉淨爲染故云轉入衆生身中如大價寶垢衣下喻顯可知云何世尊等者正結問也言亦說有常作等者即彼計神我爲常是能作者離於所依陰等諸緣周徧不滅故云離於求那周徧不滅也彼說有我者意以此同如來藏也

佛告大慧我說如來藏不同外道所說之我大慧有時空無相無願如實際法性法身涅槃離自性不生不滅本來寂靜自性涅槃如是等句說如來藏已如來應供等正覺爲斷愚夫畏無我句故說離妄想無所有境界如來藏門大慧未來現在菩薩摩訶薩不應作我見計著

答中先約法判異言我說如來藏初無我相但爲顯眞破妄故說我與無我不同外道妄計之我言空無相無願者三空也空是性空無相是相空無願是性相俱空無所願也如實際是眞如實際也法性法名軌則性名不改法身者師軌法性還以法性爲身涅槃者滅度也或說離自性或說不生不滅或說本來寂靜或說自性涅槃如是諸句皆如來藏之異名然如來以種種名演說如來藏義爲令衆生離我但機樂不同懼聞無我之名者說離妄想無所有境界離妄即無我是爲如來藏門門者能通欲衆

生從此門而入故誡云不應計著

譬如陶家於一泥聚以人工水木輪繩方便作種種器如來亦復如是於法無我離一切妄想相以種種智慧善巧方便或說如來藏或說無我以是因緣故說如來藏不同外道所說之我是名說如來藏開引計我諸外道故說如來藏令離不實我見妄想入三解脫境界希望疾得阿耨多羅三藐三菩提是故如來應供等正覺作如是說如來之藏若不如是則同外道是故大慧為離外道見故當依無我如來之藏譬如下引喻結顯泥聚一也本無定器陶家以作工方便故成種種器喻法無我亦一也本無定名以智慧方便說種種名如前空無相至涅槃等是也故結云或說如來藏或說無我名雖不同義則是一蓋開引著我外道說如來藏本令離著入三脫門成等正覺豈同外道神我之見邪三解脫者性淨解脫圓淨解脫方便淨解脫也

爾時世尊欲重宣此義而說偈言

人相續陰 縁與微塵勝自在作心量妄想人相續陰者人即是我陰即五陰此我陰相續不斷者外道計此之法從邪因緣與微塵及勝自在天所作作即生也然彼不知此但心量妄想耳

爾時大慧菩薩摩訶薩觀未來衆生復請世尊唯願為說修行無間如諸菩薩摩訶薩修行者大方便大慧既聞入三解脫門疾得菩提菩提是道果果非因行莫成行非方便莫進故為來世之機伸此請也無間者無間雜間斷也

佛告大慧菩薩摩訶薩成就四法得修行者大方便云何為四謂善分別自心現觀外性非性離生住滅見得自覺聖智善樂是名菩薩摩訶薩成就四法得修行者大方便答中言成就四法是大方便者方便多門四法乃方便之大故與其他方便不同然此四者不出修性因果謂全性起修從因至果也四法義見下文

云何菩薩摩訶薩善分別自心現謂如是觀三界唯心分齊離我我所無動搖離去來無

始虛僞習氣所熏三界種種色行繫縛身財建立妄想隨入現是名菩薩摩訶薩善分別自心現釋分別自心現中言觀三界唯心分齊者三界由妄想而起妄想不出自心分齊者界限也了知心外無法則人法二執俱離復何動作去來之相但由無始妄想熏故有三界種種五陰繫縛言色行者略舉五陰之二耳由有五陰之身故有資身財物建立如是諸法皆因自心妄想顯現若知本來空寂安有生滅是爲善分別也

云何菩薩摩訶薩善觀外性非性謂燄夢等一切性無始虛僞妄想習因觀一切性自性菩薩摩訶薩作如是善觀外性非性是名菩薩摩訶薩善觀外性非性前觀內心此修外觀此之二觀修乃隨宜未必俱用言外性非性者了外法之性非自他等四性而生也謂陽燄夢幻等性是也此一切法由無始妄習爲因故皆不實如燄夢等是爲善觀外性非性也

云何菩薩摩訶薩善離生住滅見謂如幻夢一切性自他俱性不生隨入自心分齊故見外性非性見識不生及緣不積聚見妄想緣生於三界內外一切法不可得見離自性生見悉滅知如幻等諸法自性得無生法忍得無生法忍已離生住滅見是名菩薩摩訶薩善分別離生住滅見離生住滅見謂如夢等牒前所觀也見識不生下正示離見言由前觀故內見心識不生外緣塵不積聚一一推求性不可得故云不生不生而生以妄想緣生於三界內外諸法均一理故皆不可得則離自性由離性故緣生與見皆悉寂滅如是證知諸法如幻即是無生法忍無生則無滅故生住滅之見無不離也

云何菩薩摩訶薩得自覺聖智善樂謂得無生法忍住第八菩薩地得離心意意識五法自性二無我相得意生身此自覺聖智謂得無生法忍者初破無明顯法性也言善樂者既得無生以此爲樂又云住第八菩薩地者此乃通教第八地也菩薩至此地受接始證無生法忍作餘教釋之不可也離心意識等既證無生何法可離乃非離而離得意生身者起用之本亦捨意得意之用也

世尊意生身者何因緣佛告大慧意生身者

譬如意去迅疾無礙故名意生譬如意去石壁無礙於彼異方無量由延因先所見憶念不忘自心流注不絕於身無障礙生大慧如是意生身得一時俱菩薩摩訶薩意生身如幻三昧力自在神通妙相莊嚴聖種類身一時俱生猶如意生無有障礙隨所憶念本願境界爲成就衆生得自覺聖智善樂意生身等者意有三義取以爲喻一迅疾二無礙三徧到蓋言菩薩得如幻三昧現身攝生亦有此三義也凡夫意到而身不能到身意俱到惟聖及得通者能之言如幻三昧自在神通者能生之意也妙相莊嚴聖種類身者所生之身也一時俱生猶如意生者法喻泯合也成就衆生者令其亦得善樂也

如是菩薩摩訶薩得無生法忍住第八菩薩地轉捨心意意識五法自性二無我相身及得意生身得自覺聖智善樂是名菩薩摩訶薩成就四法得修行者大方便當如是學菩薩依此四法修行即得從因至果起用化他故誡云當如是學

爾時大慧菩薩摩訶薩復請世尊惟願爲說一切諸法緣因之相以覺緣因相故我及諸菩薩離一切性有無妄見無妄想見漸次俱生上言修行證無生忍然無生之理未嘗離於因緣所生之法若覺了斯旨則能離諸妄執故大慧爲衆而請言漸次俱生者謂諸法漸生頓生此皆邪見義見下文

佛告大慧一切法二種緣相謂外及內外緣者謂泥團柱輪繩水木人工諸方便緣有瓶生如泥瓶縷疊草席種牙酪酥等方便緣生亦復如是是名外緣前後轉生內外因緣皆有親疎之義謂親生爲因疎助爲緣外緣者合有因字泥團爲因柱輪等爲緣和合爲瓶瓶即所生法也泥瓶因緣既然例餘縷疊等四亦復然也言前後轉生者謂前因後緣展轉而生也

云何內緣謂無明愛業等法得緣名從彼生陰界入法得緣所起名彼無差別而愚夫妄想是名內緣法前言外者依報也此言內者正報也言無明業等生陰界

入法者此十二因緣也由過去無明行乃生現在陰界入亦由現在愛業生未來陰界入也以是得名内緣起法彼無差別者謂本無漸生頓生差別但是凡夫妄想分別耳

大慧彼因者有六種謂當有因相續因相因作因顯示因待因當有因者作因已内外法生相續因者作攀緣已内外法生陰種子等相因者作無間相相續生作因者作增上事如轉輪王顯示因者妄想事生已相現作所作如燈照色等待因者滅時作相續斷不妄想性生當有因者謂所作因乃根塵所生法是現在因能招當來之果也相續因者謂攀緣根塵成善惡業續生後陰種子果復爲因也相因者謂作無間斷善惡業相因果相續不斷也作因者謂於因上作因如轉輪王已復勝報更作勝因名增上也顯示因者謂凡妄想事生必有因能作所作境相如燈照物顯然可見也待因者謂妄想滅時還作作時還滅若相續念斷則不妄想性生以妄待不妄是爲待因也

大慧彼自妄想相愚夫不漸次生不俱生所以者何若復俱生者作所作無分別不得因相故若漸次生者不得相我故漸次生不生如不生子無父名此言六因所生之法非二種生相但是凡夫妄想之所分別故言不漸次生不俱生也所以者何下微詰不生所以若一切法頓生者則能作之因所作之法無有分別求其因相不可得也若一切法漸生者求其體相亦不可得故喻云如不生子安有父名

大慧漸次生相續方便不然但妄想耳因攀緣次第增上緣等生所生故大慧漸次生不生妄想自性計著相故漸次俱不生自心現受用故自相共相外性非性大慧漸次俱不生除自心現不覺妄想故相生是故因緣作事方便相當離漸次俱見漸次相續方便求其生相既不可得故曰不然但妄謂生耳言因攀緣等者謂四緣也心緣塵境曰攀緣亦名因緣也心數法次第而生曰次第緣也諸法生時隨心所現不生障礙曰增上緣也心託緣生如心識之生眼識曰緣緣也言等者等於緣緣也言生所生者謂妄想從此四緣而生於中求之亦不可得故云漸次生不生蓋此四緣亦是妄計故漸與頓皆不生也但自心現受用故然

於外性自相共相推求亦無自性故也惟除愚夫自生妄想故誠云當離漸次俱見

爾時世尊欲重宣此義而說偈言

一切都無生　亦非因緣滅　於彼生滅中
而起因緣想　非遮滅復生　相續因緣起
唯爲斷凡愚　癡惑妄想緣　有無緣起法
是悉無有生　習氣所迷轉　從是三有現

一切都無生者言一切法漸次與頓俱不生也既云不生豈有滅乎但以本迷而起生滅之想耳非遮滅復生者佛之所以說無生滅者非謂實無生滅緣起爲斷凡愚妄計作如是說若究其本性何生何滅但無始習惑迷轉遂有三界生滅三有者即三界也

眞實無生緣　亦復無有滅　觀一切有爲
猶如虛空華　攝受及所攝　捨離惑亂見
非已生當生　亦復無因緣　一切無所有
斯皆是言說

猶如虛空華者言衆生於眞如實理中起生滅見如病眼見華耳攝受及所攝者乃謂能取所取於此根塵境界不見有無惑亂等相則已生當生一切無有乃假名言說耳

爾時大慧菩薩摩訶薩復白佛言世尊惟願爲說言說妄想相心經世尊我及餘菩薩摩訶薩若善知言說妄想相心經則能通達言說所說二種義疾得阿耨多羅三藐三菩提以言說所說二種趣淨一切衆生

上云一切無所有斯皆是言說然凡愚多於言說起諸妄想不能會理故大慧發如是問言心經者即此經所說名相妄想顯示第一義心二種義者入楞伽云通達能說所說義疾得無上菩提令一切衆生於二義中亦得清淨也

佛告大慧諦聽諦聽善思念之當爲汝說大慧白佛言善哉世尊唯然受教佛告大慧有四種言說妄想相謂相言說夢言說過妄想計著言說無始妄想言說相言說者從自妄想色相計著生夢言說者先所經境界隨憶念生從覺已境界無性生過妄想計著言說者先怨所作業隨憶念生無始妄想言說者

無始虛僞計著過自種習氣生是名四種言說妄想相真實理上離言說相一尚叵得豈有四哉如來說此四者以言遣言雖說第一義心亦當離著況此四種皆說衆生妄想也相言說者謂從自心所現妄想色相分別自相共相而生也夢言說者謂憶念所歷境界形於夢寐而有言說然覺已無實境界故云無性也過妄想計著言說者謂昔有怨讎曾害於我後時憶念而生憤恨之言也無始妄想言說者謂從無始戲論妄執習氣所生也若能離此四種妄想言說則顯一實妙理矣

爾時大慧菩薩摩訶薩復以此義勸請世尊惟願更說言說妄想所現境界世尊何處何故云何何因衆生妄想言說生此問言說所起之處也

佛告大慧頭胸喉鼻脣舌斷齒和合出音聲

大慧白佛言世尊言說妄想爲異爲不異佛告大慧言說妄想非異非不異所以者何謂彼因生相故大慧若言說妄想異者妄想不應是因若不異者語不顯義而有顯示是故非異非不異頭等七處息風所依和合出聲而成言說旣依衆緣而生則爲妄矣故有第二異不異問佛答非異非不異者但以分別爲因起言說耳又告異則妄想不應是因不異則言說不應顯義云何而有言說顯示故曰非異非不異也

大慧復白佛言世尊爲言說即是第一義爲所說者是第一義佛告大慧非言說是第一義亦非所說是第一義所以者何謂第一義聖樂言說所入是第一義非言說是第一義第一義者聖智自覺所得非言說妄想覺境界是故言說妄想不顯示第一義言說者生滅動搖展轉因緣起若展轉因緣起者彼不顯示第一義大慧自他相無性故言說相不顯示第一義復次大慧隨入自心現量故種種相外性非性言說妄想不顯示第一義是故大慧當離言說諸妄想相言說者能詮之教也所說者所詮之理也問意謂此一者孰爲第一義耶佛答能說所說皆非第一義者雖所詮是理而

非自得之妙似是而非惟聖樂處因言而入非言說即是也然聖智樂處是自得之妙故云非言說說即妄想覺境界言說不能顯示第一義者有三一者言說出於生滅動搖展轉緣起無常故二者言說問答有自他相故三者言說妄想不了惟心諸相無故乃誡云當離言說諸妄想相

爾時世尊欲重宣此義而說偈言

諸性無自性　亦復無言說　甚深空空義
愚夫不能了　一切性自性　言說法如影
自覺聖智子　實際我所說

諸性無自性者離心緣相也亦復無言說者離言說相也既絕言思是爲第一義空愚夫昧此則墮諸有一切性自性等謂一切法有自性則有言說然皆不實如影惟聖智所證實際是我所說也

爾時大慧菩薩摩訶薩復白佛言世尊惟願爲說離一異俱不俱有無非有非無常無常一切外道所不行自覺聖智所行離妄想自相共相入於第一眞實之義諸地相續漸次上上增進清淨之相隨入如來地相無開發本願譬如衆色摩尼境界無邊相行自心現趣部分之相一切諸法我及餘菩薩摩訶薩離如是等妄想自性自共相見疾得阿耨多羅三藐三菩提令一切衆生一切安樂具足充滿

夫離四見絕百非乃菩薩入道之初門故舉以爲問先列四句相自一異至無常四句有三初一異四句者合云一異亦異亦不異非異非不與俱即亦異亦不異不俱即非異非不異也有無四句者合云有無亦有亦無非有非無也常等四句合云常無常亦常亦無常非常非無常也經文從略不具列也此三四句各有宗計一切外道正坐此見言不行者不能離也惟聖智由能離四句故不見有自共相可登第一義眞實之地漸歷諸地至於佛地無開發等者入楞伽云以無功用本願力故蓋自行既滿復以本願普入佛刹化諸衆生如如意珠所現境界無不具顯無邊相行者相謂地相行即所修之行雖則無邊皆惟心現一切諸法差別之相部分即差別也我及下結請令滿自他願行也

佛告大慧善哉善哉汝能問我如是之義多所安樂多所饒益哀愍一切諸天世人佛告大慧諦聽諦聽善思念之吾當爲汝分別解

說大慧白佛言善哉世尊唯然受教佛告大慧不知心量愚癡凡夫取内外性依於一異俱不俱有無非有非無常無常自性習因計著妄想答中初總約法說有二一者不知自心現量於陰身内見有外法計内外性於同相起一見於別相起異見依此兩間而起俱見離此兩間起不俱見有無常無常皆若是也二者自性習因由宿習所熏而起邪計妄見下文凡十二喻各有法有喻有合不無同異隨文別點

譬如羣鹿爲渴所逼見春時燄而作水想迷亂馳趣不知非水如是愚夫無始虛僞妄想所熏習三毒燒心樂色境界見生住滅取内外性墮於一異俱不俱有無非有非無常無常想妄見攝受鹿逐時燄不知非水愚夫樂欲不知樂是苦因言妄想熏習即自性習因義也取内外性等正謂起見也

如揵闥婆城凡愚無智而起城想無始習氣計著相現彼非有城非無城如是外道無始虛僞習氣計著依於一異俱不俱有無非有非無常無常見不能了知自心現量揵闥婆本無城種無智之人妄習所熏而作城想此喻外道不達自心所現起一異等見也

譬如有人夢見男女象馬車步城邑園林山河浴池種種莊嚴自身入中覺已憶念大慧於意云何如是士夫於前所夢憶念不捨爲黠慧不大慧白佛言不也世尊佛告大慧如是凡夫惡見所噬外道智慧不知如夢自心現性依於一異俱不俱有無非有非無常無常見夢所見境本非實事而乃憶念不捨非癡而何此喻外道邪計不了唯心起諸見也

譬如畫像不高不下而彼凡愚作高下想如是未來外道惡見習氣充滿依於一異俱不俱有無非有非無常無常見自壞壞他餘離有無無生之論亦說言無謗因果見拔善根

本壞清淨因勝求者當遠離去作如是說彼墮自他俱見有無妄想已墮建立誹謗以是惡見當墮地獄此畫像喻況外道惡習起見自壞壞他言餘離有無無生論者指正教也正教無生之論離有無見而彼反將此同爲已見亦說言無勝求謂求勝法者當離此見彼外道以邪見故當墮惡趣可不懼乎

譬如翳目見有垂髮謂衆人言汝等觀此而是垂髮畢竟非性非無性見不見故如是外道妄見希望依於一異俱不俱有無非有非無常無常見誹謗正法自陷陷他此喻中言非性非無性者以見有垂髮故言非無性以不見有垂髮故言非性餘文可見

譬如火輪非輪愚夫輪想非有智者如是外道惡見希望依於一異俱不俱有無非有非無常無常想一切性生此喻外道邪心取境無而爲有起種種見

譬如水泡似摩尼珠愚小無知作摩尼想計著追逐而彼水泡非摩尼非非摩尼取不取故如是外道惡見妄想習氣所熏於無所有說有生緣有者言滅水泡喻中於無所有說有生者義通前喻以莫非無有說有及於正因緣說有處則反言斷滅此外道之倒見例皆如是

復次大慧有三種量五分論各建立已得聖智自覺離二自性事而作有性妄想計著三種量者謂現量比量聖言量也量即楷定義譬升斗量物也現量者現即顯現親得法體離妄分別而非錯謬也比量者比即比類比量度而知其然如隔山見煙必知有火隔牆見角必知是牛雖非親見亦非虛妄聖言量者謂以如來正教爲準繩故五分論者一宗二因三喻四合五結宗因喻三亦云三支比量合結但成此三義耳如外道妄計執聲爲常量於聲明中立量云聲是有法定常爲宗因云所作性故同喻如虛空然而虛空非所作性則因上不轉引喻不齊立聲爲常不成若佛法中聲是無常故立量云聲是有法定無常爲宗因云所作性故同喻如瓶盆如楞嚴云音聲雜語言但依名句味豈常也哉外道種種計著自謂過人若不類彼立量破之執何由破故如來敘三種量五分論雖各建立修之則得自覺聖智能離緣起妄想二種自性而愚夫迷教猶計有性妄想分別也

大慧立意意識身心轉變自心現攝所攝諸

妄想斷如來地自覺聖智修行者不於彼作性非性想若復修行者如是境界性非性攝取相生者彼即取長養及取我人入楞伽云諸修行者轉心意識離能所取住如來地自證聖法於有及無不起於想大慧諸修行者若於境界起有無執則著我人衆生壽者此云長養即十六知見之一也大慧若說彼性自性自共相一切皆是化佛所說非法佛說又諸言說悉由愚夫希望見生不爲别建立趣自性法得聖智自覺三昧樂住者分别顯示如來說法有實有權言若說彼性等法是化佛所說權法也若說自覺聖智三昧樂境是諸佛所說實法也言悉由愚夫希望見生者是實機未熟但說權法耳譬如水中有樹影現彼非影非非影非樹形非非樹形如是外道見習所熏妄想計著依於一異俱不俱有無非有非無常無常想而不能知自心現量譬如明鏡隨緣顯現一切色像而無妄想彼非像非非像而見像非像妄想愚夫而作像想如是外道惡見自心像現妄想計著依於一異俱不俱有無非有非無常無常見譬如風水和合出聲彼非性非非性如是外道惡見妄想依於一異俱不俱有無非有非無常無常見譬如大地無草木處熱燄川流洪浪雲湧彼非性非非性貪無貪故如是愚夫無始虛僞習氣所熏妄想計著依生住滅一異俱不俱有無非有非無常無常緣自住事門亦復如彼熱燄波浪譬如有人呪術機發以非衆生數毗舍闍鬼方便合成動搖云爲凡愚妄想計著往來如是外道惡見希望依於一異俱不俱有無非有非無常無常見戲論計著不實建立大慧是故欲得自覺聖智事當離生住滅一異俱不俱

有無非有非無常無常等惡見妄想巳上五喻詞異義同皆喻外道無始妄習不知諸法唯心起異一異等見說喻之意要令離見顯性故總結勸云是故欲得自覺聖智當離生住滅一異等惡見妄想呪術機發者西土外道呪令毗舍闍鬼入木人中走動如人實非衆生故云非衆生數也

爾時世尊欲重宣此義而說偈言

幻夢水樹影　垂髮熱時燄　如是觀三有
究竟得解脫　譬如渴鹿想　動轉迷亂心
鹿想謂爲水　而實無水事　如是識種子
動轉見境界　愚夫妄想生　如爲翳所翳
於無始生死　計著攝受性　如逆楔出楔
捨離貪攝受　如幻呪機發　浮雲夢電光
觀是得解脫　求斷三相續　於彼無有作
猶如燄虛空　如是知諸法　則爲無所知
言教唯假名　彼亦無有相　於彼起妄想
陰行如垂髮　如畫垂髮幻　夢揵闥婆城
火輪熱時燄　無而現衆生　常無常一異
俱不俱亦然　無始過相續　愚夫癡妄想
明鏡水淨眼　摩尼妙寶珠　於中現衆色
而實無所有　一切性顯現　如畫熱時燄
種種衆色現　如夢無所有偈中幻夢水樹影等乃通頌上文但譬喻有重複文相交互重複者三如翳目垂髮及夢喻凡四出熱燄幻喻凡三出陽燄畫喻凡再出單頌上文者有四如揵城等缺頌者二如聲及水泡別出者有六如楔如浮雲如電如水如淨眼如摩尼皆長行所無此且大略分之隨文釋者初夢等四喻無非顯幻故以幻事冠之於首然長行本明凡外起見令以爲幻觀三有者以其不達幻理所以起見故復明幻三相續者據後文即三毒是也言無所知者未知諸法如幻是有強覺之知巳知如幻則無所知矣言教唯假名者謂有無等四句言教本唯假名無有實相以其不了故起妄想想行等陰即實法也又云如畫垂髮幻等凡疊七喻以明本無所有而現有衆生皆頌上文餘皆可見

復次大慧如來說法離如是四句謂一異俱不俱有無非有非無常無常離於有無建立

誹謗分別結集眞諦緣起道滅解脫如來說法以是爲首非性非自在非無因非微塵非時非自性相續而爲說法復次大慧爲淨煩惱爾燄障故譬如商主次第建立百八句無所有善分別諸乘及諸地相此段通示說法軌儀蓋如來說法常依二諦故也如云離句絕非則眞諦不可說也又云離四句已無妨四說則俗諦可說也即涅槃經中四不可說有因緣故亦可得說是也言善分別結集者上明一異等四句皆外道邪見即是結集由是流轉生死之苦能善分別即妄顯眞非妄外別有故云眞諦緣起若能慕滅修道即得一切解脫而不即不思議俗諦此之二諦不二而二二而不二者也如來證此二諦即以自行而用化他故云以是爲首非性等非外道所計勝性非自在天等邪無因緣爲人說法也旣久告云爲淨煩惱爾燄障故煩惱即惑障爾燄即智障淨此二障次第可入百八句無相法中至於分別諸乘及諸地相無不皆善如來如是善導猶如商主之導衆商人也

復次大慧有四種禪云何爲四謂愚夫所行禪觀察義禪攀緣如禪如來禪上明離惑智二障能入如來所證法門然非首楞嚴定莫能造詣故又明四種禪定蓋非淺無以明深故兼三種言之

云何愚夫所行禪謂聲聞緣覺外道修行者觀人無我性自相共相骨瑣無常苦不淨相計著爲首如是相不異觀前後轉進相不除滅是名愚夫所行禪愚夫禪言二乘外道修者以其所觀人無我性不能了自心量所現自相共相性空併以愚夫目之骨瑣者即小乘所觀自他身骨瑣相連皆是無常苦不淨相對治計著此觀爲首言相不異觀者謂定中見相與觀不異此觀成之相也雖次第增進至無想定然不離相是名愚夫禪也

云何觀察義禪謂人無我自相共相外道自他俱無性已觀法無我彼地相義漸次增進是名觀察義禪觀察義禪是偏教菩薩所修者謂人我等疊前所離也外道自他等者入楞伽云亦離外道自他俱性於法無我諸地相義一一隨順觀察也

云何攀緣如禪謂妄想二無我妄想如實處不生妄想是名攀緣如禪攀緣如禪是頓教菩薩所修者入楞

伽謂緣眞如禪緣即觀也眞如即理謂觀理將除妄想妄想者乃人法二執二無我者空二執之觀也若但分別心存取捨是爲妄想若了二執當體即空無所待對是爲如實處不生妄想也

云何如來禪謂入如來地得自覺聖智相三種樂住成辦衆生不思議事是名如來禪如來

禪者即首楞嚴定修此禪定登妙覺地究竟自覺聖智三種樂住者佛以首楞嚴定爲能住之法常寂光土爲所住之處常寂光即三德涅槃也二種樂住其在茲乎不思議事者是無作妙用謂全體起用成就衆生也

爾時世尊欲重宣此義而說偈言

愚夫所行禪　觀察相義禪　攀緣如實禪
如來清淨禪　譬如日月形　鉢頭摩深險
如虛空火盡　修行者觀察　如是種種相
外道道通禪　亦復墮聲聞　及緣覺境界
捨離彼一切　是則無所有　一切刹諸佛
以不思議手　一時摩其頂　隨順入如相

譬如日月等出諸禪相以示得失謂於定中或見如日月形或見鉢頭摩此云紅蓮華或見海有深險之狀或如虛空或如火盡盡或作燼凡修觀者見此種種相現不應取著著則墮於外道邪禪及落二乘境界當善觀察悉須捨離不見有一法可得則無所有可入如來禪也

爾時大慧菩薩摩訶薩復白佛言世尊般涅槃者說何等法謂爲涅槃涅槃有三謂外道妄計涅槃二乘取證涅槃如來究竟涅槃此三涅槃名雖同而實大異苟不以法而正其名則如來藏與凡小混不可不辯故此致問

佛告大慧一切自性習氣藏意意識見習轉變名爲涅槃諸佛及我涅槃自性空事境界

一切自性習氣者入楞伽云一切識自性習氣也即一切衆生心識性執熏習氣分藏意意識者即藏識與事識此言自心也皆言習者由無始愛見妄想熏習故也轉變者謂轉藏識事識爲自覺聖智境界名爲涅槃然一切衆生即涅槃相何轉變之有所謂名轉而體不轉也諸佛及我者佛謂此究竟涅槃我及諸佛同證證無别證但了生死即是涅槃涅槃之性亦不可得是爲空事境界

復次大慧涅槃者聖智自覺境界離斷常妄想性非性云何非常謂自相共相妄想斷故非常云何非斷謂一切聖去來現在得自覺故非斷離情故非常顯性故非斷大慧涅槃不壞不死若涅槃死者復應受生相續若壞者應墮有爲相是故涅槃離壞離死是故修行者之所歸依涅槃言不壞不死者是對有壞有死而言也良以涅槃是不生不滅之理若凡夫是有壞死小乘入於眞空涅槃灰身無身滅智無智亦可謂不壞不死雖離分段之生復受變易之生是有相續之相雖離於有復著於空是猶有爲今如來涅槃離此諸相是爲大乘行者之所歸趣

復次大慧涅槃非捨非得非斷非常非一義非種種義是名涅槃此一節是總結上義言非一者是非空非種種者是非假非空非假正顯中道大涅槃也

復次大慧聲聞緣覺涅槃者覺自相共相不習近境界不顚倒見妄想不生彼等於彼作涅槃覺二乘於陰界入自共相中用苦空無常無我之觀猒離生死心切故於六塵境界不樂習親近言不顚倒見者斷見惑也妄想不生者斷思惑也既滅苦集而證眞空故曰於彼作涅槃覺

復次大慧二種自性相云何爲二謂言說自性相計著事自性相計著言說自性相計著者從無始言說虛僞習氣計著生事自性相計著者從不覺自心現分齊生二種性相起各有由如經所說若了言說性空諸法唯心何計著之有哉事即諸法也

復次大慧如來以二種神力建立菩薩摩訶薩頂禮諸佛聽受問義云何二種神力建立謂三昧正受爲現一切身面言說神力及手灌頂神力二種神力建立者入楞伽云諸佛有二種加持持諸菩薩令頂禮佛足請問衆義三昧即正受此華梵兼舉亦翻正心行處

大慧菩薩摩訶薩初菩薩地住佛神力所謂入菩薩大乘照明三昧入是三昧已十方世

界一切諸佛以神通力爲現一切身面言說如金剛藏菩薩摩訶薩及餘如是相功德成就菩薩摩訶薩住佛神力者由佛神力能令見佛復由菩薩三昧善根乃能感應一致故曰入大乘照明三昧即光明定也由是定故見佛聞法如金剛藏者即華嚴會中佛力加被之一菩薩也以一例諸故云及餘

大慧是名初菩薩地菩薩摩訶薩得菩薩三昧正受神力於百千劫積集善根之所成就次第諸地對治所治相通達究竟至法雲地住大蓮華微妙宮殿坐大蓮華寶師子座同類菩薩摩訶薩眷屬圍繞衆寶瓔珞莊嚴其身如黄金薝蔔日月光明諸最勝手從十方來就大蓮華宮殿座上而灌其頂譬如自在轉輪聖王及天帝釋太子灌頂是名菩薩手灌頂神力大慧是名菩薩摩訶薩二種神力若菩薩摩訶薩住二種神力面見諸佛如來若不如是則不能見於百千劫者此明初地菩薩被加之所以次第諸地下自淺至深也譬如自在下重出灌頂事也若不如是則不能是者總結反顯也

復次大慧菩薩摩訶薩凡所分別三昧神足諸法之行是等一切悉住如來二種神力大慧若菩薩摩訶薩離佛神力能辯說者一切凡夫亦應能說所以者何謂不住神力故大慧山石樹木及諸樂器城郭宫殿以如來入城威神力故皆自然出音樂之聲何況有心者聾盲瘖瘂無量衆苦皆得解脫如來有如是等無量神力利安衆生凡所分別下複釋被加之義起後況釋之意謂菩薩凡所辯說三昧等法皆由住佛神力即以凡況聖言菩薩若離神力則不能有所說況凡夫乎若得神力雖無情之物亦皆有用況有情者而不得以脫苦耶而言凡夫不住神力者乃以聖奪凡耳又云如來有如是神力者即如來大寂定中寂而常照稱性施設萬端無不可者亦豈有意於其間哉

大慧菩薩復白佛言世尊以何因緣如來應

供等正覺菩薩摩訶薩住三昧正受時及勝進地灌頂時加其神力佛告大慧爲離魔業煩惱故及不墮聲聞地禪故爲得如來自覺地故及增進所得法故是故如來應供等正覺咸以神力建立諸菩薩摩訶薩若不以神力建立者則墮外道惡見妄想及諸聲聞衆魔希望不得阿耨多羅三藐三菩提以是故諸佛如來咸以神力攝受諸菩薩摩訶薩爾時世尊欲重宣此義而說偈言

神力人中尊　大願悉清淨　三摩提灌頂

初地及十地 此段復問如來加被菩薩所以如來答以四義如經可見良以初心菩薩道力未充不假如來神力加持非但不能增進至如來地亦且不能遠離聲聞魔界如來慈悲攝受之意可謂深矣偈頌可解

爾時大慧菩薩摩訶薩復白佛言世尊佛說緣起即是說因緣不自說道世尊外道亦說因緣謂勝自在時微塵生如是諸性生然世尊所謂因緣生諸性言說有間悉檀無間悉檀 因緣之說有正有邪佛說者爲正外道說者爲邪此二者不可不知是故大慧並舉以問不自說道者謂佛說緣起不言緣起所以故云不自說道外道言勝自在等而諸法生諸性即諸法也然與如來所說因緣生法被機言教爲有間異耶無間異耶悉檀即四悉檀機也

世尊外道亦說有無有生世尊亦說無有生生已滅如世尊所說無明緣行乃至老死此是世尊無因說非有因說世尊建立作如是說此有故彼有非建立漸生觀外道說勝非如來也所以者何世尊外道說因不從緣生而有所生世尊說觀因有事觀事有因如是因緣雜亂如是展轉無窮 亦說有無有生者外道言有從無有主則無因而已亦說無有生等佛言無有生生已滅如無明緣行等豈非佛說亦無因耶世尊建立下以雜亂難言佛常說此有故彼有則在一時非漸次而生是非但並齊而已

亦且見外道之說勝也外道之說因乃異因耳佛說不同如觀因有事等既互相有則成雜亂遂有展轉無窮之過此皆大慧所難

佛告大慧我非無因說及因緣雜亂說此有故彼有者攝所攝非性覺自心現量大慧若攝所攝計著不覺自心現量外境界性非性彼有如是過非我說緣起我常說言因緣和合而生諸法非無因生答中先總破彼難次釋正意言此有故彼有者此即六根彼即六塵謂根塵相由而起攝所攝非性等者謂了因緣生法唯心所現無能取所取非性謂離性執也若攝所攝計著等者入楞伽云若不了諸法唯心所現計有能取所取執著外境若有若無彼有是過非我所說過即雜亂也彼即外道也性非性即有無也因緣和合而生者正酬無因之問豈同外道邪無因也

大慧復白佛言世尊非言說有性有一切性耶世尊若無性者言說不生是故言說有性有一切性因上說因緣生法遂疑言說有性一切諸法亦有性耶若諸法無性則言從何起遂結請云言說有性有一切性

佛告大慧無性而作言說謂兎角龜毛等世間現言說大慧非性非非性但言說耳如汝所說言說有性有一切性者汝論則壞佛答以無性而有言說謂因緣本無性不妨以言說示之豈必言說之爲性耶如世間現說龜毛兎角石女兒亦本無性而有言說則非性非非性言非性則非實非非性則不妨有言說故曰但言說耳結斥云汝論則壞者謂俱有性之說壞也

大慧非一切刹土有言說言說者是作耳或有佛刹瞻視顯法或有作相或有揚眉或有動睛或笑或欠或謦欬或念刹土或動搖大慧如瞻視及香積世界普賢如來國土但以瞻視令諸菩薩得無生法忍及諸勝三昧是故非言說有性有一切性大慧見此世界蚊蚋蟲蟻是等衆生無有言說而各辦事非一切刹土等正言未必皆言說也而言說但是隨緣施作作而無作豈有性耶或有佛土瞻視顯法等此皆隨機化事不同良以諸佛設化不專聲教香味觸法無非經教皆可顯法入道

如禪家有拈槌豎拂揚眉瞬目以接人者蓋亦出此世但以言說爲教者一何局哉如瞻香視者即不瞬世界前但通標此乃別出如香積世界以香爲佛事例餘塵設化可知豈特聖人設化如此至於有情微細物類亦有不假言說而能辨事者故曰見此世界蚊蚋蟲蟻等也

爾時世尊欲重宣此義而說偈言

如虛空兎角　及與槃大子　無而有言說
如是性妄想　因緣和合法　凡愚起妄想
不能如實知　輪迴三有宅

言槃大子者即石女兒也與兎角等皆喻本無而有言說亦猶法本無性而妄想云性故云如是性妄想以例因緣和合法凡愚妄想不能如實知故有輪迴三有之事也

爾時大慧菩薩摩訶薩復白佛言世尊常聲者何事說佛告大慧爲惑亂以彼惑亂諸聖亦現而非顛倒大慧如春時燄火輪垂髮揵闥婆城幻夢鏡像世間顛倒非明智也然非不現大慧彼惑亂者有種種現非惑亂作無常所以者何謂離性非性故

常聲者說常法也問意謂如來說常法依何事而說也惑亂者無常也佛意正謂無常說常要達無常即常故言諸聖亦現者謂惑亂無常生死之法非唯衆生實造而諸佛果後權現示同衆生以了無常即常不同凡夫故曰非顛倒也如春時燄等七喻正喻顛倒惑亂凡夫在迷執無爲有非常計常是爲顛倒雖非明智者之事然亦非不現也復告大慧云彼惑亂等者言彼妄法現時雖有種種差別不同然非無常良以諸法本離有無一一即性即性故常離性非性即離有無也

大慧云何離性非性惑亂謂一切愚夫種種境界故如彼恒河餓鬼見不見故無惑亂性於餘現故非無性如是惑亂諸聖離顛倒不顛倒是故惑亂常謂相相不壞故大慧非惑亂種種相妄想相壞是故惑亂常

云何下謂惑亂之法聖人見之其性本常而必曰離性非性者何以未能了達即是愚夫境界故也如彼恒河等者承上愚夫所見舉以爲喻餓鬼雖近恒河而不見水以其見水是火故云見不見也見雖有異而彼恒河體常自若無惑亂性者謂不以見故爲有不以不見故爲無自其見

者言之非無恒河故曰於餘現故非無性也如是惑亂等正釋惑亂常義謂諸聖以離倒不倒見故即彼惑亂體是常住以其法法不壞故也又言非惑亂者謂非諸妄法自有種種差別之相以愚夫妄想分別見有異相若離分別妄法即常故曰惑亂常也

大慧云何惑亂真實若復因緣諸聖於此惑亂不起顛倒覺非不顛倒覺大慧除諸聖於此惑亂有少分想非聖智事相大慧凡有者愚夫妄說非聖言說入楞伽云云何而得妄法真實謂諸聖者於妄法中不起顛倒非顛倒覺若於妄法有少分想則非聖智有少想者當知則是愚夫戲論非聖言說

彼惑亂者倒不倒妄想起二種種性謂聖種性及愚夫種性聖種性者三種分別謂聲聞乘緣覺乘佛乘云何愚夫妄想起聲聞乘種性謂自共相計著起聲聞乘種性是名妄想起聲聞乘種性大慧即彼惑亂妄想起緣覺乘種性謂即彼惑亂自共相不親計著起緣覺乘種性云何智者即彼惑亂起佛乘種性謂覺自心現量外性非性不妄想相起佛乘種性是名即彼惑亂起佛乘種性言彼惑亂者謂分別妄法是倒非倒則成二種種性非倒是聖倒即愚夫先出聖種性復有三種謂聲聞緣覺佛乘初聲聞乘中言愚夫妄想起者謂愚夫於五陰自相共相照了空寂而生厭離乃成聲聞種性緣覺亦云自共相者離執義同但樂修遠離故云不親是為緣覺種性佛種性中特言智者異二乘故覺自心現量等義見前釋是為佛乘種性

又種種事性凡夫惑想起愚夫種性彼非有事非無事是名種性義大慧即彼惑亂不妄想諸聖心意意識過習氣自性法轉變性是名為如是故說如離心我說此句顯示離想即說離一切想愚夫種性中言種種事性者謂分別妄法種種事物隨事計著以成其性言彼非有事等者謂即彼妄法非事以非非事即非有非無是為愚夫種性又曰即彼惑亂不妄想者重示佛乘種性不特於妄法不妄想而已亦於心意意識過患習氣等法皆悉轉變轉變之極乃復其性無非一如以皆如故離心絶想此句即離心絶

想之句所謂眞如離念向則心絶是也

大慧白佛言世尊惑亂爲有爲無佛告大慧如幻無計著相若惑亂有計著相者計著性不可滅緣起應如外道説因緣生法自此之下問答有四初問惑亂有無因上以惑亂爲常爲實又以爲妄想然則果有耶果無耶佛答以如幻無計著相者意謂若言妄法定有定無則生計著性不可滅故以如幻言之若不能了如幻則緣起之法同於外道邪計因緣矣

大慧白佛言世尊若惑亂如幻者復當與餘惑作因佛告大慧非幻惑因不起過故大慧幻不起過無有妄想大慧幻者從他明處生非自妄想過習氣處生是故不起過大慧此是愚夫心惑計著非聖賢也此問因答而起若以惑亂如幻復能起過與餘惑作因而生法耶佛答幻非惑因有三義一幻不起過故二無妄想故三從明處生故明處者入楞伽云明呪謂幻從呪術而生非自分別過習而起然此三義皆明幻不起惡非妄法因若分別妄惑起過乃是凡夫故曰非聖賢也

爾時世尊欲重宣此義而説偈言

聖不見惑亂　中間亦無實　中間若眞實
惑亂即眞實　捨離一切惑　若有相生者
是亦爲惑亂　不淨猶如翳前四句明大乘聖智了妄即眞實惑亂妄法乃凡夫境界佛眼見之無非眞實而此眞實亦非實體離此空有是爲眞實良由聖智了達妄法即是眞實故也後四句明小智離妄顯眞於眞著相亦爲惑亂如目有翳見爲不淨也

楞伽阿跋多羅寶經註解卷第二上

楞伽阿跋多羅寶經註解卷第二下

宋求那跋多羅奉　詔譯

大明天界善世禪寺住持臣僧宗泐

演福講寺住持臣僧如玘奉　詔同註

復次大慧非幻無有相似見一切法如幻大慧白佛言世尊爲種種幻相計著言一切法如幻爲異相計著若種種幻相計著言一切性如幻者世尊有性不如幻者所以者何謂色種種相非因世尊無有因色種種相現如幻世尊是故無種種幻相計著相似性如幻

上言一切法如幻佛恐大慧疑何獨以幻爲喻故復告云非假幻喻諸法更無有可相似者故說一切法如幻也此第三問中意謂佛說一切法如幻爲執著種種幻相而言如幻耶爲不執著諸相而言如幻耶若執著幻相言諸法如幻者未必諸法皆如幻也故曰有性不如幻者性即法也又徵難者意謂若槩言之凡諸色相應無別因然世間未有有因之色皆如幻者世尊下結難如文

佛告大慧非種種幻相計著相似一切法如幻大慧然不實一切法速滅如電是則如幻大慧譬如電光剎那頃現現已即滅非愚夫現如是一切性自妄想自共相觀察無性非現色相計著

答中言諸法如幻者正非計著幻相直以一切法不實速滅如電乃如幻耳又以喻顯電光剎那起滅之速惟聖智乃知非愚夫所覺現相如是一切下入楞伽云一切諸法依自分別自共相現亦復如是以不能觀察無所有故而妄計著種種色相

爾時世尊欲重宣此義而說偈言

非幻無有譬　說法性如幻　不實速如電
是故說如幻

上二句答非幻無以喻諸法下二句答幻相如電

大慧復白佛言如世尊所說一切性無生及如幻將無世尊前後所說自相違耶說無生性如幻

此第四問謂佛既說一切法無生是無又云如幻是有豈非有無相違耶

佛告大慧非我說無生性如幻前後相違過

所以者何謂生無生覺自心現量有非有外性非性無生現大慧非我前後說相違過然壞外道因生故我說一切性無生大慧外道癡聚欲令有無有生非自妄想種種計著緣大慧我非有無有生是故我以無生說而說

佛答非我說有相違所以下徵釋生無生者言我了於生即是無生唯是自心之所現故若有若無一切外法其性本無有生故我說無生此總答也別答中有二一爲壞外道因生如彼計種種異因有生故說一切性無生二爲破外道計有無生非自執著妄想爲緣又告大慧云我非有無者謂離有無之見故我以無生之說而說無生也

大慧說性者爲攝受生死故壞無見斷見故爲我弟子攝受種種業受生處故以性聲說攝受生死

說性者下入楞伽云說諸法者爲令弟子知依諸業攝受生死遮其有無斷滅見故爲我弟子下爲令弟子知隨業受生性聲者性即法聲即說言以法說說攝受生死也

大慧說幻性自性相爲離性自性相故墮愚夫惡見相希望不知自心現量壞因所作生緣自性相計著說幻夢自性相一切法不令愚夫惡見希望計著自及他一切法如實處見作不正論大慧如實處見一切法者謂超自心現量

說幻性下釋說幻義一爲知性離故以知幻性即離自性圓覺云知幻即離是也二爲破愚夫取著相此復有三不知自心現量一也壞正因緣所生法二也緣自性相作實有計著三也故說一切法如幻如夢之相破之不令愚夫下結過顯德於如實處作不正論結過也不正論即自他性計戲論也又如實處下是顯德入楞伽云見一切法如實處者謂能了達唯心所現也

爾時世尊欲重宣此義而說偈言

無生作非性　有性攝生死　觀察如幻等
於相不妄想

無生作非性者入楞伽云無作故無生謂諸法性本無生故說無生有性攝生死頌上依業說生死也以如幻觀之則離妄想分別也

復次大慧當說名句形身相善觀名句形身菩薩摩訶薩隨入義句形身疾得阿耨多羅

三藐三菩提如是覺已覺一切衆生大慧名身者謂若依事立名是名名身句身者謂句有義身自性決定究竟是名句身形身者謂顯示名句是名形身又形身者謂長短高下又句身者謂徑跡如象馬人獸等所行徑跡得句身名大慧名及形者謂以名說無色四陰故說名自相現故說形是名名句形身說名句形身相分齊應當修學名句形身者唯識論云名詮自性句詮差別文即是字爲二所依形即文也身者聚義名詮自性者如說六根但云眼耳鼻舌身意之名而已句詮差別者如云眼是佛眼法眼慧眼等種種差別也然此名句形三身名爲三假假者對實而言則聲爲實此一實三假乃能詮教體今但云當說名句形身而不言一實者以佛說法之聲即一實也善觀者謂當善觀察名句形身能詮之教即達所詮之義速成菩提非唯自覺亦能覺他也已上總釋自大慧下別解謂依事立名者即名以詮目性也句有義身者即句詮差別也凡句以詮義差別爲性故決定究竟不相混濫是身句之功也形身謂顯示名句者即由文字以顯名句亦即名句以成文故曰文即是字爲二所依又形者是踰踰如人之形有長短高下文之長短亦猶是也句身謂徑跡者如因跡始知有象馬等所行猶尋句而得義也上乃以形句對言若名與形相對言者則如五陰之受想行識四陰無色而有名色陰自相顯現故說有形亦猶文因義而顯也佛之說此名句形身是示學者入理之門理由行顯故云應當修學

爾時世尊欲重宣此義而說偈言

名身與句身　及形身差別　凡夫愚計著

如象溺深泥文字性離即是解脫若隨文起見過同邪外如象溺深泥可不戒耶

復次大慧未來世智者以離一異俱不俱見相我所通義問無智者彼即答言此非正問謂色等常無常爲異不異如是涅槃諸行相所相求那所求那造所造見所見塵及微塵修與修者如是比展轉相如是等問而言佛說無記止論非彼癡人之所能知謂聞慧不具故如來應供等正覺令彼離恐怖句故說

言無記不爲記說又止外道見論故而不爲說佛說離四句本令歸正故語大慧未來世菩薩當以離四句相問彼世人意示入道之門彼無智人不達此意乃答云此非正論謂色等者言約陰入界等諸法上而分常無常異不異等四句也如是涅槃諸行者行即能顯涅槃之行能相所相能依所依能造所造能見所見塵及微塵謂泥團微塵也修與修者即人法也如是比展轉相者言上相對二法如是等下入楞伽云如是不可記事次第而問世尊說此當止記答愚夫無智非所能知佛欲令其離驚怖處不爲記說

大慧外道作如是說謂命即是身如是等無記論大慧彼諸外道愚癡於因作無記論非我所說大慧我所說者離攝所攝妄想不生云何止彼大慧若攝所攝計著者不知自心現量故止彼大慧如來應供等正覺以四種記論爲衆生說法大慧止記論者我時時說爲根未熟不爲熟者止外道見論者隨語生解執爲見論故皆止而不說俾思之而自得命即身者以外道計即陰是我離陰是我故說身命爲一異等如是等說名無記論於因作無記論者計無因而生是爲無記然佛所說者離能取所取不起妄想云何止彼者謂何不直作如是而說以曉之而止之者何耶但爲彼執著能取所取不知唯心所現故止之也四種論如後文止論是其一也不唯止彼外道亦爲根未熟者時復說之耳

復次大慧一切法離所作因緣不生無作者故一切法不生大慧何故一切性離自性以自覺觀時自共性相不可得故說一切法不生何故一切法不可持來不可持去以自共相欲持來無所來欲持去無所去是故一切法離持來去大慧何故一切諸法不滅謂性自性相無故一切法不可得故一切法不滅大慧何故一切法無常謂相起無常性是故說一切法無常大慧何故一切法常謂相起無生性無常常故說一切法常一切法下明不生句有二意一離所作因緣故不生二離自共性相故不生也不可持來下以事言之非無去來但

以四句求自共相不可得故不見有去來之跡淨名經云來者無所從來去者亦無所至此以理言之也諸法不滅者謂一切法本無性相豈有滅乎常無常句約情理言若以情見相相遷流故云相起無常以理言之法法即性故云相起無生此無常即常也

爾時世尊欲重宣此義而說偈言

記論有四種　一向反詰問　分別及止論
以制諸外道　有及非有生　僧佉毗舍師
一切悉無記　彼如是顯示　正覺所分別
自性不可得　以離於言說　故說離自性

此四種論言一向曰直答謂隨問而答也反詰問亦曰反質謂反質所問也分別謂詳辯而答也止論謂置而不答也制諸外道多用止論有及非有生者謂數論計有勝論計無僧佉者數論也毗舍者勝論也如是等法皆無記論所攝彼外道計不出有無故云彼如是顯示以正智觀之求其性相皆不可得況言說乎

爾時大慧菩薩摩訶薩復白佛言世尊惟願為說諸須陀洹須陀洹趣差別通相若菩薩摩訶薩善解須陀洹趣差別通相及斯陀含阿那含阿羅漢方便相分別知已如是如是為衆生說法謂二無我相及二障淨度諸地相究竟通達得諸如來不思議究竟境界如衆色摩尼善能饒益一切衆生以一切法境界無盡身財攝養一切大慧是大乘人請說小乘者何蓋菩薩有自行化他不同自行則唯趣極果化他則法須徧至故為衆請說四果之法須陀洹此云預流初果也又言須陀洹趣者趣即趣向謂初果向也差別通相者通即同也謂分別同相別相也及二果三果四果修行方便之相皆得善解分別知已如是如是者謂如是分別如是而知為諸衆生說此四法令其證得二無我相淨除惑智二障於諸地相漸次通達獲於如來智慧境界以法身法財利物無盡如摩尼珠以寶濟人之無匱也

佛告大慧諦聽諦聽善思念之今為汝說大慧白佛言善哉世尊唯然聽受佛告大慧有三種須陀洹須陀洹果差別云何為三謂下中上下者極七有生中者三五有生而般涅槃上者即彼生而般涅槃答初果中言有上中下三種差別者

根性利鈍不同耳極七有生者謂極鈍下根斷見惑證初果後進斷思惑欲界中九品思惑具經七反生死方斷此惑取證三果七反者謂人中七生天中七生中陰中十四生合二十八生今言七反者從略也三五有生者謂中根之人證初果後三生或五生斷此惑盡取證三果即彼生而般涅槃者謂上根之人得初果已即於當生超至四果而入真空涅槃也

此三種有三結下中上云何三結謂身見疑戒取是三結差別上上昇進得阿羅漢三結正當初果所斷見惑與八十八使廣略之異耳言亦有下中上者以結惑從人根性而分為三也上上昇進等者於此斷惑證果合有三斷四超言上上者約大超根性而說也

大慧身見有二種謂俱生及妄想如緣起妄想自性妄想譬如依緣起自性種種妄想自性計著生以彼非有非無非有無無實妄想相故愚夫妄想種種妄想自性相計著如熱時燄鹿渴水想是須陀洹妄想身見彼以人無我攝受無性斷除久遠無知計著身見者彼於五陰身作主宰見此分二種俱生者謂見與身俱生如前身見妄想復依見而起如後邊見故曰如緣起等謂依緣起故起妄想自性以彼非有下正釋上妄想身見以本非四見而有四見則是無實妄想相如彼緣起而愚夫以妄想故起種種妄想自性計著故譬之如熱時燄非水謂水即其相也彼以人無我攝受無性者即切果向人以人無我觀了本無性故其惑即斷言無知者謂染汙無知也

大慧俱生者須陀洹身見自他身等四陰無色相故色生造及所造故展轉相因相故大種及色不集故須陀洹觀有無品不現身見則斷如是身見斷貪則不生是名身見相俱生身見者初果人觀察自他之身受想行識四陰無色相故色由四大種生造及所造即能造所造謂四大造色陰展轉者即四大互相因也不集者謂大種與色性無和合如是觀之五陰有無皆不可得孰為身見故曰有無品不現身見既斷貪亦不生也

大慧疑相者謂得法善見相故及先二種身見妄想斷故疑法不生不於餘處起大師見為淨不淨是名疑相須陀洹斷此疑相中謂初果人於四

諦法諦了無惑即善見相及前二種身見分別斷故於諸法中更不生疑自然明了邪正不復餘外道處起大師想爲淨不淨者不於佛處疑善不善是爲疑相不生也

大慧戒取者云何須陀洹不取戒謂善見受生處苦相故是故不取大慧取者謂愚夫決定受習苦行爲衆具樂故求受生彼則不取除回向自覺勝離妄想無漏法相行方便受持戒支是名須陀洹取戒相斷戒取者非戒爲戒也外道邪習非因計因如持雞狗等戒是也初果人不取彼戒謂善見彼受報苦相徒勞苦行故不取也愚夫取者以五欲等衆具爲樂故求受生然非三昧之樂雖求樂果其實何有彼初果人不取是爲戒非無自己所持之戒故曰除回向自覺勝等即彼所修戒行回因向果戒支者支謂支分如七覺支及五支戒等是雖不取乎彼而取乎此然非大乘無取之戒是亦取也

須陀洹斷三結貪癡不生若須陀洹作是念此諸結我不成就者應有二過墮身見及諸結不斷大慧白佛言世尊世尊說衆多貪欲彼何者貪斷佛告大慧愛樂女人纏綿貪著種種方便身口惡業受現在樂種未來苦彼則不生所以者何得三昧正受樂故是故彼斷非趣涅槃貪斷言三結者見惑也因斷此見離貪瞋癡此三者即見惑中之思惑也言二過者身見本也諸結末也本既不除末何由滅貪有多種特言愛樂女人舉其重者言之初果人得三昧勝樂能斷此欲雖離於有猶著於空故云非趣涅槃貪斷也

大慧云何斯陀含相謂頓照色相妄想生相見相不生善見禪趣相故頓來此世盡苦際得涅槃是故名斯陀含此明二果相謂照了五陰色相妄想不同初果修四行觀故得頓名生相即諸結見相即妄想此二不生惟無漏智加修禪定則善見禪趣之相進斷欲界思惑至盡六品惟餘一生故曰頓來此世盡苦際者離人中生死得涅槃者證二果也

大慧云何阿那含謂過去未來現在色相性非性生見過患使妄想不生故及結斷故名

阿那含此三果人通觀三世色相皆空非性即空也離有無分別過患故云妄想不生結斷者斷欲界後三品思惑也

大慧阿羅漢者謂諸禪三昧解脫力明煩惱苦妄想非性故名阿羅漢諸禪三昧即羅漢所修智定解脫力明即所證之法力即神通明乃三明也以是照了煩惱諸苦分別皆空謂色無色界思惑淨盡證無學果也

大慧白佛言世尊世尊說三種阿羅漢此說何等阿羅漢世尊爲說寂靜一乘道爲菩薩摩訶薩方便示現阿羅漢爲佛化化佛告大慧得寂靜一乘道聲聞非餘餘者行菩薩行及佛化化巧方便本願故於大衆中示現受生爲莊嚴佛眷屬故大慧於妄想處種種說法謂得果得禪禪者入禪悉遠離故示現得自心現量得果相說名得果復次大慧欲超禪無量無色界者當離自心現量相大慧受想正受超自心現量者不然何以故有心量故此簡羅漢名相通別通則通名羅漢別則三種不同三種中一實二權得寂靜一乘道者一實也菩薩方便示現及佛化化者二權也佛答謂所說羅漢是實非權一乘者乃三乘之一非佛乘之一也巧方便本願者即餘二種爲已曾發善巧方便誓願示現羅漢莊嚴佛會而爲眷屬也於妄想衆生之處爲其說法同其修證故曰得果得禪雖入於禪而不住禪亦隨心量示現得果而不住於果二種權行既不同於實行又不住果住禪是爲超禪故示超禪之相令其捨世間禪得出世間禪世間禪謂四禪四無量四無色定也當離自心者心量既極即是如來禪然則滅受想定豈非超心量乎故復簡云不然以其取滅受想亦是心量故須一切捨離皆不可得圓覺經所謂照與照者同時寂滅斯得之矣

爾時世尊欲重宣此義而說偈言

諸禪四無量　無色三摩提　一切受想滅

心量彼無有　須陀槃那果　往來及不還

及與阿羅漢　斯等心惑亂　禪者禪及緣

斷知見眞諦　此則妄想量　若覺得解脫

偈中初四句頌上起禪相中四句頌上四果惑亂者以大斥小謂小乘取涅槃相亦是心惑亂也後四句禪者禪等即上能入所入及禪所緣境與夫斷集知苦見眞諦理皆寂滅性中妄想心量若能覺了則究竟解脫無得而得也

復次大慧有二種覺謂觀察覺及妄想相攝受計著建立覺大慧觀察覺者謂若覺性自性相選擇離四句不可得是名觀察覺

上云若覺得解脫故又告之以覺知之道二種覺義一往言之雖若眞妄之異然據結文云菩薩成就則皆大士所觀而眞俗不同觀察覺即眞諦之覺也建立覺即俗諦之覺也良以菩薩觀眞不捨俗照俗不違眞若覺性自性等者即觀一切法之自性此性本來離相不可以一異等四句分別簡擇故云不可得也

大慧彼四句者謂離一異俱不俱有無非有非無常無常是名四句大慧此四句離是名一切法大慧此四句觀察一切法應當修學

分別四句之相如前言四句離者是不著於妄計也若墮四句計中非所以覺性自性今皆求之叵得則離彼四句復乎本性是名一切法以此四句觀一切法無情不離無性不顯故結勸云應當修學

大慧云何妄想相攝受計著建立覺謂妄想相攝受計著堅濕煖動不實妄想相四大種宗因相譬喻計著不實建立而建立是名妄想相攝受計著建立覺是名二種覺相若菩薩摩訶薩成就此二覺相人法無我相究竟善知方便無所有覺觀察行地得初地入百三昧得差別三昧見百佛及百菩薩知前後際各百劫事光照百剎土知上上地相大願殊勝神力自在法雲灌頂當得如來自覺地善繫心十無盡句成熟衆生種種變化光明莊嚴得自覺聖樂三昧正受

二建立覺者入楞伽云謂於堅濕煖動諸大種性取相執著虛妄分別以宗因喻而妄建立是名取相分別執著建立智宗因喻者即五分論法雖是不實建立以世諦故而建立之則眞俗兩行不相妨礙若菩薩下總結二覺成相初覺成故於人法知無我相次覺成故了無我相不離人法故曰究

竟善知方便無所有覺者還以二種覺觀歷於行地而後得入初地也入三昧見佛等皆以百言之者以菩薩初破無明能分身百界所入法門數皆如之故攝論云菩薩入初地時證十百明門一於一剎那頃證百三摩地二以淨天眼見百佛國三以神通力能動百佛世界四能往百佛世界教化衆生五能以一身化百類身形令有情見六能成就百類所化有情七若爲利益能留身住世百劫八能知前後際百劫事九能以智慧入百法明門洞達曉了十能以身觀百類眷屬餘地倍倍增勝十無盡句者如華嚴十地品住初歡喜地有十不可盡句云云亦如普賢十行願皆言無盡以此善繫其心成熟衆生至於自覺聖樂三昧則菩薩之能事畢矣

復次大慧菩薩摩訶薩當善四大造色云何菩薩善四大造色大慧菩薩摩訶薩作是覺彼眞諦者四大不生於彼四大不生作如是觀察觀察已覺名相妄想分齊自心現分齊外性非性是名心現妄想分齊謂三界觀彼四大造色性離四句通淨離我我所如實相自相分段住無生自相成上云四大言之未詳故重示之初明能覺觀則曰菩薩作是覺等言彼眞諦四大不生者理也亦承上觀察覺言之然理非無四大直彰無相故云不生所以菩薩作不生觀察不生而生是生四大之本故有四大名相妄想次第究其四大所起亦是自心現之分齊既了諸法唯心即達外性非性是則觀彼四大造色性離性離者無生四句也以是四句通淨四大亦即四大圓離四性由是離我我所離故復本復本故法法不失自體故曰如實相自相分段住如實相則相相一如自相分段則有差別惟其同異不相妨礙則無生自相如是而成此能覺之智也

大慧彼四大種云何生造色謂津潤妄想大種生內外水界堪能妄想大種生內外火界飄動妄想大種生內外風界斷截色妄想大種生內外地界色及虛空俱計著邪諦五陰集聚四大造色生此明所覺之法復躡上文徵釋其相彼四大者對眞諦而言則以四大爲彼對四大而言亦以眞諦爲彼言四大種生造色者即大種爲能造如前堅濕煖動是也四大爲所造如後內外水大等通名爲色是也若楞嚴則交互而起如覺明空昧相待成搖故有風輪等云云今文各從類造故有津潤大種生於水大等蓋雖別而理通言其造法莫不因性而有相從微而至著相因想成末由種起所以發生萬

類本乎一心所謂津潤堪能搖動斷截者各隨四大性分說也又津潤等亦可約貪瞋癡等分言之故一一皆曰妄想想也大種種也此皆發於微者也及其既著則爲內外四大謂正報爲內依報爲外俱徧一切而與空俱故曰色及虛空等外道於此計著邪諦或計有無或起分齊已如前斥由四大造色故有五陰因陰而有六根次第而生故云四大造色生也

大慧識者因樂種種跡境界故餘趣相續大慧地等四大及造色等有四大緣非彼四大緣所以者何謂性形相處所作方便無性大種不生大慧性形相處所作方便和合生非無形是故四大造色相外道妄想非我識者六識謂六識樂諸塵境出入履歷故曰跡此由妄識著於妄境遂成結業六趣受生相續不斷又曰地四大等者示四大不能獨造必兼於緣不專在緣故曰非彼四大緣所以下微釋其義謂性津潤等性形相四大色相因也處及所作方便緣也若因無生性雖緣亦不生故曰大種不生必由衆緣和合成形非無形者則亦在緣也既無在無不在則本無實性無性而生則因緣之義彰矣言外道妄想者此與前計著邪諦之語皆因而斥非謂四大造色相不同外道妄想分別故曰非我

復次大慧當說諸陰自性相云何諸陰自性相謂五陰云何五謂色受想行識彼四陰非色謂受想行識大慧色者四大及造色各各異相大慧非無色有四數如虛空譬如虛空過數相離於數而妄想言一虛空大慧如是陰過數相離於數離性非性離四句數相者大夫言說非聖賢也此明五陰自性相數非數言數者以色非色各諸四數故曰彼四陰非色又曰色者四大造言各各異相則四大不同通名爲色而色亦有四次言非數者即色界無色界皆非數也且約無色界示之故云非無色有四數如虛空正言無色四陰本無有四譬如虛空超過數相然妄想分別言虛空是一陰亦如是離諸數相有無等四句計有數相者是凡夫所言非諸聖賢如云佛身無爲不墮諸數是也大慧聖者如幻種種色像離異不異施設又如夢影士夫身離異不異故大慧聖智趣同陰妄想現是名諸陰自性相汝當除滅滅已

說寂靜法斷一切佛剎諸外道見大慧說寂靜時法無我見淨及入不動地入不動地已無量三昧自在及得意生身得如幻三昧通達究竟力明自在救攝饒益一切衆生猶如大地載育衆生菩薩摩訶薩普濟衆生亦復如是聖人了陰如幻雖現種種色像離於施設異不異見如夢影中現士夫身皆無實體豈有異不異耶然異不異見乃凡夫之妄想佛之所以能離者由了凡聖陰體本來不二故曰聖智趣同陰妄想現凡夫欲復本體當須遠離陰妄性相故云汝當除滅妄執若滅寂靜乃彰故復能說此寂靜之法遠離一切外道之見說此法時既離法無我執即能入不動地得無量三昧一切法門普濟羣品如地之載育也

復次大慧諸外道有四種涅槃云何爲四謂性自性非性涅槃種種相性非性涅槃自相自性非性覺涅槃諸陰自共相相續流注斷涅槃是名諸外道四種涅槃非我所說法大慧我所說者妄想識滅名爲涅槃涅槃之說有邪有正佛欲說正乃先斥邪言外道四種涅槃名相如經所列涅槃是果果由因得其因既邪果亦非正故云非我所說我之所說涅槃者直以妄識心滅耳蓋由外道涅槃不離神我神我即妄識故以妄想識滅而對破之也

大慧白佛言世尊不建立八識耶佛言建立

大慧白佛言若建立者云何離意識非七識

佛告大慧彼因及彼攀緣故七識不生意識者境界分段計著生習氣長養藏識意俱我我所計著思惟因緣生不壞身相藏識因攀緣自心現境界計著心聚生展轉相因譬如海浪自心現境界風吹若生若滅亦如是是故意識滅七識亦滅上云妄想識滅名爲涅槃遂疑八識亦滅佛答以不滅言建立者不滅也又疑七識不滅佛答以彼因及攀緣故七識不生者彼即六識言因及攀緣在六識而七識執我未嘗相離若六識滅則七識亦不生也意識者下通示諸識展轉相因未始不俱乃體一而相異也又有四意一境界分段者言六識從六塵生也二習氣長養者言六識不離七識八識也三我我所計著者言七識我執從思惟彼因

彼緣而生四不壞身相下藏識即第八識言因攀緣自心現境界等此八識因於六識能緣還緣自心所現境界即六塵也以計著故而生六識能總諸心故云心衆生也謂八識與六識展轉轉相因而生如此相因有本有末本謂八識轉生諸識末謂六識起善起惡七識則傳送其間故云展轉相因復以喻顯海喻八識浪喻六識以六塵爲境界風境界乃自心所現還吹八識心海轉生諸識若生若滅亦猶依海而有風因風而鼓浪展轉之相其若是也風息則浪滅故云意識滅七識亦滅也

爾時世尊欲重宣此義而說偈言

我不涅槃性　所作及與相　妄想爾燄識
此滅我涅槃　彼因彼攀緣　意趣等成身
與因者是心　爲識之所依　如水大流盡
波浪則不起　如是意識滅　種種識不生

外道所謂四種涅槃不離性之與相佛既斥之則曰我不以性相爲涅槃直以妄想智障識滅爲涅槃耳彼因彼攀緣等言七識由意趣因等成六識身究其本因還以八識之心爲諸識之所依如水下喻意可見

復次大慧今當說妄想自性分別通相若妄想自性分別通相善分別汝及餘菩薩摩訶薩離妄想到自覺聖外道通趣善見覺攝所攝妄想斷緣起種種相妄想自性行不復妄想

入楞伽云我今當說妄計自性差別相令汝及諸菩薩摩訶薩善知此義超諸妄想證聖智境知外道法遠離能取所取分別於依他起種種相中不更取著妄所計相

大慧云何妄想自性分別通相謂言說妄想所說事妄想相妄想利妄想自性妄想因妄想見妄想成妄想生妄想不生妄想相續妄想縛不縛妄想是名妄想自性分別通相

妄想是一一隨境有異此中先總次別總名可見別相凡十有二初列十二名次徵釋其義

大慧云何言說妄想謂種種妙音歌詠之聲美樂計著是名言說妄想

此計著種種音聲詞句以爲有性也

大慧云何所說事妄想謂有所說事自性聖智所知依彼而生言說妄想是名所說事妄想

所說事自性者凡所說事極其所以自性惟聖智所知凡愚不了但依彼事而生言

說妄想也

大慧云何相妄想謂即彼所說事如鹿渴想種種計著而計著謂堅濕煖動相一切性妄想是名相妄想（此言隨事起見如渴鹿之奔陽燄以作水想謂於地水火風執有堅濕煖動之性而不知其性本融於一切法妄計名相性即法也）

大慧云何利妄想謂樂種種金銀珍寶是名利妄想（世間財寶本是幻物凡夫不了而起貪著）

大慧云何自性妄想謂自性持此如是不異惡見妄想是名自性妄想（言持此如是者持謂執持即於諸法起自性見執以為是餘皆為非何異外道惡見分別也）

大慧云何因妄想謂若因若緣有無分別因相生是名因妄想（謂於因緣生法起有無等見妄想分別成生死因也）

大慧云何見妄想謂有無一異俱不俱惡見外道妄想計著妄想是名見妄想（此言外道惡見執著有無一異俱不俱四句分別也）

大慧云何成妄想謂我我所想成決定論是名成妄想（此於假名實法上計我我所而起言說分別）

大慧云何生妄想謂緣有無性生計著是名生妄想（入楞伽云謂計諸法若有若無從緣而生是名生分別也）

大慧云何不生妄想謂一切性本無生無種因緣生無因身是名不生妄想（謂一切法未有諸緣而先有體是不假因緣而生故起不生分別也）

大慧云何相續妄想謂彼俱相續如金縷是名相續妄想（彼俱相續如金縷者入楞伽云謂此與彼遞相繫屬如金與線是名相續分別）

大慧云何縛不縛妄想謂縛不縛因緣計著如士夫方便若縛若解是名縛不縛妄想（縛不縛因緣計著者以理言之法本自離何縛之有情著成縛不可云無如士夫者入楞伽云如人以繩方便力故縛已復解此於無縛解中而生計著也）

於此妄想自性分別通相一切愚夫計著有

無已上諸計不出有無故結云也

大慧計著緣起而計著者種種妄想計著自性如幻示現種種之身凡夫妄想見種種異幻大慧幻與種種非異非不異若異者幻非種種因若不異者幻與種種無差別而見差別是故非異非不異是故大慧汝及餘菩薩摩訶薩如幻緣起妄想自性異不異有無莫計著前直分別妄想自性未明其所計著者故次明緣起復以幻喻之示妄想本虛凡夫不了見有種種差別之相故喻云幻與種種非異非不異反覆數示例前可見若了法無自性於緣起妄想皆不可得故不應作異不異有無計著

爾時世尊欲重宣此義而說偈言

心縛於境界　覺想智隨轉　無所有及勝
平等智慧生　妄想自性有　於緣起則無
妄想或攝受　緣起非妄想　種種支分生
如幻則不成　彼相有種種　妄想則不成

心縛者謂現前一念為塵境所轉故有業縛而本有覺智亦隨妄而轉若了妄即真離諸有相及至佛地則復平等大慧矣勝即最勝處佛地也妄想自性下八句言妄想緣起之為有無初四句約法後四句約喻謂妄想自性若有則緣起無法可得亦不待緣起而成妄想若以妄想能攝受取彼境界成妄想者而緣起自非妄想又何能成於妄想耶喻者謂如幻人幻作種種支分若先已生則不待幻而成彼之幻相雖有種種而妄想自無種種故曰不成此皆顯有無不可得也

彼相則是過　皆從心縛生　妄想無所知
於緣起妄想　此諸妄想性　即是彼緣起
妄想有種種　於緣起妄想

此八句復言緣起妄想相因而成言彼相過者謂緣起相之過由心縛著所以成過心縛即妄想也若了緣起則無妄想因妄想不覺於緣起生諸分別此緣起與妄想相由而有初無前後之異故云妄想即緣起體固無二而終以緣起而有分別也

世諦第一義　第三無因生　妄想說世諦
斷則聖境界

世諦俗諦也第一義真諦也諸佛說法常依此二諦此外則外道邪計故曰第二無因生故涅槃云出世人所知名第一義諦世人所知名世諦外道立

二十五諦明因中有果第一從冥初生覺第二從覺生我心第三從我心生色聲香味觸等此云無因即自然性也妄想說下結成三種自性世諦者緣起妄想二種自性也聖境界即第一義諦成自性也然迷之即世諦悟之即第一義諦故云斷則聖境界也

譬如修行事　於一種種現　於彼無種種
妄想相如是　譬如種種翳　妄想衆色現
翳無色非色　緣起不覺然　譬如鍊眞金
遠離諸垢穢　虛空無雲翳　妄想淨亦然

此四喻初喻妄想自性言修行事者如禪有十種一切處謂青黃赤白等皆徧一切其境本一以心想故有種種現妄想之相亦復如是次種種翳下喻緣起自性翳本無色妄見色現故無色非色之實緣起不覺亦復然也又鍊眞金空無翳二喻皆喻成自性也言無彼妄想緣起二種自性則如金之無垢空之無翳故云妄想淨亦然也

無有妄想性　及有彼緣起　建立及誹謗
悉由妄想壞　妄想若無性　而有緣起性
無性而有性　有性無性生　依因於妄想
而得彼緣起　相名常相隨　而生諸妄想
究竟不成就　則度諸妄想　然後智清淨
是名第一義

無有妄想性等重釋上緣起妄想自性本來非有非無言定有則墮建立言定無則墮誹謗皆由妄想以壞正見妄想若無性等謂若無妄想性而有緣起性者則有從無生成無因之過蓋無始妄念分別而有緣起然妄想之由依於名相名之與相如影隨形皆是虛妄因不了此而起妄想窮其妄源無所成就則妄想自滅以復自覺聖智名第一義度即滅也

妄想有十二　緣起有六種　自覺知爾燄
彼無有差別　五法爲眞實　自性有三種
修行分別此　不越於如如

妄想十二如前所說緣起有六者六即六塵謂緣起自性由六塵境界風所動而起或謂六因者非也然此妄想緣起總是差別之相自覺聖智之中則無如是差別也爾明即智也五法三自性皆如來自行化他法門修行之人稱性觀之無非眞實一理故曰不越於如如也

衆相及緣起　彼名起妄想　彼諸妄想相
從彼緣起生　覺慧善觀察　無緣無妄想
成已無有性　云何妄想覺　彼妄想自性

建立二自性　妄想種種現　清淨聖境界
妄想如畫色　緣起計妄想　若異妄想者
則依外道論　妄想說所想　因見和合生
離二妄想者　如是則爲成衆相及名俱爲緣起彼名及相皆爲妄想此妄想緣起皆從名相而生而又言妄想從緣起而生者蓋指現前所起妄念從根塵和合而生上言緣起從妄想生者蓋指迷真從妄而有因緣生法學者不可不審然以正智觀之二皆無有成已無有性者言圓成實性中本無性執云何衆生而生妄想覺知既迷真性而成妄想故有名相事相二種自性然迷之則見種種相現悟之則是聖人所行清淨境界妄想如畫色者言於無起有如本無色像因畫而生妄想本於緣起緣起本於分別計緣起而生妄想其爲妄想如是吾佛方便如是說者爲令反妄歸真故也若異此而言妄想則是外道邪計戲論故曰妄想說所想因見和合生蓋外道以妄心分別妄想之相及論二緣和合而生皆非正論若離緣起妄想二種自性則爲圓成自性矣

大慧菩薩摩訶薩復白佛言世尊惟願爲說自覺聖智相及一乘若說自覺聖智相及一乘我及餘菩薩善自覺聖智相及一乘不由於他通達佛法大慧因聞上究竟諸妄顯第一義故以自證聖智行相及一乘行相爲衆而請思修取證也

佛告大慧諦聽諦聽善思念之當爲汝說大慧白佛言唯然受教佛告大慧前聖所知轉相傳授妄想無性菩薩摩訶薩獨一靜處自覺觀察不由於他離見妄想上上升進入如來地是名自覺聖智相前聖所知即自證聖智行相及一乘行相謂過去諸佛無不從此二種行門成等正覺以其遞相傳授所謂佛佛授受祖祖承承者也此乃總荅前請妄想無性下別荅自覺聖智行相諸法本來寂滅凡愚不覺生妄分別而說妄法本無自性然欲進修妙行必於靜處以自觀察觀之不已則諸妄想不離而離漸歷諸地入於如來境界所謂自覺聖智自然究竟矣

大慧云何一乘相謂得一乘道覺我說一乘云何得一乘道覺謂攝所攝妄想如實處不生妄想是名一乘覺大慧一乘覺者非餘外道聲聞緣覺梵天王等之所能得唯除如來

以是故說名一乘此釋一乘行相言一乘者一佛乘也謂如來所乘大乘之法也此一乘法不離人之一心所謂妙法者即心也蓋心具妙法與佛所證無二無別欲覺一乘之道須究自心故云攝所攝妄想謂了根塵能取所取妄心即妄顯真如實而住故云如實處不生妄想然此一乘覺道唯佛與佛乃能究盡故云非餘外道等之所能得也

大慧白佛言世尊何故說三乘而不說一乘佛告大慧不自般涅槃法故不說一切聲聞緣覺一乘以一切聲聞緣覺如來調伏授寂靜方便而得解脫非自己力是故不說一乘復次大慧煩惱障業習氣不斷故不說一切聲聞緣覺一乘不覺法無我不離分段死故說三乘此問如來但說小乘不說大乘之意佛答以三義故不說一乘言不自般涅槃法者以二乘不能了生死即涅槃故不為說一也言調伏授寂靜等者以其稟方便故修證空寂但離虛妄名為解脫未得一切解脫故不為說一也言煩惱障等者以其但斷四住通惑未斷習氣別惑全在故不為說三也二乘破人執未破法執故云不覺法無我也雖斷煩惱身居分段未名變易生死故云不離分段死也如來為此小機故但為說三乘法耳

大慧彼諸一切起煩惱過習氣斷及覺法無我彼一切起煩惱過習氣斷三昧樂味著非性無漏界覺覺已復入出世間上上無漏界滿足衆具當得如來不思議自在法身此言一乘行者以煩惱習斷不為無明所醉了真空三昧之樂不生味著故云非性乃得無漏界覺無漏界即入實報土受法性身隨類現形示生示滅度脫諸有故云覺已復入出世間至上品寂光二嚴具備究顯不思議自在法身是為一佛乘也

爾時世尊欲重宣此義而說偈言

諸天及梵乘　聲聞緣覺乘　諸佛如來乘
我說此諸乘　乃至有心轉　諸乘非究竟
若彼心滅盡　無乘及乘者　無有乘建立
我說為一乘前四句通頌諸乘次六句頌說一乘之意言有心轉者轉即起動謂若有一念心動雖佛乘亦非究竟況餘乘乎言於心行處滅無有能乘之人亦無所

乘之法乃至乘法門無可建立離名絕相非破非立有此等機乃爲說一乘也

引導衆生故　分別說諸乘　解脫有三種

及與法無我　煩惱智慧等　解脫則遠離

譬如海浮木　常隨波浪轉　聲聞愚亦然

相風所漂蕩　彼起煩惱滅　餘習煩惱愚

此頌上文說三乘法三種解脫即三乘所證之果謂聲聞斷正使緣覺斷習氣菩薩正習俱斷破惑雖殊證果即一眞空涅槃法無我等此言大乘行者得法無我惑智平等縛脫不二是爲遠離大解脫也譬如下喻二乘未斷智障爲空相風之所漂蕩如浮木之在海乃爲波浪所轉雖斷通惑未斷根本無明故曰餘習煩惱愚餘習即無明也

味著三昧樂　安住無漏界　無有究竟趣

亦復不退還　得諸三昧身　乃至劫不覺

譬如昏醉人　酒消然後覺　彼覺法亦然

得佛無上身

二乘離分段生死之苦得眞空涅槃之樂於中味著而無進趣然亦不退作凡夫此三昧身墮無爲坑乃至經劫不覺譬如世人醉酒昏亂都無覺知至於酒消而後乃覺此喻二乘根轉心回覺法無我究竟正智故云得佛無上身也

楞伽阿跋多羅寶經註解卷第二下

楞伽阿跋多羅寶經註解卷第三上

宋求那跋多羅奉　詔譯

大明天界善世禪寺住持臣僧宗泐

演福講寺住持臣僧如玘奉　詔同註

一切佛語心品第三

爾時世尊告大慧菩薩摩訶薩言意生身分别通相我今當説諦聽諦聽善思念之大慧白佛言善哉世尊唯然受教佛告大慧有三種意生身云何爲三所謂三昧樂正受意生身覺法自性性意生身種類俱生無行作意生身修行者了知初地上上增進相得三種身三種意生身乃通教菩薩自行化他之道爲菩薩者不可不知故如來不待問而告之初列三名而後徵釋

大慧云何三昧樂正受意生身謂第三第四第五地三昧樂正受故種種自心寂靜安住心海起浪識相不生知自心現境界性非性是名三昧樂正受意生身言三昧樂正受意生身者此菩薩從三地至四地斷見惑從五地至七地斷思惑得眞空三昧之樂三昧翻正受言三昧又言正受華梵兼擧耳意生身者謂作意成眞空法性身也種種自心等謂菩薩證空不同二乘心生味著爲相風所動故曰安住心海又不同凡夫起六識波浪蓋了一切境界唯自心現皆無自性是爲初章生身此自行也

大慧云何覺法自性性意生身謂第八地觀察覺了如幻等法悉無所有身心轉變得如幻三昧及餘三昧門無量相力自在明如妙華莊嚴迅疾如意猶如幻夢水月鏡像非造非所造如造所造一切色種種支分具足莊嚴隨入一切佛剎大衆通達自性法故是名覺法自性性意生身此言菩薩入第八地覺了諸法如幻皆無有相身心轉變無礙住如幻諸三昧門普入佛剎神通自在如妙華之莊嚴也迅疾下言如意如幻等者皆言化身速疾之無礙也非造非所造者謂化身色相不同四大實造如造所

造者謂此色相與造相似如此幻造色相具足福慧莊嚴垂形剎土達此諸法唯我自性之性是爲自性性意生身此化他也

大慧云何種類俱生無行作意生身所謂覺一切佛法緣自得樂相是名種類俱生無行作意生身大慧於彼三種身相觀察覺了應當修學初則從生死假入涅槃空次則從涅槃空入建立假猶是二邊今入中道所謂覺一切佛法等言菩薩從八地已去接入向向位中了達諸佛自證法相即我自心故云自得樂相也言種類俱生者輔行云了佛證法即入中道屬佛種類或謂千種萬類非也自既入中所化之機亦成佛之種類故云俱生至此位中智轉行融名無行作未入證道但名意生是爲第三意生相也此三種身相乃約位次別明第二卷中言譬如意去速疾約處顯二義釋者是通釋也誡勸修學如文可見

爾時世尊欲重宣此義而說偈言

非我乘大乘　非說亦非字　非諦非解脫

非無有境界　然乘摩訶衍　三摩提自在

種種意生身　自在華莊嚴偈初四句約如來自證離相故皆以非言之謂雖是大乘以離相故是無乘可乘蓋離諸名相無證無得而亦非無境界可示然乘摩訶衍者乘即能乘摩訶衍即所乘之法乃指三種意生身是大乘之法也三摩提者即初意生身也種種意生者超頌種類俱生身也華莊嚴者頌第二意生身也

爾時大慧菩薩摩訶薩白佛言世尊如世尊說若男子女人行五無間業不入無擇地獄世尊云何男子女人行五無間業不入無擇地獄佛告大慧諦聽諦聽善思念之當爲汝說大慧白佛言善哉世尊唯然受教佛告大慧云何五無間業所謂殺父母及害羅漢破壞衆僧惡心出佛身血五無間業惡逆之極者凡作是業必受無間地獄之報如來有時說言亦有行五無間業不入無擇獄者無擇即無間也大慧未達於是問佛答中先據事列名次約法徵釋名雖從逆法實惟順義見下文

大慧云何衆生母謂愛更受生貪喜俱如緣母立無明爲父生入處聚落斷一根本名害父母貪愛母無明父即十二因緣中現在之愛更從受生與未來貪喜具皆有生義

如母養育立即生也由無明貪愛生六入十二處等聚落若斷此貪愛無明根本即害父母義也

彼諸使不現如鼠毒發諸法究竟斷彼名害羅漢彼諸使不現者謂羅漢已斷正使未斷習氣如鼠齧人瘡雖愈遇雷復發喻羅漢習氣雖則不現忽遇相風搖動如迦葉聞琴起舞是也諸法即不染汙無知之法若能究竟斷之即害羅漢義也

云何破僧謂異相諸陰和合積聚究竟斷彼名爲破僧和合名僧故以五陰和合言之異相即色受想行識也積聚即五陰積聚生死也若能斷之即破僧義也

大慧不覺外自共相自心現量七識身以三解脫無漏惡想究竟斷彼七種識佛名爲惡心出佛身血若男子女人行此無間事者名五無間亦名無間等不覺外自共相者謂不知諸法自相共相是自心現量乃由迷於八識唯有七識指七識是妄覺而爲佛義非三解脫無漏之行莫能斷之無漏本善而言惡者亦順殺害義能發此心究竟斷除七識之佛即出佛身血義也八楞伽云斷彼八識身佛者以九識爲佛識八識爲菩薩識以其體屬無明此內五無間也自若男子下總結

復次大慧有外無間今當演說汝及餘菩薩摩訶薩聞是義已於未來世不墮愚癡云何五無間謂先所說無間若行此者於三解脫一一不得無間等法除此已餘化神力現無間等謂聲聞化神力菩薩化神力如來化神力爲餘作無間罪者除疑悔過爲勸發故神力變化現無間等無有一向作無間事不得無間等除覺自心現量離身財妄想離我我所攝受或時遇善知識解脫餘趣相續妄想外無間者外以對內蓋指前五無間爲內也以實造無間之業爲外也上說五無間得證聖智恐人謂實造無間之因亦不受惡報故又說此若聞外五無間事業報不差則不生疑惑故云不墮愚癡言先所說者謂於餘教中曾說無間若作此無間業者必墮阿鼻豈得三種解脫無無間等法耶除此已下言權造者權必引實入楞伽云見其有造無間業

者爲欲勸發令其改過以神通力示同其事尋即悔除證於解脫所謂行於非道通達佛道如調達阿闍世王等是也無有下言無有實造而不受無間報者然實造者未必永不得三解脫法故曰除覺自心現量等言若能了諸法唯心內不見身外不見財離人法執或於來世餘趣受生遇善知識離分別過皆得解脫

爾時世尊欲重宣此義而說偈言

貪愛名爲母　無明則爲父　覺境識爲佛
諸使爲羅漢　陰集名爲僧　無間次第斷
謂是五無間　不入無擇獄（此頌上內五無間也）

爾時大慧菩薩復白佛言世尊惟願爲說佛之知覺世尊何等是佛之知覺佛告大慧覺人法無我了知二障離二種死斷二煩惱是名佛之知覺聲聞緣覺得此法者亦名爲佛以是因緣故我說一乘爾時世尊欲重宣此義而說偈言

善知二無我　二障煩惱斷　永離二種死
是名佛知覺（向言一乘覺道其說猶略而未嘗言所知所覺者何法於是復申此請佛乃告之了二無我是爲覺了二障所謂是爲知究論人法生佛平等本無二執所謂眞如界內絶生佛之假名此無人執也平等性中無自他之形相此無法執也衆生迷之成二我執如來覺了本性二執皆空故云無我也二障者惑障智障也即上二執爲惑二空爲智既以二空空其二執是無惑障能空之智亦泯是無智障二障乃生死之因因滅故果滅故云離二種死二死者分段變易之死也二煩惱者謂通別二惑也此二惑累至於極果方能斷盡如是了達名爲佛之知覺二乘雖小若能回心向大如佛覺知是佛而已故云亦名爲佛所以說一乘者此也重頌可見）

爾時大慧菩薩白佛言世尊何故世尊於大衆中唱如是言我是過去一切佛及種種受生我爾時作曼陀轉輪聖王六牙大象及鸚鵡鳥釋提桓因善眼仙人如是等百千生經說（三世諸佛道無不同而覺知前後不無有去來今之異云何世尊言我是過去一切佛又曰種種受生則異其形大慧持此兩端舉以爲問本生經云如來過去曾種種受生如作轉輪王及作釋提善眼大象鸚鵡等百千生）

佛告大慧以四等故如來應供等正覺於大衆中唱如是言我爾時作拘留孫拘那含牟尼迦葉佛云何四等謂字等語等法等身等是名四等以四種等故如來應供等正覺於大衆中唱如是言佛告以四等故作拘留孫等佛乃訓上我是過去諸佛之問四等義見下文云何字等若字稱我爲佛彼字亦稱一切諸佛彼字自性無有差别是名字等云何語等謂我六十四種梵音言語相生彼諸如來應供等正覺亦如是六十四種梵音言語相生無增無減無有差别迦陵頻伽梵音聲性云何身等謂我與諸佛法身及色身相好無有差别除爲調伏彼彼諸趣差别衆生故示現種種差别色身是名身等云何法等謂我及彼佛得三十七菩提分法略說佛法無障礙智是名四等是故如來應供等正覺於大衆中唱如是言爾時世尊欲重宣此義而說偈言

迦葉拘留孫　拘那含是我　以此四種等　我爲佛子說四等者字語身法四皆平等也字等者謂我名佛一切如來亦名爲佛佛名無别是爲字等也語等者謂我作六十四種梵音聲語一切諸佛亦然是名語等密跡力士經第二說佛聲有八轉謂體業具爲從屬於呼是八轉聲各具八德所謂調和聲柔軟聲諦了聲易解聲無錯謬聲無雌小聲廣大聲深遠聲八八即成六十四種頻伽即鳥名其聲清雅超於衆鳥故引以喻也身等者謂我與諸佛法報應化之身等無差别雖機不等應跡或殊會其歸趣亦一而已法等者謂所得道品之法與諸佛無殊也言無障礙智者謂得是四等則於一切佛法無所障礙亦不迷於如來化跡同異也

大慧復白佛言如世尊所說我從某夜得最正覺乃至某夜入般涅槃於其中間乃至不說一字亦不已說當說不說是佛說世尊如來應供等正覺何因說言不說是佛說佛告

大慧我因二法故作如是說云何二法謂緣自得法及本住法是名二法因此二法故我如是說示四等猶涉言詮故復以始終不說一字之義爲問佛答以我因二法故謂無法可說是佛之說也自得即自證修德也本住即本具性德也修性一如皆離言說故云我如是說云何緣自得法若彼如來所得我亦得之無增無減緣自得法究竟境界離言說妄想離字二趣言自證境界與諸佛究竟無別此自得之妙尚無增減豈可得而言思故曰離言說等入楞伽云離言說相離分別相離名字相此云二趣未詳云何本住法謂古先聖道如金銀等性法界常住若如來出世若不出世法界常住如趣彼城道譬如士夫行曠野中見向古城平坦正道即隨入城受如意樂大慧於意云何彼作是道及城中種種樂邪答言不也佛告大慧我及過去一切諸佛法界常住亦復如是

是故說言我於其夜得最正覺乃至其夜入般涅槃於其中間不說一字亦不已說當說爾時世尊欲重宣此義而說偈言

我其夜成道　至其夜涅槃　於此二中間

我都無所說　緣自得法住　故我作是說

彼佛及與我　悉無有差別謂古先聖道者即先佛所證性德之法也如金銀等性者喻本住法性如金之堅剛非鍛鍊所得法界常住亦復如是所謂有佛無佛性相常住又言法界常住者結本住法也又曰如趣彼城道等此兼喻自得本住二法歸乎一致所謂平坦正道者本住法也士夫入城受樂者自得法也以其本有正道故得隨之而入入已安之皆非外物言此二法本有之性非言思所及所以五十年中一大藏教不說一字者非曰不說蓋以言遣言三世諸佛其歸一揆也偈頌文顯不釋

爾時大慧菩薩復請世尊惟願爲說一切法有無有相令我及餘菩薩摩訶薩離有無有相疾得阿耨多羅三藐三菩提佛告大慧諦聽諦聽善思念之當爲汝說大慧白佛言善

哉世尊唯然受敎佛告大慧此世間依有二種謂依有及無墮性非性欲見不離離相至理寂絕非有非無衆生昧此墮於二邊不能復本故大慧爲衆發問佛先順問而答而後徵釋其義依二種等者謂世間衆生依有無之境起有無見墮性非性即有無見也欲見謂樂著此見非出離法妄謂出離故云不離離相也

大慧云何世間依有謂有世間因緣生非不有從有生非無有生大慧彼如是說者是說世間無因大慧云何世間依無謂受貪恚癡性已然後妄想計著貪恚癡性非性大慧若不取有性者性相寂靜故謂諸如來聲聞緣覺不取貪恚癡性爲有爲無依有下是釋有相謂實有世間因緣而生諸法非不實有實從有生言非無有生者謂能生因緣是有此計無爲有故復告云彼如是說者是外道無因論也依無下是釋無相謂先受三毒性已而後妄計其性非性非性即妄計爲無若不妄受三毒爲有性者則無所取無取則性相本來寂靜如佛與二乘不取三毒性乃離有無之見也

大慧此中何等爲壞者大慧白佛言世尊若彼取貪恚癡性後不復取佛告大慧善哉善哉汝如是解大慧非但貪恚癡性非性爲壞者於聲聞緣覺及佛亦是壞者所以者何謂內外不可得故煩惱性異不異故如來既釋有無之相以詶大慧之請因問此二者之間何等是破壞佛法者大慧乃答以彼先取三毒性爲有後計無爲無者是破壞義佛可其說乃云非但計無爲壞亦壞二乘及佛蓋彼謂佛與二乘亦本取三毒爲有後除三毒爲無得成聖果故云亦是壞者所以者何下謂聖人了達內外諸法皆不可得亦了煩惱之性本離一異等四句何壞之有

大慧貪恚癡若內若外不可得貪恚癡性無身故無取故非佛聲聞緣覺是壞者佛聲聞緣覺自性解脫故縛與縛因非性故大慧若有縛者應有縛是縛因故大慧如是說壞者是名無有相貪恚癡下復釋不壞所以言若內若外者謂三毒之性於內外中間求之皆不可得既不可得豈有體性而可取乎故結云非佛聲聞緣覺是壞者蓋佛

與二乘本性解脫非縛非脫故也又言若有縛者謂先受而後不取則已有縛縛是其果果必有因因即貪等有縛則有壞如是說壞者則墮斷滅空見故云無有相也

大慧因是故我說寧取人見如須彌山不起無所有增上慢空見大慧無所有增上慢者是名爲壞墮自共相見希望不知自心現量見外性無常刹那展轉壞陰界入相續流注變滅離文字相妄想是名爲壞者

寧取人見下以大況小明空見之失也人見即我見言增上慢者謂自巳之法增上成乎見慢經云未得謂得未證謂證即此人也人見之惡有限增上慢空見則無法不棄是名爲壞故云寧起人見如須彌山不起空見也墮自共見等言起空見之由良以無始起自生共生之見於中樂欲不了諸法唯心見有外法念念生滅展轉變壞所謂陰界入相續流注變滅計此實法滅已歸無是其空見至於虛妄分別離文字相亦成壞義

爾時世尊欲重宣此義而說偈言

有無是二邊　乃至心境界　淨除彼境界
平等心寂滅　無取境界性　滅非無所有
有事悉如如　如賢聖境界　無種而有生
生巳而復滅　因緣有非有　不住我敎法
非外道非佛　非我亦非餘　因緣所集起
云何而得無　誰集因緣有　而復說言無
邪見論生滅　妄想計有無　若知無所生
亦復無所滅　觀此悉空寂　有無二俱離

前八句頌內敎正義無種而有生下頌妄計生滅有無非我敎法也非外道等四句頌佛謂凡我所說生法者非佛非外道所作亦非神我及異因所造乃由正因緣和合所集而起然以所起言之不得謂無誰集因緣等者言正因緣所生法非我叵得孰爲有孰爲無也若夫邪見所論是妄計有無生滅若知生本無生滅亦非滅自然妙契空寂不墮有無二見故云有無二俱離也

爾時大慧菩薩復白佛言世尊惟願爲我及諸菩薩說宗通相若善分別宗通相者我及諸菩薩通達是相通達是相巳速成阿耨多羅三藐三菩提不隨覺想及衆魔外道佛告

大慧諦聽諦聽善思念之當爲汝說大慧白佛言唯然受教佛告大慧一切聲聞緣覺菩薩有二種通相謂宗通及說通欲善化導必宗說俱通方能誘物而底于道蓋宗者道之本說者敎之跡宗以明趣趣不明則失其所歸敎以詮理理或昧則迷其所入故宗通而說不通理雖精而不顯說通而宗不通言雖辯而非要而二者實相須爲用不可偏廢也大慧請說宗通相而不及說者舉其要耳宗通則說在其中矣答中兼言者必二而後備也大慧宗通者謂緣自得勝進相遠離言說文字妄想趣無漏界自覺地自相遠離一切虛妄覺想降伏一切外道衆魔緣自覺趣光明輝發是名宗通相宗通者即自證殊勝之相也謂依敎思修得意忘言離於文字分別趣入地住悟無生忍度越三乘證智自然降伏魔外至於佛地究竟覺智朗然獨耀此宗通至極之相也云何說通相謂說九部種種教法離異不異有無等相以巧方便隨順衆生如應說法令得度脫是名說通相大慧汝及餘菩薩應當修學說通相者說法逗機之相也九部者十二部中之九部也然有大小不同若小乘九部無方廣無無問自說無授記之三部如經云我此九部法隨順衆生說是也若大乘九部無因緣譬喻論議之三部如妙玄所云此從別說答通論皆有十二部亦云十二分教此從中言九部既云以巧方便隨衆生說乃從小入大也言離異不異有無者謂離四句已無妨四說又云如應說法者應即當也言當以何法說者即爲說之令其得度此如來果後說通之相爲菩薩者不可不學也

爾時世尊欲重宣此義而說偈言

宗及說通相　緣自與教法　善見善分別

不隨諸覺想上三句頌二通之相善見者宗通也分別者說通也不隨諸覺想者謂得二通相則不隨外道強覺妄想也

非有眞實性　如愚夫妄想　云何起妄想

非性爲解脫若未得眞如實性而起分別如愚夫妄想無異妄想者何即妄計諸法非性爲解脫者是也非性即無也

觀察諸有爲　生滅等相續　增長於二見

顚倒無所知　一是爲眞諦　無罪爲涅槃
觀察世妄想　如幻夢芭蕉　如來以正智眼觀察世間諸有爲法皆是虛幻生滅妄計爲實增長有無二見凡愚顚倒無所知覺除一眞如涅槃妙心之外餘皆虛妄故喻云如幻夢芭蕉也無罪者謂了罪性本空即是涅槃也
雖有貪恚癡　而實無有人　從愛生諸陰
有皆如幻夢　此重釋如幻等義言雖有三毒而無能起之人蓋二我本空何三毒之有是則能生愛欲與所生五陰皆如夢幻也

爾時大慧菩薩白佛言世尊惟願爲說不實妄想相不實妄想云何而生說何等法名不實妄想於何等法中不實妄想佛告大慧善哉善哉能問如來如是之義多所饒益多所安樂哀愍世間一切天人諦聽諦聽善思念之當爲汝說大慧白佛言善哉世尊唯然受教佛告大慧種種義種種不實妄想計著妄想生大慧攝所攝計著不知自心現量及墮有無見增長外道見妄想習氣計著外種種義心心數妄想計著我我所生　窮妄想者必極其致示眞性者必盡其源盡其源則眞性自明極其致則妄想何有故大慧請問不實妄想相凡致三問一問妄想云何生二問何法名妄想三問於何而起妄想佛依次答釋初答言種種義者凡外法有種種相義皆虛妄因之而生故有種種不實妄想計著生也次答言攝所攝計著者謂於根塵計著不知唯心所現及於心外墮有無見依是增長諸外道見皆妄想法知其法則知所以妄也後答言妄想習氣等者即上所依處也又曰心心數妄想計著我我所生者即人法一我是其處也知其處則知所以起妄之源源既不實妄即滅矣

大慧白佛言世尊若種種義種種不實妄想計著妄想生攝所攝計著不知自心現量及墮有無見增長外道見妄想習氣計著外種種義心心數妄想我我所計著生世尊若如是外種種義相墮有無相離性非性離見相世尊第一義亦如是離量根分譬因相世尊何故一處妄想不實義種種性計著妄想生

非計著第一義處相妄想生將無世尊說邪因論耶說一生一不生大慧白佛言下疊領上意以生後問意謂佛如是說者則於外種種義墮有無相者亦是性離有無及離諸見之相然第一義亦是離諸根量宗因喻相意以外種種義與第一義無異何故言種種義生分別第一義不生分別豈非世尊所言乖理有生有不生耶

佛告大慧非妄想一生一不生所以者何謂有無妄想不生故外現性非性覺自心現量妄想不生大慧我說餘愚夫自心種種妄想相故事業在前種種妄想性相計著生云何愚夫得離我我所計著見離作所作因緣過覺自妄想心量身心轉變究竟明解一切地如來自覺境界離五法自性事見妄想以是因緣故我說妄想從種種不實義計著生知如實義得解脫自心種種妄想佛答以我非虛妄分別世諦有生第一義有不生所以下徵釋所以生不生者謂了有無妄想所見外法離性覺了唯心所現而妄想不生非別有第一義諦也但愚夫不了自心所現故見所作有爲事業在前於中起諸分別妄計耳非別有世諦也既而佛又念諸愚夫在迷云何能離人法二我及離能作所作因緣之過又念云何能一覺妄想皆自心量而得身心轉變究竟明解一切智地到如來自證境界離五法三自性事見妄想事即名相見即妄想離既作是念所以我說妄想從種種虛妄計著而生知如實義者謂能如是了知如實之義即得解脫息諸妄想也

爾時世尊欲重宣此義而說偈言

諸因及與緣　從此生世間　妄想著四句
不知我所通　世間非有生　亦復非無生
不從有無生　亦非非有無　諸因及與緣
云何愚妄想　非有亦非無　亦復非有無
如來觀世間　心轉得無我　一切性不生
以從緣生故　一切緣所作　所作非自有
事不自生事　有二事過故　無二事過故
非有性可得偈從初至非有性可得頌上所作因緣之過諸因及與緣等謂

凡諸世間法莫不從因緣生而妄想者於因緣法著有無等四句之見不知如來所通之理世間非有生下離性執四句謂諸法本無四性又曰諸因及與緣等仍責前過謂諸法本空云何愚夫於中而生妄想非但本無有無四句性執亦無非有非無四句相執具如大論性相二空也若能如是觀察轉彼性相二執而得人法二無我智然性實不生從緣故有此諸法既從緣生則法無自體又曰事不自生事者事即果也凡所生之法有因則必有果如業因招生死之果原其因既不生果豈自生果耶若無果生果二事之過則任運離乎有無性執故云非有性可得也

觀諸有爲法　離攀緣所緣　無心之心量

我説爲心量　量者自性處　緣性二俱離

性究竟妙淨　我説名心量

自此至末頌上覺自妄想心量

顯如來自覺境界此八句略頌心量不了諸法唯心則有所緣之境以正智觀之離乎能緣之心所緣之境既離能所則無分別之心是爲唯心故云我説爲心量雖了諸法唯心猶存性執對境未能忘能緣之念直須緣性俱離始爲究竟如來藏心之心量也緣性者緣即能緣性即所緣之法也

施設世諦我　彼則無實事　諸陰陰施設

無事亦復然　有四種平等　相及因性生

第三無我等　第四修修者

此下廣示心量也世諦我者人執也諸陰陰者法執也然此二執以自共相求之無實事可得則法皆平等故有四種平等見相即五陰則相與非相平等相必有因因性與果性平等因果具故有我則我與無我平等能了無我者是修則有修與無修平等也

妄想習氣轉　有種種心生　境界於外現

是世俗心量　外現而非有　心見彼種種

建立於身財　我説爲心量

妄想等者由無始妄想熏習次第轉生種種心識妄心既作見有外境此世俗心量也然外境本無由心取之見種種相即五塵等是身財建立謂五識身財即妄想心量也

離一切諸見　及離想所想　無得亦無生

我説爲心量　非性非非性　性非性悉離

謂彼心解脱　我説爲心量　如如與空際

涅槃及法界　種種意生身　我説爲心量

前四句謂能離人法二我之見及離能想所想則無得無生是爲正智之心量也中四句

謂離有無四句性執及離能離之心亦即正智心量非性即非有非非性即非無性非性即有無如入楞伽所云也後四句言如如即真如空際即實際涅槃即究竟大涅槃法界即佛法界此皆一體異名由離前名相妄想至於正智以極真如實際住於涅槃法界之中故能示現種種意生之身度脫衆生是爲如來第一義心心量也

爾時大慧菩薩白佛言世尊如世尊所說菩薩摩訶薩當善語義云何爲菩薩善語義云何爲語云何爲義佛告大慧諦聽諦聽善思念之當爲汝說大慧白佛言善哉世尊唯然受教佛告大慧云何爲語謂言字妄想和合依咽喉唇舌齒齗頰輔因彼我言說妄想習氣計著生是名爲語因前云如如及法界等語故有善語善義之問答中先明善語謂言字妄想等入楞伽云語者所謂分別習氣而爲其因依於喉舌等而出種種音聲文字相對談說是名爲語也

大慧云何爲義謂離一切妄想相言說相是名爲義大慧菩薩摩訶薩於如是義獨一靜處聞思修慧緣自覺了向涅槃城習氣身轉變已自覺境界觀地地中間勝進義相是名菩薩摩訶薩善義義由語顯若隨語生見非但失義亦且迷名故須離妄想相及言說相要由契證方名善義故此明修證之道所謂獨一靜處聞思修慧於真如法界等隨其所聞名義思修觀察緣自覺智趣向涅槃轉前所說妄想習氣歸自覺境界行於諸地勝進行相是名善義

復次大慧善語義菩薩摩訶薩觀語與義非異非不異觀義與語亦復如是若語異義者則不因語辯義而以語入義如燈照色語即能詮言教義即所詮義理謂善解能詮即達所詮善解所詮即了能詮蓋約大乘言之雖有能詮所詮而能所不二故云非異非不異義雖忘言非言無以辯義則必因言而入於義如燈照色者入楞伽云譬如有人持燈照物知此物如是在如是處所謂文字性離即是解脫其善語善義之謂歟

復次大慧不生不滅自性涅槃三乘一乘心自性等如緣言說義計著墮建立及誹謗見

異建立異妄想如幻種種妄想現譬如種種幻凡愚衆生作異妄想非聖賢也此段言隨語計著之過如不生不滅等雖皆理性名言若謂實有則墮常見若謂實無則墮斷見況餘者乎異建立異妄想者謂四言說差別建立而起異妄想計著如見幻事計以爲實是愚夫見非聖賢也

爾時世尊欲重宣此義而說偈言

彼言說妄想　建立於諸法　以彼建立故
死墮泥犂中　陰中無有我　陰非即是我
不如彼妄想　亦復非無我　一切悉有性
如凡愚妄想　若如彼所見　一切應見諦
一切法無性　淨穢悉無有　不實如彼見
亦非無所有初四句中言依語起見之失不免惡報言陰中無有我等此外道之見念有所謂陰中有我我中有陰即陰是我離陰是我也不如彼妄想等謂雖不如彼外道邪見於言說中種種計著無非是我也一切悉有性者常見也若謂一切法實有性應須見諦彼不見諦而言有性則妄見而已又曰一切法無性斷見也斷則淨穢無有故特非之意謂不如彼見之不實等也

復次大慧智識相今當說若善分別智識相者汝及諸菩薩則能通達智識之相疾成阿耨多羅三藐三菩提大慧彼智有三種謂世間出世間出世間上上云何世間智謂一切外道凡夫計著有無云何出世間智謂一切聲聞緣覺墮自共相希望計著云何出世間上上智謂諸佛菩薩觀無所有法見不生不滅離有無品如來地人法無我緣自得生辯諸法之眞妄明語義之是非莫尚乎智識故如來不待問而自說也然此智識有通有別義見于文初明智有三種約世出世間能知而言也世智言外道者凡出家不禀佛教者皆名爲外其智之極雖至非想然其所計不出有無但名世智也出世智中言二乘墮自共相者以二乘觀陰界入因緣四諦無出總別相智猒惡生死欣樂涅槃故云希望計著也上上智言觀無所有者謂佛菩薩用上上智照了諸法皆畢竟空本無生滅離有無相至于究竟覺地更無彼此色相安有二我此自覺聖智不從外得也

大慧彼生滅者是識不生不滅者是智復次墮相無相及墮有無種種相因是識超有無相是智復次長養相是識非長養相是智此約三識三智對揀言生滅之法屬九界者是識不生滅法屬佛界者是智相無相者相則言有無相言空以九界不出空有二邊墮空有者是識超空有者是智言相因者對果而言也長養是識者正約對人法無我言之前文所謂色等長養心是也凡假外塵資養於內者識也無所資待自得於內者智也

復次有三種智謂知生滅知自共相知不生不滅復次無礙相是智境界種種礙相是識復次三事和合生方便相是識無事方便自性相是智復次得相是識不得相是智自得聖智境界不出不入故如水中月此三種智約一人所知而言據後偈文即如來所知之三也知生滅者一切智也知自共相者道種智也知不生不滅者一切種智也只一佛智而有三用名爲三智又云無礙相是智者謂於前之三智一心融泯無染礙之相是智反是則爲識也又云三事等者三事即根塵及我三事和合相應而生是識此不知自性相故若知性相則一念靈知不假緣生故曰無事方便自性相是智也又云得相不得相爲識智者相即性相之相相惟是一而有離不離之異故云得不得也自得者所謂如來自得聖智境界無以名狀故云不出不入如水中月也

爾時世尊欲重宣此義而說偈言

採集業爲識　不採集爲智　觀察一切法
通達無所有　逮得自在力　是則名爲慧
縛境界爲心　覺想生爲智　無所有及勝
慧則從是生言採集業者採謂採取集謂招集以根對塵而生取著起善惡業招集生死是名爲識能了根塵絕待物我兩忘不生取著名之爲智如是觀察因緣生法當體即空解脫自在名上上智慧即智也心外無境不了唯心爲境所轉是名爲縛心即識也覺此妄心則爲智矣無所有下二句義見前解

心意及與識　遠離思惟想　得無思想法
佛子非聲聞　寂靜勝進忍　如來清淨智
生於善勝義　所行悉遠離心意及與識總言識也遠離思想法智也得無思想法則轉識爲智此是菩薩而非聲聞此言智之始也寂靜勝進忍即

如來寂滅忍智此言智之終也此清淨智從善勝第一義生所以行處悉遠離也

我有三種智　聖開發真實　於彼想思惟
悉攝受諸性　二乘不相應　智離諸所有
計著於自性　從諸聲聞生　超度諸心量
如來智清淨

三種智等頌上所知之三是如來所開發故雖所知生滅諸法亦皆真實大論所謂三智一心是也於彼思惟等重出前二智以顯上上之智謂彼凡夫以妄想故受諸生滅二乘反是故不相應離諸所有而又計著自性則二乘智而已若如來極智清淨則超越一切心量也

復次大慧外道有九種轉變論外道轉變見生所謂形處轉變相轉變因轉變成轉變見轉變性轉變緣分明轉變所作分明轉變事轉變大慧是名九種轉變見一切外道因是起有無生轉變論云何形處轉變謂形處異見譬如金變作諸器物則有種種形處顯現非金性變一切性變亦復如是或有外道作如是妄想乃至事變妄想彼非如非異妄想故

此外道妄計九種轉變論謂形相因成等不出四大五陰等法彼見其生滅異相故計有轉變而正教則曰緣生曰如幻曰自心現外性非性及不變等然未當定說此邪正得失所以分也形謂身形相謂生住滅相因謂所作之因成謂所成之果見謂隨物遷移性謂生生不改緣謂因緣變滅作謂造作不常事謂有為之法是為九種言因是起有無者謂自有之無或自無之有皆轉變相不出有無而已云何下徵釋形處轉變者即四大諸根形質處也彼見其形隨時變異謂有轉變而不知性未當變金變作諸器雖有種種之異而金性不變又曰一切性變亦如是者性即法也言一切法雖變而性不變亦復如是或有外道等乃結斥外計言彼非如非異者謂彼於非如非異之中而生妄想分別故有種種轉變之異也

如是一切性轉變當知如乳酪酒果等熟外道轉變妄想彼亦無有轉變若有若無自心現外性非性大慧如是凡愚眾生自妄想修習生大慧無有法若生若滅如見夢幻色生

如是一切性下破外道計性轉變先以喻顯言當知者戒學者當知彼計如乳酪酒果次

第漸熟彼見如是以理言之本非實有故曰彼亦無無有轉變其實有無等法皆自心所現外性非性者言無外物也如是凡愚下入楞伽云皆是愚迷凡夫從自分別習氣而起實無一法若生若滅如因夢幻所見諸色如石女兒說有生死然則於主滅而不生邪見者世諦也見生滅而起計著者外道也見如夢幻者觀行之通者也見法法皆自心現了外性非性者此經之正論也

爾時世尊欲重宣此義而說偈言

形處時轉變　四大種諸根　中陰漸次生

妄想非明智　最勝於緣起　非如彼妄想

然世間緣起　如揵闥婆城前四句頌外道邪計轉變然皆是妄想分別非明智者之見也後四句明如來所說正因緣生法雖不同彼外計然亦皆無實性故云如揵闥婆城也

爾時大慧菩薩復白佛言世尊惟願為說一切法相續義解脫義若善分別一切法相續不相續相我及諸菩薩善解一切相續巧方便不墮如所說義計著相續善於一切諸法相續不相續相及離言說文字妄想覺遊行一切諸佛剎土無量大衆力自在通總持之印種種變化光明照耀覺慧善入十無盡句無方便行猶如日月摩尼四大於一切地離自妄想相見見一切法如幻夢等入佛地身於一切衆生界隨其所應而為說法而引導之悉令安住一切諸法如幻夢等離有無品及生滅妄想異言說義其身轉勝如來說法為令衆生了達諸法本無性執而反於言說起見者名相續相若於文字性離名不相續即解脫相此相續不相續乃生死解脫之根本所以大慧請說斯義若善分別等謂如來若為善巧分別此二種相則能善解此法不墮如所說義計著相續及離言說文字虛妄分別妄想覺即分別也故能普入一切佛剎隨方進道言力通總持印者即所得功德法門也種種變化等言起化用放光照物善入佛慧滿十大願無盡句即願也言無方便行者即無作功行猶如日月行空無所依著如摩尼隨色而現而無自性如地水火風周徧而無妨礙此皆菩薩化道之相至歷諸地分分離諸妄想徹見諸法如幻如夢入於佛地成法性身

普應衆生隨宜説法漸引入實亦了諸法如幻離有無見斷生滅執不著言説而後化功歸已則其身相轉增殊勝也

佛告大慧善哉善哉諦聽諦聽善思念之當爲汝説大慧白佛言唯然受教佛告大慧無量一切諸法如所説義計著相續所謂相計著相續緣計著相續性非性計著相續生不生妄想計著相續滅不滅妄想計著相續乘非乘妄想計著相續有爲無爲妄想計著相續地地自相妄想計著相續自妄想無間妄想計著相續有無品外道依妄想計著相續三乘一乘無間妄想計著相續

答中先示諸相續相言無量等者謂十界依正色心始於言説終於無言推其著心蓋無適而非相續故曰如所説義計著相續所謂隨語生解也於中初約世間法謂相即五陰緣即所緣塵境也性非性即有無也生不生即生死也滅不滅即寂滅不寂滅也乘非乘即内教與外道言乘以運載爲義大小乘則能運出生死而至涅槃外道所乘不能運出生死故云非乘也有爲無爲即世出世間法亦作與無作地地自相謂分別諸地名相也自妄想無間入楞伽云自分別現證執著所謂法愛者是也有無品外道所計之根本也三乘一乘無間謂於大小乘教分別無間斷也

復次大慧此及餘凡愚衆生自妄想相續以此相續故凡愚妄想如蠶作繭以妄想絲自纏纏他有無有相續相計著

此結斥前諸妄想執著此及餘者此指内教弟子其執猶輕餘指外道其執乃重故曰凡愚妄想如蠶作繭以妄想絲自纏纏他莫能自出卒墮於有無斷常之見而已

復次大慧彼中亦無相續及不相續相見一切法寂靜妄想不生故菩薩摩訶薩見一切法寂靜復次大慧覺外性非性自心現相無所有隨順觀察自心現量有無一切性無相見相續寂靜故於一切法無相續不相續相復次大慧彼中無有若縛若解餘墮不如實覺知有縛有解所以者何謂於一切法有無

有無衆生可得故此中文有三段言彼中等者即指前相續不相續相謂無此二相者由菩薩見一切法住寂靜故經云諸法從本來常自寂滅相者是也且世間諸法生滅流注何以見其寂靜故云覺外性非性等謂了諸法唯心心外無法如是觀之自然能見有無法相皆悉空寂故無相續不相續相言無有縛解者前之相續不相續皆名爲縛惟觀寂靜之智名解然如實理中本無縛解所以有縛有解者不見此理故也既又徵釋謂一切法若有若無求其體性俱不可得故云無衆生可得

復次大慧愚夫有三相續謂貪恚癡及愛未來有喜愛俱以此相續故有趣相續彼相續者續五趣大慧相續斷者無有相續不相續相復次大慧三和合緣作方便計著識相續無間生方便計著則有相續三和合緣識斷見三解脫一切相續不生貪恚癡者相續之因也五趣者相續之果也由過去因成現在果現在作因復招未來之報言愛未來者謂貪愛來生如意果報與喜愛俱以此三毒相續故有諸趣輪轉言趣者即六道也以修羅遍於五道故但云五趣言相續斷者謂三毒滅則離五趣所謂因滅則果滅也又言無相續不相續相者亦謂無縛無脫之謂即境智雙亡也三和合緣等者言外道妄計根塵我三緣和合諸識次第相續而起又言方便計著者言有執著則相續無間若了三緣離諸執著見三種解脫則相續不生矣三解脫者性淨解脫圓淨解脫方便淨解脫也蓋了三緣即三解脫非別有也

爾時世尊欲重宣此義而說偈言

不真實妄想　是說相續相　若知彼真實
相續網則斷　於諸性無知　隨言說攝受
譬如彼蠶蟲　結網而自纏　愚夫妄想縛
相續不觀察此頌上續不續不出真妄而已妄則續真則不續若了妄即真則諸法一如豈有續不續耶若於諸法無知隨語取著如蠶結網自縛縛他無有間斷由不觀察故也反而觀之相續何有

楞伽阿跋多羅寶經註解卷第三上

楞伽阿跋多羅寶經註解卷第三下

宋求那跋多羅奉　詔譯

大明天界善世禪寺住持臣僧宗泐

演福講寺住持臣僧如玘奉　詔同註

大慧復白佛言如世尊所說以彼彼妄想妄想彼彼性非有彼自性但妄想自性耳世尊若但妄想自性非性自性相待者非爲世尊如是說煩惱清淨無性過耶一切法妄想自性非性故如世尊所說等此大慧領如來所說諸妄想意爲致問之端彼彼者正言彼諸妄想也然諸法本無實性但妄計耳而大慧猶有疑者謂若但是妄想自性非諸法有自性此自性與非自性相待者豈非世尊所說染淨諸法皆無實性耶大慧意以一切法無自性妄想有自性爲難

佛告大慧如是如是如汝所說大慧非如愚夫性自性妄想眞實此妄想自性非有性自性相然答中先可其說謂諸法無自性爲是妄想有自性爲非非如愚夫等者言不同彼凡夫計性自性之妄想以爲眞實又曰此妄想自性等者入楞伽云此但妄執無有性相

大慧如聖智有性自性聖知聖見聖慧眼如是性自性知大慧白佛言若使如聖以聖知聖見聖慧眼非天眼非肉眼性自性如是知非如愚夫妄想世尊云何愚夫離是妄想不覺聖性事故世尊彼亦非顛倒非不顛倒所以者何謂不覺聖事性自性故不見離有無相故上云自性非性者遣情也此云有性自性者顯理也然此如實理性非佛智佛眼莫能知見故云聖知聖見等也佛既以自證境界示之大慧即領悟斯旨又請曰若果如聖所知見非凡夫知見故云非天眼非肉眼等也因復疑而難曰愚夫既不能覺了聖自性事云何得離妄想能明此理因上聖凡所見不同故云彼亦非顛倒非不顛倒復自徵釋謂不覺聖事性者言凡夫非不顛倒也不見離有無相者言聖人非顛倒也蓋聖眼所見無不眞實不見有一法可捨故也

世尊聖亦不如是見如事妄想不以自相境

界爲境界故世尊彼亦性自性相妄想自性如是現不說因無因故謂墮性相見故異境界非如彼等如是無窮過世尊不覺性自性相故世尊亦非妄想自性因性自性相彼云何妄想非妄想如實知妄想聖亦不如是等者入楞伽云聖亦不如凡所分別如是得故非自所行境界相故彼亦性自性者言聖人亦有眞實性相聖人既有是性愚夫固亦有之故曰妄想自性如是現然如來眞實性相離乎因緣及無因性而凡愚妄想自性則墮性相之見聖人所行境界既異凡愚則不如彼墮於性相無窮之失由不能覺了性自性相故也亦非妄想自性等言諸法性相不因分別云何言分別而有耶故結難曰彼凡夫云何得妄想非妄想如實知妄想之不實也世尊妄想異自性相異世尊不相似因妄想自性相彼云何各各不妄想而愚夫不如實知然爲衆生離妄想故說如妄想相不如實有世尊何故遮衆生有無有見事自性計著聖智所行境界計著墮有見說空法非性而說聖智自性事言妄想異等謂凡夫分別有異見諸法性相之異言不相似因者謂因所見之不相似諸法何嘗自謂異不異也各各者諸法也但愚夫不能如實知覺耳然如來如是說諸法者爲令衆生離乎妄想了知諸法皆非實有也世尊何故下言世尊云何止諸衆生不著有無諸見執著而後取著聖智境界墮於有見又何故不說空寂之法而說聖智自性事耶

佛告大慧非我說空法非性亦不墮有見說聖智自性事然爲令衆生離恐怖句故衆生無始以來計著性自性相聖智事自性計著相見說空法大慧我不說性自性相大慧但我住自得如實空法離惑亂相見離自心現性非性見得三解脫如實印所印於性自性得緣自覺觀察住離有無事見相答中先拂彼難言離恐怖句者謂衆生聞空生怖聞有生著故說聖智自性事以導之然聖智事固非有無而著有者乃說空法以治之是知說空說有皆爲衆生未嘗說有實法也故曰我不說性自性相即示自證之法曰但我得如實空法即本住畢竟妙空也不墮邪倒惑亂常居中道

故離自心現性非性諸見即得悟三解脫獲如實印見法自性了聖境界離有無一切諸著

復次大慧一切法不生者菩薩摩訶薩不應立是宗所以者何謂宗一切性非性故及彼因生相故說一切法不生宗彼宗則壞彼宗一切法不生彼宗壞者以宗有待而生故又彼宗不生入一切法故不壞相不生故立一切法不生宗者彼說則壞大慧有無不生宗彼宗入一切性有無相不可得大慧若使彼宗不生一切性不生而立宗如是彼宗壞以有無性相不生故不應立宗五分論多過故展轉因異相故及爲作故不應立宗分謂一切法不生如是一切法空如是一切法無自性不應立宗上言妄想與聖智皆空乃真妄俱遣是不生義恐菩薩立此爲宗混於外計故說此以破之言一切法不生則言想俱絕言之已非況妄立宗乎如彼外

道立不生宗反生枝葉故云不應立是宗所以者何下徵釋其義謂宗一切性非性者何謂宗必有主若宗一切性性自非性宗義意在凡言不生必因生立既有待對則不生成生自壞不生義其不應立宗一也又彼宗不生必入一切法中言不生義遍一切世問諸法之中言不壞相不生故者入楞伽云不生相亦不生故言諸法本皆不生豈待立耶故云彼說則壞其不應立宗二也言有無不生者前以無爲不生此乃轉計有無皆不生言入一切性者性即法也謂有無不生亦遍一切法中皆離有無之相縱有轉計有無性相皆不可得是亦不生義其不應立宗三也五分論多過者五分論義見前註多過指宗因喻三過也初宗有九過曰現量相違聖教相違世間相違比量相違自語相違相符極成能別不極成所別不極成俱別不極成次因有十四過謂遍是宗法性初相中有四不成曰隨一不成所依不成兩俱不成猶豫不成後二相共十過有六不定曰同分異全不定異分同全不定俱品一分轉不定共不定不共不定決定相違不定有四相違曰法自相相違法差別相違有法自相相違有法差別相違三同喻有五過別喻中有五過同喻中曰所立不成能立不成俱不成無合倒合別喻中曰能立不遣所立不遣俱不遣不離倒離共三十三過也展轉因異相者言彼轉計因相不同及墮有爲有作其異不應立宗四也又曰謂一切法不生又曰空又曰無自性此三者若各立宗則有多宗其不應立宗五也

大慧然菩薩摩訶薩說一切法如幻夢現不現相故及見覺過故當說一切法如幻夢性除爲愚夫離恐怖句故大慧愚夫墮有無見莫令彼恐怖遠離摩訶衍上既斥立宗之非此顯其是故語大慧云應說一切法如幻夢現不現相現不現謂非實有也及令衆生離見聞覺知之過故又云當說言除爲愚夫者蓋愚夫墮於有無之見不說如幻如夢不能離彼二見復恐小機聞此不有不無而生怖畏不受大乘故誡云莫令彼恐怖遠離大乘意令菩薩隨機說法也

爾時世尊欲重宣此義而說偈言

無自性無說　無事無相續　彼愚夫妄想
如死屍惡覺　一切法不生　非彼外道宗
至竟無所生　性緣所成就　一切法不生
慧者不作想　彼宗因生故　覺者悉除滅

此頌上一切法不生言一切法本無自性豈有言說無說則無事無事則無相續之相此本之與末皆不生也但彼愚夫妄起分別立不生之宗其惡覺如死屍之無知也則佛說一切法不生豈彼外道所立不生之宗至竟無所生等言性本不生從因緣而生也因緣尚不可得諸法豈有生耶然慧者尚不作不生想豈作生想彼宗言不生者因生而有不生是有待對覺者則無是見故云悉除滅也

譬如翳目視　妄見垂髮相　計著性亦然
愚夫邪妄想　施設於三有　無有事自性
施設事自性　思惟起妄想　相事設言教
意亂極震掉　佛子能超出　遠離諸妄想

譬如翳目等明邪正之異翳目垂髮並見前註喻非有而有三有即三界謂三有本無惟妄想現故云施設於三有無有事自性施設者建立也由妄想而有建立以故如來施設言教以化之所謂但以假名字引導於衆生衆生不達反於言教而起分別動亂心識故云意亂極震掉惟菩薩能離是過超出三有也

非水水想受　斯從渴愛生　愚夫如是惑
聖見則不然　聖人見清淨　三脫三昧生
遠離於生滅　遊行無所有　修行無所有
亦無性非性　性非性平等　從是生聖果

非水水想愛者言非水妄作水想由渴愛故爾是猶渴鹿之奔陽燄此喻愚夫非有計有聖則不然蓋聖人以正智觀見三界之相無有煩惱生死故云清淨三脫慧也三昧定也定慧既生出離生滅遊行於無所有無所有即畢竟空也言修行無所有者菩薩能如是修之亦契乎非有非無之理故云亦無性非性如是則有無平等佛果成矣

云何性非性　云何爲平等　謂彼心不知內外極漂動　若能壞彼者　心則平等見

佛自徵釋意謂有無平等凡聖一如因迷解有異迷則不知心外無法爲境風之所漂動解故能壞彼見則復本心平等之理矣

爾時大慧菩薩復白佛言世尊如世尊說如攀緣事智慧不得是施設量建立施設所攝受非性攝受亦非性以無攝故智則不生唯施設名耳

因上明離攀緣是智故復以智不得爲請如世尊說攀緣事者言世問塵境乃愚夫所緣之事正智觀察皆無所有故云不得是施設量建立施設即前妄想建立境界境界既不可得則能取所取二俱無有故云智則不生所施設者皆是妄想假名耳

云何世尊爲不覺性自相共相異不異故智不得耶爲自相共相種種性自性相隱蔽故智不得耶爲山巖石壁地水火風障故智不得耶爲極遠極近故智不得耶爲老小盲冥諸根不具故智不得耶世尊若不覺自共相異不異智不得者不應說智應說無智以有事不得故若復種種自共相性自性相隱蔽故智不得者彼亦無智非是智世尊有爾燄故智生非無性會爾燄故名爲智若山巖石壁地水火風極遠極近老小盲冥諸根不具智不得者此亦非智應是無智以有事不可得故

上云智慧不得因以釋之恐學者未了又申數問意令破妄智而顯眞智故一一挾妄反覆爲難初云爲不覺性自共相等謂陰界入等諸法都不覺知有自共相異不異故云智不得耶又云爲自共相種種諸法自性相之所隱蔽不得爲智耶如下諸難則智不爲智又顯不釋

佛告大慧不如是無智應是智非非智我不如是隱覆說攀緣事智慧不得是施設量建立覺自心現量有無有外性非性知而事不得不得故智於爾燄不生順三解脫智亦不得非妄想者無始性非性虛僞習智作如是知是知彼不知答中言不如是者是拂彼難言無智等者即非智之智而智體亦不可得故曰非非智若準大論謂無智者空也應是智者假也非非智者中道智也如是三智一心中得得而無得是爲智慧不得言我不如是隱覆說者佛言我如是說是顯非隱雖亦嘗有鬻覆之說如後文云云但宜隱則隱宜顯則顯此則非隱也覺自心現量下正顯真智謂了境有無唯自心量言外性非性者諸法本空也如是而知知而不知是爲事不得也事即境也境既不得智亦不生爾燄智障也入三脫門智體亦亡也非妄想者揀妄知也謂非如一切妄想凡夫無始以來有無虛妄熏習之智不知諸法唯心知彼事物而不知自性則喪智於物故云是知彼不知也故於外事處所相性無性妄想不斷自心現量建立說我我所相攝受計著不覺自心現量於智爾燄而起妄想妄想故外性非性觀察不得依於斷見此承上而言謂彼妄知於外境界形相有無分別不斷此於自心現量妄自建立計人法二我而生取著蓋不覺知是自心量於前外境妄想不斷墮於常見於後智體能所不妄轉爲智障而起分別以分別故於外法有無觀察不可得處而生斷見

爾時世尊欲重宣此義而說偈言

有諸攀緣事　智慧不觀察　此無智非智
是妄想者說　於不異相性　智慧不觀察
障礙及遠近　是名爲邪智　老小諸根冥
而智慧不生　而實有爾燄　是亦說邪智

有境可緣者是凡夫之智了境唯心者是正智之智正智則無緣而緣是爲無智以此無智爲非智者是凡夫妄想之說此頌上智慧不得之義也於不異相性智慧不觀察者此頌上自相共相異不異言不觀察者即智不得也餘皆頌上可見

復次大慧愚癡凡夫無始虛僞惡邪妄想之所回轉回轉時自宗通及說通不善了知著

自心現外性相故著方便說於自宗四句清淨通相不善分别大慧白佛言誠如尊教惟願世尊爲我分别說通及宗通我及餘菩薩摩訶薩善於二通來世凡夫聲聞緣覺不得其短宗說通相前既說巳此又說者何也前通三乘此唯在佛又前爲衆請此佛自述言愚癡凡夫等者謂此二法在凡未嘗無之但爲迷轉故全體不知迴轉者謂迷自巳故迴內向外惟著自心現外相等境界亦著方便言教故於自心宗本離四句所通清淨之相不能明了於是大慧因而致請言不得短者謂宗通而說不通其短在化導說通而宗不通其短在自行二者俱通則不得爲短也

佛告大慧善哉善哉諦聽諦聽善思念之當爲汝說大慧白佛言唯然受教佛告大慧三世如來有二種法通謂說通及自宗通說通者謂隨衆生心之所應爲說種種衆具契經是名說通自宗通者謂修行者離自心現種種妄想謂不墮一異俱不俱品超度一切心意識自覺聖境界離因成見相一切外道聲聞緣覺墮二邊者所不能知我說是名自宗通法大慧是名自宗通及說通相汝及餘菩薩摩訶薩應當修學答中言三世如來有二通者顯諸佛自行化他之法無不同也先明說通言衆具契經者即前九部攝一切法故曰衆具而卒歸乎契理契機故云契經次明宗通自證之法本不可說故寄修者以示其相曰離自心現種種妄想等者謂不墮一異等四句則妄想不行妄想不行則超越一切心識到自覺聖境界言離因成見相者因成即因成假謂意根對法塵而起分别之見也離者離此見也然如來自證之法非邪外偏小著空有二邊者之所能知唯大乘菩薩能修能證故誡云應當修學

爾時世尊欲重宣此義而說偈言

我謂二種通　宗通及言說　說者授童蒙　宗爲修行者童蒙言初機也既解說通未必惟在初機爲對宗通言耳宗通雖爲修行而言自證也

爾時大慧菩薩白佛言世尊如世尊一時說

言世間諸論種種辯説慎勿習近若習近者攝受貪欲不攝受法世尊何故作如是説佛告大慧世間言論種種句味因緣譬喻採集莊嚴誘引誑惑愚癡凡夫不入眞實自通不覺一切法妄想顛倒墮於二邊凡愚癡惑而自破壞諸趣相續不得解脱不能覺知自心現量不離外性自性妄想計著是故世間言論種種辯説不脱生老病死憂悲苦惱誑惑迷亂夫論有世論出世論故道有正有邪雖不兩立而未嘗不並行於世故如來誡其於世論愼勿親近大慧所以致問言世論者即外道盧伽耶陀此翻左世亦云惡論此論但飾文詞誑惑凡愚有習近者惟攝取世間財欲不得法利答中先斥其非以彼言論不詮正理故不可以入眞實自通之地卒歸於二邊而已凡愚癡惑下此明受習之非以自破壞正見故有諸趣生死相續無由解脱下文諸過之相可見大慧釋提桓因廣解衆論自造聲論彼世論者有一弟子持龍形像詣釋天宮建立論宗要壞帝釋千輻之輪隨我不如斷一一頭以謝所屈作是要已即以釋法摧伏帝釋釋墮負處即壞其車還來人間如是大慧世間言論因譬莊嚴乃至畜生亦能以種種句味惑彼諸天及阿修羅著生滅見而況於人是故大慧世間言論應當遠離以能招致苦生因故愼勿習近此段下引事證失釋提桓因者帝釋之異名也持龍形像者謂變作龍身也要約也入楞伽云作是要言憍尸迦我共汝論汝若不如我當破汝千輻之輪我若不如斷一一頭以謝所屈即以釋法者謂即以帝釋所造論法爲難墮負即不勝謂帝釋不勝也乃至畜生者如變作龍身之類也又言世間論應當遠離者謂彼論爲害若此可不愼歟

大慧世論者唯説身覺境界而已大慧彼世論者乃有百千但於後時後五十年當破壞結集惡覺因見盛故惡弟子受如是大慧世論破壞結集種種句味因譬莊嚴説外道事

著目因緣無有自通大慧彼諸外道無自通論於餘世論廣說無量百千事門無有自通亦不自知愚癡世論世論下重出彼論建立身覺境界者謂五陰身覺想之境也雖彼世論乃有百千極其宗趣不離情識豈知有至道哉後五十年破壞結集者按金剛功德施論謂人壽百齡開爲二分初分五十敎力增强後五十歲敎力漸微言正法欲滅時也或當作後五百年十字恐誤破壞如來結集正敎以彼顛倒惡覺苦因邪見熾故其惡黨類受習其說自取淪溺也如是下結斥言著自因緣者如所說身覺是已而不能以理自通故云無有自通由其不能自通雖廣說百千事門不過是惑世法彼不自知良可悲也

爾時大慧白佛言世尊若外道世論種種句味因譬莊嚴無有自通自事計著者世尊亦說世論爲種種異方諸來會衆天人阿修羅廣說無量種種句味亦非自通耶亦入一切外道智慧言說數耶佛告大慧我不說世論亦無來去唯說不來不去大慧來者趣聚會生去者散壞不來不去者是不生不滅我所說義不墮世論妄想數中所以者何謂不計著外性非性自心現處二邊妄想所不能轉相境非性覺自心現則自心現妄想不生妄想不生者空無相無作入三脫門名爲解脫此顯正敎初大慧反問如來所說亦同世論凡有二難如文云云如爲他方諸天人衆廣說諸法則隨他意語豈亦非自通義亦何異於外道世智言說耶答中先拂初難言我不說世論葢世論說去來佛唯說不去不來來言趣聚會生者謂來則衆緣和合而生去言散壞者謂去則緣散而滅佛說異是言不去不來即不生不滅乃我所通答次難云不墮世論妄想數者即外道有無分別是妄想數復自徵釋謂不著二邊以不著故有無妄想所不能轉良以自相境界非性非性即空何轉之有又言覺自心現等者既了諸法唯心妄想復何所生由不生故入三脫門空者性空也無相者相空也無作者性相俱空心無所作也無作又曰無願謂無願求也

大慧我念一時於一處住有世論婆羅門來詣我所不請空閑便問我言瞿曇一切所作

耶我時報言婆羅門一切所作是初世論彼復問言一切非所作耶我復報言一切非作是第二世論彼復問言一切常耶一切無常耶一切生耶一切不生耶我時報言是六世論大慧彼復問我言一切一耶一切異耶一切俱耶一切不俱耶一切因種種受生現耶我時報言是十一世論大慧彼復問言一切無記耶一切記耶有我耶無我耶有此世耶無此世耶有他世耶無他世耶有解脫耶無解脫耶一切刹那耶一切不刹那耶虛空耶非數滅耶涅槃耶瞿曇作耶非作耶有中陰耶無中陰耶大慧我時報言婆羅門如是說者悉是世論非我所說是汝世論此正引論廣辯邪正婆羅門是梵語具云婆羅賀摩拏此云淨裔亦云淨行自稱祖自梵天口生因從梵姓如梵志即其種也惟五天竺有餘國無之又云外意其種別有經書世承其業或在家或出家恃術倨傲言不請空闕者空闕猶間隙也請問之儀當待間隙如禮有請問之語是也而彼倨傲卒然來問所以責之也彼問雖多槩以一世論報之所以拒之也如是說者悉是世論無非情見又曰非我所說是汝世論所以外之也

我惟說無始虛僞妄想習氣種種諸惡三有之因不能覺知自心現量而生妄想攀緣外性如外道法我諸根義三合知生我不如是婆羅門我不說因不說無因惟說妄想攝所攝性施設緣起非汝及餘墮受我相續者所能覺知大慧涅槃虛空滅非有三種但數有三耳此佛自示正教不出三道無始至習氣煩惱道也種種諸惡業道也三有苦道也因者謂煩惱惡業爲苦道之因也由不能覺知諸法唯心所現於彼外法而起妄想攀緣此乃正因緣之說非外道所知又曰如外道法者重舉彼計以格其說言我諸根義三合知生者謂我及根境三緣和合而知生知即識也佛說異是故曰我不說因不說無因因即因緣無因即自然惟依妄心以能取所取而說緣起能汝及餘外道著我執之不斷者所能測言涅槃虛空滅文似孤起及考大慧之問謂如來之說亦同外道數論故乃告

云此三無爲但數有三而非有三三無爲義見前註

復次大慧爾時世論婆羅門復問我言癡愛業因故有三有耶爲無因耶我時報言此二者亦是世論耳彼復問言一切性皆入自共相耶我復報言此亦世論婆羅門乃至意流妄計外塵皆是世論復次大慧爾時世論婆羅門復問我言頗有非世論者不我是一切外道之宗說種種句味因緣譬喻莊嚴我復報言婆羅門有非汝有者非爲非宗非說非不說種種句味非不因譬莊嚴婆羅門言何等爲非世論非非宗非非說我時報言婆羅門有非世論汝諸外道所不能知以於外性不實妄想虛僞計著故謂妄想不生覺了有無自心現量妄想不生不受外塵妄想永息是名非世論此是我法非汝有也婆羅門略說彼識若來若去若死若生若樂若苦若溺若見若觸若著種種相若和合相續若愛若因計著婆羅門如是比者是汝等世論非是我有大慧世論婆羅門作如是問我如是答彼即默然不辭而退思自通處作是念言沙門釋子出於通外說無生無相無因覺自妄想現相妄想不生

此如來對大慧述婆羅門所問及佛所答然其所問挾佛二三義以爲問端佛皆答以世論者此乃據彼所知凡意識流動隨塵計著無分邪正皆爲世論使彼不得措辭所以杜之也彼論既窮遂有非世論之請如來言有非汝所有也非爲非宗乃至譬喻莊嚴皆言非者謂異其論雖微啓之而終未與說實及其再請曰何等爲非非宗非非說乃復抑之曰非汝所知以其於外法妄想計著非惟不能信入亦恐隨語生解增其見過所以難之也然後告云謂妄想不生令其覺了有無無非唯心所現則妄想不生不受外塵則妄想永息是爲非世論始知三世諸佛初無一法與人但令妄想不生則天眞妙性不遠而復矣既述正論復斥其非自略說彼識若來若去至於若因計著皆彼外計妄識彼論既屈復慚而退亦不暇辭且言思自通處又曰出於通外

者此皆外道退而有省之言以佛所說求諸已而不得始知出於自通之外而曰無生無相等觀其所領亦足以見其有所得矣

大慧此即是汝向所問我何故說習近世論種種辯說攝受貪欲不攝受法大慧白佛言世尊攝受貪欲及法有何句義佛告大慧善哉善哉汝乃能爲未來衆生思惟咨問如是句義諦聽諦聽善思念之當爲汝說大慧白佛言唯然受教佛告大慧所謂貪者若取若捨若觸若味繫著外塵墮二邊見復生苦陰生老病死憂悲苦惱如是諸患皆從愛起斯由習近世論及世論者我及諸佛說名爲貪是名攝受貪欲不攝受法此是結指所問所答大慧因復問貪欲及法之義答中以取捨等爲貪貪即煩惱以貪故繫著外塵等即結業也復生苦陰等即苦道也然皆以愛爲本愛復由習近世論及世論者即人也皆能攝令生貪故云攝受貪欲言不攝受法者不攝受正法也

大慧云何攝受法謂善覺知自心現量見人無我及法無我相妄想不生善知上上地離心意意識一切諸佛智慧灌頂具足攝受十無盡句於一切法無開發自在是名爲法所謂不墮一切見一切虛僞一切妄想一切性一切二邊大慧多有外道癡人墮於二邊若常若斷非黠慧者受無因論則起常見外因壞因緣非性則起斷見大慧我不見生住滅故說名爲法大慧是名貪欲及法汝及餘菩薩摩訶薩應當修學此答攝受法問謂善覺知等者言所攝受非別有法即覺知唯心所現見二無我不取於相離諸分別善知諸地行相離心意識受諸佛灌頂具足受行十種大願於一切法悉得自在是名法利又言不墮一切見等謂顯自性離諸邪倒多有外道下凡墮邊見皆愚人法非黠慧者謂斷常邪見非小乘黠慧無因論謂四大性常不假因成故墮常見或見外因壞滅計因緣非性則成斷見又言我不見生住滅故者則生而無生住而非住滅而非滅則異乎斷常是名爲法結勸可見

爾時世尊欲重宣此義而說偈言

一切世間論　外道虛妄說　妄見作所作
彼則無自宗　唯我一自宗　離於作所作
爲諸弟子說　遠離諸世論　心量不可見
不觀察二心　攝所攝非性　斷常二俱離
乃至心流轉　是則爲世論　妄想不轉者
是人見自心　來者謂事生　去者事不現
明了知去來　妄想不復生　有常及無常
所作無所作　此世他世等　斯皆世論通

初四句頌世論計作所作不知唯自心量則以有無爲宗言作所作者作謂能作所謂所作之法如計梵天微塵等生是也唯我等者佛謂唯我以自心爲宗離於妄計能作所作爲諸弟子說此正法令其不習世論心量不可見者以心離性執不可以有無見不可以能所攝是謂斷常俱離二心即有無是也心爲斷常所轉者則爲世論心離分別不爲所轉是明見自心也若彼外道計來者爲生去者爲滅事即生死事也不現即滅也佛說無去無來即不生不滅故云明了知去來妄想不復生也後四句惟頌世論如文可見

爾時大慧菩薩復白佛言世尊所言涅槃者說何等法名爲涅槃而諸外道各起妄想佛告大慧諦聽諦聽善思念之當爲汝說如諸外道妄想涅槃非彼妄想隨順涅槃大慧白佛言唯然受教佛告大慧或有外道陰界入滅境界離欲見法無常心心法品不生不念去來現在境界諸受陰盡如燈火滅如種子壞妄想不生斯等於此作涅槃想大慧非以見壞名爲涅槃

前論二乘所得涅槃與外道以妄想識滅爲涅槃辯之明矣大慧於此復有所請者恐理未盡明見未盡破或墮邪見則究竟解脫之道無上涅槃之城反致侵毀本有法身慧命不得而顯此大慧之所憂不可不復請也如來乃告曰或有外道陰界入滅等作涅槃想者按提婆論釋凡外道妄計涅槃有二十種此當第一論曰諸受陰盡如燈滅種壞風止名涅槃今文則又曰境界離欲等謂於六塵無染故曰離欲見諸法無常故不起心心數法以不念過現等境故諸受陰盡如燈滅種壞受滅則想滅故曰妄想不生且約想滅云爾其實見想不除故斥曰非以見壞爲涅槃也此總破諸

計

大慧或以從方至方名爲解脫境界想滅猶如風止或復以覺所覺見壞名爲解脫或見常無常作解脫想或見種種相想招致苦生因思惟是已不善覺知自心現量怖畏於相而見無相深生愛樂作涅槃想從方至方者論云第二外道說最初有方從方生世間及人人生天地次第滅沒還入彼處說方是常名涅槃因或謂方猶方所亦彼此也謂從彼至此不失本性又曰境界想滅猶如風止者新說云風仙外道計風能生殺萬物說風性常是曰涅槃或謂風止則無跡而已言覺所覺等者外道言覺多謂覺想入楞伽云不見能覺所覺名爲涅槃見壞即不見也言常無常等者按論外道言師名伊賒那形不可見徧一切處能生萬物能生是常名爲涅槃所生之物即名無常解脫涅槃名異體同也言種種相想等者此以相想而爲苦因不知相即自心所現捨相而著無相之見於此愛樂以爲涅槃

或有覺知內外諸法自相共相去來現在有性不壞作涅槃想或謂我人衆生壽命一切法壞作涅槃想或以外道惡燒智慧見自性及士夫彼二有間士夫所出名爲自性如冥初比求那轉變求那是作者作涅槃想或謂福非福盡或謂諸煩惱盡或謂智慧或見自在是眞實作死生者作涅槃想言覺知內外諸法等者即覺想分別根塵等法自共之相三世之異神我之性不壞以爲涅槃言我人等者妄謂四相之法滅壞以爲涅槃言惡燒智慧者此乃惡見火燒滅正智自性我見之本也士夫十六知見之一也彼二有間間異也謂彼自性與士夫二者有間異也然自性從士夫所出如冥初生覺之比或謂二有從初生覺爲一有從塵生大爲一有者文意不貫若從其說則不合又云如冥。初比言求那轉變等者謂依自性轉變能作諸物以爲涅槃言福非福等者非福罪也謂罪福俱盡皆指盡處以爲涅槃言煩惱盡等者按論煩惱與智本爲一計謂煩惱盡依智慧名爲涅槃言或見自在等者論云自在天能造作衆生生死者能作名常爲涅槃也

或謂展轉相生生死更無餘因如是即是計著因而彼愚癡不能覺知以不知故作涅槃

想或有外道言得眞諦道作涅槃想或見功德功德所起和合一異俱不俱作涅槃想或見自性所起孔雀文彩種種雜寶及利刺等性見已作涅槃想言展轉相生者尼揵子論師計劫初生一男一女彼時和合展轉相生一切物滅復歸於彼謂此外更無餘因曾不知如是計著是生死因而彼愚癡不覺以爲涅槃言得眞諦道等者僧佉論師計二十五諦從冥初生謂證眞實之道以爲涅槃或見功德等者凡外道所謂功德多指苦行仍於所起和合處作四句見以爲涅槃或見自性等者入楞伽云或計諸物從自然生孔雀文彩棘刺銛利生寶之處出種種寶如此等事是誰能作即執自然以爲涅槃也

大慧或有覺二十五眞實或王守護國受六德論作涅槃想或見時是作者時節世間如是覺者作涅槃想或謂性或謂非性或謂知性非性或見有覺與涅槃差別作涅槃想覺二十五眞實者謂覺了二十五諦眞實又言王守護國者謂若能受六德論令萬民安樂安樂之性以爲涅槃言見時是作者時敬論師計時節爲因能生世間諸法時有變遷而作者不異如是覺者以爲涅槃言性非性等者入楞伽云或執有物或執無物或執有物無物共以爲涅槃此云性性即法法即物也二言有覺等者謂萬物是喧動涅槃是寂靜此無別以爲涅槃已上外道種種妄計起涅槃見具如提婆等論廣釋其相也

有如是比種種妄想外道所說不成所成智者所棄大慧如是一切悉墮二邊作涅槃想如是等外道涅槃妄想彼中都無若生若滅大慧彼一一外道涅槃彼等自論智慧觀察都無所立如彼妄想心意來去漂馳流動一切無有得涅槃者此段結斥文凡有五言不成所成者以其皆妄想故雖計涅槃而不成涅槃乃爲智者所棄一也又曰如是一切悉墮二邊者二也又彼雖妄計生滅而實彼法何曾生滅三也然彼所計皆是邪論以正智觀之無所成立四也又以彼心想流動乖涅槃性是故無有得涅槃者五也以此辯之足顯其妄矣

大慧如我所說涅槃者謂善覺知自心現量不著外性離於四句見如實處不墮自心現妄想二邊攝所攝不可得一切度量不見所

成愚於眞實不應攝受棄捨彼已得自覺聖法知二無我離二煩惱淨除二障永離二死上上地如來地如影幻等諸深三昧離心意意識說名涅槃大慧汝及餘菩薩摩訶薩應當修學當疾遠離一切外道諸涅槃見如我所說

等者對邪顯正其文亦五謂善覺知自心現量不著外性一也離於四句見如實處二也不墮自心現妄想二邊則能取所取不可得三也一切度量不見所成者顯如來涅槃出衆邪外四也度量即數也愚於眞實不應攝受者愚即迷也謂迷於實理隨有所見不應取著五也言棄捨彼已者謂棄彼妄見已即得自覺聖智之法知人法無我離通別二惑除惑智二障離分段變易生死漸歷諸地至於佛地此皆所證之法如幻三昧離心意識皆所以能顯涅槃者究論三德涅槃所謂如來祕密之藏如伊字三點天主三目不縱不橫絕思絕議如是安住是爲究竟涅槃故誡學者應當修學離彼邪見

爾時世尊欲重宣此義而說偈言

外道涅槃見　各各起妄想　斯從心想生
無解脫方便　愚於縛縛者　遠離善方便
外道解脫想　解脫終不生　衆智各異趣
外道所見通　彼悉無解脫　愚癡妄想故

此頌上諸外道妄計涅槃之見言各各者如前文所列有二十一種不同然皆起於邪習心想言無解脫方便者欲解生死之縛而得解脫非善巧方便之行則不可也既無方便解脫安能入於涅槃愚即愚迷由愚迷故不了所計邪見是煩惱生死之縛所以捨離善巧方便欲求解脫終不可得衆智等四句言諸外道苦行成立所得通智是妄非眞也

一切癡外道　妄見作所作　有無有品論
彼悉無解脫　凡愚樂妄想　不聞眞實慧
言語三苦本　眞實滅苦因　譬如鏡中像
雖現而非有　於妄想心鏡　愚夫見有二
不識心及緣　則起二妄想　了心及境界
妄想則不生　心者即種種　遠離相所相
事現而無現　如彼愚妄想

一切癡外道妄見作所作此二句是結斥外計也有無有下明妄想反於眞實謂妄想出於言論爲三苦之本眞實反於妄想故爲滅苦之因意令凡愚反迷歸悟耳復以喩顯鏡以喩心像以喩境凡夫不能了境唯

心故見心外有法而起分別如見鏡中之像而生實想乃見有二故云不識心及緣則起二妄想緣即境也若了心境一如妄從何起心者下四句合上鏡像之喻種種諸境也既知諸境唯心則無能相所相事即境也言事境之現如鏡像之無實但愚迷不了自生分別耳

三有唯妄想　外義悉無有　妄想種種現

凡愚不能了　經經說妄想　終不出於名

若離於言說　亦無有所說 三有即三界外義即外境謂三界六道生死皆無實體但由妄想見此種種外境故云凡愚不能了此總結迷妄之失也然如來所說種種諸法皆說衆生妄想溺於生死意令衆生反妄歸眞安住涅槃而衆生著於名字言說不能忘言得意若能了言說而無言說則所說之法亦不可得如得魚兎而忘筌罤此如來示人之深意也

楞伽阿跋多羅寶經註解卷第三下

楞伽阿跋多羅寶經註解卷第四上

宋求那跋多羅奉 詔譯

大明天界善世禪寺住持臣僧宗泐
演福講寺住持臣僧如玘奉 詔同註

一切佛語心品第四

爾時大慧菩薩白佛言世尊惟願爲說三藐三佛陀我及餘菩薩摩訶薩善於如來自性自覺覺他佛告大慧恣所欲問我當爲汝隨所問說大慧白佛言世尊如來應供等正覺爲作耶爲不作耶爲事耶爲因耶爲相耶爲所相耶爲說耶爲所說耶爲覺耶爲所覺耶如是等辭句爲異爲不異

涅槃是所證之法如來是能證之人大慧既領涅槃之旨故又以如來爲請三藐三佛陀此云正徧知亦名正覺正徧知者謂正知徧知正知於中徧知於邊如來自性謂法身也佛既領請故大慧具以三號爲問三號即是三德如來即法身中諦也應供即解脫俗諦也正徧知即般若眞諦也通號有十而持問此三者乃其要也作謂修持造作義該因果事即果也相謂身相說謂言說覺謂覺知謂如來於此辭句爲異爲不異耶

佛告大慧如來應供等正覺於如是等辭句非事非因所以者何俱有過故大慧若如來是事者或作或無常無常故一切事應是如來我及諸佛皆所不欲若非所作者無所得故方便則空同於兔角槃大之子以無所有故大慧若無事無因者則非有非無若非有非無則出於四句四句者是世間言說若出四句者則不墮四句不墮四句故智者所取一切如來句義亦如是慧者當知

答中先酬所問非事非因即非因非果也合云非作非不作言俱有過者不特言事因而已正言如來若惟是事因則墮有作之過若非事因則墮無所有過也言如來是事等者謂若如來定須用因果等事則是無常若是無常則一切所作之法應是如來然我及諸佛皆不欲同彼事也若非所作等即覈上非事因句謂非所作則無所得無所得則智慧方便皆爲徒設同於

兔角石女兒也又言無事無因者謂法身既非有作則離有無之過離有無過則出於四句之外四句者即一異俱不俱有無非有非無常無常等四句也不墮此四句是爲如來句義爲智者之所取也

如我所說一切法無我當知此義無我性是無我一切法有自性無他性如牛馬大慧譬如非牛馬性非馬牛性其實非有非無彼非無自性如是大慧一切諸法非無自相有自相但非無我愚夫之所能知以妄想故如是一切法空無生無自性當如是知上明如來句義不墮四句恐未達者謂如來句義亦非實性故引例以顯如我所說等佛謂我常說一切法無我無我者謂無性執之性非無性分之性故云有自性無他性他者對已之謂也意謂如來句雖離諸句非無法身常住自性故又以喻顯如牛但有牛之性而無馬性馬但有馬之性而無牛性故云非有非無謂彼各有自性而無他性入楞伽云一切諸法亦復如是無有自相而非有即有謂非但有自性亦有自相但非無我者無我即聲聞謂但非凡小之所能知而不知者由妄想分別之所蔽也如是一切法空等謂一切法無我既然以例

一切法空如來之性不空一切法無生如來法身乃生一切法無自性而如來有常住之性故云當如是知

如來如是與陰非異非不異若不異陰者應是無常若異者方便則空若二者應有異如牛角相似故不異長短差別故有異一切法亦如是大慧如牛右角異左角左角異右角如是長短種種色各各異大慧如來於陰界入非異非不異如來如是下謂法身與五陰對論非異非不異陰即苦道苦道即法身故非異迷悟有殊故非不異若言法身不異五陰則是無常生滅之法若謂異者則如來無全體起用方便益物之相故云則空所以法身與陰非異非不異也若不了陰即是法身則二者有異故又以牛角爲喻牛角相似則不異長短差別則有異一切諸法亦如是者謂法身與一切法非異非不異亦如是也又以牛角左右異爲喻者謂法身本一而諸法有異亦猶牛之左右角之不同耳結文可知

如是如來解脫非異非不異如是如來以解脫名說若如來異解脫者應色相成色相成

故應無常若不異者修行者得相應無分別而修行者見分別是故非異非不異此法身如來對解脫之德而論言如來以解脫名說者如來之所究顯蓋由了結業即解脫故也此如來與解脫非異非不異若云異者解脫應身色相則是無常若不異者則修行之人與解脫相應無因果人法之異然有能所分別故結云非異非不異也

如是智及爾燄非異非不異大慧智及爾燄非異非不異者非常非無常非作非所作非有為非無為非覺非所覺非相非所相非陰非異陰非說非所說非一非異非俱非不俱非一非異非俱非不俱故悉離一切量此約般若與智障相對而論智即般若爾燄即智障例前合云若異則離障無智若不異則障豈是智但云非異非不異者文之略耳此般若與智障非異非不異者則與法身解脫無二無別故復總結而例通之曰非常非無常等總不出非二邊顯中道非能所顯一相非四句顯忘言故又云離一切量量即數也

離一切量則無言說無言說則無生無生則無滅無滅則寂滅寂滅則自性涅槃自性涅槃則無事無因無事無因則無攀緣無攀緣則出過一切虛偽出過一切虛偽則是如來如來則是三藐三佛陀大慧是名三藐三佛陀佛陀大慧三藐三佛陀佛陀者離一切根量夫離諸言量則是無生寂滅自性涅槃而巳既彰本性乃復宗結示曰無事無因等惟一法身迥然獨立不見諸法為所攀緣故出一切虛偽名為如來三藐三佛陀重言佛陀者翻知覺之異雙結二名也言至於此可謂極矣而復疊云離一切根量者總酬所問指歸法身自性也

爾時世尊欲重宣此義而說偈言

悉離諸根量　無事亦無因　巳離覺所覺
亦離相所相　陰緣等正覺　一異莫能見
若無有見者　云何而分別　非作非不作
非事亦非因　非陰非在陰　亦非有餘雜
亦非有諸性　如彼妄想見　當知亦非無

此法法亦爾悉離下四句總頌佛陀離相陰緣者陰即五陰緣即界入等攀緣之緣正覺即法身一異莫能見者謂正覺法身與生死苦道無一異之相可見既無能見之人豈有一異之法而可分別耶非作等四句正顯法身中道餘雜者諸法過咎也亦非有下四句離有無二見言如來法體由彼凡夫妄想分別而見雖離諸相而亦非無實相可見此法法亦爾者謂此法身亦不可言有不可言無法爾而然也

以有故有無　以無故有有　若無不應受
若有不應想　或於我非我　言說量留連
沉溺於二邊　自壞壞世間　解脫一切過
正觀察我通　是名為正觀　不毀大尊師以有故無以無故有此有無相待而立有無既各無自體豈應取著故云不應受不應想也其或未了二我本空滯於言說此乃溺於有無二見非獨自壞亦且壞他何由出於生死若能了達法身解脫自在離一切過是為達觀不謗於佛也

爾時大慧菩薩復白佛言世尊如世尊說修多羅攝受不生不滅又世尊說不生不滅是如來異名云何世尊為無性故說不生不滅為是如來異名佛告大慧我說一切法不生不滅有無品不現大慧白佛言世尊若一切法不生者則攝受法不可得一切法不生故若名字中有法者惟願為說佛告大慧善哉善哉諦聽諦聽善思念之吾當為汝分別解說大慧白佛言唯然受教佛告大慧我說如來非無性亦非不生不滅攝一切法亦不待緣故不生不滅亦非無義經中言不生不滅者非一其所詮之旨不無同異如云修多羅攝受不生不滅攝受者謂含攝其理又云此是如來異名大慧以為不生不滅是無性義云何言是異名豈如來亦無性耶佛答以不生不滅是離有無故曰有無品不現此以一答酬其二請大慧又以為不現是不生若一切法不生豈是如來異名若是異名於名字中豈亦有不生法義故又致請答中言非無性者謂如來非是無法亦非攝取不生不滅亦不待生滅之緣而言不生不滅言亦非無義者起後正答也

大慧我說意生法身如來名號彼不生者一切外道聲聞緣覺七住菩薩非其境界大慧

彼不生即如來異名大慧譬如因陀羅釋迦
不蘭陀羅如是等諸物一一各有多名亦非
多名而有多性亦非無自性言我說意生身等其文猶畧應
云我說不生不滅即不生義不生而生則一
切法身異名皆從此出故曰意生法身如來
名號言彼不生者疊上一切法不生義也然
此不生是如來究竟之趣非外道偏乘之所
造詣故云非其境界七住即七地蓋通教菩
薩到八地方證無生故也以此不生爲如來
異名即不生不滅名偏義圓斯之謂也譬如
因陀羅等此引帝釋異名以況如來異名非
一蓋帝釋所住地及虛空乃至手足隨一一
物各有異名其名雖多人只是一故無多性
隨物顯義非
無自性也
如是大慧我於此娑呵世界有三阿僧祇百
千名號愚夫悉聞各說我名而不解我如來
異名大慧或有衆生知我如來者有知一切
智者有知佛者有知救世者有知自覺者有
知導師者有知廣導者有知一切導者有知
仙人者有知梵者有知毗紐者有知自在者

有知勝者有知迦毗羅者有知真實邊者有
知月者有知日者有知主者有知無生者有
知無滅者有知空者有知如如者有知諦者
有知實際者有知法性者有知涅槃者有知
常者有知平等者有知不二者有知無相者
有知解脫者有知道者有知意生者大慧如
是等三阿僧祇百千名號不增不減此及餘
世界皆悉知我如水中月不出不入我於娑呵世界
等凡列三十三種異名始言愚者悉聞各說
我名謂名各有義也而不解我如來異名則
不知其體一本於不生不滅也乃至云如是
等三阿僧祇百千名號阿僧祇此云無數時
此乃如來果後施化之迹言百千名號不增
不減者蓋隨舉一名則攝諸法名在多不增
在一不減此方他界皆知佛名言如水月不
出不入者月喻應身水喻衆生之心衆生心
淨如來即應如月在水然月在空影現於水
月不下降故云不入亦不離水故云不出也
彼諸愚夫不能知我墮二邊故然悉恭敬供
養於我而不善解知辭句義趣不分別名不

解自通計著種種言說章句於不生不滅作無性想不知如來名號差別如因陀羅釋迦不蘭陀羅不解自通會歸終極於一切法隨說計著彼諸愚夫等重釋彼不知不生不滅中道應身之本墮於有無二邊雖皆能敬事而不能善解名字句義故云不分別名不解自通由執著言教昧於實理謂不生不滅是無體性故於如來異名差別而皆不知如不知因陀羅等皆帝釋之異名也既不解自通之趣歸于至極故於一切諸法隨語生見故云隨說計著也

大慧彼諸癡人作如是言義如言說義說無異所以者何謂義無身故言說之外更無餘義唯止言說大慧彼惡燒智不知言說自性不知言說生滅義不生滅大慧一切言說墮於文字義則不墮離性非性故無受生亦無身大慧如來不說墮文字法文字有無不可得故除不墮文字此段重示迷名失旨義如言說等夫義有能詮文字之義有所詮道理之義癡人迷於道理言文字之義如所言說謂義之所說無有異也既又徵釋謂義無身故身即體也言能詮文字之義更無有體蓋不知所詮道理之義出於言說之外唯止於言說而巳由彼惡見燒滅正智不解如來言教言於生滅義無生滅然一切言說墮於文字義則不墮言離性非性者是離有無之過既離是過則無受生亦無體相是爲言外之旨也如來不說墮文字法者謂文字性離即是解脫不可以有無求之是則如來非不說法若有離文字而解者即爲說之

大慧若有說言如來說墮文字法者此則妄說法離文字故是故大慧我等諸佛及諸菩薩不說一字不荅一字所以者何法離文字故非不饒益義說言說者衆生妄想故大慧若不說一切法者教法則壞教法壞者則無諸佛菩薩緣覺聲聞若無者誰說爲誰若有不達如來說即無說謂說墮文字法者則爲謗佛謗法故云此則妄說既又告大慧云我及諸佛菩薩未甞說一字荅一字蓋離文字性故也非不饒益義說者謂非不隨宜演說饒益衆生然說即無說若謂有說者凡愚之妄想分別耳據理絕言被緣可說說即成教若有緣不說則教法不立教若不立則大小乘機無修證之分如是則執爲能度執爲所度而

建立機教哉是故大慧菩薩摩訶薩莫著言說隨宜方便廣說經法以衆生希望煩惱不一故我及諸佛爲彼種種異解衆生而說諸法令離心意意識故不爲得自覺聖智處法固不可不說若著言說則又成病故告云莫著言說然隨宜方便而說者蓋衆生機樂不同煩惱非一我及諸佛皆如是說然所被機固未是欲得自覺聖智處者凡可以離乎妄想心識者則爲說也大慧於一切法無所有覺自心現量離二妄想諸菩薩摩訶薩依於義不依文字若善男子善女人依文字者自壞第一義亦不能覺他墮惡見相續而爲衆說不善了知一切法一切地一切相亦不知章句若善一切法一切地一切相通達章句具足性義彼則能以正無相樂而自娛樂平等大乘建立衆生一切法無所有等入楞伽云令知諸法自心所現無外境界離說所說二種妄想既又戒學者言當依於義不依文字若依文字則害於義豈能令他獲益言墮惡見相續等者則於言說相續計著而爲他說此乃不善了知一切教法地住因果之相及章段句義若善了知此等諸義即能樂於無相令諸衆生安住平等大乘也

大慧攝受大乘者則攝受諸佛菩薩緣覺聲聞攝受諸佛菩薩緣覺聲聞者則攝受一切衆生攝受一切衆生者則攝受正法攝受正法者則佛種不斷佛種不斷者則能了知得殊勝入處知得殊勝入處菩薩摩訶薩常得化生建立大乘十自在力現衆色像通達衆生形類希望煩惱諸相如實說法如實者不異如實者不來不去相一切虛僞息是名如實大慧善男子善女人不應攝受隨說計著眞實者離文字故此承上文而言既攝受大乘之法則一切凡聖無不攝者如是則爲正法爲佛種爲殊勝入自覺聖處既得入已則能起用化他建立大乘十力無畏隨類現形慰諸渴望消諸煩惱演說如實之法此如實法無異別之稱絕去來之

相一切戲論悉皆息滅然如實之法雖是大乘不應隨說計著以離文字名爲眞實

大慧如爲愚夫以指指物愚夫觀指不得實義如是愚夫隨言說指攝受計著至竟不捨終不能得離言說指第一實義大慧譬如嬰兒應食熟食不應食生若食生者則令發狂不知次第方便熟故大慧如是不生不滅不方便修則爲不善是故應當善修方便莫隨言說如視指端

此以二喻示得失相一以指指物喻者喻言說實義二嬰兒熟食喻者喻方便修法然皆有得有失其理曉然滯於言說則失第一實義如但觀指而不觀物不善修方便則不契不生不滅之理如嬰兒食生而不食熟如是而不發狂者幾希矣故又戒云善修方便莫隨言說也

是故大慧於眞實義當方便修眞實義者微妙寂靜是涅槃因言說者妄想合妄想者集生死大慧眞實義者從多聞者得大慧多聞者謂善於義非善言說善義者不隨一切外道經論身自不隨亦不令他隨是則名曰大德多聞是故欲求義者當親近多聞所謂善義與此相違計著言說應當遠離

眞義之義離言說相故云微妙寂靜此理若顯即是涅槃之果未顯名因若著言說不會實義則與妄想和合以成生死之因然此眞實之義必由聞慧而得又言善於義者非徒多聞而已要在忘言得意若隨語生見何異外道蓋善於義則自他不惑於外說是爲大德多聞故學大乘者不可不親近大德否則不善於義墮於言說故復戒勸

爾時大慧菩薩復承佛威神而白佛言世尊世尊顯示不生不滅無有奇特所以者何一切外道因亦不生不滅世尊亦說虛空非數緣滅及涅槃界不生不滅世尊外道說因生諸世間世尊亦說無明愛業妄想爲緣生諸世間彼因此緣名差別耳外物因緣亦如是世尊與外道論無有差別微塵勝妙自在衆生主等如是九物不生不滅世尊亦說一切

性不生不滅有無不可得外道亦說四大不壞自性不生不滅四大常是四大乃至周流諸趣不捨自性世尊所說亦復如是是故我言無有奇特惟願世尊爲說差別所以奇特勝諸外道若無差別者一切外道皆亦是佛以不生不滅故而世尊說一世界中多佛出世者無有是處如向所說一世界中應有多佛無差別故上言不生不滅直以正教言之未辯所以異於外道者是故大慧復有異同之問凡有四難一以外道說生法之因與佛所說三無爲法爲一難虛空即虛空無爲非數緣滅即非擇滅無爲涅槃即擇滅無爲二以彼主因與佛所說十二緣生爲難三以微塵等生與佛所說一切性不生滅爲難九物者時二方三虛空四微塵五四大種六大梵天七勝妙天八大自在天九家生主即神我也四以彼說四大與世尊所說四大爲難此皆以外道之說比同佛說如文可見

佛告大慧我說不生不滅不同外道不生不滅所以者何彼諸外道有性自性得不生不變相我不如是墮有無品大慧我者離有無品離生滅非性非無性如種種幻夢現故非無性云何無性謂色無自性相攝受現不現故攝不攝故以是故一切性無性非無性但覺自心現量妄想不生安隱快樂世事永息答中先斥非而後顯是言外道有性自性等謂彼所說性有自性如云四大常以堅濕煖動之性皆不壞不亂以爲得不生不變之相然亦著心妄計雖曰不生不滅實有生滅墮於有無佛謂我不如是我之所說不生不滅離於有無生滅及非有非無如幻夢色現是非無色性不可得是非有言色無自性相攝受者夢幻色相本非實有愚人妄想故現其實不現妄心攝取實不可取故知一切諸法亦非有非無但能覺了諸法唯心心外無境則妄想自滅安於涅槃之樂永息生死之事矣

愚癡凡夫妄想作事非諸聖賢不實妄想如乾闥婆城及幻化人大慧如乾闥婆城及幻化人種種衆生商賈出入愚夫妄想謂眞出入而實無有出者入者但彼妄想故如是大

慧愚癡凡未起不生不滅惑彼亦無有有爲無爲如幻人生其實無有若生若滅性無性無所有故一切法亦如是離於生滅愚癡凡夫墮不如實起生滅妄想非諸聖賢凡世間有爲生滅之事起於妄心此乃凡夫所迷故曰非者聖賢乾闥婆城喻妄境不實如文可見言愚夫起不生不滅惑者謂彼妄想本是生滅妄謂不生不滅則惑也彼亦無有有爲無爲者言彼不柰有爲是不知生滅之實既無無爲是不知無生滅之實如見幻人之生其實無有生滅一切諸法亦復如是愚夫之所以起妄想者由不見如實之理墮於虛妄聖賢則不爾也

不如實者不爾如性自性妄想亦不異若異妄想者計著一切性自性不見寂靜不見寂靜者終不離妄想是故大慧無相見勝非相見相見者受生因故不勝大慧無相者妄想不生不起不滅我說涅槃大慧涅槃者如真實義見離先妄想心心數法逮得如來自覺聖智我說是涅槃言不如實者入楞伽云言虛妄者不如法性不爾者謂不同聖賢也聖賢之所以爲聖賢者由了妄想即是真實非別有也如彼凡夫性自性妄想與如實理亦本不異若謂如實理與妄想有異則執著諸法自性不見本來寂靜之體不見此體妄想執情終不能離言無相見勝者既云著相不見寂靜則欲見寂靜以無相爲勝非是相見蓋著相見者是生死之因故不爲勝然則無相是離妄想契乎不生不滅是爲佛說究竟涅槃又云涅槃者如真實義見則未見涅槃以前妄想心數皆悉遠離至於佛地也

爾時世尊欲重宣此義而說偈言

滅除彼生論　建立不生義　我說如是法
愚夫不能知　一切法不生　無性無所有
乾闥婆幻夢　有性者無因　不生無自性
何因空當說　以離於和合　覺知性不現
是故空不生　我說無自性　謂一一和合
性現而非有　分析無和合　非如外道見

滅除彼生論者謂破彼外道妄計之論外道雖有不生不滅之言乃妄想分別是生死因

故云生論佛說不生不滅是中道實理對彼有生故云不生義也一切法下頌非有非無如乾城幻夢雖有而無因也不生無自性等是承上再徵謂不生者是無自性無性是空云何爲我說也以離於和合下是釋謂於根塵離和合相而覺知之性自然不現不現是空空不生是故佛說無自性也謂一則一下重釋上義如文可見

夢幻及垂髮　野馬乾闥婆　世間種種事
無因而相現　折伏有因論　申暢無生義
申暢無生者　法流永不斷　熾然無因論
恐怖諸外道 夢幻等喻世間之法無因而現其相本虛並顯不生之義其所破立則折伏外道有因之論申暢無生之義然外道本計無因而生而言有因者蓋彼所言不生不滅乃是妄計實爲生死之因故斥其爲有因論也外論既滅則正法流行無生之論熾然而說使彼外道聞而恐怖也

爾時大慧以偈問曰

云何何所因　彼亦何故生　於何處和合
而作無因論

爾時世尊復以偈答

觀察有爲法　非無因有因　彼生滅論者
所見從是滅 此頌問答覈無因論義問有四意謂云何何因何故何處而作是無因論耶答亦有四觀察有爲法是答處有爲即世間生滅之法也非無因有因是答云何謂佛法非有非無也彼生滅論者是答何所因即因彼外道生滅論也所見從是滅是答何故謂滅彼邪見也

爾時大慧說偈問曰

云何爲無生　爲是無性耶　爲顧視諸緣
有法名無生　名不應無義　惟爲分別說
此問無生義爲諸法無自性名無生耶爲顧待諸因緣名無生耶爲別有法名無生耶既有無生之名必有無生之義願佛爲說

爾時世尊復以偈答

非無性無生　亦非顧諸緣　非有性而名
名亦非無義　一切諸外道　聲聞及緣覺
七住非境界　是名無生相 答中先遮所問蓋無生者不墮有無故皆非之名亦非無義起後正答也凡有三意一以所證位顯蓋此無生忍位非諸

凡小及偏教菩薩所住境界七住即七地以菩薩到第八地方破無明故云七住非境界也

遠離諸因緣　亦離一切事　唯有微心住
想所想俱離　其身隨轉變　我說是無生

二以離諸緣故則非顧待之緣既離諸緣亦離一切生死之事惟有微妙寂靜之心如是而住所以能想所想分別俱離妄心既爲妙心而身亦轉勝是爲無生佛所說也

無外性無性　亦無心攝受　斷除一切見
我說是無生　如是無自性　空等應分別
非空故說空　無生故說空

三以有無二性不可得故內外俱忘無外性者是忘外也無心攝受者是忘內也內外既忘則斷一異等見如是無生即無自性無性故空空亦叵得故曰非空說空空即無生故又云無生說空也

因緣數和合　則有生有滅　離諸因緣數
無別有生滅　捨離因緣數　更無有異性
若言一異者　是外道妄想　有無性不生
非有亦非無　除其數轉變　是悉不可得

此於緣生示無生義準後文即十二因緣數法和合而有生滅然十二惑業因緣亦從根塵因緣而起若離能生因緣而所生之法何有故曰無別有生滅也若離生滅因緣豈復有一異之見同於外道若離一異亦離有無非有非無等四句惟除其爲因緣之所轉者

凡能了達無生是有無諸句皆不可得

但有諸俗數　展轉爲鈎鎖　離彼因緣鎖
生義不可得　無生性不起　離諸外道過
但說緣鈎鎖　凡愚不能了　若離緣鈎鎖
別有生性者　是則無因論　破壞鈎鎖義
如燈顯衆像　鈎鎖現若然　是則離鈎鎖
別更有諸性

諸俗數即生死俗假因緣謂凡夫從本以來惟逐妄緣流轉生死如鈎鎖連環之不可斷若能了達妄緣生即無生故云生義不可得也言生無性不起等謂了生無生性執不起則離外道邪見但我說因緣鈎鎖之義令了生即無生凡愚所不能了若離能生因緣之外別有所生法者則我說無因之論而反目破鈎鎖之義如燈顯衆像等者佛謂我說鈎鎖之義正欲令人了達生即無生否則離此生法之外別求無生如衆物由燈而顯非即物是明故云鈎鎖現若然謂鈎鎖之現若是則因緣之外別有

諸法也

無性無有生　如虛空自性　若離於鈎鎖

慧無所分別　復有餘無生　賢聖所得法

彼生無生者　是則無生忍了達因緣生法性相叵得是爲無生則其體性如虛空無礙若離緣生別求無生是智慧無觀察之用故曰慧無所分別也餘無生者指上賢聖所得由了生即無生是爲無生法忍

若使諸世間　觀察鈎鎖者　一切離鈎鎖

從是得三昧　癡愛諸業等　是則內鈎鎖

鑽燧泥團輪　種子等名外　若使有他性

而從因緣生　彼非鈎鎖義　是則不成就

若生無自性　彼爲誰鈎鎖　展轉相生故

當知因緣義此言世間衆生若能進修觀察因緣所生之法當體即空乃得無生三昧離於鈎鎖然所觀因緣有內有外內則無明等十二因緣外則鑽燧泥輪等事鑽燧得火泥團成瓶種子生芽此三者名外因緣此外因緣以喻於內乃顯離因緣外別無生法若謂別有法從他緣而生是非善觀因緣之義則不能成就無生法忍若達生即無生即縛成脫故云彼爲誰鈎鎖否則流轉生死是因緣義

堅濕煖動法　凡愚生妄想　離數無異法

是則說無性此四句是言外道妄計四大之性不壞以爲不生不滅離數等者謂離因緣而說無生法也

如醫療衆病　無有若干論　以病差別故

爲設種種治　我爲彼衆生　破壞諸煩惱

知其根優劣　爲彼說度門　非煩惱根異

而有種種法　唯說一乘法　是則爲大乘此喻如來立教之意若論出世本意惟說一乘以度羣生如大醫王但以阿伽陀藥徧治衆病故云無有若干論然機器不齊未免曲垂方便爲說三乘漸次調伏如隨病差別設種種藥然非根異而法有殊權機若熟咸歸一實所謂十方佛土中唯有一乘法也

爾時大慧菩薩摩訶薩復白佛言世尊一切外道皆起無常妄想世尊亦說一切行無常是生滅法此義云何爲邪爲正爲有幾種無常常與無常之名無異外道不以義定邪正曷分上明不生不滅是眞常之義已破外

計未辯無常邪正之殊所以再請決也問辭可見

佛告大慧一切外道有七種無常非我法也何等爲七彼有說言作已而捨是名無常有說形處壞是名無常有說即色是無常有說色轉變中間是名無常無間自之散壞如乳酪等轉變中間不可見無常毀壞一切性轉有說性無常有說性無性無常有說一切法不生無常入一切法七種無常皆是外計先列次釋列中唯色轉變無常稍涉釋義色言四大造色轉變謂生住異滅無間自之散壞等者謂相續不斷能令變異自然歸滅也如乳酪之轉變雖不可見然在法中自然變壞一切法也餘皆下文具釋釋中或兼破計或但釋義仍不次第不出色性也

大慧性無性無常者謂四大及所造自相壞四大自性不可得不生性無性者謂四大之性皆無自性能造及所造相皆歸變壞故曰無常四大自性下是破彼計意謂大種自性本來不生不生尚無何生可滅言無常耶

彼不生無常者非常無常一切法有無不生分析乃至微塵不可見是不生義非生是名不生無常相若不覺此者墮一切外道生無常義先出正義而後斥非言非常等者佛謂常與無常一切有無諸相對法體本不生乃至分析至於微塵亦無所見以是義故說名無生此爲如來所說不生無常之相若不了此義則墮外道所計生無常義以外道不達無生之旨雖說無生實爲有生故斥云生無常也

大慧性無常者是自心妄想非常無常性所以者何謂無常自性不壞大慧此是一切性無性無常事除無常無有能令一切法性無性者如杖瓦石破壞諸物言自心妄想等者謂彼於非常非無常中自生分別以爲無常能壞諸法而自性不壞此即是前性無性無常之事意謂事可壞而性不可壞世間諸法有壞者因無常故無常徧於諸法之中如杖瓦石能破壞諸物而自體不壞也

現見各各不異是性無常事非作所作有差

別此是無常此是事作所作無異者一切性常無因性大慧一切性無性有因非凡愚所知此破外計佛謂現前所見諸法與無常無異安有性與事不同耶故云非作所作有差別故知無常即事事即無常此能所不異應是常義無因性者入楞伽云不見有因言無常無破壞諸法之因一切性下佛言諸法滅壞實亦有因但此意微隱非凡愚之所能了

非因不相似事生若生者一切性悉皆無常是不相似事作所作無有別異而悉見有異若性無常者墮作因性相若墮者一切性不究竟一切性作因相墮者自無常應無常無常無常故一切性不無常應是常非因不相似事生等者謂無常若非有因則無差別事生若其生矣一切法則與之偕生悉皆無常豈非差別事以驗無常之有因必矣如彼所計則此法彼法能作所作應無差別而現見差別之異云何妄計無因生差別法耶若性無常等者凡言性必究竟無作無作則常既云無常則墮於有作諸法非究竟義以是爲因則墮作因性相失本性義言自無常應無常者謂能作之性若是無常應同所作之法皆是無常自性既是無常則所作無常之法反應是常一切性即一切法也

若無常入一切性者應墮三世彼過去色與壞俱未來不生色不生故現在色與壞相俱色者四大積集差別四大及造色自性不壞離異不異故一切外道一切四大不壞一切三有四大及造色在所知有生滅離四大造色一切外道於何所思惟性無常四大不生自性相不壞故若無常性徧諸法中乃屬三世變還過去色已壞未來色未生現在色俱壞色即四大差別之色能造四大及所造色其性不壞離異不異此一切外道謂四大體性不壞如此一切三有下入楞伽云三有之中能造所造莫不皆是生住滅相豈更別有無常之性能生於物而不滅耶此如來結斥外道之過

離始造無常者非四大復有異四大各各異相自相故非差別可得彼無差別斯等不更造二方便不作當知是無常入楞伽云始造即捨無常者非

大種互造大種以各別故非自相造以無異故非復共造以乖離故當知是非始造無常二方便謂同異更造之方便也

彼形處壞無常者謂四大及造色不壞至竟不壞大慧竟者分析乃至微塵觀察壞四大及造色形處異見長短不可得非四大四大不壞形處壞現墮在數論形處即形狀乃四大造色不壞者外道計此能造所造至竟不壞至竟猶極也盡也謂分析造色至於微塵猶不可壞但觀察滅壞形狀長短等見不壞能造所造色體此乃俗數言語故云墮在數論也

色即無常者謂色即是無常彼則形處無常非四大若四大無常者非俗數言說世俗言說非性者則墮世論見一切性但有言說不見自相生色即無常謂此即是形處無常非四大謂非四大種性若是大種亦無常者於俗數言說有違有墮違則非俗墮則乖眞進退俱失皆非正論又言世俗言說非性者是結前過世論即彼外道盧伽耶見以彼妄見諸法但有言說無自性相也

轉變無常者謂色異性現非四大如金作莊嚴具轉變現非金性壞但莊嚴具處所壞如是餘性轉變等亦如是色異性現者色即四大所造之色謂色體變異故無常性現以現處爲壞非四大種壞如金作具具有變壞而金性不改言無常事壞性不壞亦如是也

如是等種種外道無常見妄想火燒四大時自相不燒各各自相相壞者四大造色應斷此總結斥外道七種無常凡彼諸見皆約四大爲言既非正見故云妄想入楞伽云彼作是說火不能燒諸大自相但各分散若能燒者能造所造則皆斷滅謂四大種不壞是常見四大分散是斷見彼種種妄計不出此二見也

大慧我法起非常非無常所以者何謂外性不決定故唯說三有微心不說種種相有生有滅四大合會差別四大及造色故妄想二種事攝所攝知二種妄想離外性無性二種見此如來的示正教對外揀異言我說諸法起於非常非無常而能常能無常即全體起用外道昧此墮於有無二見如上所示今對邪顯正故曰非常非無常所以下徵釋以

外法不決定有故但說三界諸法唯心所現言微心者現前刹那妄心或謂微妙心者諸非也既了諸法唯心則心外無法不同彼說諸相有生有滅諸相者何即四大合會差別之相及四大能造所造之色蓋彼謂能造大種不壞所造諸色有壞佛說非常非無常則皆不生不滅也妄想二種事攝所攝者入楞伽云不能取所取二種體性一切皆從分別起故能如實了知能取所取二種體性起於妄想即知諸法唯心離於有無二見

覺自心現量妄想者思想作行生非不作行離心性無性妄想世間出世間出世間上上一切法非常非無常不覺自心現量墮三邊惡見相續一切外道不覺自妄想此凡夫無有根本謂世間出世間出世間上上從說妄想生非凡愚所覺

此示能覺不覺之相覺即能覺之智自心現量下皆所覺之境衆生無始昧於唯心非常非無常之體起於妄想今覺知妄想由思想作行生非不作行無非妄想既了妄想則離自心有無分別之行見離此見已則世出世世間出世間上上諸法非常非無常之體復本一如矣其不覺者墮於有無二邊惡見相續此外道所以常在妄想不知自心現量言凡夫無有根本者謂不知諸法所起根本但謂世出世間諸法生於言說妄想然此三種之法所有言語分別境界非諸凡愚之所能知見也

爾時世尊欲重宣此義而說偈言

遠離於所造　及與形處異　性與色無常
外道愚妄想　諸性無有壞　大大自性住
外道無常想　没在種種見　彼諸外道等
無若生若滅　大大性自常　何謂無常想
一切唯心量　二種心流轉　攝受及所攝
無有我我所　梵天爲樹根　枝條普周徧
如是我所說　唯是彼心量

初四句總頌離諸見諸性無有壞等頌上總破諸見謂彼雖妄想無常而四大自性不壞故曰大大自性住又曰彼諸外道等者重示諸外道謂彼所計本無生滅之實四大性常固自若也何得定謂作無常想乎復從要而示之曰一切唯心量等入楞伽云能取及所取一切唯是心二種從心現無有我我所外道計自在天初造衆生爲有情本如樹木而生枝葉周徧一切佛言我所說外道如是計著皆是彼妄想心量也

爾時大慧菩薩復白佛言世尊唯願爲說一

切菩薩聲聞緣覺滅正受次第相續若善於滅正受次第相續相者我及餘菩薩終不妄捨滅正受樂門不墮一切聲聞緣覺外道愚癡滅正受者正受即三昧謂滅盡定也此定三乘同入而位次淺深不同善知此已於大滅定不捨於凡小正受不墮問辭可見

佛告大慧諦聽諦聽善思念之當爲汝說大慧白佛言世尊惟願爲說佛告大慧六地菩薩摩訶薩及聲聞緣覺入滅正受第七地菩薩摩訶薩念念正受離一切性自性相正受非聲聞緣覺諸聲聞緣覺墮有行覺攝所攝相滅正受是故七地非念正受得一切法無差別相非分得種種相性覺一切法善不善性相正受是故七地無善念正受大慧八地菩薩及聲聞緣覺心意意識妄想相滅答中位相進否多途皆約通教三乘共行十地而說凡有四義初以六地七地對明淺深則六地是三乘同入滅盡定此位最淺故菩薩所得之定未異二乘也七地菩薩念念正受等者念念則出入無間離一切性自性相正受則不取攝所攝一切相故不同二乘墮有行覺有行覺者有爲行也必滅諸相然後得定是故七地爲非念正受謂非彼住念之正受也又曰得一切法無差別相者乃覺一切法性相無有差別非分得者非彼二乘於其定中分得諸相性也善不善者謂菩薩至七地尚不住於善況不善乎是爲無善念正受二約七地八地以辯異相即是心意識妄想相有滅未滅高下不同至八地三乘妄想悉滅異乎七地也

初地乃至七地菩薩摩訶薩觀三界心意意識量離我我所自妄想修墮外性種種相愚夫二種自心攝所攝向無知不覺無始過惡虛僞習氣所熏次明三乘從初地至七地觀三界諸法唯心意識然雖同觀而妄想有滅不滅得失之異離我我所等得也墮外性種種相等失也二種自心者謂外道墮於有無妄計能取所取一向無知不覺無始過惡熏習也

大慧八地菩薩摩訶薩聲聞緣覺涅槃菩薩者三昧覺所持是故三昧門樂不般涅槃若

不持者如來地不滿足棄捨一切有爲衆生事故佛種則應斷諸佛世尊爲示如來不可思議無量功德聲聞緣覺三昧門得樂所牽故作涅槃想三明八地三乘同一涅槃而有住不住之異菩薩者等言菩薩以諸佛三昧覺力所加持故爲化衆生於三昧門不般涅槃若不加持則不能功行滿足到於如來之地是棄捨衆生而不化度亦斷如來種性是故諸佛爲說不思議功德勸進令其究竟二乘自調自度著三昧樂生涅槃想所以失也

大慧我分部七地善修心意意識相善修我我所攝受人法無我生滅自共相善四無礙決定力三昧門地次第相續入道品法分部者謂分別部類有善不善滅不滅等異意令七地菩薩善修心意識相了達識性本空以除妄想善修我我所等者謂了人法二執攝受二無我性不墮生滅自相共相善無礙辯才及決定三昧力則定慧均等由是漸入諸地得菩提分也不令菩薩摩訶薩不覺自共相不善七地墮外道邪徑故立地次第　大慧彼實無有若生若滅除自心現量所謂地次第相續及三界種種行愚夫所不覺愚夫所不覺者謂我及諸佛說地次第相續及說三界種種行不令菩薩等者佛正恐菩薩不善了知自相共相不知諸地次第墮於外道邪徑故如是以說地位次第也又告云彼實無有生滅諸地次第三界往還一切皆是自心所現但諸凡愚不能了知以不知故我及諸佛爲如是說

復次大慧聲聞緣覺第八菩薩地滅三昧門樂所醉不善自心現量自共相習氣所障墮人法無我法攝受見妄想涅槃想非寂滅智慧覺四示二乘至菩薩地爲三昧樂之所昏醉滅即滅盡定所醉即三昧樂以其醉故不能善了唯心所現自相共相習氣所覆著二無我攝受見者謂著法之見妄想不除生涅槃想非寂滅正慧也

大慧菩薩者見滅三昧門樂本願哀愍大悲成就知分別十無盡句不妄想涅槃想彼已涅槃妄想不生故離攝所攝妄想覺了自心

現量一切諸法妄想不生不墮心意意識外性自性相計著妄想非佛法因不生隨智慧生得如來自覺地見滅三昧等者言通教菩薩見眞空涅槃之理不同二乘樂著憶念度生悲願修行十無盡句不起涅槃之想既不住空則離能取所取了達唯心諸法不生分別不墮心識外法性相執著既妄想不生無復受生之因成就佛法之因能至如來之地也

如人夢中方便度水未度而覺覺已思惟爲正爲邪非正非邪餘無始見聞覺識因想種種習氣種種形處墮有無想心意意識夢現此喻菩薩自行化他之法意謂夢時非無覺已非有而乃非實非虛正喻八地菩薩始見實理終於度生一以如幻三昧建立故如夢時作用及得無生法忍顯無功用道如覺已無得言未度而覺者位未極故未到彼岸爲正爲邪者審其虛實也非正非邪者極言其理也言餘無始見聞覺識因想等者爲餘在迷衆生但由無始以來墮於見聞覺知妄想熏習而有種種形狀著於有無故有心識夢事之所現耳

大慧如是菩薩摩訶薩於第八菩薩地見妄想生從初地轉進至第七地見一切法如幻等方便度攝所攝心妄想行已作佛法方便未得者令得大慧此是菩薩涅槃方便不壞離心意意識得無生法忍大慧於第一義無次第相續說無所有妄想寂滅法此合上喻謂此菩薩見妄想生即所夢生死大河之喻從初地轉進至七地見諸法如幻等方便即能度方便根義也度攝所攝妄想行已者即是自行度境等一切妄想義也作佛法方便未得者令得即以自度而復度他亦猶未度者令度義也言涅槃方便不壞者謂菩薩雖得涅槃而不壞方便度生事也離心意者言菩薩至八地得無功用道如覺已無得之喻亦是結示忍名故曰得無生法忍於第一義下結示言於第一義無次第中說有次第一無相續中說有相續無所有妄想中說有妄想無寂滅法中說寂滅法良以第一義諦中一法不可得況次第相續乎然皆依衆生心量方便化門於本無中分別說爾

爾時世尊欲重宣此義而說偈言

心量無所有　此住及佛地　去來及現在
三世諸佛說　心量地第七　無所有第八

二地名爲住　佛地名最勝　自覺智及淨
此則是我地　自在最勝處　清淨妙莊嚴
照耀如盛火　光明悉徧至　熾燄不壞目
周輪化三有　化現在三有　或有先時化
於彼演說乘　皆是如來地　十地則爲初
初則爲八地　第九則爲七　七亦復爲八
第二爲第三　第四爲第五　第三爲第六
無所有何次

句八初先總次別別者謂七地猶存心量八地則無所有故約此二地對明分齊偏得住名住者謂依止也八地雖無所有猶有定住唯佛地爲最勝也自覺智及淨下諸偈皆頌如來地不壞目者言如來光明雖復熾盛不同日電等光奪壞人目周輪周流也謂如來周流三界設化無窮化通三世先時指過去也乘即大小乘也言十地爲初地等乃以不次顯其圓融究竟而言寂滅眞如有何位次故云無所有何次也

爾時大慧菩薩復白佛言世尊如來應供等正覺爲常爲無常佛告大慧如來應供等正覺非常非無常謂二俱有過若常者有作主過常者一切外道說作者無所作是故如來常非常非作常有過故若如來無常者有作無常過陰所相相無性陰壞則應斷而如來不斷

前言常無常者多矣而獨未明如來所證之法爲常爲無常以理言之前所說者豈外於此苟不別明惑者昧焉故復爲未了者請答中先言所證非常非無常蓋其所證理絕百非圓離衆過異彼外計故言雙非若謂常無常則二俱有過也若如來是常者則同外道計神我爲能作之常主即神我也而如來言常者無所作故常而非常非彼有作之常而有過也若如來無常者是有所作同於五陰爲有相之所相其相無性故陰壞應斷而如來之常則不斷也

大慧一切所作皆無常如瓶衣等一切皆無常過一切智衆具方便應無義以所作故一切所作皆應是如來無差別因性故是故大慧如來非常非無常

言一切所作如瓶衣等皆歸無常則顯如來所修福智皆空無益若同所作則一切有作皆應是佛衆具者福德莊嚴之具無差別因性

者謂佛與諸法所作是同則非別有因性也故結之云云

復次大慧如來非如虛空常如虛空常者自覺聖智衆具無義過大慧譬如虛空非常非無常離常無常一異俱不俱常無常過故不可說是故如來非常復次大慧若如來無生常者如兎馬等角以無生常故方便無義以無生常過故如來非常復次大慧更有餘事知如來常所以者何謂無間所得智常故如來常

言如來非如虛空常等者入楞伽云若是常者應如虛空不待因成然自覺聖智乃如來修德究顯則無是過又言譬如虛空乃顯雙非離於諸句故不可言常也又復若是常者則是無生如兎馬等角本來無生則無方便益物之義故曰如來非常又復更有餘事知如來常者上云非常非無常乃據性德圓離然如來稱性圓證亦得言常言無間所得智者謂究竟始覺無礙智也

大慧若如來出世若不出世法畢定住聲聞緣覺諸佛如來無間住不住虛空亦非愚夫之所覺知大慧如來所得智是般若所熏非心意意識彼諸陰界入處所熏大慧一切三有皆是不實妄想所生如來不從不實虛妄想生大慧以二法故有常無常非不二不二者寂靜一切法無二生相故

若如來出世等此言如來所證法性有佛無佛性相常住此理周徧無間凡聖故云無間住言不住虛空者顯常住也但愚夫迷而不知也言如來所得智等者謂修德之智全性德般若之所熏發不同衆生心識爲陰界入等所熏又言如來不同三界從妄想生則唯從眞實功德所生言二法者謂虛妄生眞實生二法也然虛妄法中雖說常無常未會實理總屬無常如來究竟實理理本非常非無常但言常者言徧意圓然如來所證之常即無常是不達斯旨言說分別有常無常故云非不二也然不二者即一寂靜之理究論一切諸法皆具不二之理故云無二生相也

是故如來應供等正覺非常非無常大慧乃至言說分別生則有常無常過分別覺滅者則離愚夫常無常見不寂靜慧者永離常無

常非常無常熏此言如來所證實理本離有無言想才涉言說分別則墮二邊之過分別覺滅者即言語道斷心行處滅也到此乃離諸過故云永離常無常言非常無常熏者蓋分別雙非亦是惡見若離分別所熏亦離也

爾時世尊欲重宣此義而說偈言

衆具無義者　生常無常過　若無分別覺

永離常無常　從其所立宗　則有衆雜義

等觀自心量　言說不可得衆具無義等謂凡在迷修德未顯者皆墮常無常之過若無分別則離二邊趣乎寂靜從其所立宗者謂外道所計之常及七種無常無非邪見故云則有衆雜義若以佛智等觀自心現量契乎實理則一切分別言說皆不可得也

楞伽阿跋多羅寶經註解卷第四上

楞伽阿跋多羅寶經註解卷第四下

宋求那跋多羅奉　詔譯

大明天界善世禪寺住持臣僧宗泐

演福講寺住持臣僧如玘奉　詔同註

爾時大慧菩薩復白佛言世尊惟願世尊更爲我說陰界入生滅彼無有我誰生誰滅愚夫者依於生滅不覺苦盡不識涅槃佛言善哉諦聽當爲汝說大慧白佛言唯然受教陰界入生滅前文固言之矣而大慧復有請者意謂陰界入法有迷有解以解則彼無有我誰爲生滅以迷則愚夫依於生滅不覺苦盡不識涅槃何由出離生死耶

佛告大慧如來之藏是善不善因能徧興造一切趣生譬如伎兒變現諸趣離我我所不覺彼故三緣和合方便而生外道不覺計著作者爲無始虛僞惡習所熏名爲識藏生無明住地與七識俱如海浪身常生不斷離無常過離於我論自性無垢畢竟清淨答中言如來藏爲善不善因者如來謂理性如來現前一念所具名之爲藏根塵一念心起隨染淨緣染即無明隨無明染緣則爲九界生死淨即教行隨教行淨緣則爲四種道滅四種者即生滅無生無量無作也故曰是善不善因則感果言一切趣生者即十界善惡果報譬如下喻上隨緣所造之法本離二我如伎兒依呪術故變現種種形像豈有二我之執言三緣者根塵識也根塵和合一念心起由不覺故隨逐染緣惟造惑業而成九界生死彼外道以不覺故妄計執著造作由無始惡習所熏名爲識藏轉生七識無明住地言無明起之始也從此根本乃生枝末無明故喻之曰如海浪身常生不斷此隨染緣從細至粗也若能一念回光能隨淨緣則離無常之過二我之執自性清淨所謂性德如來則究顯矣

其餘諸識有生有滅意意識等念念有七因不實妄想取諸境界種種形處計著名相不覺自心所現色相不覺苦樂不至解脫名相諸纏貪生生貪若因若攀緣彼諸受根滅次第不生餘自心妄想不知苦樂入滅受想正受第四禪此言諸識有生有滅諸識者謂意識及意意識并前五意識是爲七

識非第七二乘識也由念念而起起必同時因不實妄想等者謂六識取境也種種形處者六塵也根塵既形遂著名相由不了色等自心所現生苦樂受展轉生死無由解脫名相纏縛從貪起貪因及所緣互相由藉皆所謂生相也彼諸受下是名滅相謂受根及想行等次第不生惟餘自心妄想不覺苦樂言入滅受想者謂受想心滅即滅盡定或得四禪也

善眞諦解脫修行者作解脫想不離不轉名如來藏識七識流轉不滅所以者何彼因攀緣諸識生故非聲聞緣覺修行境界不覺無我自共相攝受生陰界入見如來藏五法自性人法無我則滅善眞諦解脫等即聲聞所修於此滅定作解脫想非究竟滅也不離不轉等入楞伽云而實未捨未轉如來藏中藏識之名若無藏識七識則滅由不轉不滅所以七識與六識爲因及攀緣而生然非二乘諸修行者所知境界以彼唯了人無我性於蘊界處取於自相及共相故若見如來藏則五法三自性皆無我相豈陰界入而不滅耶

地次第相續轉進餘外道見不能傾動是名住菩薩不動地得十三昧道門樂三昧覺所持觀察不思議佛法自願不受三昧門樂及實際向自覺聖趣不共一切聲聞緣覺及諸外道所修行道得十賢聖種性道及身智意生離三昧行是故大慧菩薩摩訶薩欲求勝進者當淨如來藏及識藏名由前悟入得預初地次第增進位深德著不爲外道邪見所動至第八不動地於此得十種三昧樂門爲諸佛三昧力所持覺即佛也即能觀察諸佛之法及本願力不同小乘著三昧樂及不住實際則起化利物也獲自證智豈與凡小所修行同得十賢聖種性道者即十地聖種性也十地皆聖兼言賢者對極位而言也及身智意生者謂由十地至于佛地身即法身智即報身意生即化身既得三身離於三昧因行故戒勸云欲勝進至如來地者當淨如來藏識藏之名如來之藏本無可淨淨其垢者耳識藏以名言者由迷如來藏轉成妄識無有別體故但有名若無識藏之名則轉妄識爲如來藏也

大慧若無識藏名如來藏者則無生滅大慧然諸凡聖悉有生滅修行者自覺聖趣現法

樂住不捨方便大慧此如來藏識藏一切聲聞緣覺心想所見雖自性清淨客塵所覆故猶見不淨非諸如來大慧如來者現前境界猶如掌中視阿摩勒果如來藏本無生滅今既復本而生滅何有然諸凡聖悉有生滅者凡謂外凡內凡外凡即十信內凡即住行向亦名爲賢聖謂十地聖亦有生滅者雖能修行得自覺聖趣猶居因位未離變易生死言不捨方便者一者自行增道方便二者化他益物方便皆有生滅義也此如來藏等入楞伽云此如來藏識藏本性清淨客塵所染而爲不淨一切二乘及諸外道臆度起見不能現證如來於此分明現見如觀掌中菴摩勒果

大慧我於此義以神力建立令勝鬘夫人及利智滿足諸菩薩等宣揚演說如來藏及識藏名七識俱生聲聞計著見人法無我故勝鬘夫人承佛威神說如來境界非聲聞緣覺及外道境界如來藏識藏唯佛及餘利智依義菩薩智慧境界是故汝及餘菩薩摩訶薩於如來藏識藏當勤修學莫但聞覺作知足想我於此下指往昔所說經爲證如來之說本不假證但於彼經已曾廣明故茲略說得以指之入楞伽云我與勝鬘夫人及餘深妙淨智菩薩說如來藏名識藏與七識俱起令諸聲聞見法無我故勝鬘下文顯可見言莫但聞覺作知足想者言如來藏識藏是佛境界非三慧具足莫能造詣戒勸修學良在此也

爾時世尊欲重宣此義而說偈言

甚深如來藏　而與七識俱　二種攝受生
智者則遠離　如鏡像現心　無始習所熏
如實觀察者　諸事悉無事　如愚見指月
觀指不觀月　計著名字者　不見我眞實
心爲工伎兒　意如和伎者　五識爲伴侶
妄想觀伎衆頌上如來藏與七識俱乃至由自相共相二種攝取則有陰界入生此乃隨妄緣者若能反妄見如來藏則遠離生死矣如鏡像等喻上說也謂八識體性本來無物由無始惡習所熏轉生諸識等法如鏡現像稱性而觀像虛事亡復以指月以喻假名實法有得有失苟不能忘言契理政如觀指而不觀月也心謂如來藏心隨緣

變造如伎兒之化現意即意根復起意識識起善惡如和伎者五識取塵意識同起是爲伴侶妄想分別如觀伎人也

爾時大慧菩薩白佛言世尊唯願爲說五法自性識二種無我究竟分別相我及餘菩薩摩訶薩於一切地次第相續分別此法入一切佛法入一切佛法者乃至如來自覺地佛告大慧諦聽諦聽善思念之大慧白佛言唯然受教佛告大慧五法自性識二種無我分別趣相者謂名相妄想正智如如若修行者修行入如來自覺聖趣離於斷常有無等見現法樂正受住現在前大慧不覺彼五法自性識二無我自心現外性凡夫妄想非諸聖賢五法等上雖已明而未曾約諸地分別示其所以入一切佛法至如來地者故復請之答中先通示五法迷悟相謂修行者趣入則五法通是悟相故曰若修行者等若反是不覺則五法通是迷相故云不覺彼五法等是知法無自性迷悟在人此且總示所以趣入等相備見後文

大慧白佛言世尊云何愚夫妄想生非諸聖賢佛告大慧愚夫計著俗數名相隨心流散流散已種種相像貌墮我我所見希望計著妙色計著已無知覆障故生染著染著已貪恚癡所生業積集積集已妄想自纏如蠶作繭墮生死海諸趣曠野如汲井輪以愚癡故不能知如如幻野馬水月自性離我我所起於一切不實妄想離相所相及生住滅從自心妄想生非自在時節微塵勝妙生愚癡凡夫隨名相流此徵釋中別約名相妄想就凡夫法以示迷相謂依六塵等俗數名相起諸分別其心流散忘返墮我我所見希望計著於色覆障聖智起貪恚癡造作諸業如蠶作繭妄想自纏墮於諸趣生死大海已上迷相無出三道文顯可見如蠶作繭者喻自纏縛也如汲井輪者喻生死輪迴也如幻野馬等喻不知幻性離我我所也起於一切不實等謂名相起諸妄想妄本不實起於幻相幻相本虛離相所相亦無生住滅可得則

歸於自心而已實非自在等邪因所生凡愚不知妄取外境隨諸名相流散耳

大慧彼相者眼識所照名爲色耳鼻舌身意意識所照名爲聲香味觸法是名爲相大慧彼妄想者施設衆名顯示諸相如此不異象馬車步男女等名是名妄想大慧正智者彼名相不可得猶如過客諸識不生不斷不常不墮一切外道聲聞緣覺之地

彼相者等追釋名相二法不出六識取彼六塵名之者名也所取者相也顯示施設諸名相者妄想也象馬等名以此名即顯其相名相既立謂此事如是決定不異是名妄想分別已上三法屬凡夫正智者下就聖賢法以明悟相言名相不可得者謂欲求正智但了名相不實猶如過客識心不起離乎斷常不墮凡小境界是爲正智

復次大慧菩薩摩訶薩以此正智不立名相非不立名相捨離二見建立及誹謗知名相不生是名如如大慧菩薩摩訶薩住如如者得無所有境界故得菩薩歡喜地得菩薩歡喜地已永離一切外道惡趣正住出世間趣法相成熟分別幻等一切法自覺法趣相離諸妄想見性異相次第乃至法雲地於其中間三昧力自在神通開敷得如來地已種種變化圓照示現成熟衆生如水中月究竟滿足十無盡句爲種種意解衆生分別說法法身離意所作是名菩薩入如如所得

此段正明如如由前正智觀察名相非有非無故言不立非不立也捨離有無二邊不墮損益二謗一切名相不生是爲如如義也菩薩住如如下正示如如所得之相既曰如如豈有得乎乃以無得而得得自他因果之法言無所有境界者離空有二邊之相由此登歡喜地則別教初地也不離而離離一切外道惡趣無住而住住出世間正趣無分別而分別了一切法皆悉如幻無證而證證自覺法趣亦離諸妄想見性異相即能見所見前文所謂相見俱離是也如是次第至法雲地以至三昧力等種種功德由之開發至如來地爲衆生故普現色身如水中月具足成滿十無盡願隨其意解而爲說法其身清淨離心意識是爲如如所得之相也

爾時大慧菩薩白佛言世尊云何世尊爲三種自性入於五法爲各有自相宗佛告大慧三種自性及八識二種無我悉入五法大慧彼名及相是妄想自性大慧若依彼妄想生心心法名俱時生如日光俱種種相各別分別持是名緣起自性大慧正智如如者不可壞故名成自性

上既明五法則三自性義在其中今前後會攝故復問其攝入之外亦各有自相宗耶答中先答總入可知次別配法相初以名相對妄想者從所因言也以彼妄想及屬緣起者從所起說也若依妄想生心心法者言心王心所依分別起起乃同時如日與光不相捨離分別諸相自持其名各各無差是爲緣起自性正智如如皆非有作故不可壞是名圓成自性是爲三自性入五法也

復次大慧自心現妄想八種分別謂識藏意意識及五識身相者不實相妄想故我我所二攝受滅二無我生是故大慧此五法者聲聞緣覺菩薩如來自覺聖智諸地相續次第一切佛法悉入其中

此明五法攝於八識於自心現而起妄想有八種分別皆是虛妄不實之相若能捨離二種我執則能所攝受俱滅二無我智由是而生即正智如如是知識等雖異同歸五法無別自相宗明矣然此五法而三乘與佛及一切諸法皆入其中也

復次大慧五法者相名妄想如如正智大慧相者若處所形相色像等現是名爲相若彼有如是相名爲瓶等即此非餘是說爲名施設衆名顯示諸相瓶等心心法是名妄想彼名彼相畢竟不可得始終無覺於諸法無展轉離不實妄想是名如如眞實決定究竟自性不可得彼是如相我及諸佛隨順入處普爲衆生如實演說施設顯示於彼隨入正覺不斷不常妄想不起隨順自覺聖趣一切外道聲聞緣覺所不得相是名正智大慧是名五法三種自性八識二種無我一切佛法悉

入其中是故大慧當自方便學亦教他人勿隨於他（此段重列名釋義復自一途大同小異不無所以先相後名不出名實互有前後餘二不同者前約自行故前知後如此兼化他則反其次故云我及諸佛隨順入處者如如也普爲衆生如實演說等正智也故知此文兼是化他此中言相者謂所見色等形狀各別也名者依彼諸相立瓶等名因此名相則有心心數法種種攀緣是名妄想了達名相畢竟無有但是迷心展轉分別如是觀察離諸妄想是名如如也眞實決定等者重指如相示諸佛入處依於自證如實演說不斷不常非凡小偏邪所得故名正智又日一切佛法悉入其中者約互攝義通結四種故與上異戒云自學教他又言勿隨於他者謂莫隨名相所轉也）

爾時世尊欲重宣此義而說偈言

五法三自性　及與八種識　二種無有我

悉攝摩訶衍　名相虛妄想　自性二種相

正智及如如　是則爲成相（悉攝摩訶衍者謂上四法普攝一切大乘之法反而言之一切佛法亦徧攝此之四法也）

爾時大慧菩薩復白佛言世尊如世尊所說句過去諸佛如恒河沙未來現在亦復如是云何世尊爲如說而受爲更有餘義惟願如來哀愍解脫（三世諸佛如恒河沙經教言之多矣諸佛之數爲果如所說而受耶爲別有義故復請云云）

佛告大慧莫如說受三世諸佛量非如恒河沙所以者何過世間望非譬所譬以凡愚計常外道妄想長養惡見生死無窮欲令厭離生死趣輪精勤勝進故爲彼說言諸佛易見非如優曇鉢華難得見故息方便求有時復觀諸受化者作是說言佛難值遇如優曇鉢華優曇鉢華無已見今見當見如來者世間悉見不以建立自通故說言如來出世如優曇鉢華大慧自建立自通者過世間望彼諸凡愚所不能信自覺聖智境界無以爲譬眞實如來過心意意識所見之相不可爲譬大

慧然我說譬佛如恒河沙無有過咎答中先指其非蓋諸佛數量過於恒沙亦過世間心量所望故非喻所喻豈特恒沙而已蓋凡設喻義非一槩如彼凡愚未受化者生死無窮佛則為說諸佛易見非如曇華令其不生退想息其方便妄求進求佛道以難顯易所以進之也有時觀已受化者為說佛之難值猶如曇華令其欣慕向道所以策之也又云曇華之難見者無已今當見之說而如來於世人皆見之故知說如來如曇華者實起人難遭之想耳然此二喻言難言易者皆如來化用邊事非如來自證境界故云不以建立自通若論自證世間無等非喻所及一切凡愚莫能信受亦非心意識所能知見然有時而為建立化他何咎之有

大慧譬如恒沙一切魚鼈輸收摩羅師子象馬人獸踐踏沙不念言彼惱亂我而生妄想自性清淨無諸垢汙如來應供等正覺自覺聖智恒河大力神通自在等沙一切外道諸人獸等一切惱亂如來不念而生妄想如來寂然無有念想如來本願以三昧樂安衆生故無有惱亂猶如恒沙等無有異又斷貪恚故恒沙世間無情之物雖為魚鼈人獸等踐踏不生惱亂之念以喻如來聖智神通自在受諸外道人獸惱亂不起念想蓋以本願力利安衆生無有愛憎分別輸收摩羅翻殺子魚

譬如恒沙是地自性劫盡燒時燒一切地而彼地大不捨自性與火大俱生故其餘愚夫作地燒想而地不燒以火因故如是大慧如來法身如恒沙不壞此言沙性不壞喻如來法身常住言是地自性者有事有理以事則同一堅性故為沙為石以理則與彼堅濕煖動均一真性故劫盡燒時而地性自若蓋地與火大俱是性生故愚夫不知見謂燒爾火因者以地無火而不燒火無地而不續故地不得而燒如來法身不遷不變亦復然也

大慧譬如恒沙無有限量如來光明亦復如是無有限量為成熟衆生故普照一切諸佛大衆大慧譬如恒沙別求異沙永不可得如是大慧如來應供等正覺無生死生滅有因緣斷故此一節言恒沙無有限量者喻如來光明無量普照一切言無異沙者喻

如來離分段變易二種生死以有漏無漏因緣皆斷故也

大慧譬如恒沙增減不可得知如是大慧如來智慧成熟衆生不增不減非身法故身法者有壞如來法身非是身法此喻如來以方便智成熟衆生而於法身體無增減不同色身有生有滅身法者色身也

如壓恒沙油不可得如是一切極苦衆生逼迫如來乃至衆生未得涅槃不捨法界自三昧願樂以大悲故塵沙無油喻如來雖爲衆生衆苦所逼乃至蠢動未盡涅槃欲捨深心願樂亦不可得以大悲心具足成就衆生故也

大慧譬如恒沙隨水而流非無水也如是大慧如來所說一切諸法隨涅槃流是故說言如恒河沙如來不隨諸去流轉去是壞義故

大慧生死本際不可知不知故云何說去大慧去者斷義而愚夫不知恒沙隨流愚人但見沙流而不見水以智觀之非無水也此喻如來說一切法隨順涅槃有如順流而非去義故曰如來不隨諸去流轉謂於法悟性不隨相轉故不同去流以去是生死壞滅之義故也生死本際等入楞伽云生死本際不可得知既不可知云何說趣大慧趣義是斷凡愚莫知趣即去也

大慧白佛言世尊若衆生生死本際不可知者云何解脫可知佛告大慧無始虛僞過惡妄想習氣因滅自心現知外義妄想身轉解脫不滅是故無邊非都無所有爲彼妄想作無邊等異名觀察內外離於妄想無異衆生智及爾燄一切諸法悉皆寂靜不識自心現妄想故妄想生若識則滅等生死解脫本際一理云何一可知一不可知答中言無始虛僞等乃是解脫之由言以自心現知於外境則妄想身轉即是解脫既妄想轉即是解脫實不滅也不滅則偏一切處故曰無邊體既無邊故云非都無所有爲彼妄想等言彼妄想轉處作解脫無邊等名名轉體不轉故云異名觀察內外者前以自心現知外義則外無外相還以此理而照內心則內外一如離於妄相惟一眞如更無別法故云無異衆生智及爾燄了無待對所以諸法悉皆寂靜不識自心現者重結示釋成此妄想生滅皆由自心識與不識而已矣苟識自心妄無不滅然有言識而妄不滅

者是未爲眞識故也

爾時世尊欲重宣此義而說偈言

觀察諸導師　猶如恒河沙　不壞亦不去
亦復不究竟　是則爲平等　觀察諸如來
猶如恒沙等　悉離一切過　隨流而性常
是則佛正覺

不壞頌上喻法身常住不去頌如來說法不隨諸去流轉亦復不究竟者謂以不壞不去觀察如來則未爲究竟當觀諸佛猶如恒沙平等無異離諸過患又言隨流性常者謂隨順究竟涅槃之流是爲眞常正覺也

爾時大慧菩薩復白佛言世尊唯願爲說一切諸法剎那壞相世尊云何一切法剎那佛告大慧諦聽諦聽善思念之當爲汝說佛告大慧一切法者謂善不善無記有爲無爲世間出世間有罪無罪有漏無漏受不受

剎那者時之最促念之極微者也如云壯士一彈指頃六十一剎那故以心念起滅不停爲剎那又物之無常變壞者爲剎那是皆衆生虛妄識相上說妄想身轉是說陰等無常故舉諸法剎那壞相爲問答中先列一切法名然後爲釋

大慧略說心意意識及習氣是五受陰因是心意意識習氣長養凡愚善不善妄想

略說者對下廣說而言心識習氣乃生死之因五陰乃生死之果由不了心識習氣長養故有三界六凡有漏妄想剎那善不善即三善三惡也

大慧修三昧樂三昧正受現法樂住名爲賢聖善無漏

修三昧等即無漏因果三昧因也法樂住果也此三乘賢聖無漏之法無漏則離剎那念也

大慧善不善者謂八識何等爲八謂如來藏名識藏心意意識及五識身非外道所說大慧五識身者心意意識俱善不善相展轉變壞相續流注不壞身生亦生亦滅不覺自心現次第滅餘識生形相差別攝受意識五識俱相應生剎那時不住名爲剎那

善不善下廣明剎那相非剎那相名雖重出義則通示如來藏名識藏者即第八識此識乃至五識名相出於

正教故云非外道所說言五識身者正明刹那相也心意意識俱者即上眼等五識與心意識同時取境有善不善相或次等起或間雜起故云展轉變壞相續流注根境之間未始間斷不壞者不斷也身生者五識身生也生則有滅故云亦生亦滅由不覺諸境自心所現著於差別形相念念起滅故云次第滅餘識生攝受意識者以五根攬五塵識歸意識起善起惡亦由意識同時取境而起分別故曰相應生刹那時不住者言諸識起滅不停不於此則於彼無時暫息是爲刹那之相也

大慧刹那者名識藏如來藏意俱生識習氣刹那無漏習氣非刹那非凡愚所覺計著刹那論故不覺一切法刹那非刹那以斷見壞無爲法刹那者下重結前起後此二種相雖通依諸識生起而所從則別故曰名識藏等是則以諸識從識習氣者刹那也從無漏習氣者非刹那也既是無漏猶名習氣者謂其體是第七識執想猶在雖非刹那未爲究竟眞常無漏乃是三乘賢聖境界故非凡愚所覺凡愚計著作刹那論非但不覺非刹那亦不自知其爲刹那也以斷見者謂凡外苦行妄取涅槃斯乃墮於斷見非無漏涅槃故曰壞無爲法

大慧七識不流轉不受苦樂非涅槃因大慧如來藏者受苦樂與因俱若生若滅四住地無明住地所醉凡愚不覺刹那見妄想熏心七識不流轉者承上無漏之義對六識八識辯異蓋此二乘之識已斷見思不流轉三界不受生死苦樂故異於六識非涅槃因故異八識以八識受熏能成涅槃之因故也如來藏者正明八識以能含藏善惡隨緣流轉生死苦樂因果四住地者枝末無明也無明住地者根本無明也由此無明昏醉故受二種生死凡愚妄想熏心不能了知起刹那見

復次大慧如金金剛佛舍利得奇特性終不損壞大慧若得無間有刹那者聖應非聖而聖未曾不聖如金金剛雖經劫數稱量不減云何凡愚不善於我隱覆之說於內外一切法作刹那想如來本答刹那之問刹那則有損壞而直以不可損壞言者蓋有迷則是刹那悟則非刹那也喻如金剛等金中精剛以百鍊故鑛璞全消惟一精剛物不能壞此世間之奇特性也又喻佛舍利以萬行熏修垢染都盡惟一精眞無能壞者此出世間奇特性也如來所得眞常亦復如是故曰若得無間有刹那等佛謂我以無間三昧所證眞常豈有刹那言聖應非聖者夫聖未有不聖之理則知既悟不迷其無刹那明矣

故云金剛雖經劫數稱量不滅云何凡愚不解祕密之說於一切法作剎那想隱覆祕密也

大慧菩薩復白佛言世尊如世尊說六波羅蜜滿足得成正覺何等爲六剎那生滅者生死此岸之事也眞常不壞者涅槃彼岸之理也然則自此岸而達彼岸由剎那而究竟眞常者其六度之功乎大慧所以承是而請問也

佛告大慧波羅蜜有三種分別謂世間出世間出世間上上大慧世間波羅蜜者我我所攝受計著攝受二邊爲種種受生處樂色聲香味觸故滿足檀波羅蜜戒忍精進禪定智慧亦如是凡夫神通及生梵天答中言六度有三初世間六度言我我所攝受計著等者謂凡夫所修一其過爲四所謂計我我所則無度生之念一也著於二邊則不能達中道彼岸二也爲求勝報則不免於生死三也樂著六塵則非無住相施四也外道之得五神通及生梵天亦由修無漏事六度而得也

大慧出世間波羅蜜者聲聞緣覺墮攝受涅槃故行六波羅蜜樂自己涅槃樂此是二乘所修雖依四諦十二因緣行此六度言墮攝受涅槃者但爲自度而樂眞空之樂故與菩薩所修不同也

出世間上上波羅蜜者覺自心現妄想量攝受及自心二故不生妄想於諸趣攝受非分自心色相不計著爲安樂一切衆生故生檀波羅蜜起上上方便即於彼緣妄想不生戒是尸波羅蜜即彼妄想不生忍知攝所攝是羼提波羅蜜初中後夜精勤方便隨順修行方便妄想不生是毗黎耶波羅蜜妄想悉滅不墮聲聞涅槃攝受是禪波羅蜜自心妄想非性智慧觀察不墮二邊先身轉勝而不可壞得自覺聖趣是般若波羅蜜此圓頓菩薩所修攝受者謂六根攝受六塵自心二者言修檀度治慳貪能治所治之二也大乘菩薩旣覺了諸法惟心所現所謂不住色聲香味觸法而行布施則能治所治二無二也二無二故則三輪

體空故曰不生妄想能施空也不攝受能受空也不計著色相所施之物空也菩薩如是行施是爲利樂一切衆生故曰上上方便也即於彼緣等謂即以善修檀度之心於持戒等緣亦妄想不生一一稱性而持者戒也如是而持戒則非持非犯如是而安忍則不違不順如是而精進則何進何息如是而修禪則無定無亂如是而行般若則非愚非慧自然不即二邊不離二邊安於中道直濟彼岸是爲上上波羅蜜相忍中言知攝所攝者即能取所取自性皆空精進中凡兩言方便者一則別相謂誦經等二則通相謂兼五度皆須精進而行禪度中言不墮聲聞攝受者謂聲聞定力偏多及樂著涅槃菩薩則不如是也而六度皆言妄想不生或言悉滅或言非性是則六度雖異而以離妄爲本若能離妄何行不成哉先身轉勝而不可壞者謂六度增進乃至般若所得慧身轉勝前五不可破壞得自覺聖趣則又般若之至者於是三品雖通中下意實在乎上上修者擇焉

爾時世尊欲重宣此義而說偈言

空無常刹那　愚夫妄想作　如河燈種子

而作刹那想　刹那息煩亂　寂靜離所作

一切法不生　我說刹那義

如來常以如河流如種子如燈等喻破彼妄想有爲作法皆是空無常刹那刹那凡愚不善此隱密之說而起刹那妄想刹那息煩亂等正頌上隱覆義謂能了刹那可以息煩亂體寂靜則自然離所作故一切法無生所以爲說刹那之義也

物生則有滅　不爲愚者說　無間相續性

妄想之所熏　無明爲其因　心則從彼生

乃至色未生　中間有何分

物生則有滅固是生滅常理若爲愚者說則滋名相於是破生滅法先示生相爲所破謂無間相續性即刹那生滅由妄想所熏無明爲因故刹那妄心從彼而生次明能破中初破生相言乃至色未生等承上心雖生而色未生時中間自無所依之分是心無色而不生也有何分入楞伽作何所住

相續次第滅　餘心隨彼生　不住於色時

何所緣而生　以從彼生故　不如實因生

云何無所成　而知刹那壞

此明相續滅相謂色雖巳生而心續滅是色心不相待縱有餘心隨彼色生而尚心不住於色復何所緣而生亦爲其念念不住而亦不取故是心雖有色亦無生性抑若從彼生則自無生性可得故曰不如實因生次破滅相者由上求刹那成相尚不可得況有刹那滅相乎壞即滅也旣破生滅則復本眞常矣

修行者正受　金剛佛舍利　光音天宮殿
世間不壞事　住於正法得　如來智具足
比丘得平等　云何見刹那　揵闥婆幻等
色無有刹那　於不實色等　視之若眞實

此頌不壞法有四謂修行者正受一也金剛二也佛舍利三也光音天宮殿四也此天三災不壞復爲後劫生成之始此天與金剛是世間不壞事正受與佛舍利是出世間不壞事次示能得不壞之人言住於正法得者謂如來以正智具足莊嚴比丘以平等正受皆以正法而得然金剛與光音雖曰不壞總是無常云何見刹那者頌上結斥謂若不如上作刹那見當以何理見刹那耶故以揵城喻之然幻色固非刹那而衆生於虛妄法中計爲實有是猶視揵城幻色爲實非刹那而何若了刹那妄即眞實矣

爾時大慧菩薩復白佛言世尊世尊記阿羅漢得成阿耨多羅三藐三菩提與諸菩薩等無差別一切衆生法不涅槃誰至佛道從初得佛至般涅槃於其中間不說一字亦無所答如來常定故亦無慮亦無察化佛化作佛事何故說識刹那展轉壞相金剛力士常隨侍衛何不施設本際現魔魔業惡業果報旃遮摩納孫陀利女空鉢而出惡業障現云何如來得一切種智而不離諸過

此文有七問一問授聲聞記二自一切衆生下至無所答問佛何故言不說法三如來常下問何待思惟說法四化佛下問說刹那壞相五問何故金剛侍衛六問本際七問九惱九惱者如天魔之興兵旃遮婆羅門女以木盂繫腹孫陀利殺女入婬黎那村乞食空鉢而出食馬麥頭背俱痛刺傷足設火坑毒飯是爲九也

佛告大慧諦聽諦聽善思念之當爲汝說大慧白佛言善哉世尊唯然受教佛告大慧爲無餘涅槃故說誘進行菩薩行者故此及餘世界修菩薩行者樂聲聞乘涅槃爲令離聲聞乘進向大乘化佛授聲聞記非是法佛大慧因是故記諸聲聞與菩薩不異大慧不異者聲聞緣覺諸佛如來煩惱障斷解脫一味

非智障斷大慧智障者見法無我殊勝清淨煩惱障者先習見人無我斷七識滅法障解脫識藏習滅究竟清淨此答初問言爲無餘涅槃故說等者子果縛盡故曰無餘然非究竟雖爲授記仍須行菩薩行此乃誘進小乘又曰此及餘世界等言菩薩有始修大行復樂小果爲其說授記事以策進之故云進向大乘此則斯經言記聲聞之意授聲聞記正在法華今乃化佛權記故云非是法佛言與菩薩不異等據同斷惑障解脫一味云爾非爲智障斷也智障斷則見法無我得如來殊勝清淨境界非聲聞也聲聞但斷見思煩惱見人無我未破無明見法無我故與菩薩異也又曰七識滅者乃以七八識而論二障有脫未脫二乘但滅七識而法障未脫所謂但離虛妄名爲解脫是也若法障等滅方爲究竟清淨是知同異未易輕議也

因本住法故前後非性此答第二問也謂本住法無增無減故前無佛道可得後無涅槃可入中間亦無法可說故曰前後非性非性者離自性也無盡本願故如來無慮無察而演說法正智所化故念不妄故無慮無察四住地無明住地習氣斷故二煩惱斷離二種死覺人法無我及二障斷此答第三問也如來度生誓願無盡無謀而應非說而說故曰無慮無察良以究竟正智圓鑑法界如鏡現像何待思慮然後說法耶又曰四住地等謂究竟果盡所斷者二障所離者二死所證者二無我法門豈化佛之所爲乎

大慧心意意識眼識等七剎那習氣因善無漏品離不復輪轉大慧如來藏者輪轉涅槃苦樂因空亂意慧愚癡凡夫所不能覺此答第四問也心意等名七識身即一第六事識而剎那有壞不壞者所從言異耳若以諸識從剎那習氣因則有壞從善無漏品則不壞以其性離非剎那故不復輪轉即不壞義然剎那習氣者六識之分也善無漏品者七識之分也此乃六七對明壞不壞義若約七八相望則七識執我想心未忘故有可壞惟八識不壞故特言眼識等七意存八識不壞故也如來藏者別顯藏識謂此識在輪轉謂之輪轉在涅槃謂之涅槃與之爲苦樂而未始不淨是則不即不離非壞不壞故非凡愚所能覺知空亂者小乘著空乃爲空所亂也

大慧金剛力士所隨護者是化佛耳非眞如來大慧眞如來者離一切根量一切凡夫聲聞緣覺及外道根量悉滅得現法樂住無間

法智忍故非金剛力士所護一切化佛不從業生化佛者非佛不離佛因陶家輪等衆生所作相而說法非自通處說自覺境界此答第五問也問中有對論別論對論則佛有眞化故曰力士所護者化佛也離一切根量等言眞佛不墮自他陰界入法得現法樂住無間法智忍故則究竟住於智斷功德法身常與定俱故不須護別論者雖化亦不護凡二意蓋化謂化現亦應也又無而欻有曰化皆隨機應現不同凡夫隨實業生則不待護一也又曰化佛者非佛不離佛乃從眞起化故非一非異亦不待護二也但化用必因衆生有作須衆緣具故佛亦以緣具說法故曰因陶家輪等止取緣具義也是則不護而護如金剛力士豈得非化乎非自通處者不同眞佛惟說自覺境界也

復次大慧愚夫依七識身滅起斷見不覺識藏故起常見自妄想故不知本際自妄想慧滅故解脫此答第六問也本際非不可施設但爲衆生未能出自妄想外故於本際有所不知極其妄想不出斷常二見故曰愚夫依七識身滅等據彼所知極於七識之外無所知故因起斷見而不覺識藏無盡見其念念相續故起常見由其自妄想內而不及外故不能知必待妄想轉滅方是解脫慧滅者示妄不自滅必由慧而滅也

四住地無明住地習氣斷故一切過斷此答第七問也如來五住煩惱正習俱盡二死永忘豈復有魔業等事然皆爲衆生故方便示現耳此之七問七答依經分節或分爲十或節爲六讀者宜自詳之

爾時世尊欲重宣此義而說偈言

三乘亦非乘　如來不磨滅
一切佛所記　說離諸過惡
爲諸無間智　及無餘涅槃
誘進諸下劣　是故隱覆說
諸佛所起智　即分別說道
諸乘非爲乘　彼則非涅槃
欲色有及見　說是四住地
意識之所起　識宅意所住
意及眼識等　斷滅說無常
或作涅槃見　而爲說常住非乘者非佛乘也不磨滅者謂眞佛也以其非乘故爲授一乘記以其是眞佛故說離諸過惡此間頌初後一答亦兼頌第五問答也爲諸無間智等覆頌初答意可知諸佛所起智者頌答第二問也謂從初起道樹所得智後即分別說道此以其說而顯無說非曰不說以非性言之故三乘而非佛

乘眞空涅槃而非究竟涅槃云不說爾欲色有及見等者頌四住地也謂三界見思分爲四住意識下頌答第六問謂意由八識而起而八識意之所住故謂之爲宅以是言之自不容以七識身滅而起斷見彼又於意及眼識等斷滅處說無常或作涅槃見者此皆凡外自妄想見故不知本際如來爲是說常住也

爾時大慧菩薩以偈問曰

彼諸菩薩等　志求佛道者　酒肉及與葱
飲食爲云何　惟願無上尊　哀愍爲演說
愚夫所貪著　臭穢無名稱　虎狼所甘嗜
云何而可食　食者生諸過　不食爲福善
惟願爲我說　食不食罪福

如來在鬼王宮中說法諸夜叉等念食時將至非肉不食大慧欲令諸鬼生慈心故因請如來說食肉不食肉罪福

大慧菩薩說偈問已復白佛言惟願世尊爲我等說食不食肉功德過惡我及諸菩薩於現在未來當爲種種希望食肉衆生分別說法令彼衆生慈心相向得慈心已各於住地清淨明了疾得究竟無上菩提聲聞緣覺自地止息已亦得速成無上菩提惡邪論法諸外道輩邪見斷常顚倒計著尚有遮法不聽食肉況復如來世間救護正法成就而食肉耶

入楞伽云路伽耶等諸外道輩起有無見執著斷常尚有遮禁不聽食肉何況如來正等覺大悲含育世所依怙而許自他俱食肉耶

佛告大慧善哉善哉諦聽諦聽善思念之當爲汝說大慧白佛言唯然受教佛告大慧有無量因緣不應食肉然我今當爲汝略說謂一切衆生從本以來展轉因緣甞爲六親以親想故不應食肉

入楞伽云一切衆生從無始來在生死中輪迴不息靡不曾作父母兄弟男女眷屬乃至朋友親愛侍使易生而受鳥獸等身云何於中取而食之

驢騾駱駝狐狗牛馬人獸等肉屠者雜賣故不應食肉不淨氣分所生長故不應食肉衆

生聞氣悉生恐怖如旃陀羅及譚婆等狗見憎惡驚怖羣吠故不應食肉梵音旃陀羅此云屠者譚婆此云食狗肉人又獵師也又令修行者慈心不生故不應食肉凡愚所嗜臭穢不淨無善名稱故不應食肉令諸呪術不成就故不應食肉以殺生者見形起識深味著故不應食肉彼食肉者諸天所棄故不應食肉令口氣臭故不應食肉多惡夢故不應食肉空閑林中虎狼聞香故不應食肉令飲食無節故不應食肉令修行者不生厭離故不應食肉我甞說言凡所飲食作食子肉想作服藥想故不應食肉聽食肉者無有是處復次大慧過去有王名師子蘇陀娑食種種肉遂至食人臣民不堪即便謀反斷其奉祿以食肉者有如是過故不應食肉復次大慧凡諸殺者為財利故殺生屠販彼諸愚癡食肉衆生以錢為網而捕諸肉彼殺生者若以財物若以鉤網取彼空行水陸衆生種種殺害屠販求利大慧亦無不教不求不想而有魚肉以是義故不應食肉大慧我有時說遮五種肉或制十種今於此經一切種一切時開除方便一切悉斷大慧如來應供等正覺尚無所食況食魚肉亦不教人以大悲前行故視一切衆生猶如一子是故不聽令食子肉文中言亦無不教不求不想而有魚肉者應具二義一謂屠販者非惟自殺亦教人殺者教也為財利故以鉤網等販彼衆生者求也見形起識深生味著者想也次謂愚癡食肉衆生雖不自殺以食肉故興彼屠販即教殺義以錢為網而捕諸肉即求義想義同上然儒之五常以仁為首若曰釣而不綱弋不射宿不殺胎不殀夭君子遠庖廚皆仁之端而不禁於食肉我佛直以不殺衆生為第一戒視昆蟲肖翹無異己子謂此而不戒則斷慈悲種子其為仁豈不博哉

爾時世尊欲重宣此義而說偈言

曾悉爲親屬　鄙穢不淨雜　不淨所生長
聞氣悉恐怖　一切肉與葱　及諸韭蒜等
種種放逸酒　修行常遠離　亦常離麻油
及諸穿孔牀　以彼諸細蟲　於中極恐怖

言離麻油者外國風俗擣麻使生蟲合壓之規多汁益肥如何可食孔隙諸牀多有蟲聚皆不可坐卧以諸蟲於坐卧之時生驚怖故

飲食生放逸　放逸生諸覺　從覺生貪欲
是故不應食　由食生貪欲　貪令心迷醉
迷醉長愛欲　生死不解脫　爲利殺衆生
以財網諸肉　二俱是惡業　死墮叫呼獄
若無教想求　則無三淨肉　彼非無因有
是故不應食　彼諸修行者　由是悉遠離
十方佛世尊　一切咸訶責　展轉更相食
死墮虎狼類　臭穢可厭惡　所生常愚癡
多生旃陀羅　獵師譚婆種　或生陀夷尼
及諸食肉性　羅剎貓貍等　徧於是中生
縛象與大雲　央掘利魔羅

陀夷尼此云羅剎女縛象大雲央掘摩羅皆經名也

及此楞伽經　我悉制斷肉　諸佛及菩薩
聲聞所訶責　食已無慙愧　生生常癡冥
先說見聞疑　已斷一切肉　妄想不覺知
故生食肉處　如彼貪欲過　障礙聖解脫
酒肉葱韭蒜　悉爲聖道障　未來世衆生
於肉愚癡說　言此淨無罪　佛聽我等食
食如服藥想　亦如食子肉　知足生厭離
修行行乞食　安住慈心者　我說常厭離
虎狼諸惡獸　恒可同游止　若食諸血肉
衆生悉恐怖　是故修行者　慈心不食肉
食肉無慈慧　永背正解脫　及違聖表相

是故不應食　得生梵志種　及諸修行處

智慧富貴家　斯由不食肉　佛說心品將末大慧復請垂誡酒肉等以終之蓋吾佛設化以一性平等爲本以慈悲同體爲心以爲人入道爲宗故莫先於清淨離過以濟物度生爲事故莫乖福因果是以楞嚴正宗之後具明四種明誨三種漸次而於此經誠之彌篤亦可以之擬流通焉文先請通誡次請別誡佛答中備列不應食肉者凡十七緣云云次示遮制通局中初言小教方便或開五種謂見聞疑殺等自餘宜若開食或制十種謂人蛇象等而不及餘類似應通許者然允謹言之但曰遮制而已曾無開許之言縱有一時方便亦不得已爾次言此經開除方便一切悉斷其言可謂深切矣而論者猶以聽制食肉爲一疑難蓋記者有言曰此經菩薩不應食肉故知仍存小教中開遂謂此經但制菩薩仍存小教開許者或謂記者之悞令謂非也正言楞伽當四阿含之後故存漸教之說異乎梵組頓制以見此經部當方等如是而已所謂存者特其一文耳何謂猶存其事且以爲悞耶不然經云一切悉斷斯言何謂乎嗚呼大爲之不防嚴爲之制而世猶或違之況不爲之誡乎有以見業之習之深也至有不復讚歎梵行亦令他人入不律儀者吾知斯人自貽厥咎然此經言一切法唯自心現苟知善惡唯心柰何順妄想而違聖教哉戒之勉之

楞伽阿跋多羅寶經卷第四終

今經四卷凡四品總名爲佛語心而無別品之目魏本十卷分十八品唐本七卷分十品後東都沙門寶臣註唐本則取魏之餘八品如次間入亦成十八品夫楞伽一經乃諸佛所說心法佛說此法令一切菩薩入自心境則知云佛語心品者據一經大意而言之其魏唐二本別分品目者據經之節段而分之使學者易曉知文有總別理無二致也昔姚秦命僧講此經而不分節段講無倫序故主有云吾佛經賓主問答皆有起盡此僧講經如何獨無倫序時道安在洛陽聞此說乃歎曰何以吾儕例受斯恥自此經無大小例分三分後親光論傳至中華果符其說所謂分經雅合

於親光者是也今四卷仍存佛語心品後依魏唐二本所列之品標於其上庶使講學之人不迷於章段然十八品之中但缺陀羅尼偈頌二品初勸請品中文亦不足止有六行偈文以爲别序分斷食肉即流通分故知文略而義不略也臣僧如玘謹識

新刻楞伽經後題

皇帝既御寶曆丕弘儒典兼用佛乘以化成
天下且以般若心經及金剛楞伽二經發
明心學寔爲迷塗之日月苦海之舟航乃
洪武十年冬十月
詔天界禪師臣宗泐演福法師臣如玘重
加箋釋明年春正月心經金剛經新註成
嘗徹
睿覽已刊行矣秋七月楞伽註又成
上御西華樓宗泐如玘同侍從之臣投進
上覽已悅曰此經之註誠爲精確可流布海
內使學者講習焉宗泐即奉
詔鋟梓於京師天界禪林如玘還杭之演
福私念與宗泐同被
上旨豈宜以天界爲拘合刋斯經於演福獨
其卷帙浩繁未遂厥志蚤夜以爲憂淨慈
禪師臣夷簡乃爲撰疏勸諸同袍暨樂善
者助成之起手於又明年夏五月至冬十
一月訖功費鈔五百六十四緡云惟楞伽
一經具藏通別圓四教大旨所以斥小乘
之偏破邪見之惑無非欲顯圓宗自覺正
智而已第其文辭古奧讀者殊未易曉東
都沙門寶臣嘗爲之訓詁援據雖若該博
而於經意多邈然不相入胥臺雷菴受公
徒襲寶臣之緒論自不能伸一喙二者咸
無取焉惟栢庭法師善月依天台教旨著
爲通義奧然絕出常倫苟以經文顯白者
證之亦未免有遺憾他尚何望哉如玘以
辯博無礙之智遊戲毗盧藏海台衡之書
無不融攝故其論著雖有徵於栢庭反復

叅驗務不失如來說經本意宗泐又能裁度旨趣約繁辭而歸精當遂使數百載疑文與義煥然明暢誠可謂靈承
皇上嘉惠烝民之意弘昭大覺立教度人之方者矣嗚呼佛之大法惟帝王能興之宗師能傳之今一旦遭逢如此之盛讀是經者小則思遠惡而遷善大則思明心而見性庶不負
聖天子之大德哉是年冬十二月四日前翰林學士承　旨嘉議大夫知　制誥兼修國史兼　太子贊善大夫臣金華宋濂載拜謹題

般若波羅蜜多心經註解

唐三藏法師玄奘奉詔譯

金剛般若波羅蜜經註解

姚秦三藏法師鳩摩羅什奉詔譯

清刻龍藏佛說法變相圖

二經同卷

般若波羅蜜多心經註解

金剛般若波羅蜜經註解

洪武御製心經序

二儀久判萬物備周子民者君君育民者法其法也三綱五常以示天下亦以五刑輔弼之有等凶頑不循教者往往有趨火赴淵之爲終不自省是凶頑者非特中國有之盡天下莫不亦然俄西域生佛號曰釋迦其爲佛也行深願重始終不二於是出世間脫苦趣其爲教也仁慈忍辱務明心以立命執此道而爲之意在人皆若此利濟羣生今時之人罔知佛之所以每云法空虛而不實何以導君子訓小人以朕言之則不然佛之教實而不虛正欲去愚迷之虛立本性之實特挺身

苦行外其教而異其名脫苦有情昔佛在時侍從聽從者皆聰明之士演說者乃三綱五常之性理也既聞之後人各獲福自佛入滅之後其法流入中國間有聰明者動演人天小果猶能化凶頑爲善何況聰明者知大乘而識宗旨者乎如心經每言空不言實所言之空乃相空耳除空之外所存者本性也所以相空有六謂口空說相眼空色相耳空聽相鼻空嗅相舌空味相身空樂相其六空之相又非眞相之空乃妄想之相爲之空相是空相愚及世人禍及今古往往愈墮彌深不知其幾斯空相前代帝王被所惑而幾喪天下者周之穆王漢之武帝唐之玄宗蕭梁武帝元魏主燾李後主宋徽宗此數帝廢國怠政惟蕭梁武帝宋之徽宗以及殺身皆由妄想飛昇及入佛天之地其佛天之地未嘗渺茫此等快樂世嘗有之爲人性貪而不覺而又取其樂人世有之者何且佛天之地如爲國君及王侯者若不作非爲善能保守此境非佛天者何如不能保守而僞爲用妄想之心即入空虛之境故有如是斯空相富者被纏則婬欲並生喪富矣貧者被纏則諸詐並作殞身矣其將賢未賢之人被纏則非仁人君子也其僧道被纏則不能立本性而見宗旨者也所以本經題云心經者正欲去心之邪念以歸正道豈佛教之妄耶朕特述此使聰明者觀二儀之覆載日月之循環虛實之孰取保命者何如若取有道保有方豈不佛法之良哉色空之妙乎

般若波羅蜜多心經註解

唐三藏法師玄奘奉詔譯

大明天界善世禪寺住持臣僧宗泐

演福講寺住持臣僧如玘奉詔同註

按施護譯本世尊在靈鷲山中入甚深光明宣說正法三摩提舍利子白觀自在菩薩言若有人欲脩學甚深般若法門者當云何脩學而觀自在菩薩遂說此經此經即世尊所說大部般若之精要故知菩薩之說即是佛說傳至中華凡五譯今從玄奘所譯者以中國盛行故也般若者梵語也華言智慧波羅蜜多者華言到彼岸眾生由迷慧性居生死曰此岸菩薩由脩般若悟慧性到涅槃曰彼岸心者般若心也此般若心人人本具說此經者欲令眾生斷除妄心顯發本性故也經者法也常也此經以單法為名實相為體觀照為宗度苦為用大乘為教相此五者皆經中所說之旨單法者即般若波羅蜜多也實相者即諸法空相也觀照者即照見五蘊皆空也度苦者即度一切苦厄也大乘者即菩薩所行深般若也

觀自在菩薩行深般若波羅蜜多時觀自在者能脩般若之菩薩也般若波羅蜜多者菩薩所脩之法也菩薩用般若觀慧照了自心清淨圓融無礙故稱自在此自行也復念世間受苦眾生令其脩習此法改惡遷善離苦得樂無不自在此化他也菩薩者梵語菩提薩埵華言覺眾生但稱菩薩者從略也行者脩行也深般若者實相般若也非初心淺智者所觀故云深也時者菩薩脩行般若時也

照見五蘊皆空度一切苦厄照者觀也五蘊者色受想行識也蘊者積聚也空者真空也色者色身也受者領納也想者思想也行者造作也識者分別也識即心正受想行是心所也度者度脫也一切苦厄者世間之眾苦也菩薩由照五蘊空寂離生死苦復閔在迷眾生顛倒妄想悖理亂常不忠不孝十惡五逆致受眾苦故說此般若法門令其脩習皆得解脫也已上一段乃阿難結集法藏時敘述觀自在菩薩度生之功行此是別序也下段自舍利子起始是觀自在菩薩答舍利子所問也

舍利子舍利子佛之弟子智慧第一因其為眾請問故菩薩呼其名而告之云

色不異空空不異色色即是空空即是色受想行識亦復如是色即四大幻色空乃般若真空眾生由迷真空而受幻色譬如水之成水也菩薩因脩般若觀慧照了幻色即是真空其猶融氷為水然色之與空其體無殊故曰色不異空空不異色如氷不異水水不異氷復恐鈍根眾生不了猶存色空二見故曰色即是空空即是色如氷即是水水即是氷若受若想若行若識莫不

皆然此乃一經之要般若之心也

舍利子是諸法空相不生不滅不垢不淨不增不減是諸法者指前五蘊也空相者即眞空實相也菩薩復告舍利子云既了眞諸法當體即是眞空實相實相之體本無生滅既無生滅豈有垢淨既無垢淨豈有增減乎

是故空中無色無受想行識此眞空實相之中既不可以生滅垢淨增減求之故總結云無色無受想行識無即空也

無眼耳鼻舌身意無色聲香味觸法眞空實相之中既無五蘊亦無六根六塵此空十二入也

無眼界乃至無意識界既無十二入亦無十八界十八界者六根六塵六識也乃至者舉其始末而略其中也如上五蘊十二入十八界不出色心二法爲迷心重者說爲五蘊爲迷色重者說爲十二入爲色心俱迷者說爲十八界已上三科脩學之人隨其根器但脩一科即能悟入

無無明亦無無明盡乃至無老死亦無老死盡此空十二因緣也無明者癡瞎也謂於本性無所明了非瞢然無知乃違理强覺之謂也無無明等者菩薩以般若智觀此無無明其性本空無生滅相故云無無明亦無無明盡也乃至無老死亦無老死盡者義與前同但舉其始末而略其中也生死相者如法華經云無明緣行乃至生緣老死是也滅相者如經云無明滅則行滅乃至生滅則老死滅是也十二因緣亦名十二有支一曰無明亦名煩惱二曰行謂造作諸業此二支乃過去所作之因也三曰識謂起妄念初託母胎也四曰名色從託胎後生諸根形也五曰六入於胎中而成六根也六曰觸出胎後六根對六塵也七曰受謂領納世間好惡等事此五支乃現在所受之果也八曰愛謂貪染五欲等事也九曰取謂於諸境生取著心也十曰有謂作有漏之因能招未來之果此三支乃現在所作之因也十一曰生謂未來受五蘊之身也十二曰老死謂未來之身既老而死此二支乃來世當受之果也此十二因緣該三世因果展轉因依如輪旋轉無有休息一切衆生迷而不知良可悲也此本緣覺之人所觀之境大乘菩薩徹照此境皆無實性故云無也

無苦集滅道無苦集滅道者觀四諦清淨也苦即生死苦果集是惑業苦因此二者世間之法也滅即涅槃樂果道即道品樂因此二者出世間之法也說此四諦者欲令衆生知苦斷集慕滅脩道離苦得樂也此本聲聞之人所觀之境大乘菩薩照了此境當體空寂故云無也

無智亦無得智者般若之智也大乘菩薩以智照境既無五蘊及四諦諸法即是人法皆空境智俱泯如病去藥忘故云無智亦無得也

以無所得故此結前起後之言

菩提薩埵依般若波羅蜜多故心無罣礙無罣礙故無有恐怖遠離顛倒夢想究竟涅槃

菩提薩埵者能依之人也般若波羅蜜多者所依之法也菩薩之人依此般若法門脩學功成理顯故得心無業縛因無業縛故無生死恐怖既無生死恐怖則無顛倒煩惱此三障既空三德乃顯故云究竟涅槃涅槃者梵語摩訶般涅槃那華言大滅度大即法身滅即解脫度即般若此之三德非別有也即三障即是迷即三障悟即三德所謂生死即法身煩惱即般若結業即解脫然雖障即是德自非般若之功德不能顯譬如磨鏡垢盡明現斯之謂也

三世諸佛依般若波羅蜜多故得阿耨多羅三藐三菩提三世者過去未來現在也阿耨多羅三藐三菩提者華言無上正等正覺此言非惟菩薩如是脩證而一切諸佛莫不皆脩般若得成正覺也

故知般若波羅蜜多是大神咒是大明咒是無上咒是無等等咒前是顯說般若後是密說般若然既顯說而又密說者何耶良由衆生根器不同所入有異故也四種咒者蓋言般若功用能破魔障名大神咒能滅癡暗名大明咒能顯至理名無上咒極妙覺果無與等者名無等等咒

能除一切苦眞實不虛此結般若功用廣大除苦得樂決定無疑今諸衆生信受奉行也

故說般若波羅蜜多咒即說咒曰

揭諦揭諦　波羅揭諦　波羅僧揭諦　菩提薩婆訶已上密說般若此五種不翻之一也蓋咒是佛之密語非下凡所知法華䟽云咒是鬼神王之名號稱其王名則部落敬主故能降伏一切鬼魅或云咒者如軍中密號唱號相應無所訶問又咒者願也如蜾蠃之祝螟蛉願其類我佛菩薩說咒願諸衆生皆如我之得成正覺能誦此咒者則所願無不成就也

般若波羅蜜多心經註解

金剛般若波羅蜜經註解

姚秦三藏法師鳩摩羅什奉　詔譯
大明天界善世禪寺住持臣僧宗泐
演福講寺住持臣僧如玘奉　詔同註

此經以喻法爲名實相爲體無住爲宗斷疑爲用大乘爲教相○初釋喻法名者金剛喻也般若法也金中精剛至堅至利能碎萬物此經能斷衆生疑執取以爲喻故大品般若十六分中以此經名能斷分波羅蜜是梵語華言到彼岸衆生在生死海中無有窮極偹此般若到涅槃彼岸蓋大乘菩薩達生死即涅槃則非度而度非到而到也經者訓法訓常梵語偹多羅此翻契經謂契理契機故也二辯實相體者即一實相理也經云若人得聞是經即生實相三明無住爲宗者宗者要也經云應無所住經中多以無住破著故以無住爲宗也四論斷疑爲用者由經力用能斷妄執故以斷疑爲用也五判大乘爲教相者經云爲發最上乘者說故以大乘爲教相也○此經乃姚秦三藏法師鳩摩羅什所譯分三十二分者相傳爲梁昭明太子所立元譯本無又與本論科節不同破碎經意故不取焉今註一本天親等論取其意而不盡用其語以其語深難便初學故也

如是我聞一時佛在舍衛國祇樹給孤獨園與大比丘衆千二百五十人俱

如是者指一經所聞法體也我聞者阿難謂如是之法我從佛而聞也一時者即如來說法機應和合時也佛者覺也佛是教主尊極名佛舍衛者國名也華言豐德祇樹給孤獨園者祇陀太子施樹給孤長者買園共立精舍請佛而住此說法處也與大比丘衆者聞法之侶也比丘者梵語也華言乞士上乞法以資慧命下乞食以資色身千二百五十人俱者此諸弟子凡佛說法之處常隨侍也已上如是等六事冠於諸經之首謂之通序如來臨滅度時阿難問佛一切經前當安何語佛言當安如是我聞等語非但我法如是三世諸佛法皆如是

爾時世尊食時著衣持鉢入舍衛大城乞食於其城中次第乞已還至本處飯食訖收衣鉢洗足已敷座而坐

此別序也亦名發起序以乞食爲發起者蓋佛欲說無住相施故先乞食以表發之然佛以禪悅法喜爲食而行乞者示同凡僧欲令折已慢幢生彼福德耳爾時者當是時也世尊者世間所尊十號之一也食時者辰時也著衣者服僧伽黎衣也持鉢者持應量器也次第乞者佛心平等不擇貧富也本處者給孤園也洗足者食訖而洗足也敷座而坐者敷坐具而加趺也

時長老須菩提在大衆中即從座起偏袒右肩右膝著地合掌恭敬而白佛言希有世尊如來善護念諸菩薩善付囑諸菩薩長老須菩提乃此經發起之人稱長老者以其德長年老也梵語須菩提華言空生亦名善現從座起至恭敬乃請法之敬儀希有者識佛之辭也善護念者爲護念現在根熟菩薩與智慧力令其成就自行與教化力令其攝受衆生也善付囑者爲付囑未來根未熟菩薩已得大乘者令其不捨未得大乘者令其勝進也護念付囑即希有事也佛德之大無過度生然雖注意於般若度生必待請問故善現覩相知意即首稱歎希有而後請問也世尊善男子善女人發阿耨多羅三藐三菩提心云何應住云何降伏其心此發問之端也阿耨多羅三藐三菩提者華言無上正等正覺也問意以如來護念付囑現在未來菩薩令成佛果是菩薩雖發道心誓度衆生求成佛道未知其心云何安住大乘云何降伏妄心使至佛果不退失耶

佛言善哉善哉須菩提如汝所說如來善護念諸菩薩善付囑諸菩薩汝今諦聽當爲汝說善男子善女人發阿耨多羅三藐三菩提心應如是住如是降伏其心唯然世尊願樂欲聞善現既讚歎請問妙稱佛心故印可云善哉善哉當爲汝說也而又誡約云應如是住如是降伏其心善現即會佛意故唯然應之願聞是法然一經之大要不過善現所問安住大乘降伏妄心如來所答脩行之法亦不出乎理事二行破執斷疑而已具見下文

佛告須菩提諸菩薩摩訶薩應如是降伏其心善現雙問安住降伏如來但答降伏其心者蓋降伏妄心必安住大乘舉降伏則攝安住矣

所有一切衆生之類若卵生若胎生若濕生若化生人與旁生具有四生諸天地獄中陰惟是化生鬼通胎化二生皆屬欲界若有色色界天若無色無色界天若有想識處天若無想無所有處天

若非有想非無想（非想非非想處天）我皆令入無餘涅槃而滅度之如是滅度無量無數無邊衆生實無衆生得滅度者何以故須菩提若菩薩有我相人相衆生相壽者相即非菩薩（此一段是菩薩所脩理觀具乎四心謂廣大心勝心常心不顛倒心慈氏頌云廣大第一常其心不顛倒第一即勝心也經云所有一切衆生之類者所懷之境廣此大心也云我皆令入無餘涅槃者此勝心也無餘涅槃即如來究竟彼岸也云實無衆生得滅度者了生佛一如此常心也無我人衆生壽者此不顛倒心也若有四相謂之四倒若一衆生不令滅度及見衆生實滅度者則未能了達本源遂有我人衆生壽者四相不名菩薩我者於五蘊中妄計有我我所人者妄計我生人中異於餘趣衆生者妄計五蘊和合而生壽者妄計我受一期果報一期果報即若長若短壽命也此皆顛倒妄想亦名四見菩薩能用般若妙智照了性空本無四相名降伏其心否則非菩薩也）

復次須菩提菩薩於法應無所住行於布施所謂不住色布施不住聲香味觸法布施須菩提菩薩應如是布施不住於相（此一段理觀兼事行也不住是理觀布施是事行於法者六塵諸法也布者普也施者捨也菩薩所脩六度萬行以布施爲初度攝後五度蓋施有三種貨生施無畏施法施也資生施者施以財物資他生也無畏施者持戒不惱無冤忍辱不報有冤法施者精進不倦說法禪定不差機說法智慧不顛倒說法然一切布施不過六塵所謂六塵如牀敷卧具飲食湯藥之類是也世人行施心希果報是爲著相菩薩行施了達三輪體空故能不住於相三輪者謂施者受者及所施物也佛告善現應如是不住於相而行施者蓋欲菩薩降伏妄心也）

何以故若菩薩不住相布施其福德不可思量須菩提於意云何東方虛空可思量不不也世尊須菩提南西北方四維上下虛空可思量不不也世尊須菩提菩薩無住相布施福德亦復如是不可思量須菩提菩薩但應如所教住（此段恐人疑云既離相施則無福報故佛告離相之施其福轉多良由不住相施施契性空性空無邊施福無邊故舉十方虛空以爲喻也論云其義有三一徧一切處二寬廣高大三究竟不窮已上答降伏安住問竟）

一斷求佛行施住相疑（此疑從前文不住相布施而來）

須菩提於意云何可以身相見如來不不也世尊不可以身相得見如來何以故如來所說身相即非身相佛告須菩提凡所有相皆是虛妄若見諸相非相即見如來前段說無住相施降伏其心是成佛之因恐善現疑佛果是有爲身相故佛問云可以身相見如來不善現悟佛問意乃答不可以身相見然有相者應身也無相者法身也法身是體應身是用若知用從體起應即是法所以無相故論云如來所說相即非相若能了達此意則一切世間之相無非真如無為佛體故佛印可善現云若見諸相非相即見如來

二斷因果俱深無信疑此疑從前無住行施非相見佛兩段經文而來

須菩提白佛言世尊頗有衆生得聞如是言說章句生實信不論云無住行施因深也無相見佛果深也因果之法既深疑末世鈍根衆生不如是能生信心佛告須菩提莫作是說如來滅後後五百歲有持戒脩福者於此章句能生信心以此爲實佛答末世自有具福慧人聞此般若能生實信言後五百歲者大集經中云有五箇五百歲今乃最後五百歲時也持戒脩福定也生信慧也三學俱備能生實信矣當知是人不於一佛二佛三四五佛而種善根已於無量千萬佛所種諸善根聞是章句乃至一念生淨信者若論實信之由從多佛所已種善根聞此大乘之法則能生信至於一念少時生信亦從佛所種諸善根而然也須菩提如來悉知悉見是諸衆生得如是無量福德信心生一念諸佛盡皆知凡有衆生聞是章句乃至一念淨信佛智佛眼無不知見所以得福無量何以故是諸衆生無復我相人相衆生相壽者相無法相亦無非法相此順釋生信得福之故該乎生法二空論云有智慧者了知生法二無我故又云生法各有四種想想即相也言無復我人衆生壽者四相此生空也言無法相亦無非法相者他譯更有無相亦非無相此法空也疏云初列生空有四相次列法空但有兩句法非法也蓋譯人略之耳何以故是諸衆生若心取相則爲著我人衆

生壽者若取法相則著我人衆生壽者何以故若取非法相則著我人衆生壽者此返顯違經非福言若心取相等此生執也若取法相等此法執也是故不應取法不應取非法以是義故如來常說汝等比丘知我說法如筏喻者法尚應捨何況非法此結上文而證勸也不應取法者空能觀之智也不應取非法者空所觀之境也論云法有性相尚不應取何況非法法本無性相又云善如法尚不取況不善非法疏云今言法者說五陰空爲法五陰相爲非法即以陰空爲藥名法陰有爲病名非法陰病既除空藥亦遣非法既謝本法亦亡與論意正相泯合言筏喻者論云如欲濟川先應取筏至彼岸已捨之而去又智論引筏喻經云汝等若解我筏喻法是時善法宜應棄捨況不善法斯乃無所得之要術俾不疑滯於物矣

三斷無相云何得說疑此疑從前第一疑中不可以身相得見如來而來

須菩提於意云何如來得阿耨多羅三藐三菩提耶如來有所說法耶向說不可以相見佛佛非有爲恐有疑云何故釋迦樹下得道諸會說法耶

須菩提言如我解佛所說義無有定法名阿耨多羅三藐三菩提亦無有定法如來可說何以故如來所說法皆不可取不可說非法非非法所以者何一切賢聖皆以無爲法而有差別眞如法體離有無相離言說相豈可以耳聞心得耶當知樹下得道諸會說法但應身耳其報身法身無得無說然應即法報說即無說是故不可以有取不可以無取也善現解佛問意即答以無道可證無法可說何以故下又自徵釋由不可取不可說非法非非法言非法者不可以有取言非非法者不可以無取由不可取故不可說然如來垂應有證有說者蓋得非有非無之體也一切賢聖者三世十方佛菩薩也以用也無爲乃自證之理眞諦也差別乃化他之用俗諦也諸佛說法不離二諦吾佛亦然

須菩提於意云何若人滿三千大千世界七寶以用布施是人所得福德寧爲多不須菩提言甚多世尊何以故是福德即非福德性是故如來說福德多若復有人於此經中受

持乃至四句偈等爲他人說其福勝彼何以故須菩提一切諸佛及諸佛阿耨多羅三藐三菩提法皆從此經出須菩提所謂佛法者即非佛法此乃較量持說功德佛問假如人以大千世界七寶爲施其福多不善現會意答云甚多蓋此福德離福德自性故言多也佛又言離性布施福報雖多而受持此經爲人演說能趣菩提其福勝彼言乃至四句偈者舉少以況多耳然持經福勝者蓋諸佛之身及所證之法無不從是般若而生般若稱爲佛母者良有以也然猶恐其於此取著故復告云所謂佛法者即非佛法

四斷聲聞得果是取疑此疑從上無爲法不可取說而來

須菩提於意云何須陀洹能作是念我得須陀洹果不須菩提言不也世尊何以故須陀洹名爲入流而無所入不入色聲香味觸法是名須陀洹梵語須陀洹華言入流此聲聞所證初果也已斷見惑離四趣生預入聖人之流故云入流言無所入者是不著於所入之流又不著於六塵境界故言不入也

須菩提於意云何斯陀含能作是念我得斯陀含果不須菩提言不也世尊何以故斯陀含名一往來而實無往來是名斯陀含梵語斯陀含華言一來此聲聞第二果也蓋欲界有九品思惑前六品已斷後三品未斷更須欲界一度受生故云一來言實無往來者謂不著於往來之相也

須菩提於意云何阿那含能作是念我得阿那含果不須菩提言不也世尊何以故阿那含名爲不來而實無不來是故名阿那含梵語阿那含華言不來此聲聞第三果也斷欲界思惑盡不來欲界受生故曰不來言實無不來者謂不著於不來之相也

須菩提於意云何阿羅漢能作是念我得阿羅漢道不須菩提言不也世尊何以故實無有法名阿羅漢世尊若阿羅漢作是念我得阿羅漢道即爲著我人衆生壽者梵語阿羅漢華言無學此聲聞第四果也此位斷三界煩惱俱盡究竟眞理無法可學故名無學言實無有法

名阿羅漢者謂無無學所證之相也若言有證即著四相也此一段明四果離著論云向說。無佛果可成無佛法可說。云何四果各取所證而說。恐起此疑故佛約此而問善現皆答以離著深會佛之意也

世尊佛說我得無諍三昧人中最爲第一是第一離欲阿羅漢我不作是念我是離欲阿羅漢世尊我若作是念我得阿羅漢道世尊則不說須菩提是樂阿蘭那行者以須菩提實無所行是名須菩提是樂阿蘭那行此乃善現引自己所證離著令人生信也然善現所證之果不過無學而世尊特稱其爲第一者以無諍故也梵語阿蘭那華言無諍無諍者謂離二障一者惑障二者智障離惑則不著有相離智則不著無相故無諍也無所行者謂不著於所行之行也

五斷釋迦然燈取說疑此疑亦從第三疑中不可取不可說。而來

佛告須菩提於意云何如來昔在然燈佛所於法有所得不不也世尊如來在然燈佛所於法實無所得此斷釋迦然燈授受之疑謂善現述已所證離著固已得矣而如來又恐善現疑佛昔受然燈之記於法實有所得故與此問善現答以實無所得是無疑矣然燈者大論云然燈佛生時身光如燈以至成佛亦名然燈

六斷嚴土違於不取疑此疑亦從第三疑中不可取而來

須菩提於意云何菩薩莊嚴佛土不不也世尊何以故莊嚴佛土者即非莊嚴是名莊嚴是故須菩提諸菩薩摩訶薩應如是生清淨心不應住色生心不應住聲香味觸法生心應無所住而生其心問意以菩薩脩六度萬行莊嚴淨土現身說法是有所取云何不取答意以菩薩雖脩行嚴土行乃無作土亦非嚴非嚴而嚴故曰即非莊嚴是名莊嚴既而如來又告善現云爲菩薩者應如是生清淨心乃非取而取如維摩經云隨其心淨則佛土淨斯之謂也若於六塵生著不名清淨故又云應無所住而生其心

七斷受得報身有取疑此疑亦從第三疑中不可取而來

須菩提譬如有人身如須彌山王於意云何

是身爲大不須菩提言甚大世尊何以故佛說非身是名大身須彌山者梵語須彌盧華言妙高此山四寶所成高出衆山之上故稱山王佛之報身遠離諸漏名之爲非尊崇奇特名之爲大佛之問意以聖人之法既無爲無取所得報身豈非有取恐有此疑故設喻爲問而善現即知須彌自無分別我是山王故得爲大報身離著亦復如是故曰佛說非身是名大身

須菩提如恒河中所有沙數如是沙等恒河於意云何是諸恒河沙寧爲多不須菩提言甚多世尊但諸恒河尚多無數何況其沙須菩提我今實言告汝若有善男子善女人以七寶滿爾所恒河沙數三千大千世界以用布施得福多不須菩提言甚多世尊佛告須菩提若善男子善女人於此經中乃至受持四句偈等爲他人說而此福德勝前福德恒河天竺之河周四十里佛多近此說法故取爲喻前說一大千世界七寶布施以喻持說福勝今以無量大千世界七寶布施不如持說此經四句其福轉勝於彼此則增勝而論格量持說之功

復次須菩提隨說是經乃至四句偈等當知此處一切世間天人阿脩羅皆應供養如佛塔廟何況有人書能受持讀誦須菩提當知是人成就最上第一希有之法若是經典所在之處則爲有佛若尊重弟子藏佛舍利之處謂之塔奉佛形像之處謂之廟隨說此經四句偈處天人圓當敬之如佛塔廟況能具足持誦者耶成就最上第一希有之法者成無上佛果菩提也若是經典等者經典所在即佛之所在持說之人即佛弟子可不崇敬乎哉

爾時須菩提白佛言世尊當何名此經我等云何奉持佛告須菩提是經名爲金剛般若波羅蜜以是名字汝當奉持所以者何須菩提佛說般若波羅蜜即非般若波羅蜜須菩提於意云何如來有所說法不須菩提白佛言世尊如來無所說善現既聞持經成就希有之法故問此經何名

云何受持佛答此經名金剛般若能斷一切疑執故當奉持也斷執雖用般若之智然法性本空不可取著故云即非般若波羅蜜也如來又慮善現未達般若性空謂有言說故又詰云如來有所說法不而善現了知說即無說乃答云如來無所說也

須菩提於意云何三千大千世界所有微塵是爲多不須菩提言甚多世尊須菩提諸微塵如來說非微塵是名微塵如來說世界非世界是名世界此節文意由前施寶得福而來前以無量大千世界七寶布施得福雖多然非離性則是貪等煩惱染因有爲福報故此遂以世界微塵爲喻塵界乃無情之物不生貪等煩惱染因是則有爲福報不及塵界之無情況持說此經是遠離煩惱之因能取菩提而不勝耶非微塵非世界者非煩惱染因微塵世界也是名微塵是名世界者乃是無記微塵世界也無記猶無情謂不起善惡也

須菩提於意云何可以三十二相見如來不不也世尊不可以三十二相得見如來何以故如來說三十二相即是非相是名三十二相三十二相者應身相也非相者法身相也是名三十二相者應既即法法全是應不妨說三十二相也言施寶之福縱能成佛身相但是應身不及持說功德能成法身也

須菩提若有善男子善女人以恒河沙等身命布施若復有人於此經中乃至受持四句偈等爲他人說其福甚多七寶布施外財也身命布施內財也身施者如尸毗王代鴿是也命施者如薩埵飼虎是也以輕重較之則外財輕而易內財重而難然此二施皆有爲有漏因果總不如持說四句能取菩提之妙果也

爾時須菩提聞說是經深解義趣涕淚悲泣而白佛言希有世尊佛說如是甚深經典我從昔來所得慧眼未曾得聞如是之經世尊若復有人得聞是經信心清淨則生實相當知是人成就第一希有功德世尊是實相者則是非相是故如來說名實相世尊我今得聞如是經典信解受持不足爲難若當來世後五百歲其有衆生得聞是經信解受持是人則爲第一希有何以故此人無我相人相

衆生相壽者相所以者何我相即是非相人相衆生相壽者相即是非相何以故離一切諸相即名諸佛善現知捨身命所感之福不如持說之勝得聞此法感佛恩深遂悲泣流涕讚言希有自謂從昔已來未曾聞是經典若人聞經信心清淨則能生乎實相又謂我今值佛獲聞是經不以爲難而未來衆生得聞是法始爲希有所以希有者以依此經脩行不起我人衆生壽者四相即是非相非相即實相也離此諸相即成正覺故曰即名諸佛也

佛告須菩提如是如是若復有人得聞是經不驚不怖不畏當知是人甚爲希有何以故須菩提如來說第一波羅蜜非第一波羅蜜是名第一波羅蜜如是如是者然之之辭也大乘之法本是難信難解然非大乘根器卒聞是法未免驚愕疑怖畏懼能聞是法而不驚畏者實爲希有此希有法無與等者故名第一然法本無說處其於法取著故云非第一波羅蜜有因緣故亦可得說故云是名第一波羅蜜也

八斷持說未脫苦果疑此疑從上捨身布施而來

須菩提忍辱波羅蜜如來說非忍辱波羅蜜何以故須菩提如我昔爲歌利王割截身體我於爾時無我相無人相無衆生相無壽者相何以故我於往昔節節支解時若有我相人相衆生相壽者相應生嗔恨須菩提又念過去於五百世作忍辱仙人於爾所世無我相無人相無衆生相無壽者相忍辱者六度之一也安受曰忍毀害曰辱前云捨身命之福報是生死苦因不及持說之福此之行忍亦捨身命不成苦因者何耶蓋能達法無我到於彼岸也說非忍辱波羅蜜者即遣著也如是忍行佛昔曾行故引歌利王之事以證之梵語歌利華言極惡佛於宿世曾作仙人山中脩道王因畋獵見而不喜遂割其耳鼻截其手足時仙人略無嗔恨以慈忍力身復如故蓋能了達我人衆生壽者四相皆空非惟無苦亦乃有樂也又引過去五百世中作忍辱仙以證之者明行忍行非止一世也

是故須菩提菩薩應離一切相發阿耨多羅三藐三菩提心不應住色生心不應住聲香

味觸法生心應生無所住心若心有住則爲非主是故佛說菩薩心不應住色布施須菩提菩薩爲利益一切衆生應如是布施如來說一切諸相即是非相又說一切衆生即非衆生

佛累世行忍以無我故得成菩提故發菩提之心應須離一切相離相即不住色等六塵也應生無所住心心無所住即能住菩提若心有住則非住佛道矣菩薩所行六度皆應離相色爲六塵之首施爲六度之初故云不應住色布施如是行施爲利羣生若存施受之心則非無住下復遣著故曰非相非衆生也

九斷能證無體非因疑

此疑從上爲利生行施而來

須菩提如來是眞語者實語者如語者不誑語者不異語者須菩提如來所得法此法無實無虛

如來所得菩提妙果如理而證離於言說何故累稱持說功德勝餘布施等福耶然佛無所證而證無所說而說所證所說無不當理恐善現未達此意故又告云是眞實等語眞語者說佛菩提也實語者說小乘法也如語者說大乘法也不異語者說授記事也不誑語者不誑衆生也解譯無此一句無實無虛者如來所證之法本離言說故曰無實對機有說故曰無虛也

十斷眞如有得無得疑

此疑從前不住相而來

須菩提若菩薩心住於法而行布施如人入暗則無所見若菩薩心不住法而行布施如人有目日光明照見種種色

聖人以無爲眞如得名然眞如之體徧一切時徧一切處何故衆生有得者有不得者蓋心有住法不住法之異耳住者住著也如行布施不達三輪體空名爲住法心旣住法不成檀波羅蜜如入暗中則無所見若達三輪體空則心無所住即成檀波羅蜜如人有目在日光中見諸色相也

須菩提當來之世若有善男子善女人能於此經受持讀誦則爲如來以佛智慧悉知是人悉見是人皆得成就無量無邊功德

言未來世中若有受持讀誦者佛眼佛智悉能知見既行勝因必成妙果故曰成就無量無邊功德也

須菩提若有善男子善女人初日分以恒河沙等身布施中日分復以恒河沙等身布施

後日分亦以恒河沙等身布施如是無量百千萬億劫以身布施若復有人聞此經典信心不逆其福勝彼何況書寫受持讀誦爲人解說初日分者寅卯辰時也中日分者巳午未時也後日分者申酉戌時也如是一日三時捨無量身歷無量劫而行布施世間固無此事然佛設此喻者以況聞經生信福德之勝何況書持誦說者耶信力曰受念力曰持對文曰讀背文曰誦所謂書寫受持讀誦者自行也爲人解說者化他也

須菩提以要言之是經有不可思議不可稱量無邊功德如來爲發大乘者說爲發最上乘者說若有人能受持讀誦廣爲人說如來悉知是人悉見是人皆得成就不可量不可稱無有邊不可思議功德如是人等則爲荷擔如來阿耨多羅三藐三菩提何以故須菩提若樂小法者著我見人見衆生見壽者見則於此經不能聽受讀誦爲人解說此般若之體本絕言思其功德廣大不可得而稱量非樂小乘者所可得聞故曰爲發大乘者說爲發最上乘者說發大乘者通指衍門三教之人也樂最上乘者的指圓頓之人能生信解者也如是之人脩行此法則成就不可思議功德故能荷擔如來無上菩提彼小乘不能聽受讀誦爲人解說爲著四見故也

須菩提在在處處若有此經一切世間天人阿脩羅所應供養當知此處則爲是塔皆應恭敬作禮圍繞以諸華香而散其處塔爲藏舍利之處若天人脩羅固當敬事此般若經卷所在之處是眞法身舍利寶塔可不敬乎

復次須菩提善男子善女人受持讀誦此經若爲人輕賤是人先世罪業應墮惡道以今世人輕賤故先世罪業則爲消滅當得阿耨多羅三藐三菩提持誦此經者人當恭敬而反被人輕賤者以宿罪業合招惡報由經力故但被輕賤被輕賤故其罪消滅當得無上佛果持經功德可謂大矣

須菩提我念過去無量阿僧祇劫於然燈佛前得值八百四千萬億那由他諸佛悉皆供

養承事無空過者若復有人於後末世能受持讀誦此經所得功德於我所供養諸佛功德百分不及一千萬億分乃至筭數譬喻所不能及阿僧祇翻無數時那由他者十億爲洛叉十洛叉爲俱胝十俱胝爲那由他如來於過去然燈佛前供養無數諸佛其功德可謂深且大矣乃言不及末世持經功德者蓋持經能生理解得證菩提供佛雖感福報但是事相故持經功德百千萬億分中不及一分也又言筭數譬喻所不能及者蓋事相之福是可思議之法而般若妙智忘能所絶待對不可得而思議者也

須菩提若善男子善女人於後末世有受持讀誦此經所得功德我若具說者或有人聞心則狂亂狐疑不信須菩提當知是經義不可思議果報亦不可思議此經非大乘根器不能持誦而持誦所感功德豈常人可聞聞必狐疑不信故不具說蓋此經之義趣與其果報不可思議故也

十一斷安住降伏存我疑此疑從前諸文無我人等相而來

爾時須菩提白佛言世尊善男子善女人發阿耨多羅三藐三菩提心云何應住云何降伏其心善現初問此義至是復問者何耶問雖同其意則別蓋所問不過住大乘降妄心而已初之問意但問能住能降之法此之問意若謂我能住我能降存此分別障於真證無住之道故又與此問也

佛告須菩提若善男子善女人發阿耨多羅三藐三菩提心者當生如是心我應滅度一切衆生滅度一切衆生已而無有一衆生實滅度者何以故須菩提若菩薩有我相人相衆生相壽者相則非菩薩所以者何須菩提實無有法發阿耨多羅三藐三菩提心者此一節文意亦與前同但前是破情顯智所破之情即我人等四相粗執所顯之智即般若真智自此而下忘智顯理破我人等四相細執由此賢位漸入聖階矣

十二斷佛因是有菩薩疑此疑從上實無有法發菩提心

者而來

須菩提於意云何如來於然燈佛所有法得阿耨多羅三藐三菩提不由前云實無有法發菩提心者意謂無發心者則無菩薩若無菩薩云何釋迦於然燈佛所名曰善慧布髮掩泥行菩薩行得受記耶佛恐善現潛有此疑故舉以問

不也世尊如我解佛所說義佛於然燈佛所無有法得阿耨多羅三藐三菩提善現答意云善慧彼時都無所得離諸分別由悟無法故得受記

佛言如是如是須菩提實無有法如來得阿耨多羅三藐三菩提須菩提若有法如來得阿耨多羅三藐三菩提者然燈佛則不與我授記汝於來世當得作佛號釋迦牟尼以實無有法得阿耨多羅三藐三菩提是故然燈佛與我授記作是言汝於來世當得作佛號釋迦牟尼善現既會法無所得佛然其說乃言如是如是既而又反覆告之者要令善現知法無所得深契至理故得受記蓋如來所證妙果乃心地本具法門離諸名相無授受中而論授受也

十三斷無因則無佛法疑此疑從上釋迦於然燈行因實無有得而來

何以故如來者即諸法如義若有人言如來得阿耨多羅三藐三菩提須菩提實無有法佛得阿耨多羅三藐三菩提何以故者徵起之辭也由前云實無有法得菩提果故受然燈之記遂疑既無佛果豈有佛法耶釋云如來者即諸法如義如者真如也不僞曰真不異曰如此真如體貫徹三世緜亘十方非空非有不變不遷名如來性若有所得即非佛菩提也

須菩提如來所得阿耨多羅三藐三菩提於是中無實無虛是故如來說一切法皆是佛法須菩提所言一切法者即非一切法是故名一切法所得者忘情而證也無實者非有爲相也無虛者是真如體也然此真如非別有法即一切色等諸法離性離相名真如體唯佛與佛乃能證此故一切法皆

是佛法眞如之體雖不離於諸法然亦不可取著故云即非一切法是名一切法

須菩提譬如人身長大須菩提言世尊如來說人身長大則爲非大身是名大身上說如來所證眞如之體徧一切處可謂長大矣又恐善現起長大之見故佛又設喻徵之曰譬如人身長大善現因喻有悟即曰非大身是名大身論云大身有二義一者徧一切處即法身二者功德大即報身此之二身皆離諸相故名爲非

十四斷無人度生嚴土疑此疑同十二疑皆從第十一疑中實無有法發心者而來

須菩提菩薩亦如是若作是言我當滅度無量衆生則不名菩薩何以故須菩提實無有法名爲菩薩是故佛說一切法無我無人無衆生無壽者須菩提若菩薩作是言我當莊嚴佛土是不名菩薩何以故如來說莊嚴佛土者即非莊嚴是名莊嚴須菩提若菩薩通達無我法者如來說名眞是菩薩法界混然身土平等尚無佛道可成安有衆生可度是則起度生之心脩行嚴土即凡夫見不名菩薩者畢竟起何等心名爲菩薩故云能通達無我法者眞菩薩也

十五斷諸佛不見諸法疑此疑從上菩薩不見衆生可度佛土可淨而來

須菩提於意云何如來有肉眼不如是世尊如來有肉眼須菩提於意云何如來有天眼不如是世尊如來有天眼須菩提於意云何如來有慧眼不如是世尊如來有慧眼須菩提於意云何如來有法眼不如是世尊如來有法眼須菩提於意云何如來有佛眼不如是世尊如來有佛眼須菩提於意云何如恒河中所有沙佛說是沙不如是世尊如來說是沙須菩提於意云何如一恒河中所有沙有如是沙等恒河是諸恒河所有沙數佛世界如是寧爲多不甚多世尊佛告須菩提爾

所國土中所有衆生若干種心如來悉知何以故如來說諸心皆爲非心是名爲心所以者何須菩提過去心不可得現在心不可得未來心不可得前說不見彼是衆生不見我爲菩薩不見淨佛國土如是則不見諸法名爲諸佛如來然而如來具足五眼豈都無所見耶五眼者肉眼天眼慧眼法眼佛眼也古德偈云天眼通非礙肉眼礙非通法眼惟觀俗慧眼了知空佛眼如千日照異體還同此之五眼通該十界而優劣有殊如經所說五眼皆如來所具者無非佛眼也恒沙世界一切衆生之心如來無不知見然衆生之心種種顛倒而言心非心者妄識本空也是名爲心者眞如不滅也所以者何下徵釋非心之所以也蓋三世之心過去已滅未來未至現在不住皆是虛妄生滅故求之不可得也

十六斷福德例心顛倒疑此疑從上心住顛倒而來

須菩提於意云何若有人滿三千大千世界七寶以用布施是人以是因緣得福多不如是世尊此人以是因緣得福甚多須菩提若福德有實如來不說得福德多以福德無故如來說得福德多前說衆生心有住著是爲顛倒然福由心造豈亦是顛倒若是何名善法耶恐潛此疑故佛斷之福德有實者住相布施成有漏因其福則寡福德無者離相布施成無漏因其福乃多是則不住於相心離顛倒所作之福無非善法

十七斷無爲何有相好疑此疑從前如來者即諸法如義而來

須菩提於意云何佛可以具足色身見不不也世尊如來不應以具足色身見何以故如來說具足色身即非具足色身是名具足色身須菩提於意云何如來可以具足諸相見不不也世尊如來不應以具足諸相見何以故如來說諸相具足即非具足是名諸相具足上說諸佛所證乃無爲之法云何佛身有八十種好三十二相而可見耶爲斷此疑故有此問善現乃會如來法身固非色相可見而未嘗離於色相而不可見故云即非具足色身是名具足色身即非具足諸相是名具足諸相良由全法身無爲之體起應身相好之用是故應身即是法身乃無相而相相而無相無見而見見而無見者也

十八斷無身何以說法疑此疑從上身相不可得見而來

須菩提汝勿謂如來作是念我當有所說法莫作是念何以故若人言如來有所說法則爲謗佛不能解我所說故須菩提說法者無法可說是名說法既云如來色身相好不可得見如何爲人演說法耶然如來悲願深重隨感而應無說而說即無說不違此意是爲謗佛言無法可說是名說法者離性執已不妨稱性而說也

爾時慧命須菩提白佛言世尊頗有衆生於未來世聞說是法生信心不善現解空第一與般若空慧相應以慧爲命故稱慧命前云身乃非身之身法乃非說而說身說俱妙難信難解所以有此疑問

佛言須菩提彼非衆生非不衆生衆生有聖有凡而凡夫衆生於此般若不能生信聖體衆生乃能信解言彼非衆生者非凡夫衆生也非不衆生者非不是聖體衆生也聖體衆生即大乘根器人也豈可視爲凡夫衆生不能生信尚恐善現未悟下文又徵釋之

何以故須菩提衆生衆生者如來說非衆生是名衆生衆生衆生者牒上文非衆生非不衆生也如來說非衆生是名衆生者言非是凡夫衆生是聖體衆生能生信解者也

十九斷無法如何脩證疑此疑從前十二十三疑中無法得阿耨菩提而來

須菩提白佛言世尊佛得阿耨多羅三藐三菩提爲無所得耶佛言如是如是須菩提我於阿耨多羅三藐三菩提乃至無有少法可得是名阿耨多羅三藐三菩提前既云實無有法得無上正覺如何却有脩證故疑而問之佛答有三一答無法可得爲正覺二答平等爲正覺三答正助脩善成正覺初答如文可見

復次須菩提是法平等無有高下是名阿耨多羅三藐三菩提二答平等爲正覺也

以無我無人無衆生無壽者脩一切善法則得阿耨多羅三藐三菩提須菩提所言善法

者如來說即非善法是名善法三答正助脩善成正覺也正助者正謂正觀空四相也助謂緣助修一切善法也初答以無法可得爲正覺者達妄即眞也二以平等爲正覺者法無高下也三以正助成正覺者離相脩善也由離相故名爲善法

二十斷所說無記非因疑此疑從上脩善法而來

須菩提若三千大千世界中所有諸須彌山王如是等七寶聚有人持用布施若人以此般若波羅蜜經乃至四句偈等受持讀誦爲他人說於前福德百分不及一百千萬億分乃至筭數譬喻所不能及前既云從脩善法得菩提則佛所說法是無記法不能得菩提耶恐有此疑故佛舉大千世界中施七寶聚如須彌山之多且大較之持說四句功德百千萬億分中乃不及其一所說法蓋佛離言說相以離相故能作菩提之因故慈氏偈云雖言無記法而說是彼因彼即菩提也

二十一斷平等云何度生疑此疑從第十九疑中是法平等而來

須菩提於意云何汝等勿謂如來作是念我當度衆生須菩提莫作是念何以故實無有衆生如來度者若有衆生如來度者如來則有我人衆生壽者須菩提如來說有我者則非有我而凡夫之人以爲有我須菩提凡夫者如來說則非凡夫既云是法平等無有高下云何如來卻度衆生故偈云平等眞法界佛不度衆生以名共彼陰不離於法界名即衆生假名也陰即五陰實法也此假名實法皆即法界故云不離於法界既即法界凡聖一如豈有衆生可度故云佛不度衆生如來若謂我爲能度衆生而爲所度此則著於四相由離四相則非度而度度而非度則是如來說有我者眞我也則非有我者非妄我也而凡夫之我是我執也非凡夫者論云非生謂不生聖人法即毛道凡夫也

二十二斷以相比知眞佛疑此疑從第十七疑中如來不應以色身諸相見而來

須菩提於意云何可以三十二相觀如來不須菩提言如是如是以三十二相觀如來佛

言須菩提若以三十二相觀如來者轉輪聖王則是如來須菩提白佛言世尊如我解佛所說義不應以三十二相觀如來爾時世尊而說偈言

若以色見我　以音聲求我　是人行邪道　不能見如來

三十二相者應身相也觀如來者觀法身如來也問意謂可於應身相好中觀見法身不善現乃知應身相好從法身流出若見相好即見法身故答云如是如是佛又恐善現於應身取著不達法體故又以輪王即如來爲難而善現解佛難意故云不可以三十二相觀如來也既而佛乃說偈以證之法身之體固不離於聲色但凡夫墮於聞見是行邪道不能見於如來也

二十三斷佛果非關福相疑　此疑從上不應以相觀佛而來

須菩提汝若作是念如來不以具足相故得阿耨多羅三藐三菩提須菩提莫作是念如來不以具足相故得阿耨多羅三藐三菩提須菩提汝若作是念發阿耨多羅三藐三菩提心者說諸法斷滅莫作是念何以故發阿耨多羅三藐三菩提心者於法不說斷滅相

上明如來所證菩提不從福德而致是則菩薩所脩福德不成菩提之因亦不克果報耶爲斷此疑故告之曰莫作是念如來不以具足相而得菩提具足相即福德相也蓋大乘所脩福德之因所得福德之果但離取著之相不同小乘斷滅之見故曰於法不說斷滅相也下又設喻以告

須菩提若菩薩以滿恒河沙等世界七寶持用布施若復有人知一切法無我得成於忍此菩薩勝前菩薩所得福德須菩提以諸菩薩不受福德故須菩提白佛言世尊云何菩薩不受福德須菩提菩薩所作福德不應貪著是故說不受福德

假使有人以無量世界七寶行施心有所著所感之福則成有漏心若離著即成無漏故云若有人知一切法無我得成於忍無我者無人法二執也忍即無生法忍初住菩薩所證也既得無生法忍則與彼住相行施者不同

故云勝前菩薩所得福德言不受福德者不受有漏福報也善現又疑既不受福報云何能獲無生法忍須知有漏果報則不應受無漏果報則受而不取取謂取著故云菩薩所作福德不應貪著也

二十四斷化身出現受福疑此疑從上不受福德而來

須菩提若有人言如來若來若去若坐若卧是人不解我所說義何以故如來者無所從來亦無所去故名如來有來去坐卧者乃如來應身也無來無去者法身也然如來昔行菩薩道時不受福報云何至果有去來坐卧之相使諸衆生供養獲福恐有此疑故告以釋之謂如來應用示有動作而法身之體如如不動也

二十五斷法身化身一異疑此疑從上應有去來法無去來而來

須菩提若善男子善女人以三千大千世界碎爲微塵於意云何是微塵衆寧爲多不須菩提言甚多世尊上明應身去來是異法身無去來是一佛恐善現有一異之見故設諭以釋之釋中初舉世界微塵一異斷疑次舉言說我法離見初釋中文有三科一標界塵一異以顯無性言世界者喻法身也微塵者喻應身也世界一也微塵異也碎界作塵塵無異性合塵爲界界無一性喻全法起應應無異性全應即法法無一性故偈云去來化身佛法身常不動於是法界處非一亦非異然如來體用互融所以能一能異非一非異自在無礙者矣

何以故若是微塵衆實有者佛則不說是微塵衆所以者何佛說微塵衆則非微塵衆是名微塵衆此釋微塵喻應身無異性若知碎世界作微塵微塵全是世界則塵無實性故曰則非微塵以離性計而說微塵故曰是名微塵也比喻全法起應應即是法何異性之有哉

世尊如來所說三千大千世界則非世界是名世界何以故若世界實有者則是一合相如來說一合相則非一合相是名一合相須菩提一合相者則是不可說但凡夫之人貪著其事此釋世界喻法身無一性若知合塵爲世界世界全是微塵則世界無實性故曰則非世界以離性計而說世界故曰是名世界也一合相者言衆塵和合爲一

世界非一合相者非性執之一合是名一合相者乃離性之一合也此一合相不可思議而凡夫不了自生貪著耳此喻全應是法法不離應何一性之有哉

須菩提若人言佛說我見人見衆生見壽者見須菩提於意云何是人解我所說義不不也世尊是人不解如來所說義何以故世尊說我見人見衆生見壽者見則非我見人見衆生見壽者見是名我見人見衆生見壽者見此下明離我法二見初離我見夫我見者有眞我之見有妄我之見妄我見者虛妄分別衆生見也眞我見者遠離執著如來見也既離執著示有我見人見衆生見壽者見此不見而見也在迷衆生以爲如來實有四見故云不解如來所說義也善現既解如來所說之義即知四見皆非虛妄分別是眞我之見故云是名我見人見衆生見壽者見也

須菩提發阿耨多羅三藐三菩提心者於一切法應如是知如是見如是信解不生法相須菩提所言法相者如來說即非法相是名法相次離法見夫如來說法要令衆生發善提心脩行契理故聞如來所說當知是知見信解不生法相言不生法相者不於法取著也法本離相如來稱性而說故云即非法相是名法相此一段文雖正釋離於法執亦是總結降住正行由經初善現請問若人發無上菩提心者應云何住云何降伏其心如來答云應如是住如是降伏其心故今結云發菩提心者於一切法如是知見信解此結如是住也不生法相此結降伏妄心也

二十六斷化身說法無福疑此疑從上塵喻化身是異而來

須菩提若有人以滿無量阿僧祇世界七寶持用布施若有善男子善女人發菩提心者持於此經乃至四句偈等受持讀誦爲人演說其福勝彼云何爲人演說不取於相如如不動此段文有三節初以無量阿僧祇世界七寶布施是假喻格量也自若有善男子下明持說福勝自云何爲人演說下是釋福勝所以據經文但明持說功德而論乃謂化佛說法有無量功德者蓋化佛是佛主持說是弘經之人所弘之經是佛所說佛之所說離言說相故功德無量弘經之人若能離著則其福能勝彼也如如者法身之理也化身既即法身則無去無來故不動也

二十七斷入寂如何説法疑（此疑從上演説與不動而來）

何以故（上言如如不動則佛常住世間爲衆生説法何故言如來入涅槃耶恐有此疑故説偈以釋云）

一切有爲法　如夢幻泡影　如露亦如電

應作如是觀（一切有爲法者一切世間生滅之法也佛生人中示同生滅亦屬有爲無常之法無常之法虛假不實故以夢幻泡影露電六種爲喻應作如是觀者觀即般若妙智以此妙智觀有爲法如夢幻等能觀既是妙智所觀無非妙境妙境者一境三諦也既妙智者一心三觀也三觀者空假中也三諦者眞俗中也即觀有爲之法離性離相之謂空無法不具之謂假非空非假之謂中諦者審貫不虛之謂全諦發觀以觀照諦諦既即一而三觀豈前後而照故云如是觀也能如是觀乃了化身即法身無常即常也雖即法身不礙涅槃常即無常也良以如來究竟非常非無常之法故所以能常能無常也是則終日涅槃終日說法不住有爲不住無爲不可得而思議者也一經始末皆稱如是始云如是住如是降心中間節節云如是至此又云如是觀論乃釋云妙智正觀故知妙智實一經之宗也正宗竟）

佛説是經已長老須菩提及諸比丘比丘尼優婆塞優婆夷一切世間天人阿脩羅聞佛所説皆大歡喜信受奉行

金剛般若波羅蜜經註解

洪武十年十一月二十有二日

皇帝有詔令天下僧徒習通心經金剛楞伽三經晝則講説夜則禪定復

詔取諸郡禪教僧會于天界善世禪寺校讎三經古註一定其説頒行天下以廣傳持洪惟

皇上以金輪統御乘夙願力親受靈山付囑流通教法以壽慧命不勝幸甚於是臣僧宗泐等才雖愚鈍敢竭丹衷述平昔所聞輒爲註釋註成以十一年正月二

十有八日詣
闕進呈
上御華蓋殿覽畢乃可其說
勑刊板行世然此三經皆是究心之要其
功在手破情顯性而流通之功良亦不
細上以陰翊
王度下以資益羣生非惟吾徒一時之幸
實天下萬世之至幸也臣僧宗泐謹識
洪武十一年正月　日

大明仁孝皇后夢感佛說第一希有大功德經

清刻龍藏佛說法變相圖

永樂御製序

洪武三十一年春正月朔旦吾焚香靜坐閤中閱古經典心神凝定忽有紫金光聚彌滿四周恍惚若睡夢見觀世音菩薩於光中現大悲像足躡千葉寶蓮華手持七寶數珠在吾前行吾不覺乘翠雲軿張五色寶蓋珠旛寶幢紛陳前迎飄颻悠揚莫知所底少焉行至一門高敞弘麗非人間有黃金題額曰耆闍崛境入門羣山環擁翠色凝黛蒼厓丹壁巉然峭削嵌巖嶔崟參差嶫嶪一溪縈迴盤繞山麓沿溪曲折數十餘里溪流澄湛泓渟寒碧洞見毫髮瓊花瑤草芝蘭芙蕖牡丹芍藥荼蘼麗春含滋發暉路漸窮轉度一橋城以青金玻瓈硨磲白玉有屋數十楹覆于橋上沉香

爲柱栴檀爲梁彩色繪畫極其華美上榜曰般若之橋黄金大書橋長數十丈其高稱是度橋紆折數十里遥見三峯靚秀屹立相向上摩雲霄樹林蓊蔚烟霞掩暎樓殿隱隱逈出林杪更行數里許復見一門

其上題金字曰耆闍崛第一道場入門布路皆琉璃黄金珊瑚瑪瑙雜諸寶貝叢篁茂樹枝葉繁盛婀娜敷榮葳蕤蔽蘙異葩奇卉穠艶婥約芬芳條暢嘉果美實殷紅青紫的皪下垂孔雀鸚鵡鵷鸞鴻鵠飛舞

鏘鳴復有異鳥音作梵聲清韻相和路傍有廣池湧出五色千葉蓮華大如車輪香氣渟渟其下有鳧鷖鴈鶩鴛鴦鷗鷺鵁鶄鸂鶒游泳翺翔漸至山半有羣女衣雜綵繒衣分列兩行前秉旛幢後列鼓吹法樂

具奏韶鈞鏗鍧青獅白象蹌蹌率舞香花童子金盤綵籃恭獻徘徊上至山頂觀世音導吾升七寶蓮臺臺上宫殿巍峩廊廡深邃層樓疊閣萬户千門金碧輝煌華彩鮮麗雕甍繡闥珠拱鏤楹寶窻玲瓏寶網

冪歷闌干柱礎皆羅衆寶種種寶華粧飾絢麗纓絡旛幢璿璣錯落天花輕盈乍墜乍揚異香馥郁薰烝播溢寶光凝聚煜然炫爛成百千色遠覽太空浩無端倪俯凌倒景羣山在下覩兹勝妙歎未曾有吾自

念德本菲薄積何善因而得至此觀世音微笑而言此佛説法菩提場經恒河沙俱胝劫無有能至者惟契如來道者方得登此后妃德禀至善夙證菩提妙登正覺然今將遇大難特爲接引以脫塵勞如來常

說第一希有大功德經爲諸經之冠可以消弭衆灾誦持一年精意不懈可得須陁洹果二年得斯陁含果三年得阿那含果四年得阿羅漢果五年成菩薩道六年得成佛果世人福德淺薄歷劫未聞后妃將爲天下母福器深厚覺性圓明妙堪付囑以拔濟生靈乃以淨缾甘露水起灌吾頂但覺心身清涼萬慮俱寂憶念明了無所遺忘遂出經一卷令吾隨口誦之即第一希有大功德經也吾誦一遍大義粗通誦二遍了然開悟三遍記憶無遺觀世音言後十年更相會對吾猶若有所言吾聳耳而聽忽聞宫中人聲遽焉警寤且喜且異悚然歎曰此夢何其神耶亟取筆札書所授經咒不遺一字但覺口有異香閤中香氣絪緼七日不散天雨空花三日乃止由是日夜持誦是經不輟三十二年秋難果作

皇上提兵禦侮于外城中數受危困吾持誦是經益力恬無怖畏

皇上承

天地眷佑神明協相荷

皇考太祖高皇帝

皇妣孝慈高皇后盛德大福之所垂蔭三十五年平定禍難奠安

宗社撫臨大統吾正位中宫揆德薄能鮮弗勝賛助深惟昔日夢感佛說第一希有大功德經一字一句皆具實理與義微妙不可思議蓋曠劫來人未得聞佛以慈悲濟度顯示容因有待其時三藏十二部之玄

言無非所以開羣迷而宣正教今不敢自秘用鋟梓廣施爲濟苦之津梁覺途之捷徑作廣大方便利益世間夫道不遠人人自離道有志於學佛者誠能於斯究竟妙旨則心融萬法了悟真乗超般若於剎那取泥洹於彈指脫離凡塵即登正覺姑述爲序冀賛流通以示妙道於無窮焉

永樂元年正月初八日

大明仁孝皇后夢感佛說第一希有大功德經

如是我聞一時佛在舍婆提城阿蘭若菩提場與大菩薩摩訶薩十萬人俱其名曰觀世音菩薩文殊師利菩薩金剛手菩薩等及諸大比丘萬八千人皆是無漏大阿羅漢其名曰阿若憍陳如舍利弗大目犍連須菩提阿難等爲上首俱會佛所時聚種種寶華清淨摩尼寶珠極妙莊嚴七寶爲幢光明顯耀衆寶羅網香華纓絡周帀垂布宮殿樓閣階砌戶牖皆擁妙寶暉燄瑩麗如來敷宴於五色寶蓮華師子寶座頂放百寶微妙光其光晃耀如琉璃懸映寶月有百千萬億色流灌會中諸大菩薩及阿羅漢頂林木花卉交光相映瓔枝碧幹金英翠葉扶疏光茂一時十方微塵國土悉皆充滿成七寶色合成一界異佛剎來皆會佛所時諸大菩薩摩訶薩無量三昧游戲神通放種種光明灌如來頂一切衆生承佛威力徧見十方盡虛空際於是舍利弗在大衆中即從座起頂禮佛足右繞三帀偏袒右肩恭敬合掌而白佛言大悲世尊我恒經阿僧祇劫來心獲清淨從佛化生宣說因緣悟無心際願爲勝會諸衆開方便門顯第一希有義諦云何見如來清淨妙淨明心本妙圓妙明心寶覺圓明真妙淨心妙明無上菩提淨圓真心云何見如來精妙明性常住不動周圓妙真如性真精妙覺明性無上菩提妙明淨性云何一切法空無二云何超出塵勞離世間相及諸三摩提無上乘妙修行路顯示真常永離諸幻唯願慈悲饒益廣發與義開悟羣惑令一切安樂具足充滿

永俾未来世諸衆生求如来道者不墮邪見作是語已五體投地如是三請咨決心疑爾時佛告舍利弗言善哉善哉舍利弗今汝爲大衆及末世未來衆生深求佛道汝等諦聽諦聽諸衆奉教合掌恭聽佛言世人執妄迷真惑亂顛倒斷離圓照畢竟無明視東感西觀南眩北了無所定唯性自性不見寂靜不離妄想覺元本覺及覺所覺遠離未明不斷惑智起斷常見諸相相續流注變滅牽於緣見以成緣慮見前空華浮雲水月夢幻燄影妄想虛僞不離自心纏繞諸迷如揚塵求淨乃只見塵何由有淨若剗石爲舟焉可濟涉壓沙取油終無所得真如種子爲妄所翳自無始来誠堪憐愍我今開示衆生見諸真實遠離虛妄顛倒究竟清淨若彼清淨即普清淨圓照淨覺永斷無明空一切相離一切根量無有妄緣亦無有夢幻燄影無有無無隨順淨覺虛空常寂無起滅知見應如是觀應無所住而生清淨心以如實見得清淨故是名第一希有佛言世人欲識如来心性是心性者我不獨有衆生皆具唯性自性本根妄想自心分別迷常住真心失真空淨性空塵浮漚起滅無從譬諸暗室開隙見明以物窒空明復何見緣見因明暗成何見則諸暗相永不能昏隔垣聞聲有聲爲聞無聲無聞非聞無性音聲動靜聞爲有無聲無無滅聲有非生夢春擊鼓聞常真實識如来心唯常住故識如来性唯不動故離彼前塵性有分别即見真心本妙圓心元明心妙妙明心元諸法所生唯心所見諸心所説皆爲非心是名

爲心知心無心無心無取無動無住無有起
作無有彼此心無邊際不見處所是至如来
性覺妙明本覺明妙即明無明明無明盡顯
隱無相根理寂滅决定性故不一不異不斷
不常不出不入不生不滅非空不空無空不
空由性明心性明圓故因明發性性妄見生
以妄顯真妄真同妄若著想者即生想著緣
心觸妄寶覺心滅真性離空圓明性壞種種
心生種種心滅種種性識種種性壞五陰六
入是諸虛妄和合因緣應亦如是七大圓融
本無生滅周徧法界隨應知量妄想自性從
緣相生妄本不生無妄可息舍離妄心淨心
清白觀本性相理自滿足生因妄有滅因生
成無生無滅無滅寂滅生滅俱滅本生不生
心常空寂空寂無住乃是無生離　和合緣及
不和合銷六亡一覺明圓妙當知如是精覺
妙明非因非緣亦非自然非不自然無非不
非無是不是離一切相即一切法即非一切
法　如来非法亦非非法一切法空一切性相
空是空無性非染非淨諸說法相即非法相
是名法相如實相無有顛倒不動不退不轉
如虛空無所有性一切語言道斷無實無虛
不生不出不起無名無相有相非相實無所
有無量無邊無礙無障諸滅礙滅無礙滅者
超無礙境無願無我無生無二離　自性相是
爲不取决絕生滅以守真常常光融明現前
不息根塵識心二俱銷落寂然息機諸幻無
性云何所住妙信純真真信明了憶念無遺
習氣發化純真精進智慧精純何有妄習智
明寂湛妙體常凝由定光明深入無退交接

十方道合如来覺明相對妙影互睽心光既獲永安妙靜自然不動隨往如意由信超住依行濟頓躡跡十地漸次增進超賢入聖證等妙覺非諸自得必假修習圓滿三行漸成非頻離欲去愛不作思慮不亂本心無思慮故諸識安寂寂靜守空即見真道遠離陰界入心因緣和合所作生住滅妄想虛偽唯心直進觀察乃至始終地位入妙奢摩他三摩禪那到自覺聖趣攝心名戒定由戒生慧因定發是爲無漏如是獲寂常心性離生住滅見得無生法忍出世間上上我今示汝等常住心性汝等恒見華開草茁恒見枯落乃復開茁枯落者變不變者存是諸空相無有生滅覺心空性不壞不動圓覺妙心幻依以生依幻求覺覺亦爲幻云有覺者幻猶未離云覺無覺即同於幻若諸幻滅是名不動遠離幻境離離幻心遠離亦離即離亦遣乃無所離諸幻永除幻身幻心幻塵同滅幻滅亦滅非幻不滅圓滿菩提不生滅性清淨本心本覺常住圓覺清淨顯發圓明如泥沙澄淨清水瑩徹雲開霧斂青天自見如鏡去垢體自圓明一切性無性以無性故空空故無相無相故無作無作故無求無求故無須但覺自心現量妄想不生安隱快樂衆生堅持禁戒恒體如來平等本際畢竟無有幻心無有名相無有生滅得菩提涅槃真如佛性菴摩羅識空如來藏大圓鏡智當得十方清淨盡未來際心性普照寂滅不二成無上正覺爾時舍利弗及諸大衆聞佛開悟得未曾有皆大歡喜即說偈讚佛

妙覺不動如來尊　開悟有情善調伏
河沙世界普應供　智無不周正徧知
三乘雖已得三明　千日光輝明行足
無量智慧稱善逝　世間解起出世間
諸法諸衆無上士　調御丈夫廣慈悲
隨教化度天人師　佛陀世尊薄伽梵
海潮法音悉徧布　剎那十方總聽聞
誓以正法覺羣迷　永斷一切顛倒想
常住真實不虛妄　是爲淨性妙明心
我今於此獲圓融　超出一門寂滅海

佛告舍利弗是名爲第一希有大功德修多羅了義我當於過去刼然燈佛所授記成佛若善男子善女人獲聞此勝義與我了無差異我今成一圓融清淨寶覺説無邊祕密神呪

唵捺謨癹葛斡諦卜囉你牙合二叭囉密荅耶
唵捺荅的荅亦驪識亦驪識必捺顛必捺顛
捺謨癹葛斡諦卜囉當卜囉諦以驪諦以驪
諦密驪諦密驪諦述驪諦述驪諦兀識驪兀
識驪補干耶補干耶莎訶
唵捺謨癹葛斡諦卜囉合二倪牙合二巴囉密達
爺荅的牙合二塔唵提赫哩合二釋哩合二述嚕合二
諦思梅哩合二諦抹諦尾拶宜莎訶
唵捺謨癹葛斡諦薩哩斡合二都兒葛合一的巳
哩束塔捺囉拶耶荅塔葛達耶阿囉合一曷諦
三藐三勃塔耶荅的牙合二塔唵束塔尼束塔
尼薩哩斡合二巴鉢月束塔尼説提月説提薩
哩斡合二葛哩麻合二阿斡囉捺月説提莎訶
唵啞麻囉尼即彎諦耶莎訶
唵捺謨癹葛斡諦啞巴囉密達藹由而倪于

（二合）捺速必尼釋哲（二合）達諦足囉撥耶荅塔葛
達耶啞囉曷諦三藐三勃塔耶達的牙（二合）塔
唵卜尼卜尼馬曷卜尼啞巴囉客達卜尼啞
巴囉客達藹由而卜尼倪牙（二合）捺三癹嚧巴
即諦唵薩哩斡（二合）三斯葛哩巴哩述塔塔哩
麻（二合）諦葛葛捺三目忒葛（二合）諦莎癹斡月述
提馬曷捺耶巴哩斡哩莎訶

爾時尊勝佛母及救度佛母沙斡哩佛母聞說是經及神呪功德不可思議即從座起合掌恭敬而白佛言我速疾勇猛能除怖畏能授諸勝義殊勝威光照見三世施精勤行得超彼岸能攝無餘諸藥叉衆於他加行摧壞一切自身熾盛鎮世攝伏度脫有情現勝妙光普徧喜悅能破七險能消災禍令離諸怨能動三處能滅諸毒能解鬪爭善除瘟疫善靜威力種種具足願施此力護持經教於世間衆生作種種方便永得皈依佛道不入輪迴於是尊勝佛母及救度佛母沙斡哩佛母各說無量大陀羅尼神呪曰

唵嚕隆（二合）莎訶唵捺謨癹葛斡諦薩哩斡（二合）
得囉（二合）盧迦卜囉（二合）諦月涉瑟吒（二合）耶勃塔
耶爹捺麻達的牙（二合）塔唵嚕隆（二合）嚕隆（二合）嚕
隆（二合）杓訛（二合）塔耶杓訛（二合）塔耶月杓訛（二合）塔
耶月杓訛（二合）塔耶啞薩麻薩鑾達阿斡癹薩
思葩（二合）囉拿葛諦葛葛拿娑癹斡月述提啞
撒羶胥（則千切）都鈴（琰含切）薩哩斡（二合）荅塔葛達蘇葛
荅厇囉斡撥拿阿客哩（二合）達啞撒釋該兒（二合）
馬曷木得囉（二合）鑾特羅（二合）叭杲阿曷囉阿曷
囉馬麻藹由而（二合）傘塔囉尼杓訛（二合）塔耶杓
訛（二合）塔耶月杓訛（二合）塔耶月杓訛（二合）塔耶葛

葛拿娑癹斡月述提烏失合二尼沙月捞耶巴
哩述錢薩曷思囉合二囉思迷合二傘租爹敵薩
哩斡合二答塔葛達阿斡嚕結尼嶅熱音吒合二巴
囉密達巴哩卜囉尼薩哩斡合二答塔葛達麻
諦達攝蒲密卜囉合二牒瑟吒合二諦薩哩斡合一
答塔葛達赫哩合二達耶阿牒瑟吒合二拿阿牒
瑟吒合二諦木得哩合二木得哩合二馬曷木得哩
合二斡資囉合二葛耶三曷達拿叭哩述錢薩哩
斡合二葛哩麻合一阿斡囉拿月述錢卜囉合二牒
聶斡兒達合二耶馬麻藹由而合二月述提薩哩
斡合二答塔葛達薩麻耶阿牒瑟吒合二拿阿牒
瑟吒合二諦唵摩尼摩尼馬曷摩尼月摩尼月
摩尼馬曷月摩尼麻諦麻諦馬曷麻諦麻麻
諦莎麻諦答塔達蒲達戈遣依之切巴哩述提月
思蒲吒卜錢述錢希希捞耶捞耶月捞耶月

捞耶思麻合二囉思麻合二囉思葩合二囉思葩合二
囉思葩合二囉耶思葩合二囉耶薩哩斡合二勃塔
阿牒瑟吒合二拿阿牒瑟吒合二諦述錢述錢卜
錢卜錢斡資哩合二斡資哩合二馬曷斡資哩合二
莎斡資哩合二斡資囉合二葛兒合二毘捞耶葛兒
合二毘月捞耶葛兒合二毘斡資囉合二左即戈切辣葛
兒合二毘斡資嚕合二忒葩微斡資囉合二三葩微
斡資囉合二斡資哩尼斡資嚂合二癹斡都馬麻
攝哩嚂薩哩斡合二薩埵喃捞葛耶巴哩述提
癹斡都薩埵彌薩哩斡合二葛諦巴哩述提釋
哲合二薩哩斡合二答塔葛達釋哲合二鋡沒合切薩麻
剌薩頞都卜錢卜錢悉錢悉錢勃塔耶勃塔
耶月勃塔耶月勃塔耶謨捞耶謨捞耶月謨
捞耶月謨捞耶杓訛合二塔耶杓訛合二塔耶月
杓訛合二塔耶月杓訛合二塔耶薩鑾答謨捞耶

謨捞耶薩鑾荅囉思嗏合二巴哩述提薩哩斡
合二荅塔葛達赫哩合二達耶阿喋瑟吒合一拏阿
喋瑟吒合二諦唵木得哩合二木得哩合二馬曷木
得哩合二馬曷木特囉合二鑾特囉合二叭諦莎訶
唵荅哩當莎訶

唵荅哩突荅哩都哩莎訶
捺謨囉特捺合二特囉合二牙耶捺麻阿哩合二耶
阿斡魯結諦杓囉耶菩提薩埵耶馬曷薩埵
耶馬曷葛嚕聶葛耶荅的牙合二塔唵荅哩突
荅哩都哩馬麻格哩合二諦薩哩斡合二突瑟吒
合二卜囉合二突瑟吒合二喃箬精甘切下同癹耶箬癹耶
斯擔合二癹耶斯擔合二癹耶謨曷耶謨曷耶班
塔耶班塔耶吽吽癹吒合二癹吒合二薩哩斡合二
突瑟吒合二喃斯擔合二癹尼荅哩耶莎訶
唵必沙疾巴兒捺合二沙斡哩薩哩斡合二祖辣

麻囉卜囉合二沙麻拏尼吽癹吒合二唵必沙節
巴兒拏合二沙斡哩必沙馬盧節巴沙馬盧節
薩哩斡合二馬盧節唵吽癹吒合二莎訶
爾時觀世音菩薩即從座起頂禮佛足而白
佛言世尊我於恒河沙劫聞佛真言從三慧
入圓通今復聞如是勝義願因佛旨以拔濟
衆生有能誦是經及神呪者吾即護持令彼
成就佛言善哉善哉觀世音菩薩即說六字
大明神呪及大陀羅尼神呪曰

唵嘛呢叭彌吽

捺謨囉得捺合二得囉合二牙耶捺謨阿哩耶合二
啞斡盧結諦說囉耶菩提薩埵耶馬曷薩埵
耶馬曷葛嚕聶葛耶荅的牙合二塔唵薩哩斡
合二板塔捺妻達捺葛囉耶薩哩斡合二巴鈸薩
麽度嚕合二東攝捺葛囉耶薩哩斡合二月提不

囉二合攝麻捺葛囉耶薩哩徵二合丟巴特囉二合
斡月捺攝捺葛囉耶薩哩斡二合杷宜熱得囉
二合捺耶怛薛捺麻思格哩二合擔伊擔啞嘌耶
啞斡嚕結諦說囉怛斡尼辣竿刹捺麻赫哩
二合達岩啞斡哩怛葉沙咩薩哩斡二合啞哩塔
二合薩塔捺束婆齋怛捺薩哩斡二合薩埵喃巴
鉢麻囉葛二合月束塔葛怛的牙二合塔啞斡嚕
吉嚕葛麻疊嚕葛葛疊𢦏奚歇馬曷菩提薩
埵兮菩提薩埵兮馬曷菩提薩埵兮不哩耶
二合菩提薩埵兮葛嚕聶葛思麻囉赫哩二合達
岩𢦏奚歇啞哩耶二合啞斡嚕結諦說囉巴囉
麻埋得哩二合即怛葛嚕聶葛孤嚕孤嚕葛哩
麻二合薩塔耶薩塔耶徵玷諦奚諦奚彌啞囊
葛莾葛末月航葛末馬曷悉塔由吉說囉哆
和哆和徵哩頻二合諦馬曷徵哩頻二合諦塔囉

塔囉塔囉祢說囉乍即戈切下同辣乍辣月麻辣麻
辣謨哩諦二合啞哩耶啞斡嚕結諦說囉格哩
二合室捺二合唧捺拶劄麻孤劄啞郎格哩二合怛
攝哩囉嵐鉢不囉二合嵐鉢月嵐鉢馬曷席塔
熱塔塔囉巴辣巴辣馬曷巴辣麻辣麻辣馬
曷麻辣左即戈切下同辣左辣馬曷左辣格哩二合室
捺二合巴克徹二合格哩二合室捺二合斡哩捺格哩
二合室捺二合巴賖聶哩渴怛捺兮巴特麻二合曷
思達二合拶耶葛囉聶攝拶哩說囉格哩二合室
捺二合薩哩巴格哩二合怛拽爭窋幽切巴徵怛𢦏奚
歇吭囉曷目渴得哩二合逋囉達曷尼說囉捺
囉耶捺巴辣嚕鉢徵攝塔哩兮尼辣竿刹兮
馬曷曷辣曷辣月攝聶哩二合唧怛廬葛薛囉
葛月攝捺攝捺堆攝月攝捺攝捺謨曷月攝
捺攝捺聶哩木克徹二合捺和羅和羅門拶門

拶摩和羅摩和囉曷辣曷辣馬曷巴特麻二合
捺潑薩囉薩囉席哩席哩蘇嚧蘇嚧勃銕勃
銕勃塔耶勃塔耶勃塔牙咩怛斡尼辣竿刹
夷奚歆尼辣竿刹夷奚歆吮麻思貼二合怛星
曷摩渴曷薩曷薩門拶門拶馬曷劄劄曷薩
聶哩捺爹尼夷奚歆蒲蒲馬曷悉塔由吉說
囉班塔班塔吮咱薩塔耶薩塔耶月玷思麻
二合囉思麻二合囉端唵二合亐杷葛孿魯葛月魯
葛思端唵二合但塔葛達怛達歆彌怛哩賒二合
喃不囉二合薩塔耶彌莎曷席塔耶莎曷馬曷
席塔耶莎曷席塔由吉說囉耶莎曷尼辣竿
刹耶莎曷吮囉曷目渴耶莎曷星曷目渴耶
莎曷馬曷捺囉星曷目渴耶莎曷席塔月疊
塔羅耶莎曷巴特麻二合曷思怛二合耶莎曷馬
曷巴特麻二合曷思怛二合耶莎曷斡資囉二合曷
思怛二合耶莎曷馬曷斡資囉二合曷思怛二合耶
莎曷格哩二合室捺二合薩哩巴二合格哩二合怛拽
爭窣齒切巴徹怛耶莎曷馬曷葛辣麻孤劄塔囉
耶莎曷拶格囉二合由塔塔囉耶莎曷商渴攝
鈸達二合聶哩捺怛捺葛囉耶莎曷補塔捺葛
囉耶莎曷吮麻思竿二合塔低攝思銕二合怛格
哩二合室捺二合喞捺耶莎曷吮麻曷思怛二合月
克羅二合拶哩麻二合聶斡薩捺耶莎曷盧吉說
囉耶莎曷馬曷盧吉說囉耶莎曷薩哩斡二合
席提說囉耶莎曷囉克徹二合囉克徹二合鉿誤含切
莎曷孤嚕孤嚕囉克徹二合謨哩諦二合喃莎曷
捺謨孥葛斡諦阿哩耶二合啞斡盧結諦說囉
耶菩提薩埵耶馬曷薩埵耶馬曷葛嚕尼葛
耶席田都彌滿特囉二合巴達尼莎曷
爾時文殊師利菩薩亦從座起頂禮佛足而

白佛言世尊我最初成道聞是勝義及神呪承佛威旨廣度衆生而得成就即説呪曰

唵斡吉杓囉蒙含口誦

捺謨巒租釋哩二合孤麻囉蒲荅耶菩提薩埵耶馬曷薩埵耶馬曷葛嚕嚭葛耶荅的牙二合塔唵啞囉接月囉接述銕月述銕杓塔尼月杓塔尼杓塔耶月杓塔耶啞麻列月麻列你兒二合麻列撈耶斡哩撈耶吮曷尼嚧嚧啼棃吽吽吽癹吒二合癹吒二合癹吒二合莎曷

爾時金剛手菩薩即從座起頂禮佛足右繞三帀而白佛言大悲世尊廣爲諸衆生開發蒙昧宣揚妙旨作大方便闡祕密藏是爲最上了義大乘我等幸承慈誨受持是經及神呪惟願覺悟一切有情及諸末世一切衆生永斷疑悔得成正覺即説呪曰

唵斡資囉二合吖呢吽

唵斡資囉二合賛則千切劄馬曷嚧嵍音然拏吽吽吽

癹吒二合癹吒二合癹吒二合

爾時摩利支天菩薩即從座起頂禮佛足右繞三帀而白佛言大悲世尊我於如來得大神通自在力常行日月天前所不能見我則能見無人能見無人能知無人能執無人能縛無人能害無人能欺誑若復有人常憶念者應亦如是願常於恐怖苦難之處護諸有情若盜賊水火刀兵毒藥疾病饑饉天龍鬼神人及非人寃家惡獸不令爲害若一切衆生有能持誦此經及神呪者我當守護令其成就永無災障遠離諸難身垢清淨速證聖果即説陀羅尼曰

唵馬哩唧茫莎曷

神人及非人寃家惡獸不令為害若一切衆生有能持誦此經及神咒者我當守護令其成就永無災障遠離諸難身垢清淨速證聖果即説陀羅尼曰

唵馬哩唧茫莎昌

畣的牙合二塔唵巴畣葛囉合二麻中（下同）叭囉葛囉合二麻中烏達耶麻中尼囉麻中阿囉葛合二麻中嘛囉葛合二麻中烏囉麻合二麻中斡捺麻中孤勒麻合二麻中即斡囉麻中麻昌即斡囉麻中安怛囉塔合二捺麻中莎昌捺謨囉特捺合二特囉合二牙耶畣的牙合二塔唵阿盧畣盧葛盧薩特擦合二盧三卜囉合二毋尔塔合二得（淡切）囉革义合二囉革义合二飲（切淡合）薩哩斡合二薩多彎合二瑟哲合二薩哩斡合二癹由叭特囉合二微匹牙合二莎昌捺謨囉特捺合二特囉合二牙耶畣的牙合二

塔唵斡特畣合二列斡畣列斡囉列斡囉昌目伽薩哩斡合二萬瑟吒合二卜囉合二萬瑟吒合二喃葛耶斡格節合二畣拶川唵合二賖班塔班塔答（精井切下同）癹答癹斯躭合二癹斯躭合二癹吽吽癹吒合二莎昌唵馬哩唧厓合二莎昌唵斡囉列斡畣列斡特畣合二列斡囉昌目伽薩哩斡合二萬瑟吒合二卜囉合二萬瑟吒合二喃葛耶斡格節合二畣目堪班塔耶班塔耶答（精井切下同）癹耶答癹耶斯躭合二癹耶斯躭合二癹耶謨昌耶謨昌耶攀拶耶攀拶耶達兒拶合二耶達兒拶合二耶赫哩臨合二赫哩臨合二吽吽癹吒合二癹吒合二莎昌唵馬哩唧厓合二馬昌馬哩唧厓合二薩囉薩囉阿巴薩囉阿巴薩囉卜囉合二薩囉卜囉合二薩囉目歇目歇月目歇月目歇阿鉢葛囉合二麻耶阿鉢葛囉合二麻耶薩哩斡合二萬瑟吒合二薩多彎

(二合)吽提兀忒(二合)吽提薩哩斡(二合)月克難(二合)月那耶甘阿鉢薩嚩(捭古誦)哆阿鍈瑟戕(支安切)哆囉特捺(二合)特囉(二合)耶薩的捺莎曷唵賫(則千切下同)遣(之依切下同)巴囉麻賫遣莎曷唵阿葛列巴葛列把瑟哲(二合)葛列薩哩斡(二合)萬瑟吒(二合)卜囉(二合)萬瑟吒(二合)喃葛耶斡格節(二合)荅目堪撈川唵(二合)賒班塔班塔吽吽吽癹吒(二合)癹吒(二合)癹吒(二合)莎曷

爾時舍利弗聞佛說是經義神呪及諸菩薩各說神呪賛揚佛道舍利弗合掌恭敬白佛言若徧滿十方恒河沙世界持誦此經及神呪者得福多不佛告舍利弗若恒河沙世界諸有學欲進修正覺妙明自性斷緣空諦一聞勝義諸漏盡若善男子善女人比丘比丘尼優婆塞優婆夷精心好道堅持戒律誦是第一希有大功德經及神呪即得成就若有衆生罹諸苦難及諸煩惱寃業宿障即得罪惡消除災障潛釋安隱快樂若遇水火盜賊水不能溺火不能燒黒風大海盜賊兵戈虎狼蛇蟲魘蠱毒藥呪詛俱不能害若復有人書寫此經及神呪受持佩誦以華香瓔珞幢幡繒盖衆樂燈燭起塔造寺種種供養於末劫中開示未學勝於七寶布施九世先靈咸獲超度一切幽魂滯魄十種異類並得超生巳獲福德無量無邊若無嗣續生智慧男子如性癡愚即成大辯才生一切種智壽命不永即得延生復得身榮家盛不犯刑憲其有貪欲恚癡不實妄想塵勞所汙悉得清淨永不墮無間地獄受諸輪迴苦趣若有人持誦是經及神呪三千大千世界光明圓滿合成一界其有墮諸鑊湯洋銅鐵城刀山劒樹

不永即得延生復得身榮家盛不犯刑憲其有貪欲恚癡不實妄想塵勞所汙悉得清淨永不墮無間地獄受諸輪迴苦趣若有人持誦是經及神咒三千大千世界光明圓滿合成一界其有墮諸鑊湯洋銅鐵城刀山劒樹斧鉞鎗鋸黑暗寒氷種種地獄悉皆破壞咸際光明即得超脫一切火蛇火狗馬頭羅剎自相遠離若有人發千百億善念誦此經及神咒我即千百億化身令彼不惑外道皆成佛果若善男子善女人持誦此經一句一偈及一神咒所獲福德無量當知是人非於一佛二佛種諸善根如是乃至盡百千萬億那由他一切佛所種諸福慧故聞此經教爾時舍利佛聞佛說是經功德不可思議即頂禮恭敬而說偈曰

如來大興慈愍心　示我第一希有義
廣大勝妙不思議　是故覺悟一切人
充周法界等河沙　惟是密因最上品
無量功德不可說　不可說轉受佛恩
大雄威力大神通　要令種種成佛道
衆生聞者隨所願　有所得者由善根
我今頂禮妙覺尊　永斷無明諸惑業
誓願將身於歷劫　護持法藏顯真如

佛說是經已妙法圓音徧十方界即時天雨百寶妙華五色紛糅徧滿十方虛空十方微塵剎土皆成寶色盡世界所未有異品妙香馥郁凝聚河沙佛國悉皆熏聞諸大菩薩摩訶薩及諸無漏大阿羅漢一切世間天人阿修羅皆踴躍歡喜信受奉行

大明仁孝皇后夢感佛説第一希有大功德經 務十 辛

音釋

閣感入聲 輧并駢二音 黛音大 嵌音磏 嶔音欽 崟音銀 嶕音節
嶪音業 城音成 靚音淨 屹倪入聲 婀娜阿那二字 葳音威 婥
音草 鵁音交 鶄音精 鋾音陶 驀音蜜 璿璣旋几二子 剞音枯 茧
側滑切 㨶音納 月音必 譪音愛 糅音耨 適共述切 来得殺川

大明仁孝皇后夢感佛說第一希有大功德經後序

葢聞盛治之世至寶不祕而真文顯宣
大道適彰而嘉徵滋著伏覩我
母后仁孝皇后夢感第一希有大功德經神
妙難名義理昭著貫徹三乘總持萬法
充之則周徧法界斂之則芥納須彌顯
祕藏之玄微發菩提之奧義語其理則
邃深莫測語其功則甚博而知蓋歷世
以來論空典者未有若是之明且切也
仰惟我
母后聖德純貞備全衆善悟道出乎天性慈
覺本於生成故神明協禎夢傳靈祕以
兆至治之盛也高熾探賾其旨甚深精
微莫窺其奧仰歎無窮
母后親序其事于首嘗以鋟梓廣施於衆作
無量方便以輔相
父皇內治之美豈意無疾一旦坐逝奄忽遐
棄高熾悲號痛悼體魄震驚天高地厚
慕戀曷已追惟
母后志願未畢復書是經重以壽梓流通中
外以惠蒼生拯苦海之沉淪啓迷途之
昏闇誠能究極斯旨則解惑結猶轉丸
起正覺如指掌謹述數語于後用紀
聖神感應之功焉

永樂五年十月初六日孝子皇太子高熾泣血頓首謹書

大明仁孝皇后夢感佛說第一希有大功德經後序

蓋聞高明者天列星辰而成文博厚者地載川岳而成理故天不愛道則至文顯焉地不愛寶則至理著焉仰惟我

母后仁孝皇后夢陟靈山聞佛真諦既寤而書異香盈室七日不散蓋至文發舒神靈顯曜觀漢日之流祥神通之叶夢者信有徵矣高煦常誦之原夫妙旨幽微至言簡奥闢圓明之廣路開常樂之法門總三藏之樞機貫一乘之祕義語其妙則蕩蕩難名論其功則巍巍無等悟之者則欲浪頓息領之者則魔風倏消雖盡摩騰之翻羅什之譯豈足以方於萬一者乎伏觀

母后贊輔我

父皇内治之暇即閒居習靜端謹誦持豈意厭棄塵勞坐而瞑目高煦悲愴痛絕五内戰兢心志迷眩攀號莫及追惟

母后夢感佛說第一希有大功德經嘗親爲序刻梓以傳其功德不可思議將欲畢以於

先志必以廣布流通重書壽梓嘉惠沉淪登衆生於佛域歸蕩流於淳源有能致力於斯探測奥義則妙證真如理不唐捐矣

兄皇太子已爲序於後誠不自揆謹題于左云

永樂五年十一月初六日孝子漢王高煦泣血頓首謹書

大明仁孝皇后夢感佛說第一希有大功德經後序

嘗聞非常之事非常人所能知非常之語非常人所能聞故大道必明於治世至言必顯於聖人闡神化之玄微剖混沌之靈祕自非文明會同之時不能臻茲至盛洪惟我母后仁孝皇后聖德至純慈惠誠敬相我父皇内治之美數十餘年之間勤修善道夙夜不懈曩嘗夢感佛說第一希有大功德經與義精深至理簡要誠菩提最上之法般若方便之門求其妙則一字皆原於佛心語其功則一言可成於正覺粤歷漢代秦年終莫得以窺其際雖更馬鳴龍樹亦未能以究其微盖神明佑啟我皇家萬世太平之基故俾玄章煥發以演不傳之祕用開累劫之迷途大示如來之寶印要使蒸砂惑客轉眄而悟真常說飯飢夫舉足而超智海功德無量實爲難名仰惟我母后慈惠天下欲廣流通嘗親爲序用以刻梓使誦之者皆成佛果豈意夙登妙覺忽證泥洹高燧撫膺痛哭哀苦曷勝戰慄哽噎心褫魄散慨智慧斯頹密因曷曜津梁未溥夷路復堙乃重書是經刻梓廣施以承我母后嘉惠之心於乎懸佛日於中天光含大地爍明珠於性海影燭十方于以揭三藏之領要總一乘之妙理學者於此精契圓融則心性清淨即超聖趣矣高燧

固才之通悟莫造其閫域
兄皇太子
兄漢王皆爲序於後謹述此于末以抒
愚衷焉
永樂五年十月初六日孝子趙王高燧泣血頓首謹書

萬曆七年六月吉旦
聖宣文皇太后發心重刊

御製
聖母印施佛藏經跋
我
聖母慈聖宣文明肅皇太后刊印佛藏經若
干卷散施各寺
敕令誦持以篤修勝因流布利澤嗚呼盛
哉朕復思之釋氏之教篇帙浩繁旨歸
微眇然大要破除迷妄照徹本來引披
善流警惕愚昧雖一經半偈欲使見者
敬而覺悟聞者仰而皈依非徒崇飾莊
嚴諷演讚歎而已我
聖母神明圓照妙契三乘仁厚含弘兼收萬
品雖
安享至養而茹蔬衣練恒若修持晨恭夕禮
誦讀金文慈恩普覆大地均霑雖
尊居法宮而援溺振窮常思濟度念將作之
苦不吝捐金以施捨爲陰功也矜狴犴
之冤每令緩死以慈悲爲大德也雖
懿行不可殫述而總之一
垂範宮闈布和民物篤休祐于邦家貽福

澤于冲眇㒓啻苦海之慈航重昏之慧
日已哉繇斯而觀釋氏言教未若我
聖母之以身教也朕是恭述
盛美筆而傳之以與斯經共流于罔極云

大明三藏法數

上天竺前住持沙門一如等奉　勅集註

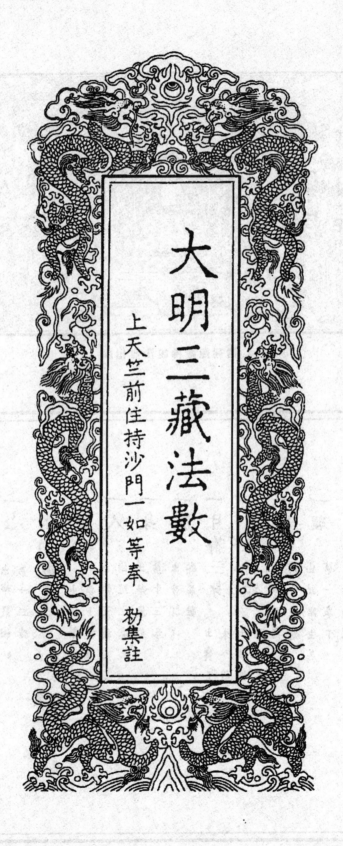

清刻龍藏佛說法變相圖

大明三藏法數總目卷上

第一卷

一心 出華嚴經第十三卷
一心約教有異 出華嚴一乘教義分齊章中卷
一善心 出涅槃經第十九卷
一人 出仁王護國經上卷
一身 出華嚴經第十三卷
一虛 出普賢行願品疏
一月喻三身 出寶王論未入藏
一月三舟喻 出華嚴經疏第十七卷
一法 出華嚴經第十三卷
一理 出法華玄義第一卷下
一乘 出法華經第一卷
一雨 出法華經第三卷
一門 出法華經第一卷

一味　出法華經第三卷草字函幷法華玄義

一大事因緣　出法華經第一卷

一覺　出起信論

一道　出華嚴經第十三卷

第一義　出大集經第十六卷

一實諦　出涅槃經第十三卷

一實相印　出法華玄義第八卷

一實境界　出占察善惡業報經下卷

一地　出法華經第三卷

一法印　出宗鏡錄第一卷

一法界　出起信論

一真法界　出華嚴經隨疏演義鈔第一卷

一藏　出華嚴經疏第十六卷

一會　出法華要義下卷末入藏

一極　出普賢行願品疏

一致　出華嚴經隨疏演義鈔第四卷

一源　出華嚴經隨疏演義鈔第一卷

一體　出法界觀

一偈　出翻譯名義第四卷十二分教篇

一句　出華嚴經第六十二卷

一言　出圓覺經畧疏

一語　出華嚴經疏第四卷

一名　出涅槃經第三十三卷

一字　出大方廣師子吼經

一義　出華嚴經第六十二卷

一音　出維摩經上卷

一音教　出華嚴經疏第一卷

一宗　出華嚴經疏第三卷

一相　出起信論

一合相　出金剛經

一性　出涅槃經第十卷

一性　出華嚴經第五十二卷

一因　出涅槃經第三十二卷

一如　出首楞嚴三昧經中卷

一行　出涅槃經第十一卷

一行三昧　出文殊師利所說摩訶般若波羅蜜經

一解脱　出涅槃經第三十二卷

一空　出寂調音所問經第五卷

一生　出法華經第五卷

一生　出華嚴經隨疏演義鈔第二卷

一來　出四教儀

一師　出四分戒本上卷

一子　出涅槃經第十六卷

一脩一切脩　出華嚴經隨疏演義鈔第三卷

一斷一切斷　出華嚴經隨疏演義鈔第三卷

一證一切證　出華嚴經隨疏演義鈔第三卷

一成一切成　出華嚴經疏第二卷

一位一切位　出華嚴經疏第二卷

一行一切行　出華嚴經疏第一卷

一障一切障　出華嚴經隨疏演義鈔第三卷

一念　出華嚴經第十三卷

一刹那　出仁王護國經上卷

一根　出楞嚴經第八卷

一機　出楞嚴經第六卷

一色　出仁王經疏第二卷

一指　出楞嚴經第六卷

一髮　出摩訶僧祇律第十七卷

一毫　出普賢行願品疏

一毛　出楞嚴經第四卷

一氣　出圓覺經畧疏

一瞬 出摩訶僧祇律第十七卷

一默 出維摩經中卷

一時 出各經之首

一時一切時 出華嚴經疏第一卷

一食 出維摩詰所說經上卷

一飡 出法華經第二卷

一切 出翻譯名義第五卷四十二字篇

一處 出遺教經

一刹 出翻譯名義第七卷續補篇

一路 出首楞嚴經第五卷

一塵 出華嚴經第五十一卷

一漚 出楞嚴經第六卷

一蓋 出維摩詰所說經上卷

一針 出梵網經下卷

一花 出梵網經下卷

一燈 出華嚴經第七十八卷

二法身 出華嚴經疏第六卷

二法身 出無著造金剛般若經論上卷

二法身 出起信論疏

二佛身 出涅槃經第三十四卷

二佛身 出涅槃經第三十四卷

二佛身 出涅槃經第二十八卷

二身 出華嚴經疏第一卷

二種色身 出佛地經論第七卷

大小二化身 出華嚴經隨疏演義鈔第四卷

佛二種十身 出華嚴經疏第一卷

二覺 出翻譯名義第十卷十種通號篇

二覺 出起信論上卷

二種佛境 出華嚴經疏第五卷

二種身土 出佛地經論第一卷

身土二不相離 出宗鏡錄第二十一卷

二種神力 出大智度論第九卷

二宿因力 出華嚴經疏第一卷

二足 出金剛經纂要疏

悉達太子二相 出佛本行集經第九卷

二種舍利 出翻譯名義第五卷名句文法篇

二法 出華嚴經疏第一卷

二法 出楞伽經第三卷

二種法性 出地持經第二卷

契經二義 出阿毘達摩大毘婆沙論第一百二十六卷

二般若 出大智度論第一百卷

二般若 出華嚴經疏第一卷

般若二種相 出地藏十輪經第十卷

二種般若莊嚴 出大般若經并大智度論第八卷

金剛二義 出金剛經助顯錄未入藏

法華二妙 出法華玄義第二卷上

第二卷

迹本二門 出法華玄義釋籤并法華文句第一卷

二種一乘 出華嚴經疏第二卷

二種莊嚴 出涅槃經第二十七卷

二種莊嚴 出金剛經纂要疏

二如來藏 出大乘止觀法門第一卷

二經體 出華嚴經疏第三卷

二涅槃 出金光明經玄義上卷

二涅槃 出大智度論第三十一卷

二法相違 出瑜伽師地論第九十二卷

二智 出華嚴經隨疏演義鈔第一卷

二智 出攝大乘論第三卷下

二智 出大集經第二十三卷

二智 出觀音玄義下卷三智下

二智 出華嚴經隨疏演義鈔第九卷

二真如 出華嚴經隨疏演義鈔第六卷

二真如 出起信論疏

二真如 出起信論疏

二種如如 出佛性論第二卷

二心 出蓮宗寶鑑

二心 出成唯識論第三表

二種心相 出占察善惡經下卷

二種性 出楞伽經第二卷

二種性 出大智度論第三十一卷

二種性 出地持經第一卷

二種性 出地持經第二卷

二相 出起信論上卷

二相 出起信論上卷

二相 出大智度論第三十一卷

二相 出宗鏡錄第七十八卷

二相別 出析玄記 未入藏

二根 出楞嚴經義海第十四卷

二種根本 出楞嚴經第一卷

二種識 出顯識論

識二分 出攝大乘論釋第四卷

阿賴耶二義 出宗鏡錄第六卷

二德 出觀音玄義上卷三德下

二行 出華嚴經疏第一卷

二行 出華嚴經疏第三卷

二觀行 亦名唯識觀出宗鏡錄第三十五卷

二道 出婆沙論并淨土十疑論

二道 出止觀輔行記第三卷

二道 出析玄記 未入藏

二道 出文殊師利菩薩問菩提經論下卷

二諦 出翻譯名義第四卷明四諦法篇

二門 出華嚴經疏第一卷

二門 出大智度論第十五卷

起信二門 出起信論上卷

二種神力 出楞伽經第二卷

二力 出華嚴經疏第八卷

二種師子奮迅三昧 出法界次第中卷

二種超越三昧 出法界次第中卷

精進二種相 出地藏十輪經第九卷

二忍 出大智度論第大卷

二忍 出地持經第五卷

忍有二種相 出地藏十輪經第九卷

二方便 出無着造金剛般若經論中卷

方便二種相 出地藏十輪經第十卷上

二無我 出楞伽經第一卷

二種我見 出起信論下卷

二空 出法藏般若心經畧疏

二空 出止觀第三卷上

空有各具二義 出華嚴經疏第四卷

二執 出金光明經文句記第四卷

二法執 出宗鏡録第六十五卷

二我執 出宗鏡録第七十四卷

空有二執 出宗鏡録第十六卷

二種常 出大智度論第四十三卷

二無常 出大智度論第四十三卷

二無常 出析玄記未入藏

二假 出宗鏡録第六十七卷

二因 出涅槃經第二十八卷

二因 出宗鏡録第七十一卷

二因 出天台四教儀集註并法華文句第七卷上

二因 出大智度論第九十六卷

二因 出大涅槃經第二十八卷

二因 出瑜伽師地論第三十一卷

二果 出宗鏡錄第七十一卷

二果 出阿毘曇論第一卷

二種無漏因果 出大涅槃經第十二卷

二加 出華嚴經疏第一卷

二種顯示 出華嚴經疏第一卷

二種廣利 出華嚴經疏第一卷

二種說法 出寶性論第四卷

二種通相 出楞伽經第三卷

第三卷

論有二種 出阿毘達磨大毘婆沙論第一百一十卷

二種語 出涅槃經第十四卷

二種愛語 出大智度論第六十六卷

二句 出翻譯名義第五卷名句文法篇

二義 出圓覺經疏

二決定義 出楞嚴經第二卷

二請 出華嚴經疏第一卷

二答 出華嚴經疏第九卷

二食 出法華文句第八卷上

二種觀 出禪要呵欲經

二種觀法 出占察善惡經下卷

二見 出涅槃經第二十五卷

二見 出涅槃經第十七卷

無明二義 出起信論疏

二種熏 出翻譯名義第六卷心意識法篇

二種生死 出成唯識論第八卷

二女 出涅槃經第十二卷

二種破著 出大智度論第四十三卷

二解脱 出寶性論第五卷

二解脱 出華嚴經疏第一卷

二解脱 出成實論第十七卷

二斷 出地持經第三卷

二種護持事 出地藏十輪經第六卷

二教 出華嚴孔目未入藏

華嚴爲諸教本有二 出華嚴經疏第一卷

印師二教 出華嚴經疏第一卷

曇讖二教 出華嚴經疏第一卷

遠師二教 出華嚴經疏第一卷

劉虬二教 出華嚴經疏第一卷

二種無心約教 出宗鏡録第四十五卷

二宗釋題 出天台四教儀集註并華嚴經疏第三卷

二種立題 出法華文句第一卷上

二攝 出淨名經疏未入藏

二種入 出金剛三昧經上卷

二詮 出宗鏡録第六卷

二羯磨 出四分律下卷懺六聚法篇

二羯磨 出毘尼母論第二卷

二種却魔法 出修習止觀坐禪法要下卷

二等 出宗鏡録第十四卷

二殊勝 出楞嚴經第六卷

二種清淨 出華嚴經隨疏演義鈔第六卷

二種自在 出華嚴經疏第六卷

二種畢竟 出大涅槃經第二十七卷

二種際 出華嚴經隨疏演義鈔第一卷

二轉依 出楞嚴經義海第二十一卷

二種無量 出大智度論第二十卷

二種無礙 出華嚴經疏第六卷

二花 出華嚴經疏第三卷

二種菩薩 出大智度論第九十二卷

菩薩二心 出大智度論第二十七卷

二種勝 出地持經第一卷

二木 出法華經文句第七卷上

二種獨覺 出析玄記未入藏

二藏 出莊嚴經論第四卷

二乘 出華嚴經疏第二卷

二乘 出天台四教儀集註上卷

二果二義 出析玄記未入藏

初果二義 出析玄記未入藏

利鈍二根 出析玄記未入藏

二種醫 出大智度論第二十四卷

二宗 出翻譯名義第一卷宗釋論主篇

二種比丘 出出曜經第五卷

理事二和 出翻譯名義第一卷釋氏衆名篇

二天隨人 出華嚴經第六十卷

二難化 出大智度論第九十一卷

二種衆生 出大智度論第三十一卷

聞經二種非器 出華嚴經疏第三卷

二種 出法華安樂行義

二種受具戒法 出大寶積經第一百四卷

二種健兒 出涅槃經第十九卷并水懺下卷

二種人呪術不能加 出摩登伽經上卷

二種破戒人 出大智度論第九十一卷

二人出佛身血 出大智度論第六十三卷

二種退 出地持經第一卷

二親 出法苑珠林第五十卷營字函四重恩篇

第四卷

二護 出涅槃經第三十三卷

二種有 出阿毘曇毘婆沙論第六卷

二種病 出涅槃經第十二卷

二種病 出大智度論第八卷

二種死 出大涅槃經第十二卷

二種布施 出大智度論第三十三卷

二種法施 出般若經第四百六十九卷

二種身行施 出大智度論第十二卷

二種施 出法界次第下卷

二戒 出華嚴孔目未入藏

二戒 出毘婆沙論第十三卷

二戒 出華嚴經疏第八卷

二戒 出涅槃經第十一卷

二戒 出涅槃經第三十五卷

出家二戒 出天台四教儀集註

在家二戒 出毘婆沙論第一百二十三卷

邪正二戒 出天台四教儀集註

二持 出華嚴經疏第五卷

二種精進 出法界次第下卷

二種精進心 出法華懺儀

二種忍辱 出大智度論第十四卷

二種分別真僞禪相 出修習止觀坐禪法要下卷

二種寂靜 出釋氏要覽躁靜篇未入藏

二種願 出大智度論第三十卷

二種修行 出涅槃經第二十五卷

二因緣發起正見 出大智度論第三十四卷

二種心 出地持經第一卷

意業有二種心 出大乘理趣六波羅蜜經第七卷

二種懺悔 出補助儀并天台四教儀

二種白法 出華嚴經隨疏演義鈔第四卷

二種勸請 出大智度論第七卷

二種資粮 出寶積經第五十二卷

二種供養 出普賢行願品即貞元華嚴經第四十卷

二善 出大智度論第四十八卷

二種福田 出大智度論第二十三卷

二種福田 出大方便佛報恩經第五卷

二利 出金剛般若經破取著不壞假名論下卷

二種闡提 出楞伽經第一卷

二種見 出大智度論第七卷

鬼二生 出俱舍釋論第六卷

二罪 出圓覺經畧疏

二吉羅 出翻譯名義第七卷篇聚名報篇

二惡 出大智度論第四十八卷

二種惡事 出大智度論第二十二卷

二煩惱 出瑜伽師地論第五十五卷

二煩惱 出大智度論第七卷

二煩惱 出華嚴經疏第八卷

二惑 出法華釋籤第六卷上

二惑 出華嚴經隨疏演義鈔第一卷

見思二惑 出天台正教儀集註

客塵二義 出楞嚴經第一卷

二障 出圓覺畧疏

二障 出楞嚴經義海第十四卷并宗鏡錄第四十一卷

二障 出天親造金剛般若波羅蜜經論受字函

二業 出阿毘達磨俱舍論第十七卷觀字函

輕重二業 出涅槃經第三十一卷鳴字函

二礙 出宗鏡錄第二卷并演義鈔第二十卷

東蘆二義 出宗鏡錄第四十七卷

二慳 出地持經第三卷

二愛 出大智度論第七十二卷

二種邪見 出中論第四卷

二種妄見 出楞嚴經第二卷

二種無知 出天台四教儀集註

二種顛倒 出楞嚴經第七卷

二貪 出大智度論第九十八卷

二緣 出楞伽經第二卷

二種有漏因果 出大涅槃經第十二卷

二殺 出梵網經下卷

二殺 出梵網經下卷

二報 出華嚴經疏第一卷

二種殺生報 出法苑珠林第七十卷

二種偷盜報 出法苑珠林第七十卷

二種婬報 出法苑珠林第七十卷

二種妄語報 出法苑珠林第七十卷

二種兩舌報 出法苑珠林第七十卷

二種惡罵報 出法苑珠林第七十卷

二種邪見報 出法苑珠林第七十卷

二種無義語報 出法苑珠林第七十卷

二種貪報 出法苑珠林第七十卷

二種瞋報 出法苑珠林第七十卷

世界二義 出楞嚴經第四卷

二世間 出翻譯名義第三卷世界篇

二種世間清淨 出無量壽經優婆提舍

二土 出宗鏡錄第八十九卷五土下

二土 出華嚴經隨疏演義鈔第四卷

二種流 出涅槃經第三十六卷

二身 出成唯識論第八卷

二種色 出宗鏡錄第七十五卷

二種色 出大智度論第二十一卷

二種色 出宗鏡錄第五十八卷

二食 出天台四教儀集註

二種存濟 出阿毘達磨論第二卷

二求 出成實論第六卷
二種數 出華嚴經疏第五卷
二種滅 出顯揚聖教論第八卷
二邊 出攝大乘論釋第一卷
二邊 出中論第四卷
二時 出大智度論第一卷

第五卷

三佛身 出宗鏡錄第八十九卷
三身 出金光明經玄義上卷
三身遍相 出華嚴經隨疏演義鈔第八卷
三身華梵 亦名三如來出翻譯名義十種通號篇并通別三身篇
三身壽量 出法華經文句第九卷下
佛化身三 出觀佛三昧海經第四卷
三覺 出翻譯名義第一卷十種通號篇
三種常 出佛地經論第七卷
三種神變 出大寶積經第八十六卷
三佛土 出華嚴經疏第一卷
佛行離地三意 出華嚴經隨疏演義鈔并佛說處處經
如來乞食三意 出法集經第一卷
佛三事入城 出金剛經疏乞食十利下
佛三不能 出景德傳燈錄第四卷
三種奇特事 出過去現在因果經第四卷
佛三語 出華嚴經隨疏演義鈔第六卷
三處不轉法輪
三輪 出金光明經文句第二卷
佛三密 出大智度論第十卷
住持三寶 出華嚴經隨疏演義鈔第二卷并華嚴三寶章上卷
同體三寶 出華嚴經隨疏演義鈔第二卷并華嚴三寶章上卷
別相三寶 出釋氏要覽中卷三寶篇未入藏
別相三寶 出華嚴經隨疏演義鈔第二卷并華嚴三寶章上卷

大乘三寶 出華嚴經隨疏演義鈔第二卷并華嚴三寶章上卷

小乘三寶 出華嚴三寶章上卷

華嚴三聖 出翻譯名義第一卷通別三身篇菩薩別名篇

三種大師 出本事經第七卷

三藏 出翻譯名義第四卷總名三藏篇

大乘三藏 出華嚴經隨疏演義鈔第五卷

小乘三藏 出天台四教儀集註上卷

三如來藏 出圓覺經畧疏上卷

三藏詮三學 出四教義第五卷

三經通別 出法華玄義第一卷下

法華三周 出法華玄義第七卷下

蓮華三喻 出法華玄義第一卷上

三分科經 出法華文句第一卷上

親光三分科經 出佛地經論第一卷

三善 出法華文句第三卷上

三軌弘經 出法華經第四卷并法華文句第八卷上

三涅槃 出金光明經玄義上卷

三般若 出金光明經玄義上卷

三大乘 出金光明經玄義上卷

三菩提 出金光明經玄義上卷

三菩提 出出生菩提心經

三轉法輪 出法華文句第七卷下

三法印 出法華玄義第八卷上

三陀羅尼 出大智度論第二十八卷

三無礙 出大寶積經第十四卷

三德 出華嚴經疏第八卷

三德 出金光明經玄義上卷

翻三染成三德 出華嚴經隨疏演義鈔第二十四卷

三解脫門 出法界次第中卷

三無爲 出俱舍論第一卷

律有三名 出大藏一覽末入藏并華嚴經疏第一卷

三論 百論中論十二門論

三學 出翻譯名義第四卷示三學法篇

三歸依 出法界次第中卷

三三昧 出法界次第中卷

三三昧 出成實論第十四卷

三止 出止觀第五卷

爲三事故修奢摩他 出涅槃經第三十一卷

覺觀三種發相 出釋禪波羅蜜次第法門第四卷

第六卷

貪欲三種發相 出釋禪波羅蜜次第法門第四卷

瞋恚三種發相 出釋禪波羅蜜次第法門第四卷

愚癡三種發相 出釋禪波羅蜜次第法門第四卷

三種病相 出釋禪波羅蜜次第法門第四卷

修定三障 出釋禪波羅蜜次第法門第四卷

三慧 出成實論第二十卷

三智 出觀音玄義下卷

三智 出楞伽經第三卷

三覺 出圓覺經畧疏上卷并起信論

三性 出楞嚴經第三卷

三佛性 出華嚴孔目末入藏

三因佛性 出金光明經玄義上卷

三自性 出顯揚聖教論第四卷

三無性 出成唯識論第九卷

三心 出宗鏡錄第八十九卷

轉三心得三身 出宗鏡錄第八十九卷

三種緣慈 出佛地經論第五卷

三種意生身 出楞伽經第三卷

如意通有三種 出大智度論第五卷

三通力 出華嚴經疏第三卷

三明 出雜阿含經第三十一卷

三識 出楞伽經第一卷

三識 出翻譯名義第六卷心意識法篇

三識緣境廣狹 出宗鏡録三十六卷 瑜伽師地論五十一卷

三種熏習 出華嚴孔目未入藏

三種相 出成實論第十卷

三細相 出起信論

三大 出起信論疏

三種身 出大乘五蘊論

三不可盡 出寶積經第十四卷

天台三觀 出金光明經立義下卷

三種三觀 出宗鏡録第二十五卷

法界三觀 出華嚴法界觀

圓覺三觀 出圓覺經畧疏下卷

南山三觀 出止觀輔行第四卷

三種觀法 出止觀義例下卷

毘婆舍那三行 出深密解脱經第三卷

爲三事故修毘婆舍那 出涅槃經第三十一卷

三諦 出法華玄義第二卷下

三諦 出仁王護國般若經疏第三卷

三假 出摩訶止觀第五卷下并輔行第五卷

三空 出金剛經刋定記第一卷

三懺 出天台四教儀集註

三悔法 出天台四教儀集註

三方便 出淨名經疏未入藏

勝三修 出涅槃經第二卷

劣三修 出涅槃經第二卷

三漸次 出楞嚴經第八卷

三科 出毘婆沙論第七卷并阿毘達磨品類足論第一卷

三種至教 出顯揚聖教論第十一卷

三宗 出宗鏡録第五卷

南中三教 出華嚴經疏第一卷

岌法師三教 出華嚴經疏第一卷

三等流 出宗鏡録第七十一卷

三忍 出華嚴經疏第八卷

三受 出雜阿含經第八卷

三種無常 出順中論下卷

三支比量 出阿毘達磨雜集論第十六卷

第七卷

三種圓滿安樂 出瑜伽師地論第四十一卷

三義懽喜 出觀無量壽佛經妙宗鈔第六卷

三因 出佛性論第二卷

三斷 出宗鏡録第七十六卷

三斷 出阿毘達磨品類足論第三卷

龍華三會 出法住記

菩薩三修學 出菩薩瓔珞本業經上卷

菩薩生兜率天三事勝 出涅槃經第三十二卷

三賢 出仁王護國般若經疏第五卷

三種發心 出起信論

三不退 出觀無量壽佛經妙宗鈔第六卷

三處入法界 出華嚴經疏第七卷

文殊三名 出翻譯名義第一卷菩薩別名篇

三人觀十二因緣 出涅槃經第二十七卷

阿羅漢三義 出翻譯名義第三卷三乘通號篇

三迦葉 出法華文句第一卷下

阿難三名 出翻譯名義第一卷十大弟子篇

聲聞三道 出天台四教儀集註

結集三人 出付法藏因緣經第一卷

初果三結 出天台四教儀集註

三餘 出華嚴經隨疏演義鈔第三卷

三佛子　出華嚴經疏第七卷

三車　出法華經第二卷譬喻品

三乘　出法華經第二卷譬喻品

三乘觀門　出天台四教儀集註

三田喻三種人　出涅槃經第三十三卷

三草　出法華文句第七卷

三獸渡河　出天台四教儀并法華玄義第八卷下

比丘三義　出大智度論第三卷

三種僧　出涅槃經第三卷

律師三法　出善見毘婆沙律第六卷

三圓滿　出瑜伽師地論第八十五卷

沙彌三名　出翻譯名義第一卷七衆弟子篇

三種大　出涅槃經第二十二卷

三界　出華嚴孔目未入藏

三事人勝諸天　出入毘婆沙論第一百七十二卷

閻浮提人三事勝餘三洲　出長阿含經第二十卷

三種人難報　出大毘婆沙論第六十六卷

太子三妃　出瑞應經并翻譯名義第三卷皇后篇未入藏

三善知識　出摩訶止觀第四卷下

三想　出大智度論第七十二卷

三思　出華嚴經隨疏演義鈔第七十卷

三惡覺　出涅槃經第二十三卷并宗鏡錄第八十一卷

三報　出慈悲水懺中卷

三業　出析玄記未入藏

三福田　出優婆塞戒經第二卷

三福業　出增一阿含經第十二卷

三供養　出普賢行願疏

三應供養　出增一阿含經第十二卷

三種示導　出大般若經第四百六十九卷

三善道　出天台四教儀集註

三種禮佛 出華嚴孔目末入藏

三發心 出翻譯名義第五卷法寶衆名篇

三發心 出釋氏要覽戒法篇

三種發心 出觀無量壽佛經妙宗鈔第六卷

三種發菩提心 出起信論第三卷

三行 亦名三種業出大智度論第八十八卷并正法念處經第五十五卷

三種清淨 出大智度論第七十三卷

清淨三業 出瓔珞經第五卷

三業供養 出法華文句第二卷下

三種淨業 出觀無量壽佛經

三施 出大智度論第十四卷

三施 出華嚴經隨疏演義鈔第二卷

三輪體空 出能斷金剛經論上卷并金剛經論上卷

三種不堅易三堅法 出本事經第七卷

三聚戒 出菩薩戒義疏上卷中法苑珠林第八十九卷

三事戒 出大寶積經第一百十七卷

滅有三義 出華嚴經隨疏演義鈔第五卷

三種忍行 出諸經要集中卷

三種精進 出菩薩善戒經第五卷

三種勝勇猛 出大乘莊嚴經論第一卷

三種定業輪 出地藏十輪經第二卷

三勝學 出瑜伽師地論第二十八卷

三事無盡 出衆德三昧經第三卷

第八卷

三種證相不同 出法華懺儀

三善根 出阿毘達磨集異門足論第三卷

三樂 出大寶積經第一百一卷

三因三果 出瑜伽師地論第三十六卷

龍有三患 出諸經要集第十二卷

三種鬼神魔 出釋禪波羅蜜次第法門第四卷

餓鬼三障 出瑜伽師地論第四卷

三惡道 出天台四教儀集註

三途對三毒 出慈悲水懺上卷

三種惡 出成實論第十二卷

三無明 出佛說決定義經

三隨煩惱 出華嚴經隨疏演義鈔第九卷

三顛倒 出宗鏡錄第四十二卷

三毒 出法界次第上卷

三縛 出華嚴孔目未入藏

三病用三藥 出涅槃經第三十九卷

三病難治 出涅槃經第十一卷

三惑 出天台四教儀集註

三障 出涅槃經第十一卷

三障 出華嚴孔目未入藏

三種重障 出大乘瑜伽大教王經第五卷

三雜染 出顯揚聖教論第一卷

三時無悔 出天台四教儀集註

欲界三欲 出翻譯名義第三卷世界篇

三苦 出析玄記未入藏

三漏 出法華文句記第一卷下

三疑 出釋禪波羅蜜次第法門第二卷

三退屈 出華嚴經隨疏演義鈔第二十九卷

三道 出金光明經玄義第二卷

湯泉三緣 出稽古略第三卷未入藏

三苦對三界 出天台四教儀集註

三千世界 出長阿含經第十八卷

三世 亦名三際出阿毗達磨集異門足論第二卷

三世業 出大智度論第二十四卷

三種世間 出大智度論第四十七卷

三種世間 出華嚴經疏第三卷

器世間說法有三義 出華嚴經疏第八卷

三才配三世間 出華嚴經隨疏演義鈔第一卷

三相續 出楞嚴經第四卷

三阿僧祇劫 出天台四教儀

三時 出南嶽祖師發願文

三際時 出華嚴經疏第一卷并演義鈔第二十八卷

三有 出菩薩善戒經第一卷雜字函并大智度論第三卷

三種有 出大智度論第十二卷

三境 出宗鏡錄第六十八卷

三類境 出翻譯名義第六卷心意識法篇

三量 出宗鏡錄第五十五卷

由句三量 出翻譯名義第三卷數量篇

三種相 出大智度論第八十九卷

三種相 出華嚴經隨疏演義鈔第六卷

三種色 出五蘊論

三種色 出阿毘曇論第一卷

三聚 出顯宗論第十五卷

三生 出華嚴經隨疏演義鈔第二卷

三分別 出阿毘達磨雜集論第二卷

三無差別 出華嚴經疏第三卷

妙行三因緣 出阿毘達磨大毘婆沙論第一百二十一卷

三輩事佛 出分別經

三種光明 出瑜伽師地論第十一卷

食三德 出涅槃經第一卷

食三匙 出法苑珠林第四十二卷

三淨肉 出十誦律第三十七卷

三不淨肉 出十誦律第三十七卷

三長物 出摩訶僧祇律第十一卷

三衣名義 出翻譯名義第七卷沙門服相篇

大三災 出法苑珠林第一卷

小三灾 出法苑珠林第一卷

第九卷

四身 出成唯識論第十卷

化應身四句 出華嚴經隨疏演義鈔第四卷

佛四德 出涅槃經第三十卷

身土四依 出華嚴經疏第十卷

佛四種希有 出金剛經纂要刊定記第三卷

四無所畏 出大智度論第二十五卷

四等 出楞伽經第三卷

世醫四法喻如來 出雜阿含經第五卷

四方行七步 出佛本行集經第八卷

四門游觀 出佛本行集經第十四卷至第十五卷

出家四願 出普曜經第四卷

四滿成佛 出占察善惡業報經下卷

天上四塔 出佛成道記并佛本行集經第十三卷第十九卷

四處立塔 出法苑珠林第三十七卷

四法 出大乘本生心地觀經第二卷

法四依 出法界次第下卷

四法界 出華嚴法界觀門

四藏 出大智度論第十一卷

經含四義 出翻譯名義第四卷總明三藏篇

講經四益 出金光明經第一卷

論藏華梵四名 出華嚴經疏第一卷

四一 出法華文句第四卷上

四陀羅尼 出瑜伽師地論第四十五卷

四種秘密 出阿毘曇雜集論第十二卷

乘戒緩急四句 出華嚴經隨疏演義鈔第六卷

四種瓔珞莊嚴 出大方等大集經第一卷

四種三昧 出摩訶止觀第二卷七

四智 出成唯識論第十卷

四無礙智　出法界次第下卷

智境四相　出圓覺經略疏下卷

四鏡　出起信論

四安樂行　出法華文句第八卷下

四安樂行　出華嚴經疏第八卷

藏教生滅四諦　出天台四教儀集註

通教無生四諦　出天台四教儀集註

别教無量四諦　出天台四教儀集註

圓教無作四諦　出天台四教儀集註

四勝義諦　出成唯識論第九卷

四世俗諦　出瑜伽師地論第六十四卷

四念處　出法界次第中卷

四正勤　出法界次第中卷

四正斷　出雜阿含經第三十一卷

四如意足　出法界次第中卷

四種方便　出起信論

第十卷

四悉檀　出法華文句第一卷上并法華玄義第一卷下

四攝利益　出大方等大集經第九卷

涅槃四種大樂　出大涅槃經第二十一卷

四種涅槃　出成唯識論第十卷

華嚴四分　出法寶標目第四卷

四種教授　出瑜伽師地論第二十七卷

四種授記　出菩提資糧論第三卷

四種真實義　出菩薩善戒經第二卷

四種對治　出阿毘達磨俱舍論第二十一卷

同教説聽四句　出華嚴經疏第三卷

别教説聽四句　出華嚴經疏第三卷

起信四覺　出起信論

四德處　出成實論第二卷

四法施 出寶積經第十三卷

四無記 出宗鏡録第四十九卷

賴耶四分 出翻譯名義第六

四種意識 出宗鏡録第三十六卷心意識法篇

識境四相 出金剛經論上卷

四緣 出大智度論第三十二卷

四相約位 出圓覺經畧疏下卷

四種頌 出華嚴經疏第六卷

四聖言 出阿毘達磨集異門足論第十卷

四種尋思 出阿毘達磨集論第六卷

真空觀四句 出華嚴經隨疏演義鈔第四十九卷

共不共四變 出宗鏡録第四十九卷

四榮 出涅槃經第二卷賓字函并宗鏡録第三十九卷

四枯 出涅槃經第二卷賓字函并宗鏡録第三十九卷

四種性行 出佛本行集經第一卷

四不可説 出金光明經玄義拾遺記第二卷

翻譯四例 出翻譯名義第六卷唐梵字體篇

阿難四問 出涅槃經後分上卷

化儀四教 出天台四教儀

化法四教 出天台四教儀

龍樹四教 出華嚴經隨疏演義鈔第六卷

苑公四教 出華嚴經疏第二卷

曉公四教 出華嚴經疏第二卷

四不生 出中論第一卷

四種問答 出十住毘婆沙論第十卷

四病 出圓覺經畧疏下卷

大四相 出大乘起信論疏

小四相 出大乘起信論疏

光宅四乘 出華嚴經疏第一卷

生公四輪 出華嚴經隨疏演義鈔第六卷

文義四用 出法華文句記第二卷下

第十一卷

四衆 出法華文句第二卷下

四行衆 出翻譯名義第一卷三通號篇并十種通號篇

人四依 出法華玄義第五卷上

菩薩四事入於法門 出寶積經第十三卷

菩薩四淨 出菩薩善戒經第九卷

四種自在 出大乘莊嚴經論第五卷

四無所畏 出大智度論第五卷

四事勝 出地持經第一卷

菩薩行有四難 出華嚴經疏第六卷

大乘四果 出大乘莊嚴經論第十二卷

四種聲聞 出法華文句第四卷上

聲聞四果 出金剛經疏

四向 出成實論第一卷并法華玄義第四卷上

羅漢四智 出涅槃經第三十六卷

四種變易 出成唯識論第八卷

四加行 出析玄記未入藏并楞嚴經第八卷

滅盡定與無想定四義不同 出宗鏡録第十五卷

四種沙門 出瑜伽師地論第二十九卷

四種僧 出地藏十輪經第五卷

四種天 出大智度論第二十二卷并涅槃經第二十一卷

四禪變化 出大智度論第六卷

四天華梵 出法華文句第二卷

帝釋四苑 出阿毘達磨大毘婆沙論第一百三十三卷

四輪王 出長阿含經第六卷并阿毘達磨俱舍論第十二卷

輪王四德 出樓炭經第一卷

四主 出法苑珠林第二卷

西域四姓 出翻譯名義第一卷釋尊姓字篇并摩登伽經

四王生八子 出釋迦譜第六卷

大明三藏法數總目卷上

大明三藏法數總目卷下

第十二卷

四忍 出華嚴經隨疏演義鈔第五十卷

四種定學 出成唯識論第九卷

四空處定 出法界次第上卷

四種資粮 出瑜伽師地論第二十九卷

四種意趣 出阿毘達磨雜集論第十二卷

四種作意 出瑜伽師地論第三十一卷

四種念佛 出普賢行願記未入藏

四種白法 出勝思惟梵天所問經論上卷

四種法爲善友 出大寶積正法經

四法離魔道 出大寶積正法經

四事先苦後樂 出增壹阿含第二十一卷

四魔 出瑜伽師地論第二十九卷

外道四論 出瑜伽師地論第八十七卷

外道四見 出華嚴經疏第三卷

四韋陁 出摩登伽經上卷

有無四句 出華嚴經疏第十六卷

常等四句 出華嚴經疏第十六卷

一異四句 出成唯識論第一卷

鳥四生 出起世因本經第五卷

龍四生 出起世因本經第五卷

阿脩羅四生 出楞嚴經第九卷

第十三卷

四種法離菩薩行 出大寶積正法經

四人有障 出究竟一乘寶性論第三卷

說法四謗 出華嚴經隨疏演義鈔第五十卷

四識住 出寶積經第三十七卷

有漏四種過失 出瑜伽師地論第五十六卷

四無明 出宗鏡錄第七十四卷

四種貪 出瑜伽師地論第二十六卷

四欲 出法苑珠林第二卷

四縛 出鞞婆沙論第二卷

四流 出成實論第十二卷

四取 出佛性論第三卷

四障 出海意菩薩所問淨印法門經

四刦 出佛祖統紀未入藏

四土 出觀無量壽佛經妙宗鈔第一卷

四土 出華嚴經疏第八卷

世界四持 出華嚴經疏第八卷

四輪持世界 出佛祖統紀未入藏

四風輪 出華嚴經第五十卷

四大部洲 出長阿含經第十八卷

日照四洲 出法苑珠林第四卷

世間四義 出析玄記未入藏

依正四句 出華嚴經隨疏演義鈔第二卷

舍衛四德 出翻譯名義第三卷諸國篇

淨穢四句 出華嚴經疏第一卷

海底四寶 出華嚴經第五十一卷

四河 出長阿含經第十八卷

一境四心 出攝大乘論釋第四卷

通局四句 出華嚴經疏第一卷

四光喻智 出法華文句第五卷

四事不可思議 出增壹阿含經第二十一卷

四種心 出翻譯名義第六卷心意識法篇

四威儀 出菩薩善戒經第五卷

息有四種相 出修習止觀坐禪法要上卷

四夢

四夢 出善見毘婆沙律第十二卷

四食 出華嚴經隨疏演義鈔第三十三卷

四利須食 出釋氏要覽上中食篇未入藏

乞食四分 出寶雲經第六卷

四邪命食 出大智度論第三卷
四食時 出法苑珠林第四十二卷
行四依 出四分律藏第四十八卷
四機 出法華文句第十卷下
四種我 出圓覺經畧疏上卷
四大 出圓覺經
四微 出金光明經文句記第四卷上
四求 出法集經第一卷
四求不得 出大乘莊嚴經論第二卷
四不寄附 出優婆塞戒經第六卷
四不見 出圓覺經鈔
四不成 出因明入正理論
四種無 出涅槃經第三十九卷

第十四卷

四知 出佛說罵意經

一名四實 出涅槃經第十卷
四念珠 出金剛頂瑜伽念珠經
懷胎死四 出出曜經第十卷
四葬 出法苑珠林第九十七卷
虹蜺四緣 出法集經第二卷
四兵 出長阿含經第六卷
四華 出翻譯名義第二卷
四華 出法華文句第二卷下
五種法身 出華嚴經隨疏演義鈔第三卷
五教佛身 出華嚴一乘教義分齊章中卷 時字函
五部教主 出大樂金剛不空三昧耶經并宗鏡録第二十四卷
佛觀五事降生 出過去現在因果經第一卷
佛五姓 出釋氏要覽上卷 姓氏篇末入藏
佛有五事 出增壹阿含經第二十七卷
五不赴請 出根本說一切有部毘柰耶第二十一卷

如來五種說法　出思益梵天所問經第二卷

五種甚深　出法華經論上卷

五所依土　出圓覺經畧疏鈔

五法　出楞伽經第一卷

百法五位　出顯揚聖教論第一卷

五類說法　出華嚴經疏第一卷

經五義　出華嚴經疏第一卷

五人說經　出大智度論第二卷

五種不翻　出翻譯名義第一卷序文

華嚴五周因果　出華嚴經疏第三卷

華嚴五為　出華嚴經疏第二卷

五種般若　出金剛經纂要刊定記第二卷

法華五重玄義　出法華玄義第一卷上

脩大涅槃得五事　出大涅槃經第一十二卷

天台五時　出天台四教儀

五味　出大涅槃經第八卷

五部律　出翻譯名義第四卷律分五部篇

第十五卷

五攝論　出法寶標目第六卷

五藏　出六波羅蜜多經第一卷

五種藏　出華嚴經隨疏演義鈔第十三卷

五覺　出起信論

五行　出涅槃經第十一卷

五種菩提　出大智度論第五十三卷

五種性　出天台四教儀

五性成佛　出華嚴經疏第一卷

寄位五相　出華嚴經隨疏演義鈔第二卷

五品　出法華文句第十卷

五停心　出天台四教儀

五忍　出仁王護國經上卷

觀身五種不淨 出析玄記未入藏

五蘊 亦名五陰出大乘廣五蘊論

五蘊實相 出大般若經第四百六十八卷

五蘊喻 出方廣大莊嚴經第十二卷

轉五蘊成五分法身 出請觀音經疏

轉五蘊成三德 出攝大乘論

色蘊有五種相 出顯揚聖教論第五卷

五受 出析玄記未入藏

五根 出法界次第中卷

五力 出法界次第中卷

五識 出法界次第上卷

五識 出起信論疏

五通 出大智度論第五卷

五種通 出宗鏡錄第十五卷

五神通 出菩薩處胎經第三卷

五後得智 出攝大乘論釋

五輪三昧 出釋禪波羅蜜次第法門第三卷

五因 出涅槃經第二十一卷

五種果 出顯揚聖教論第十八卷

現在五果 出華嚴經隨疏演義鈔第四十三卷

解脫有五義 出華嚴經隨疏演義鈔第二十四卷

賢首五教 出華嚴經疏第二卷

慧觀五教 出華嚴經疏第一卷

波頗五教 出華嚴經疏第一卷

劉虬五教 出華嚴經疏第一卷

不分教五意 出華嚴經疏第一卷

第十六卷

大乘五位 出華嚴經隨疏演義鈔第二十九卷

菩薩有五種生 出菩薩地持經第八卷

菩薩有五種相 出大乘莊嚴經論第十三卷

菩薩有五種自在 出大寶積經第六十八卷

五怖畏 出阿毘達磨大毘婆沙論第七十五卷

小乘五位 出天台四教儀

初度五人 出翻譯名義第一卷慶五比丘篇

五種聲聞 出法華文句記第四卷上

五性 出華嚴經隨疏演義鈔第五十三卷

五種阿那含 出涅槃經第三十六卷

五果回心 出大涅槃經第十一卷

五分法身 出法華玄義釋籤

五論師 出翻譯名義第一卷宗釋論主篇

五種法師 出法華文句第八卷

五種阿闍黎 出四分律藏第三十四卷

五種大師功德 出瑜伽師地論第七十卷

五種僧 出顯宗論第二十卷

僧五淨德 出諸德福田經

苾芻草五德 出翻譯名義第一卷七衆弟子篇

比丘入衆五法 出四分僧羯磨下卷

五衆 出翻譯名義第一卷七衆弟子篇

乞食遮五處 出顯揚聖教論第七卷

沙門受食五觀 出大藏一覽集未入藏

五種邪命 出大智度論第十九卷

五法不得授人戒 出四分律藏第三十四卷

五不退 出起信論疏

五法退菩提 出涅槃經第二十八卷

五乘 出華嚴一乘教義分齊章上卷

五乘 出華嚴一乘教義分齊章上卷

五乘 出盂蘭盆經疏

五事生天上 出辯意長者子所問經

始生天有五種相 出正法念處經第三十九卷

五淨居天 出楞嚴經第九卷

初禪天定五支功德 出法界次第上卷

三禪天定五支功德 出法界次第上卷

欲天五婬 出天台四教儀集註

五種梵音 出長阿含經第五卷

天大五衰相 出法苑珠林第五卷

天小五衰相 出法苑珠林第五卷

國王五種可愛樂法 出佛爲優填王說王法政論經

生淨土五不退 出淨土十疑論

五事生人中 出辯意長者子所問經

人有五苦 出法苑珠林第六十六卷

衆生五事恃怙 出出曜經第一卷

第十七卷

五人非器 出華嚴經疏第二卷

五種不男 出法華文句記第七卷

女有五障 出法華經第四卷

結胎五位 出析玄記未入藏

五行 出圓覺經畧疏

脩行五門 出起信論疏

布施離五種法 出優婆塞戒經第五卷

施食獲五種報 出施食獲五福報經

施果感五不死 出付法藏因緣經第三卷

五戒 出增壹阿含經第十二卷

五戒配五常五行 出仁王經疏第二卷

忍辱五種功德力 出法集經第三卷

脩忍五相 出菩薩善戒經第五卷

說法五福德 出賢者五福德經

菩薩聽法五種想 出瑜伽師地論第四十四卷

聽法五處不作異意 出瑜伽師地論第四十四卷

五心 出宗鏡錄第四卷

治五種染 出華嚴經疏第二十六卷

脩淨土五念門　出觀無量壽經疏

五種懺悔　出往生淨土決疑行願二法門

懺悔五法　出圓覺經畧疏鈔

五悔　出天台四教儀

禮拜五功德　出增壹阿含經第二十四卷

内五法　出難提釋經

五種善根發相　出修習止觀坐禪法要下卷

慈有五利　出檀持羅麻油述經

孝順五善根　出辯意長者子所問經

瞻病五德　出四分律藏第四十一卷

五道　出正法念處經第四十八卷

方色喻五道　出圓覺經畧疏鈔

五無間獄　出地藏菩薩本願經上卷

龍五不能隱形　出因緣僧護經

破戒五過　出四分律藏第五十九卷

犯戒五衰　出釋氏要覽戒法篇未入藏

五逆　出華嚴孔目未入藏

五篇配五刑　出翻譯名義第七卷篇聚名報篇

五見　出涅槃經第二十五卷

五結　出阿毘達磨集論第四卷

五上分結　出天台四教儀集註

五下分結　出天台四教儀集註

五住地惑　出華嚴經隨疏演義鈔第三十一卷

五利使　出天台四教儀集註

五鈍使　出天台四教儀集註

第十八卷

五欲　出天台四教儀

五欲　出華嚴經隨疏演義鈔第二十七卷

五蓋　出法界次第上卷

五慳　出成實論第十二卷

五苦 出析玄記未入藏

五心栽 出成實論第十二卷

五妄想 出楞嚴經第十卷

五散亂 出華嚴孔目未入藏

土有五種 出華嚴經疏第十卷

土體五重 出華嚴經隨疏演義鈔第十七卷

大劫五喻 出大藏一覽未入藏

末世五法令正法不滅 出十誦律第四十八卷

末法五亂 出法苑珠林第九十八卷

五五百年 出華嚴經隨疏演義鈔第十一卷

依次五百年 出毘尼母律論第三卷

五濁 出法苑珠林第九十八卷

日行五風 出起世因本經第十卷

世間五種難得寶 出四分律藏第四十卷

五種眷屬 出法華玄義第六卷

五精舍 出翻譯名義第七卷寺塔壇幢篇

五種結界相 出善見毘婆沙律第十七卷

掃地五種勝利 亦名掃地五德 出毘柰耶雜事第十四卷

五體 出華嚴經隨疏演義鈔第三十二卷

出世五食 出華嚴經疏第十九卷

五種淨食 出根本說一切有部毘柰耶雜事第三十六卷

五種淨肉 出楞嚴會解

五種不應施 出法苑珠林第八十一卷

五果 出翻譯名義第三卷五果篇

五辛 出凡網經下卷

五明 出華嚴經隨疏演義鈔第五十八卷

五眼 出大智度論第三十三卷

五夢法 出華嚴經隨疏演義鈔第五十一卷

五奇特夢 出過去現在因果經第一卷

五種樂 出華嚴經隨疏演義鈔第十三卷

五位無心　出成唯識論第七卷

洗浴五利　出十誦律第三十七卷

五不應答　出法苑珠林第二十四卷

五力不可到　出諸經要集第十九卷

五力難判　出宗鏡録第四十八卷

五種比量　出顯揚聖教論第十一卷

五種色法　出華嚴經隨疏演義鈔第四十六卷

五塵　出法界次第上卷

隣虚五塵　出決定藏論下卷

第十九卷

婆伽梵六義　出佛地經論第一卷

如來勝德六義　出阿毘達磨雜集論第一卷

如來功德六種相　出瑜伽師地論第七十四卷

六即佛　出觀無量壽佛經疏妙宗鈔第一卷

六念法　出别譯雜阿含經第九卷

六慧法　出菩薩瓔珞本業經上卷

六堅法　出菩薩瓔珞本業經上卷

六忍法　出菩薩瓔珞本業經上卷

六受法　出大集法門經下卷

六觀法　出菩薩瓔珞本業經上卷

六行觀　出釋禪波羅蜜次第法門第二卷

法華六瑞　出妙法蓮華經文句第二卷

妄盡還源觀六門　出華嚴奥旨妄盡還源觀

六事明經意　出五苦章句經

六離合釋　出華嚴經隨疏演義鈔第二十五卷

六種本迹　出宗鏡録第七十卷

六成就　出華嚴經疏第三卷

六事成就　出莊嚴經論第十二卷

六度　亦名六波羅蜜出六度集經第一卷

六妙門　出法界次第上卷

六神通（出法界次第中卷）

六聚戒名義（出翻譯名義第出卷篇聚名報篇）

六種性（出菩薩瓔珞本業經上卷）

六相（出華嚴一乘教義分齊章下卷）

六因（出大智度論第三十二卷）

六種因（出大乘入楞伽經第二卷）

六種調伏（出菩薩善戒經第三卷）

種子識六義（出成唯識論第二卷）

第二十卷

六輪對位（出菩薩瓔珞本業經上卷）

六種住（出菩薩地持經第三卷）

六種決定（出大乘莊嚴經論第十二卷）

六種攝（出菩薩地持經第八卷）

六種阿羅漢（出法華玄義第四卷）

六法師（出大智度論第五十六卷）

六和敬（出法界次第下卷）

六羣比丘（出十住毘婆沙論第四卷）

三寶有六義（出諸經要集第一卷）

六欲天（出楞嚴經第八卷）

六界聚（出中阿含經第二十一卷）

六難（出涅槃經第二十三卷）

父六親（出善見毘婆沙律第十四卷）

母六親（出善見毘婆沙律第十四卷）

人死六驗（出諸經要集第十九卷）

廣六度行（亦名六德之行出成具光明定意經）

六種戒（出瑜伽師地論第四十二卷）

六齋日（出四天王經）

六種巧方便（出菩薩地持經第六卷）

思脩六意（出攝大乘論）

六種意樂（出攝大乘論）

起塔有六意 出華嚴經疏第十九卷

六法令他懽喜 出根本說一切有部毘柰耶雜事第三十五卷

外道六師 出陀羅尼集經

六苦行外道 出大涅槃經第十六卷

六道 出法華文句第四卷下

六蔽心 出大智度論第三十三卷

六染心 出起信論

六著心 出華嚴經隨疏演義鈔第三十卷

六相應想 亦名六想出大集法門經下卷

六種散亂 出阿毘達磨雜集論第一卷

六麤相 出起信論上卷

六種俱生惑 出大乘百法明門論

六欲 出釋禪波羅蜜次第法門第九卷

六煩惱 出瑜伽師地論第五十五卷

二十一卷

六觸生愛 出阿毘達磨發智論第三卷

六垢法 出顯宗論第二十七卷

六漏 出大乘阿毘達磨雜集論第三卷

依正無礙六句 出華嚴經疏第一卷

六種震動 出華嚴經疏第六卷

六種動相 出大智度論第八卷

六根 出楞嚴經第四卷

六根功德 出楞嚴經第四卷

六根互用 出楞嚴經第四卷

龜藏六 出法句譬喻經第二卷

六識 出法界次第初門上卷

六種味 出阿毘達磨俱舍論第一卷

六入 出法界次第初門上卷

六塵 出涅槃經第二十三卷

六種力 出增壹阿含經第三十一卷

六種夢 出華嚴經隨疏演義鈔第五十卷

六種身風 出顯宗論第二十九卷

捨由六緣 亦名捨心由六出俱舍論第十五卷

六種論 出瑜伽師地論第十五卷

僧用六物 出摩訶僧祇律

七佛 出翻譯名義第一卷諸佛別名篇

婆伽婆七義 出涅槃經第十八卷

如來七勝事 出優婆塞戒經第三卷

七種無上 出菩薩地持經第三卷

如來有七種語 出涅槃經第三十五卷

周行七步 出涅槃經第四卷

華嚴七處說 出華嚴隨疏演義鈔第十卷

華嚴經題七字義 出華嚴經疏第三卷

觀心釋華嚴經題七字 出華嚴經疏第三卷

七種立題 出天台四教儀集註上卷

法華七喻 出法華文句

火宅喻 出第五卷下

窮子喻 出第六卷下

藥草喻 出第七卷上

化城喻 出第七卷下

衣珠喻 出第八卷上

髻珠喻 出第九卷上

醫子喻 出第九卷下

第二十二卷

七處徵心 出楞嚴經第一卷

大乘七種大義 出大乘莊嚴經論第十二卷

大乘七善 出法華文句第三卷

七種性自性 出入楞伽經第一卷

七空 出入楞伽經第一卷

七種第一義境界 出入楞伽經第一卷

七眞如　出瑜伽師地論第七十七卷

七常住果　出楞嚴經第四卷

七辯　出華嚴經疏第十二卷

七種定名　出翻譯名義第四卷止觀三義篇

七方便　亦名七賢出天台四教儀集註中卷

七覺分　出法界次第初門中卷

七知　亦名大乘七丈夫出涅槃經第十四卷

七淨花　出翻譯名義第五卷增數譬喻篇

七財　出十誦律第四十九卷

藏教七階　出天台四教儀集註中卷

菩薩七相憐愍　出瑜伽師地論第四十七卷

菩薩有七種大　出菩薩地持經第六卷

善友七事　出華嚴經疏第十七卷

小乘七種聖　又名七士夫亦名七丈夫出天台四教儀集註上卷

七流　出華嚴孔目未入藏

華嚴宗七祖　出佛祖統紀第三十卷未入藏

七識住　出阿毘曇論第四卷

七衆　出仁王護國般若波羅蜜經下卷

七種人　出涅槃經第三十二卷

世間七丈夫　出華嚴經疏第十九卷

七法不可避　出法苑珠林第六十九卷

七種不淨　出天台四教儀集註上卷

第二十三卷

七種禮佛　出法苑珠林第二十卷

七種懺悔心　出慈悲水懺上卷

七周行慈　止天台四教儀集註上卷

外道七種無常　出入楞伽經第四卷

七見　出華嚴孔目未入藏

七有　出長阿含十報法經上卷

七遮罪　亦名七逆罪出梵網經下卷

七聚　出翻譯名義第七卷篇聚名報篇

七支　出法界次第初門上卷

七垢　出瑜伽師地論第七十四卷

七種慢　出楞嚴經第九卷

慳法七報　出成實論第十二卷

七隨眠　亦名七使出阿毘達磨大毘婆沙論第五十卷

輪王七寶　出修行本起經上卷

七寶　出翻譯名義第三卷七寶篇

七寶　出翻譯名義第三卷七寶篇

七金山　出翻譯名義第三卷衆山篇

七海　出法集名數經

七大　出楞嚴經第三卷

地動七因　出華嚴經疏第六卷

七難　出觀音玄義上卷

七災難　出仁王護國般若波羅蜜經下卷

七種受胎　出善見毘婆沙律第六卷

七種生死　出翻譯名義第六卷陰入界法篇

七日輪出　出法苑珠林第一卷

法沒時七穢行　出出曜經第七卷

第二十四卷

如來八相　出釋迦譜第一卷

八大自在我　出涅槃經第二十三卷

八音　出法界次第初門下卷

八支語　出顯揚聖教論第十二卷

八分分如來舍利　出涅槃經後分下卷

八大靈塔　出八大靈塔名號經

八藏　出華嚴經隨疏演義鈔第四卷

八藏　出處胎經第五卷

八部般若　出般若經

大品般若

小品般若
放光般若
光讚般若
道行般若
金剛般若
勝天王般若
文殊般若
八還辨見　出萬行首楞嚴經第二卷
涅槃八味　出方等般泥洹經第二卷
大海八不思議喻涅槃　出涅槃經第三十二卷
八背捨　亦名八解脫出釋禪波羅蜜次第法門第十卷
八勝處　出釋禪波羅蜜次第法門第十卷
八正道　出法界次第初門中卷
八智　出四教儀集註
八念　出大智度論第二十一卷

大人八念　出中阿含經第十八卷
八覺　出華嚴經疏第十三卷
八忍　出四教儀集註
八大人覺　出佛遺教經論疏節要
八識　出宗鏡録第四十七卷
八識緣境廣狹　出宗鏡録第三十六卷
八義證有本識　出瑜伽師地論第五十一卷
八揵度　出八揵度論第二卷
立頌八意　出華嚴經疏第五卷

第二十五卷

八成立因　出阿毘達磨雜集論第十六卷
八法　出首楞嚴經義海第十四卷
八種喻　出涅槃經第二十九卷
八種異熟因果　出華嚴經第二十六卷
菩薩八種因果　出地持經第一卷

八種變化 出法界次第初門下卷

八種言 出瑜伽師地論第八十一卷

阿難八不思議 出涅槃經第四十卷

阿難具八法 出涅槃經第四十卷

尼八敬戒 出翻譯名義引會正記第一卷七衆第十篇

尼八棄戒 出楞嚴義海第二十一卷

八定 出釋禪波羅蜜次第法門第五卷

凡小八倒 出涅槃經第二卷

八位胎臟 出法苑珠林第六十九卷

聞經八種功德 出大莊嚴經第十二卷

八關齋戒 出大毘婆沙論第七卷

春秋八王日 出法苑珠林引提謂經第八十八卷

八種人起塔 出翻譯名義第七卷寺塔增幢篇

八福田 出梵網經下卷

八福田 出教乘法數

八福生處 出瑜伽師地論第十五卷

八部鬼衆 出翻譯名義第二卷八部篇

八熱地獄 出顯宗論第十二卷

八寒地獄 出翻譯名義第二卷地獄篇

八憍配八鳥 出法華文句第六卷上

八難 出維摩詰所說經上卷

八苦 出涅槃經第十二卷

八不正見 出大集經第二十六卷

八妄想 出宗鏡錄第七十六卷

八部 出翻譯名義第二卷八部篇

地動八緣 出增壹阿含經第三十七卷

珠寶八功德 出正法念處經第二卷

第二十六卷

八功德水 出稱讚淨土佛攝受經

八風 亦名八法 出佛地經論第五卷

八種粥　出十誦律第二十六卷

八不淨物　出華嚴經隨疏演義鈔第三十九卷

八依　出瑜伽師地論第五十卷

佛具九腦　出大智度論第九卷

大乘九部　出大智度論第三十三卷

華嚴九會說　出華嚴經隨疏演義鈔第十卷

九種大禪　出地持經第五卷

九次第定　出法界次第初門中卷

九識　出宗鏡録第四卷

九緣生識　出成唯識論第二卷至第五卷

如來藏九喻　出究竟一乘寶性論第一卷

金剛九喻　出能斷金剛經論釋下卷

小乘九部　出大智度論第三十三卷

菩薩修行九種差別　出大莊嚴經論第六卷

九病　出長阿含經第六卷

九種橫死　出藥師經

九住心　出大莊嚴經論第七卷

第二十七卷

九齋日　出四天王經

外道計九物生世間　出華嚴經隨疏演義鈔第九卷

九種轉變　出入楞伽經第三卷

鬼分九類　出阿毘達磨順正理論第三十一卷

九心成輪　出宗鏡録第四卷

九結　出阿毘達磨集論第七卷

三界九地　出釋氏要覽中卷界趣篇

九想　出釋禪波羅蜜次第法門第九卷

九種食　出增壹阿含經第四十一卷

九淨肉　出涅槃經第四卷

如來十身　出華嚴教門指掌未入藏

十號　出佛說十號經

如來十力 出大智度論第二十四卷

佛十無礙 出華嚴經隨疏演義鈔第三卷

佛十種化不失時 出華嚴經第四十六卷 育字函

說徧十處 出華嚴經隨疏演義鈔第三卷

如來十恩 出華嚴經隨疏演義鈔第二十三卷

佛十宿緣 出興起行經上下二卷

十種見佛 出華嚴經疏第三十五卷

融三世間十身 出華嚴經疏第一卷

第二十八卷

十種佛 出華嚴經第五十三卷

華嚴十類經 出華嚴經疏第三卷

十種教體 出華嚴經疏第二卷

教起十因 出華嚴經疏第一卷

教起十緣 出華嚴經疏第一卷

教被十機 出華嚴經疏第二卷

十宗收教 出華嚴經疏第三卷

玄門無礙十因 出華嚴經疏第二卷

十玄門 出華嚴經隨疏演義鈔第一卷

緣起十義 出華嚴經疏第二卷

十妙 出法華經玄義

境妙 出第二卷上　智妙 出第三卷下

行妙 出第三卷下　位妙 出第四卷下

法妙 出第五卷下　感應妙 出第六卷上

神通妙 出第六卷上　說法妙 出第六卷上

眷屬妙 出第六卷下　利益妙 出第六卷下

十不二門 出法華玄義釋籤第七卷下

十乘 出摩訶止觀

觀不思議境 出第五卷上

發眞正菩提心 出第五卷上

善巧安心 出第五卷中

破法徧 出第六卷上
識通塞 出第七卷下
道品調適 出第七卷下
對治助開 出第七卷下
知位次 出第八卷上
安忍 出第八卷上
離法愛 出第八卷上

十境 出摩訶止觀

陰境 出第五卷上
煩惱境 出第八卷上
病患境 出第八卷上
業相境 出第八卷下
魔事境 出第八卷下
禪定境 出第九卷上
諸見境 出第十卷
慢境 出第五卷上
二乘境 出第五卷上
菩薩境 出第五卷上

十如是 出法華玄義第二卷上

第二十九卷

十普門 出觀音玄義下卷

十雙貼釋觀音普門 出觀音玄義上卷

順流十心 出摩訶止觀第四卷上

逆流十心 出摩訶止觀第四卷上

理事無礙十門 出華嚴經疏第二卷

十門釋經 出華嚴經疏第一卷

十波羅蜜 出華嚴經第三十七卷

十種智 出華嚴經第十六卷

十種智明 出華嚴經第五十四卷

十種通 出華嚴經疏第三十一卷

十徧處定 出法界次第初門下卷

十種修三昧法 出大集賢護經第五卷

十種行觀一切法 出華嚴經第十六卷

十種忍 出華嚴經指掌未入藏

十種不思議法 出菩薩藏正法經第七卷

十無盡句 出華嚴經疏第二十三卷

十種因 出瑜伽師地論第五卷

十想 出大智度論第二十三卷

第三十卷

十門敘密呪功德深廣 出顯密圓通成佛心要集下卷

十無盡藏 出華嚴經第二十一卷

大乘十喻 出法界次第初門下卷

性虛空十義 出宗鏡錄第六卷

水喻眞心有十義 出宗鏡錄第七卷

海印三昧有十義 出宗鏡錄第十八卷

十法界 出佛祖統紀第五十一卷

菩薩修十法見涅槃 出涅槃經第三十一卷

修十種善法如師子王 出寶雨經第五卷

菩薩修十種得地三昧 出寶雨經第三卷

菩薩修十種念處 出除蓋障菩薩所問經第十三卷

十受生藏 出華嚴經第七十四卷

十金剛心 出華嚴經第五十五卷

十種自在 出華嚴經第三十八卷

日喻菩薩十種善法 出寶雨經第五卷

月喻菩薩十種善法 出除蓋障菩薩所問經第七卷

海導師喻菩薩十種善法 出除蓋障菩薩所問經第八卷

水喻菩薩十種善法 出除蓋障菩薩所問經第五卷

第三十一卷

蓮花喻菩薩十種善法 出除蓋障菩薩所問經第八卷

火喻菩薩十種善法 出除蓋障菩薩所問經第五卷

十信 出楞嚴經第八卷

十住 出楞嚴經第八卷

妙高十義喻十住菩薩行 出華嚴經疏第十二卷

十行 出楞嚴經第八卷

十迴向 出楞嚴經第八卷

十地 出楞嚴經第八卷

十地斷障證眞 出華嚴經疏第二十三卷至二十九卷

十地寄乘 出華嚴經疏第二十四二十五卷

十地寄報（出華嚴經第三十四卷）
十山王（出華嚴經第四十四卷）
大海十相（出華嚴經疏第四十四卷）
通教十地（出天台四教儀）
十大弟子（出翻譯名義第一卷十大弟子篇）
法師十德（出華嚴經疏第四十三卷）
十科（出續高僧傳）
翻譯（出第一卷至第三卷）　解義（出第四卷至第七卷）
習禪（出第八卷至第十三卷）　明律（出第十四卷至十六卷）
感通（出第十八卷至第二十二卷）　遺身（出第二十三卷）
讀誦（出第二十四卷至第二十五卷）　護法（出第十七卷）
興福（出第二十六卷至第二十八卷）　雜科（出第二十九卷至第三十卷）
十種補特伽羅（出地藏十輪經第五卷）

第三十二卷

長者十德（出翻譯名義第二卷長者篇）

菩薩十施（出華嚴經第二十一卷）
布施十種利益（出月燈三昧經第七卷）
菩薩十戒（出華嚴經第二十一卷）
菩薩十戒（出梵網經下卷）
大論十種戒（出大智度論第二十二卷）
沙彌十戒（出沙彌十戒法）
持戒十種利益（出月燈三昧經第七卷）
十善（出法界次第初門上卷）
每月十齋日（出法苑珠林第八十八卷）
十忍（出仁王護國般若經疏第三卷）
慈忍十種利益（出月燈三昧經第七卷）
精進十種利益（出月燈三昧經第七卷）
禪定十種利益（出月燈三昧經第七卷）
坐禪人十種行（出解脫道論第四卷）
般若十種利益（出月燈三昧經第七卷）

聞經十益 出華嚴經疏第一卷

多聞十種利益 出月燈三昧經第七卷

十法行 出辯中邊論下卷

十種行願 出華嚴普賢菩薩行願品第四十卷

十度各三行 出成唯識論第九卷

十種有依行輪 出地藏十輪經第六卷

十種發心 出華嚴經隨疏演義鈔第二十四卷

十念 出諸經要集第二卷

第三十三卷

念佛十種心 出大寶積經第九十二卷

十種方便 出晉譯華嚴經第四十一卷

十行偈 出楞嚴經第八卷

十魔 出華嚴經隨疏演義鈔第二十九卷

十種鬼 出楞嚴經第八卷

十纏 出翻譯名義第六卷煩惱惑業篇

十使 出法界次第初門上卷

十惡 出法界次第初門上卷

十習因 出楞嚴經第八卷

十種見 出瑜伽師地論第八卷

十惡果報 出華嚴經第三十五卷

十不增長業 出瑜伽師地論第九卷

十種說三世 出華嚴經第五十三卷

粥有十利 出摩訶僧祇律第一十九卷

飲酒十過 出四分律藏第六十卷

食肉十過 出法苑珠林第九十三卷

十大數 出華嚴經第四十五卷

佛十一持 出華嚴經第五十三卷

月有十一事喻如來 出大涅槃經第三十卷

師子吼爲十一事 出涅槃經第二十七卷

十一智 出大般若經第三卷

十一善 出成唯識論第六卷

合九十五種外道爲十一宗 出華嚴演義鈔九卷

十一色 出大乘廣五蘊論

十一聲 出華嚴經隨疏演義鈔第八卷

藥師如來十二大願 出藥師如來本願功德經

第三十四卷

十二分經 亦名十二部 出大智度論第三十三卷

十二因緣 出天台四教儀

十二入 出法界次第初門上卷

十二頭陀行 出十二頭陀經

十二惡律儀 出雜阿毘曇心論第三卷

十二妄想 出楞伽阿跋多羅寶經第二卷

十二隨眠 出衆事分阿毘曇論第三卷

十二類生 出楞嚴經第七卷

十二事法 出教乘法數

日冷十三緣 出長阿含經第二十二卷

十四無畏 出楞嚴經第六卷

念誦忌十五地 出一字佛頂輪王經第二卷

十五種無明 出鞞婆沙論第二卷

十六觀門 出觀無量壽佛經

十六特勝 出法界次第初門上卷

十六大力 出三昧弘道廣顯定意經第二卷

第三十五卷

十六知見 出大智度論第三十五卷

十六大阿羅漢 出難提蜜多羅所說法住記第四卷

十六遊增地獄 出諸經要集第十八卷

大乘修多羅有十七名 出法華經優提舍論上卷

十八不共法 出法界次第初門下卷

十八空 出大智度論第三十一卷

十八界 出法界次第初門上卷

十八學人（出天台四教儀集註）

十八支（出法界次第初門上卷）

二十重華藏莊嚴世界海（出華嚴經第九卷）

二十諸天（出諸天傳未入藏）

二十空（出大般若經第四十七卷）

二十種小乘外道涅槃（出外道小乘涅槃論）

二十種煩惱隨眠（出瑜伽師地論第五十九卷）

二十種煩惱現行（出瑜伽師地論第五十九卷）

二十種隨煩惱（出華嚴經隨疏演義鈔第二十三卷）

二十難（出四十二章經）

第三十六卷

二十五圓通（出楞嚴經第六卷）

二十五護戒神（出法苑珠林第八十八卷）

二十五有（出天台四教儀）

二十五三昧破二十五有（出法華玄義第四卷）

二十五種外道冥諦（出華嚴經隨疏演義鈔第九卷）

二十八天（出天台四教儀）

二十八宿（出法苑珠林第四卷）

三十一色（出翻譯名義第三卷顯色篇）

如來三十二相（出法界次第初門下卷）

三十二應（出楞嚴經第六卷）

三十四心斷結（出天台四教儀集註）

三十六物（出華嚴經隨疏演義鈔第三十卷）

第三十七卷

三十七道品（出法界次第初門中卷）

四十二字門（出華嚴經第七十六卷）

四十八願（出大彌陀經上卷）

善財五十三參（出華嚴經第六十二卷至八十卷）

六十二見（出涅槃經第二十五卷）

佛六十四種梵音（出不思議祕密大乘經第七卷）

第三十八卷

大明三藏法數總目卷下

大明三藏法數卷第一

上天竺前住持沙門一如等奉　勑集註

一心（出華嚴經）一心者一念之心也心性周徧虛徹靈通散之則應萬事斂之而成一念是故若善若惡若聖若凡無不皆由此心以心本具萬法而能成立衆事經云三界無別法惟是一心作是也（三界者欲界色界無色界也）

一心約教有異（出華嚴一乘教義分齊章）謂賢首祖師一宗判教有五蓋小教假四諦而說心得悟解始教約第八識心了一切緣生之法皆空各無自性而受異熟之果終教言恒沙一切性妙功德具於如來藏心頓教即於一念不生之心無染無淨頓顯理性圓教主伴圓融法法無礙一即一切一切即一卷舒自在總該萬有然教雖有五而不出一心是名一心約教有異（第八識即藏識也異熟果者如以前世善惡之業爲因而感今世善惡之果以其異生而熟故名異熟也）

一善心（出涅槃經）心即以根對塵所起一念之心也若起一念惡即消滅衆善若起一念善即破除衆惡故經云脩一善心破百種惡是也

一人（出仁王護國經）一人者佛也佛本於人中得道故亦稱人世間出世間最尊最勝故名一人經云三賢十聖住果報惟佛一人居淨土是也（三賢即十住十行十回向諸位菩薩也十聖即十地菩薩也果報即實報土也淨土即常寂光淨土也）

一身（出華嚴經）身即法身也蓋十方諸佛無明之惑淨盡法性之體全彰無有自他色相之異故名一身經云一切諸佛身惟是一法身是也

一虚（出普賢行願品疏）　謂如來眞身無形無相猶若虚空雖同一虚萬像森然雖含萬像一相不立疏云寂寥於萬化之域動用於一虚之中是也

一月喻三身（出寶王論）　一月喻三身者以月體喻法身月光喻報身月影喻應身也葢由法身即是常住之理理體惟一不遷不變而能出生諸法統攝萬事猶如月體一輪在天影含衆水報身即是寂照之智智無自體依理而發明了一切無有差謬猶如月光照臨萬像無有隱形應身即是變化之用用無自性從體而起有感則通無感不應猶如月影有水則現無水不顯然此三身本是一體從用立名故有多種論云法身如月之體報身如月之光應身如月之影是也

一月三舟喻（出華嚴經疏）　謂澄江一月三舟共觀一舟停住二舟向南北行向南者見月隨南向北者見月隨北停舟者見月不移葢譬如來智無不周體無不在無依無住無去無來皆由衆生緣有生熟故見如來有去住相法身之體本無去住也一月喻佛三舟喻世間衆生見佛不同是名一月三舟喻也

一法（出華嚴經）　法即軌則之義謂諸佛菩薩莫不軌則眞如之法脩之而成正覺故經云惟以一法而得出離成阿耨多羅三藐三菩提是也（梵語阿耨多羅三藐三菩提華言無上正等正覺）

一理（出法華經玄義）　一理者諸法之本體也理性容攝其大無外諸法雖殊理元是一理雖是

一而能統貫諸法諸法雖殊莫不本乎一理事理融通法法無礙是則世間出世間法皆不外乎此也

一乘（出法華經）一乘者佛乘也乘即運載之義佛說一乘之法爲令衆生依比脩行出離生死苦海運至涅槃彼岸故喻以七寶大車而導之以大白牛也佛之出世意欲直說法華蓋由衆生機器不等於是先說三乘之法而調熟之故經云於一乘道分別說三後至法華會三乘之小行歸廣大之一乘又云十方佛土中惟有一乘法是也（梵語涅槃華言滅度七寶者金銀琉璃玻瓈硨磲碼碯赤真珠也三乘者聲聞乘緣覺乘菩薩乘也）

一雨（出法華經）一雨者喻佛所說一乘之法也蓋佛說法華惟談圓教一實相理純一無雜即是如來一音宣澍一乘法雨咸令衆生開佛知見經云一雨所潤是也

一門（出法華經）門者即能通之義一謂一理即是所通門謂正教即是能通蓋譬佛所說一乘之教則能通於實相之理經云惟有一門是也

一味（出法華經并法華玄義）一味者喻法華一乘之教也如來說法必稱機宜以其機有大小故歷四時三教漸次調停令其入大然後高會靈山純談一妙開前四時三教之法即是圓妙一乘一乘之外更無別法故經云決了聲聞法是諸經之王是以無垢藏王菩薩於涅槃會上白佛言佛說十二部經譬如從牛出乳蓋喻初時說華嚴經也次云從乳出酪喻華嚴經後第二時說阿含

經也次云從酪出生酥喻阿含經後第三時說淨名寶積等經也次云從生酥出熟酥喻淨名等經後第四時說般若經也次云從熟酥出醍醐喻般若經後第五時說法華涅槃經也如此展轉相從說者據如來施化次第而言耳若據法華開前諸教諸乘即是圓妙一乘則顯乳酪二酥皆成一醍醐味經云一相一味是也（四時者華嚴時鹿苑時方等時般若時也三教者藏教通教別教也十二部經者一契經二重頌三授記四孤起五無問自說六因緣七譬喻八本事九本生十方廣十一未曾有十二論義也）

一大事因緣（出法華經）一即一實相也其性廣博故名爲大如來出世度生之儀式故名爲事衆生具此實相而能成機感佛故名爲因如來證此實相而能起應度生故名爲緣一切如來出現於世皆爲開示一切衆生本有實相令其咸得悟入佛之知見捨此則非如來出世本懷經云如來惟以一大事因緣故出現於世是也

一覺（出起信論）一覺者十界衆生本性之覺也謂六道衆生業惑所覆不能覺了名爲不覺三乘之人斷惑證理未能究竟名隨分覺惟佛一人諸惑淨盡徹見本性名究竟覺迷悟雖殊覺體本一論云本來平等同一覺故是也（十界者佛界菩薩界緣覺界聲聞界天界人界阿脩羅界餓鬼界畜生界地獄界也佛亦名衆生者佛爲無上衆生也六道者天道人道阿脩羅道餓鬼道畜生道地獄道也三乘者菩薩乘緣覺乘聲聞乘也）

一道（出華嚴經）一道者一實之道即佛所說最上乘之法也若依此道而脩則能頓斷諸惑頓出生死非如二乘等次第超出經云一

切無礙人一道出生死是也（二乘者緣覺乘聲聞乘也）

第一義（出大集經）第一義者即無上甚深之妙理也其體湛寂其性虛融無名無相絕議絕思經云甚深之理不可說第一義諦無聲字是也（無聲字者謂離語言文字之相也）

一實諦（出涅槃經）謂一實相中道之理也無有虛妄無有顛倒若聖若凡性本不二故名一實諦也

一實相印（出法華玄義）一實相者謂真實之理無二無別離諸虛妄之相也印者信也如世之公文得印可信蓋如來所說諸大乘經皆以實相之理印定其說外道不能雜天魔不能破若有實相印即是佛說若無實相印即是魔說經云世尊說實道波旬無此事是也（梵語波旬華言惡釋迦如來出世時魔王名也）

一實境界（出占察善惡業報經）一實境界者即一實相之理也不變不異無滅無生自性清淨離虛妄相猶如虛空平等普徧諸佛眾生無二無別也

一地（出法華經）一地者一實相地也地有能生之義一切草木種子皆依於地而得生長以譬人天聲聞緣覺菩薩一切習因種子皆依五陰之身增長成熟至於法華會上聞佛說一乘法皆成菩薩法性五陰則是一實相地故經云一地所生是也（習因者所作之因習續不斷也五陰者色陰受陰想陰行陰識陰也）

一法印（出宗鏡錄）一法印者謂一念心含攝一切世間出世間法無不悉備然此諸法於一心中炳然顯現如印印泥文無前後故云森羅及萬像一法之所印是也

一法界（出起信論）一法界即一眞如之理體性虛融平等不二也

一眞法界（出華嚴經隨疏演義鈔）無二曰一不妄曰眞交徹融攝故曰法界即是諸佛平等法身從本以來不生不滅非空非有離名離相無内無外惟一眞實不可思議是名一眞法界

一藏（出華嚴經疏）藏即含藏之義謂法界之理竪窮三際横徧十方無德不備無法不攝一一該羅重重無盡若世間法若出世間法無不含藏故名一藏（三際者過去現在未來也）

一會（出法華要義）一會者謂如來於靈山會上與諸大衆說法華經之時也隋天台智者大師於光州大蘇山脩法華三昧誦法華經至藥王菩薩品中是眞精進是名眞法供養如來之句身心豁然寂而入定徹見靈山一會儼然未散是也（梵語三昧華言正定）

一極（出普賢行願品疏）一極者謂華嚴經廣談法界之旨妙極無二也蓋如來出世首爲諸大菩薩說佛菩薩眞實境界不說二乘万便之法是故聲聞緣覺雖在聽次有如聾瞶寂無所聞故疏云一極唱高二乘絕聽是也（二乘者聲聞乘緣覺乘也）

一致（出華嚴經隨疏演義鈔）一致者謂佛乘宗極之趣惟一也如來設化始隨機宜不同故有三乘之說終歸顯實但名佛乘一致之理鈔云混萬化即眞會精麤一致是也（三乘者聲聞乘緣覺乘菩薩乘也）

一源（出華嚴經隨疏演義鈔）一源者甚深法界之體也此體不變不遷非眞非妄因隨緣故有眞

有妄若隨法性淨緣則能出生諸佛之法若隨無明染緣則能出生衆生之法染淨之緣雖别法界之體無殊譬如流水流雖清濁有異所出之源是一也

一體（出法界觀）一體者常住眞心之體也自性清淨一體無二妄想忽生境界頓現於是有情衆生無情國土從一眞心妄分爲二當知有情無情皆是衆生自心所變實非外物故頌云情與非情共一體是也

一偈（出翻譯名義）一偈者西域記云舊曰偈或曰偈他梵音訛也今從正音宜云伽陀華言頌諸經雖五字七字爲句不同皆以四句爲一偈也

一句（出華嚴經）一句者謂經中所說普眼法門一句功德不可思議也經云假使有人以大海量墨須彌聚筆書寫此普眼法門一品中一門一門中一法一法中一義一義中一句不得少分何況能盡是也（普眼者眼外無法名爲普眼）

一言（出圓覺經畧疏）一言者謂圭峯密禪師讀圓覺經未終其卷於一言下豁然開悟乃知自心即是佛心定當作佛故疏序云一言之下心地開通是也

一語（出華嚴經疏）一語者如來之語也經云如來於一語言中演說無邊契經海蓋言於一語中演說妙法無量無邊譬如泉之初發細若一線流之不已爲江爲海無有窮盡也

一名（出涅槃經）一名即名字謂理雖是一假言設施種種不同如經中只一涅槃之名如來隨

機演說亦名無生亦名無作亦名無爲亦名解脫亦名彼岸亦名無退亦名安處亦名寂靜亦名無相亦名無二亦名一行亦名清涼亦名無諍亦名吉祥雖立多種之別只是涅槃一名是爲一名

一字（出大方廣師子吼經）一字者一理之名字也理本無名無字超心意識離性離相無作無示非諸衆生所能思議惟佛如來究盡明了經云法惟一字所謂無字是也

一義（出華嚴經）義即義理即一法中或一句中之一義也

一音（出維摩經）一音者佛之音聲也蓋衆生緣有淺深根有利鈍故於一音之中同聽異聞若是人天根器則聞佛說五戒十善之法若是聲聞根器則聞佛說四諦之法若是緣覺根器則聞佛說十二因緣之法若是菩薩根器則聞佛說六度等法各得解了經云佛以一音演說法衆生隨類各得解是也（五戒者不殺不盜不邪淫不妄語不飲酒也十善者不殺不盜不邪淫不妄言不綺語不兩舌不惡口不貪不嗔不癡也聲聞者聞佛聲教悟眞空理故名聲聞也四諦者苦諦集諦滅諦道諦也緣覺者因觀十二因緣覺眞空理故名緣覺也十二因緣者一無明二行三識四名色五六入六觸七受八愛九取十有十一生十二老死也菩薩者梵語具云菩提薩埵華言覺有情六度者一布施二持戒三忍辱四精進五禪定六智慧也）

一音教（出華嚴經疏）一音教者謂如來一代之教雖有頓漸諸說不同而皆不出一音也故羅什法師云佛一圓音平等無二無思普應機聞自殊是也（梵語羅什華言童壽）

一宗（出華嚴經疏）宗者要也謂諸大乘經所說雖異莫不同乎一理如華嚴之談法界般若

之談佛母法華之談實相等皆以一理爲其宗要鈔云一宗容具多經是也

一相出起信論謂一眞法界之相從本以來離虛妄相離言說相離名字相離一切諸法之相故名一相

一合相出金剛經一合相者蓋言衆塵和合而爲一世界也世界本空微塵不有但衆生不了妄執爲實若是實有即應世界不可分爲微塵若是實無不應微塵合爲世界是知執有執無皆不當理經云如來說一合相即非一合相是名一合相是也

一性出涅槃經一性者即正因佛性也謂一切衆生皆具此性但背覺合塵常爲煩惱之所覆障若順性而脩則能超脫生死悟入涅槃與佛所證無二無別也梵語涅槃華言滅度煩惱者昏煩之法惱亂心神也

一性出華嚴經性以不變爲義上極諸佛下至蠕飛蠢動雖品類萬差莫不本乎一性迷之則成生死悟之而爲涅槃迷悟雖殊其性本一是爲一性也蠕而宣切蟲行貌蠢尺尹切蟲動也梵語涅槃華言滅度

一因出涅槃經一因者謂聖凡平等之理體也蓋此理體諸佛衆生皆性本具初無增減然諸佛悟之而成妙果衆生迷之而流轉諸趣若全此一因而脩圓頓之行則能超出三乘所脩之因而證一乘之果也三乘者聲聞乘緣覺乘菩薩乘也

一如出首楞嚴三昧經不二不異名曰一如即眞如之理也所謂眞如界內絕生佛之假名平等性中無自他之形相故經云魔界如佛

界如一如無二如是也魔梵語具云魔羅華言殺者謂能奪人功德之財殺人智慧之命也佛梵語具云佛陀華言覺者謂能自覺覺他覺行圓滿也魔佛皆言如者魔爲修惡之極佛爲修善之極善惡雖分其性本一故云一如無二如也

一行出涅槃經一行者如來所行之行也行以進趣爲義能行此行則能趣向佛果雖名一行而具足五行故經明五行之後乃云復有一行是如來行謂能於一心中行於五行具足而無缺也五行者聖行梵行天行病行嬰兒行也

一行三昧出文殊師利所說摩訶般若波羅蜜經梵語三昧華言調直定又云正定一行三昧者惟專一行脩習正定也謂脩行之人應處空閑捨諸亂意繫心實理想念一佛專稱名字隨佛方所端身正向能於一佛念念相續而不懈怠於一念中即能得見十方諸佛獲大辯才也

一解脫出涅槃經解脫者無拘無礙自在之謂也一切衆生同有佛性本來解脫良由心生執著妄自迷倒受諸纏縛若能一念反妄歸眞了縛無縛則與諸佛如來同一解脫無有差別經云同一解脫是也

一空出寂調音所問經一空者謂一切諸法皆無自性若色若心若依若正乃至聖凡因果之法雖種種不同求其體性畢竟皆空經云如瓦器中空寶器中空俱同一空無二無別是也依者依報即國土也正者正報即衆生身也

一生出法華經一生者謂等覺菩薩無明之惑未盡尚有一番變易生死過此一生即登妙覺果佛之位所以等覺菩薩稱爲一生補處經云一生當得阿耨多羅三藐三菩提

是也 等覺者望後妙覺猶有一等超前諸位得稱爲覺無明者無所明了即障理之惑也變易者即實報土生死也因移果易故名變易生死妙覺者自覺覺他覺行圓滿不可思議也

一生 出華嚴經隨疏演義鈔 謂善財童子一生之內圓成佛果故慈氏菩薩讚善財言餘諸菩薩於無量劫乃能滿足菩薩行願此長者子於一生內能淨佛土能化衆生是名一生 慈氏菩薩即彌勒菩薩也

一來 出四教儀 一來者謂二果斯陀含於欲界九品思惑中前六品雖盡後三品猶在故更來欲界一番受生是名一來 梵語斯陀含華言一來九品者上中下三品每品中又分三品也

一師 出四分戒品 師者授道之師也凡諸比丘同一師學當須和合歡喜無諍猶如水乳於佛法中庶得增益是名一師 梵語比丘華言乞士

一子 出涅槃經 謂菩薩脩慈悲行視諸衆生猶如一子若見衆生脩習善業勝進聖道心則歡喜若見衆生造作惡業流轉生死心則愁惱譬如父母見子安隱心則歡喜見子遇患心則苦惱經云視諸衆生同於一子是也

一脩 出華嚴經隨疏演義鈔 一脩一切脩者謂上根大智之人全性起脩了脩即性脩性不二事理互融燒香散花無非中道習禪誦經盡是眞如是故一行脩則一切行無不脩焉

一斷 出華嚴經隨疏演義鈔 一斷一切斷者謂上根之人斷惑無漸次也中下根人不知妄惑即是眞智所以斷惑有其漸次上根之人了惑即智達妄即眞惑外無智妄外

無眞所以一斷則一切斷也

一證一切證（出華嚴經隨疏演義鈔）　一證一切證者謂上根之人以圓妙之智照了性境圓融無始無終非淺非深不有不空無法不備無處不通是故一處證入則一切處皆證入矣

一成一切成（出華嚴經疏）　一成一切成者謂一佛成道法界無非此佛之依正也依即所依之土正即能依之身以其迷時則衆生國土皆迷悟時則衆生國土皆悟蓋約一人惟心即具而說故楞嚴經云一人發眞歸源此十方空皆悉消殞是也

一位一切位（出華嚴經疏）　一位一切位者謂上根之人證一地位則具足一切地位之功德也蓋所證之位全是法性法性徧周恒沙功德無不含攝是故證一地位則一切地位功德皆悉具足也

一行一切行（出華嚴經疏）　一行一切行者謂上根之人依於一乘圓融之教建立圓頓之行圓頓行立契合一乘故能於一行中具足一切諸行也

一障一切障（出華嚴經隨疏演義鈔）　一障一切障者謂造惡衆生一念瞋心起百萬障門開一切善根皆悉消滅一切業障同時增長所以一障則一切障也

一念（出華嚴經）　念即心念此之一念有眞有妄若凡夫以根對塵所起之念念念生滅此妄念也若離根塵眞淨明妙虛徹靈通之念即是如來正智之念也此正智之念非生非滅不常不斷促一剎那而非短延無量

劫而非長經云一念普觀無量劫是也（根者眼耳鼻舌身意六根也塵者色聲香味觸法六塵也梵語剎那華言一念劫梵語具云劫波華言分別時節）

一剎那（出仁王護國經）梵語剎那華言一念經云一念中有九十剎那一剎那中有九百生滅俱舍論云時之極少者名剎那是也（念有大小一念者大念也一剎那者小念也）

一根（出楞嚴經）一根即耳根也蓋由此方之人耳根最利聞法易入故文殊選揀圓通之門取耳根爲第一也然以耳根爲圓通門者特假其通入而已必期脫去聲塵反聞自性然後爲復本歸源之至一根既然諸根亦寂經云一根既返源六根成解脫是也（六根者眼根耳根鼻根舌根身根意根也）

一機（出楞嚴經）機謂機關即發起之處也一機以喻耳之一根一根返源諸根解脫經云雖見諸根動要在一機抽是也

一色（出仁王經疏）色者眼根所對之色也色即法界具足三諦以一切法體性融通互攝無礙若一切色即一色此是眞諦忘泯一切法也若一色即一切色此是俗諦建立一切法也若非一非一切亦一亦一切此是中諦雙遮雙照即中道也盡理言之非但色之一塵具足三諦聲香味觸法五塵莫不皆然舉色則一切法皆在於色色外無法舉香則一切法皆在於香香外無法疏云一色一香無非中道是也（法界者法法皆以三諦而爲界分即是理也雙遮雙照者遮謂情照謂照性即雙遮眞俗雙照眞俗也）

一指（出楞嚴經）一指手之一指經云若我滅後其有比丘發心決定脩三摩提能於如來形

像之前身然一燈燒一指節及於身上爇一香炷我說是人無始宿債一時酬畢長揖世間永脱諸漏也（梵語三摩提華言等持離昏沈掉舉曰等持令心住一境性曰持諸漏即三界生死也）

一髮（出摩訶僧祇律）一髮者謂日晷過午一髮許也蓋言脩行之人持齋之法日正當午乃受飲食若日過午一髮許則不當食也

一毫（出普賢行願品疏）疏云一字法門海墨書而不盡一毫之善空界盡而無窮此言華嚴大經功德浩博不可測量不可稱說而虛空界有盡一毫之善無窮也

一毛（出楞嚴經）經云於一毛端現寶王剎此是正報中現依報也由佛具足不思議神通之力故能依中現正正中現依依正融通事理無礙大小相含一多平等故於一毛之端能現寶王剎也

一氣（出圓覺經畧鈔）一氣者道之所宗陰陽天地之根本也以喻自性清淨之心未起染淨已前諸佛衆生平等不二一切諸法莫不皆由此心而生故以一氣喻一心也

一瞬（出摩訶僧祇律）瞬者目動也律云二十瞬名一彈指謂脩行人持齋之法日正當午乃受飲食若日過午一瞬則不當食

一默（出維摩經）默者無言也默必對說諸佛菩薩或說或默皆能顯於妙理故經中三十二菩薩各談不二法門竟文殊師利問維摩詰言仁者當說何等是菩薩入不二法門時維摩詰默然無言文殊歎曰善哉善哉乃至無有文字語言是眞入不二法門此即默而說即說而默也（梵語文殊師利華言妙德梵語維摩

詰華言淨名

一時（出各經之首）一時者佛與弟子說聽和合之時也是故諸經之首皆言一時法華文句云聞持和合非異時是也（聞持者弟子從佛聞法而受持也）

一時一切時（出華嚴經疏）一時一切時者謂一時之間即爲無量刧也蓋如來智境圓融延促無礙故能促多刧爲一時延一時爲多刧經云一念普觀無量刧是也

一食（出維摩詰所說經）一食者世間分段之食也若能於此一食了達三諦卽成法食然後運平等心上供諸佛中奉賢聖下及六道等施無別經云以一食施一切是也（三諦者眞諦俗諦中諦也六道者天道人道脩羅道餓鬼道畜生道地獄道也）

一餐（出法華經）一餐者一餐之食也蓋言聲聞之人於般若會上蒙佛加被爲諸菩薩說大乘法聲聞自謂小乘而於大法不生喜樂譬若見食而不能餐經云而無希取一餐之意是也

一切（出翻譯名義）一是普及之言切是盡際之語又云究竟非二名一其性廣博名切故名一切

一處（出遺教經）一處者謂心專注一境而無他適也脩行之人若能攝心斂念不涉餘緣則所脩行業決可成辦經云制之一處無事不辦是也

一刹（出翻譯名義）刹梵語具云刹摩華言土田即國土也謂一佛所化之境以大千世界而爲一刹也（大千世界者一日一月繞一須彌山照四天下爲一世界一千世界爲小千世界一千小千世界爲中千世界一千中千世界爲大千世界也）

一路出首楞嚴經 路猶道也即能通之義謂諸佛如來離於生死入大涅槃無不皆以首楞嚴大定而爲正路捨此則無由而入經云十方薄伽梵一路涅槃門是也 梵語涅槃華言滅度梵語首楞嚴華言健相又云一切事究竟堅固梵語薄伽梵佛之總號其義有六自在熾盛端嚴名稱吉祥尊貴爲合多義故不翻也

一塵出華嚴經 一塵者一微塵也經云譬如有大經卷量等大千世界而全住在一微塵中一微塵既然一切微塵皆亦如是時有一人謂佛也 智慧明達有淨天眼見此經卷在微塵內即以方便破此微塵出此經卷令諸衆生普得饒益以譬一切衆生身中具有如來無礙智慧但由衆生妄想顚倒而不自覺惟有諸佛乃能知之即以方便令諸衆生修於聖道破除虛妄煩惱顯出如來眞實智慧故云一塵之內有大千經卷是也

一漚出楞嚴經 漚者水泡也海本澄湛因風飄鼓發起水泡以譬大覺之性眞淨明妙因心妄動生起虛空世界虛空世界在大覺性中如大海中之一漚耳經云空生大覺中如海一漚發是也

一蓋出維摩詰所說經 經云毗耶離城有長者子名曰寶積與五百長者子俱持七寶蓋來供養佛佛之威神令諸寶蓋合成一蓋徧覆大千世界而此世界廣長之相悉於中現五百蓋者表五陰也合成一蓋者表一心也以顯五陰之法全是一心也 梵語毗耶離華言廣博嚴淨五陰者色陰受陰想陰行陰識陰也

一針出梵網經 經云一針一草不得故盜謂持戒

之人雖是微細之物不得故意盜取也

一花（出梵網經）經云我今盧舍那方坐蓮華臺（我者釋迦佛自謂也梵語盧舍那華言淨滿諸惑究盡謂之淨衆德悉圓謂之滿也方坐者方正也謂安住正法也蓮華者華藏世界也以其形似蓮華故以名之臺者華藏世界之中央也華嚴經云風輪持香海香海出蓮花蓮花持世界是也）周帀千花上復現千釋迦（蓮花有千葉故云千花一花葉上現一釋迦佛故云復現千釋迦此千釋迦乃從盧舍那佛出現也）一花百億國一國一釋迦（於一花葉復現百億國土每一國土又現一釋迦佛則有千百億國土千百億釋迦佛此千百億釋迦乃從千葉上千釋迦現出也通而言之盧舍那佛現出千釋迦千釋迦佛現出千百億釋迦今此四天下乃是千百億國土中之一土釋迦牟尼佛乃是千百億釋迦中之一佛也）

一燈（出華嚴經）謂燈能破暗以喻菩提之心能破煩惱之暗也故經云譬如一燈入於暗室百千年暗悉能破盡菩提心燈亦復如是入於衆生心室之內百千萬億不可說刦諸業煩惱種種暗障悉能除盡故名一燈（梵語菩提華言道）

二法身（出華嚴經䟽）

一理法身　理即性德也謂性淨明體本來離念等虛空界無所不徧諸佛衆生皆同一相是名理法身

二智法身　智即修德也謂究竟始覺之智契合清淨本覺之理理智互融色心不二智所現故是名智法身

二法身（出無著論）

一智相法身　謂具足智慧方能演說諸法是則說法爲智慧之相由此智相得至法身住處故名智相法身

二福相法身　謂以大千世界七寶布施不如受持一四句偈故金剛經云於此經中受持乃至四句偈等爲人演說其福勝彼由此福相得至法身住處故名福相法身（七寶者金銀琉

璃玻瓈硨磲碼碯赤真珠也

二法身（出起信論疏）

一言說法身　謂法身無相本離言說雖離言說非言莫顯故名言說法身

二證得法身　謂法身體遍物物皆具但以迷故不能究顯若不造脩何由證得故以始覺之心契於本覺之理始本不二即究竟覺是名證得法身

二佛身（出涅槃經）

一法性身　法性即法身也謂此法性之身徧滿十方無量無邊色像端正相好莊嚴以無量光明無量音聲能度十方法身菩薩是名法性身

二生死身　謂佛以方便力現生現滅示初出家乃至成佛得道一切惡法盡斷一切善法悉皆成就次第說法度諸衆生是名生死身

二佛身（出涅槃經）

一生身　生身者謂從父母所生即佛應化之身也

二法身　法身者謂本有法性之身若佛出世及不出世常住不動無有變易也

二佛身（出涅槃經）

一常身　如來常住解脫之身衆德悉備萬行俱圓先百千萬億劫而不見其生後百千萬億劫而不見其滅是名常身也

二無常身　如來方便爲欲度脫一切衆生示現生死之身出家修道成佛說法入於涅槃是名無常身也（梵語涅槃華言滅度）

二身（出華嚴經疏）

一真身　真身者真智與法身合故名真身起信論云自體有大智慧光明遍照法界是也

二應身　應身者應周萬物化洽衆生隨其心量現種種身譬如一月現於衆水而無去來之相金光明經云應物現形如水中月是也

二種色身 出佛地經論

一實色身　實即實有謂諸如來因中於無數刦所修相好等業至于果成感得無量相好莊嚴其身周遍法界是名實色身

二化色身　化即變化謂諸如來由大悲願力爲大菩薩衆現種種身種種相好種種言音隨時隨處隨衆所宜所現身形其量不定是名化色身

大小二化身 出華嚴經隨疏演義鈔

一大化身　謂佛被大乘菩薩之機或現八萬四千相好之身或現微塵數相好之身滿虛空中是名大化身

二小化身　謂佛被小乘及人天等機或現三十二相一丈六尺之身是名小化身 三十二相者足安平相千輻輪相手指纖長相手足柔軟相手足縵網相足跟滿足相足趺高好相腨如鹿王相手過膝相馬陰藏相身縱廣相毛孔生青色相身毛上靡相身金色相身光面各一丈相皮膚細滑相七處平滿相兩腋滿相身如獅子相身端直相肩圓滿相四十齒相齒白齊密相四牙白淨相頰車如師子相咽中津液得上味相廣長舌相梵音深遠相眼色如金精相眼睫如牛王相眉間白毫相頂肉髻成相也

佛二種十身 出華嚴經疏

一融三世間爲十身　融即融會之義隔別名世間差名間即衆生國土智正覺之三世間也言融三世間爲十身者衆生身業報身即衆生世間國土身即國土世間聲聞身緣覺身菩薩身如來身智身法身虛空身即智正覺世間也

二佛自具十身　佛自具十身者一菩提身二願身三化身四力持身五相好莊嚴身六威勢身七意生身八福德身九法身十智身也 梵語菩提華言道

二覺 出翻譯名義

一自覺　謂覺知過去未來現在三世一切諸法常無常等悟性眞空了惑

虚妄功成妙智能自開覺故名自覺 二覺他 謂自既覺已運無緣慈廣說諸法開悟衆生皆令離生死苦得涅槃樂故名覺他

二覺 出起信論 一本覺 謂衆生心體靈明虛廓本來離念等虛空界無處不徧即是如來平等法身是名本覺 二始覺 謂衆生本覺心源由無明熏動覺成不覺多刧在迷今始覺悟是名始覺始覺究竟即成佛也

二種佛境 出華嚴經䟽 一證境 謂眞如法性之理是諸佛所證之境界離念絶想皆悉眞如是名證境 二化境 謂十方國土皆是如來所化境界是名化境

二種身土 出佛地經論 身即能依之色身土即所依之國土既有能依之身必有所依之土故名二種身土 一自受用身土 自受用身土者謂自已修因之所感稱性受用種種法樂自在無礙故身名自受用身亦名圓滿報身土名自受用土亦名實報莊嚴土蓋諸佛如來歷無數刧修習無量善根所感周徧法界身土爲自受用諸大菩薩但可得聞而不能見也 二他受用身土 他受用身土者謂他機之所感見也蓋諸佛如來爲令諸菩薩衆受大法樂進修勝行隨宜而現或勝或劣或大或小轉變不定令他受用也

身土二不相離 出宗鏡録 二不相離者謂身土二法皆不離法性也 一法性屬佛爲法性身 謂佛了悟眞如法性復以法性爲身故名法性屬佛爲法性身 二法性屬法爲法性土 謂眞如法性之理譬如虛空徧一切處

乃是法身所證之體即爲所依之土故名法性屬法爲法性土

二種神力（出大智度論）

一令遠處見聞　令遠處見聞者謂佛在一處說法以神通力令他方異土衆生皆獲見聞也

二令各各見佛　令各各見佛者謂佛在一處說法能令一一衆生各自見佛在前說法譬如日出影現衆水也

二宿因力（出華嚴經疏）

宿因力者謂遮那世尊宿世願因爲化衆生發願修行而成佛果爲酬宿願故今出世悲智雙運行願齊周乃以無障解脫之智頓闡華嚴一乘圓教法門普令法界衆生深悟如來智慧然佛宿因雖多略開二種焉

一大願力　謂佛於因中發大誓願度諸衆生令已成佛乘大願力示現十方世界說法度生現相品云毗盧遮那佛願力周法界一切國土中恒轉無上輪是也（梵語毗盧遮那華言遍一切處亦云光明遍照）

二昔行力　謂佛昔於無量劫依願起行行成得果方能演說諸法廣化衆生故主山神偈云往修勝行無有邊今獲神通亦無量法門廣闢如塵數悉使衆生深悟喜是也

二足（出金剛經纂要疏）

一福足　謂佛於因中修行布施持戒忍辱精進禪定五度之福今於果上成就應身相好圓滿萬德莊嚴是爲福足

二慧足　謂佛於因中由修般若妙慧成就法身圓極眞常滿菩提果衆智莊嚴是爲慧足（梵語菩提華言道）

悉達太子二相（出佛本行集經）

梵語悉達華言頓吉即佛幼時之名也二相者謂佛初生時淨

飯王令相師占之相師云太子相好具有輪王及成佛之相也

一輪王相 輪王相者謂轉輪聖王亦具三十二相也相師言太子具足是相若其在家當作轉輪聖王王四天下也三十二相者足安平相千輻輪相手指纖長相手足柔軟相手足縵網相足跟滿足相足趺高妙相腨如鹿王相手過膝相馬陰藏相身縱廣相毛孔生青色相身毛上靡相身金色相身光面各一丈相皮膚細滑相七處平滿相兩腋滿相身如師子相身端直相肩圓滿相四十齒相齒白齊密相四牙白淨相頰車如師子相咽中津液得上味相廣長舌相梵音深遠相眼色如金精相眼睫如牛王相眉間白毫相頂肉髻成相也四天下即四洲東弗于逮南閻浮提西瞿耶尼北鬱單越也

二成佛相 成佛相者佛具三十二相相師言太子具足是相若捨王位出家求道必得成佛名遍十方化導一切也

二種舍利出翻譯名義

一生身舍利 梵語舍利又云設利羅華言骨身謂如來應身滅度既闍維後所有舍利其色有三骨舍利色白髮舍利色黑肉舍利色赤體性堅固椎擊不碎若菩薩羅漢者其色則同而堅固不及光明經云此舍利者是戒定慧之所熏修甚難可得最上福田故人能起塔供養則得無量福報也梵語闍維華言焚燒

二法身舍利 大論云經卷是法身舍利謂如來所說中道實相之理不遷不變無滅無生亘古今而恒存彌天地而普覆人能至心如法受持即是得見如來法身其所獲福無量無邊故法華經云若經卷所住之處皆應起塔供養不須復安舍利此中已有如來全身是也

二法出華嚴經疏

一勝義法 勝義法即涅槃也謂涅槃之法其義最勝故名勝義法梵語涅槃華言

滅度

二法相法 法相法即四諦法也謂四諦之法各有相狀是名法相法四諦者苦諦集諦滅諦道諦也

二法出楞伽經

一自得法 謂佛自行證得之法與十方佛無增無減是名自得法

二本住法 謂法界之法本來常住有佛無佛性相常然是名本住法

二種法性出地持經 法即軌則之義性即不改之義謂一切法性無改易皆可軌則而修故名法性

一實法性 謂一實之理離虛妄相本性平等無有變易一切諸佛莫不軌此法性修之而成正覺是名實法性

二事法性 謂世間種種諸法皆依於理施設建立所謂地水火風五陰等法隨俗所知所見雖屬於事實不外乎法性之理是名事法性五陰者色陰受陰想陰行陰識陰也

契經二義出阿毘達磨大毘婆沙論 契者上契諸佛之理下契衆生之機經者法也常也如來所說契經有此結集刊定之二義也

一結集義 謂如來契經攝持衆義冠有情心令無忘失猶結華鬘冠衆生首久無遺散也

二刊定義 謂如來契經裁斷衆義了別是非去惡留善猶匠繩墨治彼衆材斷邪歸正去曲留直也

二般若出大智度論 梵語般若華言智慧謂佛於般若會上說通別圓三教之法故有共不共般若之名也

一共般若 共般若者即通教也通即通共之義謂聲聞緣覺菩薩三乘之人共依此教而修證也

二不共般若 不共般若者即別圓二教也謂此別圓二

教唯談菩薩修行之法不與聲聞緣覺之所共也

二般若出華嚴經疏

一實相般若　實相般若者謂本覺之理非寂非照離虛妄相名爲實相即一切種智也非寂非照者寂謂寂靜照謂照明寂照皆言非者用遮一邊以顯中道實相之德也

二觀照般若　觀照般若者謂觀照之德非照而照了法無相名爲觀照即一切智也非照而照者謂理本非照因觀而照以顯觀照之德也

般若二種相出地藏十輪經

一世間般若　謂諸菩薩唯依讀誦書寫爲他演說三乘道教勸正修行滅除煩惱惑業不行寂靜眞實般若常行有見有相般若如是般若有取有著是名世間般若有見有相般若即世間之智如劬賓大臣分閻浮提七分而能息諍智滿祖師云正取世間之智爲般若也

二出世間般若　謂諸菩薩精勤修習菩提道時隨力聽聞爲他演說三乘正法而於其中心如虛空平等寂滅離諸名相如是般若無取無著是名出世間般若三乘者聲聞乘緣覺乘菩薩乘也

二種般若莊嚴出般若經并大智度論　梵語般若華言智慧謂智慧能嚴飾法身故名般若莊嚴

一巳莊嚴　謂人能修習智慧如著美妙瓔珞莊嚴其身是名巳莊嚴

二未莊嚴　謂人未能修習智慧如無瓔珞嚴飾其身是名未莊嚴

金剛二義出金剛經助顯錄　金剛者金中最剛故云金剛而小品般若以金剛立題者具有堅利二義焉梵語般若華言智慧

一堅義　堅義者謂金剛之堅萬物不能碎壞以喻般若之體眞常清淨不變不遷煩惱不能亂邪魔不能

動此即實相般若也【二利義】利義者謂金剛之利能碎壞萬物以喻般若之用能斷惑著照五蘊空度諸苦厄此即觀照般若也五蘊者色蘊受蘊想蘊行蘊識蘊也

法華二妙出法華玄義妙名不可思議非諸菩薩心思口議故也此之二妙正論法華開權顯實之意妙名一唱待絶俱時故相待論判則顯法華出前四時三教之上絶待論開復能開前令皆圓妙也開權顯實者開者發也拓也聲聞緣覺菩薩三乘之法是權佛乘是實佛說法華正爲開三乘之權顯一乘之實故經云十方佛土中唯有一乘法又云決了聲聞法是諸經之王四時者華嚴時鹿苑時方等時般若時也三教者藏教通教別教也

【一相待妙】彼此互形曰相以彼望此曰待彼此互形者形即形比之義謂以前四時三教所說之法爲麤形後法華所說之法爲妙以彼望此曰待者待即待對謂對前之麤顯後之妙也

【二絶待妙】絶前諸麤無復形待謂法華開三乘之權即是佛乘之實實外無權權外無實實即是權權即是實故云絶待妙也

大明三藏法數卷第一

大明三藏法數卷第二

上天竺前住持沙門一如等奉　勑集註

迹本二門（出法華玄義釋籤）　門即能通之義謂由此門皆能通至實相也然此二門惟法華一經明之蓋非本無以垂迹非迹無以顯本本迹雖殊皆不思議故稱爲妙諸經但論釋迦近得成佛之迹而不言久遠已成之本則顯法華已今當說最爲第一故得爲經中王也（實相者離虛妄相名爲實相即中道眞實之妙理也已今當說者般若之前皆爲已說無量義經爲今說涅槃經爲當說）

〔一迹門〕法華經中前十四品名爲迹門迹猶足迹譬如人之所居則有行往之迹也蓋論釋迦最初成道已來及中間施化節節唱生唱滅以至于今成佛度生皆是從本垂迹故名迹門也

〔二本門〕法華經中後十四品名爲本門本爲根本如樹木之有根也蓋論釋迦塵點刼前已得成佛故經云一切世間天人阿修羅皆謂今釋迦牟尼佛出釋氏宮去伽耶城不遠坐於道場得成正覺然我實成佛以來無量無邊百千萬億那由他刼從是以來我常在此娑婆世界說法教化此是開迹顯本故名本門也（梵語伽耶華言山城梵語那由他華言萬億梵語娑婆華言能忍）

二種一乘（出華嚴經疏）　一乘者謂華嚴一乘圓教也於此一乘有同有別故云二種一乘也

〔一同教一乘〕同者即同於終頓二教也然終教但詮一性一相理事無礙頓教但詮無二無三言思斯絕今此同教具詮一性一相理事無礙無二無三言思斯絕同彼二教俱顯一乘故名同教一乘也（無二者無聲聞

緣覺也無三者兼無菩薩也【二別教一乘】別者即別異小始終頓之四教也然此別教唯辨圓融具德事事無礙隨舉一法即攝一切無盡法門一一法門逈異餘教故名別教一乘也

二種莊嚴 出涅槃經 莊即端莊嚴即嚴飾謂智慧福德二種皆能莊嚴法身也【一智慧莊嚴】謂諸菩薩從初發心乃至究竟無明淨盡佛性現前所有智慧能顯法身是名智慧莊嚴【二福德莊嚴】謂諸菩薩修行六度萬行具足所有福德能顯法身是名福德莊嚴 六度者一布施二持戒三忍辱四精進五禪定六智慧也

二種莊嚴 出金剛經纂要疏

金剛經云莊嚴佛土者即非莊嚴是名莊嚴非莊嚴者即形相莊嚴也是名莊嚴者即第一義莊嚴也【一形相莊嚴】謂人若分別佛土是有爲形相而言我能成就者彼且住著色聲等境非眞莊嚴是名形相莊嚴【二第一義莊嚴】謂以無所住著清淨之心依眞實智慧通達自性之土唯心顯現此是正智成就佛土是名第一義莊嚴

二如來藏 出大乘止觀法門 如來者即理性如來也藏以含攝爲義謂一切衆生煩惱心中具足無量無邊不可思議無漏清淨之業如石中有金木中有火故云垢藏之中佛性滿足是名如來藏也【一空如來藏】謂此心性雖隨染淨之緣建立生死涅槃等法然心體平等離性離相非唯所起染淨等法皆空而能起之心亦不可得是名空如來藏【二不空如來藏】謂此心性具足無漏清

淨功德及諸有漏業惑染法包藏含攝無德不備無法不現故名不空如來藏

二經體出華嚴經疏

一文是所依體 文是所依體者文即文字爲一切義理所依復爲能詮契經之體也

二義是能依體 義是能依體者謂一切義理皆依文字而顯故義是能依而與文字同爲能詮契經之體也

二涅槃出金光明經玄義 梵語涅槃華言滅度

一性淨涅槃 謂諸法實相之理不可染不可淨不染即不生不淨即不滅不生不滅名性淨涅槃諸法實相者十界因果之法本來離虛妄相相相皆實故名實相不可染不可淨者謂實相之理惑不能染智不能淨不染即不生者既無惑染豈有法生不淨即不滅者既非智淨豈有法滅是故名爲不生不滅

二方便淨涅槃 方便猶善巧也智既契理即照羣機照必無應機感即生此生非生機緣既盡應身即滅此滅非滅不生不滅名方便淨涅槃此生非生者謂機感即生心常寂滅也此滅非滅者謂緣盡即滅應用常與也

二涅槃出大智度論

一有餘涅槃 謂見思煩惱已斷尚餘現受色身未滅是名有餘涅槃見思煩惱即見思二惑意識起諸分別日見惑於塵境起諸貪愛曰思惑

二無餘涅槃 謂見思二惑與所受五衆之身俱得滅盡無有遺餘是名無餘涅槃五衆即五陰謂色受想行識也

二法相違出瑜伽師地論

一煩惱 昏煩之法惱亂心神即無明貪愛之惑也謂諸衆生隨順煩惱流轉生死故違涅槃之道也

二涅槃 梵語涅槃華言滅度謂諸衆生厭生死苦修習梵行斷諸煩惱證大涅槃故違煩惱之惑也

二智（出華嚴經隨疏演義鈔）

一如理智　謂諸佛菩薩以如實之智徹見實際之理妙極寂靜無增無減是名如理智

二如量智　謂諸佛菩薩究竟通達一切境界若見衆生乖於理智則成生死若見衆生稱於理智則得涅槃是名如量智

二智（出攝大乘論）

一根本智　根本智亦名無分別智謂此智不依於心不緣外境了一切法皆即眞如境智無異如人開目外無分別由此無分別智能生種種分別是名根本智

二後得智　謂依止於心緣於外境種種分別境智有異如人開目衆色顯現以其於根本智後而得此智是名後得智

二智（出大集經）

一盡智　謂阿羅漢斷三界見思惑竟即知我生已盡梵行清淨是名盡智（梵語阿羅漢華言無生亦云無學）

二無生智　謂阿羅漢斷三界見思煩惱已盡知諸縛解更不三界受生是名無生智（三界者欲界色界無色界也）

二智（出觀音玄義）

一一切智　謂於一切內法內名能知能解一切外法外名亦能知能解是名一切智即聲聞緣覺之智也（內法內名者謂理內所詮法相及能詮名字蓋佛教依理而說故名理內也外法外名者即理外所詮法相及能詮名字蓋外道等違理橫計故名理外也）

二道種智　道種智者謂能用諸佛一切道法發起衆生一切善種是名道種智即菩薩之智也

二智（出華嚴經隨疏演義鈔）

一觀察智　謂以智慧照了人法二空所顯眞如之理了知能證所證二俱不可得是名觀察智（能證者謂能證之智所證者謂所證之理）

二取相智　謂善取法界之相若事若理以智慧照了悉使法法圓融事理無礙

是名取相智也

二眞如（出華嚴經隨疏演義鈔）

【一安立眞如】體非僞妄曰眞，性無改異曰如，即一實相之體也。謂眞如之體，能生世間出世間一切諸法，而得安住，故名安立眞如。

【二非安立眞如】謂眞如之法，從本已來性自清淨，離一切相，寂滅無爲，故名非安立眞如。

二眞如（出起信論疏）

【一離言眞如】謂眞如之體，離名字相，離心緣相，離言說相，故名離言眞如。

【二依言眞如】謂眞如之體，性本虛融，不礙言說，以依言說能顯眞如，故名依言眞如。

二眞如（出起信論疏）

【一不變眞如】謂眞如之體，從本已來畢竟平等，無有變易，不可破壞，體恒寂靜，無一異相，故名不變眞如。

【二隨緣眞如】謂眞如之性，本無生滅，然因無明熏動，起一切相，如水因風，妄波忽動，若風止息，動相元無，故名隨緣眞如。

二種如如（出佛性論）

【一如如智】謂眞如妙智，本來清淨，無明不能覆，煩惱不能染，照了諸法平等不二，以其智如如境，故名如如智。

【二如如境】謂眞如妙境，常住一相，量等虛空，不遷不變，無滅無生，以其境如如智，故名如如境。

二心（出蓮宗寶鑑）

【一眞心】謂自性清淨之心，眞淨明妙，虛徹靈通，離虛妄想，故曰眞心。

【二妄心】謂全眞成妄，隨境生滅，念念不實，故曰妄心。（隨境者，隨順色聲香味觸法六塵之境也。）

二心（出唯識論）

【一相應心】應即當也。謂一念妄心虛妄分別，而與煩惱諸惑相應，是名相應

心**二不相應心**謂常住眞心古今一相自性清淨而與煩惱諸惑永不相應是名不相應心

二種心相（出占察經）**一心内相**謂心體本相如如不異清淨圓滿無障無礙微密難見遍一切處是名心内相**二心外相**謂心隨有所念種種境界皆悉現前是名心外相

二種性（出楞伽經）種即能生之種性即數習之性非理性之性也**一聖種性**謂聲聞觀五陰苦空厭惡生死忻求涅槃則成聲聞種性緣覺觀五陰緣起修遠離行則成圓覺種性佛即覺了五陰等法本來空寂無生無滅三惑俱遣衆德悉備則成佛種性經中不言菩薩種性者菩薩所修之行即成佛之種性故不言也（三惑者見思惑塵沙惑無明惑也五陰者色陰受陰想陰行陰識陰也）**二愚夫種性**謂愚癡凡夫於五陰諸法及世間事種種妄想分別非有爲有無常計常隨事執著則成愚夫種性也

二種性（出大智度論）**一總性**謂一切諸法性本空寂無生無滅無來無去無入無出故名總性**二別性**謂人喜作惡則以惡爲性好集善事則以善爲性如火以熱爲性水以濕爲性故名別性

二種性（出地持經）種即種子有發生之義性即性分乃自分不改之義以由菩薩根性不定故有二種之分也**一性種性**性種性者即本性爲性也謂菩薩六入殊勝分別一切諸法悉皆明了也（六入者謂眼入色耳入聲鼻入香舌入味身入觸意入法也殊勝者菩薩根有勝力故所見色等一一殊勝也）**二習種性**

習種性者即數習爲性也謂菩薩從初發心修習衆善所得之性也

二種性（出地持經）

一有性 謂四大五陰六根六塵乃至涅槃等皆是世間假名施設有自性法是名有性（四大者地大水大火大風大也五陰者色陰受陰想陰行陰識陰也六根者眼根耳根鼻根舌根身根意根也六塵者色塵聲塵香塵味塵觸塵法塵也梵語涅槃華言滅度）

二無性 謂四大乃至涅槃等假名畢竟空中一切悉無是名無性

二相（出起信論）

一智淨相 謂依眞如內熏之力及教法外熏之力如實修行滿足方便破識心生滅之相成純淨圓常之智是名智淨相

二不思議業相 謂依智淨相能作一切勝妙境界無量功德之相常無斷絕隨衆生根種種示現令得利益是名不思議業相

二相（出起信論）

一同相 謂染淨二法皆同眞如性相譬如種種瓦器皆同微塵性相故名同相

二異相 謂眞如平等之理隨染淨緣顯現一切差別之相故名異相

二相（出大智度論）

一總相 謂說世間一切有爲之法皆是無常故名總相

二別相 謂諸法雖皆無常而各有別相如地有堅相水有濕相火有熱相風有動相各各不同故名別相

二相（舊名二識出宗鏡錄）

一所緣境相 謂心所緣色聲香味觸法六塵之境其相顯現于外是名所緣境相

二能緣識相 謂眼識乃至意識能緣六塵之境其相顯現于內是名能緣識相（眼識乃至意識者謂眼識耳識鼻識舌識身識意識也六塵者色塵聲塵香塵味塵觸塵法塵也）

二相別 出析玄記

一自相別 相即相狀謂如身是身自相於此身中有能造所造根塵各別故如受是受自相於此受中有苦受樂受不苦不樂受等各別故如心是心自相於此心中有眼等六識各別故如法是法自相於此法中有五陰十二入十八界不同故又如觀身以不淨爲自相觀受以苦爲自相觀心以無常爲自相觀法以無我爲自相故名自相別 身受心法即四念處身謂己身受謂領納諸事心謂第六識法謂善惡等法六識者眼識耳識鼻識舌識身識意識也五陰者色陰受陰想陰行陰識陰也十二入者眼入耳入鼻入舌入身入意入色入聲入香入味入觸入法入也十八界者眼界色界眼識界耳界聲界耳識界鼻界香界鼻識界舌界味界舌識界身界觸界身識界意界法界意識界也

二共相別 謂但約苦空無常無我四種行相於身受心法上共有名爲共相而言別者如觀身爲苦時不能觀空無常無我乃至觀身爲無我時不能觀苦空無常觀身既爾觀受心法行相亦然故名共相別

二根 出楞嚴經義海

一浮塵根 浮塵根者根即眼耳鼻舌身意也以其虛假不實故名浮無見聞覺知之用故名塵經云眼如蒲萄朶耳如新卷葉鼻如雙垂爪舌如初偃月身如腰鼓顙意如幽室見是也

二勝義根 勝義根者謂眼等六根有增上勝力能照境發識以成根用故名勝義如眼能見色耳能聞聲鼻能嗅香舌能嘗味身能覺觸意能知法是也

二種根本 出楞嚴經

一無始生死根本 謂衆生經無窮刦流轉生死求其初始實不可得但迷失本性即隨生死故名無始生死根本

者即是攀緣之心經云用攀緣心爲自性者是也

二無始菩提涅槃元清淨體 梵語菩提華言道梵語涅槃華言滅度謂性淨理體虛融寂滅不遷不變無始無終故名無始菩提涅槃不染煩惱不涉生死故號元清淨體即菩提涅槃清淨之根本也

二種識 出顯識論

一顯識 顯識即第八識謂此識含藏一切善惡種子而能顯現一切境界故名顯識 第八識即藏識也

二分別識 分別識即第六意識謂於顯識中分別五塵好惡等相故名分別識 五塵者色塵聲塵香塵味塵觸塵也

識二分 出攝大乘論釋

論云於六識中一分成相一分成見故名識二分

一相分 謂於眼等六識各各變異成色等種種諸相是名相分 六識者眼識耳識鼻識舌識身識意識也

二見分 謂眼等六識各能了別諸塵境界是名見分

阿賴耶二義 出宗鏡錄

梵語阿賴耶華言藏謂第八識能含藏諸法種故

一能攝一切法 攝謂攝持即含藏之義蓋此識攝持一切善惡之法猶如庫藏含藏寶貝而不遺失也

二能生一切法 生即發生也謂此識既含藏善惡種子則一切善惡諸法從此出生猶如大地能發生草木萬物也

二德 出觀音玄義

二德者在衆生因心所具則名緣了二因在諸佛果上所顯則成智斷二德蓋了因顯則成智德緣因顯則成斷德故也

一智德 智即智慧謂照了一切諸法通達無礙隨衆生機器大小各各爲其演說無有差謬是名智德

二斷德 斷即斷除謂斷惑業淨盡隨所調伏衆生之處惡不

能染縱任自在無有累縛是名斷德

二行 出華嚴經疏

一頓成諸行 頓成諸行者即依圓融法門而修行也謂諸菩薩若斷一惑則一切惑俱斷若行一行則一切行具足故普賢行品云一斷一切斷等是也

二徧成諸行 徧成諸行者即依行布法門而修行也謂諸菩薩始自發菩提心終至等覺位中次第歷諸法門徧修諸行是名徧成諸行 行布法門者謂諸行法門行列排布也

二行 出華嚴經疏

一差別行 謂徧依諸位各別而修是名差別行 諸位者謂十住十行十回向十地等諸位也

二普賢行 謂依圓融法門隨修一行即具一切諸行是名普賢行 一行者即於四十二位之中隨修一行即攝一切餘行也

二觀行 出宗鏡錄 亦名唯識觀

一尋伺 謂推尋伺察根塵相對所起一念之心即以三觀觀之是名尋伺 麤心在緣曰尋細心分別曰伺三觀者空觀假觀中觀也

二眞如 眞名不僞如名不異謂常以妙觀觀於心性本具眞如之理速令顯發是名眞如

二道 出婆沙論并淨土十疑論

一難行道 論云於五濁惡世無量佛所求阿鞞跋致甚難可得蓋言娑婆世界塵境麤强五欲障蔽難入於道故名難行道 五濁者劫濁見濁煩惱濁衆生濁命濁也梵語阿鞞跋致華言不退轉梵語娑婆華言能忍謂於此世界能忍受諸惡也五欲者色欲聲欲香欲味欲觸欲也

二易行道 謂憑信佛語修行念佛三昧求生淨土復乘阿彌陀佛願力攝持決定往生故名易行道 梵語阿彌陀華言無量壽

二道 出止觀輔行記

一教道 教道有二一謂別教菩薩於十住十行十回向位中依憑佛教方便修行是名約行教道二謂如來與住行

向諸位菩薩說登十地之法是名約說教道（十住者發心住治地住修行住生貴住方便具足住正心住不退住童真住法王子住灌頂住也十行者歡喜行饒益行無嗔恨行無盡行離癡亂行善現行無著行尊重行善法行真實行也十回向者救一切衆生離衆生相回向不壞回向等一切佛回向至一切處回向無盡功德藏回向隨順平等善根回向隨順等觀一切衆生回向真如相回向無縛解脫回向法界無量回向也十地者歡喜地離垢地發光地焰慧地難勝地現前地遠行地不動地善慧地法雲地也）**二證道**證道亦有二一謂別教菩薩於初地位中破無明微細之惑證中道眞實之理是名約行證道二謂如來自說此十地法我已親證是名約說證道

二道（出析玄記）

一無間道謂聲聞初果之人依於八忍能斷八諦下迷理之惑此八忍不被見惑之所間隔是名無間道（八忍者苦法忍苦類忍集法忍集類忍滅法忍滅類忍道法忍道類忍也八諦者欲界四諦色界無色界四諦也四諦者苦諦集諦滅諦道諦也）

二解脫道謂聲聞初果之人依於八智能證八諦下無爲之理此八智已離惑縛是名解脫道（八智者苦法智苦類智集法智集類智滅法智滅類智道法智道類智也）

二道（出文殊師利菩薩問菩提經論）

一有漏道謂布施持戒忍辱精進禪定五波羅蜜能成就世間有漏生死之果是名有漏道（梵語波羅蜜華言到彼岸）

二無漏道謂般若波羅蜜能成就出世間無漏涅槃之果是名無漏道（梵語般若華言智慧梵語涅槃華言滅度）

二諦（出翻譯名義）

一眞諦眞諦者彰一性本實之理也所謂實際理地不受一塵是非雙泯能所俱亡指萬象爲眞如會三乘歸實際也（三乘者聲聞乘緣覺乘菩薩乘也）

二俗諦俗諦者顯一性緣起之事也所謂佛事門中不捨一法

勸臣以忠勸子以孝勸國以治勸家以和弘善示天堂之樂懲惡顯地獄之苦也

二門（出華嚴經疏）二門者蓋言華嚴一經而具顯行布圓融二門皆能通入法界也【一行布門】謂經中廣明十住十行十回向十地等覺妙覺四十二位法門行列分布令諸菩薩修行證入從淺至深次第不同故名行布門也（十住者發心住治地住修行住生貴住方便具足住正心住不退住童真住法王子住灌頂住也十行者歡喜行饒益行無嗔恨行無盡行離癡亂行善現行無著行尊重行善法行真實行也十回向者救一切衆生離衆生相回向不壞回向等一切佛回向至一切處回向無盡功德藏回向隨順平等善根回向隨順等觀一切衆生回向真如相回向無縛解脫回向法界無量回向也十地者歡喜地離垢地發光地焰慧地難勝地現前地遠行地不動地善慧地法雲地也菩薩梵語具云菩提薩埵華言覺有情）【二圓融門】謂經中廣顯法界之理圓融無礙令諸菩薩於前四十二位之中了知隨舉一位即攝諸位功德無障無礙故名圓融門也

二門（出大智度論）【一福德門】福德門者謂布施持戒忍辱等是爲福德門入福德門則一切罪業皆除所願皆得也【二智慧門】智慧門者謂了知一切諸法即是實相是爲智慧門入智慧門則不厭生死不樂涅槃也（梵語涅槃華言滅度）

起信二門（出起信論）論云依一心法有二種門皆各總攝一切諸法蓋真如門是染淨通相通相之外無別染淨故得總攝一切諸法生滅門是染淨別相別相之中無所不該故亦總攝一切諸法此二門所以分也【一心真如門】謂心性不生不滅非染非淨畢竟平等無有變異惟是一心故名心真如

門

二心生滅門　謂不生不滅眞如之性因無明熏動故有生滅之心此即覺成不覺也覺與不覺復更互相熏以不覺熏本覺故則生諸染法流轉生死以本覺熏不覺故則生諸淨法反流出纏成於本覺故名心生滅門（熏即熏發擊動之義反流出纏者謂旋反無明之流而出離惑業之纏縛也）

二種神力（出楞伽經）　楞伽經云如來以二種神力建立菩薩聽受問義（建立猶加被也）

一現身面言說神力　經云初菩薩地住佛神力入於大乘照明三昧入是三昧已十方世界一切諸佛以神通力爲現一切身面言說是也（初菩薩地者即十地中初懽喜地菩薩也住佛神力等者由佛神力加被故能入住大乘照明三昧即光明定也梵語三昧華言正定由此定故得見十方諸佛現身說法也）

二以手灌頂神力　經云初菩薩地得三昧神力於百千劫積集善根之所成就次第入於諸地乃至第十法雲地住大蓮華微妙宮殿坐大蓮華寶師子座衆寶瓔珞莊嚴其身如黃金薝蔔日月光明諸最勝子從十方來就大蓮華宮殿座上而灌其頂是也（梵語薝蔔華言黃花）

二力（出華嚴經疏）

一思擇力　思即思惟擇即決擇謂能思惟決擇一切正行對治諸障不令再起故名思擇力

二修習力　修即修治習即數習謂因修習之力能令一切善行堅固決定成就故名修習力

二種師子奮迅三昧（出法界次第）　師子奮迅者借譬以顯法如世師子奮迅爲二事故一爲奮除塵土二能前走却走捷疾異於諸獸此三昧亦如是一則奮除障定之惑二能

出入諸禪捷疾無間異於餘之三昧而具出入二義焉**一入禪奮迅**入禪奮迅者謂離欲界不善法有覺有觀而入初禪如是次第入於二禪三禪四禪空處識處無所有處非有想非無想處滅受想定是爲奮迅入也（有覺有觀者初心在禪曰覺細心分別禪味曰觀初禪二禪三禪四禪皆色界天也空處識處無所有處非有想非無想處即無色界天也滅受想定者滅除受想之心而得定也）**二出禪奮迅**出禪奮迅者從滅受想定起還入非有想非無想定從非有想非無想定起還入無所有處定如是識處空處四禪三禪二禪初禪乃至出散心中是爲奮迅出也

二種超越三昧（出法界次第）超越者謂能超過諸地自在入出而具二義焉**一超入三昧**超入三昧者謂離欲界不善法有覺有觀入色界初禪從初禪起超入無色界非有想非無想處非有想非無想處起入滅受想定滅受想定起還入初禪從初禪起入滅受想定滅受想定起入二禪二禪起入滅受想定滅受想定起入三禪三禪起入滅受想定滅受想定起入四禪四禪起入滅受想定滅受想定起入空處空處起入滅受想定滅受想定起入識處識處起入滅受想定滅受想定起入不用處不用處起入滅受想定滅受想定起入非有想非無想非有想非無想處起入滅受想定是爲諸佛菩薩超入三昧之相若聲聞之人但能超入一定而不能超入二定況能如上所明自在超入也（不用處即無所有處也）**二超出三昧**超出三昧者謂從滅受想定起入散心

中散心中起入滅受想定滅受想定起還入散心中散心中起入非有想非無想處非有想非無想處起住散心中散心中起入無所有處無所有處起住散心中散心中起入識處識處起住散心中散心中起入空處空處起住散心中散心中起入四禪四禪起住散心中散心中起入三禪三禪起住散心中散心中起入二禪二禪起住散心中散心中起入初禪初禪起住散心中是爲諸佛菩薩超出三昧之相若聲聞之人但能超出一定而不能超出二定何況如上所明自在超出也

精進二種相（出地藏十輪經）

一世間精進 謂諸菩薩精進勇猛勤修布施持戒等諸福業如是精進依諸果報依諸福業有漏有取是名世間精進

二出世間精進 謂諸菩薩勇猛精進於諸衆生其心平等除滅一切煩惱業苦如是精進無漏無取無所依止是名出世間精進

二忍（出大智度論）

一衆生忍 忍即忍耐亦安忍也謂菩薩於一切衆生不瞋不惱如慈母愛子又若一切衆生以種種惡而加於我心不瞋恚以種種恭敬供養於我心亦不喜是名衆生忍

二無生法忍 理本不生不滅今但言不生故名無生謂菩薩於無生之法忍可忍樂不動不退是名無生法忍

二忍（出地持經）

一安受苦忍 謂疾病水火刀杖等衆苦所逼即能安心忍受恬然不動是名安受苦忍

二觀察法忍 謂觀察諸法體性虛幻本無生滅信解眞實心無妄動安然

忍可是名觀察法忍

忍有二種相(出地藏十輪經)謂菩薩能安忍世間有情無情種種苦惱之事然心有廣狹根有勝劣行有淺深故分世間出世間二種之別也(有情惱謂蚉虻蚤虱等無情惱謂風寒雨濕等)【一世間忍】謂菩薩以有漏心依諸福業安忍世間種種苦惱違逆等事是爲世間忍也【二出世間忍】謂菩薩但爲利益一切有情起平等大悲之心安忍種種苦樂違順之境而不見諸法生滅之相是爲出世間忍

二方便(出無着論)【一細作方便】方便猶善巧也謂欲破衆生執着色身之相故佛假喻微細分析善巧而説如金剛經云三千大千世界所有微塵寧爲多不等意謂由微塵而成世界世界本來不實因四大而成色身色身本來是假是名細作方便(三千大千世界者一須彌山一日月一四天下一帝釋名爲一世界一千箇世界名小千世界一千箇小千世界名中千世界一千箇中千世界名大千世界三千大千世界即釋迦佛所化之境也四大者地大水大火大風大也)【二不念方便】謂欲破衆生執着色身之相已爲假喻微細分析而説又令衆生於諸微塵不生念想故經云是諸微塵如來説非微塵等是名不念方便

方便二種相(出地藏十輪經)【一世間方便】謂諸菩薩或爲自利或爲利他示現種種善巧方便此之方便依有所得有所執着是名世間方便【二出世間方便】謂諸菩薩但爲利他不爲自利示現種種善巧方便此之方便依無所得無所執著是名出世間方便

二無我(出楞伽經)無即空也人法之中本無有我

但凡夫不了於無我中計我極盛所謂我身我名我衣物我田宅我行我住坐卧語言不離於我乃至我能布施持戒等因此顛倒備起一切煩惱生死行業聲聞之人修四眞諦即了人法本空我亦無有故名二無我（四眞諦者即苦集滅道也）

一人無我 謂由攬五陰實法而成假名之人凡夫不了復於假名之中妄執爲我若了五陰之法本空假名之人豈得定有假名既不定有則所執之我亦不可得故金光明經云何處有人及以衆生是名人無我（攬者攝持也五陰者色陰受陰想陰行陰識陰也五陰之身實有故名實法名字本來虛假故名假名）

二法無我 謂由攬父母之遺體四大假合而成五陰之身若一一分別推求皆悉空無所有凡夫不了妄執此身爲我餘身非我若了四大本空五陰非有則所執之我亦不可得故金光明經云五陰舍宅觀悉空寂是名法無我（四大者地大水大火大風大也）

二種我見（出起信論）

一人我見 謂凡夫之人於五陰身强立主宰計我爲人作此妄見故名人我見（五陰者色陰受陰想陰行陰識陰也）

二法我見 謂二乘之人計一切法各有體性雖得人無我智猶自怖畏生死妄取涅槃之法於法起見故名法我見（二乘者聲聞乘緣覺乘也梵語涅槃華言滅度）

二空（出法藏般若心經略疏）

一人空 人空即我空也亦曰生空謂凡夫妄計五蘊是我强立主宰引生煩惱造種種業佛爲破此計故說五蘊無我二乘悟之入無我理是名人空（五蘊者色蘊受蘊想蘊行蘊識蘊也二乘者聲聞乘緣覺乘也）

二法空 謂二乘之人未達法空之理猶計五蘊之法實

有佛爲破此執故說般若深慧徹見五蘊自性皆空菩薩悟之入法空理是名法空

二空（出止觀）**一但空** 謂二乘之人觀一切法皆悉虛幻但見於空不見不空故名但空**二不但空** 謂諸菩薩非但見空兼見不空不空即中道故名不但空

空有各具二義（出華嚴經疏）**一眞空二義** 一謂眞空能滅幻有若幻有不滅即非眞空二謂眞空能成幻有幻有若礙亦非眞空是名眞空二義（幻有者以迷眞空之理而成幻有之事虛假不實故名幻有）**二幻有二義** 一謂幻有必覆眞空幻有若現眞空則隱二謂幻有不礙眞空眞空若顯幻有自滅是名幻有二義

二執（出金光明經文句記）**一人執** 謂衆生於五陰等法中强立主宰計我爲人妄生執著是名人執（五陰者色陰受陰想陰行陰識陰也）**二法執** 謂衆生不了五陰等法從因緣生如幻如化計爲我身妄生執著是名法執

二法執（出宗鏡錄）**一俱生法執** 謂無始時來虛妄熏習於一切法妄生執著恒與身俱故名俱生法執**二分別法執** 謂於邪教及邪師所說之法分別計度執爲實法故名分別法執

二我執（出宗鏡錄）**一俱生我執** 謂於五陰等法中强立主宰妄執爲我與身俱生是名俱生我執（五陰者色陰受陰想陰行陰識陰也）**二分別我執** 謂於計我法中分別我能行善行惡等事而起執著是名分別我執

空有二執（出宗鏡錄）**一情有理無** 情有理無者即空觀對遣有執也謂觀遍計所執於情則

有於理則無非虛妄起都無體用正應除遣也

二理有情無 理有情無者即有觀對遣空執也謂觀依他圓成之法於理則有於情則無理本是實有體有用正應存留也

二種常 出大智度論

一百歲至刼滅名常 百歲至刼滅名常者謂諸菩薩若住百歲千萬億歲若一刼乃至八萬刼後方始入滅是名爲常此乃久遠住世爲常非不遷不變之常也

二常住不壞名常 常住不壞名常者謂諸菩薩煩惱之惑已滅則眞常之理方顯眞常之理不生不滅不壞不變是名爲常也

二無常 出大智度論

一念念無常 謂一切有爲之法念念生滅而不停住故名念念無常

二相續無常 謂相續法壞名爲無常如人欲死漸漸命盡如火燒草木漸漸燒盡故名相續無常

二無常 出析玄記

一刹那無常 梵語刹那華言一念而言無常者謂此一念之心生住異滅四相遷流不停是名刹那無常

二一期無常 謂衆生受身雖壽命長短不等皆名一期而言無常者謂諸衆生一期受報之身亦爲生住異滅四相遷流終歸滅盡是名一期無常

二假 出宗鏡録

宗鏡録問云不了唯識之徒妄執我法聖教之内云何復言有我法等答云對機設假非同情執假有二種故名二假

一無體隨情假 謂執我之法本自無體但因隨順機情虛假施設亦名我法故名無

體隨情假。**二有體施設假**　謂聖教所說，雖有法體，而非我法，體本無名，隨緣施設，假名我法，故名有體施設假。

二因（出涅槃經）

一生因　生即發生，謂本具法性之理，則能發生一切善法，如穀麥等種，能生芽蘖，是名生因。

二了因　了即照了，謂以智慧照了法性之理，如燈照物，了了可見，是名了因。

二因（出宗鏡錄）

一能生因　謂第八識能生起眼等諸識，又爲一切善惡種子之因，譬如穀麥等種，爲發生芽蘖之因，是名能生因。（第八識者，即藏識也）

二方便因　謂眼等諸識，能爲方便，引發第八識善惡之種，譬如水土，以爲發生穀麥等芽蘖之方便，是名方便因。

二因（出天台四教儀集註）

一習因　習即數習之義，謂如習貪欲，則貪欲增長，是名習因。

二報因　報即果報，謂行善惡之因，即得善惡之報，是名報因。

二因（出大智度論）

論問曰：諸煩惱是惡法，云何能生善業？答曰：有二種因。

一近因　謂人爲求後世富樂，故修布施等善，是爲近因。

二遠因　謂人欲離欲界衰惱不淨之身，故修禪定之善，是爲遠因。

二因（出大涅槃經）

一正因　正謂中正，中必雙照三諦具足，故名正因。（中正者，離於邊邪也。雙照者，照空照假也。空謂蕩一切相，即是真諦；假謂立一切法，即是俗諦；非空非假，即是中諦。故云三諦具足）

二緣因　緣即緣助，謂一切功德善根，資助了因，開發正因之性，故名緣因。（了因者，了即照了，謂以智慧照了正因也）

二因（出瑜伽師地論）

一牽引因　謂由無明之惑，於先

世時造作善惡一切業行由此業行爲因則能招引現生果報如是展轉牽連不斷故名牽引因

二生起因 謂由無明之惑於現世時造作善惡一切業行由此業行爲因則能感得後世果報如是展轉相生不絶故名生起因

二果（出宗鏡録）

一增上果 謂眼耳鼻舌身五根皆爲識所依根即增勝名增上果又第六意識能引生眼等五識亦名增上果又第七識前念爲後念所依亦名增上果又第八識爲第七識之所依故亦名增上果（第七識者即分別識也第八識者即藏識也）

二異熟果 異熟果者謂果報異時成熟即第八識也以此識能含藏一切諸法種子而成熟諸根識之果也如眼等諸根由昔作善惡之因今報得苦樂之果若今作善惡之因亦感當來苦樂之果是名異熟果（諸根者即眼耳鼻舌身意六根也）

二果（出阿毘曇論）

一習氣果（亦名所依果） 謂數習宿世善惡氣分感於果報也如往世修善勝故則今世爲善心重修惡勝故則爲惡心重是名習氣果

二報果 謂由宿世善惡爲因感報今世之果也如往世作諸善業之因則感今世富樂之果作諸惡業之因則感貧苦之果是名報果

二種無漏因果（出大涅槃經）

一無漏因 謂二乘之人由修戒定慧之因能斷三界生死之苦果則戒定慧名無漏因即道諦也（二乘者聲聞乘緣覺乘也三界者欲界色界無色界也）

二無漏果 謂二乘之人既斷三界生死逼迫之苦證眞空涅槃寂滅之樂是眞空涅槃名無漏果即滅諦

也（梵語涅槃，華言滅度）

二加（出華嚴經疏）加即加被。佛於華嚴會上，以三業神力，或冥或顯，加被法慧等諸菩薩，各各說法，故有此二加也。（三業者，身業、口業、意業也）

一顯加 顯加者，謂佛以平等大慈，常鑑衆生，若有宿世善根成熟者，即以神力加被菩薩，爲其說法。如身業摩頂以增其威，口業勸說以益其辯，顯然可見，故曰顯加。（身業摩頂者，本以手摩，手屬於身故也）

二冥加 冥加者，謂佛以意業神力加被菩薩，增其智慧，於大衆中爲人演說，令無所畏，隱密難見，故曰冥加。

二種顯示（出華嚴經疏）顯即顯露，示即曉示。謂一切衆生本性具有因果理事等法，但相變體殊，情生智隔，不能顯發，故談華嚴大經，令其知心合體，智顯情亡，故有二種顯示也。

一言顯示 謂佛以言說顯示，令諸衆生悉皆知有如來智慧德相。經云：破一微塵，出大經卷等，是名言顯示。

二使修行顯示 謂衆生既知性具如來之法，令其修行悟入顯現。如法華經云：爲命衆生開示悟入佛之知見等，是名使修行顯示。

二種廣利（出華嚴經疏）

一利今 謂佛在世當機之衆，聞法悟道，獲大利益，是名利今。

二利後 謂佛滅後，一切衆生亦得聞經受法，修行悟道，獲大利益，是名利後。

二種說法（出寶性論）

一細 謂如來爲諸菩薩演說甚深微妙之法，以依第一義諦而說，故名爲細。（第一義諦者，如來所證出世間之妙理也）

二麤 謂如來或時爲諸衆生演說諸法名字章句種種差別，以依世諦而說，故名爲麤。（世諦者，謂世間一切諸法）

也

二種通相出楞伽經

一宗通相 宗即心宗亦要也通即融通無礙相即自心所得勝進之相謂依教思修得意忘言趣入自覺之地覺智圓明融通無礙是名宗通相

二說通相 說即說法通即辯說無礙相即起用化他之相謂以方便隨順衆生根器淺深爲其演說無有障礙是名說通相

大明三藏法數卷第二

大明三藏法數卷第三

上天竺前住持沙門一如等奉　勅集註

論有二種（出阿毘達磨大毘婆沙論）論即辯明之義謂造論者或發明佛說大小二乘諸經之奧義或發明自宗之道辯證他宗之非故曰論也**一立自宗**立自宗者立自家之本宗也謂如善說法者立善說法宗惡說法者立惡說法宗應理論者立應理論宗分別論者立分別論宗也**二遮他宗**遮他宗者遮止他家所立之宗也謂如善說法者遮惡說法宗惡說法者遮善說法宗應理論者遮分別論宗分別論者遮應理論宗也

二種語（出涅槃經）**一世語**謂如來為諸聲聞緣覺說於世間有為之法名為世語**二出世語**謂如來為諸菩薩說出世間無為之法名為出世語

二種愛語（出大智度論）**一隨意愛語**謂菩薩為憐憫衆生故隨順其意而為說法是名隨意愛語**二隨所愛法為說**謂菩薩隨順衆生所愛樂法而為宣說論云菩薩若已得道隨所應度而為說法如高心富人為讚布施是人愛著名聲福德故心則喜樂是名隨所愛法為說

二句（出翻譯名義）句即句逗也又衆語和合成句謂如來所說之經必由文以載其義由義以成其文文義相成是為句也**一文句**文即字也依類象形為字形聲相稱曰文謂一切契經皆以文為身文成語為句詮顯其義必藉於文是為文句**二義句**義即義理謂一切契經皆詮義理然義必依文而

得顯文因義而能成裁斷其文必由乎義是爲義句

二義（出圓覺經畧疏）

一了義 謂諸大乘經宣説勝義如煩惱即菩提生死即涅槃之類皆究竟顯了名爲了義

二不了義 謂諸經中宣説世俗等事或説厭離生死欣求涅槃等種種文句差別不爲究竟顯了名不了義

二決定義（出楞嚴經） 決定者斷然不易之謂如來令阿難甄別真妄一以審因心果覺之異同一以審煩惱根本之生起故有二種決定義也

一審因心果覺 佛語阿難若欲捐捨小乘入佛知見應當審觀因地發心與果地覺爲同爲異者蓋爲阿難不知衆生本具之因心即如來所證之果覺如來所證之果覺即衆生本具之因心故令其諦審觀察決定知因心果覺本來不異也若能即此不異之心而爲立行進修之本則無上菩提決定成就矣（梵語菩提華言道）

二審煩惱根本 佛令阿難審詳煩惱根本發業潤生誰作誰受者蓋爲阿難不知煩惱根本隨所作業妄受生死無解脱時是故令其審觀詳察決定知煩惱體性及所作之業所受之報本來虛幻不實也若能窮此顛倒之源則正行成立而無上涅槃決定可證也（梵語涅槃華言滅度）

二請（出華嚴經疏）

一言請 言請者謂以言説而請問也即華嚴第一會三昧品中普賢菩薩以言重請下之三品是也（三品者世界成就品華藏世界品毘盧遮那品也）

二念請 念請者謂不與言説唯以念想而請問也即第二會如來名號品

中世尊知諸菩薩心之所念爲現神通等是名念請

二答出華嚴經疏

一言答　謂華嚴經第一會至第八會各有請問皆以言說而答是名言答

二示相答　謂華嚴經第九會入法界品初起六十句問如來自入師子頻申三昧現相而答蓋佛心自在不待與言佛力殊勝現相能答是名示相答頻申奮迅貌

二食出法華文句

一法喜食　謂聞法懽喜即得增長善根資益慧命猶世間之食能養諸根支持其命是名法喜食

二禪悅食　謂以禪法資其心神而得禪定之樂即得增長善根資益慧命猶世間之食能養諸根支持其命是名禪悅食

二種觀出禪要呵欲經　觀即定心運想之謂也修行之人不得正定於不淨法猶生染心故作此二觀遣其著心也

一死屍臭爛不淨觀　謂修行之人於閑靜處運心觀想死屍臭爛不淨之相心生厭惡我身不淨亦復如是云何著是色欲貪求無厭況命如電逝須臾難保一息不來與彼何異由觀臭爛不淨而貪着之心自息是爲死屍臭爛不淨觀

二聞法憶想分別觀　謂修行之人雖聞法要未有空慧貪愛因緣熾然未息故須憶想自身以骨爲柱以肉爲泥毛髮爪齒皮膜筋血聚以爲身飢寒失調百骸俱苦分別身分無一堅固由此憶想分別觀而貪著之心自息是爲聞法憶想分別觀

二種觀法出占察經

一唯識觀　謂於一切時一切處隨身口意所有作業知惟自心於念念

間悉以三觀觀察所起之心是名唯識觀（三觀者空觀假觀中觀也）

二實相觀　實相即理也謂思惟心性無生無滅不住見聞覺知於念念間悉以三觀觀於本心所具實相之理是名實相觀

二見（出涅槃經）

一住地分見　謂十住等菩薩破一品無明之惑顯一分三德從淺至深故名住地分見（三德者法身德般若德解脫德也）

二究竟無見　謂等覺菩薩斷最後品微細無明之惑淨盡無餘即登妙覺果佛之位本有性德一時究竟顯現更無所見故名究竟無見

二見（出涅槃經）

一相貌見　謂因彼形相狀貌而見如人遠見烟起便言見火雖不見火亦非虛妄是名相貌見

二了了見　謂人眼根清淨不壞自觀掌中阿摩勒果了了分明菩薩見於菩提涅槃之果亦復如是是名了了見（梵語阿摩勒翻譯名義不翻言其樹葉似棗花白而小果如胡桃味酸甜可入藥梵語菩提華言道梵語涅槃華言滅度）

無明二義（出起信論疏）

一無體即空義　謂無明之惑皆依衆生妄心違於眞如而起妄境元空體本不有故云無體即空義

二有用成事義　謂無明雖無自體而能成辦世間出世間一切事業故云有用成事義

二種熏（出翻譯名義）　熏資熏擊發之義也盖言第八識雖含藏一切善惡種子若無染淨二緣熏發則不能成染淨等事如穀麥等種雖有生芽之能若不得水土資熏芽亦不生故名熏也（第八識即藏識也）

一熏習　熏即熏發習即數習謂數習染淨之緣熏發心體而成染淨等事故名熏習

二資熏　資猶助也

謂現對塵境所起之心及諸惑相資熏發而成染淨等事故名資熏

二種生死（出唯識論）

一分段生死　分即分限段即形段謂六道衆生隨其業力所感果報身則有長有短命則有壽有夭而皆流轉生死故名分段生死（六道者天道人道修羅道餓鬼道畜生道地獄道也）

二變易生死　因移果易名爲變易謂聲聞緣覺菩薩雖離三界内分段生死而有方便等土變易生死如初位爲因後位爲果又後位爲因後後位爲果以其因移果易故名變易生死（方便土者修戒定慧方便之道得生其中名方便土）

二女（出涅槃經）　如來爲諸衆生但欣生惡死而不知出離之方故以二女喻之益二女行止共俱不相棄捨亦猶生必有死死必有生未嘗暫離也

一功德天　經云如有女人入於他舍主即問言汝字何等答言我身即是功德大天又問爲何所作答言我所至處能與種種金銀等寶聞已懽喜敬愛禮拜供養此喻凡夫貪生亦猶舍主貪愛財寶而愛是女也

二黑闇女　經云復見一女其貌醜陋多諸垢膩主即問言汝字何等答言我字黑闇又問爲何所作答言我所行處能令其家所有財寶一切衰耗聞已持刀作如是言汝若不去當斷汝命荅言汝甚愚癡無有智慧汝之家中所供養者即是我姊我常與姊進止共俱汝若驅我亦當驅彼主人還入問功德天實爲是否天言實是我妹行住共俱未曾相離我常利益彼常衰耗若愛我者亦應愛彼若厭

彼者亦應厭我此喻凡夫但知惡死而不知生亦當惡若惡其死須惡其生生死俱惡方爲有智所謂有智主人二俱不受也

二種破著（出大智度論）

一破欲著　謂人於好色多起貪欲若觀色是無常不淨等則不生貪著之心而得解脫之樂是名破欲著

二破見著　謂人雖觀色無常不淨猶尚著法生見若能了達色相本空則不起於分別之見是名破見著

二解脫（出寶性論）

謂諸衆生常爲業繩所縛不能脫離若解其縛即得自在故名解脫

一性淨解脫　謂衆生性本清淨而無繫縛染汙之相是名性淨解脫也

二障盡解脫　謂衆生由煩惱之惑障蔽聖道不得出離若離此障即得自在是名障盡解脫也

二解脫（出華嚴經疏）

一有爲解脫　謂有作之戒依師作法而受如法而持則能防非止惡離諸惑業之縛故名有爲解脫

二無爲解脫　謂無作之戒性自清淨體本無爲雖持戒法無持犯相心體既空罪性亦泯故名無爲解脫

二解脫（出成實論）

一慧解脫　謂以智慧斷除無明惑業之縛而得解脫故名慧解脫

二心解脫　謂因此心離於貪愛之縛而得解脫故名心解脫

二斷（出地持經）

一緣縛斷　謂但斷心中之惑則於外塵境不起貪嗔於境雖緣不生染著故名緣縛斷

二不生斷　謂得法空之時能令三途惡道苦果永更不生故名不生斷（三途者刀途血途火途也）

二種護持事（出地藏十輪經）

一護持佛種 佛種者佛之種性也謂諸佛菩薩以大悲心紹隆佛種令諸衆生捨俗出家剃髮染衣修行聖道使無斷絶也

二護持正法 正法者即四諦等真正之法也謂諸佛菩薩以大悲心護持如來正法使一切邪魔外道無能惱亂令諸衆生正信樂聞弘通流布利益無窮也（四諦者苦諦集諦滅諦道諦也）

二教（出華嚴孔目）

一化教通内外衆 謂如來一代施化之教通被内衆受道弟子及外衆在俗之人皆令依之修行出離生死之苦故名化教通内外衆

二制教唯内衆 謂如來説諸律儀專爲禁制内衆受道弟子令其如法受持成就聖果故名制教唯内衆

華嚴爲諸教本有二（出華嚴經疏） 華嚴即大方廣佛華嚴經也如來出現於世初説此經而後演説漸頓諸法者葢大小漸次諸教皆從此華嚴性海流出故此經能統攝該括以爲諸教之本也

一爲開漸之本 開謂開設漸即漸次即三乘之教也佛初説華嚴根本一乘圓教諸大菩薩信解證入如來智慧時有三乘權淺之機雖預法會如聾若盲不信不解不順不入故盧舍那佛脱珎御服著弊垢衣乃開三乘漸次隨宜之教令彼聲聞緣覺及權教菩薩開解成熟故華嚴爲開漸之本也（三乘者聲聞乘緣覺乘菩薩乘也梵語盧舍那華言淨滿）

二爲攝末之本 攝謂收攝末即支末即前三乘教也佛既爲諸小乘之機説三乘法既成熟已最後令其悟入佛慧故大乘同性經云所有聲聞法辟支佛法

菩薩法諸佛法如是一切諸法皆悉流入毘盧遮那智藏大海故華嚴為攝末之本也（梵語毘盧遮那華言光明徧照亦云徧一切處）

印師二教（出華嚴經疏）印師二教者唐初印法師立此二教也

一屈曲教 謂釋迦如來所說之經逐其機性隨計破著方便委曲令物生解如涅槃經雖說圓通一極之理或對權顯實或會異歸同之類是名屈曲教（對權顯實者對藏通別三教之權以顯圓教一乘之實也會異歸同者會三教之異歸圓教之同也）

二平道教 謂盧舍那所說之經隨其法性平等而說如華嚴經雖有隨諸衆生各別調伏皆是稱性善巧一時頓演是名平道教（梵語盧舍那華言淨滿即報身佛也）

曇識二教（出華嚴經疏）曇識二教者西秦曇牟識三藏立此二教也

一半字教 半字教者謂聲聞藏談理未徧若字之有半也

二滿字教 滿字教者謂菩薩藏談理滿足若字之圓滿也

遠師二教（出華嚴經疏）遠師二教者隋朝遠法師立此二教也

一漸教 漸教者謂約漸悟之機大由小起所設具有三乘之教也（三乘者聲聞乘緣覺乘菩薩乘也）

二頓教 頓教者謂約頓機直入於大不由於小頓令得悟也

劉虬二教（出華嚴經疏）劉虬二教者齊朝隱士劉虬諳達釋書亦立二教也

一漸教 謂始自鹿苑終於雙樹所說之經從小至大故名漸教

二頓教 謂佛最初說華嚴經如日初出先照高山故名頓教

二種無心約教（出宗鏡錄）約即要約亦依約之義謂如來之教本離心緣言說之相衆生依

教而修捨離妄著之心安住真實之理則於聖道自然成就故云千經萬論莫不説離身心破於執著是也一澄湛令無謂諸衆生若能攝念安禪澄神靜慮能令定體湛然不爲妄塵所撓是名澄湛令無二當體是無謂諸衆生直了心源本寂法亦無生以一念起處了不可得是名當體是無

二宗釋題出天台四教儀集註并華嚴經疏二宗釋題者謂天台賢首二宗解釋諸經題目有通別能所之不同也一天台通別釋題陳隋間天台智者大師凡解一經題目必以通別二義而判釋之如妙法蓮華經上之四字是別別在此經故經之一字是通通於一切諸經故餘經亦然是爲天台通別釋題二賢首能所釋題唐朝賢首國師凡解一經題目必以能詮之文所詮之義而判釋之如大方廣佛華嚴經上之六字是所詮經之一字是能詮餘經亦然是爲賢首能所釋題

二種立題出法華文句二種立題者謂凡諸經題目有佛自立者有結集經家之所立者一佛自立佛自立者謂諸經題目有佛自立如金剛經云是經名爲金剛般若波羅蜜以是名字汝當奉持是也二經家立經家立者謂佛入滅後諸經題目有阿難等結集之人所立如妙法蓮華等經是也梵語阿難華言慶喜

二攝出淨名經疏一折伏攝折即折挫伏即摧伏謂六道衆生於三界中貪著五欲流轉生死卒難度脱故如來説諸善惡果報及以

地獄等種種苦切之言折伏其心而攝受之是名折伏攝（六道者天道人道修羅道餓鬼道畜生道地獄道也三界者欲界色界無色界也五欲者色欲聲欲香欲味欲觸欲也）

攝調即調治謂調伏見思煩惱及根本無**二調伏**明之惑皆順正理心心寂滅不令再起是名調伏攝

二種入（出金剛三昧經）

一理入謂衆生深信本有真性不一不異不有不無無巳無他凡聖不二寂靜無爲無有分別因此深信能入於理是名理入

二行入行即依理起修之行謂行此行時心不傾倚無念無求安住不動猶如大地因行入理是名行入

二詮（出宗鏡錄）

一遮詮遮即止其所非詮即能詮名字謂如諸經所説真如妙性每云不生不滅不垢不淨無因無果無相無爲非凡非聖非性非相等皆是遣非蕩跡絶相袪情是名遮詮（袪音驅逐也除也）

二表詮表即顯其所是謂如諸經所説知見覺照靈鑒光明朗朗昭昭堂堂寂寂等是名表詮

二羯磨（出四分律）梵語羯磨華言作法謂比丘有罪各共面對秉法自首其罪也

一治罪羯磨謂比丘有犯戒者大衆作法治定其罪是名治罪羯磨也

二成善羯磨謂比丘有犯戒罪許容對衆首露其罪得滅成就善根是名成善羯磨也

二羯磨（出毘尼母論）

一永擯羯磨梵語羯磨華言作法謂佛在世時若比丘犯罪不自見過其性剛强永無改悔即作法白衆隨即擯黜盡此一身不復再同僧事是名永擯羯磨

二調伏羯磨謂比丘犯法未曾懺悔凡

飲食坐起語言一切僧事皆不得與衆共而使其心調停折伏自能知過改悔求僧懺罪不復更作是名調伏羯磨

二種却魔法（出脩習止觀坐禪法要）謂坐禪之人正定未發多有魔事心生驚怖破壞善根若能端心正念則邪不干正魔自滅謝故有二種却魔之法也

一修止却魔 謂坐禪之人修定之時或見父母兄弟諸佛形像一切可愛之境令人樂著或見師子虎狼羅刹一切可畏之形令人怖懼即當了達此是諸魔惑亂之相悉皆虛誑不喜不怖而唯息心寂靜則彼當自滅是爲修止却魔（梵語羅刹華言速疾鬼）

二修觀却魔 謂坐禪之人修定之時於諸魔境修止却之不去即當反觀能見之心無有處所彼何所惱如是觀時尋當謝滅若遲遲不去但當正心勿喜勿懼則正定現前彼當自滅是爲修觀却魔

二等（出宗鏡録）

一斷等 謂佛極解脱道初發起時一切衆生所有無明之惑一時究竟頓斷此舉如來望衆生界無有一法而非清淨故名斷等

二得等 謂佛初成道得滿始覺之時一切衆生始覺之智皆得滿足此舉衆生望佛世尊所有無明等惑皆悉清淨無所障礙故名得等

二殊勝（出楞嚴經）此言觀音菩薩極證圓通十方普應上同諸佛下合群生妙用超越故云殊勝

一上合諸佛本覺妙心 本覺妙心即諸佛本然覺了妙明真心也謂菩薩極證寂滅十方圓明體同諸佛故能起同體大慈與衆生樂顯應十方現身說法聖凡等

度有願必從是爲殊勝

二下合衆生同一悲仰 謂菩薩所證圓通之理與衆生本有之心迷悟雖殊體元不二故能起同體大悲拔衆生苦冥應十方等施無畏設有所求隨願滿足是爲殊勝

二種清淨 出華嚴經隨疏演義鈔

一自性清淨 謂衆生眞如心體性本清淨無所染礙故名自性清淨

二離垢清淨 謂衆生自性清淨心體遠離一切煩惱垢染故名離垢清淨

二種自在 出華嚴經疏

一觀境自在 謂菩薩以正智慧照了眞如之境及能通達一切諸法圓融自在是名觀境自在

二作用自在 謂菩薩既以正智照了眞如之境即能從體起用現身說法化諸衆生而得自在是名作用自在

二種畢竟 出大涅槃經

一莊嚴畢竟 畢竟猶決定之義謂一切衆生皆有一乘正性應須修於六度莊嚴設若不修不得正性是則六度決定能爲莊嚴之具故疏云以六度爲莊嚴也 六度者一布施二持戒三忍辱四精進五禪定六智慧也

二究竟畢竟 究竟猶至極之義即一切衆生所得一乘之性也苟得此一乘之性則能決定至於至極之地故疏云一乘爲究竟也

二種際 出華嚴經疏幷演義鈔

際即際畔謂生死涅槃體性是一本無際畔不異而異遂有生死涅槃二際之分也 梵語涅槃華言滅度

一涅槃際 涅槃際者若以生死染緣就涅槃實理而言生死即涅槃了無虛妄之可分別無際之際是名涅槃際中論云涅槃之實際及與生死際無毫釐差別是也

二生死際 生死

際者若以涅槃實理從生死染緣而言涅槃即生死非真寂静之可證入無際之際是名生死際故晉譯華嚴經云生死非雜亂涅槃非寂静是也

二轉依（出楞嚴經義海）

一轉煩惱依菩提　煩惱者昏煩之法惱亂心神即一切衆生無明妄惑也梵語菩提華言道即一切諸佛所悟所證之道也然菩提煩惱其性是一但由迷悟不分而分衆生迷故即轉菩提而爲煩惱諸佛悟故即轉煩惱而爲菩提若能了達煩惱即是菩提念念修習是名轉煩惱依菩提也

二轉生死依涅槃　生死者一切衆生虚妄生滅也梵語涅槃華言滅度即一切諸佛所悟所證之果也然生死涅槃性元是一但由迷悟不分而分衆生迷故即轉涅槃而爲生死諸佛悟故即轉生死而爲涅槃若能了達生死即是涅槃念念證入是名轉生死依涅槃也

二種無量（出大智度論）

一實無量　謂涅槃佛性之理譬如虚空實無限量一切菩薩不能量度故名實無量

二不知爲無量　謂如須彌山大海之水唯諸佛菩薩能知斤兩滴數多少諸天世人智力淺劣所不能知故名不知爲無量（梵語須彌華言妙高）

二種無礙（出華嚴經疏）

一智慧於境無礙　境即法界之理也謂菩薩以平等智證於法界之理理事融通無有障礙故名智慧於境無礙

二神通作用無礙　謂菩薩由内心證於法界之理故能以種種神通應現十方世界隨機化度皆無障礙故名神通作用無

礙

二花（出華嚴經疏）

一草木花　謂凡草木之花皆有開敷結實之義以喻萬行之因則有成就佛果之能故名草木花

二嚴身花　謂世間金玉等花皆能嚴飾其身以喻神通相好則能莊嚴法身故名嚴身花

二種菩薩（出大智度論）

論云菩薩常好中道捨離二邊故不生邊國又於中國不生邪見家又問曰是菩薩大福德智慧力應生邊地邪見家而教化之何以畏而不生荅曰菩薩有二種（二邊者有無二邊也）

一成就大力菩薩　論云此菩薩爲衆生故隨所應度隨處受用不避邊地及邪見家是名成就大力菩薩

二新發意菩薩　論云此菩薩初發心故若生邊地及邪見家既不能度人又自敗壞善根譬如真金在泥終不變壞若是銅鐵在泥則壞是故新發意菩薩不生邊地及邪見家（真金喻大力菩薩銅鐵喻新發意菩薩）

菩薩二心（出大智度論）

一大慈心　慈名愛念即與樂之心也謂菩薩愛念一切衆生常求樂事隨彼所求而饒益之是名大慈心

二大悲心　悲名愍傷即拔苦之心也謂菩薩愍念一切衆生受種種苦常懷悲心拯救濟拔令其得脫是名大悲心

二種勝（出地持經）

一因勝　謂菩薩所修出世善法皆以菩提爲因勝於聲聞緣覺是名因勝

二果勝　謂菩薩修行既以菩提爲因終證菩提之果勝彼二乘是名果勝（二乘者聲聞乘緣覺乘也）

二木（出法華經文句）

一大樹　大樹喻別教菩薩也謂

此教菩薩於法華會上聞說一乘之法受記作佛普度一切衆生如彼大樹蒙一雨所潤而得增長敷榮欝茂則能普覆一切是名大樹**二小樹**小樹喻通教菩薩也謂此教菩薩亦於法華會上聞說一乘之法受記作佛而不及別教菩薩根器之大化用之廣是名小樹

二種獨覺（出析玄記）大論云獨覺出無佛世觀外因緣無師自悟故名獨覺（觀外因緣者謂觀外物之凋零覺內心之生滅也）**一部行**部即部類謂此獨覺稍有爲人之心如鹿行走而能回顧後羣故名部行**二麟喻**謂此獨覺但欲自度略無爲人之心譬如麒麟唯有一角故名麟喻

二藏（出莊嚴論）藏即含藏之義謂佛說大小乘諸經各各含藏一切文理故名藏也**一聲聞藏**聞佛聲教故曰聲聞謂佛說阿含等經含藏小乘聲聞等修因證果之法是名聲聞藏（梵語阿含華言無比法）**二菩薩藏**菩薩梵語具云菩提薩埵華言覺有情謂佛說華嚴法華等經含藏大乘菩薩修因證果之法是名菩薩藏

二乘（出華嚴經疏）**一臨門三車**臨門三車喻小乘權教也謂法華經譬喻品中三乘之人於火宅門外索羊鹿牛三車求出火宅以喻三乘之人依四諦十二因緣六度等法修行得出生死是名臨門三車（三乘者聲聞乘緣覺乘菩薩乘也四諦者苦諦集諦滅諦道諦也十二因緣者一無明二行三識四名色五六入六觸七受八愛九取十有十一生十二老死也六度者一布施二持戒三忍辱四精進五禪定六智慧也）**二露地牛車**露地牛車喻大乘實教也謂法華經譬喻品中諸子既出

火宅到於四衢道中露地而坐等賜大白牛車同歸秘容理藏是名露地牛車

二乘（出天台四教儀集註）乘即運載之義謂二乘之人乘四諦十二因緣之法運出三界生死至於涅槃故名爲乘（四諦者苦諦集諦滅諦道諦也十二因緣者一無明二行三識四名色五六入六觸七受八愛九取十有十一生十二老死也梵語涅槃華言滅度）

一聲聞乘 聞佛聲教故曰聲聞謂此人以四諦爲乘知苦斷集慕滅修道由觀四諦出離生死至于涅槃故名聲聞乘

二緣覺乘 因觀十二因緣覺悟真空之理名曰緣覺謂此人以十二因緣爲乘由觀因緣生滅即悟非生非滅出離生死至於涅槃故名緣覺乘

二果二義（出析玄記）二果即斯陀含華言一往來而有二義焉

一一往天上 謂第二果人猶有欲界下三品惑共潤一往來身若於人中得第二果則一往天上一來人間便證第三果是名一往天上

二一往人間 謂第一果人若在天中得第二果則一往人間一來天上便證第三果是名一往人間

初果二義（出析玄記）初果即須陀洹華言預流又云逆流故有二義焉

一預流 預入也流即流類謂此聖人得證初果是入聖之流類故名預流

二逆流 謂初果聖人背逆生死之流類故名逆流

利鈍二根（出析玄記）析玄云見道行人根有二種謂須陀洹初果之人破惑見理名爲見道（梵語須陀洹華言入流謂預入聖人之流也）

一鈍根名隨信行 婆沙論云由彼依信隨信起行謂此一類行人從來性多鈍故自不披閱教文但信

他人言說而得悟道故名隨信行**二利根名隨法行**婆沙論云由彼依法隨法起行謂此一類行人從來性多利故不信他言但自披閱教典而得悟道故名隨法行

二種醫出大智度論**一小醫**謂但知病知病因知差病藥而不知一切病不知一切病因不知一切差病藥以譬聲聞不能徧知藥病是名小醫**二大醫**謂一切病一切病因一切差病之藥皆能徧知乃至徧知衆生病因差病藥等以譬菩薩無病不知無藥不識是名大醫

二宗出翻譯名義**一龍樹提婆宗**龍樹即南天竺國大名德比丘也作大莊嚴大智度等論號法性宗明一切衆生皆有佛性一闡提梵語一闡提華言信不具等皆當作佛梵語提婆華言天即龍樹弟子禀承其道傳流于世是爲龍樹提婆宗**二無著天親宗**翻譯名義引三藏傳云無著夜昇覩史天宮於慈氏菩薩所受瑜伽師地等論專弘一切法相號法相宗天親乃無著之弟相繼其道傳流于世是爲無著天親宗梵語覩史又云兜率華言知足梵語瑜伽華言相應

二種比丘出出曜經昔二比丘在山中學其一多聞其一寡淺寡淺者持戒誦經唯通一句日誦不輟更無他學天神贊善願樂欲聞多聞比丘見其神應盡已所聞高聲諷誦欲求贊美而神默然怒其神曰何厚於彼而薄於我神曰汝不自責而反責我彼雖少聞言行相顧汝雖能誦三藏行與經違故不稱善也梵語比丘華言乞士三藏者一經藏二律藏三論藏**一**

【多聞比丘】樂誦經典旁搜廣記謂之多聞比丘多聞固爲可稱然學雖有餘其心不誠而行不逮亦不足貴此天神之所以不賛護也【二寡淺比丘】學道日淺經教少通謂之寡淺比丘寡淺固未足稱然學雖未至其心則專而行無雜亦爲可貴此天神之所以賛護也

僧伽理事二和（出翻譯名義）梵語僧伽華言和合衆謂與理和事和也【一理和】謂二乘之人同斷見思之惑同證無爲之理是名理和（二乘者聲聞乘緣覺乘也）【二事和】事和有六義謂內凡外凡之僧戒和同修見和同解身和同住利和同均口和無諍意和同悅是名事和（內凡者謂四善根位即煖頂忍世第一也此位近於初果須陁洹聖位故名內凡外凡者謂五停心一多貪者修不淨觀二多瞋者修慈悲觀三多散者修數息觀四愚癡者修因緣觀五多障者修念佛觀此位進修之始去聖位遠故名外凡）

二天隨人（出華嚴經）經云如人生已則有二天恒相隨逐一曰同生二曰同名【一同生天】同生天者謂此天與人同時而生也【二同名天】同名天者謂此天與人同其名字也

二難化（出大智度論）菩薩爲化衆生而於世間常作轉輪聖王多生欲界以天上著樂故難化也【一欲天難化】謂欲界諸天著於上妙五欲難以教化是名欲天難化（五欲者色欲聲欲香欲味欲觸欲也）【二色天難化】謂色界諸天多味著世間禪定之樂無厭惡心不求出離難以教化是名色天難化

二種衆生（出大智度論）【一習愛衆生】習即數習愛即貪愛亦愛樂也謂諸衆生於世間一切聲色香等五欲境界多生貪愛不能捨離

是名習愛衆生（五欲者色欲聲欲香欲味欲觸欲也）

二習見衆生　見即分別有無等見也謂諸衆生於一切法計有計無及計斷常等見是名習見衆生（斷見者執世間之法皆悉斷滅無常也常見者謂執此身死已復生相續不絕也）

聞經二種非器（出華嚴經疏）

一二乘非器　謂佛說華嚴經時一切二乘根器狹劣不能聽聞故出現品云一切二乘不聞此經何況受持故雖在座如聾如瞽是名二乘非器（二乘者聲聞乘緣覺乘也）

二衆生非器　謂一切邪見衆生無信心故非其根器雖聞此經聞即生謗而墮惡道是名衆生非器

二種（出法華安樂行義）

一凡種　謂凡夫之人不能覺了因眼見色生貪愛心爲愛造業隨業受報輪迴生死相續不斷是名凡種

二聖種　謂人因善知識得聞法義善能覺了一切諸法皆從妄念而生觀此妄心猶如虛空如是而修不著諸法能爲聖果之種是名聖種

二種受具戒法（出大寶積經）　戒者萬善之根本也謂能受正戒者一切善法從此增長受之不正者著於邪見墮於外道故戒有二種不同也

一受正平等戒　謂修行人能受持如來正戒一切平等不生分別差別之見頓絕妄想邪思之心戒體圓明而得解脫究竟至於無上菩提無有退轉也（梵語菩提華言道）

二受邪不等戒　謂邪見之人隨逐惡知識以分別心受持邪戒而墮於人我斷常憍慢貪欲瞋恚愚癡種種差別邪見不知出要解脫之道也

二種健兒（出涅槃經并水懺）謂自不作惡既作而能懺悔更不復作乃是有力量人故名健兒

一自不作罪　謂此健兒身口意業常自清淨永無過惡故名自不作罪

二作已能悔　謂此健兒雖先作惡後能改悔更不敢作猶如濁水置之明珠以珠力故水即爲清故名作已能悔

二種人呪術不能加（出摩登伽經）經云阿難乞食道逢摩登伽女取水阿難渴乏從之求飲女心染著歸白其母請以呪術致之母云世有二種人雖呪術不能加也（梵語阿難華言慶喜梵語摩登伽華言性）

一斷欲人　謂人能斷欲必自持戒持戒之人正念堅定立行端方神所呵護妖邪莫撓雖有呪術不能加也

二死人　謂人既死識依業轉隨處受形況壽夭有限死不復生雖有呪術不能加也

二種破戒人（出大智度論）

一因緣不具足破戒　謂貧窮之人衣食之緣不能具足是以心生偷盜即破於戒是名因緣不具足破戒

二因緣具足破戒　謂人衣食之緣雖皆具足以心習惡故好行惡事於諸禁戒多所毀犯是名因緣具足破戒

二人出佛身血（出大智度論）

一調達推山得罪　梵語調達華言天熱謂其生重惡心推山壓佛金剛力士爲護佛故以金剛杵反却擲之碎石迸來傷佛足指出血而得罪報

二祇域行針得福　梵語祇域華言故活謂佛有疾使祇域治之因行針出血疾得頓愈雖出佛血由治疾故而得福報

二種退（出地持經）

一究竟退　究竟猶決定也謂修

行之人信根淺薄始則勤修後因他緣障礙道心即退終不起菩提之願是名究竟退

二不究竟退 謂修行之人始則精進中復懈惰道心即退心既退已或遇善知識提奬勸誘復能發起菩提之願是名不究竟退

二親（出法苑珠林）

二親者父母也末羅王經云人受父母遺體乳哺養育之恩或從地積珍寶上至二十八天悉以施人不如供養父母也（二十八天四天王天忉利天夜摩天兜率天化樂天他化自在天梵衆天梵輔天大梵天少光天無量光天光音天少淨天無量淨天徧淨天無雲天福生天廣果天無想天無煩天無熱天善見天善現天色究竟天空處天識處天無所有處天非想非非想處天也）

一父親 父親者謂資形之始有生成之德自孩提以至長成教誡撫字其恩罔極也

二母親 母親者謂資生之始自懷抱以至乳哺鞠育護持劬勞甚至其恩罔極也

大明三藏法數卷第三

大明三藏法數卷第四

上天竺前住持沙門一如等奉　勅集註

二護出涅槃經 一內護 內即自己身心也謂佛所制大小乘戒人若受持則能防護身口意業之非成就種智菩提之果此禁戒所以爲內護也 二外護 外即族親眷屬也謂人之脩行須屏絶緣務凡有所需衣服飲食湯藥之類必藉族親眷屬左右供給庶得身心安隱成辦道業此族親眷屬所以爲外護也

二種有出毘婆沙論 一實物有 謂五蘊等法成身即是實有之物故名實物有五蘊者色蘊受蘊想蘊行蘊識蘊也 二施設有 謂世間之人各各隨業受報因假父母遺體便即施設而有男女之名故名施設有

二種病出涅槃經 一身病 謂身因四大毒蛇互不調適以致諸病所生故名身病四大者地大水大火大風大也以此四者遍滿世界故名爲大人攬外之四大而成內四大之身堅濕煖動之性在內交攻不相和順毒害如蛇故曰四大毒蛇 二心病 謂心體靈明虛圓湛寂其或歡喜不勝而致踊躍怯懦無勇而生恐怖及憂愁苦惱愚癡昏昧由此四者撓動于中以致諸病所生故名心病

二種病出大智度論 一先世行業病 謂因先世好行鞭杖拷掠閉繫種種惡法惱害衆生故感今世多病是名先世行業病 二現世失調病 謂因冷熱風雨不知將養其身及飲食不節卧起無常以是事故得種種病是名現世失調病

二種死出涅槃經 一命盡死 謂天命當盡捨所受

身故名命盡死然或有命盡非是福盡或有福盡非是命盡或有福命俱盡皆爲命盡死也（福謂財物等）

二外緣死　謂不順天命以喪其身故名外緣死如非分自害或橫遭他人所害或二人忿氣相加自他俱死皆爲外緣死也

二種布施（出大智度論）

一淨施　謂布施時不求世間名譽福利等報但爲出世善根及資助涅槃之因以清淨心而行布施故名淨施（梵語涅槃華言滅度）

二不淨施　謂以妄心求於福報而行布施如般若經云或畏失財故施與或恐訶罵故施與或爲求勢故施與如是種種因緣與淨相違是名不淨施

二種法施（出般若經）

一世間法施　謂菩薩雖爲諸有情宣說開示五神通等一切諸法然未能出離世間故名世間法施（五神通者一足不履地二知人心三回眼千里四呼名即至五石壁無礙也）

二出世間法施　謂菩薩爲諸有情宣說開示三解脫門等一切聖法依此而脩即得出離世間故名出世間法施（三解脫門者一空解脫門二無相解脫門三無作解脫門也）

二種身行施（出大智度論）

一生身行施　謂菩薩以父母所生之身能以一切實物及以身命布施心不悋惜是名生身行施

二法身行施　謂菩薩捨生身已得法身時能於十方世界以種種珍寶衣服飲食給施一切衆生又能一時之頃隨衆生音聲普爲說法是名法身行施

二種施（出法界次第）

一財施　財施者謂以飲食衣服田宅珍寶等一切自已所有資身之具

悉能施與他人也金光明最勝王經云財施之福不出三界唯伏貪愛但濟一世之貧而不能令其得道譬如燈光止明一室是也（三界者欲界色界無色界也）【二法施】法施者謂從諸佛及善知識或從經卷聞說世間出世間善法以清淨心爲人演說也金光明最勝王經云法施兼利自他能令衆生出於三界斷諸煩惱成就慧身譬如日光徧照大千世界是也（世間法者即五戒十善及治世之法也出世間法者即三乘所脩四諦六度等法也）

二戒（出華嚴孔目）

【一性戒】謂殺盗邪淫妄語此四性自是戒不待佛制人若持之即得福犯之即得罪是名性戒【二遮戒】遮即遮止謂飲酒多有過失能犯諸戒是故佛特遮止令不毀犯乃能守護餘之律儀是名遮戒

二戒（出毘婆沙論）

【一道共戒】謂於見道脩道位中不作意持自然不犯戒與道俱發是名道共戒此戒既是初果二果三果所得即是無漏戒也（見道即初果脩道即二果三果也無漏者不漏落三界生死也）【二定共戒】謂發得初禪二禪三禪四禪大定之時不作意持自然不犯戒與定俱發是名定共戒此戒斷惑未盡未出生死即是有漏戒也

二戒（出華嚴經疏）

【一隨相戒】隨即隨順相即形相謂依如來教染衣出家乞食自活不犯威儀是名隨相戒【二離相戒】離即遠離謂持戒之人心無所著則一切戒猶如虚空了無持犯之相是名離相戒

二戒（出涅槃經）

【一性重戒】謂殺盗婬妄皆性業也不待佛制持而不犯性自是善犯而不持

性自是罪若犯之者其罪極重是名性重戒**二息世譏嫌戒**謂佛所制出家之人凡世間治生產業及一切非道所宜之事皆不應爲以止世人之所譏誚嫌疑是名息世譏嫌戒

二戒（出涅槃經）**一威儀戒**威儀戒者謂受戒已惟務脩飾容止誑惑於世蓋由好求名利欲人恭敬者也**二從戒戒**從戒戒者謂順從佛制清淨三業蓋其內外相稱不爲世事但求眞實利益不要虛譽者也（三業者身業口業意業也）

出家二戒（出天台四教儀集註）**一十戒**謂一不殺二不盜三不婬四不妄語五不飲酒六不坐高廣大牀七不著花鬘衣八不觀聽歌舞九手不捉金銀財寶十不過中食此十戒是初出家沙彌所持是爲出家十戒（梵語沙彌華言息慈息世染之情慈濟羣生也）**二具足戒**具足戒者即二百五十戒也謂波羅夷法凡四條（梵語波羅夷華言極惡）僧伽婆尸沙法凡一十三條（梵語僧伽婆尸沙華言僧殘謂犯此戒如人被他斫殘命雖未盡形已殘廢故也）不定法凡二條（謂比丘犯非法語或以波羅夷法治之或以僧伽婆尸沙法治之或以波逸提法治之故名不定也）尼薩耆波逸提法凡三十條（梵語尼薩耆華言捨謂因財物等犯貪慢心令捨入僧衆故梵語波逸提華言墮謂不捨當墮地獄也）波逸提法凡九十條波羅提提舍尼法凡四條（梵語波羅提提舍尼華言向彼悔僧祇律云此罪應對衆發露故名向彼悔）衆學戒法凡一百條（此等戒法令比丘衆皆學故名衆學也）滅諍法凡七條（謂有諍事起即應除滅故名滅諍法）此二百五十戒是出家比丘所持是名出家具足戒（梵語比丘華言乞士）

在家二戒（出毗婆沙論）**一五戒**謂不殺生不偷盜

不邪婬不妄語不飲酒此五戒是在家之人所持故名在家五戒

二八戒 謂五戒之後更加不坐高廣大床不著花鬘瓔珞不習歌舞戲樂此八戒亦是在家之人所持故名在家八戒

邪正二戒（出天台四教儀集註）

一邪戒 謂外道之人執邪為道非因計因自計前世因從鷄中來便即獨立行於苦行或計因從狗中來便即噉食糞穢行於苦行是名邪戒

二正戒 謂佛未出世時輪王亦教人行於不殺不盜等十善即此十善戒法是名正戒（十善者不殺生不偷盜不邪婬不妄語不兩舌不惡口不綺語不貪欲不瞋恚不邪見也）

二持（出華嚴經疏）

一止持 止即制止謂止身口令不殺不盜不邪婬不妄語等是名止持

二作持 作猶行也謂既不殺生又能放生既不偷盜又能布施既不邪婬又能恭敬既不妄語又能實語是名作持

二種精進（出法界次第）

一身精進 謂身勤脩善法晝夜行道禮誦講說勸助開化是名身精進（勸助者奬勸贊助也開化者說法開道化度於人也）

二心精進 謂心勤行善道心心相續無有間歇是名心精進

二種精進心（出法華懺儀） 謂行人熏脩懺法即當尅取限期破諸惑障如脩法華三昧以三七日為期於中禮佛懺悔行道誦經有事有理俱當精進故有二種心也（梵語三昧華言正定）（三七日二十一日也）

一事中脩一心精進 謂行人於道場三七日中行儀純備當禮佛時一心虔懇觀想金容端嚴殊妙儼然在目心不異緣乃至懺悔行道誦經坐禪悉皆一心

令與行法相應無有懈怠是名事中脩一心精進。**二理中脩一心精進**謂行人初入道場乃至三七日滿於其中間所作行儀常當照了一心寂靜如禮佛時即知能禮所禮本性空寂雖曰空寂而自然感應道交不可思議蓋由理體平等生佛不二雖無能禮之人而有我身禮諸佛前雖無所禮之佛而有諸佛隨心顯現如是念念無有懈怠是名理中脩一心精進（生佛者衆生諸佛也）

二種忍辱（出大智度論）

一非衆生數忍辱謂菩薩若遇風寒冷熱水雨等無情之物惱害之時安然忍受初不瞋恚是名非衆生數忍辱

二衆生數忍辱謂菩薩若遇有情衆生加惡於我亦能忍受畧不瞋恨是名衆生數忍辱

二種分別眞偽禪相（出脩習止觀坐禪法要）

一辨邪偽禪發相謂脩禪之人於禪定中或覺自身如縛如壓或時身輕欲飛或歡喜躁動憂愁悲思如是種種邪偽之相與禪俱發心若愛著即與鬼法相應多失心顛狂是故脩禪定者於此諸相即當一心寂靜辨其邪偽知彼虛誑不愛不著則自然滅謝是爲辨邪偽禪發相

二辨眞正禪發相謂脩禪之人於禪定中端心正念離諸昏散但覺身心安隱泯然虛豁空明清淨寂靜無爲而與正定相應如前所說一切邪偽之相了無所見是爲辨眞正禪發相

二種寂靜（出釋氏要覽）

一身寂靜謂捨家恩愛及衆緣務閑居靜處遠離憒閙身諸惡行一切不作是名身寂靜

二心寂靜謂於貪瞋

癡等悉皆遠離脩習禪定無有散亂意諸惡行一切不作是名心寂靜

二種願（出大智度論）**一可得願**謂脩福可得人天中生脩戒定慧可得阿羅漢乃至佛果是名可得願（梵語阿羅漢華言無學）**二不可得願**謂人以巳智力而欲籌量虛空盡其邊際終不可得是名不可得願

二種脩行（出涅槃經）**一真實脩行**謂依佛所說能知涅槃佛性等相而脩諸行是名真實脩行（梵語涅槃華言滅度）**二不實脩行**謂不知涅槃佛性等相而脩諸行是名不實脩行

二因緣發起正見（出大智度論）**一外聞正法**謂衆生雖具正念必從智人聞說正法然後正見始得開發譬如穀麥内具種子外滋雨澤然後其芽始得生起是故若欲正見開明必須外聞正法**二内有正念**謂衆生雖聞正法發起正見實由内心正念本具譬如洪鐘雖待人扣聲非外有是故若欲正見開發必須内有正念

二種心（出地持經）**一安隱心**謂菩薩爲諸衆生造諸惑業而受生死逼迫之苦沉溺惡道即爲種種開示除不善法置之善處令彼之心各獲安隱也**二快樂心**謂菩薩爲諸衆生貧乏困苦無所依怙即起大慈之心利濟攝受平等饒益令彼之心各得快樂也

意業有二種心（出大乘理趣六波羅蜜經）意業者意根所起之業也謂脩行之人於布施持戒忍辱禪定智慧等五度非精進力不能成就身口意三善業亦由精進力方得發生然三業之中意業最勝故有二種心也**一精進**

心謂發菩提心脩習善業晝夜禪誦不令放捨遠離一切懈怠心也　二退轉心　謂於諸善法不能進脩或暫時發心脩行輙生退屈則不能到於涅槃彼岸也

二種懺悔（出補助儀并天台四教儀）　梵語懺摩華言悔過華梵兼舉故名懺悔又懺名脩來悔名改往謂脩未來之善果改已往之惡因也　一事懺悔　事即事儀謂身則禮拜瞻敬口則稱唱讚誦意則存想聖容三業殷勤求哀懺悔過去現在所作罪業一依事儀是名事懺悔　二理懺悔　理即理性謂過現所作一切罪業皆從心起若了自心本性空寂則一切罪相亦皆空寂是名理懺悔

二種白法（出華嚴經隨疏演義鈔）　白法者白淨之法也地獄等法名爲黑法人天等法名爲白法光明文句云白法須尚黑法須捨是也　一慚白法　謂內自羞慚不敢作惡脩習善法止息惡行是名慚白法　二愧白法　謂內自惶愧發露罪瑕更不敢作脩習善法止息惡行是名愧白法

二種勸請（出大智度論）　一佛初成道勸請轉法輪　謂佛初成道時菩薩勸請言我某甲請佛世尊爲衆生轉法輪度脱一切是名勸請轉法輪（某甲者稱自已名也）　二佛欲入滅勸請住世　謂佛欲捨壽命入涅槃時菩薩勸請言我某甲請佛世尊久住世間無央數刦度脫一切衆生是名勸請住世（刦梵語具云刦波華言分別時節）

二種資糧（出寶積經）　資即資助糧即糧食如人欲涉遠道必假糧食以爲資助蓋譬菩薩脩

行欲證佛果必藉福智二法以爲資助故名資糧也
【一福德資糧】謂布施持戒等所作善因乃至具足脩習一切佛法是名福德資糧
【二智德資糧】謂脩習正觀心無雜亂勤求妙智無暫休息乃至具足脩習一切佛法是名智德資糧

二種供養（出普賢行願品）

【一財供養】經云所有十方一切佛刹極微塵數中一一各有一切世界極微塵數佛一一佛所各有菩薩海會圍繞我以普賢行願力故悉以上妙諸供養具而爲供養所謂華鬘音樂傘蓋衣服及燒種種香然種種燈一一如須彌山以如是等諸供養具常爲供養是名財供養（梵語須彌華言妙高）
【二法供養】經云諸供養中法供養最所謂如說脩行供養利益衆生供養攝受衆生供養代衆生苦供養勤脩善根供養不捨菩薩業供養不離菩提心供養以前財供養無量功德比今供養一念功德百分不及一是名法供養（利益衆生攝受衆生名法供養者必因說法方能利益攝受即是以法供養如來也代衆生苦名法供養者因發大悲之心方能代衆生苦亦是以法供養如來也勤修善根即是勤修善法也菩薩業者即菩薩所修之法也）

二善（出大智度論）

【一未生善】謂戒定慧等諸善之法未曾脩習是名未生善若未生當勤脩習令其得生也
【二已生善】謂戒定慧等諸善之法已曾脩習名已生善若已生當勤脩習令其增長也

二種福田（出大智度論）

論云施主有二種一者貧二者富皆能於三寶中種福故名二種福田（三寶者佛寶法寶僧寶也）
【一貧福田】謂貧窮之人雖

無財物供養若能禮事恭敬亦得福報是名貧福田**二富福田**謂富貴之人既能禮事恭敬又以財物供養而得福報是名富福田

二種福田（出大方便佛報恩經）田以生長爲義謂人於應供養者而供養之則能獲諸福報如農服力田畝而有秋成之利故名福田**一有作福田**謂於諸佛菩薩父母師長之所生恭敬心脩諸供養不惟得福亦可成道若有冀望福報之心乃是有爲而作故名有作福田**二無作福田**謂於諸佛菩薩父母師長之所生恭敬心脩諸供養不惟得福亦可成道若無冀望福報之心乃是無爲而作故名無作福田

二利（出金剛般若經取著不壞假名論）**一自利**謂於如來所說經典自能受持讀誦聽聞思惟如理脩習成就勝果是名自利**二利他**謂能以巳所受之法展轉爲人演說令其脩習斷惑證果是名利他

二種闡提（出楞伽經）闡提梵語具云一闡提華言信不具亦云極惡**一捨一切善根一闡提**捨善根者楞伽經云謂謗菩薩藏及作惡言不肯隨順經律之法是名捨一切善根一闡提（菩薩藏者藏即含藏也謂諸大乘經典含藏一切文理是菩薩所脩所證之法故名菩薩藏）**二於無始衆生發願一闡提**謂世間衆生窮劫有之無有初始故名無始衆生菩薩發願度諸衆生以本願力現爲闡提故楞伽經云菩薩以本願方便不般涅槃是名於無始衆生發願一闡提

二種見（出大智度論）此二種見即十使中之邊見

也外道之人於身見上計我斷常執常非斷執斷非常隨執一邊故名邊見（十使者一身見二邊見三邪見四見取五戒取六貪七瞋八癡九慢十疑也）**一常見**論云見五衆常即外道自謂色受想行識今世雖滅未來復生相續不斷是名常見（五衆者即色受想行識五陰也）**二斷見**論云見五衆滅即外道自謂色受想行識今世滅已更不再生是名斷見

鬼二生（出俱舍釋論）**一鬼胎生**論云女餓鬼白目連云我夜生五子晝時亦生五子生已皆食盡如此我無飽此鬼即是胎生也**二鬼化生**謂不從胎卵等生但無而忽有變現不測此鬼即爲化生也

二罪（出圓覺經略疏鈔）**一性罪**性罪者即殺盗婬妄四種重戒不待佛制性是惡故犯之則有罪報也**二遮罪**遮罪者即酒戒也謂佛制此酒戒意爲遮止無犯守護餘戒使不故犯如有犯者則獲遮制之罪也

二吉羅（出翻譯名義）梵語具云突吉羅華言惡作惡說**一身惡作**謂身行殺盗邪婬等惡是名身惡作**二口惡說**謂口出妄言綺語兩舌惡口等是名口惡說

二惡（出大智度論）**一已生惡**謂貪瞋癡及殺盗婬等諸惡之法已起於心已見於事者是名已生惡惡若已生速令除滅也**二未生惡**謂貪瞋癡及殺盗婬等諸惡之法於心未起於事未見是名未生惡惡若未起防令不生也

二種惡事（出大智度論）**一衆生惡事**謂諸衆生貪欲瞋恚愚癡不依父母師長教誨造種種

惡是名衆生惡事【二土地惡事】謂土地之中或有饑荒疾疫毒氣流行無處不有是名土地惡事

二煩惱（出瑜伽師地論）【一根本煩惱】根本煩惱者即無明惑也謂此根本無明之惑能出生一切煩惱也【二隨煩惱】隨煩惱者即見思二惑也謂此見思二惑隨於一切違順境上起貪瞋癡等煩惱隨逐不捨也

二煩惱（出大智度論）【一內著煩惱】謂身見邊見等諸煩惱於內心不了而起執著故名內著煩惱（身見者謂衆生妄執色受想行識之五陰爲自身也邊見者妄於身見中或執爲斷或執爲常各執一邊名邊見也）【二外著煩惱】謂貪瞋癡等煩惱於外境不了而起貪著故名外著煩惱

二煩惱（出華嚴經疏）【一隨眠煩惱】依附不捨曰隨五情暗冥曰眠謂無明煩惱種子潛伏第八藏識之中能生一切妄惑是名隨眠煩惱也（五情者即眼耳鼻舌身五根也）【二現行煩惱】謂六根對六塵境現起貪瞋癡等煩惱是名現行煩惱也（六根者眼根耳根鼻根舌根身根意根也六塵者色塵聲塵香塵味塵觸塵法塵也）

二惑（出釋籤）【一理惑】謂根本無明之惑能障覆中道之理不能顯發是名理惑【二事惑】謂塵沙惑能障化導則覆俗諦之法見思惑能阻空寂則覆眞諦之法是名事惑

二惑（出華嚴經隨疏演義鈔）【一現行惑】謂六根對六塵現起貪瞋癡等煩惱令心昏迷障諸善法是名現行惑（六根者眼根耳根鼻根舌根身根意根也六塵者色塵聲塵香塵味塵觸塵法塵也）【二種子惑】種子者即根本無明也謂因此無明則能生一切煩惱障諸

善法是名種子惑

見思二惑（出天台四教儀集註）惑迷惑也謂諸衆生於一切法不了自性本空妄生執著惑於正道流轉生死故名惑也又名二縛由此惑業纏縛住著三界不能脱離也又名二結結即縛之義也（三界者欲界色界無色界也）

一見惑 分別曰見謂意根對法塵非理籌度起諸邪見如外道計斷計常乃至有無等見是名見惑

二思惑 貪愛曰思謂眼耳鼻舌身五根對於色聲香味觸五塵貪愛染著迷而不覺是名思惑

客塵二義（出楞嚴經）

一客義 謂見思等惑皆由衆生不了外塵之境種種妄想而生若以智慧觀察惑體本空則法性理顯惑亦何有經云不住名客是名客義

二塵義 謂微細之惑而能染汙清淨真性譬如牖隙光流諸塵相現亦能亂於虛空之性若智慧發明了惑本無則空理現前塵亦何有經云澄寂名空搖動名塵是名塵義

二障（出圓覺略疏）

一理障 謂本覺心源湛然清淨由無明妄染礙正知見不達真如之理是名理障

二事障 謂衆生由無明障覆生死相續無由脱離是名事障

二障（出楞嚴經義海并宗鏡錄）

一煩惱障 謂昏煩之法惱亂心神不能顯發妙明真性是名煩惱障

二所知障 所知障亦名智障謂執所證之法障蔽智慧之性是名所知障

二障（出天親論）障即障礙如金剛經中須菩提得無諍三昧蓋由離此二障故也（梵語須菩提華言空生）

一煩惱障煩惱即見思惑也謂須菩提證得第四阿羅漢果時見思二惑俱已斷盡心空寂靜諍從何起是故得於無諍實由離此煩惱障也（梵語阿羅漢華言無學）二三昧障梵語三昧華言正定即無諍三昧也謂須菩提證得第四果時既得無諍三昧若於此三昧心有取著即爲有諍是故得於無諍實由離此三昧障也

二業（出俱舍論）一引業謂若宿世善業引發生於人中則得珍寶豐足多受快樂若由宿世惡業引發生於人中則感貧窮困乏受諸苦惱是名引業二滿業謂由宿世脩一善業感一生中大富多財乘此更脩衆善展轉生官貴家乃至圓滿究竟善果是名滿業若由宿世造一惡業感一生貧窮苦惱乘此更造衆惡展轉生貧窮家乃至圓滿極惡之果是名滿業

輕重二業（出涅槃經）經云或有重業可得作輕或有輕業可得作重以人有智有愚故也一重業輕受重業輕受者謂有智之人以智慧力脩習梵行能令地獄重業現世輕受也二輕業重受輕業重受者謂愚癡之人以愚癡故增其業力能令現世輕業地獄重受也

二礙（亦名二障出宗鏡錄并演義鈔）一煩惱礙謂見思二惑起種種昏煩之法惱亂心神以致障礙無漏法性是名煩惱礙二智礙（即所知障）謂由根本無明之惑覆蔽法性而於中道種智則成障礙故名智礙

東蘆二義（出宗鏡錄）一互相依謂如東蘆互相依

倚以譬六根六塵更相由藉而成染惑也以由根依塵故而發妄知塵依根故而有幻相是名互相依（六根者眼根耳根鼻根舌根身根意根也六塵者色塵聲塵香塵味塵觸塵法塵也）

二取中空 謂取蘆蔕中本空虛自性不實以譬根塵中間各無自性一切皆空是名取中空

二慳（出地持經）

一財慳 謂悋惜財物無憐愍心見諸貧窮困之不能惠施是名財慳

二法慳 謂慳惜佛法懷妬嫉心恐他勝已不肯教導餘人是名法慳

二愛（出大智度論）

一欲愛 謂衆生愛念妻子及貪染五欲等是名欲愛（五欲者以色聲香味觸五塵能起人貪欲之心也）

二法愛 謂菩薩以平等心而生法喜欲令一切衆生皆至佛道是名法愛

二種邪見（出中論）

一破世間樂邪見 謂人若言無罪福報亦無如來等賢聖因起此邪見捨善爲惡當墮苦趣失人天樂是名破世間樂邪見

二破涅槃道邪見 梵語涅槃華言滅度謂人貪著於我分別有無起善滅惡因起善故得世間之樂因分別有無故不得涅槃道是名破涅槃道邪見

二種妄見（出楞嚴經）

一別業妄見 謂諸衆生迷失真性自起妄見見有一切虛妄境界或苦或樂若人不失本眞即不見有虛妄境界譬如一人病目夜見燈光別有圓影五色重疊不病目者即不見燈別有圓影是名別業妄見

二同分妄見 謂諸衆生迷失眞性同見一切虛妄境界同受苦樂同業所感譬如一國之人同見瘴惡不祥之事是名同分妄見

二種無知（出天台四教儀集註）

一染汙無知 染汙無知者即見思惑也以無明爲體謂見思惑能染汙真性無所明了也

二不染汙無知 不染汙無知者即塵沙惑也以劣慧爲體謂此惑是他人分上見思之惑種數多故如塵若沙名爲塵沙既是他人之惑不能染汙我之真性菩薩智慧廣大能令他人斷見思惑於菩薩分上即是斷塵沙惑二乘之人智慧狹劣不能令他斷見思惑是名不染汙無知（二乘者聲聞乘緣覺乘也）

二種顛倒（出楞嚴經）

一衆生顛倒 謂衆生不明自性逐妄迷真隨順妄惑而造妄業由此妄業展轉相生輪轉三界不能返妄歸真故名衆生顛倒

二世界顛倒 世謂過去現在未來遷流爲世界謂東西南北四方分位爲界以世涉方故名世界顛倒者衆生迷失真性念念遷流住妄境界起諸倒見故名世界顛倒

二貧（出大智度論）

一財貧 謂其先世不能布施不作衆善之福是故現世乏於資生種種財物是名財貧

二法貧 謂衆生起諸邪見不信正法不脩善行則無功德之財資於智慧之命是名法貧

二緣（出楞伽經）

一外緣 謂衆生所依世界皆由妄想因緣而生譬如因泥團柱輪繩水等諸方便緣而有瓶生是名外緣（泥團柱輪繩水者謂世之陶匠作瓶以泥團爲坯以木爲輪柱以繩轉輪以水旋之方能成瓶也）

二內緣 謂衆生之身因無明愛業等緣出生陰界入法是名內緣（無明者無所明了也愛者於五陰之境而起貪愛以爲惑也業者由心不了遂動身口而作以爲業也陰即五陰謂色陰受陰想陰

行陰識陰也界即十八界謂眼界色界眼識界耳界聲界耳識界鼻界香界鼻識界舌界味界舌識界身界觸界身識界意界法界意識界也入即十二入謂眼入耳入鼻入舌入身入意入色入聲入香入味入觸入法入也

二種有漏因果（出大涅槃經）

一有漏因 漏即漏落生死也因者對果而言謂衆生由煩惱結業爲因而招三界生死苦果是則煩惱結業名有漏因即集諦也（三界者欲界色界無色界也）

二有漏果 果即果報之義謂衆生由有漏惑業爲因而感生死之果名有漏果即苦諦也

二殺（出梵網經）

一故殺 故殺者謂作意故傷物命也

二悞殺 悞殺者謂不作意悞傷物命也

二殺（出梵網經）

一自殺 謂無慈悲之心於諸物命輙自殺害是名自殺

二教他殺 謂無慈悲之心既自殺生亦教他人殺生是名教他殺

二報（出華嚴經疏）

一依報 依報亦名依果即世界國土也謂諸衆生各各隨其果報之身依之而住故名依報

二正報 正報亦名正果即五陰之身也謂諸衆生隨其所作善惡之業各各感得此身正受其報故名正報（五陰者色陰受陰想陰行陰識陰也）

二種殺生報（出法苑珠林）

一短命 短命者謂因前世傷害物命令其不得以盡天年故感今生自身亦短命也

二多病 多病者謂因前世惱害衆生令其不得自在故感今生自身亦多疾病也

二種偷盜報（出法苑珠林）

一貧窮 貧窮者謂因前世盜他財物令彼空乏故感今生自亦貧窮也

二不得自在 不得自在者謂因前世

劫奪他財而令他人不得自在故感今生雖有財物而屬五家不得自在受用也（五家者水火盜賊惡子官家也）

二種婬報（出法苑珠林）

一婦不貞潔 婦不貞潔者謂因前世犯他妻妾邪行穢汙故感今生婦不貞良端潔也

二得不順意眷屬 得不順意眷屬者謂因前世邪婬奪人所寵令不如意故感今生眷屬常不順意也

二種妄語報（出法苑珠林）

一多被誹謗 多被誹謗者謂因前世不務誠實妄語無信故感今生多被他人誹謗也

二爲人所誑 爲人所誑者謂因前世專以妄語欺誑於人故感今生爲人之所誑惑也

二種兩舌報（出法苑珠林） 謂向彼說此向此說彼鬭構是非離間和合致令乖分故名兩舌

一得弊惡眷屬 得弊惡眷屬者謂因前世兩舌使人朋儔分離乖間皆生怨惡故感今生得弊惡眷屬也

二得不和眷屬 得不和眷屬者謂因前世兩舌離間人之親愛使不和合故感今生得不和眷屬也

二種惡罵報（出法苑珠林）

一常聞惡音 常聞惡音者謂因前世口無禁忌發言麤惡令不恐聞故感今生常聞穢惡之音也

二恒有諍訟 恒有諍訟者謂因前世恃力怙勢好諍健訟惡逆無德故感今生常致諍訟而不和也

二種邪見報（出法苑珠林）

一生邪見家 生邪見家者謂因前世邪僻覆心起諸妄見故感今世不具正信之心而生邪見之家也

二其心諂曲 其心諂曲者謂因前世邪見心不

正直故感今生心常諂曲也

二種無義語報 出法苑珠林

一人不信受 人不信受者謂因前世語言無義即是虚妄故感今生雖有言說人亦不信受也 **二不能明了** 不能明了者謂因前世語言無義皆因暗昧故感今生有所言說而亦不明了也

二種貪報 出法苑珠林

一多欲 多欲者謂因前世縱恣貪欲心無止息故感今生業習不忘倍復增勝而生貪著也 **二無厭** 無厭者謂因前世貪求不已展轉馳逐故感今生業習不忘欲心轉盛用之無度求之無厭也

二種瞋報 出法苑珠林

一常爲他人求其長短 常爲他人求其長短者謂因前世不能容物稍不如意即興嗔恨故感今生被人伺求長短動輒得咎也 **二常爲衆人之所惱害** 常爲衆人之所惱害者謂因前世瞋惱衆人令不安隱故感今生常被多人之所惱害也

世界二義 出楞嚴經

一世遷流義 世遷流者謂過去現在未來三世遷流也只如昨日是過去今日是現在明日是未來如此遷移流動無有間歇也 **二界方位義** 界方位者謂東西南北東南西南東北西北上下十方各有定位不相混亂也

二世間 出翻譯名義

一衆生世間 謂一切有情衆生皆假五陰和合衆共而生名爲衆生又復各各差別不同故名衆生世間 五陰者色陰受陰想陰行陰識陰也 **二器世間** 謂一切無情世界皆假山河大地而成有側有仰名之爲器又

復各各差別不同故名器世間

二種世間清淨（出無量壽經論）論云若人一心專念阿彌陀佛畢竟得生安樂國土成就種種功德莊嚴獲此二種世間清淨（梵語阿彌陀華言無量壽）

一器世間清淨 謂世界如器隔別名世間差名間故名器世間謂彼安養國土廣大無邊如太虛空清淨光明如日月輪具足珍寶莊嚴是名器世間清淨

二衆生世間清淨 謂所化衆生隔別間差故名衆生世間謂彼阿彌陀佛於一佛土身不動搖於一切時放大光明悉能遍至十方世界教化衆生令其如實脩行離諸染著皆願往生我國是名衆生世間清淨

二土（出宗鏡錄）

一性土 謂法性之理非穢非淨非廣非狹猶如虛空遍一切處是名性土

二相土 謂隨諸衆生心量所現或淨或穢或廣或狹是以菩薩所見無諸坑坎衆寶莊嚴衆生所見荊棘瓦礫穢惡充滿是名相土

二土（出華嚴經隨疏演義鈔）

一淨土 謂其地純以金剛所成衆寶間錯種種莊嚴皆悉殊勝即華藏世界西方安養等世界也以其無有四趣五濁等穢惡是名淨土（四趣者脩羅趣餓鬼趣畜生趣地獄趣也五濁者劫濁見濁煩惱濁衆生濁命濁也）

二穢土 謂其地坑坎堆阜穢惡充滿即娑婆世界也以其有四趣五濁等穢惡是名穢土（梵語娑婆華言能忍謂其土之人堪能忍受衆苦也）

二種流（出涅槃經）

一順流 流即生死流也蓋六道衆生順從生死之流唯務趣下而不知返所謂順生死流逆涅槃道也（六道者天道人道阿脩羅

道餓鬼道畜生道地獄道也

一逆流 謂初果須陀洹依戒定慧精勤脩習則能斷三界見惑出離四趣生死而證真空涅槃所謂逆生死流順涅槃道也梵語須陀洹華言逆流亦曰入流三界者欲界色界無色界也四趣者脩羅趣餓鬼趣畜生趣地獄趣也

二身 出唯識論

一分段身 分即分限段即形段謂三界内六道衆生所受之身支形分段長短巨細各各不同是名分段身三界者欲界色界無色界也六道者天道人道阿脩羅道餓鬼道畜生道地獄道也

二變易身 變即轉變易即改易謂二乘等雖出三界尚受方便等土法性之身因移果易是名變易身二乘者聲聞乘緣覺乘也

二種色 出宗鏡錄

一内色 内色者謂眼識乃至意識是名内色又眼耳鼻舌身意名内色以其屬内身故

二外色 外色者謂眼根乃至身根是名外色又色聲香味觸五塵名外色以其屬外境故

二種色 出大智度論

一淨色 謂清淨美妙之色能生貪欲損壞道業故脩道之人宜當遠離也

二不淨色 謂不淨醜惡之色能生憎惡障蔽道業故脩道之人亦宜遠離也

二種色 出宗鏡錄

一顯色 謂青黄赤白光影明暗雲煙塵霧等顯然可見是名顯色

二形色 謂長短方圓麤細高下正不正等形相可見是名形色

二食 出天台四教儀集註

一正命食 謂出家之人常乞食自資色身清淨活命是名正命食

二邪命食 謂出家之人不依正命而食則有五種一爲利養故現奇特相二爲利養故自說功德三卜相吉凶爲人說法四高聲現

威令人畏敬五說所得供養以動人心是名邪命食

二種存濟（出阿毘達磨論）存即存活濟即救濟謂以飲食存濟其生也【一有罪存濟】謂有一等之人矯妄詭詐而求飲食如是得飲食已歡喜受用貪愛不捨不見生死過患不知出離之法是名有罪存濟【二無罪存濟】謂非如前人矯妄詭詐而求飲食但以正道而乞飲食得飲食已如法受用不貪不愛不著能見生死過患善知出離之法是名無罪存濟

二求（出成實論）【一得求】謂諸衆生欲得諸樂隨意求取雖經險難不以爲苦如海吞流心無厭足是名得求【二命求】謂諸衆生取樂生愛不能如實觀察樂是苦因反求長命受此諸樂是名命求

二種數（出華嚴經疏）【一數量數】數量數者即一多之數量也謂由一多之數而能安立一切諸法也【二色心有爲數】色即色身心即所起之心皆有生滅名曰有爲此色心二法別而言之則有五陰十二入十八界等數目不同故名色心有爲數（五陰者色陰受陰想陰行陰識陰也十二入者眼入耳入鼻入舌入身入意入色入聲入香入味入觸入法入也十八界者眼界色界眼識界耳界聲界耳識界鼻界香界鼻識界舌界味界舌識界身界觸界身識界意界法界意識界也）

二種滅（出顯揚聖教論）【一暫時滅】謂如來出世逗機設教化導衆生大小乘人皆得解脫機緣既盡更無可化如來即便入滅然如來法身之體如如不動實未嘗滅是名暫時滅【二究竟滅】謂如來妙覺圓明一切煩惱悉

已斷滅淨盡無餘更不復生是名究竟滅

二邊（出攝大乘論釋）

一增益邊 謂因緣所生之法若分別推求本無自性衆生不了執之爲有是名增益邊（因緣所生法者謂六根爲因六塵爲緣根塵相對中間一念心起即是所生法也）

二損減邊 謂因緣所生之法若分別定無即是損減實有成就之性是名損減邊

二邊（出中論）

一有邊 邊即邊際謂世間一切事物必假衆緣具足和合而生皆無自性雖無自性不得言無故名有邊

二無邊 謂世間一切事物既假衆緣具足和合而生本無自性若無自性則一切法皆空不得言有故名無邊

二時（出大智度論）

一迦羅時 梵語迦羅華言實時謂佛於律中誡諸弟子聽時食遮非時食實有其時故名實時論云毗尼結戒是世界中實非第一義中實是也（梵語毗尼華言善治）

二三摩耶時 梵語三摩耶華言假時亦名短時長時論中廣約三世無相時法無實故名假時亦名短時長時者謂不同外道定執蓋是假設長短而無其實故若短若長悉名三摩耶（三世者過去未來現在也）

大明三藏法數卷第四

大明三藏法數卷第五

上天竺前住持沙門一如等奉　勅集註

三佛身（出宗鏡錄） 一自性身 謂諸如來具無邊際真常功德是一切法平等實性即此自性亦名法身是名自性身 二受用身 受用身有二種一者自受用身謂諸如來修習無量福慧所起無邊真實功德恒自受用廣大法樂也二者他受用身謂諸如來由平等智示現微妙淨功德身居純淨土爲住十地諸菩薩衆現大神通轉正法輪令彼受用大乘法樂也（十地者歡喜地離垢地發光地焰慧地難勝地現前地遠行地不動地善慧地法雲地也） 三變化身 謂諸如來以不思議神力變現無量隨類化身居淨穢土爲未登地諸菩薩衆及二乘等稱其機宜現通說法令其各得諸利樂事是名變化身（二乘者聲聞乘緣覺乘也）

三身（出金光明經玄義） 身即聚集之義謂聚集諸法而成身也所謂理法聚名法身智法聚名報身功德法聚名應身（理法聚名法身者謂聚集法性之法而成此身也智法聚名報身者智即能契法性之智智與法性相合而成此身也功德法聚名應身者由智契理聚集一切功德之法起用化他隨機應現而成此身也）

一法身 謂始從初住顯出法性之理乃至妙覺極果理聚方圓是名法身（初住者即十住位中初之一住也妙覺者自覺覺他覺行圓滿不可思議故名妙覺理聚方圓者妙覺所證法性之理方始圓滿也） 二報身 謂始從初住終至妙覺極果智聚方圓由智契理報得此身故云報身 三應身 謂始從初住終至妙覺極果功德法聚方圓故能隨機應現說種種法度諸衆生故名應身

三身徧相（出華嚴經隨疏演義鈔） 一法身如虛空徧 謂

法性之身本體周徧如太虛空無有障礙諸佛衆生平等具足故名法身如虛空徧

二智身如日光徧 智身即自報之身也謂究竟始覺之智能徧破無明之暗顯發本有真身譬如日光無幽不燭故名智身如日光徧

三色身如日影徧 色身即應身也謂究竟始覺之智契於本覺法身之理則能從體起用徧應衆機譬如日光之影不擇高下隨處映現故名色身如日影徧

三身華梵 亦名三如來出法華文句

一法身毘盧遮那如來 法名可軌諸佛軌之而得成佛以法爲身故名法身梵語毘盧遮那華言徧一切處以真如平等性相常然身土無礙故也如來者金剛經云無所從來亦無所去故名如來是也

二報身盧舍那如來 修因感報名之爲報然有自報他報之别自報即理智如如他報即相好無盡是名報身梵語盧舍那華言淨滿謂諸惑淨盡衆德悉圓又云光明徧照謂内以智光照真法界 即自報身也 外以身光照應大機 即他報身也 如來者轉法輪論云第一義諦名如正覺名來是也 第一義諦者謂中道之理無二無别也

三應身釋迦牟尼如來 智與體冥能起大用隨機普現說法利生故名應身梵語釋迦牟尼華言能仁寂默寂默故不住生死能仁故不住涅槃如來者成實論云乘如實道來成正覺是也 智與體冥者謂自報之智與法身之體冥合也梵語涅槃華言滅度

三身壽量 出法華經文句

一法身壽量 法身者師軌法性還以法性爲身此身非色質亦非心智強指法性爲法身耳言壽量者此非報

得命根亦非連持之壽强指不遷不變名之爲壽此壽非長量亦非短量經云亦無在世及滅度者非實非虚非如非異等是也

二報身壽量 報身者以如如智契如如境以境發智以智照境境智冥合即是報身言壽量者境既無量無邊常住不滅智亦如是即此智慧名爲壽命經云我智力如是久修業所得慧光照無量壽命無數劫是也如如者境如即如智智如即如境蓋言境智不二也

三應身壽量 應身者應同萬物爲身也言壽量者應同連持爲壽應同長短爲量也智與體冥能起大用經云隨所應度處處自説名字不同年紀大小等是也

佛化身三出觀佛三昧海經

一大化身千丈 大化身千丈者謂如來爲應十地已前等諸菩薩演説妙法令其進修向於佛果故化現千丈之身也十地者歡喜地離垢地發光地焰慧地難勝地現前地遠行地不動地善慧地法雲地也

二小化身丈六 小化身丈六者謂如來爲應二乘凡夫之人説於四諦等法令其捨妄歸真而得開悟故化現丈六之身也二乘者聲聞乘緣覺乘也四諦者苦諦集諦滅諦道諦也

三隨類不定 隨類不定者謂如來誓願弘深慈悲普覆隨諸種類有感即應或現大身滿虚空中或現小身丈六八尺等也

三覺出翻譯名義 覺有三義謂自覺覺他覺行圓滿也唯妙覺果佛具足三覺故華嚴經云奇哉大導師自覺能覺他是也

一自覺 謂覺知過去未來現在三世一切諸法常無常等悟性真空了惑虚妄功成妙智道證圓覺故名自覺

二覺他 謂運無緣慈度諸

衆生皆令離生死苦得涅槃樂故名覺他（梵語涅槃華言滅度） 三行覺圓滿 謂三惑淨盡衆德悉脩位登妙覺行滿果圓故名覺行圓滿（三惑者見思惑塵沙惑無明惑也）

三種常（出佛地論） 一本性常 本性常者即法身也謂法身本性常住無生無滅也 二不斷常 不斷常者即報身也謂報身常依法身無間斷也 三相續常 相續常者即應身也亦名變化身謂應身於十方世界没已復現化無窮盡也

三種神變（出大寶積經） 神即神通變即變化也 一說法神變 謂如來無礙大智知諸衆生善惡業因及善惡果報或以聲聞緣覺之法及以大乘之法而得解脫如是知已則現一切神變而爲說法是名說法神變 二教誡神變 教即教誨誡即警誡謂如來教諸弟子是應作是不應作是應信是不應信是應親近是不應親近是法雜染是法清淨行如是道得聲聞乘行如是道得緣覺乘行如是道成就大乘現諸神變而爲教誡是名教誡神變 三神通神變 謂如來爲調伏憍慢衆生故或現一身而作多身或現多身而作一身山崖石壁出入無礙身上出火身下出水身下出火身上出水入地如水履水如地等現諸神變調伏衆生是名神通神變

三佛土（出華嚴經疏） 一法性土 法性土者即法身如來所依之土乃理土也謂以本識如來藏身爲所依持恒頓變現外諸器界則法性土通爲諸土之體也（器界者世界如器故也） 二受

用土受用土者即報身如來受用之土也受用有二一者若以相應淨識所修自利行滿從初成佛盡未來際相續變爲純淨佛土周圓無際衆寶莊嚴是名自受用土二者若以大慈悲力所修化他行滿隨十地菩薩所宜變成淨土或大或小或勝或劣等是也（十地者歡喜地離垢地發光地燄慧地難勝地現前地遠行地不動地善慧地法雲地也）

三變化生　變化土者即應身如來變化之土也謂佛以不思議神力隨諸衆生善惡之業變現淨穢之土方便設化是也

佛行離地三意（出華嚴經隨疏演義鈔并佛說處處經）

一地有虫　謂一切地上皆有諸虫或伏或走佛以護生之心恐傷其命故行時足不至地鈔云世尊履地去地四指是也

二地有生草　謂一切地上有草依之生長佛欲全其生意故行時足不至地也

三現神通力　謂佛現神通之力飛行自在履空如地故行時足不至地也

如來乞食三意（出法集經）

一不貪珍味美惡均等　謂如來乞食入諸聚落隨施所得不貪珍味若美若惡而無分別是名不貪珍味美惡均等

二爲破我慢貴賤同遊　謂如來乞食爲破我慢自高於富貴貧賤等家皆無揀擇是名破我慢貴賤同遊

三慈悲平等大作利益　謂如來無有飢渴羸損瘦乏等苦爲衆生故以平等慈悲現行乞食廣作利益是名慈悲平等大作利益

佛三事入城（出金剛經疏）

一爲女人入城　謂一切女人女子皆爲父母及夫主所拘不得輒

自出入思仰如來無由得見是故如來入城令彼女人皆得瞻敬觀佛三昧海經云若能暫見如來相好光明除六十刼生死之罪獲無量福未來生處必見彌勒梵語彌勒華言慈氏

二爲病人入城 謂如來於病人所常興救濟之心令其離苦得樂是故入城乞食之時凡有病苦者因得瞻視令其病差發菩提心

三欲令人見相好入城 謂如來福慧莊嚴具足三十二相八十種好微妙難思人得瞻仰則罪滅福生是故入城令人普見三十二相者足安平相千輻輪相手指纖長相手足柔軟相手足縵網相足跟滿足相足趺高好相腨如鹿王相手過膝相馬陰藏相身縱廣相毛孔生青色相身毛上靡相身金色相身光面各一丈相皮膚細滑相七處平滿相兩腋滿相身如師子相身端直相肩圓滿相四十齒相齒白齊密相四牙白淨相頰車如師子相咽中津液得上味相廣長舌相梵音深遠相眼色如金精相眼睫如牛王相眉間白毫相頂肉髻成相也八十種好一指爪狹長二手足指圓三手足各等無差四手足圓滿五筋脈盤結六兩踝深隱七行步正直八行步威容齊整九行步安平十行步有儀十一回身顧視十二支節殊勝十三骨節交結十四膝輪圓滿十五隱處妙好十六身支潤滑十七身容敦肅十八身支堅固十九身支安定二十身相端嚴二十一身有圓光二十二腹形方正二十三臍深右旋二十四臍厚妙相二十五肌膚勻淨二十六手掌充滿二十七手文深長一十八脣色紅潤二十九面門圓滿三十舌相長廣三十一發聲威震三十二音韻美妙三十三鼻高修直三十四諸齒方整三十五諸牙明潔三十六目廣清淨三十七眼相修廣三十八眼睫齊整三十九雙眉脩長四十雙眉紺靡四十一雙眉高朗四十二耳厚修長四十三兩耳相好四十四容儀端麗四十五額廣圓滿四十六身分殊勝四十七首髮脩長四十八首髮香潔四十九首髮齊整五十首髮堅固五十一首髮光滑五十二身分堅實五十三身體莊嚴五十四諸竅清淨五十五身力充美五十六身相嚴好五十七面輪修廣五十八顏貌舒泰五十九面顏光澤六十身支嚴淨六十一毛孔出香六十二面門出香六十二首相妙好六十四身毛纖柔六十五法音圓辯六十六頂相高妙六十七指網分明六十八行不履地六十九神力自持七十威德遠震七十一音聲和雅

七十二觀機說法七十三一音演說七十四次第說法七十五等觀有情七十六先觀後作七十七相好具足七十八頂骨堅實七十九顏容奇妙八十肓聽妙好

佛三不能（出景德傳燈錄）

一不能免定業 不能免定業者謂佛能空一切相斷一切衆生之惡而不能自免定業也（定業者決定之業即木槍馬麥等報是也）

二不能度無緣 不能度無緣者謂佛能化導一切衆生而不能度無緣之人也

三不能盡生界 不能盡生界者謂佛能度世間一切衆生而不能令衆生界盡也

三種奇特事（出過去現在因果經）

一神通奇特 謂佛世尊妙應群機現大神變不可思議使一切衆生及諸邪魔外道咸歸正化是爲神通奇特

二慧心奇特 謂佛之智慧心光湛寂照了一切諸法成就一切種智是爲慧心奇特

三攝授奇特 謂佛善知衆生諸根利鈍隨機攝授開導教化令彼咸聞法要進修妙行出離生死是謂攝授奇特

佛三語（出華嚴經隨疏演義鈔）

一隨自意語 謂佛隨順自意說自所證一實等法故名隨自意語

二隨他意語 謂佛一向隨順他機之意說於方便之法導引衆生故名隨他意語

三隨自他意語 謂佛爲衆生說法半隨自證之意半隨他機之意名隨自他意語

三處不轉法輪

一我慢高山 謂外道之人多起邪見我慢貢高如山峻聳雖聞正法非惟不信復有謗法之過招其惡報是故不爲轉法輪也

二五欲淤泥 謂諸凡夫貪著色聲香味觸五欲之境沉溺汚穢如在淤泥自非身心清淨則不能受法是故不爲轉法輪也

三邪見稠林 謂外道凡夫執種

種見有如稠林茂密而於正法不能信受是故不爲轉法輪也

三輪（出金光明經文句）輪即車輪有摧碾之用以譬如來身業現通口業說法意業鑑機而能摧碾衆生煩惱惑業是故名爲三輪也【一身輪】身輪亦名神通輪謂佛說法必先現神通警動衆生機情令生正信也【二口輪】口輪亦名正教輪謂佛所說之法無不爲令衆生翻邪歸正依教修行也【三意輪】意輪亦名記心輪謂佛說法先以意輪鑑知衆生根器利純隨宜演說無有差謬也

佛三密（出大智度論）密即祕密謂如來身口意三業或現通或說法或思惟皆非諸菩薩等之所思議故名三密【一身密】謂如來處大會中衆見佛身或黃金色或白銀色或雜寶色或長丈六或長一里十里乃至現大神變皆不可思議故名身密【二語密】語密即口密也謂佛說法之時或一里外聞佛音聲或十里或百千萬里外聞佛音聲又一會中或聞說布施或聞說持戒等各各隨心所聞皆不可思議故名語密【三意密】謂佛常處寂定凡所思惟觀察皆不可思議故名意密

住持三寶（出華嚴經隨疏演義鈔并三寶章）【一泥龕塑像爲佛寶】泥龕塑像者佛滅度後以泥木雕塑爲像住世不絕是爲佛寶也【二黃卷赤軸爲法寶】黃卷赤軸者即今大藏經卷是也以其住世不滅是爲法寶也【三剃髮染衣爲僧寶】剃髮染衣者謂剃除鬚髮著染色衣即世間之僧以能流通佛法是爲僧寶

也

同體三寶（出華嚴經隨疏演義鈔并三寶章）謂佛法僧名雖有三體性是一故名同體三寶

一佛寶 佛梵語具云佛陀華言覺謂性體靈覺照了諸法非空非有是名佛寶

二法寶 法即軌持之義謂法性寂滅而恒沙性德皆可軌持是名法寶

三僧寶 僧梵語具云僧伽華言和合衆謂恒沙妙德性相不二理事和合是名僧寶

別相三寶（亦名別體三寶出釋氏要覽）謂佛法僧各各相別不同故名別相三寶

一佛寶 謂佛初於菩提樹下成道但示丈六之身及說華嚴經時現爲盧舍那尊特之身是爲佛寶（梵語菩提華言道梵語盧舍那華言淨滿）

二法寶 謂五時所說大乘小乘經律論藏是爲法寶（五時者華嚴時鹿苑時方等時般若時法華涅槃時也）

三僧寶 謂稟佛教法修因得果即聲聞緣覺菩薩是爲僧寶（聲聞因聞佛聲教而得悟道緣覺因觀十二因緣而得覺悟菩薩梵語菩提薩埵華言覺有情）

別相三寶（出華嚴隨疏演義鈔并三寶章）別相者謂三寶中名相各各不同故云別相三寶也

一佛寶 謂佛具十身名相差別不同故名佛別相也（十身者菩提身願身化身力持身相好莊嚴身威勢身意生身福德身法身智身也）

二法寶 謂佛說一大藏典具教法理法行法果法名相不同故名法別相也（教即經教理即性理行即行業果即果位也）

三僧寶 謂文殊普賢諸大菩薩乃至三賢十聖各各修證地位不同故名僧別相也（三賢者十住十行十回向諸位菩薩也十聖者十地菩薩也）

大乘三寶（出華嚴經疏鈔并三寶章）三寶者謂佛法僧可尊可貴名之爲寶

一大乘佛寶 佛梵語具

云佛陀華言覺謂自覺覺他覺行圓滿具足三身十身能現無邊相好是名大乘佛寶三身者法身報身應身也十身者菩提身願身化身力持身相好莊嚴身威勢身意生身福德身法身智身也

【二大乘法寶】法即軌則之義謂如來所說中道實相及人法二空之理乃至無量勝妙法門能令衆生軌則此法而成正覺是名大乘法寶

【三大乘僧寶】梵語僧伽華言和合衆謂十住十行十回向十地等菩薩不著有無二邊而與中道之理和合是名大乘僧寶十住者發心住治地住修行住生貴住方便具足住正心住不退住童真住法王子住灌頂住也十行者歡喜行饒益行無瞋恨行無盡行離癡亂行善現行無著行尊重行善法行真實行也十回向者救一切衆生離衆生相回向不壞回向等一切佛回向至一切處回向無盡功德藏回向隨順平等善根回向隨順等觀一切衆生回向真如相回向無縛解脫回向法界無量回向也十地者歡喜地離垢地發光地焰慧地難勝地現前地遠行地不動地善慧地法雲地也

小乘三寶出華嚴三寶章

【一小乘佛寶】謂如來隱其無量功德莊嚴之身示現丈六紫金之相以應聲聞緣覺人天等機是名小乘佛寶

【二小乘法寶】謂阿含等經爲聲聞說四諦教爲緣覺說十二因緣教令其依之而修超凡入聖是名小乘法寶梵語阿含華言無比法四諦者苦諦集諦滅諦道諦也十二因緣者一無明二行三識四名色五六入六觸七受八愛九取十有十一生十二老死也

【三小乘僧寶】謂依四諦十二因緣而修斷見思惑證真空理而成聲聞四果四向及緣覺之僧是名小乘僧寶見思惑者意根對法塵而起分別曰見惑眼耳鼻舌身貪愛色聲香味觸曰思惑四果者一須陀洹華言入流二斯陀含華言一來三阿那含華言不來四阿羅漢華言無生四向者一須陀洹向二斯陀含向三阿那含向四阿羅漢向向者謂未入此果而將向入也

華嚴三聖（出翻譯名義）

一毘盧遮那佛　梵語毘盧遮那，華言遍一切處，謂煩惱體淨，衆德悉備，身土相稱，遍一切處，能爲色相所作依止，具無邊際真實功德，是一切法平等實性，即此自性，亦名法身佛。梵語具云佛陀，華言覺，謂理性之體本來覺了也。

二普賢菩薩　普賢者，謂其居伏道之頂，體性周遍曰普，斷道之後，隣於極聖曰賢。菩薩者，梵語具云菩提薩埵，華言覺有情，謂覺悟一切有情衆生也。（伏道者，伏即潛伏之義，謂普賢能伏初起微細無明，居等覺位，在衆菩薩之首，故云伏道之頂。斷道者，謂斷初起微細無明惑也。隣者，近也。極聖者，佛也。）

三文殊師利　梵語文殊師利，華言妙德，謂明見佛性，具足法身、般若、解脱三德，不可思議，故名妙德也。

三種大師（出本事經）

一如來　謂諸如來出現世間，闡揚大法，化諸衆生，出離生死，令得無量義利安樂，是爲衆生之師範也。

二阿羅漢　梵語阿羅漢，華言無學，謂阿羅漢諸漏已盡，梵行具足，出現世間，開示四諦，令諸衆生脱離生死，皆得無量義利安樂，是爲衆生之師範也。（四諦者，苦諦、集諦、滅諦、道諦也。）

三有學弟子　有學者，煩惱未盡，有法可學也。謂初果須陁洹、二果斯陁含、三果阿那含，精修梵行，具足多聞，於諸經典善知法義，出現世間，開示四諦，令諸衆生出離生死，皆得無量義利安樂，是爲衆生之師範也。（梵語須陁洹，華言入流；梵語斯陁含，華言一來；梵語阿那含，華言不來。）

三藏（出翻譯名義）

三藏者，謂經、律、論各各含藏一切文理，故皆名藏。

一修多羅藏　梵語修多羅，華言契經。契，合也，謂上契諸佛之理，下

契衆生之機故名契經也【二毗奈耶藏】梵語毗奈耶華言律又云善治謂能治衆生之惡如世法律則能斷决重輕之罪故名律也【三阿毗達磨藏】梵語阿毗達磨亦名阿毗曇華言論論者論議也瑜伽論云問荅決擇諸法性相故名論也（梵語瑜伽華言相應）

大乘三藏（出華嚴經疏演義鈔）藏即含藏之義也謂經律論三各含文理故名三藏【一大乘經藏】經法也常也謂華嚴等諸大乘經唯談法界中道之理詮示大乘菩薩修行證果之法是名大乘經藏【二大乘律藏】律即法也謂梵網等經唯制大乘菩薩所持之戒是名大乘律藏【三大乘論藏】論即論議謂起信等論唯決擇詮辯大乘菩薩修證之法是名大乘論藏

小乘三藏（出天台四教儀集註）【一小乘經藏】謂阿含等經唯談真空寂滅之理詮示聲聞緣覺修行證果之法是名小乘經藏（梵語阿含華言無比法）【二小乘律藏】謂四分等律唯制小乘之人即聲聞緣覺所持之戒是名小乘律藏（四分者一比丘法二比丘尼法三受戒法四滅諍法也）【三小乘論藏】謂俱舍等論唯決擇詮辯小乘聲聞緣覺修證之法是名小乘論藏（梵語俱舍華言藏謂有包含攝持之義也）

三如來藏（出圓覺經畧疏）如來者即理性如來也因中說果故名如來藏者含藏之義謂含藏一切善惡法也的指其體即第八識名如來藏也（第八識者藏識也）【一隱覆藏】謂諸衆生本有真如法身之理在第八識中爲無明煩惱之所隱覆而不能見故名隱覆藏【二含

攝藏謂第八識爲染淨之所依止以能含藏一切善惡種子故名含攝藏**三出生藏**謂第八識爲染淨之本遇緣熏習則能出生世間出世間有情無情等法故名出生藏

三藏詮三學（出四教義）三藏經律論也三學戒定慧也三藏詮三學者詮具也謂三藏具説三學之事理也**一經詮定學**謂阿含等經所明皆是安心之法依此攝心即不散亂又佛凡説經必先入定故云經詮定學（梵語阿含華言無比法）**二律詮戒學**謂毘尼律藏因事制戒專用防止身口惡法又戒是所詮之行律是能詮之教故云律詮戒學（梵語毘尼華言善治又言滅）**三論詮慧學**謂阿毘曇等論決擇辯論一切法義皆以智慧分別故云論詮慧學（梵語阿毘曇華言無比法）

三經通別（出法華玄義）如來一代所説諸經之內無不具此教行理三無不以別而契於通以通而應於別通則通於諸經別則別有所以故教有通別依教明行行有通別從行顯理理有通別也**一教經通別**教即聖人對機所説一切言教也夫教本應機機宜不同部部別異故名教別諸部雖異通是佛説故名教通所謂從緣故教別從説故教通也（部部者經教部類也）**二行經通別**行即依教修行亦進趣之義也泥洹真法寶衆生以種種門入教既爲門不同行則所入亦異所入之門雖異所契之理則同所謂從能契故行別從所契故行通也（梵語泥洹亦云涅槃華言滅度）**三理經通別**理即一切言教所詮之

義理也理則不二名字非一故智論云般若是一法佛説種種名如或言實相或言法界等名異故别理一故通所謂理從名故别名從理故通也

法華三周（出法華經玄義）　法華三周者謂佛説法華經因聲聞之人根有利鈍悟有前後故有三周不同焉周者周足之義也

【一法説周】法説周者佛爲上根之人作三乘一乘説開三乘之權顯一乘之實即方便品中所談是也（三乘者聲聞乘緣覺乘菩薩乘也）

【二譬喻周】譬喻周者佛爲中根之人於上法説周中不悟更作三車一車説初許三車是施權後等賜大車是顯實即譬喻品中所談是也（三車者羊車鹿車牛車也）

【三宿世因緣周】宿世因緣周者佛爲下根之人於上法譬二周之中不能解了遂説宿世曾於大通智勝佛時同下一乘之種令其得悟即化城喻品中所談是也

蓮華三喻（出法華玄義）　蓮華三喻者良以妙法難解假喻易彰蓮華則華果同時妙法則權實一體故取蓮華以喻權實之法也

【一爲蓮故花】爲蓮故花有二喻一喻爲實施權謂蓮以喻實花以喻權蓋譬如來爲一乘之實而施三乘之權故經云雖示種種道其實爲佛乘是也二喻從本垂迹謂蓮以喻本花以喻迹蓋譬如來從久成佛之本而施今日設化之迹故經云我實成佛以來久遠若斯但教化衆生作如是説我少出家得三菩提是也（三乘者菩薩乘緣覺乘聲聞乘也梵語三菩提華言正道）

【二花開蓮現】花開蓮現亦有二喻

一喻開權顯實謂華開喻開權蓮現喻顯實蓋譬如來開三乘之權而顯一乘之實故經云開方便門示真實相是也二喻開迹顯本謂花開喻開迹蓮現喻顯本蓋譬如來開今日近成之迹而顯久遠成佛之本故經云一切世間皆謂我今始得道我實成佛以來無量無邊那由他刧是也（梵語那由他華言萬億）

三花落蓮成 花落蓮成亦有二喻一喻廢權立實謂華落喻廢權蓮成喻立實蓋譬如來廢棄三乘之權而建立一乘之實故經云正直捨方便但説無上道是也二喻廢迹立本謂華落喻廢迹蓮成喻立本盖譬如來廢今日近成之迹而立久遠成佛之本故經云諸佛如來法皆如是爲度衆生皆實不虛是也

三分科經（出法華經文句） 三分者分即分限謂諸經中皆有序分正宗分流通分也始自晉道安法師判節諸經皆具三分爾後親光論自西天傳至此土果有三分之説是故諸經皆以三分而科節也（親光論者謂親光菩薩所造之論也）

一序分 序即序述亦次序也有通序別序通序者謂如是我聞一時佛在某處與某大衆俱此是通序以一切經初同有此序故名通也別序者蓋佛説經必有由致如楞嚴經由阿難遭摩登伽幻術之縁佛因提奬阿難及摩登伽歸來佛所故説是經是名別序而言別者以諸經所説各有緣起不同故名別也雖分通別總名序分

二正宗分 宗即主也亦要也蓋佛説經必以正説爲主又正明一經要義故也如楞嚴

經第一卷從阿難見佛頂禮悲泣下徵心辨見分別真妄會萬法歸如來藏乃至說咒立壇遠離魔事令阿難大衆除惑證道至第十卷重研五陰知有涅槃不戀三界等此是一經正說故名正宗分（五陰者色陰受陰想陰行陰識陰也三界者欲界色界無色界也）

三流通分 流則不滯通則不壅謂正說既陳務傳後世利益衆生用使正法之源流通而不壅也如楞嚴經自阿難若復有人徧滿十方所有虛空盈滿七寶持以奉上微塵諸佛至作禮而去此乃較量持經福勝勸讚讀誦流傳無盡故名流通分（七寶者金銀瑠璃玻璨硨磲碼碯赤真珠也）

親光三分科經（出佛地論）謂親光菩薩造論釋佛地經科分三分也

一教起因緣分 謂如來說教必有發起因緣此佛地經佛告妙生菩薩有五種法攝大覺地而說是經即教起因緣分（五種法者一清淨法界智二大圓鏡智三平等性智四妙觀察智五成所作智也）

二聖教所說分 謂因緣分後正顯聖教所說法門此佛地經從妙生當知下至令入聖教成熟解脫即聖教所說分

三依教奉行分 謂聞聖教所說時衆信受奉行此佛地經從薄伽梵說是經已至經盡文即依教奉行分

三善（出法華文句）法華經云初中後善蓋言圓頓教中序正流通三分理致圓備故皆稱善（三分者一序分謂序述一經之由二正宗分謂正說一經之旨三流通分謂流傳此經使後世通行也）

一初善 初善者序分居初故名初善如經序品爲序分是也

二中善 中善者正說分居中故名中善如經方便品至分別功德品十九行偈爲正說分是也

三

後善後善者流通分居後故名後善如經分別功德品十九行偈後至經盡爲流通分是也

三軌弘經出法華經并法華文句三軌弘經者弘傳經教必須具此三軌軌即軌範亦軌則也蓋言弘經者當以慈悲忍辱法空三法爲之範則故法華文句云利物以慈悲爲首涉有以忍辱爲基説法以亡我爲本能行三法庶可自利而利他也一慈悲室謂弘經之人當須具大慈悲覆護一切衆生以大慈故則能與衆生之樂以大悲故則能拔衆生之苦慈悲覆物喻之如室故經云大慈悲爲室也二忍辱衣謂弘經之人當行忍辱之行遮蔽一切衆生惡障及煩惱等醜喻之如衣故經云柔和忍辱衣也三法空座謂弘經之人當了一切法空亦無我爲能説若安心於空方能安他安他安已喻之如座故經云諸法空爲座也

三涅槃出金光明經玄義梵語涅槃華言滅度又云不生不滅一性淨涅槃謂諸法實相之理不可染不可淨不染即不生不淨即不滅不生不滅名性淨涅槃諸法實相者十界因果之法本來離虛妄相相相皆實故名實相不可染不可淨者謂實相之理惑不能染智不能淨不染即不生者既無惑染豈有法生不淨即不滅者既非智淨豈有法滅是故名爲不生不滅二圓淨涅槃智極故名圓惑盡故名淨據性而言雖無染淨約修而説惑智究然智若契理惑畢竟不生智畢竟不滅不生不滅名圓淨涅槃惑智究然者惑即所斷之煩惱智即能斷煩惱之智慧也三方便淨涅槃方便猶善巧也謂智能契理即照羣機照必垂應機感即生

此生非生機緣既盡應身即滅此滅非滅不生不滅名方便淨涅槃（此生非生者謂機感卽生心常寂滅也此滅非滅者謂緣盡卽滅應用常興也）

三般若（出金光明經玄義）梵語般若華言智慧此三般若體是圓常大覺也即此一覺有三種德故名三般若

一實相般若　謂本覺之體非寂非照離虛妄相名爲實相即一切種智也（非寂非照者寂謂寂靜照謂照明寂照皆言非者用遮二邊以顯中道實相之德也一切種智者謂知一切諸佛之道知一切衆生之因種也）

二觀照般若　謂觀照之德非照而照了法無相名爲觀照即一切智也（非照而照者照謂照明謂理本非照因觀而照以顯觀照之德也一切智者謂能知一切內法內名一切外法外名也）

三方便般若　方便猶善巧也謂方便之德非寂而寂善巧分別諸法名爲方便即道種智也（非寂而寂者寂謂寂靜以寂靜故了一切法皆從因緣而生性本空寂以顯方便之德也道種智者謂能用諸佛一切道法發起一切衆生善種故也）

三大乘（出金光明經玄義）

一理乘　謂理性虛通自然荷運諸法故名理乘（荷負也運動也無法不具故名荷能至極果故名運）

二隨乘　謂智隨理境如蓋隨函隨理荷運故名隨乘

三得乘　得者得果得機也謂得果故自解脫得機故令他解脫故名得乘（得果者得妙覺極果得機者得所化之機衆也）

三菩提（出金光明經玄義）梵語菩提華言道

一真性菩提　真名不僞性名不改不僞不改名爲真性以此真性爲道故名真性菩提

二實智菩提　謂能照真性之智稱理不虛名爲實智以此實智爲道故名實智菩提

三方便菩提　謂善巧隨機化用自在名爲方便以此方便爲道故名方便菩提

三菩提（出出生菩提經）梵語菩提華言道經云娑羅

門白佛言若已發菩提心有退失否佛言發菩提心已則無退失當知有三種菩提梵語婆羅門華言淨行

一聲聞菩提 謂聲聞之人發菩提心也經云若人在於聲聞行中雖已自發菩提之心而不勸化衆生發菩提心亦不習學大乘經義以是行故獨得解脫是名聲聞菩提

二緣覺菩提 謂緣覺之人發菩提心也經云若人在於緣覺行中雖已自發菩提之心而不勸化衆生發菩提心亦不習學大乘經義以是行故獨得解脫是名緣覺菩提

三諸佛菩提 謂諸佛於因中發菩提心也經云若人自發菩提心已復能勸諸衆生發菩提心習學大乘法義自既解脫亦令衆生解脫是名諸佛菩提

三轉法輪 出法華文句 三轉法輪者以苦集滅道四諦之法三番而說名爲三轉世間車輪則有摧碾之用佛之說法則能摧碾衆生一切惑業故名轉法輪也

一示轉 示即指示如云此是苦此是集此是滅此是道是名示轉 苦者生死逼迫之苦也集者積集煩惱惑業也道者戒定慧之道也滅者涅槃寂滅之樂也

二勸轉 勸即勸勉也如云此是苦汝應知此是集汝應斷此是滅汝應證此是道汝應修是名勸轉

三證轉 證驗也謂引已所證以驗之也如云此是苦我已知不復更知此是集我已斷不復更斷此是滅我已證不復更證此是道我已修不復更修是名證轉

三法印 出法華玄義 釋論云諸小乘經若有無常無我涅槃三印印定其說即是佛說若無

此三法印印之即是魔說如世公文得印可信故名三法印（梵語涅槃華言滅度）一無常印謂世間生死及一切法皆是無常衆生不了於無常法中執爲常想是故佛說無常破其執常之倒是名無常印二無我印謂世間生死及一切法皆是因緣和合而有虛假不實本無有我衆生不了於一切法强立主宰執之爲我是故佛說無我破其著我之倒是名無我印三涅槃印梵語涅槃華言滅度謂一切衆生不知生死是苦而更起惑造業流轉三界是故佛說涅槃之法令其出離生死之苦而得寂滅之樂是名涅槃印（三界者欲界色界無色界也）

三陀羅尼（出大智度論）梵語陀羅尼華言能持謂於一切善法能持令不散不失也又翻總持謂持善不失持惡不生也一聞持陀羅尼謂得此陀羅尼者於一切語言諸法耳之所聞皆不忘失是名聞持陀羅尼二分別陀羅尼謂得此陀羅尼者於一切衆生一切諸法分別不錯是名分別陀羅尼三入音聲陀羅尼謂得此陀羅尼者聞一切衆生惡言罵詈心不憎恨聞一切衆生善言讚歎心不摇動是名入音聲陀羅尼

三無礙（出大寶積經）一總持無礙謂菩薩獲大總持於種種善法持令不夫種種惡法持令不生故一切言語諸法分別悉知皆不忘失無所罣礙是爲總持無礙二辯才無礙謂菩薩獲大辯才於大小乘種種諸法隨衆生機縱辯宣揚悉使通達皆無疑礙是爲辯才無礙三道法無礙謂菩薩獲大智

慧於大小乘一切道法及世間種種語言文字悉能通達照了無礙是爲道法無礙

三德（出華嚴經疏）

一恩德　謂如來乘大願力救護衆生猶如赤子是爲恩德

二斷德　斷德亦名解脱謂如來斷除一切煩惱惑業淨盡無餘是爲斷德

三智德　智即智慧謂如來以平等智慧照了一切諸法圓融無礙是爲智德

三德（出金光明經玄義）

法身般若解脱是爲三常樂我淨是爲德（常即不遷不變樂即安隱寂滅我即自在無礙淨即離垢無染佛以此四者爲德也）

一法身德　法即軌法謂諸佛由軌法而得成佛故名法身此之法身在諸佛不增在衆生不減衆生迷之而成顛倒諸佛悟之而得自在迷悟雖殊體性恒一具足常樂我淨是名法身德

二般若德　梵語般若華言智慧謂佛究竟始覺之智而能覺了諸法不生不滅清淨無相平等無二不增不減具足常樂我淨是名般若德

三解脱德　不繫名解自在名脱謂佛永離一切業累之縛得大自在具足常樂我淨是名解脱德

翻三染成三德（出華嚴經隨疏演義鈔）

翻即翻轉之義三染者謂苦惑業也以其皆能染汙本性不得清淨故也三德者謂法身般若解脱皆具常樂我淨之德名爲三德（梵語般若華言智慧常樂我淨者不遷不變常也離生死苦樂也自在謂之我也惑盡謂之淨也）

一翻苦身成法身德　謂於生滅無常之身若能觀察五蘊本空不生不滅即成法身故名翻苦身成法身德（五蘊者色蘊受蘊想蘊行蘊識蘊也）

二翻煩惱成般若德　梵語般若華言智慧謂

於意根所起諸惑若能觀察惑體本空自性不實於一切法無不了達即成智慧故名翻煩惱成般若德**三翻結業成解脫德**解脫即自在之義謂於身口所作諸業若能觀察其性本空則無繫縛之相於一切法無不自在即成解脫故名翻結業成解脫德

三解脫門（出法界次第）解脫即自在之義也門即能通之義謂由此三解脫門則能通至涅槃故名三解脫門（梵語涅槃華言滅度）**一空解脫門**謂觀一切法皆從因緣和合而生自性本空無我我所若能如是通達則於諸法而得自在故名空解脫門（我者衆生於五陰身中强立主宰名之爲我我所者衆生妄執五陰之身及男女資生等物皆名我所五陰者色陰受陰想陰行陰識陰也）**二無相解脫門**謂既知一切法空故觀男女一異等相實不可得若能如是通達諸法無相即得自在故名無相解脫門**三無作解脫門**無作又云無願謂若知一切法無相則於三界無所願求若無願求則不造作生死之業若無生死之業即無果報之苦而得自在故名無作解脫門（三界者欲界色界無色界也）

三無爲（出俱舍論）無爲者謂真空寂滅之理本無造作故名無爲**一虛空無爲**虛空即無礙之義謂真空之理不爲惑染之所障礙故名虛空無爲**二擇滅無爲**擇即揀擇滅即寂滅謂聲聞之人用智揀擇遠離見思繫縛即證寂滅真空之理是名擇滅無爲**三非擇滅無爲**謂聲聞之人證果之後諸惑不復續起自然契悟寂滅真空之理不假

揀擇故名非擇滅無爲

律有三名（出大藏一覽并華嚴經疏）

一毗尼　梵語毗尼華言善治謂能治貪瞋癡等惡也又言調伏謂能調練三業制伏過非也（三業者身業口業意業也）

二尸羅　梵語尸羅華言止得謂能止惡得善也又名戒戒以防止爲義以能防止身口意諸不善業故也

三波羅提木叉　梵語波羅提木叉華言解脱謂能遠離惑業繫縛而得自在也

三論（各出本論）

一百論　僧肇法師云佛入滅後八百餘年外道紛然異端競起邪辯逼真殆亂正道有提婆菩薩乃作斯論所以防正閑邪大明於宗極者矣論有百偈故名百論（梵語提婆華言天龍樹弟子也）

二中論　中論即觀論也僧叡法師云論有五百偈龍樹菩薩之所造也以中爲名者照其實也以論爲稱者盡其言也實非名不悟故寄中以宣之言非釋不盡故假論以明之也蓋因修行之人内心滯惑或生於倒見或執於偏悟故作此論折之以中道之理令二邊之相即真俗之不二故名中論（二邊者即空有二邊也真俗者即真諦俗諦也）

三十二門論　十二門論亦龍樹菩薩所造也而言十二者總衆枝之大數也門者開通無滯之稱也論者欲以窮其源盡其理也故始自觀因緣門終至觀門總有十二其中所明則有無兼暢事無不盡理無不備故名十二門論（十二門因緣門有無果門緣門相門有無相門異門有無門性門因果門作門三時門生門也）

三學（出翻譯名義）

如來立教其法有三一曰戒律二曰禪定三曰智慧然非戒無以生定非

定無以生慧三法相資一不可缺而皆稱爲學者學猶飾也器不飾則無以成美觀人不學則無以成聖德故依此而修者必證聖果也

一戒學　戒者禁戒也謂能防止身口意所作之惡業故名戒學

二定學　定者禪定也謂能攝散澄神見性悟道故名定學

三慧學　慧者智慧也謂能斷除煩惱顯發本性故名慧學

三歸依（出法界次第）　謂如來初成正覺因爲提謂長者開受三歸之戒翻邪歸正以爲入道根本是故三乘行者修因證果皆以此爲道也華嚴經疏云三寶吉祥最勝良緣有歸依者能辦大事生諸善根離生死苦得涅槃樂是名三歸依（三乘者菩薩乘緣覺乘聲聞乘也）

一歸依佛　梵語佛陀華言覺自覺覺他故名佛也歸者反還之義謂反邪師還事正師也依者憑也憑佛大覺得出三途及三界生死故經云歸依於佛終不更歸依其餘外道天神也（三途者刀途血途火途也三界者欲界色界無色界也）

二歸依法　法即軌則之義謂佛所說若教若理可爲衆生修行軌則故言法也歸者反邪法還修正法也依者憑佛所說教法得出三途及三界生死故經云歸依於法者永離於殺害也

三歸依僧　梵語僧伽華言和合衆謂出家三乘之人其心與佛所說事理之法和合故名僧也歸者反外道邪行之侶歸心出家三乘正行之伴也依者憑信出家正行之伴得出三途及三界生死故經云歸依於僧者永不復更歸依其餘外道也

三三昧（出法界次第）梵語三昧，華言正定，亦云正心行處。謂衆生之心，從無始已來，常不正直，得是三昧，心行正直，故名三昧。

一有覺有觀三昧　謂初心在禪曰覺，細心分別禪味曰觀。以空無相無作相應心入於初禪，則一切覺觀皆悉正直，故名有覺有觀三昧。（空無相無作，即三解脱門也。）

二無覺有觀三昧　謂以空無相無作相應心將入二禪之時，覺知之心已亡，分別禪味之念猶在，一切定觀皆悉正直，故名無覺有觀三昧。

三無覺無觀三昧　謂以空無相無作相應心入於二禪，乃至滅受想定時，覺知之心、分別禪味之念俱亡，故名無覺無觀三昧。

三三昧（出成實論）

一分修三昧　謂定慧二分，隨修一分也。或修定不修慧，或修慧不修定，是名分修三昧。（梵語三味，華言調直定，亦名直定正受。）

二共修三昧　謂修定亦兼修慧，修慧亦兼修定，是名共修三昧。

三聖正三昧　自初果須陀洹已去，聖位所修，名爲聖正。謂以定修心，因慧能破煩惱；以慧修心，因定能破煩惱。定慧一時具足，故名聖正三昧。（梵語須陀洹，華言預流。）

三止觀（出止觀）

一體真止　謂體達無明顛倒之妄，即是實相之真，是名體真止。

二方便隨緣止　方便猶善巧也。謂隨緣歷境，安心不動，是名方便隨緣止。

三離二邊分別止　謂不分別生死涅槃有無等二邊之相，是名離二邊分別止。（梵語涅槃，華言滅度。）

爲三事故修奢摩他（出涅槃經）梵語奢摩他，華言止，即禪定也。

一不放逸　謂修禪定而能止諸散亂，調伏諸根惡不善法，故心不放逸。

也**二莊嚴大智**謂修禪定既得離諸散亂則本性寂靜之慧自然照朗内外洞徹於諸佛法無不通達此之智慧非定不發是爲莊嚴大智也**三得自在**謂修禪定能滅一切煩惱散亂即得身心寂靜安隱快樂而無罣礙是爲得自在也

覺觀三種發相出釋禪波羅蜜次第法門

初心在緣曰覺細心分别曰觀**一明利心中覺觀發相**謂修禪之人宿無善根現修定時善法不起但覺觀攀緣念念不住三毒之中或緣貪或緣瞋或緣癡如是經年累月而不得定此爲明利心中覺觀發相**二半明半昏覺觀發相**謂修禪之人於攝念時雖了覺觀煩惱念念不住但隨所緣或明或昏明則覺觀攀緣起諸思想昏則無記瞪瞢無所覺知是爲半明半昏覺觀發相**三一向沉昏覺觀發相**謂修禪之人於修禪定時心雖一向昏闇猶如睡眠然於昏昏之中切切攀緣覺觀不住是名沉昏覺觀發相

大明三藏法數卷第五

大明三藏法數卷第六

上天竺前住持沙門一如等奉　勅集註

貪欲三種發相 出釋禪波羅蜜次第法門

一外貪欲相 謂行人當修定時於男於女取其容貌貪欲心生念念不住障諸禪定是名外貪欲相

二內外貪欲相 謂行人當修定時欲心忽生或緣他身相或自緣已身念念染著而起貪愛障諸禪定是名內外貪欲相

三徧一切處貪欲相 謂行人貪著如前內外之境復於一切五塵境界資生物等皆起貪愛之心障諸禪定是名徧一切處貪欲相 五塵者色塵聲塵香塵味塵觸塵也

瞋恚三種發相 出釋禪波羅蜜次第法門

一非理瞋相 謂行人修禪定時瞋覺欻然而起無問是理非理他犯不犯無故而發瞋恚障諸禪定是爲非理瞋相

二順理瞋相 謂行人修禪定時外人實來惱我以此爲緣生於瞋覺相續不息亦如持戒之人見非法者而生瞋恚瞋雖順理亦障禪定是爲順理瞋相

三諍論瞋相 謂行人修禪定時著已所解之法爲是謂他所行所說悉以爲非外人所說不順已情即惱覺心生而起瞋恨障諸禪定是爲諍論瞋相

愚癡三種發相 出釋禪波羅蜜次第法門

一計斷常癡相 謂行人於修定時忽然發邪思惟分別我及諸法爲過去滅而有現在我耶爲過去不滅而有現在我耶因是思惟見心即發推尋三世若謂是滅即墮斷見若謂不滅即墮常見如是癡覺念念不住以此智辯諍競戲論作諸惡行障於正定出世之法

是爲計斷常癡相也**【二計有無癡相】**謂行人於修定時忽爾思惟分別謂我及陰等諸法爲定有耶爲定無耶如是推尋見心即發隨見生執障於正定是爲計有無癡相也（陰者五陰也）**【三計世性癡相】**謂行人於修定時忽作是念因有五陰便有四大與夫假名衆生及諸世界如是思惟念念不住即發智辯能問能說是非諍競離眞實道但執計世間之性而不能發諸禪定是名計世性癡相也（五陰者色陰受陰想陰行陰識陰也四大者地大水大火大風大也）

三種病相（出釋禪波羅蜜次第法門）修禪定者須善識病源設或不知則難於治療疾苦相仍行道有妨能明四大五臟五根病發之相善加調治則身心安隱不廢修業矣**【一四大增動病相】**四大地水火風也一大不調諸患並起地大增故腫結沉重身體枯瘠等諸患生水大增故痰癃脹滿飲食不消等諸患生火大增故煎寒壯熱支節皆疼等諸患生風大增故虛懸戰掉嘔吐氣急等諸患生是爲四大增動病相**【二五臟生患之相】**五臟心肺肝脾腎也若患從心生者身必寒熱口中常燥心主口故患從肺生者身體脹滿四支煩疼氣之鼻塞肺主鼻故患從肝生者愁憂瞋恚頭痛眼疼肝主眼故患從脾生者通身遊風瘖瘖痒悶飲食失味脾主舌故患從腎生者咽喉噎塞腹脹耳滿腎主耳故是爲五臟生患之相（瘖私習切）**【三五根中患相】**五根眼耳鼻舌身也身患者四體卒痛百節酸疼舌患者或瘡或

硬飲食失味鼻患者鼻常齆塞及流濃涕耳患者或痛或聾或嘈嘈然作聲眼患者或赤或疼昏花翳闇是爲五根中患相（齆烏貢切）

修定三障（出釋禪波羅蜜次第法門）

一沉昏闇蔽障　謂行人修定之時沉昏瞪瞢無所別知由是障諸禪定不得開發名爲沉昏闇蔽障

二惡念思惟障　謂行人修定之時雖不沉昏而惡念忽起欲毀禁戒作諸不善等事因是障諸禪定不得開發是爲惡念思惟障

三境界逼迫障　謂行人修定之時雖無如上沉昏惡念等事而身或卒痛魔惱競起或自見身陷入於地火來燒身高崖墜落猛虎奔逐乃至羅刹諸惡相現逼惱行人令生驚怖障諸禪定是名境界逼迫障

三慧（出成實論）

一聞慧　聞慧者由於聽聞而生智慧也謂從經論中聞或從善知識處聞以因聞故能生無漏聖慧也

二思慧　思慧者由於思惟而生智慧也謂若能思惟經論中及善知識處所聞法義皆能生於無漏聖慧也

三修慧　修慧者由於修習而生智慧也謂既已聞法思惟義趣即當隨順修習因此修習能生無漏聖慧也

三智（出觀音玄義）

一一切智　謂於一切內法內名能知能解一切外法外名亦能知能解是名一切智即聲聞緣覺之智也（內法內名者謂理內所詮法相及能詮名字葢佛教依理而說故名理內也外法外名者即理外所詮法相及能詮名字葢外道等違理橫計故名理外也）

二道種智　謂能用諸佛一切道法發起衆生一切善種是名道種智即菩薩之智也

三一切種智　謂

能以一種智知一切道知一切種是名一切種智即佛之智也（一切道者一切諸佛之道法也一切種者一切眾生之因種也）

三智（出楞伽經）**一世間智** 謂凡夫外道之智也凡夫外道等於一切法種種分別執著有無而不能出離世間是名世間智**二出世間智** 謂聲聞緣覺之智也聲聞緣覺以一切智修四諦行而能出離世間是名出世間智（一切智者謂一切諸法皆能了達也四諦者苦諦集諦滅諦道諦也）**三出世間上上智** 謂佛菩薩之智也由佛菩薩觀察一切諸法寂靜之相不生不滅得如來地超出聲聞緣覺之智是名出世間上上智

三覺（出圓覺經疏幷起信論）**一本覺** 謂一切眾生自性清淨心體本來覺了離諸妄念故名本覺**二始覺** 謂本覺之體忽起妄念而成不覺今始覺了一切諸法即是真如平等不二故名始覺**三究竟覺** 究竟即決定終窮之義也謂能覺了染心之源究竟終窮同於本覺故名究竟覺

三性（出楞嚴經）**一善性** 謂第六識所起一切善法之性也善有世間出世間不同世間善者即五常十戒等是也出世間善者即四弘六度等是也此眾善法皆由意根所緣生成法則故名善性（五常者仁義禮智信也十戒即十善謂不殺不盜不邪婬不妄語不兩舌不惡口不綺語不貪欲不瞋恚不邪見也四弘者即四弘誓願也謂眾生無邊誓願度煩惱無數誓願斷法門無量誓願學佛道無上誓願成六度者一布施二持戒三忍辱四精進五禪定六智慧也）**二惡性** 謂第六識所起一切惡法之性也五逆十惡等法皆由意根所緣生成法則故名惡性（五逆

者弑父弑母弑阿羅漢破和合僧出佛身血也十惡者殺生偷盜邪淫妄語兩舌惡口綺語貪欲瞋恚邪見也**三無記性**謂第六識所具一切不善不惡之性也亦不屬善亦不屬惡初無記憶皆由意根所緣生成法則故名無記性

三佛性出華嚴孔目謂真性平等猶如虛空於諸凡聖無所限礙故名佛性**一自性住佛性**謂真如之理自性常住無有變改即是一切衆生本有佛性是名自性住佛性**二引出佛性**謂一切衆生佛性雖具必假修習智慧禪定之力方能引發本有之性是名引出佛性**三至得果佛性**謂修因滿足則本有佛性於證得果位之時了了顯發是名至得果佛性

三因佛性出金光明經玄義梵語佛陀華言覺覺即三智圓明徧一切處無不照了名大圓覺性即不改之義以大覺性不增不減非變非遷一切衆生無不具此三因佛性此因若顯即成三德妙果也三智者一切智道種智一切種智也三德者法身德般若德解脫德也**一正因佛性**正謂中正謂中必雙照三諦具足名正因佛性中正者離於邊邪也雙照者照空照假也空謂蕩一切相即是真諦假謂立一切法即是俗諦非空非假即是中諦故云三諦具足**二了因佛性**了謂照了謂由前正因發此照了之智智與理相應故名了因佛性**三緣因佛性**緣即緣助謂一切功德善根資助了因開發正因之性故名緣因佛性

三自性出顯揚聖教論**一徧計自性**謂衆生迷惑不了諸法本空妄於我身及一切法周徧計度一一執為實有故名徧計自性**二依他

自性謂所有諸法皆依衆緣相應而起都無自性唯是虛妄故名依他自性　三圓成自性謂真如自性不遷不變圓滿成就故名圓成自性

三無性（出成唯識論）　一相無性謂一切衆生於世間之相處處計著執爲實有佛爲除此妄執說一切法皆無自性故名相無性　二生無性謂一切諸法皆託因緣和合而生本無自性故名生無性　三勝義無性謂前相無性生無性因破衆生妄執之情假說無性非性全無是故佛說勝義無性者謂真如勝義之性遠離徧計妄執之性故名勝義無性

三心（出宗鏡錄）　一根本心謂第八識心王能含藏善惡種子出生染淨諸法故名根本心（第八識即藏識也）　二依本心謂第七識依根本而生能與第八識傳送染淨等事故名依本心（第七識即末那識也）　三起事心謂眼耳鼻舌身意之六識對六塵之境能起分別染淨等事故名起事心（六塵者色塵聲塵香塵味塵觸塵法塵也）

轉三心得三身（出宗鏡錄）　一轉根本心得法身根本心者即第八識謂善惡諸法依此出生故名根本心此識轉時一切煩惱斷滅已盡即得法身　二轉依本心得報身依本心者即第七識謂依於根本而生故名依本心此識轉時一切智慧無不具足即得報身　三轉起事心得化身起事心者即第六識謂對六塵之境能起分別等事故名起事心此識轉時則能憐愍一切衆生隨類設化即得化身（六塵者色塵聲塵香塵味塵觸塵法塵也）

三種縁慈（出佛地論）縁即縁繫慈即愛念蓋言菩薩常以大慈之心縁念一切衆生令其皆得安隱快樂故名縁慈也**一有情縁慈**有情縁慈亦名衆生縁慈謂菩薩以平等智觀一切衆生猶如赤子運大慈心而弘濟之令其皆得安樂是名有情縁慈**二法縁慈**謂菩薩以平等智觀一切法皆從因縁和合而生了無自性雖無自性而能運大慈心以弘濟之令其皆得安樂是名法縁慈**三無縁慈**謂菩薩以平等智無心攀縁一切衆生而於一切衆生自然獲益故輔行云運此慈悲徧覆法界故能任運拔苦自然與樂是名無縁慈

三種意生身（出楞伽經）謂通教登地菩薩得如幻三昧能見無量自在神通普入一切佛刹隨意無礙意欲至彼身亦隨至故名意生身**一三昧樂正受意生身**梵語三昧華言調直定又云正受蓋三昧以定性爲樂異乎苦樂等受故名正受而言三昧樂正受者華梵雙舉耳通教第三第四第五地菩薩修三昧時得真空寂滅之樂普入一切佛刹隨意無礙故名三昧樂正受意生身**二覺法自性性意生身**謂通教第八地菩薩覺了一切諸法自性之性如幻如化悉無所有以無量神力普入一切佛刹迅疾如意自在無礙是名覺法自性性意生身**三種類俱生無行作意生身**謂通教第九第十地菩薩覺知一切法皆是佛法得一身無量身一時普現如鏡中像隨諸種類而得俱生雖現衆像而無作爲是名種類

俱生無行作意生身

如意通有三種（出大智度論）謂菩薩智慧具足神變莫測凡所作爲舉念即成無有障礙故名如意通　一能到如意　謂具此通者雖長江大海重關複嶺千萬里之遠俱無間隔意欲到處身即隨到故名能到如意　二轉變如意　謂具此通者能令世間所有諸物大者作小小者作大一變爲多多變爲一故名轉變如意　三聖如意　謂具此通者化現無方應變不測雖無生滅而有機則生無機則滅雖無去來而有感則現無感則寂如意自在不可思議故名聖如意

三通力（出華嚴經疏）一報得通力　謂三界諸天皆有五種神通乃至鬼神亦有小通雖則勝劣不同俱能變現無礙此之神通乃由果報自然感得是名報得通力（三界者欲界色界無色界也五通者天眼通天耳通他心通宿命通如意通也）　二修得通力　謂聲聞緣覺菩薩等由修戒定慧功行成就之時發得六種神通變現自在隱顯莫測此之神通由修而得是名修得通力（六通者於前五通加漏盡一通也）　三變化通力　謂佛菩薩以神通力則能種種變現乃至現諸身相或勝或劣現諸國土或淨或穢等是名變化通力

三明（出雜阿含經）一宿命明　謂但知過去宿世受生之事名宿命通復知宿世從一生至百千萬生如是姓如是名如是受苦受樂等事皆悉能知是名宿命明　二天眼明　謂但見死此生彼名天眼通復見我及衆生死時生時及身口意所作善惡之行或生善

道惡道皆悉能見是名天眼明**三漏盡明**謂衆生因三界見思之惑墮落生死故名爲漏惟羅漢斷三界見思惑盡而得神通名漏盡通復知漏盡已後更不受於生死是名漏盡明（三界者欲界色界無色界也）

三識（出楞伽經）識即心識也以心有眞有妄故有三識之不同焉**一眞識**眞識者謂自性清淨心也蓋第八阿賴耶識通眞通妄妄即是染眞即是淨今言淨分故名眞識也（梵語阿賴耶華言藏識謂能含藏一切善惡種子故也）**二現識**現謂變現即能生諸法之本也此言第八識含藏一切善惡種子變現根身世界故名現識也（根身者眼等諸根也）**三分別識**分別識者謂於六塵等種種諸境而起分別也此言由第七末那識傳送第六意識能起分別故名分別識也（六塵者色塵聲塵香塵味塵觸塵法塵也梵語末那華言意謂能分別思量也）

三識（出翻譯名義）**一末那識**梵語末那華言染汙意染汙者謂我癡我見我慢我愛四惑常俱意者謂常思慮第八識度量爲我即第七識也**二阿賴耶識**梵語阿賴耶華言藏識謂此識能含藏善惡諸法種子即第八識也**三菴摩羅識**梵語菴摩羅華言清淨識翻譯名義云第八阿賴耶若至我見永不起位即捨賴耶之名別受清淨之稱即第九識也（我見永不起者謂諸惑淨盡也）

三識緣境廣狹（出宗鏡錄并瑜伽師地論）**一第八識緣境最廣**謂此根本識染淨同依能變能現種子根身及器世間三種境故是名緣境最廣（種子者一切善惡種子也根身者眼等諸根也器世間者謂世界如器也）**二**

第七識緣境最狹 謂此識無別體相但依第八識爲因而起復緣第八識見分而爲相分是名緣境最狹（見分者謂能見之識也相分者謂分別相狀也）

三第六識緣境廣 謂此識能緣一切善不善無記三性之境及能分別色心等一切法塵是名緣境廣也（無記者謂不善不惡無所記錄也）

三種熏習（出華嚴孔目） 熏即熏發也習即數習慣習之義也葢言第八識爲無明染緣之所熏習即從真而起妄也

一名言熏習 名即名字言即言說此分別名字言說之識即是第六意識由第七識傳送熏習第八種子之識而能成就染分之相故云名言熏習

二色識熏習 色即眼根所對諸色因此諸色引生眼識名爲色識於此分別即是第六意識亦由第七識傳送熏習第八種子之識而能成就染分之相故云色識熏習

三煩惱熏習 煩惱即貪瞋邪見等煩惱也此之煩惱乃是第六意識所起亦由第七識傳送熏習第八種子之識而能成就染分之相故云煩惱熏習

三種相（出成實論）

一發相 發即策發謂心昏沉時應用精進之行而策起之故名發相

二制相 制即禁制謂心掉動時應用寂靜之法而禁制之故名制相（掉者擧也）

三捨相 捨即捨置謂心不沉不散調適之時即捨前發制二相故名捨相

三細相（出起信論） 三細者即根本無明之惑也因對六麤故名三細（六麤者智相相續相執取相計名字相起業相業繫苦相也）

一業相 業相者即從真起妄初動之相也然本覺心源離念寂靜因無明故

覺成不覺遂成業相故起信論云以依不覺故心動說名爲業是也**二見相**見相者見初動之相也亦名轉相謂依初動業識轉成能見之相也**三境界相**境界相者即轉相分別初動之境界也亦名現相由前轉相則境界妄現也

三大（出起信論疏）**一體大**謂真如之理體性平等無不容攝故名體大（體性平等者謂凡聖染淨之法皆依真如之體其性無有高下也）**二相大**相即德相謂真如體上具足無量恒沙勝妙功德一一功德稱體顯露故名相大**三用大**謂真如之體能生一切世間出世間善因善果故名用太（世間人天也出世間聲聞緣覺菩薩佛也）

三種身（出大乘五蘊論）身即聚集之義瑜伽師地論云佛菩薩是能說者語是能說相名句文身是所說相聲名句文和合即爲此方能詮之教體也**一名身**名即名字楞伽經云名身者謂依事立名蓋一名非身衆名連合方名爲身又唯識論云名詮自性是爲名身（名詮自性者謂諸法自性由名而詮顯也）**二句身**句即句逗逗止也住也大智度論云天竺語法衆語和合成句如菩爲一字提爲一字是二不合則不成語若二和合名爲菩提又唯識論云句詮差別是爲句身（句詮差別者謂諸法差別之相由句而詮顯也）**三文身**文即文字爲名句二法所依故唯識論云文即是字爲二所依又楞伽經名爲字身謂聲相有長短音韻有高下是爲文身

三不可盡（出寶積經）**一經法不可盡**謂如來所說經法隨其衆生機樂不同或廣或畧雖一

音宣演而十方普被故云經法不可盡

二文字之義不可盡　謂如來所說經教妙義橫亘十方竪徹三際大無不周細無所遺是以小根淺智之人不能窺其奧妙故云文字之義不可盡（三際者過去現在未來也）

三所宣訓誨不可盡　謂如來所宣言教訓誨衆生或說大乘或說小乘隨類現形種種設化利益無量故云所宣訓誨不可盡

天台三觀（出金光明經玄義）

謂天台智者大師所立也觀即照了之義觀達一念之心即具三諦之法也若觀心空則一切法皆空即是真諦若觀心假則一切法皆假即是俗諦若觀心中則一切法皆中即是中諦此之三觀全由性發實匪修成故於一心宛有三用所謂一心三觀也

一空觀　空者離性離相之謂也謂觀一念之心不在內不在外不在中間名之爲空由觀一念空故一空一切空無假無中而不空以三觀皆能蕩相故也蓋空蕩見思之相假蕩塵沙之相中蕩無明之相三相皆蕩即畢竟空是名空觀（見思塵沙無明即三惑也）

二假觀　假者無法不備之謂也謂觀一念之心具足一切諸法名之爲假由觀一念假故一假一切假無空無中而不假以三觀皆能立法故也蓋空立真諦之法假立俗諦之法中立中諦之法三法皆立即爲妙假是名假觀

三中觀　中即中正絕二邊待對之謂也謂觀一念之心非空非假即空即假名之爲中由觀一念中故一中一切中無空無假而不中以三觀當處皆能絕待故也蓋言空則

空外無法言假則假外無法言中則中外無法三皆絶待即爲圓中是名中觀

三種三觀（出宗鏡録）三種三觀者謂以觀觀心不出次第圓融之義故有三種不同也

【一別相三觀】別相三觀者即歷別觀於三諦也謂若從假入空但得觀真尚不得觀俗豈得觀中道若從空入假但得觀俗未得觀中道若入中道正觀方得雙照二諦是名別相三觀（從假入空者謂觀生死之假入涅槃真空也觀真觀俗觀中道者真即真空之理真諦也俗即諸法宛然俗諦也中道即中道諦也）

【二通相三觀】通相三觀者即於一觀中圓解三諦也謂若從假入空非但知俗假是空真諦中道亦通是空若從空入假非但知俗假是假真諦中道亦通是假若入中道正觀非但知中道是中俗假真空亦通是中但以一觀當名解心皆通是名通相三觀

【三一心三觀】一心三觀者即於一念心而能圓觀三諦也謂觀一念心爲從何處來去至何所畢竟無有淨若虛空名空觀能觀之觀所觀之境歷歷分明名假觀雖歷歷分明而性常自空空不定空假不定假名中觀即三而一即一而三是名一心三觀

法界三觀（出華嚴法界觀）法界三觀者乃帝心尊者依華嚴經而立也法界即所觀之境三觀即能觀之觀此三種觀雖自下升上漸次深廣然修之者但一道竪窮展轉圓妙非初觀外別有二三良以舉一即三全三是一故也

【一真空觀】謂非虛妄念慮曰真非形礙色相曰空故簡情妄以顯真性使見色非實色舉體全是真空令見空非斷空

舉體全是真性如是則能廓情塵而空色無礙泯智解而心境俱融故名真空觀

二理事無礙觀 謂性淨明體曰理形相分限曰事故觀廣大之理咸歸一塵即了一塵之色通遍法界是則融萬象之虛相全一真之明性理事交徹無礙圓融故名理事無礙觀

三周遍含容觀 謂無所不在曰周遍無法不攝曰含容故觀全事之理隨事而一一可見全理之事隨理而一一可融是則一多無礙大小相含互攝互容重重無盡隱顯自在神用不測真可謂入華嚴無盡法界之境故名周遍含容觀

圓覺三觀（出圓覺經畧疏）

一奢摩他 梵語奢摩他華言止止即止寂之義謂欲求圓覺者以淨覺心取靜為行而於染淨等境心不妄緣即是體真止義當空觀故經云由寂靜故十方世界諸如來心於中顯現如鏡中像此方便者名奢摩他（體真止者謂體達無明顛倒之妄即是實相之真也）

二三摩鉢提 梵語三摩鉢提華言等持昏沉掉舉皆離曰等令心專注一境曰持謂欲求圓覺者以淨覺心知覺心性及與根塵皆因幻化而有遂起幻修以除諸幻即是方便隨緣止義當假觀故經云所圓妙行如土長苗此方便者名三摩鉢提（方便隨緣止者謂隨緣歷境安心不動也）

三禪那 梵語禪那華言靜慮靜即定慮即慧也謂欲求圓覺者以淨覺心不取幻化及諸靜相便能隨順寂滅境界即是息二邊止義當中觀故經云自他身心所不能及衆生壽命皆為浮想此方便者名為禪那（息二邊止者謂不分別生死涅槃止）

息有無等二邊之相也

南山三觀（出止觀輔行）南山三觀者即終南山宣律師之所立也

一性空觀 性即性分也謂聲聞緣覺小乘之人觀因緣所生一切諸法其性本空皆無有我常以此理照察自心故名性空觀（因緣者六根爲因六塵爲緣也所生一切諸法者即根塵相對所起諸心法也）

二相空觀 相即相狀也謂藏通二教菩薩觀因緣一切所生諸法其相本空但衆生情執妄見種種差別之相常以此理照察自心故名相空觀

三唯識觀 識即心識也謂別圓二教大乘菩薩皆了世間一切外塵諸法自性清淨本來無實此理深妙唯意緣知故名唯識觀

三種觀法（出止觀義例）三種觀法者謂修行用觀之法也前托事附法二種乃是天台智者大師講法華經時爲座下聽衆有修觀行者隨歷一事皆以觀法表對令其修習名托事觀或遇一切法相處亦附彼法相立其觀法令其修習名附法觀後之一種專約行門復說摩訶止觀兼明諸經所有行法名約行觀故有三種之不同也

一托事觀法 謂托王舍耆闍崛山等事而爲觀也名從事立借事爲觀以導執情故名托事觀（王舍等事表對觀法者王表心王舍表五陰舍即是令觀五陰也梵語耆闍崛華言靈鷲若表對者靈表心王鷲表受想行山表色陰亦是令觀五陰也）

二附法觀法 謂附四諦等法入一念心以爲觀法故名附法觀（四諦者苦諦集諦滅諦道諦也）

三約行觀法 謂專約行門而修觀也故止觀義例云唯於萬境觀一心萬境雖殊妙觀理一故名約行觀

毘婆舍那三行（出深密解脫經）梵語毘婆舍那華言觀謂以寂靜之慧觀察根塵内外諸法令三昧成就進趣菩提故行有三焉（根者即眼耳鼻舌身意之六根也塵者即色聲香味觸法之六塵也梵語三昧華言正定梵語菩提華言道）

一相　相即觀境也謂修觀之時於此心觀之中分別了知三昧境界之相如淨明鏡照徹一切影像了了分明也

二修行　修行者謂既了知觀法之相則善能修習一切妙行無有過失也

三觀　觀者觀察也謂修觀之時於一一觀法中善能觀察一一法相而不證彼小乘寂滅解脫直趣無上菩提也（梵語菩提華言道）

爲三事故修毘婆舍那（出涅槃經）梵語毘婆舍那華言觀即智慧也

一觀生死惡果報　謂修禪觀即能破諸昏暗觀察分別因緣生滅之相故於善惡果報悉皆明了不起惑業也

二增長善根　謂修禪觀能滅貪瞋癡等惡業暗障本性之智自然明發故一切善根悉皆增長也

三破諸煩惱　謂修禪觀了知生死過患不爲根塵所染故一切煩惱悉能破滅也（根者即眼耳鼻舌身意之六根也塵者即色聲香味觸法之六塵也）

三諦（出法華玄義）諦者諦審也謂諦審一切法即空即假即中即空是真諦即假是俗諦即中是中諦此三隔歷即是次第三諦三一無礙即是圓融三諦（隔歷者三諦不互融也次第者前真次俗後中即別教三諦也圓融者舉一即三全三是一即圓教三諦也）

一真諦　真即真空泯一切法之謂也蓋諸法本空衆生不了執之爲實而生妄見若以空觀蕩之則謂實之情自忘情忘即能離於諸

相諸相若離則真空之理自然諦了故名真諦

二俗諦 俗即世俗立一切法之謂也諸法雖即本空皆不可得若以假觀照之則能諦了性具諸法歷歷宛然故名俗諦

三中諦 中即中正統一切法之謂也諸法本來不離二邊不即二邊若以中觀觀之則能諦了諸法非真非俗即真即俗清淨洞徹圓融無礙即一而三即三而一不可思議故名中諦

三諦（出仁王護國般若經疏）

諦即審實之義謂觀世間出世間一切諸法不出空與色心經云我以三諦攝一切法是也

一空諦 空即虛幻之義謂諦審一切衆生及與世界等法性相本空虛假不實是名空諦

二色諦 色即質礙之義謂諦審世間衆生色身及山河大地種種形相乃至意識所緣一切境界皆是色法是名色諦

三心諦 心諦即第八識心王也謂衆生根身虛空世界乃至善惡一切諸法皆由此心出生是名心諦

三假（出止觀輔行）

一因成假 謂一切諸法必有所因和合方成如諸衆生因於父母生成此身是名因成了達此身虛幻不實是名爲假一切諸法亦復如是故名因成假

二相續假 謂衆生心識念念相續前念既滅後念復生是名相續了此相續本無實體是名爲假一切諸法相續不斷亦復如是故名相續假

三相待假 待即對也謂一切諸法各有待對如對長說短對短說長對無說有對有說無是名相待了此一切對待之法本無實體皆是假名是名爲假又如

衆生身中以生對死以少對老亦復如是故名相待假

三空（出金剛經刊定記）**一我空** 謂於五蘊之法强立主宰名爲我執若推求色受想行識之五法皆無自性不見我體是名我空（五蘊者色蘊受蘊想蘊行蘊識蘊也）**二法空** 謂於五蘊之法計爲實有名爲法執若推求五蘊之法如幻如化皆從緣生無有自性是名法空 **三俱空** 謂我法二執既遣能空之空亦除空執兩亡方契本性是名俱空

三懺（出天台四教儀集註）懺梵語具云懺摩華言悔過謂改悔徃昔之過非也作法取相二懺屬事無生一懺屬理理懺爲正事懺爲助若能正助合行事理兼運則無罪不滅無福不生也 **一作法懺** 謂身禮拜口稱唱意思惟三業所作一依法度披陳過罪求哀懺悔是名作法懺 **二取相懺** 謂定心運想取其現相爲期於道場中或見佛來摩頂或見光現或見華飛或夢中見諸瑞相或聞空中聲於此諸相隨獲一種罪即消滅是名取相懺 **三無生懺** 謂一切罪業皆從一念不了心生若了心性本空罪福無相則一切法皆悉空寂罪從何生是名無生懺

三悔法（出天台四教儀集註）**一懺悔** 梵語懺摩華言悔過華梵兼舉故稱懺悔懺名修來悔名改徃謂修將來之善果改已徃之惡因是名懺悔 **二勸請** 勸請有二一謂十方世界有佛將入涅槃者勸請住世利濟衆生二謂十方世界有佛初成正覺者勸請轉於法輪度諸衆生雖不面見諸佛而虔心勸請

以達歸敬之誠是名勸請 三回向 謂三業所修一切諸善乃至懺悔勸請種種功德回施法界一切衆生同證菩提是名回向 三業者身業口業意業也梵語菩提華言道

三方便 出淨名經疏 疏云方是智所詣之偏法便是善權巧用之能巧用諸法隨機利物故云方便 偏法者即小乘偏權之法也 一自行方便 謂佛及四十一位心内所證不思議二諦之理是名自行方便 四十一位者十住十行十回向十地菩薩及等覺菩薩也等覺者望後妙覺猶有一等故也二諦者一真諦泯一切法也二俗諦立一切法也 二化他方便 謂藏通別三教及圓教有門所明諸菩薩等不斷煩惱照界内界外種種法門等是名化他方便 藏通別圓四教者藏即三藏教也通謂通前藏教通後別圓故名通教別謂別前藏通二教別後圓教故名別教圓謂圓妙圓滿故名圓教界内界外者謂三界之内外也 三自他方便 謂前自行化他二種方便相對合論是名自他方便

勝三修 出涅槃經 謂菩薩依佛勝教而修破於聲聞劣修故名勝三修 一常修 常即不遷不變之謂也蓋菩薩了知法身之體本來常住無滅無生以破聲聞之人不應於諸法中執爲無常是名常修 二樂修 樂即安隱寂滅之謂也蓋菩薩了知諸法之中而有涅槃寂滅之樂以破聲聞之人不應於諸法中執之爲苦是名樂修 梵語涅槃華言滅度 三我修 我即自在無礙之謂也蓋菩薩了知無我法中而有真我得大自在無有障礙以破聲聞之人不應於諸法中執爲無我無我所是名我修 我所者謂五陰之身及資生等物也

劣三修 出涅槃經 謂聲聞所修比於菩薩所修則

劣故名劣三修【一無常修】謂聲聞之人不知法身常住之理而觀三界一切有爲之法皆悉生滅無常是名無常修（三界者欲界色界無色界也）【二非樂修】非樂即苦也謂聲聞之人不知諸法之中本有涅槃寂滅之樂而觀一切諸法悉皆是苦是名非樂修【三無我修】謂聲聞之人不知自在無礙之真我而觀五陰等法皆空無我無我所是名無我修（五陰者色陰受陰想陰行陰識陰也）

三漸次（出首楞嚴經）三漸次者乃楞嚴經中佛欲說修行地位而先說此三等漸次以爲根本以由一切地位雖有淺深不同而皆以此三種而爲進行之本故經云如是漸修隨所發行安立聖位是也【一除助因】除助因者謂除衆生助惡之因也助惡之因即五種辛也五辛者即葱薤韮蒜與渠也謂此五辛食則能發婬恚邪魅所著天人遠離是故修行之人欲得菩提必先斷除此五種辛菜也故經云是諸衆生求三摩地當斷世間五種辛菜是也（興渠葉如蔓菁根如蘿蔔出土辛臭梵語菩提華言道梵語三摩地華言等持）【二刳正性】刳剖也破也正性即衆生婬殺之性也以一切盜妄等惡皆由婬殺而起故指此爲正性也若欲修菩提者當用剖破婬殺之性勿令毀犯故經云是修行人若不斷婬及與殺生出三界者無有是處是也（三界者欲界色界無色界也）【三違現業】違者背也遠也現業即現行六塵境界所起之業也謂修菩提之人既能斷除五辛不犯婬殺則於現前六塵之境違遠而不相涉故經云如是清淨持禁

戒人心無貪婬於外六塵不多流逸是也（六塵者色塵聲塵香塵味塵觸塵法塵也）

三科（出婆沙論并阿毘達磨品類足論）

論云若迷心不迷色則合色開心數爲五蘊若迷色不迷心則合心開色數爲十二入若心色俱迷則心色各開數爲十八界如此開合說者爲令衆生於所迷處委細而觀故有三科不同焉

一五蘊（亦名五陰）蘊積聚也謂積聚色受想行識五法以成身也如來爲迷心偏重者合眼耳鼻舌身五根但名爲色開意之一根爲受想行識令其細觀於心是爲合色開心故說五蘊也

二十二入入涉入也謂六根六塵互相涉入也如來爲迷色偏重者開色謂眼耳鼻舌身及以色聲香味觸合受想行識四種心法但名爲意意之所對唯一法塵令其細觀於色是爲開色合心故說爲十二入也（六根者眼根耳根鼻根舌根身根意根也六塵者色塵聲塵香塵味塵觸塵法塵也）

三十八界界即界限亦隔別之義謂此十八界各有別體義無混濫也如來爲色心俱迷者開爲六根六塵六識令其一一細觀是爲心色俱開故說爲十八界也（六識者眼識耳識鼻識舌識身識意識也）

三種至教（出顯揚聖教論）

一聖言所攝謂修行之人於如來及諸弟子所說正法當依憑正義信解修習遵崇聖制不敢違越是名聖言所攝

二對治雜染謂修行之人修善去惡必有對治之法如心散亂則以禪定之法治之如心貪染則以不淨觀法治之乃能息妄歸真得入正道是名對治雜染

三不違法相謂修行之人於如來所說正教當

道其法相如理思修精進一心不敢違背是名不違法相

三宗（出宗鏡録）宗猶派也圭峯密禪師云大乘經教統唯三宗**一法相宗**謂此宗說一切有漏妄法及無漏淨法無始時來各有種子在阿賴耶識中遇緣熏習即各從自性而起都不關涉真如故於色心諸法而建立種種名相是名法相宗（梵語阿賴耶華言藏識即第八識也）**二破相宗**謂此宗一向說凡聖染淨之法一切皆空本無所有設見一法過涅槃者亦如夢如幻彼且本不立真何況於妄真妄名相一切俱無故名破相宗（梵語涅槃華言滅度）**三法性宗**謂此宗說依真起妄葢真如不變不礙隨緣如云法身流轉五道如來藏受苦樂等若悟妄即真如云知妄本自真見佛即清淨等是名法性宗（五道者天道人道餓鬼道畜生道地獄道也）

南中三教（出華嚴經疏）南中三教者謂自齊朝已後江南諸師立此三教判如來一代所說之法也**一漸教**謂佛說法始自鹿苑終至雙樹從小至大是名漸教**二頓教**謂佛最初為諸菩薩說華嚴經如日初出先照高山是名頓教**三不定教**謂別有經雖非頓漸所攝而明佛性常住即勝鬘經及金光明經等是名不定教

岌法師三教（出華嚴經疏）岌武邱人也謂其以此三教判如來一代所說之法也**一有相教**謂佛設教於十二年說阿含經已前見有得道是名有相教（見有得道者謂二乘見一切法是有不離色心因而得道也）**二無相教**謂佛設教於十二年說

阿含經已後齊至法華見空得道是名無相教（齊即齊限見空得道者謂菩薩見一切法皆空因而得道也）**三常住教** 謂佛設教最後有無雙照說一切衆生皆有佛性一切闡提皆得作佛是名常住教（梵語闡提華言信不具）

三等流（出宗鏡錄）等流者等即平等流即流類也

一真等流 謂善性惡性無記性爲因所引善惡無記同類之果果與因性真實是同故名真等流

二假等流 謂前世殺生令他命短故感今世自亦短命有相似義假名等流故名假等流

三分位等流 謂眼等諸識各隨自類轉變如眼識乃至身識皆從第八種子識而生對於色等諸塵名等流果若第六識從種子識而生起諸分別亦名等流果而識與塵分位各同故名分位等流（種子識即藏識也等流果者謂眼識與色塵乃至身識與觸塵各爲等流而識與塵皆名果也第六識即意識也）

三忍（出華嚴經疏）忍耐也又忍可也謂於一切逆順善惡之境而能忍受安心不動故名爲忍

一耐怨害忍 謂人以怨憎毒害而加於我即能安心忍耐而無返報之心是名耐怨害忍

二安受苦忍 謂疾病水火刀杖等衆苦所逼即能安心忍受恬然不動是名安受苦忍

三諦察法忍 謂審察諸法體性虛幻本無生滅信解真實心無妄動安然忍可是名諦察法忍

三受（出雜阿含經）受者領納也謂六根之識領受六塵之境也（六根之識者眼識耳識鼻識舌識身識意識也六塵者色塵聲塵香塵味塵觸塵法塵也）

一苦受 謂於六塵違情之境而有逼迫之苦是名苦受

二樂受 謂於

六塵順情之境而有適悅之樂是名樂受

三不苦不樂受 謂於六塵不違不順之境所受非苦非樂是名不苦不樂受

三種無常（出順中論）

一念念壞滅無常 謂根塵相對所起心念前念既滅後念復生生已還滅念念不住皆悉無常是名念念壞滅無常（六根者眼根耳根鼻根舌根身根意根也六塵者色塵聲塵香塵味塵觸塵法塵也）

二和合離散無常 謂一切法皆由因緣和合而成本無實體若因緣別離即便散壞且如衆生由四大和合而成其身若四大別離即便散滅是名和合離散無常（四大者地大水大火大風大也）

三畢竟無常 畢竟猶決定也謂決定了知一切諸法皆假因緣和合而生虛幻不實終歸壞滅是名畢竟無常

三支比量（出阿毘達磨雜集論） 比量者謂以有爲法與無爲法比類而量度也

一立宗 宗猶主也要也謂如五蘊等法皆假因緣而生實無自性於中求我決不可得故對執我論者先說諸法無我也（五蘊者色蘊受蘊想蘊行蘊識蘊也）

二立因 立因者謂破執有我者而立因也若於五蘊等法施設實有我者此之五蘊既從衆緣而生皆是生滅之法蘊既生滅我不成就若離五蘊而於餘處施設有我者我無所因我亦無用是則皆無有我也

三立喻 立喻者謂以別法喻所立法也如於現在世施設實有過去相者此現在相已生未滅不應於已生未滅法中施設過去已滅之相若離現在而於餘處施設過去相者然過去世相既滅壞不應施設有相此過去相不可得以喻諸法皆不可得也

大明三藏法數卷第六

大明三藏法數卷第七

上天竺前住持沙門一如等奉　勅集註

三種圓滿安樂（出瑜伽師地論）**一成就加行圓滿**謂修菩薩行者於淨戒中不敢毀犯於身語意清淨無染若有過失即能懺悔令其戒體圓滿無虧是名成就加行圓滿**二成就意樂圓滿**謂修菩薩行者爲法出家不爲活命但爲求無上菩提及求大涅槃樂勇猛精進不生懈怠之心不雜衆惡之法不受當來生老病死之苦是名成就意樂圓滿（梵語菩提華言道梵語涅槃華言滅度）**三成就宿因圓滿**謂修菩薩行者於宿世中曾修福善故於今生種種資身之具悉無匱乏復能爲他廣行惠施心不慳悋是名成就宿因圓滿

三義歡喜（出觀經妙宗鈔）觀無量壽佛經疏因釋阿難及天龍等聞法歡喜作禮而去故以三義釋之（梵語阿難華言慶喜）**一遇人歡喜**人即佛也謂佛具足四無礙智說觀彼佛之法離於錯謬今遇此人寧不歡喜是名遇人歡喜（四無礙智者法無礙智義無礙智詞無礙智樂說無礙智也彼佛即梵語阿彌陀華言無量壽）**二聞法歡喜**謂所說觀佛之法一十六門曲盡其妙能令凡心入深三昧聞如是法豈不歡喜是名聞法歡喜（一十六觀門者日觀水觀地觀寶樹觀八功德水觀總觀華座觀像觀佛真身觀觀世音觀大勢至觀普想觀雜想觀上輩生觀中輩生觀下輩生觀）**三得果歡喜**果即修觀剋獲之果也謂韋提希等聞說觀佛之法依此修之得分真果侍女諸天得相似果得如是果豈不歡喜是名得果歡喜（梵語韋提希華言思惟分真者即證一分中道也相似者近於分真也）

三因（出佛性論）**一應得因**謂依真如空理而修因

行應得菩提之果故名應得因（梵語菩提華言道）【二加行因】謂依菩提心加功用行以此爲因即能證得法身之果故名加行因【三圓滿因】謂由加行故因行圓滿故名圓滿因

三斷（出宗鏡錄）

【一自性斷】謂智慧起時煩惱暗障自性應斷故名自性斷【二不生斷】謂得法空之時能令三塗惡道苦果永更不生故名不生斷（三塗者火塗刀塗血塗也）【三緣縛斷】謂但斷心中之惑則於外塵境不起貪瞋於境雖緣不生染著故名緣縛斷

三斷（出阿毘達磨品類足論）

【一見所斷】謂聲聞初果之人斷惑見理名爲見道因斷三界八十八使見惑故名見所斷（三界者欲界色界無色界也八十八使者一身見二邊見三見取四戒取五邪見六貪七瞋八癡九慢十疑此十使歷三界四諦下增減不同成八十八謂欲界苦諦十使具足集滅二諦各七使除身見邊見戒取道諦下八使除身見邊見四諦合爲三十二上色界無色界每四諦下各除瞋使餘皆如欲界故上二界合爲五十六并前欲界三十二共成八十八使也）【二修所斷】謂聲聞第二果第三果修真斷惑名爲修道因斷三界十隨眠惑故名修所斷（十隨眠者即是思惑謂長時隨逐潛伏覆蔽真性故名隨眠欲界有四謂貪瞋癡慢色界無色界各三謂貪癡慢共爲十也）【三非所斷】謂聲聞第四果三界煩惱皆已斷竟得無漏果無惑可斷故名非所斷

龍華三會（出法住記）

彌勒下生經云彌勒菩薩即於出家之日便得成佛坐於龍華樹下花林園中三會說法故云龍華三會（梵語彌勒華言慈氏）【第一會度九十六俱胝聲聞衆】梵語俱胝華言百億記云若諸國王大臣長者居士男女一切施主於今釋迦牟尼佛正法中能作佛事自種善根或教他種以七寶

金銀鍮石銅鐵木石泥土或以繒縷或以綵畫作佛形像及窣堵波若大若小乃至最小如指節大或以香花諸妙供具而爲供養由如是善根力故至彌勒如來成正覺時善得人身於第一會中剃髮出家乘宿願力便得涅槃（梵語窣堵波華言高顯即塔也梵語涅槃華言滅度）

第二會度九十四俱胝聲聞衆 記云若國王等及以臣庶於今釋迦牟尼佛正法中能爲法事謂於諸大乘經典或律或論若讀若誦或恭敬供養或於經卷以諸雜綵而嚴飾之由是善根力故至彌勒如來成正覺時善得人身於第二會中剃髮出家乘宿願力便得涅槃

第三會度九十二俱胝聲聞衆 記云若諸國王及臣庶等於今釋迦牟尼佛正法中能爲僧事自種善根或教他種於每月初一日或初八日十五日設齋供養比丘比丘尼或供養修禪定者或供養諸說法者或施坐臥等具供養僧衆由是善根力故至彌勒如來成正覺時於第三會中剃髮出家乘宿願力便得涅槃

菩薩三修學（出菩薩瓔珞本業經）

一百劫頂寂定中修諸三昧 劫梵語具云劫波華言分別時節梵語三昧華言正定頂寂定者在衆定之上故名頂也謂等覺菩薩住頂寂定以大願力住壽百劫修一切三昧已入金剛三昧與一切法性相應相冥而得一合相也（等覺者去佛之位一等也金剛三昧者金剛最堅至利謂入此三昧則一切諸惑無不斷也）

二千劫金剛定中學諸威儀 謂等覺菩薩復住壽千劫學佛一切威儀象王觀

視師子遊步修佛無量不可思議神通化導之法皆現在前入佛行處坐佛道場也**三萬劫大寂定中學佛化行**謂等覺菩薩復住壽萬劫學佛教化之行現諸色相教化衆生復現同諸佛常行中道大樂無爲也

菩薩生兜率天三事勝出涅槃經菩薩當補佛處故生兜率梵語兜率華言知足謂於五欲境界知止足故五欲者色欲聲欲香欲味欲觸欲也**一命勝**菩薩已離三界生死雖不修命業而於彼天託生天數壽命四千歲天壽畢已降生中國以補佛處是名命勝也三界者欲界色界無色界也**二色勝**菩薩雖不修色業既生兜率而妙色身光明照耀自然莊嚴異諸天衆是名色勝也**三名勝**佛本行集經云菩薩既生兜率其諸天衆即喚菩薩名爲護明展轉稱喚其聲上徹淨居乃至色界天頂是名名勝也護明釋迦佛也從迦葉佛時護持禁戒梵行清淨命終生天不失本心不忘宿行故曰護明

三賢出仁王護國經疏十住十行十回向諸位菩薩皆稱賢者此就別教而論蓋諸位菩薩但斷見思惑盡尚有無明惑在未入聖位故名賢也**一十住**會理之心安住不動名之爲住一發心住二治地住三修行住四生貴住五具足方便住六正心住七不退住八童真住九法王子住十灌頂住**二十行**行即進趣之義謂行此行則能進向於果名之爲行一歡喜行二饒益行三無違逆行四無屈撓行五無癡亂行六善現行七無著行八難得行九善法行十真實行**三**

十回向 回因向果名爲回向一救諸衆生離衆生相回向二不壞回向三等一切諸佛回向四至一切處回向五無盡功德藏回向六入一切平等善根回向七等隨順一切衆生回向八真如相回向九無縛無著解脱回向十入法界無量回向

三種發心（出起信論）

一信成就發心 謂十信行滿信心成就入十住位中初發心住故名信成就發心（十信者信心念心精進心慧心定心不退心護法心回向心戒心願心也十住者發心住治地住修行住生貴住方便具足住正心住不退住童真住法王子住灌頂住也）

二解行發心 解即解了行即修行謂十行位中能解法性本空順修六度之行發回向心入十回向故名解行發心（十行者歡喜行饒益行無瞋恨行無盡行離癡亂行善現行無著行尊重行善法行真實行也六度者一布施二持戒三忍辱四精進五禪定六智慧也十回向者救一切衆生離衆生相回向不壞回向等一切佛回向至一切處回向無盡功德藏回向隨順平等善根回向隨順等觀一切衆生回向真如相回向無礙解脱回向法界無量回向也）

三證發心 證即證入謂入初地乃至第十地而此證者無有境界惟真如智名爲法身法身顯發故名證發心

三不退（出觀經妙宗鈔）

一位不退 謂別教菩薩從初住位中斷見惑二住至七住位中斷思惑則永不退失超凡之位故名位不退（初住即十住發心住治地住修行住生貴住方便具足住正心住不退住童真住法王子住灌頂住也）

二行不退 謂別教菩薩從八住已去至十行位中伏斷塵沙之惑則永不退失菩薩之行故名行不退（十行者歡喜行饒益行無瞋恨行無盡行離癡亂行善現行無著行尊重行善法行真實行也）

三念不退 謂別教菩薩從初地已去破無明惑則永不退失中道正念故名念不退

三處入法界 出華嚴經疏 法界即一切衆生本有之心諸佛所證平等之理也而云三處入者由菩薩根有利鈍行有淺深故所證入先後不定遂分三處也

一十住初心入法界 謂利根菩薩即於初住位中破無明惑證入法界平等之理得不退轉是名十住初心入法界也 十住者發心住治地住修行住生貴住方便具足住正心住不退住童真住法王子住灌頂住也

二回向終心入法界 謂菩薩於十回向後心衆行純熟證入法界是名回向終心入法界也 十回向者救一切衆生離衆生相回向不壞回向等一切佛回向至一切處回向無盡功德藏回向隨順平等善根回向隨順等觀一切衆生回向真如相回向無礙解脫回向法界無量回向也

三初地入法界 謂菩薩於前行向中功德具足至於初地即得證入法界乃了三德圓融三身自在是名初地入法界也 三德者法身德般若德解脫德也 三身者法身報身應身也

文殊三名 出翻譯名義

一文殊師利 梵語文殊師利華言妙德謂具不可思議種種微妙功德故名妙德

二滿殊尸利 梵語滿殊尸利華言妙首謂具不可思議微妙功德在諸菩薩之上故名妙首

三曼殊室利 梵語曼殊室利華言妙吉祥謂具不可思議微妙功德最勝吉祥故名妙吉祥

三人觀十二因緣 出涅槃經 三人者謂通教聲聞緣覺菩薩雖同觀十二因緣然隨智淺深法成高下故有三種之異也

一下智觀故得聲聞菩提 梵語菩提華言道謂聲聞之人用體空之智初觀十二因緣生次觀十二因緣滅觀此生滅即悟非生非滅破見思之惑證真空之理是名下智觀故得聲

聞菩提體空者體達諸法性本空也十二因緣者一無明二行三識四名色五六入六觸七受八愛九取十有十一生十二老死也因緣生者即無明緣行行緣識等是也因緣滅者即無明滅乃至老死滅是也

二中智觀故得緣覺菩提謂緣覺之人亦用體空之智初觀十二因緣生次觀十二因緣滅觀此生滅即悟非生非滅破見思之惑更能侵除習氣以由能觀之智比於聲聞稍勝故所證真空之理亦深是名中智觀故得緣覺菩提侵除者猶漸除也習氣者見思餘習之氣分也

三上智觀故得菩薩菩提謂菩薩之人雖亦用體空之智觀十二因緣生滅了悟非生非滅而能頓斷見思習氣以由能觀之智比於緣覺復勝故所證真空之理最深是名上智觀故得菩薩菩提菩薩梵語具云菩提薩埵華言覺有情

阿羅漢三義出翻譯名義

梵語阿羅漢華言無生亦云無學謂三界生死已盡是爲無生無法可學是爲無學或言不翻者名含三義故也三界者欲界色界無色界也

一殺賊賊即見思惑也以其劫人功德之財奪人智慧之命故名爲賊阿羅漢能斷三界見思之惑故名殺賊

二不生不生即無生也謂阿羅漢既斷見思惑盡更不受三界生故名不生

三應供謂阿羅漢智斷功德既已具足應受人天供養故名應供智謂得漏盡智斷謂斷三界見思惑盡也

三迦葉出法華經文句

梵語迦葉華言光波謂身光炎涌暎餘光故也毘婆尸佛時三人共立刹柱以是因緣感報遂爲兄弟梵語毘婆尸華言勝觀

一優樓頻螺迦葉梵語優樓頻螺華言木瓜林謂其居處近於此林故以名之將護四衆供給四事令無所乏最爲第一四衆

者一比丘二比丘尼三優婆塞四優婆夷也四事者一飲食二衣服三卧具四醫藥

【二伽耶迦葉】梵語伽耶華言城謂其居家在王舍城南七由旬故以名之觀了諸法都無所著教化衆生最爲第一梵語由旬華言限量一由旬四十里也

【三那提迦葉】梵語那提華言河謂其居止近於此河故以名之心意寂然降伏結業精進修行最爲第一

阿難三名出翻譯名義

阿難是斛飯王之子佛成道日生以其能持法藏有三種不同隨德受稱故有三名也

【一名阿難】梵語阿難華言慶喜生時合國欣慶歡喜故也以其親承佛旨傳以化人即傳持聲聞藏也

【二名阿難跋陀】梵語阿難跋陀華言喜賢以其住於有學之地得空無相無願三解脫門即傳持緣覺藏也空者謂了達自性本空無我我所也無相者謂一切法空無男女相也無願者謂了達諸法無相無所願求也以能空此三者即得自在無礙故云解脫門也

【三名阿難迦羅】梵語阿難迦羅華言喜海以其解了如來說法無說而說說即無說所謂佛法大海水流入阿難心即傳持菩薩藏也

聲聞三道出天台四教儀集註

【一見道】謂聲聞因斷三界見惑見真諦理故名見道即初果須陀洹也三界者欲界色界無色界也見惑者意根對法塵起諸分別曰見惑梵語須陀洹華言預流謂預入聖道法流也

【二修道】謂聲聞得初果已復緣真諦之理斷欲界九品思惑名爲修道即二果斯陀含三果阿那含也思惑者五根對五塵起貪染心曰思九品者於上中下三品每一品中又分三品名爲九品梵語斯陀含華言一來謂來欲界一番受生也梵語阿那含華言不來謂不來欲界受生也

【三無學道】謂聲聞斷三界見思惑盡真諦之理究竟無法可學故名無學即第

四果阿羅漢也（梵語阿羅漢華言無學）

結集三人（出付法藏因緣經）

【一阿難】梵語阿難華言慶喜斛飯王之子佛成道日生生時舉國欣慶故云慶喜隨佛出家得阿羅漢果多聞第一能持法藏如來滅後與文殊師利集諸大衆於鐵圍山等處結集修多羅藏（梵語修多羅華言契經）

【二優波離】梵語優波離華言化生或翻上首以其持律第一爲衆紀綱故也如來滅後與五百聖人於畢鉢羅窟内結集毘奈耶藏（畢鉢羅西域記云即菩提樹也梵語毘奈耶華言善治即律也）

【三迦葉】梵語迦葉波華言飲光謂其身光炎涌能映餘物故也如來滅後集諸大衆於畢鉢羅窟等處結集阿毘曇藏（梵語阿毘曇華言無比法即論也）

初果三結（出四教儀集註）

結即見惑衆生由此見惑結縛不能出離生死聲聞之人斷此惑盡即證初須陀洹果故名初果三結（梵語須陀洹華言預流謂預入聖道法流也）

【一身見結】謂衆生於五陰等法中妄計爲身强立主宰恒起我見是名身見結（五陰者色陰受陰想陰行陰識陰也）

【二戒取結】謂外道之人於非戒中謬以爲戒取以進行如鷄狗戒等是名戒取結（鷄狗戒者謂外道計自身前世從鷄中來即便獨立等或計從狗中來即便噉糞穢等是也）

【三疑結】謂迷心背理而於正法猶豫不決不能深信是名疑結

三餘（出華嚴經隨疏演義鈔）

【一煩惱餘】煩惱餘亦名障餘謂二乘之人雖斷三界内見思惑盡尚有界外無明惑在故名煩惱餘（二乘者聲聞乘緣覺乘也三界者欲界色界無色界也）

【二業餘】業餘亦名道餘謂二乘之人雖斷三界内業縛尚餘界外

變易生死之業故名業餘三苦餘苦餘亦名果餘謂二乘之人已出三界分段生死尚有變易生死之苦故名苦餘

三佛子出華嚴經疏

一外子謂諸凡夫未曾入道未能紹繼佛種是名外子二庶子謂聲聞緣覺但禀小乘之教生於法身不從如來大法生故是名庶子三真子謂大乘菩薩禀受如來大法生於法身是名真子

三車出法華經

三車者車即運載之義喻三乘之人各以所乘之法運出三界而至涅槃也三乘者菩薩乘緣覺乘聲聞乘也三界者欲界色界無色界也梵語涅槃華言滅度

一羊車羊車者以羊挽車故名羊車喻聲聞之人修四諦行求出三界但欲自度不顧他人如羊之奔逸竟不回顧後羣故以羊車喻之經云如彼諸子爲求羊車出於火宅是也四諦者苦諦集諦滅諦道諦也

二鹿車鹿車者以鹿挽車故名鹿車喻緣覺之人修十二因緣行求出三界而畧有爲他之心如鹿之馳走即能回顧後羣故以鹿車喻之經云如彼諸子爲求鹿車出於火宅是也十二因緣者一無明二行三識四名色五六入六觸七受八愛九取十有十一生十二老死也

三牛車牛車者以牛挽車故名牛車喻三藏教菩薩之人修六度行但欲度人出於三界而不求自出如牛之荷負安耐一切普運故以牛車喻之經云如彼諸子爲求牛車出於火宅是也三藏者經藏律藏論藏也六度者一布施二持戒三忍辱四精進五禪定六智慧也

三乘出法華經

乘即運載之義謂聲聞緣覺菩薩各以其法爲乘運出三界生死同到真空涅槃故名三乘三界者欲界色界無色界也梵語涅槃華言滅度

一聲聞乘 聞佛聲教而得悟道故曰聲聞謂其知苦斷集慕滅修道故以此四諦爲乘也（四諦者苦諦集諦滅諦道諦也）

二緣覺乘 因觀十二因緣覺眞諦理故名緣覺謂始觀無明緣乃至老死此是觀十二因緣生次觀無明滅乃至老死滅此是觀十二因緣滅觀此因緣生滅即悟非生非滅故以此十二因緣爲乘也（十二因緣者一無明二行三識四名色五六入六觸七受八愛九取十有十一生十二老死也）

三菩薩乘 菩薩梵語具云菩提薩埵華言覺有情謂覺悟一切有情衆生也菩薩行六度行廣化衆生出離生死故以此六度爲乘也（六度者一布施二持戒三忍辱四精進五禪定六智慧也）

三乘觀門（出天台四教儀集註）

一聲聞觀苦諦爲初門 苦即三界生死之苦也諦即審實之義謂聲聞之人知果苦而斷集因慕寂滅而修道品諦觀五陰生死之身即是衆苦之本故觀苦諦爲初門也（三界者欲界色界無色界也五陰者色陰受陰想陰行陰識陰也）

二緣覺觀集諦爲初門 集即招集之義謂煩惱之因則能招集生死之苦果也緣覺之人於十二因緣中初從無明觀起無明即屬集諦了知苦果實由集因而生故觀集諦爲初門也（十二因緣者一無明二行三識四名色五六入六觸七受八愛九取十有十一生十二老死也）

三菩薩觀道諦爲初門 道即六度也謂菩薩爲利他故廣行六度化諸衆生故觀道諦爲初門也（六度者一布施二持戒三忍辱四精進五禪定六智慧也）

三田喻三種人（出涅槃經）

第一田 此田渠流便利無諸沙滷瓦石棘刺種一得百以喻菩薩根性猛利智慧明了利益衆生無有窮盡

是爲第一田也（滷音魯）**第二田**此田雖無沙滷厇石棘刺渠流險難收實減半以喻聲聞根性稍鈍雖得無漏但能自利不能度生是爲第二田也（無漏者謂聲聞藏業已斷無復漏落二界生死也）**第三田**此田渠流險難多諸沙滷厇石棘刺種一得一爲藁草故以喻闡提之人而於佛法無有信心今爲說法以種後世善種是爲第三田也（闡提梵語一闡提華言信不具外道名）

三草（出法華經文句）草即藥草也藥草既蒙雲雨之潤即得生長而能徧治衆病變體成僊以譬五乘之人既聞法華之教無漏智慧即得增長能破無明之惑開佛知見故以三草喻之（五乘者菩薩乘緣覺乘聲聞乘天乘人乘也）**一小草**小草喻人天也謂法雨既沾無不蒙潤而人天之機根力微弱未獲大益故名小草**二中草**中草喻聲聞緣覺也謂此二乘之人蒙佛法雨而於大乘根漸增長故名中草**三上草**上草喻三藏教菩薩也謂此菩薩蒙佛法雨敷榮鬱茂自他饒益故名上草（三藏者經藏律藏論藏也）

三獸渡河（出天台四教儀并法華玄義）三獸喻三乘河喻空理也謂通教聲聞緣覺菩薩同出三界取證空理而根器有大小行位有淺深如象馬兎同共渡河而有淺深之異故以此爲喻也（三界者欲界色界無色界也）**一象渡河**象渡河者喻菩薩之人也謂菩薩修六度萬行利益衆生斷見思惑及斷習氣盡而證菩提如象之渡河得其底也（六度者一布施二持戒三忍辱四精進五禪定六智慧也見思惑者意根對法塵而起分別曰見惑眼耳鼻舌身貪愛色聲香味觸五塵曰思惑習氣者即見思餘習之氣分也）**二馬渡河**馬

渡河者喻緣覺之人也謂緣覺修十二因緣斷見思惑雖兼斷習氣未能淨盡而證真空之理如馬之渡河雖不至底而漸深也（十二因緣者一無明二行三識四名色五六入六觸七受八愛九取十有十一生十二老死也）【三兔渡河】兔渡河者喻聲聞之人也謂聲聞修四諦法斷見思惑未能除斷習氣而但證真空之理如兔之渡河但浮水而過不能深也（四諦者苦諦集諦滅諦道諦也）

比丘三義（出大智度論）　梵語比丘華言除饉謂衆生薄福在因無法自資得報多所饉乏出家之人戒行是良福田能除因果之饉乏故名除饉或言不翻者名含三義故也【一破惡】謂比丘修戒定慧之道能破見思之惡故名破惡【二怖魔】魔梵語具云魔羅華言殺者謂能殺人智慧之命也比丘既能修道魔即念言此人非但出我界域亦能轉化於他空我眷屬魔即驚怖故名怖魔【三乞士】乞是乞求之名士是清雅之稱謂比丘常當乞食清淨自活上乞法以資慧命下乞食以資色身故名乞士

三種僧（出涅槃經）【一犯戒雜僧】謂其雖持禁戒爲利養故與破戒者常共親附同其事業雜處熏習因而破戒是名犯戒雜僧也【二愚癡僧】謂其雖在阿蘭若處諸根不利闇鈍愚魯經律論藏不能解了於諸弟子或犯禁戒亦不能教令清淨懺悔是名愚癡僧也（梵語阿蘭若華言閑靜處）【三清淨僧】謂其本性清淨嚴持戒律通達經論不爲諸魔之所沮壞又能調伏利益一切衆生爲說諸戒輕重之相堪稱護法無上大師是名清淨僧也

律師三法（出善見毘婆沙律）

一本毘尼藏　梵語毘尼，華言律。謂爲律師者，必本於毘尼，諷誦通利，句義辯習，文字不忘，然後可以教授於人，所以稱之爲律師也。

二堅持不雜　謂爲律師者，當懷慚愧，堅持法律，於毘尼藏所有文句義疏，悉皆通達，若有問者，次第而答，不相雜亂，所以稱之爲律師也。

三受持不忘　謂爲律師者，於毘尼藏所傳之師，須知次第授受之由，若佛授優波離，如是次第師師相承，乃至于今，於其名字，或能盡知，或知一二，而不忘失，所以稱之爲律師也。

三圓滿（出瑜伽師地論）

一行圓滿　謂聽聞正法，依法修行，復能爲他如法演說，自利利他之行既周，是名行圓滿。

二果圓滿　謂由修行，即能證涅槃之果，圓成滿足，是名果圓滿。（梵語涅槃，華言滅度）

三師圓滿　師即受道之師，謂能以佛所說之法，教誡於我，復能引發一切梵行，令得滿足，是名師圓滿。

沙彌三名（出翻譯名義）

梵語沙彌，華言息慈，謂息惡行慈也。

一驅烏沙彌　謂能驅遣烏鳥，即七歲至十二三歲者，皆名驅烏沙彌也。

二應法沙彌　謂能與出家之法相應，即十四歲至十九歲者，皆名應法沙彌也。

三名字沙彌　謂能止息諸惡，勤行衆慈，可以沙彌名字稱之，即二十歲已上，皆號名字沙彌也。

三種天（出涅槃經）

天者，天然自然，樂勝身勝，故名天也。

一世間天　謂十方世界一切剎土中，諸大國王，雖處人中，享受天福，是名世間

天**二生天**即一切衆生修行十善之因受其果報或生欲界天或生色界天或生無色界天是名生天（十善者不殺生不偷盜不邪婬不妄語不兩舌不惡口不綺語不貪欲不瞋恚不邪見也）**三淨天**謂聲聞緣覺斷諸煩惱獲大神通變化自在清淨無染是名淨天

三界（出華嚴孔目）界限也別也謂三界分限各別不同故名界也**一欲界**欲有四種一者情欲二者色欲三者食欲四者婬欲下極阿鼻地獄上至第六他化天男女相參多諸染欲故名欲界（梵語阿鼻華言無間第六他化天者假他所化而自娛樂也）**二色界**色即色質謂雖離欲界穢惡之色而有清淨之色始從初禪梵天終至阿迦膩吒天九有一十八天並無女形亦無欲染皆是化生尚有色質故名色界（梵語阿迦膩吒華言質礙究竟一十八天者梵衆天梵輔天大梵天少光天無量光天光音天少淨天無量淨天遍淨天無雲天福生天廣果天無想天無煩天無熱天善見天善現天色究竟天也）**三無色界**謂但有心識而無色質也始從空處終至非非想處九有四天但有受想行識四心而無形質故名無色界（四天者空無邊處天識無邊處天無所有處天非非想處天也）

三事人勝諸天（出大毘婆沙論）**一能勇猛**諸天耽嗜欲樂不復進修是人雖不見當來之果而能修諸苦行精進不怠是能勇猛勝諸天也**二能憶念**諸天耽嗜欲樂慧性常惛是人能憶記曩久所作所說之事了了分明悉無忘失是能憶念勝諸天也**三能梵行**梵者淨也諸天耽嗜欲樂不復增修善業是人初發心時能種殊勝善根愛持戒律行業清淨是能梵行勝諸天也

閻浮提人三事勝餘三洲出長阿含經梵語閻浮提華言勝金洲即南洲也三洲者東弗于逮西瞿耶尼北鬱單越也**一勇猛強記**謂南洲之人於諸教法勇猛讀誦記聞廣博心不忘失其餘三洲則不能然所以勝之也**二勤修梵行**謂南洲之人於諸清淨梵行則能精勤修習期證道果其餘三洲則不能然所以勝之也**三佛出其土**謂南洲乃是中華文物之國一切聖賢皆出其中其人易化所以佛之降生必在斯土其餘三洲則不示現所以勝之也

三種人難報出大毘婆沙論佛告比丘我見有三種人於諸有情多獲利益其恩難報假使盡其形壽以諸上妙衣服飲食卧具醫藥及餘資緣而供養之亦不能報也**一令出家者**謂若有人爲其說法勸令出家剃髮染衣以正信心受持淨戒乃至成就菩提其恩難報也梵語菩提華言道**二令知集法者**集積集也謂衆生積集煩惱惑業而能招集生死之苦若有人爲其說法令知煩惱過患而滅除之其恩難報也**三令得漏盡者**漏盡者謂衆生生死惑俱盡不漏落三界也若有人爲其說法令如法而修破除煩惱出離生死之苦而證真空涅槃之樂其恩難報也三界者欲界色界無色界也梵語涅槃華言滅度

太子三妃出瑞應經翻譯名義并經云太子十七歲納妃三人以示同人法也**一瞿夷**梵語瞿夷華言明女其父名水光長者女生之時日將沒餘光照其室內皆明因名瞿夷是太子第一妃也**二耶輸**梵語耶輸陀羅華言

華色是太子第二妃即羅睺羅之母也其父名移施長者 三鹿野 鹿野是太子第三妃也其父名釋長者

三善知識 出止觀 知識者聞名欽德曰知覩形敬奉曰識謂修行之人欲得道果必由教授知識以訓誨同行知識以策勵外護知識以資養三者俱備方能成就其功故名善知識也 一教授善知識 宣傳聖言曰教訓誨於我曰授即教授之師也謂其人內外方便通塞障礙皆能決了是名教授善知識 二同行善知識 謂修觀行之人互相策發切磋琢磨併心齊志如乘一船故名同行善知識 三外護善知識 護猶助也謂營理所須以助修行之人或有外侮而能扞禦故名外護善知識

三想 出大智度論 般若經云菩薩欲成無上道者應起平等心於一切衆生無有偏黨皆生親愛之想莫生怨心莫生中人心故名三想 一怨想 怨想者謂有人加害於我及害我父母兄弟者亦生親愛之想也 二親想 親想者謂於父母兄弟及親戚朋友等皆生親愛之想也 三中人想 中人想者謂於非怨非親之人亦生親愛之想也

三思 出華嚴經疏鈔 一審慮思 謂在意地籌量之時未有所作故名審慮思 二決定思 謂意既決定乃有所作是名決定思 三動發思 唯識論云動身之思名爲身業發語之思名爲語業是名動發思

三惡覺 出涅槃經并宗鏡錄 覺即知覺宗鏡錄云若唯修事定但習世禪雖曰修行猶生惡覺以

不制意地未斷其原故也經云一切凡夫雖善護身心猶故生於三種惡覺是也一欲覺欲即貪欲謂一切凡夫之人不了五塵過患而於順情之境種種貪求而生惡覺故名惡覺五塵者色塵聲塵香塵味塵觸塵也二恚覺恚即瞋恚謂一切凡夫之人不了五塵過患而於違情之境種種忿怒而生惡覺故名恚覺三害覺謂一切凡夫之人常為覺觀怨賊之所侵害故名害覺覺觀者初心在緣曰覺細心分別曰觀

三報出慈悲水懺一現報謂現世作惡現身即受惡報現世作善現身即受善報是名現報二生報謂此生作善作惡來生方受善惡之報是名生報三後報謂或過去無量生中作善作惡於此生中受善惡報或在未來無量生中受善惡報是名後報

三業出析玄記一身業身業即身所作之業也有善有惡若殺生偷盜邪婬即身惡業也若不殺不盜不婬即身善業也二語業語業即口所說之業也有善有惡若妄言綺語惡口兩舌即口惡業也若不妄言不綺語不惡口不兩舌即口善業也三意業意業即意所起之業也有善有惡若貪欲瞋恚邪見即意惡業也若不貪欲不瞋恚不邪見即意善業也

三福田出優婆塞戒經一報恩福田謂父母有養育之恩師長有教誨之恩若能供養恭敬非惟報答其恩抑且自然獲福是名報恩福田二功德福田謂若能恭敬供養佛法僧三寶非但成就無量功德亦能獲其福報

是名功德福田佛梵語具云佛陀華言覺僧梵語具云僧伽華言和合衆

二貧窮福田　謂若見貧窮困苦之人當起慈愍之心以己所有資生等物而給施之雖不求報則亦自然獲福是名貧窮福田

三福業出增一阿含經

一施福業　謂修行之人若遇貧窮之人來乞之時須食與食須衣與衣乃至臥具醫藥隨其所欲皆悉施與因施獲福是名施福業也

二平等福業　謂修行之人能持戒律不興惡想梵行端嚴語言和雅以平等慈悲愛護之心普覆一切有情令得安隱以平等心而能致福是爲平等福業也

三思惟福業　謂修行之人以智慧觀察了知出要之法遠離世間塵緣雜想以此思惟爲出世善福之業是爲思惟福業也

三供養出普賢行願疏

一財供養　謂以世間財寶及以種種上妙諸供養具供養諸佛菩薩是名財供養菩薩梵語具云菩提薩埵華言覺有情

二法供養　謂依佛所說教法修於衆行乃至不捨菩薩業不離菩提心即是以法供養諸佛菩薩是名法供養梵語菩提華言道

三觀行供養　謂依中道妙觀觀於一念之心具足三諦之法無有缺減衆生諸佛平等不二煩惱生死即是菩提涅槃念念觀之即是供養諸佛菩薩是名觀行供養三諦者真諦俗諦中諦也梵語涅槃華言滅度

三應供養出增一阿含經

一如來所應供養　謂如來出現世間咸欲利樂一切衆生於天人中最尊最上不降伏者而降伏之無救護者

而救護之未度脫者而度脫之以是因緣一切天人所應供養**二阿羅漢所應供養**梵語阿羅漢華言無學謂阿羅漢生死已盡梵行已立而能利益有情爲世福田以是因緣一切天人所應供養**三轉輪聖王所應供養**謂轉輪聖王恒以正法治化天下使其人民不殺不盜無諸過惡咸被恩澤各得其所以是因緣一切人民所應供養

三種示導出般若經示開示導引導謂菩薩見諸有情在地獄中受極苦報即起拯濟之心故有三種示導也**一神變示導**謂菩薩愍彼地獄之苦故現神通之力滅除湯火刀劒種種苦具令諸衆生藉此神變從地獄出生天人中受諸快樂是爲神變示導**二記說示導**謂菩薩愍彼地獄之苦而於衆生念念記憶不忘而爲說法令諸衆生藉此法力從地獄出生天人中受諸快樂是爲記說示導**三教誡示導**謂菩薩愍彼地獄之苦即發慈悲喜捨之心說法教誡令諸衆生藉此教誡從地獄出生天人中受諸快樂是爲教誡示導

三善道出四教儀集註三善道者謂天人阿修羅同修十善雖有上中下品不同皆名善道十善者不殺生不偷盜不邪婬不妄語不兩舌不惡口不綺語不貪欲不瞋恚不邪見也**一天道**天即欲界色界無色界諸天也謂因修上品十善復修世間禪定得生其中是名天道**二人道**人即四天下之人也謂因行五常五戒復行中品十善得生其中是名人道四天下即四洲東弗于逮西瞿耶尼南閻浮提北鬱單越也五

常者仁義禮智信也五戒者不殺不盜不邪婬不妄語不飲酒也

三修羅道 梵語阿修羅華言無酒謂雖行五常欲勝他故行下品十善得生其中是名修羅道亦名仙道者以修羅一道攝屬不定故也（無酒者修羅於四天下採花醞於大海魚龍業力其味不變遂瞋妬誓斷酒故名無酒）

三種禮佛（出華嚴孔目）

一成過禮 謂禮佛時身儀不正而與輕慢相應如碓上下佛制有過是名成過禮

二相似禮 謂禮佛時身儀雖似端正而與雜覺相應是名相似禮（雜覺者謂覺知之念紛雜也）

三順實禮 謂禮佛時身儀端正而與正智相應隨順實理是名順實禮

三發心（出翻譯名義）

一發大智心 謂欲以智慧廣求一切佛法普令衆生皆得法喜之樂是名發大智心

二發大悲心 謂慈愍一切衆生輪廻生死受種種苦誓願救拔是名發大悲心

三發大願心 謂依四弘誓願發無上菩提之心上求佛道下化衆生是名發大願心（四弘誓願者衆生無邊誓願度煩惱無數誓願斷法門無量誓願學佛道無上誓願成也）

三發心（出釋氏要覽）

一厭離有爲發心 謂人厭惡世間皆是有爲之法能招三界生死之苦欲求出離此苦即發心修行是名厭離有爲發心（三界者欲界色界無色界也）

二所求菩提發心 梵語菩提華言道謂人宿有善本具正知見欲求出世妙道即發心修行是名所求菩提發心

三饒益有情發心 有情即衆生也謂人起慈悲心愍念世間一切衆生受生死苦即發心修行願拔其苦而與其樂是名饒益有情發心

三種發心（出觀經妙宗鈔）觀無量壽佛經云若有衆生願生彼國者發三種心當得往生（彼國者西方安養淨土也）【一至誠心】至專也誠實也謂此土衆生欲生彼國當發專至誠實之心正念真如求願往生故名至誠心【二深心】謂求無上佛果必須心契深理欲契深理必須厚種善根涅槃經云深根難拔故名深心【三發願心】謂以真如實心趣果善心二心功德善巧回向發願求生淨土速證法忍廣拔一切衆生苦惱故名發願心（法忍者謂於無生之法忍可忍證也）

三種發菩提心（出起信論）【一直心】直心者謂心常質直離諸諂曲能行正法即是菩提之心也【二深心】深心者謂於正法心生深信而復樂修一切善行即是菩提之心也【三大悲心】大悲心者悲即悲愍謂悲愍一切受苦衆生常思救護令其安樂即是菩提之心也

三行（亦名三種業出大智度論并正法念處經）【一福行】謂因修十善等福報生欲界天上人間及阿修羅享福受樂故名福行（十善者不殺生不偷盜不邪婬不妄語不兩舌不惡口不綺語不貪欲不瞋恚不邪見也梵語阿修羅華言無酒）【二罪行】謂因作五逆十惡等罪報生畜生餓鬼地獄責罰受苦故名罪行（五逆者一殺父母二破和合僧三出佛身血四殺阿羅漢五破羯磨僧也十惡者殺生偷盜邪婬妄語兩舌惡口綺語貪欲瞋恚邪見也）【三無動行】（亦名不動行）謂修世間禪定報生色界無色界天心定不動故名無動行

三種清淨（出大智度論）【一心清淨】謂修學般若菩薩不生染心不生瞋心不生憍慢心不生

慳貪心不生邪見心是名心清淨（梵語般若華言智慧）二身清淨　謂修學般若菩薩心既清淨再後受身常得化生是名身清淨　三相清淨　謂修學般若菩薩身心既皆清淨則能具足相好莊嚴其身故名相清淨

清淨三業（出瓔珞經）　經云須菩提問佛色身佛即以三業答之（梵語須菩提華言空生又云善現）　一身行清淨　謂身之所行能防塞一切諸不善法是名身業清淨　二口言真誠　謂凡所言說真實誠信永離邪妄之語是名口業清淨　三意專向道　謂收攝身心常居寂定無他異念是名意業清淨

三業供養（出法華文句）　一身業供養　謂身至誠敬禮諸佛菩薩是名身業供養　二口業供養　謂口發言稱美諸佛菩薩功德是名口業供養　三意業供養　謂端心正意想念諸佛菩薩相好是名意業供養

三種淨業（出觀無量壽佛經）　經云韋提希白佛言世尊我今樂生極樂世界阿彌陀佛所唯願世尊教我思惟教我正受於是世尊以三種淨業答思惟十六妙觀酬正受故知三種淨業乃往生淨土之因也（梵語韋提希華言思惟梵語阿彌陀華言無量壽十六妙觀者日觀水觀地觀寶樹觀八功德水觀總觀華座觀像觀佛真身觀觀世音觀大勢至觀普想觀雜想觀上輩生觀中輩生觀下輩生觀也）　一孝養父母等業　謂若能孝養父母奉事師長則必慈心不殺修行十善是爲淨業（十善者不殺生不偷盜不邪婬不妄語不兩舌不惡口不綺語不貪欲不瞋恚不邪見也）　二受持三歸等業　謂歸依佛法僧寶具足衆戒不犯威儀是爲淨業　三發菩提心等業　梵語菩提華言道謂發無上道心

深信因果誦大乘經勸進行者是爲淨業

三施（出大智度論）

一財施　謂自能持戒不侵他人財物又能以巳之財施與他人是名財施

二法施　謂既能財施又能爲人說法令其開悟是名法施

三無畏施　謂一切衆生皆畏於死持戒之人無殺害心令其無畏是名無畏施

三施（出華嚴經疏鈔）

一飲食施　飲食施者謂見饑餓之人即以飲食濟其困餒是名下品施

二珍寶施　珍寶施者謂見貧窮之人即以財物珍寶周其窘乏是名中品施

三身命施　身命施者謂但割身肉濟於饑餓衆生名身施若全身施與命亦隨盡名命施此施極難極重是名上品施

三輪體空（出能斷金剛經論）　謂布施時體達施者受者及所施物皆悉本空則能摧碾執著之相是名三輪體空

一施空　謂能施之人體達我身本空豈有我爲能施既知無我則無希望福報之心是名施空

二受空　謂既體達本無我爲能施之人亦無他人爲受施之者是名受空

三施物空　物即資財珍寶等物謂能體達一切皆空豈有此物而爲所施是名施物空

三種不堅易三堅法（出本事經）

一不堅財貿易堅財　謂一切世間財物體非堅固聚散無常不可久保若能持用布施清淨梵行之人遠求無上安樂涅槃或求當來天人樂果即爲堅固之財永久不壞矣是爲不堅之財貿易堅財也（梵語涅槃華言滅度）

二不堅身貿易堅身　謂父母所生之身乃四大假合而成

危脆不實體非堅固生滅無常不可久存若能持守五戒清淨無染修習菩提無上之道以證金剛不壞之身是爲以不堅身貿易堅身也（四大者地大水大火大風大也五戒者不殺不盜不邪婬不妄語不飲酒也）

三不堅命貿易堅命 謂人所受之命雖壽夭不齊皆同夢幻體非堅固倏忽無常不可久保若能了知四諦修習正法超越生死以續常住不朽慧命是爲以不堅命貿易堅命也（四諦者苦諦集諦滅諦道諦也）

三聚戒（出菩薩戒義疏并法苑珠林）

聚集也戒禁戒也此三種戒能攝一切大乘諸戒故名三聚戒法苑珠林云大聖度人功唯在戒莊嚴論云初律儀戒以禁防爲體後攝善攝生二戒以勤勇爲體

一攝律儀戒 攝律儀戒者謂一切律儀無不聚攝也律即法律是禁止之義儀即儀式是軌範之義法苑珠林云攝律儀者要唯有四一者不得爲利養故自讚毀他二者不得故慳不施前人（即外人也）三者不得瞋心打罵衆生四者不得謗大乘經典持此四法無惡不離故名攝律儀戒

二攝善法戒 攝善法戒者所行之行能攝一切善法也謂身口意所作善法及聞思修三慧布施等六度之法無不聚攝故名攝善法戒（三慧者一聞慧謂聞法而生智慧也二思慧謂思惟而生智慧也三修慧謂修習而生智慧也六度者一布施二持戒三忍辱四精進五禪定六智慧也）

三攝衆生戒 攝衆生戒者謂能攝受一切衆生也能攝之行即是慈悲喜捨慈名愛念能與衆生樂故悲名憐愍能拔衆生苦故喜名喜慶慶一切衆生離苦得樂故捨名無憎無愛常念衆生同得無憎

無愛故以此等法攝諸衆生也

三事戒（出大寶積經）一身淨戒謂身受諸戒無有闕漏無有毀犯是名身淨戒二語淨戒謂一切所說語言無有諛諂虛誑不實是名言淨戒三意淨戒謂蠲除惡覺離諸貪欲是名意淨戒

滅有三義（出華嚴經隨疏演義鈔）華嚴疏云梵語毘尼或翻爲滅滅有三義一滅業非謂戒能滅殺盜等罪業之過非故名滅業非二滅煩惱謂戒能滅貪瞋癡等煩惱故名滅煩惱三得滅果謂因戒故既滅業與煩惱即得無爲寂滅之果故名得滅果

三種忍行（出諸經要集）一身忍行謂菩薩修行時捨身命財無有悋惜雖被割截身體而能忍受是名身忍行二口忍行謂菩薩修行時雖被人輕嫌打罵聞已能忍不起鬭諍是名口忍行三意忍行謂菩薩修行時雖被人毀呰罵辱瞋恚呵責聞已能忍不起忿恨之心是名意忍行

三種精進（出菩薩善戒經）一莊嚴精進莊即端莊嚴即嚴飾謂菩薩發心時精勤修習一切梵行莊嚴道果復爲化諸衆生於三界中示現受生乃至爲慈悲故入地獄中代其受苦心不休息是名莊嚴精進（三界者欲界色界無色界也）二攝善法精進謂菩薩既修六度梵行不爲煩惱惡業邪見之所傾動攝持世間出世間一切善法心不放逸是名攝善法精進（六度者一布施二持戒三忍辱四精進五禪定六智慧也）三利益衆生精進謂菩薩於一切時修習聖道利益一切衆生以種種法而化導之咸使斷

滅惡因成就善果雖歷塵劫心不疲倦是名利益衆生精進

三種勝勇猛（出大乘莊嚴經論）

一願勝勇猛　願即誓願謂初修行之時須發四弘誓願發大勇猛成佛菩提廣化有情知勝功德是名願勝勇猛（四弘誓者衆生無邊誓願度煩惱無數誓願斷法門無量誓願學佛道無上誓願成也梵語菩提華言道）

二行勝勇猛　行即所修之行謂至心學道能行妙行發大勇猛決趣菩提是名行勝勇猛

三果勝勇猛　果即修因所感之果謂一心精進修諸妙行發大勇猛決求成佛於彼之時與一切佛平等無二是名果勝勇猛

三種定業輪（出地藏十輪經）

定即禪定業即行業輪有運轉摧輾之義謂如來以禪定誦習之法輪摧輾一切煩惱惑業而成無上菩提亦令衆生如說修行而證道果故說此三種定業輪也（梵語菩提華言道）

一建立修定業輪　謂令衆生修行正觀觀察無明煩惱起滅之相及觀察世間如幻如化以安那般那數息之法修習靜慮則能摧破一切惑業心住正定是爲建立修定業輪（梵語安那般那華言出息入息即數息觀也）

二建立習誦業輪　謂令衆生習誦大乘經教初中後夜精勤無怠心不散亂則能摧破一切惑業是爲建立習誦業輪

三建立營福業輪　謂令衆生修行布施持戒造像建塔供佛法僧又營種種福報之事則能摧破一切惑業是爲建立營福業輪

三勝學（出瑜伽師地論）

一增上戒學　謂具足受持大小乘戒制伏過非成就威儀於諸戒法而

能增勝是名增上戒學【二增上心學】謂能捨欲界諸不善法得入初禪乃至入第四禪於諸定心而能增勝是名增上心學初禪四禪即色界天也【三增上慧學】謂於四聖諦等法如實能知是名增上慧學四聖諦者苦聖諦集聖諦滅聖諦道聖諦也

三事無盡出衆德三昧經【一布施無盡】謂菩薩好喜布施不悋財物乃至軀命悉能施與心不疲厭是名布施無盡【二持戒無盡】謂菩薩護持禁戒未曾違捨見犯戒者憐愍悲哀見奉戒者尊重愛敬復以戒法傳化他人心不疲厭是名持戒無盡【三博聞無盡】謂菩薩聞如是法即當奉行思欲化他必須博學一切經典與夫世間藝術無不諳練求聞稟聽心不疲厭是名博聞無盡

大明三藏法數卷第七

大明三藏法數卷第八

上天竺前住持沙門一如等奉　勑集註

三種證相不同出法華懺儀　謂修習法華三昧於三七日中一心精進有三種證相之不同者蓋由所修之人根性之有異也梵語三昧華言正定

一下根證相　謂行人於三七日中獲得戒根清淨就中所證之相亦有三品不同若於三七日中或得靈異好夢或覺諸根明淨四大輕利道心勇發是下品戒根漸淨之相若於三七日內行道坐禪之中忽見光華淨色聞妙香氣及微妙音聲稱讚身心慶悅得法喜樂即是中品戒根淨相若於三七日中身心寂淨或自見其身著淨法服威儀齊整身相端嚴信心開發得法喜樂無所怖畏即是上品戒根淨相如是三品總爲下根行者所證之相

二中根證相　謂行人於禪定中所得定根清淨就中所證之相亦有三品不同若於坐禪之時忽覺身心澄靜發諸禪定覺觀分明喜樂一心即是下品定根淨相若於坐禪之時身心安定覺出入息長短細微徧身毛孔出入無閡或見自身諸不淨相因發禪定身心快樂寂然正受即是中品定根淨相若於坐禪之時身心安靜緣自五陰之身即覺無常苦空夢幻不實乃至一切諸法不生不滅猶如虛空寂靜無爲厭離世間憫念一切即是上品定根淨相此之三品總爲中根行者所證之相五陰者色陰受陰想陰行陰識陰也

三上根證相　謂行人於禪定中所得慧根清淨就中所證之相亦有三品不同

若於行坐念誦之中忽覺身心如雲如影夢幻不實因此覺心則發智慧了達諸法無有障礙於諸經論隨義解釋難問無滯即是下品慧根法相若於行坐誦念之中身心寂然猶如虛空於正慧中而見普賢菩薩與無量菩薩而自圍繞悉現其前於是得大智慧於諸佛所說之法通達妙義說無窮盡即是中品慧根證相若於行坐念誦之中身心豁然清淨入深禪定覺慧分明得無礙總持獲六根清淨開佛知見入菩薩位即是上品慧根證相此之三品總爲上根行者所證之相（六根者眼根耳根鼻根舌根身根意根也）

三善根（出阿毘達磨集異門足論）

一無貪善根 謂於五欲之境不貪不著不愛不樂此無貪法是善種性能爲無量善法根本故名無貪善根（五欲者色欲聲欲香欲味欲觸欲也）

二無瞋善根 謂於一切衆生不生忿恚不欲損惱此無瞋法是善種性能爲無量善法根本故名無瞋善根

三無癡善根 謂於一切諸法皆悉明了通達知是善法知是不善法知有罪法知無罪法知應修法知不應修法此無癡法是善種性能爲無量善法根本故名無癡善根

三樂（出大寶積經）

一天樂 天然自然樂勝身勝故名爲天修十善者生於天上而受種種殊勝妙樂故名天樂（十善者不殺生不偷盜不邪婬不妄語不兩舌不惡口不綺語不貪欲不瞋恚不邪見也）

二禪樂 謂修行之人入諸禪定一心清淨萬慮俱寂自然得其禪悅之趣故名禪樂

三涅槃樂 梵語涅槃

華言滅度謂修行之人既離生死之苦得證涅槃之樂經云生滅滅已寂滅為樂故名涅槃樂

三因三果（出瑜伽師地論）

【一異熟因異熟果】異世成熟名為異熟謂今世所作善惡之因即感未來世善惡之果是名異熟因異熟果

【二福因福果】謂布施持戒忍辱為因即感現在及未來世所作種種事業皆得自在之果是名福因福果

【三智因智果】謂修習一切智慧為因能證三乘及以佛果是名智因智果（三乘者聲聞乘緣覺乘菩薩乘也）

龍有三患（出諸經要集）

龍鱗蟲之長能幽能明能大能小然有此三患也

【一熱風熱沙患】謂一切龍若遇熱風熱沙著身之時燒皮燒肉及以骨髓即受痛苦故名為患

【二惡風暴起患】謂一切龍若遇惡風卒暴起時其飾身寶衣自然而失龍身乃現即受苦惱故名為患

【三畏金翅鳥患】謂一切龍正娛樂時被金翅鳥入於龍宮搏取始生龍子食之即生怖畏故名為患

三種鬼神魔（出釋禪波羅蜜次第法門）

魔能現諸形相惱亂行人障蔽禪定若不預善分別以袪除之則使魔得其便身心恐怖有妨精進而道業難成矣

【一精媚鬼】謂精神變化厭媚於人也以十二時中子鼠丑牛等獸為種種相或作少男少女老宿之形及可畏等相惱亂行人各當其時而來善須別識若多卯時來者必是狐兎之類說其名字精媚即散餘時之來者類此可知呼其名字即皆消滅也

【二埠惕鬼】（埠音堆惕音剔）埠惕即惡

夜叉摩訶止觀云拘那含佛末法之時有一比丘好惱亂衆僧爲衆擯出遂發惡誓常惱坐禪之人此鬼亦作種種形貌或如蟲類縁人頭面鑽刺之狀或抱持於人或復言説音聲喧閙及作諸獸之形來惱行人應即覺知一心閉目陰而罵之作是言我今識汝汝是閻浮提中食火嗅香等輩喜破戒種我今持戒終不畏汝兼誦戒律以除却之彼鬼即便退去無能惱亂也梵語夜叉華言勇健梵語摩訶華言大拘那含梵語具云拘那含牟尼華言金寂梵語比丘華言乞士梵語閻浮提華言勝金洲

三魔羅鬼梵語魔羅華言能奪命以能奪行人智慧之命故也此鬼多作三種形相惱亂行人一違情之事即醜色惡聲等可畏五塵及虎狼師子羅刹等類二順情之事即美色嬌聲可愛五塵及父母等形相之類三非違非順之事即尋常所見五塵等類以上三事或令怖畏或令愛著皆能動亂行人之心而使禪定不得發也五塵者色塵聲塵香塵味塵觸塵也

餓鬼三障出瑜伽師地論

一外障謂此餓鬼常受饑渴皮肉血脉皆悉枯槁頭髮髼亂其面黯黑唇口乾焦常以其舌自舐口面慞惶馳走處處求食所到泉池便見其水變成膿血自不欲飲如是等鬼由外障礙飲食是名外障

二内障謂此餓鬼咽或如針口或如炬其腹寬大由此因縁縱得飲食不能噉飲如是等鬼由内障礙飲食是名内障

三無障謂有餓鬼名猛焰鬘雖於飲食無有障礙然隨所飲噉之物皆被燒然變成火炭由此因縁饑渴大苦是名無障

三惡道（出天台四教儀集註）道即能通之義謂一切衆生造作惡業而生其處故名惡道也　一地獄道　謂此處在地之下鐵圍山間有八寒八熱等獄即造作極重惡業衆生墮於此道故名地獄道（八寒者頞浮陀獄泥賴浮陀獄阿吒吒獄阿波波獄嘔喉獄鬱波羅獄波頭摩獄芬陀利獄也八熱者想獄黑繩獄堆壓獄叫喚獄大叫喚獄燒炙獄大燒炙獄無間獄也）　二餓鬼道　餓鬼道有三種一謂罪業極重者積劫不聞漿水之名其次者但伺求人間蕩滌膿血糞穢又其次者時或一飽即造作惡業衆生由慳貪故生於此道故名餓鬼道　三畜生道　謂披毛戴角鱗甲羽毛四足多足有足無足水陸空行等即造作惡業衆生由愚癡故生於此道故名畜生道

三途對三毒（出慈悲水懺）一火途對瞋忿　火途即地獄道也謂其處受苦衆生常爲鑊湯爐炭等熱苦所逼故四解脱經稱爲火途蓋由衆生無慈悲心常懷瞋忿致感斯報故云火途對瞋忿　二刀途對慳貪　刀途即餓鬼道也謂其處受苦衆生常受刀杖驅逼等苦故四解脱經稱爲刀途蓋由衆生無惠施心常懷慳貪致感斯報故云刀途對慳貪　三血途對愚癡　血途即畜生道也謂其處受苦衆生强者伏弱互相吞噉飲血食肉故四解脱經稱爲血途蓋因衆生無智慧心愚癡不了致感斯報故云血途對愚癡

三種惡（出成實論）一惡　惡即背理之謂若殺盜等皆違理造作是名爲惡　二大惡　謂自殺亦教人殺自慳亦教人慳等是名大惡　三惡

【中惡】謂自慳法亦教人慳法由一人慳法則令多人墮於惡道亦是斷滅佛法是名惡中惡

三無明（出佛說決定義經）

【一癡無明】謂人愚癡暗鈍無所明了而於正法不能生信唯逐邪師邪教妄執倒見是名癡無明【二迷無明】謂人昏迷不了惑於五塵等境不能觀察其患及起貪染之心是名迷無明（五塵者色塵聲塵香塵味塵觸塵也）【三顛無明】謂人無所明了而於正法起邪倒見如常計無常樂計非樂等是名顛無明

三隨煩惱（出華嚴經隨疏演義鈔）

謂昏煩惱亂之法長時隨逐不捨故名隨煩惱【一小隨煩惱】謂忿恨覆惱嫉慳誑諂憍害十種各別而起行位局故是名小隨煩惱【二中隨煩惱】謂無慚無愧二種俱生非各別起行通前之忿恨覆惱等唯遍在不善法中是名中隨煩惱【三大隨煩惱】謂掉舉昏沉不信懈怠放逸散亂不正失念八種俱得生故不可名小染皆遍故不得名中二義既殊故名大隨煩惱

三顛倒（出宗鏡錄）

【一心顛倒】心即根塵相對所起一念之心謂心為羣妄之原起惑之始因迷自性清淨之心種種分別起諸顛倒是名心顛倒（根者眼耳鼻舌身意六根也塵者色聲香味觸法六塵也）【二見顛倒】謂眼是諸見之本由不了外塵之境皆悉虛幻是以妄生執取起諸顛倒是名見顛倒【三想顛倒】謂想取六塵之想也由不了六塵過患傷失善根是以妄生緣想起諸顛倒是名想顛倒（六塵者色塵聲塵香塵味塵觸

塵法塵也

三毒出法界次第　毒者毒害也謂貪瞋癡皆能破壞出世善心故名毒也

【一貪毒】引取之心名之爲貪若以迷心對一切順情之境引取無厭是名貪毒

【二瞋毒】忿怒之心名之爲瞋若以迷心對一切違情之境便起忿怒是名瞋毒

【三癡毒】迷惑之心名之爲癡若於一切事理之法無所明了顛倒妄取起諸邪行是名癡毒

三縛出華嚴孔目

【一貪縛】引取之心名爲貪謂衆生於五塵可意之境貪染生著起諸惑業因被纒繫不得解脱故名貪縛五塵者色塵聲塵香塵味塵觸塵也

【二瞋縛】忿怒之心名爲瞋謂衆生於五塵違意之境忿怒生瞋起諸惑業因被纒縛不得解脱故名瞋縛

【三癡縛】迷惑之心名爲癡謂衆生於一切事理之法無所明了妄生邪見起諸邪行纒綿不息故名癡縛

三病用三藥出涅槃經

【一貪病】謂貪愛之心對一切順情之境著欲無厭是爲貪病其病當以不淨之觀爲藥而對治之令其觀於自他之身一一不淨何所可貪此觀若成此病即去而心寂靜矣

【二瞋病】謂瞋恚之心對一切違情之境熱惱於懷是爲瞋病其病當以慈心之觀爲藥而對治之令其觀於一切衆生皆吾眷屬應與其樂何所可瞋此觀若成此病即去而心清涼矣

【三癡病】謂迷惑之心於一切事理無所明了顛倒妄想是爲癡病其病當以因緣之觀爲藥而對治之令其知生死輪轉因果相續

循環無際何得而離此觀若成此病即去而心明了矣因緣觀即觀十二因緣也十二因緣者一無明二行三識四名色五六入六觸七受八愛九取十有十一生十二老死也

三病難治出涅槃經

一謗大乘　大乘即佛菩薩所乘之法也謂人宿無善種不能信受如來之法而於大乘經典妄生謗毀既無修種之因當受地獄之報如世重病實難治也

二五逆罪　逆者違悖天理也謂人於父母當竭力孝養以報其恩而反害之僧之和合得成道業利益於人反離間而破散之諸佛如來出現世間度脫一切衆生所當恭敬供養反傷支體以出其血羅漢出離三界爲世福田利益有情所當禮敬反加殺害僧之羯磨爲人受戒不一心奉事稟受戒法反以惡言破毀其行如是等人永墮地獄無有出期如世極重之病尤難治也羅漢梵語具云阿羅漢華言無學三界者欲界色界無色界也梵語羯磨華言作法

三一闡提　梵語一闡提華言信不具謂此人撥無因果顛倒邪見不信現在未來業報不親善友知識不聽諸佛所說教誡當墮地獄無有出期如世重病終難治也

三惑出天台四教儀集註　惑者昏迷不了之義也

一見思惑　見即分別也謂意根對法塵起諸邪見故名見惑思即思惟又貪染也謂眼耳鼻舌身五根貪愛色聲香味觸五塵而起想著故名思惑此見思惑亦名通惑者通聲聞緣覺菩薩三乘共斷故也

二塵沙惑　塵沙惑者謂衆生見思數多如塵若沙乃他人分上之惑菩薩之行專爲化他若令衆生能斷見思之惑於菩薩即是斷塵沙

惑而亦名别惑者别在菩薩所斷故也**三無明惑**無明惑者謂於一切法無所明了故曰無明此惑乃業識之種子煩惱之根本聲聞緣覺不知其名别在大乘菩薩定慧雙修萬行具足方斷此惑故亦名别惑也

三障 出涅槃經

障蔽也謂諸衆生被惑業障蔽不見正道善心不能生起故名障也**一煩惱障**昏煩之法惱亂心神故名煩惱謂貪欲瞋恚愚癡等惑障蔽正道是名煩惱障**二業障**業即業行謂由貪瞋癡起身口意造作五無間重惡之業障蔽正道是名業障 五無間業者一殺父二殺母三殺阿羅漢四出佛身血五破和合僧也 **三報障**報即果報謂由煩惱惑業生在地獄畜生餓鬼諸趣因此障蔽正道是名報障

三障 出華嚴孔目

一皮煩惱障即三界中思惑也謂貪瞋癡等煩惱對外六塵而起如皮在身外故名皮煩惱障 三界者欲界色界無色界也思惑者於一切法起貪愛心也六塵者色塵聲塵香塵味塵觸塵法塵也 **二肉煩惱障**即三界中見惑也謂斷常有無等見皆屬內心分别如肉在皮內故名肉煩惱障**三心煩惱障**即根本無明惑也謂此無明之惑由迷真心逐妄而起故名心煩惱障

三種重障 出瑜伽大教王經

一我慢重障謂我慢貢高邪見執蔽不能下心敬事諸佛菩薩師僧父母及不能學如來正法是名我慢重障**二嫉妬重障**謂妬賢嫉能自是他非見人修善反生嫉妬而不能學如來正法是名嫉妬重障**三貪欲重障**謂多貪多欲懶惰睡眠掉舉破戒亦不能學如來正法是

名貪欲重障（掉者動也）

三雜染（出顯揚聖教論）**一煩惱雜染**煩惱雜染者亦名惑雜染謂身見邊見及貪瞋癡等一切煩惱皆能染汙心識令不清淨故也**二業雜染**業雜染者謂或因煩惱所生或因煩惱緣助動身口意造作惡業皆能染汙真性令不清淨故也**三生雜染**生雜染者亦名苦雜染謂因煩惱及業故生因生故苦即生老病死等苦皆能染汙真性令不清淨故也

三時無悔（出四教儀集註）三時無悔者謂人造作五逆等罪若於欲作正作作已三時之中心無改悔者是名匕品極惡之業即感地獄之報也（五逆者一殺父二殺母三殺阿羅漢四出佛身血五破和合僧也）**一加行心時**加行猶方便也謂人欲作惡業之時必先起心方便加行是名加行心時**二根本心時**謂人正作惡業時之心也其心決定不可拔動由此生於加行是名根本心時**三後起心時**謂人作惡業已後復起心緣念往所作事是名後起心時

欲界三欲（出翻譯名義）**一飲食欲**謂凡夫之人於種種美味飲食多生貪愛是名飲食欲**二睡眠欲**謂凡夫之人心多暗塞不能勤修道業唯躭睡眠是名睡眠欲**三婬欲**謂一切男女互相貪染起諸欲事是名婬欲

三苦（出析玄記）**一苦苦**謂有漏五陰之身性常逼迫名苦又與苦受相應即苦上加苦故名苦苦（五陰者色陰受陰想陰行陰識陰也）**二壞苦**謂樂相壞時苦相即至名爲壞苦即樂極悲生是也**三行苦**行苦者即有漏之法四相遷流常

不安隱故也（四相者生相住相異相滅相也）

三漏（出法華文句記）漏失也落也謂諸衆生由起惑造業漏落三界生死不能出離也然有因果之分惑業爲諸漏之因生死爲諸漏之果也**一欲漏**謂衆生因欲界見思二惑造作諸業而於欲界不能出離故名欲漏（意根對於法塵而起分別曰見惑眼等五根對色等五塵而起貪愛曰思惑）**二有漏**因果不亡曰有即色界無色界見思煩惱也謂衆生因此煩惱不能出離色無色界故名有漏**三無明漏**無所明了故曰無明即三界癡惑也謂衆生因此無明漏落三界故名無明漏

三疑（出禪波羅蜜門）禪波羅蜜云以疑覆故於諸法中不得定心定心無故於佛法中空無所獲疑雖甚多未必障定今且明障定之疑有三種焉**一疑自**疑自者謂疑自身諸根暗鈍罪垢深重非是受道之器作此自疑禪定不能發生也**二疑師**疑師者謂疑受道之師威儀相貌皆不具足自既無道何能教我作此疑慢禪定不能發生也**三疑法**疑法者謂疑所受之法非正真之道故不敬信受行既不信受禪定亦不能發生也

三退屈（出華嚴經隨疏演義鈔）**一菩提廣大屈**梵語菩提華言道謂聞無上菩提廣大深遠心便退屈是名菩提廣大屈**二萬行難修屈**謂聞布施等波羅蜜多修之甚難心便退屈是名萬行難修屈（梵語波羅蜜多華言到彼岸）**三轉依難證屈**謂聞轉煩惱依菩提轉生死依涅槃極難可證心便退屈是名轉依難證屈

梵語涅槃華言滅度

三道（出金光明經玄義）

道即能通之義謂三道更互相通從煩惱通至業從業通至苦從苦復通至煩惱展轉相通生死不絕故名三道

一苦道　苦即生死之苦也謂三界六道衆生生而復死死已還生故名苦道（三界者欲界色界無色界也六道者天道人道修羅道餓鬼道畜生道地獄道也）

二煩惱道　昏煩之法惱亂心神即見思等惑也謂由此煩惱爲因致感生死之果故名煩惱道

三業道　業即身口所作善惡業行也謂由此諸業爲因致感生死之果故名業道

湯泉三緣（出稽古畧）

中天竺國王名迦勝問婆舍斯多尊者曰此苑有泉熱不可探未知何緣所致願爲決之尊者曰此爲湯泉有三緣所致

一神業　謂神不守其道妄作禍福以取饗祀惡業貫盈使其煎灼此泉以償濫祭

二鬼業　謂鬼方出罪所遊於人間以餘業力煎灼此泉以償宿債

三熱石　謂熱石其色如金其性常炎故其出泉如湯

三苦對三界（出天台四教儀集註）

一苦苦對欲界　謂三界受生無非是苦欲界諸境逼迫苦中復苦故云苦苦對欲界

二壞苦對色界　謂樂壞時苦名爲壞苦如色界天受禪味之樂報盡還於五道受生死苦故云壞苦對色界（五道者人道修羅道餓鬼道畜生道地獄道也）

三行苦對無色界　謂雖無苦樂之境任運心有生滅名爲行苦如無色界中雖無質礙之色而有漏心識自然是苦故名行苦對無色界

三千世界（出長阿含經）

一小千世界　謂一日一月繞一須彌山照四天下山腰是四天王天

所居山頂是三十三天所居此天之上有夜摩天兜率天樂變化天他化自在天梵世天此名一世界如此一千世界一千日月一千須彌山一千四天下一千四天王天一千三十三天一千夜摩天一千兜率天一千樂變化天一千他化自在天一千梵世天總爲第二禪天所覆是名小千世界（梵語須彌華言妙高四天王者東方持國天王南方增長天王西方廣目天王北方多聞天王三十三天即忉利天也梵語夜摩華言善時梵語兜率華言知足）

二中千世界 謂以一千箇小千世界則成中千世界此中千世界中共有百萬日月百萬須彌山百萬四天下百萬四天王天百萬三十三天百萬夜摩天百萬兜率天百萬樂變化天百萬他化自在天百萬梵世天一千二禪天總爲第三禪天所覆是名中千世界

三大千世界 謂以一千箇中千世界則成大千世界此大千世界中共有百億日月百億須彌山百億四天下百億四天王天百億三十三天百億夜摩天百億兜率天百億樂變化天百億他化自在天百億梵世天百萬二禪天一千三禪天總爲第四禪天所覆是名大千世界（億有四等一以十萬爲億二以百萬爲億三以千萬爲億四以萬萬爲億今言百億者則以千萬爲億也）

三世（亦名三際出阿毘達磨集異門足論）

世即遷流之義亦隔別之義也

一過去世 謂善惡諸行已起已生已轉已聚集已出現落謝變滅過去所攝是名過去世

二未來世 謂善惡諸行未起未生未聚集未出現未來所攝是名未來世

三現在世 謂善惡諸行現起現生現

聚集現出現未轉未謝未滅現在所攝是名現在世

三世業（出大智度論）

一過去世業　謂過去世若意起貪瞋癡等即動身口作諸惡業若意不貪不瞋不癡等即動身口作諸善業善惡之業雖殊皆受現在未來之報是名過去世業

二現在世業　謂現在世若意起貪瞋癡等即動身口作諸惡業若意不貪不瞋不癡等即動身口作諸善業善惡之業雖殊皆受未來之報是名現在世業

三未來世業　謂未來世必由身口意造作善惡諸業雖不現作望於未來畢竟不無是名未來世業

三種世間（出大智度論）　隔別名世間差名間謂十界假名五陰國土三種一一差別不同故名三種世間（十界者佛界菩薩界緣覺界聲聞界天界人界阿修羅界餓鬼界畜生界地獄界也五陰即眾生身以此身是色受想行識五陰所成故也）

一假名世間（亦名眾生世間）　假名者於十界五陰實法上假立名字各各不同是爲假名世間（實法者謂十界五陰皆實有也假立名字者謂十界名字非實有也既有一界五陰實法即有十界眾生假名且如人界中各各有身即各各有名字也餘界亦然）

二五陰世間（亦名五眾世間）　五陰者色受想行識也十界五陰各各差別故名五陰世間（色即質礙之色受即領納諸塵想即思想行即造作識即分別善惡以此五者陰覆真性皆名爲陰）

三國土世間　國土者即眾生所依之境界也既有能依之身即有所依之土十界所依各各差別故名國土世間

三種世間（出華嚴經疏）

一器世間　世界如器名器世間乃是釋迦如來所化之境即三千世界也（梵語釋迦華言能仁三千即小千中千大千也）

二眾生世間

謂五陰和合衆共而生間隔不同故名衆生世間即釋迦如來所化之機衆也五陰者色陰受陰想陰行陰識陰也

三智正覺世間　謂如來具大智慧永離偏邪深能覺了世間出世間法故名智正覺世間即釋迦如來能化之智身也

器世間說法有三義出華嚴經疏

一約通力說　約猶依也謂佛以神通力令諸世間無情之物皆能說法故名約通力說

二約融通說　謂依報之土正報之身性本融通身既說法土亦能說即一說一切說故名約融通說

三約顯理說　謂菩薩觸對諸境皆能了知如對色即顯質礙緣生無常等義觸類成教故名約顯理說

三才配三世間出華嚴經隨疏演義鈔　世間者隔別名世間差名間謂諸法間隔不同也

一天配正覺世間　正覺即佛也謂天道廣大包萬象以無餘佛智弘深極十方而普照故以天配正覺世間也

二地配器世間　世界如器名器世間謂地有含藏之能亦有負載之義而為世界所依十方世界無邊刹土亦為一切有情衆生所依故以地配器世間也

三人配衆生世間　人即六道之一道也謂世間一切有情之類皆名衆生以人與衆生皆有覺知之性故以人配衆生世間也六道者天道人道修羅道餓鬼道畜生道地獄道也

三相續出楞嚴經

一世界相續　經云世為遷流界為方位東西南北四維上下為界過去未來現在為世故名世界由衆生於清淨心體一念不覺而起妄明妄明既立空昧相

形形則揺動故有風輪執持世界明覺立堅故有金輪保持國土風金相摩故有火光爲變化性寶明生潤火光上蒸故有水輪含十方界此之世界同諸衆生業力依空安立而有成壞之劫壞而復成成而復壞終始相續無有斷絶故名世界相續空昧相形者空即明也昧即暗也明暗互相形影動揺不定故有風輪生也執持世界者金水土三輪皆爲所載持也明覺立堅者一念妄明堅執不移故有金輪生也保持國土者謂金體貴重故云保持火光爲變化性者謂火能變生爲熟變腐爲堅等寶明生潤者謂金能生水也火光上蒸者火性炎上水性流下如火蒸物氣汗流下故有水輪含十方界如上所明乃是三輪相生次第若論諸輪持於世界最下空輪持於風輪風輪持於水輪水輪持於金輪而不言土者土與金同是堅性故不言也

二衆生相續 謂五陰諸法衆共和合而生名爲衆生經云同業相纏合離成化流愛爲種納想爲胎交遘發生吸引同業胎卵濕化更相變易所有受業逐其飛沉生死死生無有斷絶故名衆生相續同業相纏合離成化者衆生皆由六根對於六塵同造生死之業故名同業業相纏縛故因緣和合而生因緣別離而死化猶變化謂生死也流愛爲種納想爲胎者流注也謂識之流愛則爲種神之納想則爲胎也交遘發生吸引同業者遘遇也謂男女交相遇會情所發生吸嘬導引同業之類而入胎也更相變易者四生受報循業不定也所有受業逐其飛沉者隨其所受業報或升或沉無定趣也

三業果相續 謂衆生有殺盜婬三種之業而受其果報故名業果經云汝負我命我還汝債經百千劫常在生死汝愛我心我憐汝色經百千劫常在纏縛惟殺盜婬三爲根本隨業隨報無有窮盡故名業果相續汝負我命我還汝債二句文義互見如云汝負我命汝還我命我負汝債我還汝債此殺盜二種業果也汝愛我心我憐汝色二句亦應互見如云我愛汝心汝憐我色此婬欲業果也

三阿僧祇劫出天台四教儀 梵語阿僧祇劫華言無

數時此三僧祇且約釋迦如來修菩薩道時以論分限也俱舍論問云既云無數何復言三答曰言無數者顯不可數非無數也梵語釋迦華言能仁

初阿僧祇 謂如來始從古釋迦佛至尸棄佛值七萬五千佛名初阿僧祇大論云釋迦文佛先世作瓦師名大光明爾時有佛名釋迦文到瓦師舍寄宿瓦師以草座燈明石蜜漿三事奉佛發願云我於當來作佛如今佛名無異故今作佛亦號釋迦文也梵語尸棄又云式棄華言火

二阿僧祇 謂如來次從尸棄佛至然燈佛值七萬六千佛名第二阿僧祇然燈佛者大論云佛初生時身光如燈後至成佛遂名然燈彼時釋迦佛號曰儒童以五莖蓮花獻佛及禮佛足見地汙濕即解鹿皮衣覆之掩泥不足乃解髮覆地令佛蹈而過之佛因記曰汝自此後九十一劫劫號爲賢汝當作佛號釋迦文

三阿僧祇 謂如來次從然燈佛至毘婆尸佛值七萬七千佛名第三阿僧祇梵語毘婆尸亦名維衛華言勝觀

三時出南嶽祖師發願文 謂釋迦如來入滅之後其教法住世有此三時不同也

一正法時 正猶證也謂如來滅後教法住世人有禀教者即能修行有修行者即能證果是名正法據法住記云佛告阿難我滅度後正法一千年由女人出家減五百年又據善見論云後爲比丘尼說八敬法還得一千年又據法苑珠林云天人答宣律師曰佛錫杖在龍窟中四十年住爲如來滅後有飛行羅刹能說十二部經詐爲善比丘食諸持戒者爲斷此惡故鎭龍窟中復令正法增住四百年是則正法住世總一千四百年梵語阿難華言慶喜梵語比丘華言乞士八敬法者一尼百歲禮初夏比丘足二不得罵謗比丘三不得舉比丘過四從僧受具戒五有過從僧懺六半月從僧教誡七依僧三月安居八夏訖從僧自恣法也梵語羅刹華言速疾鬼十二部經者一契經

二重頌三諷誦四因緣五本事六本生七希有八譬喻九論議十自說十一方廣十二授記也**二像法時**像者似也有教有行似正法時故也謂如來滅後教法住世人有稟教即能修行多不能證果是名像法據法住記云佛告阿難我滅度後像法一千年又據法苑珠林云由佛錫杖在龍窟中因緣復令像法增住一千五百年是則像法住世總二千五百年**三末法時**謂如來滅後教法垂世人雖有稟教而不能修行證果是名末法據法住記云佛告阿難我滅度後末法一萬年又據法苑珠林云由佛錫杖在龍窟中因緣復令末法增住二萬年是則末法總三萬年

三際時出華嚴經疏并演義鈔　三際時者西域一歲分為三際即熱時雨時寒時也**一熱際時**西域記云從正月十六日至五月十五日為熱時也**二雨際時**謂從五月十六日至九月十五日為雨時也**三寒際時**謂從九月十六日至正月十五日為寒時也

三有出菩薩善戒經并大智度論　三有者謂欲界色界無色界六道眾生各隨所作善惡之業即感善惡之報因果不亡故名為有六道者天道人道修羅道餓鬼道畜生道地獄道也**一欲有**謂欲界天人修羅畜生餓鬼地獄各各隨其業因而受果報故名欲有**二色有**謂色界四禪諸天由昔修習有漏禪定報生此天雖離欲界麤染之身而有清淨之色故名色有四禪諸天者初禪天二禪天三禪天四禪天也**三無色有**謂無色界四空諸天由昔修習有漏禪定報生此天雖無色質為礙而亦隨其所作之因受其果報故

名無色有四空諸天者空處天識處天無所有處天非非想處天也

三種有出大智度論

一相待有 待即對待之義謂如長短彼此等實無長短亦無彼此以相待故乃有長短等名是則長因短有短因長有彼亦因此此亦因彼東西南北皆亦如是故名相待有

二假名有 假即虛假不實也謂如氎因毛縷而成若無毛縷氎則何有是知毛縷因緣和合假名爲氎一切衆生四大和合假名爲身亦復如是故曰假名有四大者地大水大火大風大也

三法有 謂一切諸法皆從因緣而生緣合則成緣散則滅本無自性雖無自性非如兎角龜毛有名無實故名法有

三境出宗鏡録

一性境 性即實之義也謂眼識乃至身識及第八識等所緣色等實境相分不起名言無籌度心是名性境

二獨影境 影即影像是相分異名謂如第六識緣空華兎角及過去未來等所變相分無種爲伴但獨自有是名獨影境

三帶質境 帶即兼帶質即體質謂以心緣心也如第七識緣第八識見分境時其相分無別種生一半與本質同種生一半與能緣見分同種生是名帶質境

三類境出翻譯名義 三類境者謂第八阿賴耶識緣三種境種子根身即內境也器世間即外境也梵語阿賴耶華言藏識

一種子境 謂第八識能遍任持世間出世間諸法種子故名種子境

二根身境 謂第八識覺明能了之心發起內外塵勞之相於一圓湛析出根塵聚內四大而爲身分故名根身境四大者地大水

大火大風大也 二器世間境 世界如器名器世間謂從第八識轉相而成現相即有山河大地等境界故名器世間境

三量（出宗鏡録） 一現量 現即顯現量即量度是楷定之義也謂眼識乃至身識對於顯現五塵之境而能度量楷定法之自相不錯謬故是名現量（五塵者色塵聲塵香塵味塵觸塵也） 二比量 比即比類謂以比類量度而知有故如遠見煙知彼有火是名比量 三聖教量 謂於聖人所說現量比量之言教皆不相違定可信受是名聖教量

由旬三量（出翻譯名義） 梵語由旬亦云踰繕那華言限量業疏云乃是輪王巡狩一停之舍猶如此方館驛也大智度論明由旬有三種故名由旬三量 一上者八十里 謂其中邊山川平易故量爲八十里也 二中者六十里 謂其中邊山川稍險故量爲六十里也 三下者四十里 謂其中邊山川險阻故量爲四十里也

三種相（出大智度論） 一假名相 謂世間一切事物及以衆生雖因衆緣和合而有種種名字皆無自性虛假不實衆生迷故於此假名起執取相故名假名相 二法相 謂五蘊十二入十八界等諸法以肉眼觀故則見是有以慧眼觀故則見是無衆生迷故於此等法起執取相故名法相（五蘊者色蘊受蘊想蘊行蘊識蘊也十二入者眼入耳入鼻入舌入身入意入色入聲入香入味入觸入法入也十八界者眼界色界眼識界耳界聲界耳識界鼻界香界鼻識界舌界味界舌識界身界觸界身識界意界法界意識界也） 三無相相 謂離上二相但有無相衆生迷故又於無相之中起執

取相故名無相相

三種相（出華嚴經隨疏演義鈔）

一標相　標即表也。謂如見煙即知是火等，是名標相。

二形相　形即形狀，謂長短方圓等，是名形相。

三體相　體即體質，謂如火以熱爲質相等，是名體相。

三種色（出五蘊論）

一顯色　顯即明顯，色即質礙之色，謂青黃赤白光影明暗煙雲塵霧虛空等色，明顯可見，故名顯色。

二形色　形即形相，謂長短方圓麤細高下若正不正，皆有形相，故名形色。

三表色　表顯也，對也。謂行住坐卧取捨屈伸，雖是所行之事，而有表對顯然可見，故名表色。

三種色（出阿毘曇論）

一可見有對色　可見有對色者，即一切色塵也。謂世間之色，眼則可見，有對於眼故也。

二不可見有對色　不可見有對色者，即五根四塵也。謂眼識不可見而能對色，耳識不可見而能對聲，鼻識不可見而能對香，舌識不可見而能對味，身識不可見而能對觸，皆言勝義根也。四塵即聲香味觸也，此四亦不可見，而有對於耳鼻舌身故也。

三不可見無對色　不可見無對色者，即無表色也。謂意識緣於過去所見之境，名爲落謝五塵，雖於意識分別明了，皆不可見，亦無表對故也。（五塵者，色塵、聲塵、香塵、味塵、觸塵也。）

三聚（出顯宗論）

一正性定聚　謂斷貪瞋癡等煩惱皆盡，心無邪僞，此性決定，聚集不散，是名正性定聚。

二邪性定聚　謂四惡趣及一切邊邪等見，不信正法，皆名邪性，此性決定，聚集不散，是名邪性定聚。（四惡趣者，修羅趣、餓鬼趣、畜生

趣地獄趣也

二不定性聚　謂此性或可爲邪或可爲正定非一向是名不定性聚

三生 出華嚴經隨疏演義鈔

一見聞生　見聞生者謂八難衆生宿世見聞華嚴大經正法不能信受反生毀謗故感八難之報墮地獄中受諸極苦今蒙如來放足下輪相清淨功德光明所照由其宿有見聞華嚴大經善種即得脫地獄苦生兜率天而得成道於一生內超登十地也 八難者地獄難畜生難餓鬼難長壽天難北欝單越難盲聾瘖瘂難世智辯聰難生在佛前佛後難也梵語兜率華言知足十地者歡喜地離垢地發光地焰慧地難勝地現前地遠行地不動地善慧地法雲地也

二解行生　解行生者謂善財童子於福城東初見文殊得蒙開發而啓信解遂令參問諸善知識皆獲開示修行法門乃至最後參見普賢令其入於毛孔刹中修行菩薩廣大願因圓滿諸佛無上道果如此解行即於一生而得圓滿也

三證入生　證入生者謂舍利弗於逝多林中令海覺等六千比丘觀察文殊師利無量功德具足莊嚴彼諸比丘聞是說已心意清淨信解堅固頂禮文殊作如是言仁者所有色身相好願我悉得於是文殊爲諸比丘開示演說大乘之法令諸比丘成就深信獲大智慧於一生內證入法界也 梵語舍利弗華言身子梵語逝多華言勝林即給孤獨園也梵語比丘華言乞士梵語文殊師利華言妙德

三分別 出阿毘達磨雜集論

論云唯一意識有三種分別也

一自性分別　謂意識對於現在六塵之境自性而起分別故名自性分別 六塵者色塵聲塵香塵味塵觸塵法塵也

二隨念分別　謂意識昔曾對於六塵之境追念不忘而起分別故名

隨念分別**三計度分別**謂意識於不現見事計較量度而起分別故名計度分別

三無差別（出華嚴經疏）謂心佛衆生雖在因在果迷悟不同然其理性所具本來平等初無有異故經云心佛及衆生是三無差別

一心無差別謂一念心體凡聖不二具足十界十如是等法而與諸佛衆生性元平等初無有異故經云遊心法界如虛空則知諸佛之境界是名心無差別（十界者佛界菩薩界緣覺界聲聞界天界人界阿修羅界餓鬼界畜生界地獄界也十如是者如是相如是性如是體如是力如是作如是因如是緣如是果如是報如是本末究竟等也）

二佛無差別謂十方諸佛了悟十界十如是等法而成正覺即是悟本心之所具亦是悟衆生之所迷迷悟雖殊其體不二故法華經云唯佛與佛乃能究盡諸法實相是名佛無差別

三衆生無差別謂九界衆生各具十界十如是等法而與佛之所悟本心所具之法其體不二故涅槃經云一切衆生即是佛是名衆生無差別（九界者十界中但除佛界也）

妙行三因緣（出阿毘達磨大毘婆沙論）

一時因緣時即時分因緣者能生爲因助成爲緣謂五濁不增時諸有情類具大威德好修諸善蓋於彼時無諸濁惡其人雖不樂爲妙行而亦自然能行也（五濁者劫濁見濁煩惱濁衆生濁命濁也）

二處因緣處即處所謂中國也人生中國其性聰敏志意調柔能修善業不生邪見其人雖不樂爲妙行而亦自然能行也

三補特伽羅因緣梵語補特伽羅華言有情謂一類有情得修妙行之衆同分而居其性和雅

能修善業如住律儀蓋親近妙行之衆其人雖不樂爲衆善而亦自然能行也

三輩事佛（出分別經）

一爲魔弟子事佛 經云何謂魔弟子事佛佛言雖受佛戒心樂邪業不信正道不知有罪惡之報假名事佛常與邪俱是名魔弟子事佛

二爲天人事佛 經云何謂天人事佛佛言受持五戒行於十善至死不犯信有罪福常念正法是名天人事佛（五戒者不殺不盜不邪婬不妄語不飲酒也十善者不殺生不偷盜不邪婬不妄語不兩舌不惡口不綺語不貪欲不瞋恚不邪見也）

三爲佛弟子事佛 經云何謂佛弟子事佛佛言奉持五戒廣學經法修習智慧知三界苦心不樂著欲得解脫行於六度知死有生知生有死不貪身命不爲邪業是名佛弟子事佛（三界者欲界色界無色界也六度者一布施二持戒三忍辱四精進五禪定六智慧也）

三種光明（出瑜伽師地論）

一外光明 謂日月星光及火珠燈炬等光皆能破除昏暗是名外光明

二法光明 謂隨其所聞之法觀察修習皆依法則因此明心見性破除愚癡之暗顯發本覺妙明是名法光明

三身光明 謂諸佛菩薩二乘及諸天等身皆有光亦能破暗是名身光明（二乘者聲聞乘緣覺乘也）

食三德（出涅槃經）經云諸優婆塞爲佛及僧辦諸食具種種備足皆是栴檀沉水香薪八功德水之所成熟其食甘美有三德焉（梵語優婆塞華言近事男梵語栴檀華言與藥能除病故八功德者一澄淨二清冷三甘美四輕軟五潤澤六安和七飲時除飢渴等八長養諸根也）

一清淨 謂奉佛供僧之食當使精潔無有葷穢是名清淨

二柔軟 謂奉佛供僧之食當須柔軟甘

和而不麤澁是名柔軟**三如法**謂奉佛供僧之食當隨時措辦制造得宜是名如法

食三匙（出法苑珠林）大智度論云食爲行道不爲益身修道之人正受食時須作三願**初下匙時**謂初下匙時心須想念願我此生所有身口意一切惡業悉令斷盡**次下匙時**謂次下匙時心須想念願我此生所修一切善法悉令滿足**後下匙時**謂又次下匙時心須想念願我此生所修善根迴施衆生普共成佛

三淨肉（出十誦律）**一眼不見殺**謂自眼不見是生物是人不爲我故殺是名不見殺**二耳不聞殺**謂於可信之人不聞是生物不爲我故殺是名不聞殺**三不疑殺**謂知此處有屠家有自死者亦知此人不爲我故殺是名不疑殺如上三種名爲淨肉有病許食

三不淨肉（出十誦律）一見殺謂見是生物爲我故殺如是見者名爲見殺**二聞殺**謂於可信之人聞此生物爲我故殺如是聞者名爲聞殺**三疑殺**謂此處無有屠家亦無自死之物是人必爲我故殺如是疑者名爲疑殺如上三種名不淨肉皆不許食

三長物（出摩訶僧祇律）**一衣長物**衣長物者謂出家之人若依佛制但許畜三衣三衣之外若更再有即名餘長物也**二鉢長物**鉢長物者謂出家之人若依佛制但許畜一鉢一鉢之外若更再有即名餘長物也**三藥長物**藥長物者謂出家之人若依佛制有諸疾病則許服藥調治若病已瘥更再畜者即名餘長物也

三衣名義（出翻譯名義）

一僧伽梨　梵語僧伽梨，華言合，又云重，謂割之而合成也。義淨法師云：梵語僧伽胝，華言重複衣。宣律師云：此三衣名皆無正翻，今以義譯之。大衣名雜碎衣，以條數多故也。若從用爲名，則曰入王宮衣，又曰入聚落衣，謂於王宮說法時著，及聚落乞食時著也。薩婆多論云：大衣分三品，九條、十一條、十三條名下品，十五條、十七條、十九條名中品，二十一條、二十三條、二十五條名上品。

二鬱多羅僧　梵語鬱多羅僧，華言上著衣，即七條也。宣律師云：七條名中等衣，若從用爲名，則曰入衆時衣，禮誦齋講時著也。

三安陀會　梵語安陀會，華言中宿衣，謂宿睡時常近身衣也。宣律師云：五條名下衣，若從用爲名，則曰院內行道雜作衣也。

大三災（出法苑珠林）

一火災　謂於壞劫時，有七日出現，大地須彌山漸漸崩壞，四大海水展轉消盡，大千世界及初禪天，皆悉洞然，無有遺餘，是名火災。（梵語須彌，華言妙高。四大海者，即東西南北四海也。）

二水災　謂初禪天已下七番火災壞於世間之後，世界復成，又於壞劫之時，漸降大雨，滴如車軸，更兼地下水輪湧沸上騰，大千世界乃至二禪天，水皆彌滿，一切壞滅，如水消鹽，是名水災。

三風災　謂二禪天已下七番水災已後，又經七番火災壞於世間，至世界復成，又於壞劫之時，從下風輪有猛風起，兼以衆生業力盡故，處處生風，大千世界乃至三禪天，悉皆飄擊蕩盡無餘，是名風災。

小三灾（出法苑珠林）

一饑饉灾 謂人壽八萬四千歲時歷過百年人若生時壽減一歲如是人壽減至三十歲時天不降雨由大旱故草菜不生思欲見水尚不可得何况飲食以是因緣世間人民饑饉死者其數無量是名饑饉灾

二疾疫灾 謂人壽減至二十歲時有大疾疫種種諸病一切皆起以是因緣世間人民疾疫死者其數無量是名疾疫灾

三刀兵灾 謂人壽減至一十歲時諸人各起鬪諍手執草木即成刀仗由此器仗互相殘害以是因緣世間人民刀兵死者其數無量是名刀兵灾

大明三藏法數卷第八

大明三藏法數卷第九

上天竺前住持沙門一如等奉　勅集註

四身（出成唯識論）【一自性身】自性身者即法身也謂諸如來真淨法界湛然常寂具足無邊真實功德是一切法平等實性也【二自受用身】自受用身者即自報身也謂諸如來内智湛然照真法界盡未來際常自受用廣大法樂也【三他受用身】他受用身者爲他機所感而現此身即他報身也謂諸如來由平等智爲十地菩薩現大神通轉正法輪令他受用大乘法樂也（十地者歡喜地離垢地發光地焰慧地難勝地現前地遠行地不動地善慧地法雲地也）【四變化身】變化身者謂無而忽有名爲變化即應身也謂諸如來隨順機宜變現此身也

化應身四句（出華嚴經隨疏演義鈔）【一化身非應】謂佛隨類變現龍鬼等形不爲佛身是名化身非應【二應身非化】謂地前菩薩所見佛身即是隨機應現非五趣攝是名應身非化（地前菩薩者即十住十行十回向諸菩薩也五趣者天趣人趣鬼趣畜生趣地獄趣也）【三亦應亦化】謂諸聲聞所見佛身見諸相好皆因修成名之爲應無而忽有名之爲化是名亦應亦化【四非應非化】謂佛法報二身非屬應化是名非應非化

佛四德（出涅槃經）四德者如來所證常樂我淨之德也謂如來心體本空應用無染離凡夫二乘菩薩偏邪之顛倒故稱爲德（二乘者聲聞乘緣覺乘也）【一常德】常者不遷不變之謂也性體虛融湛然常住歷三世而不遷混萬法而不變故名常德（三世者過去現在未來也）【二樂德】樂者安隱寂滅之謂也離生死逼迫之苦證涅

槃寂滅之樂故名樂德（梵語涅槃華言滅度）

三我德　我者自在無礙之謂也然有妄我真我若外道凡夫於五陰身強立主宰執之爲我乃是妄我若佛所具八自在稱爲我者即是真我故名我德（五陰者色陰受陰想陰行陰識陰也八自在我者一能示一身以爲多身二示一塵身滿大千界三大身輕舉遠到四現無量類常居一土五諸根互用六得一切法如無法想七說一偈義經無量劫八身遍諸處猶如虛空也）

四淨德　淨者離垢無染之謂也無諸惑染湛然清淨如大圓鏡了無纖翳故名淨德

身土四依（出華嚴經疏）

一色身依色相土　謂如來隨類應化示現丈六等相好之身即依娑婆等同居之土以其有山河大地等色相是爲色身依色相土（梵語娑婆華言能忍同居者凡聖同居也）

二色身依法性土　謂如來丈六等相好之身當體即是法性之身所依之土亦即常寂光土是爲色身依法性土（常寂光土者即佛所居之淨土也）

三法身依法性土　謂如來法性之身非心非色猶如虛空遍一切處所依之土即是常寂光土是爲法身依法性土

四法身依色相土　謂如來法性之身遍於剎塵之土雖身土相攝事理交互色即非色相即非相而不離剎塵之土是爲法身依色相土

佛四種希有（出金剛經纂要刊定記）

一時希有　時希有者謂佛出世之時不常有也一切眾生從曠劫來無明覆蔽流轉生死無有窮盡今值佛出世聞說正法依教修行得免生死之苦實爲希有也

二處希有　處希有者謂佛生於迦毘羅城乃在三千世界之中佛

不於餘處出現而於此處降生實爲希有也（梵語迦毗羅華言能仁住處三千者小千中千大千也）

三德希有

德希有者謂佛具無量福慧最勝第一非諸菩薩等所可思議實爲希有也

四事希有

事希有者謂佛降兜率乃至入涅槃等事天上人間最爲奇特外道天魔無不歸仰用大慈悲極巧方便現多種身相演無量法門隨衆生根普皆利益實爲希有也（梵語兜率華言知足梵語涅槃華言滅度）

四無所畏（出大智度論）

此四通言無畏者由佛十力之智內充明了決定故於大衆中凡有所說則無恐懼之相故名無所畏（十力者知是處非處智力知過去現在未來業報智力知諸禪解脫三昧智力知諸根勝劣智力知種種解智力知種種界智力知一切至處道智力知天眼無礙智力知宿命無漏智力知永斷習氣智力也）

一一切智無所畏

一切智者於世間出世間一切諸法盡知盡見也無所畏者如佛言我是一切正智人故得安隱得無所畏在大衆中作師子吼能轉法輪諸沙門婆羅門若天魔梵若復餘衆實不能轉是一切智無所畏（梵語沙門華言勤息謂勤行衆善止息諸惡也梵語婆羅門華言淨行天魔梵者天魔即他化自在天梵即梵天也）

二漏盡無所畏

漏盡者惑業生死俱盡也無所畏者如佛言我一切漏盡故得安隱得無所畏在大衆中作師子吼能轉法輪諸沙門婆羅門若天魔梵若復餘衆實不能轉是爲漏盡無所畏

三說障道無所畏

說障道者說彼魔外障蔽聖道之法也無所畏者如佛言我說障法故得安隱得無所畏在大衆中作師子吼能轉法輪諸沙門婆羅門若天魔梵若復餘衆實不能轉

是爲說障道無所畏。

四說盡苦道無所畏

說盡苦道者，說能盡諸苦之道法也。無所畏者，如佛言我所說聖道能出世間，能盡諸苦，故得安隱，得無所畏，在大衆中作師子吼，能轉法輪，諸沙門、婆羅門若天魔梵，若復餘衆實不能轉，是爲說盡苦道無所畏。

四等（出楞伽經）

四等者，謂諸佛如來名字、言語、現身、說法，平等不二，以顯佛佛道同也。

一字等

字即名字也。經云：若字稱我爲佛，彼字亦稱一切諸佛，以我與彼字無差別，是名字等。（我者釋迦如來自謂也，彼者指一切諸佛也，謂諸佛皆稱理立名，理性平等，故同名佛也。）

二語等

語即言語也。經云：謂我六十四種梵音言語相生，無增無減，無有差別，與諸佛同一音，故是名語等。（六十四種梵音者：一流澤，二柔軟，三悅意，四可樂，五清淨，六離垢，七明亮，八甘美，九樂聞，十無劣，十一圓具，十二調順，十三無澁，十四無惡，十五善柔，十六悅耳，十七適身，十八心生勇銳，十九心喜，二十悅樂，二十一無熱惱，二十二如教令，二十三善了知，二十四分明，二十五善愛，二十六令生歡喜，二十七使他如教令，二十八令他善了知，二十九如理，三十利益，三十一離重復過失，三十二如師子音，三十三如龍音，三十四如雲雷吼，三十五如龍王，三十六如緊那羅妙歌，三十七如迦陵頻伽，三十八如梵王，三十九如共命鳥，四十如帝釋美妙，四十一如振鼓，四十二不高，四十三不下，四十四隨入一切音，四十五無缺減，四十六無破壞，四十七無染污，四十八無希取，四十九具足，五十莊嚴，五十一顯示，五十二圓滿一切音，五十三諸根適悅，五十四無譏毀，五十五無輕轉，五十六無動搖，五十七隨入一切衆會，五十八諸相具足，五十九令衆生意懽喜，六十說衆生心行，六十一入衆生心意，六十二隨衆生信解，六十三聞者無其分量，六十四一切衆生不能思惟稱量也。）

三身等

經云：我與諸佛法身及色身相好，無有差別，是名身等。（法身者，即法性身也；色身者，如來丈六之應身也。）

四法等

經云：我及彼佛

同得三十七品菩提分法無二無別是名法等（三十七品者觀身不淨觀受是苦觀心無常觀法無我是四念處已生惡令永斷未生惡令不生已生善令增長未生善令得生是四正勤欲如意足念如意足精進如意足思惟如意足是四如意足信根進根念根定根慧根是五根信力進力念力定力慧力是五力擇法覺分精進覺分喜覺分除覺分捨覺分定覺分念覺分是七覺分正見正思惟正語正業正命正精進正念正定是八正道已上諸法總為三十七品也梵語菩提華言道）

世醫四法喻如來（出雜阿含經）

一善知病 謂世之良醫善能知人種種疾病以喻如來善知一切衆生業惑等病也

二善知病源 謂世之良醫善知疾病所起之由或由風濕或由冷熱乃至飲食色欲之類發於衆病以喻如來善知衆生皆由無明煩惱為其根源而有生死輪廻之病也

三善知病對治 謂世之良醫善知對治之方如患冷病者則以熱藥對治患熱病者則以冷藥對治患不冷不熱病者則以温和之藥對治藥若對病病無不愈以喻如來說法若衆生多貪欲者則說不淨之觀治之多嗔恚者則說慈悲之觀治之是也

四善知治已更不動發 謂世之良醫善能應病與藥人若服已其病即愈病既愈已身心安隱不復更發以喻如來為諸衆生善說法藥對治一切衆生業惑之病人能依而修之則得出離生死之苦成就涅槃之樂一切業惑不復發起矣（梵語涅槃華言滅度）

四方行七步（出佛本行集經） 謂如來初降生時於四方面各行七步步步舉足出大蓮華行七步已先觀東方口自出言世間之中我為最勝我從今日生分已盡此是菩薩希奇

之事未曾有法餘方悉然

一東行七步　東行七步者涅槃經云示爲衆生而作導首也

二南行七步　南行七步者經云示現欲爲無量衆生作最上福田也

三西行七步　西行七步者經云示現無盡永斷生死是最後身也

四北行七步　北行七步者經云示現已度諸有生死也

四門游觀（出佛本行集經）

經云爾時虛空有一天子名曰作瓶見悉達太子在於宮內恐其著五欲樂乃言我當爲彼作於厭離之想即以威神感動令其宮內所作音樂皆爲不順五欲之事唯傳涅槃微妙之聲欲令厭離世間心生覺悟太子聞是聲已遂發出遊之心即向迦毗羅城四門游觀也（五欲者色欲聲欲香欲味欲觸欲也梵語迦毗羅華言能仁住處）

東門見老人　時太子欲向園林游觀淨飯王聞之於是勑令街巷灑掃嚴淨其有老病死亡之人悉令驅逐勿使太子見之心有所厭及太子出東門作瓶天子以神通力化作老人傴僂低頭倚杖呻吟曲脊傍行太子見已爲馭者言我今此身亦當老耶若有如是老弊之相何暇向彼園林游戲宜速還宮我當思惟作何方便得免斯苦

南門見病人　時太子又欲向彼園林游觀淨飯王聞之於是勑令街巷灑掃嚴淨或有老病死亡之人悉令驅逐勿使太子見之復生厭離之心及太子出南門作瓶天子以神通力化作一病患人身體羸瘦喘氣微弱命在須臾不能起舉太子見已爲馭者言若我此身病亦不免何暇向彼園林游戲宜

速還宮我當思惟作何方便得免斯苦

西門見死人

時太子出西門又欲向彼園林游觀淨飯王聞之於是勑令嚴淨街道復振鐸言莫令更有老病死亡之人使太子見之生於厭離及太子出西門作瓶天子以神通力化作一死屍臥在床上衆人轝行有諸親屬圍繞哭泣太子見已心懐慘惻爲馭者言若我此身同有死法何暇向彼園林游戲宜速還宮我當思惟作何方便得免斯苦

北門見沙門

時太子又欲向彼園林游觀淨飯王聞之於是勑令嚴淨街道復振鐸言莫使更有老病死亡之人令太子見生厭離心及太子出北門作瓶天子以神通力化作沙門著僧伽棃執錫擎鉢威儀整肅行步安詳太了見已心生愛樂問言尊者汝是何人沙門答言我名出家之人世間諸行盡是無常我今捨家求無上道故名出家太子爲言此業大善於是還宮白淨飯王曰世間一切衆生皆有別離我今志願出家樂求涅槃（梵語沙門華言勤息梵語僧伽棃華言重複衣梵語涅槃華言滅度）

出家四願（出曜經）出家四願者謂釋迦如來初欲出家發此四誓願度脫衆生也（梵語釋迦華言能仁）

一願濟衆生困厄

謂我設成正覺得一切智時衆生困厄被諸惱患吾當濟脫令斷恩愛也

二願除衆生惑障

謂衆生沒在生死苦海無明暗蔽悉無所知我當爲其顯示如清淨眼内外無障令其出離也

三願斷衆生邪見

謂衆生在世我慢自大尊已賤彼心存邪見不慕聖道我當開化令

入正真也四願度衆生苦輪謂衆生處於生死之苦輪轉無際滅智慧根不能自濟我當爲其説法令得度脱也

四滿成佛（出占察善惡業報經）

一信滿成佛謂依種性地決定信於諸法不生不滅清淨平等無可願求是爲信滿成佛（種性者種即種子性即性分是也）

二解滿成佛謂依解行地深解法性無造無作不起生死想不起涅槃想心無所怖亦無所欣是爲解滿成佛（解行者解即解了行即所修之行也梵語涅槃華言滅度）

三行滿成佛謂依究竟菩薩地能除一切無明諸障菩提願行悉皆具足是爲行滿成佛（究竟菩薩即等覺菩薩也梵語菩提華言道）

四證滿成佛謂依淨心地得無分別寂靜法智及不思議勝妙功德是爲證滿成佛（淨心地者即妙覺佛位也）

天上四塔（出佛成道記并本行集經）

一箭塔經云太子年方十五與諸釋種角藝太子一箭穿七金鼓又一箭徹過七鐵豬復入于土水泉迸出遂名箭井時帝釋遂取其箭於忉利天建塔供養（梵語忉利華言三十三乃帝釋所居之天也）

二髮塔經云太子初出家時自持寶刀而發願云我今截落此髮誓與衆生斷除煩惱習障尋以髮擲空中時帝釋接向天上建塔供養

三鉢塔經云菩薩將詣道樹成等正覺時有天人告善生村主二女難陀婆羅曰汝可最初施食於是二女以乳煮糜用鉢盛獻菩薩食已以鉢擲尼連河中時帝釋收歸天上建塔供養（梵語難陀華言喜梵語婆羅華言力二女名也尼連無翻）

四佛牙塔經云佛闍維時天帝釋持七寶瓶來請佛牙

其火即滅寶棺自開帝釋乃取佛口右頷一牙於天上建塔供養（梵語闍維華言焚燒）

四處立塔（出法苑珠林）

一生處立塔　謂諸佛降生之處即應起塔如今釋迦牟尼佛在毘藍園內無憂樹下降生即於其處立塔也（梵語釋迦牟尼華言能仁寂默梵語毘藍華言解脫處梵語塔婆華言高顯）

二得道處立塔　謂如來得道在摩竭提國菩提樹下即於其處立塔也（梵語摩竭提華言善勝梵語菩提華言道）

三轉法輪處立塔　謂如來轉法輪其處不定或在寂場或在鹿苑或在天上等即於其處立塔也

四涅槃處立塔　梵語涅槃華言滅度謂如來在俱尸那城娑羅雙樹間入滅即於其處立塔也（梵語俱尸那華言角城梵語娑羅華言堅固）

四法（出大乘本生心地觀經）　經云於法寶中有其四種引導衆生出生死海到於彼岸三世諸佛依此修行斷一切障得成菩提

一教法　謂一切無漏善法教化衆生能破無明煩惱業障也（無漏者不漏落生死也）

二理法　謂一切教法所詮之義理也

三行法　謂戒定慧等諸行之法也

四果法　謂至果所證無爲涅槃等法也（梵語涅槃華言滅度）

法四依（出法界次第）　法四依者謂依憑正法則能成就萬行之因滿足菩提之果也（梵語菩提華言道）

一依法不依人　依法者謂依實相等法修諸波羅蜜行則能具足清淨功德能至菩提也不依人者如涅槃經云魔王尚能假化作佛況能不作其餘之身是故雖是凡夫若所說所行與實相等法相應則可依信雖現佛身相好若所說所行違於實

相法者則不應依也（梵語波羅蜜，華言到彼岸）**二依了義經不依不了義經** 依了義經者謂諸大乘經皆明中道佛性若依此而修則萬行成就能見佛性也不依不了義經者謂小乘等經不明中道佛性若依此而修則萬行難成不見佛性也 **三依義不依語** 依義者義即中道之理若依此理而修則能成就萬行破諸顛倒而顯中道之理也不依語者語是世間言語文字非出世法若依此而修則萬行不成顛倒不破中道不顯也 **四依智不依識** 依智者照了之心名之爲智若依正觀之智於諸波羅蜜觀察而修則能破生死煩惱之業必證大乘涅槃之果也不依識者妄想之心名之爲識若依妄識而修則構集生死煩惱之業流轉無窮衆苦不息也

四法界（出華嚴法界觀）法界者一切衆生身心之本體也法軌則也界有性分二義若約事說界即是分義謂隨事分別故也若約理說界即是性義謂諸法性不能變易故也以此性分互相交絡則成理事無礙法界以理融事一一融通則成事事無礙法界也

一事法界 謂諸衆生色心等法一一差別各有分齊故名事法界（分齊者限量也）**二理法界** 謂諸衆生色心等法雖有差別而同一體性故名理法界 **三理事無礙法界** 謂理由事顯事攬理成理事互融故名理事無礙法界 **四事事無礙法界** 謂一切分齊事法稱性融通一多相即大小互容重重無盡故名事事無礙法界

四藏出大智度論四藏者即經律論呪也以其各各含藏一切文理故名藏也一經藏經藏者即如來所說一大藏大小乘諸經也經法也常也十界同遵謂之法三世不易謂之常又云契經謂上契諸佛之理下契衆生之機也十界者佛界菩薩界緣覺界聲聞界天界人界修羅界餓鬼界畜生界地獄界也三世者過去現在未來也二律藏律藏者即如來所制大小乘戒律也律法也謂能治衆生貪嗔癡種種之惡如治世法律則能斷決重輕之罪也三論藏論藏者即如來所說阿毘曇等論及佛弟子所造諸論也梵語阿毘曇華言無比法四呪藏呪藏者即如來所說一切秘密心呪也如諸陀羅尼及凡經中所有神呪是也梵語陀羅尼華言呪

經含四義出翻譯名義一法義法即可軌可則之義謂如來所說之經十界同遵無不軌則故也遵依也十界者佛界菩薩界緣覺界聲聞界天界人界修羅界餓鬼界畜生界地獄界也二常義常即不遷不變之義謂如來所說之經三世而不改易故也三世者過去現在未來也三貫義謂如來所說之經貫穿一切深妙義理故也四攝義謂如來所說之經攝持所化一切衆生故也

講經四益出金光明經經云虛空藏菩薩梵釋天等白佛言若諸國土有能講說此金光明微妙經典於其國土獲四利益一國土吉祥益謂若有國土講說此經者國王軍衆勢力强盛無諸怨敵疾疫消除壽命修長吉祥安樂正法興隆也二輔臣和樂益謂若有國土講說此經則輔相大臣和悅無諍王所敬愛安隱豐樂隨心所願皆得滿

足也【三國人富壽益】謂若有國土講說此經則沙門弟子及國邑人民修行正法多所利益壽命延長富逸安樂於諸福田悉得修立也（梵語沙門華言勤息）【四法師自利利他益】謂若有國土講說此經其說經之人一切時中身心調適諸人民衆增加守護慈悲平等心無傷害亦令一切衆生誠心皈仰皆悉修習菩提之行也（梵語菩提華言道）

論藏華梵四名（出華嚴經疏）【一摩怛理迦】梵語摩怛理迦華言本母謂反覆論議則能出生一切義理故也【二奢薩怛囉】梵語奢薩怛囉華言議論謂評議辯論空有假實等法故也【三烏波你舍】梵語烏波你舍華言近說謂從近從畧說經中要義故也【四阿毘達磨】梵語阿毘達磨華言對法謂能對所問之法故也

四一（出法華經文句）【一理一】理即中道一實相之理也此實相之理諸佛衆生體性平等無有增減但衆生體雖本具全體在迷唯諸佛覺知如實之相乗此實道出應於世要令衆生得此實相故經云是法非思量分別之所能解唯有諸佛乃能知之又云諸佛唯以一大事因緣故出現於世爲令衆生開示悟入佛之知見佛之知見即理一也（一大事因緣者即一實相也其性廣博名大諸出世之儀式故名事衆生有此機感故名因佛乘機而應故名緣）【二行一】行即所修一乗之妙行也謂實相之理自非一乗妙行莫能證得故經云正直捨方便但說無上道又云諸有所作常爲一事事即是行故名行一也【三人一】人即所化之衆生也佛出世

之意但爲教化菩薩成就佛道蓋由機器不純不得已而權施三乘之教漸令入大故至法華即開三乘之權而顯一乘之實三乘之人同是菩薩之人故名人一也三乘者聲聞乘緣覺乘菩薩乘也

四教一

教謂圓頓妙教即一佛乘也如來於前四時隨順機緣不得已而權說諸乘至于法華開顯權即是實故經云十方佛土中唯有一乘法無二亦無三故名教一也四時者華嚴時鹿苑時方等時般若時也無二者謂無藏教通教之二也無三者謂無藏教通教別教之三也

四陀羅尼出瑜伽師地論

梵語陀羅尼華言總持謂持善不失持惡不生也又翻遮持謂遮空有二邊之惡持中道之善也

一法陀羅尼

謂諸菩薩得念慧力持所聞法經無量時永不忘失是名法陀羅尼

二義陀羅尼

謂諸菩薩持所聞無量義趣經無量時永不忘失是名義陀羅尼

三呪陀羅尼

呪願也謂諸菩薩獲得如是總持令其呪願悉皆神驗能除一切衆生種種災患是名呪陀羅尼

四忍陀羅尼

忍即安忍謂諸菩薩成就堅固之行於所聞法得精進忍是名忍陀羅尼

四種秘密出阿毗曇雜集論

一令入秘密

聲聞之人執著空法謂一切法皆空如來爲說大乘之法破其執空之見令生勝解得入聖教是名令入秘密

二相秘密

如來說一切法皆無自性無生無滅爲破諸外道凡夫邪執著有之相是名相秘密

三對治秘密

謂如來宣說隱密之教皆是對彼衆生過失而調治之如人有病則應病與藥而治療

之即獲安適是名對治秘密**四轉變秘密**轉變者轉彼不善而變爲善也謂如來說一切隱密名言皆爲衆生起散亂心者令生寂靜起顛倒見者令生正見起煩惱者令生清淨是名轉變秘密

乘戒緩急四句（出華嚴經隨疏演義鈔）　乘戒者乘即佛所說大小乘法也戒即佛所制輕重諸戒也緩者寬緩也急者急切也**一乘急戒緩**謂因戒緩故墮於修羅餓鬼畜生地獄四趣之中由乘急故還得聞法如八部中龍鬼等皆得預會聞法是名乘急戒緩（八部者天龍夜叉乾闥婆阿修羅迦樓羅緊那羅摩睺羅伽也）**二戒急乘緩**謂因戒急故得生人天中雖生人天中由乘緩故不樂聞法是名戒急乘緩**三乘戒俱急**謂因戒急故得生人天由乘急故亦得聞法悟道是名乘戒俱急**四乘戒俱緩**謂因戒緩故永墮四趣失天人身以乘緩故不得聞法是名乘戒俱緩

四種瓔珞莊嚴（出大方等大集經）　瓔珞莊嚴者謂菩薩以戒等四法莊嚴法身如世瓔珞莊嚴於身也**一戒瓔珞莊嚴**謂菩薩嚴持禁戒於諸衆生無有惡害之心若無惡害之心一切衆生常所樂見身口意業悉令清淨是名戒瓔珞莊嚴**二三昧瓔珞莊嚴**謂菩薩於諸衆生運大慈心質直柔軟乃至遠離貪嗔癡行修習一切三昧是名三昧瓔珞莊嚴（梵語三昧華言正定）**三智慧瓔珞莊嚴**謂菩薩心無疑網遠離顛倒知苦斷集證滅修道戒定慧聚清淨無著觀於世間猶如夢幻觀於法界無有去來是名智慧瓔珞莊

嚴

四陀羅尼瓔珞莊嚴 梵語陀羅尼華言能持謂菩薩能持諸善法令不散不失又云總持謂能持善不失持惡不生是名陀羅尼瓔珞莊嚴

四種三昧（出摩訶止觀）欲登妙位非行不階行法衆多畧言其四梵語三昧華言正定又云調直定衆生心行常不調不直不定入此三昧能調能直能定故名三昧

一常坐三昧 常坐三昧者亦名一行三昧文殊般若經以九十日爲期獨居靜室跏趺正坐蠲除惡覺捨諸亂想不雜思惟繫緣法界一念法界（繫緣是止一念是觀法法融攝故曰法界）信一切法皆是佛法若坐疲極或疾病所困或睡蓋所覆或宿障發動不能遣却當專稱一佛名號以求加護除經行飲食便利之外時刻相續無須臾廢此之三昧於一期中若能精勤不懈念念無間則能破除障業顯發實相之理矣

二常行三昧 常行三昧者亦名般舟三昧梵語般舟華言佛立佛立有三義一佛威力二三昧力三行者本功德力能於定中見十方佛在其前立故名佛立以九十日爲期終竟三月身常旋行不得休息口常唱阿彌陀佛心常想阿彌陀佛或先想後唱或先唱後想想唱相繼無令休息此之三昧極能斷除宿障於諸功德最爲第一（梵語阿彌陀華言無量壽）

三半行半坐三昧 半行半坐三昧者若依方等經七日爲期唯誦祖持呪旋百二十帀一旋一呪不遲不疾旋竟却坐思惟實相之理若依法華經三七日爲期但誦本經故經云其人

若行若立讀誦是經若坐思惟是經我乘六牙白象現其人前此等三昧俱是半行半坐也（梵語祖持華言秘要）

四非行非坐三昧　非行非坐三昧者前之三種俱用行坐今言非行非坐者雖非行坐實通行坐亦名隨自意三昧謂但於一切時中一切事上隨意用觀不拘限期心存止觀念起即覺是也

四智（出成唯識論）

一大圓鏡智　謂如來真智本性清淨離諸塵染洞徹內外無幽不燭如大圓鏡洞照萬物無不明了是名大圓鏡智

二平等性智　謂如來觀一切法與諸衆生皆悉平等以大慈悲心隨其根機示現開導令其證入是名平等性智

三妙觀察智　謂如來善能觀察諸法圓融次第復知衆生根性樂欲以無礙辯才說諸妙法令其開悟獲大安樂是名妙觀察智

四成所作智　謂如來爲欲利樂諸衆生故普於十方世界示現種種神通變化引諸衆生令入聖道成本願力所應作事是名成所作智

四無礙智（亦名四無礙辯出法界次第）　謂菩薩於此四法智慧明了通達無滯故名四無礙智以其辯說融通亦名四無礙辯

一義無礙智　謂菩薩了知一切諸法義理通達無滯故名義無礙智

二法無礙智　謂菩薩通達一切諸法名字分別無滯故名法無礙智

三辭無礙智　謂菩薩於諸法名字義理隨順一切衆生殊方異語爲其演說能令各各得解辯說無滯故名辭無礙智

四樂說無礙智　謂菩薩隨順一切衆生根性所樂聞法而爲說之圓融無滯故名樂說無礙智

智境四相（出圓覺經略疏）謂於有所證取之心迤邐淺深有此四相之異故後之三相皆因我相根本而立與金剛般若四相所言不同蓋彼於迷妄之心執爲四相故也

一我相　我相者謂衆生於涅槃之理心有所證而其有所證取之心執著不忘認之爲我名爲我相經云是故證取方現我體是也（梵語涅槃華言滅度）

二人相　人相者比前我相已進一步雖不復認證爲我而猶存悟我之心名爲人相經云悟已超過一切證者名爲人相是也

三衆生相　衆生相者比前人相已進一步謂雖已超過我人之相猶存了證了悟之心名衆生相經云但諸衆生了證了悟皆爲我人而我人相所不及者存有所了名衆生相是也

四壽命相　壽命相者比前衆生相已進一步謂心照清淨於前衆生相中所存了悟之心雖已覺知超過然猶存能覺之知如彼命根潛續於內名壽命相經云覺所了者不離塵故是也（不離塵者謂此覺了之心不離妄塵故也）

四鏡（出起信論）鏡以明淨鑑照爲義謂真如本覺之性有空有不空有體有用故以四鏡喻焉

一如實空鏡　謂真如實相體本空寂離一切妄心境界之相如明鏡無染故名如實空鏡

二因熏習鏡　謂真如覺體能作現法之因復能熏習內心而一切境界悉於中現故名因熏習鏡（已上二種明真如在纏故有空不空之義也纏者煩惱業縛也）

三法出離鏡　謂真如覺體之法出離煩惱之塵純一明淨故名法出離鏡

四緣熏習鏡　緣即所化機緣謂真如覺體

出纏之時隨照物機與彼衆生作外縁熏力令其修習善根故名縁熏習鏡（已上二種明真如出纏從體而起用也）

四安樂行（出法華文句）謂身無危險故安心無憂惱故樂身安心樂乃能進行故名安樂行

【一身安樂行】謂身應當遠離十種之事一遠離豪勢二遠離邪人邪法三遠離凶險嬉戲四遠離旃陀羅五遠離二乘衆妨修大乘之行故六遠離欲想七遠離不男之人八遠離危害之處九遠離譏嫌之事十遠離畜養既遠離已常好坐禪修攝其心是名身安樂行（梵語旃陀羅華言屠者二乘者聲聞乘縁覺乘也）

【二口安樂行】謂口應遠離四種語一不樂説人及經典過二不輕慢謂不倚大乘而輕蔑小乘也三不讚他亦不毀他四不生怨嫌之心善修如是安樂心故是名口安樂行

【三意安樂行】謂意應棄四種惡一不嫉諂二不輕罵謂不應以大行而訶罵小行之人也三不惱亂四不爭競爲一切衆生平等説法是名意安樂行

【四誓願安樂行】謂由衆生不聞不知不覺於是起慈悲心誓願爲説故經云我得阿耨多羅三藐三菩提時隨在何地以神通力智慧力引之令得住是法中是名誓願安樂行（梵語阿耨多羅三藐三菩提華言無上正等正覺）

四安樂行（出華嚴經疏）此四安樂行者乃清涼澄觀國師依法華經安樂行品而立謂涅槃之果名爲安樂修此行者能趣涅槃故名安樂行又住此四行則身靜神定外苦不干故名安樂行（梵語涅槃華言滅度）

【一畢竟空行】畢

竟空行者心境兩忘空有雙會也法華經云行處近處謂以觀照理如理而行名爲行處復觀一切法空即近於理名爲近處以行處近處終歸於空也

二身口無過行 身口無過行者謂身能遠離殺盜等過惡口能遠離妄言綺語等過惡法華經云若讀經時不樂説人長短及經典過是也

三心無嫉妬行 心無嫉妬行者謂見人修善即能隨喜勸修證入菩提之道遠離嫉害妬忌等行法華經云於後末世法欲滅時受持讀誦斯經典者無懷嫉妬諂誑之心是也（梵語菩提華言道）

四大慈悲行 大慈悲行者謂起慈悲心發大誓願願拔衆生之苦與衆生之樂法華經云於在家出家人中生大慈心於非菩薩人中生大悲心是也

藏教生滅四諦（出天台四教儀集註）藏教者經律論三藏之教也生滅者此教詮因緣生法有生有滅也四諦者諦即審實之義謂聲聞之人用析空觀諦審苦集滅道之法一一不虛是名藏教生滅四諦（因緣生法者六根爲因六塵爲緣根塵相對所起之心名爲生法析空者析即分析謂分析五陰等法皆空也）

一苦諦 苦即逼迫之義有三苦八苦總而言之不出三界生死聲聞之人諦審生死實苦故名苦諦（三界者欲界色界無色界也三苦者苦苦壞苦行苦也八苦者生苦老苦病苦死苦愛別離苦怨憎會苦求不得苦五盛陰苦也）

二集諦 集即招集之義謂聲聞之人諦審煩惱惑業實能招集生死之苦故名集諦

三滅諦 滅即寂滅謂聲聞之人既厭生死之苦諦審涅槃實爲寂滅之樂故名滅諦

四道諦 道即能通之義謂聲聞之人諦審戒定慧

之道實能通至涅槃故名道諦梵語涅槃華言滅度

通教無生四諦出天台四教儀集註通教者謂通前藏教通後別圓也無生四諦者謂此教三乘之人根利用體空觀體達五陰諸法當體即空如幻如化故云苦無逼迫相集無和合相滅無生相道不二相也是名通教無生四諦通前藏教者謂此教鈍根菩薩但證真空之理與前藏教是同也通後別圓者謂此教利根菩薩即於真空之理能知不空證入中道之理與後別圓二教是同也三乘者聲聞乘緣覺乘菩薩乘也五陰者色陰受陰想陰行陰識陰也

一苦諦　謂此教三乘用觀巧故審實五陰生死等苦當體即空而無逼迫之相故名苦諦

二集諦　謂此教三乘用觀巧故審實惑業之因當體即空了無惑業和合之相故名集諦

三滅諦　謂此教三乘用觀巧故審實五陰生死等苦昔本無生今亦無滅故名滅諦

四道諦　道即戒定慧之道謂此教三乘用觀巧故審實所破之集能破之道同一真空無有二相故名道諦

別教無量四諦出天台四教儀集註別教者別前藏通別後圓教也無量四諦者謂此教獨菩薩法菩薩所化衆生既無量其所用法門亦無有量故云苦有無量相十法界果報不同故集有無量相五住煩惱不同故道有無量相恒沙法門不同故滅有無量相諸波羅蜜不同故是名別教無量四諦別前藏通者此教純是菩薩所修之法不同藏通二教是三乘共修也別後圓教者此教所明法門行相隔歷次第不同圓教一切圓融也十法界者佛界菩薩界緣覺界聲聞界天界人界阿修羅界餓鬼界畜生界地獄界也五住煩惱者一切見住地惑欲愛住地惑色愛住地惑有愛住地惑無明住地惑也梵語波羅蜜華言到彼岸生死爲此岸涅槃爲彼岸也

一苦諦　謂此教菩薩諦審十界

衆生生死諸苦一一不虛故名苦諦十界衆生佛亦在列者大論云衆生無上者即佛是也 二集諦 謂此教菩薩諦審十界衆生惑業實能招集生死之苦故名集諦 三道諦 謂此教菩薩諦審無量道法實能自利利他故名道諦 四滅諦 謂此教菩薩諦審六度之行實能證於涅槃寂滅之理故名滅諦六度者一布施二持戒三忍辱四精進五禪定六智慧也

圓教無作四諦出天台四教儀集註 圓教者謂事理無礙法法融攝也無作四諦者大乘菩薩圓觀諸法事事即理無有造作故云陰入皆如無苦可捨塵勞本清淨無集可除邊邪皆中正無道可修生死即涅槃無滅可證是名圓教無作四諦陰入皆如者陰即色受想行識五陰也入即六根六塵互相涉入通爲十二入也此陰入之法皆言如者如即理也邊邪皆中正者謂空有二邊邪倒之見皆即中正也 一苦諦 謂此教菩薩諦審五陰十二入之法皆即真如實無苦相可捨故名苦諦 二集諦 謂此教菩薩諦審一切煩惱塵勞性本清淨實無招集生死之相故名集諦 三道諦 謂此教菩薩諦審一切諸法皆即中道離邊邪見實無煩惱之惑可斷亦無菩提之道可修故名道諦 四滅諦 謂此教菩薩諦審生死涅槃體元不二實無生死逼迫之苦可斷亦無涅槃寂滅之樂可證故名滅諦

四勝義諦出成唯識論 一世間勝義 謂於世間五蘊虛妄之法而說真如勝妙之義也五蘊者色蘊受蘊想蘊行蘊識蘊也 二道理勝義 謂聲聞觀苦集滅道四諦之理即是勝妙之義也 三證得勝義 謂聲聞證得二空真如之理即是勝

妙之義也二空者人空法空也四勝義勝義謂一真法界之理唯有諸佛盡知盡證乃勝義中之最勝義也

四世俗諦出瑜伽師地論一世間世俗俗即習俗謂世間衆生安立舍宅及治生等種種之事皆悉虛假不實也二道理世俗謂五蘊等法皆是假名安立若依道理一一推窮皆無自體也五蘊者色蘊受蘊想蘊行蘊識蘊也三證得世俗謂觀世俗假立之法皆空證得預流等果也預流者預入聖道之流即初果也四勝義世俗謂於世俗假立之法了達勝妙之義也

四念處出法界次第念即能觀之觀處即所觀之境也謂諸衆生於色受想行識五陰起四顛倒於色多起淨倒於受多起樂倒於想行多起我倒於心多起常倒爲令衆生修此四觀以除四倒故名四念處也一觀身不淨身有内外已身名内身他人之身名外身此内外身皆攬父母遺體而成從頭至足一一觀之純是穢物衆生顛倒執之爲淨而生貪著故令觀身不淨也二觀受是苦領納名受有内受外受意根受名内受五根受名外受一一根有順受違受不違不順受於順情之境則生樂受於違情之境則生苦受於不違不順之境則生不苦不樂受樂受是壞苦苦受是苦苦不苦不樂受是行苦衆生顛倒以苦爲樂故令觀受是苦也五根者眼根耳根鼻根舌根身根也樂受是壞苦者樂壞則苦生即樂極悲生也苦苦者於苦身上更加苦受故名苦苦行苦者雖是不苦不樂念念心有生滅是故名行苦也三觀心無常心即第六識也謂此識心體性流動若麤若細若内

若外念念生滅皆悉無常衆生顛倒計以爲常故令觀心無常也**四觀法無我**法有善法惡法人皆約法計我謂我能行善行惡也善惡法中本無有我若善法是我惡法應無我若惡法是我善法應無我衆生顛倒妄計有我故令觀法無我也

四正勤（亦名四斷出法界次第）正則不邪勤則不怠毗婆沙論云斷已生惡法猶如除毒蛇斷未生惡法如預防流水增長已生善如溉（居代切灌也）甘果栽（栽苗也）未生善令生如鑽（祖官切穿也）木出火故名四正勤（梵語毗婆沙華言廣解）**一已生惡令永斷**謂五蓋等煩惱覆心離五種善根故一心勤精進方便斷除不令更生也（五蓋者貪欲蓋瞋恚蓋睡眠蓋悔蓋疑蓋也五善根者信根精進根念根定根慧根也）**二未生惡令不生**謂五蓋等煩惱惡法令雖未生後若生時能遮五種善根故一心勤精進方便遮止不令生也**三已生善令增長**謂五種善根已生爲令增長故一心勤精進方便修習令不退失也**四未生善令得生**謂五種善根雖未生爲令生故一心勤精進方便修習令得生也

四正斷（出雜阿含經）**一斷斷**謂所起惡不善法斷已復生更須精進攝受令不生起斷而又斷是名斷斷**二律儀斷**謂堅持戒律愼守威儀斷一切惡是名律儀斷**三隨護斷**謂於無漏眞實三昧相中隨順守護不令退沒是名隨護斷（無漏者不漏落生死也梵語三昧華言正定）**四修斷**謂已起善法增益修習令其生長諸不善法自然斷除是名修斷

四如意足（出法界次第）**一欲如意足**欲者希向慕

樂莊嚴彼法故名爲欲謂凡所修習一切諸法若無樂欲之心事必不遂若能樂欲所願皆得是爲欲如意足（莊嚴彼法者謂修希向心令四念處身受心法之觀成就也）

二念如意足　念者專注彼境一心正住故名念謂若非一心觀法斷絕若能一心所願皆得是爲念如意足

三精進如意足　精進者無雜曰精無間曰進謂惟專觀理使無間雜故曰精進凡所修習一切諸法若無精進事必不成若能精進所願皆得是爲精進如意足

四思惟如意足　思惟者思惟彼理心不馳散也謂凡所修習若能思惟所願皆得是爲思惟如如意足

四種方便（出起信論）

論問云既說法界一相佛體無二何故不唯念眞如復假求學諸善之行荅曰譬如大摩尼寶體性明淨而有鑛（古猛切）穢之垢若不以方便磨治終不得淨故說四種方便（梵語摩尼華言如意）

一行根本方便　謂觀一切法自性無生離於妄見不住生死及觀一切法因緣和合業果不失起大悲心攝化衆生不住涅槃以此爲行則能出生一切善法故名行根本方便（因緣者眼耳鼻舌身意六根爲因色聲香味觸法六塵爲緣緣即緣助謂助於六根能生六識也梵語涅槃華言滅度）

二能止方便　止即遮止謂慚愧悔過能止一切惡法不令增長故名能止方便

三發起善根方便　謂勤供養禮敬三寶讚歎隨喜勸請諸佛以愛敬三寶淳厚心故信得增長乃能志求無上之道又因三寶護持力故能令業障消除善根增長故名發起善根方便（三寶者佛寶法寶僧寶也）

四大願

平等方便謂發廣大誓願盡未來際化度一切衆生皆令究竟入於涅槃故名大願平等方便

大明三藏法數卷第九

大明三藏法數卷第十

上天竺前住持沙門一如等奉　勑集註

四悉檀（出法華文句）悉徧也檀梵語具云檀那華言施華梵兼稱故名悉檀佛以此四說法徧施一切衆生故名四悉檀也**一世界悉檀**世即隔别之義界即界分也盖由衆生根器淺薄故佛隨其所欲樂聞爲之次第分别而說令生歡喜是名世界悉檀**二爲人悉檀**謂佛欲說法必先觀衆生機器之大小宿種之淺深然後稱其機宜而爲說之令生正信增長善根故名爲人悉檀**三對治悉檀**謂如衆生貪欲多者教觀不淨瞋恚多者教脩慈心愚癡多者教觀因緣爲對此等諸病說此法藥徧施衆生故名對治悉檀**四第一義悉檀**第一義即理也謂佛知衆生善根已熟即爲說法令其得悟聖道是名第一義悉檀

四攝利益（出大集經）**一佛攝利益**謂佛攝持衆生令其常得親近諸佛諸魔不得其便故名佛攝利益**二天攝利益**謂諸天攝持衆生於說法之處常樂聽受不爲他緣所害故名天攝利益**三福攝利益**謂福德莊嚴於身有諸相好莊嚴於口凡所演說衆生樂聞莊嚴種姓令生尊貴故名福攝利益**四智攝利益**謂以智慧知衆生根性隨宜說法知衆生病苦隨病施藥得大神通遊諸佛土了了通達法界之理是名智攝利益

涅槃四種大樂（出大涅槃經）**一無苦樂**無苦樂者謂無世間之苦樂也世間之樂即是苦因故經云不斷樂者則名爲苦以斷樂故則

無有苦無苦無樂乃名大樂此即涅槃之大樂也（梵語涅槃華言滅度）

二大寂靜樂 謂涅槃之性是大寂靜以其遠離一切憒閙法故以大寂靜名爲大樂此即涅槃之大樂也

三大知樂 謂諸佛如來有大智慧於一切法悉知悉見名爲大樂此即涅槃之大樂也

四不壞樂 謂如來之身非煩惱無常之身猶如金剛不能毀壞身不壞故名爲大樂此即涅槃之大樂也

四種涅槃（出成唯識論）

一本來自性清淨涅槃 謂眞如理隨緣變造一切諸法雖有煩惱垢染而本性清淨具足無量微妙功德無生無滅湛若虛空一切衆生平等共有與一切法不一不異離一切相無有分別故名本來自性清淨涅槃（梵語涅槃華言滅度）

二有餘依涅槃 謂煩惱之障雖滅尚餘欲界五陰之身而爲所依故名有餘依涅槃（五陰者色陰受陰想陰行陰識陰也）

三無餘依涅槃 謂煩惱既盡所餘五陰之身亦滅故名無餘依涅槃

四無住處涅槃 謂不住生死不住涅槃窮未來際利樂有情故名無住處涅槃

華嚴四分（出法寶標目）

一信分 謂第一會菩提場中說世主妙嚴品至毘盧遮那品名舉果勸樂生信分蓋舉揚如來依正二報難思之果勸勵當機聞而樂欲生其淨信故名信分（梵語菩提華言道梵語毘盧遮那華言徧一切處依正二報者身爲正報國土是依報也）

二解分 謂第二會普光明殿說十信法第三會忉利天宮說十住法第四會夜摩天宮說十行法第五會兜率陀天宮說十回向法第六會他化自在天宮說十

地法第七重會普光明殿說十定等法名脩因契果生解分蓋進脩六位之圓因契證十身之妙果令生勝解故名解分十信者信心念心精進心慧心定心不退心護法心回向心戒心願心也十住者發心住治地住脩行住生貴住方便具足住正心住不退住童真住法王子住灌頂住也十行者歡喜行饒益行無嗔恨行無盡行離癡亂行善現行無著行尊重行善法行真實行也十回向者救一切衆生離衆生相回向不壞回向等一切佛回向至一切處回向無盡功德藏回向隨順平等善根回向隨順等觀一切衆生回向真如相回向無縛解脫回向法界無量回向也十地者懽喜地離垢地發光地焰慧地難勝地現前地遠行地不動地善慧地法雲地也十定者普光大三昧妙光大三昧次第遍往諸佛國土大三昧清淨深入行大三昧知過去莊嚴藏大三昧智光明藏大三昧了知一切世界佛莊嚴大三昧衆生差別身大三昧法界自在大三昧無礙輪大三昧也六位者十住十行十回向十地等覺妙覺也十身者菩提身願身化身力持身相好莊嚴身威勢身意生身福德身法身智身也

三行分　謂第八會普光明殿普賢說離世間一品具二千行法名託法進脩成行八蓋於差別因果之法既生解已今乃寄託前法攝解成行隨舉一行六位頓脩故名行分二千行法者即普慧菩薩二百問普賢菩薩二千答是也

四證分　謂第九會逝多林說入法界品名依人證入成德分蓋由前大行既具隨事顯理而善財童子歷事善知識隨所見聞無不證入故名證分梵語逝多華言勝林

四種教授出瑜伽師地論

一無倒教授　謂不顛倒宣說法義令其受持讀誦脩學是名無倒教授

二漸次教授　謂稱其根機宣說法義先教習小後令入大是名漸次教授

三教教授　謂或從如來或從佛弟子所聞正教即如其教不增不減教授他人是名教教授

四證教授　謂自己所證之法爲欲令他得

證方便教授是名證教授

四種授記（出菩提資糧論）聖言說與曰授果與心期曰記

一未發菩提心授記 謂諸佛世尊觀諸衆生根機利鈍其有具增上信者佛則令其發菩提心而爲授記當得作佛是名未發菩提心授記（梵語菩提華言道增上猶增勝也）

二共發菩提心授記 謂諸菩薩善根成熟得增上行但欲度脫一切衆生同諸衆生共發菩提心誓願同成正覺蒙佛授記是名共發菩提心授記

三隱覆授記 謂此人脩行精進固當授記恐其自聞授記則志滿足不復更發精進之心如不授記復恐衆人生疑而謂此人脩行精進不蒙授記故佛以威神之力密爲授記當得作佛使他人聞不使其自聞是爲隱覆授記

四現前授記 謂諸菩薩成熟出世善根得不動地即時蒙佛授記是爲現前授記

四種眞實義（出菩薩善戒經）

一世流布眞實義 謂世間之法悉同其名衆生見地即言是地見火即言見火終不言是水是風至於見苦終不言樂見樂終不言苦雖假名立相而稱認皆同是爲世流布眞實義

二方便流布眞實義 謂世間有智之人先以心意籌量隨宜方便造作經書論議開導於人是爲方便流布眞實義

三淨煩惱障眞實義 謂聲聞緣覺以無漏道破諸煩惱結業得無礙智是爲淨煩惱障眞實義

四淨智慧障眞實義 謂佛菩薩於聲聞緣覺所得無礙之智以能障中道之理不能顯發故名智慧障今佛菩薩斷此之障則中道之理

自然顯現是爲淨智慧障眞實義

四種對治（亦名四道出阿毘達磨俱舍論）對即敵對治即攻治譬如人有此病即用此藥治之故名對治

一厭患對治 謂衆生見欲界生死之苦煩惱惑業之集深生厭惡起大加行脩於聖道對治苦集故名厭患對治

二斷對治 謂衆生知一切煩惱惑業能招生死之苦於是脩無間道斷除惑業故名斷對治（無間道者觀道相續無有間斷也）

三持對治 謂從無間道後起解脫道則能攝持所斷煩惱不令更起故名持對治（解脫道者不繫名解自在名脫謂解脫一切惑業之縛也）

四遠分對治 謂從解脫道後起勝進道能令所斷之惑永永遠離故名遠分對治（勝進道者猶增進之意也）

同教說聽四句（出華嚴經疏）同教者謂會三乘歸一乘也（三乘者聲聞乘緣覺乘菩薩乘也）

一唯說無聽 謂佛眞心外無別衆生以衆生眞心即佛眞心故故所說教唯佛所現是名唯說無聽

二唯聽無說 謂衆生心外更無別佛以佛眞心即衆生眞心故故所說教即衆生自現是名惟聽無說

三說聽雙全 謂佛眞心現時不礙衆生眞心現故是名說聽雙全

四說聽雙寂 謂佛即衆生故非佛衆生即佛故非衆生互奪雙亡則說聽雙寂故淨名經云其說法者無說無示其聽法者無聞無得是也

別教說聽四句（出華嚴經疏）別教者圓融具德異前諸教

一唯說無聽 謂衆生全在諸佛心中故則果門攝法無遺故所說教唯佛所現是名惟說無聽

二惟聽無說 謂佛全在

衆生心中故則因門攝法無遺故所說教即衆生心中自現是名唯聽無說**三說聽雙存**謂生佛互在則因果交徹故衆生心中之佛爲佛心中之衆生說法佛心中之衆生聽衆生心中之佛說法是名說聽雙存**四說聽雙寂**謂衆生全在佛則同佛非生佛全在衆生則同生非佛兩相形奪二位齊融則佛心中之衆生無聽衆生心中之佛無說是名說聽雙寂

起信四覺（出起信論）**一本覺**謂一切衆生自性清淨心源離於妄念即寂而照等虛空界無所不徧法界一相即是如來平等法身故名本覺**二相似覺**謂圓教十信位中由始覺之功見思麤惑既已斷竟尚餘無明細惑未破所覺之理非眞本覺唯得名爲相似故名相似覺（十信者信心念心精進心慧心定心不退心護法心回向心戒心願心也）**三隨分覺**謂圓教十住十行十回向十地等覺位中分破無明之惑故得分分是眞本覺故名隨分覺（十住者發心住治地住修行住生貴住方便具足住正心住不退住童眞住法王子住灌頂住也十行者歡喜行饒益行無嗔恨行無盡行離癡亂行善現行無著行尊重行善法行眞實行也十回向者救一切衆生離衆生相回向不壞回向等一切佛回向至一切處回向無盡功德藏回向隨順平等善根回向隨順等觀一切衆生回向眞如相回向無縛解脫回向法界無量回向也十地者歡喜地離垢地發光地焰慧地難勝地現前地遠行地不動地善慧地法雲地也）**四究竟覺**謂圓教極果妙覺位中無明之惑既盡本覺之體全彰得心見性心即常住是名究竟覺

四德處（出成實論）論云若近善人則聞正法聞正法已則具四德處**一慧德處**謂由聞正法生大智慧故名慧德處**二實德處**謂以是

智慧見眞諦空故名實德處**三捨德處**謂見眞空即得離諸煩惱故名捨德處**四寂滅德處**謂煩惱盡故心得寂滅故名寂滅德處

四法施（出寶積經）法施者謂如來以此四法施諸衆生令依此法脩證不起邪見也**一一切萬物皆歸無常**謂衆生愚惑不知世間有情無情等物悉皆有生有滅有成有壞畢竟無常而反計有常如來說法爲斷此計故曰一切萬物皆歸無常**二一切所有悉爲苦毒**謂衆生愚惑不知五陰等法是衆苦之本計想有樂如來說法爲斷此計故曰一切所有悉爲苦毒（五陰者色陰受陰想陰行陰識陰也）**三一切諸法皆無有我**謂衆生愚惑不了一切法空計著有我如來說法爲斷此計故曰一切諸法皆無有我**四一切有形悉至於空**謂衆生愚惑不知一切有形相者終歸於空反計爲有如來說法爲斷此計故曰一切有形悉至於空

四無記（出宗鏡錄）謂不能記別當來之果又於善惡法中無所記別故名無記**一能變無記**謂第八識心王是無記性與心所五法相俱則能變現色等一切境界而無所分別故名能變無記（五法者一作意二觸三受四想五思是名徧行五法即第八識心所法也）**二所變無記**謂根身種子器世間三類之境皆由本識之所變現以此三境無分別性故名所變無記**三分位無記**謂於不相應行中假無記法立諸分位由此諸法不屬善惡不與心相應不與色相應無所記別故名分位無記**四勝義無記**

謂虛空無爲非擇滅無爲有勝義故而無所作爲故名勝義無記虛空無爲者謂眞空之理不爲惑染之所障礙也非擇滅無爲者聲聞之人證果之後諸惑不復續起自然契悟眞空之理不假揀擇也

賴耶四分出翻譯名義

梵語阿賴耶華言藏識謂第八識能含藏一切善惡種子而有此四分之義焉

一相分 相即形相有三種一境相名相謂此識能與根心而爲境界故二相狀名相謂世間有爲之法皆有相狀惟是此識之所變現故三義相名相即能詮教下所詮義理之相亦是此識之所變現故此之三相通名相分根心者謂眼識耳識鼻識舌識身識意識也

二見分 見即照了之義有五種一證見名見即根本智見分是也二照燭名見此通根心俱有照燭義故三能緣名見即通內三分俱能緣故四念解名見以念解所詮義理故五推度名見即比量心推度一切境故此五種見通名見分根本智者即第八識也內三分者即見分自證分證自證分也

三自證分 自證者自證所具之法也謂此識能持見分相分以能親證自見分故緣於相分不謬是名自證分

四證自證分 證即能證之體自證即所具之法謂能持前自證分見分相分即是此識之本體以能親證自證分故緣見分不謬是名證自證分

四種意識出宗鏡錄

四種意識不出三境一性境二帶質境三獨影境性境者謂意識與眼耳鼻舌身五識同緣五塵初心取境未有分別是名性境意識於五塵境上分別方圓長短好惡以有塵相可分別故是名帶

質境意識不與五識同緣而獨緣法塵謂緣過去未來變現之相或緣空華水月等相以無境可對是名獨影境也（五塵者色塵聲塵香塵味塵觸塵也）

一定中獨頭意識 謂意識獨緣定境不與五識同緣而無一切塵境作對是名定中獨頭意識

二散位獨頭意識 謂意識不緣五塵之境但散亂徧計諸法或緣空華水月等諸色相或緣過去現在未來一切諸法此非定中又非夢境是名散位獨頭意識

三夢中獨頭意識 謂不對諸塵而於夢中見種種境界此亦心王性境變現而有諸相是名夢中獨頭意識

四明了意識 謂意識依五根與五識同緣五塵明了取境好惡長短悉皆現前是名明了意識

識境四相（出金剛經論） 謂衆生於此四法不了虛假而於心識之境妄生邪見執著取相故名識境四相

一我相 謂衆生於五陰法中若即若離計我我所之實是名我相（五陰者色陰受陰想陰行陰識陰也若即若離者謂計即陰是我離陰是我也我我所者我即假名我所即五陰也）

二人相 謂衆生於五陰法中妄計我是人我生人道異於餘道是名人相

三衆生相 謂衆生於五陰法中妄計色受想行識衆共而生此身是名衆生相

四壽者相 謂衆生於五陰法中妄計我受一期壽命或長或短是名壽者相（一期者謂從生至死也）

四緣（出大智度論）

一因緣 謂六根爲因六塵爲緣也如眼根對於色塵時識即隨生餘根亦然是名因緣（六根者眼根耳根鼻根舌根身根意根也六塵者色塵聲塵香塵味塵觸塵法塵也）

二次第緣 謂心心所法次第

無間相續而起名次第緣心心所法者心即心王心所即受想行也此心王心所對於諸塵念念不停是名次第相續也【三緣緣】謂心心所法由託緣而生還是自心之所緣慮名爲緣緣託緣者謂依託色聲香味觸法之緣也【四增上緣】謂六根能照境發識有增上力用諸法生時不生障礙名增上緣諸法生者謂根塵相對則有一念心起名諸法生不生障礙者根塵相對之時隨對隨起悉無所障礙也

四相約位出圓覺經畧疏

四相即生住異滅也此之四相乃是本覺心源無明初起一念之相而有四種之別以其細微難見故約信住行向地等覺妙覺從淺至深次第覺了麤細分齊之相以明之此之四法起則從生至滅覺則從滅至生故以滅異住生而爲次第也【一十信覺滅相】十信覺滅相者謂菩薩脩行證此信位則能覺了心中念念滅相分齊也十信者信心念心精進心慧心定心不退心護法心回向心戒心願心也【二三賢覺異相】三賢覺異相者三賢即十住十行十回向也謂菩薩脩行證此三賢位則能覺了心中念念異相分齊也異者變異也十住者發心住治地住脩行住生貴住方便具足住正心住不退住童真住法王子住灌頂住也十行者歡喜行饒益行無嗔恨行無盡行離癡亂行善現行無著行尊重行善法行真實行也十回向者救一切衆生離衆生相回向不壞回向等一切佛回向至一切處回向無盡功德藏回向隨順平等善根回向隨順等觀一切衆生回向真如相回向無縛解脫回向法界無量回向也【三十聖覺住相】十聖覺住相者十聖即十地也謂菩薩脩行證此十聖位則能覺了心中念念住相分齊也住者現起未滅之心也十地者懽喜地離垢地發光地焰慧地難勝地現前地遠行地不動地善慧地法雲地也【四位滿覺生相】位滿覺生相者位滿即佛位果滿也謂大菩薩脩行滿足證佛果位則能覺了

心中一念初生之相分齊也

四種頌（出華嚴經疏）

一阿耨窣覩婆（窣蘇骨切）梵語阿耨窣覩婆，華言頌。謂此頌不用長行與偈，但字數滿三十二字即爲一頌也。（長行者即經中散文也）

二伽陀 梵語伽陀，華言諷頌，或名不頌。頌謂不頌長行也，或名直頌，謂直以偈說法也。

三祇夜 梵語祇夜，華言應頌，謂應前長行而頌也。

四縕馱南 梵語縕（音蘊）馱南，華言集施，謂以少言攝集多義，施令他人誦習受持也。

四聖言（出阿毘達磨集異門足論）

四聖言者，聖正也，即正直之言也。

一不見言不見 謂眼識所受，眼識所了，則可言見；若實眼識未受未了，則不可言見，是名不見言不見。

二不聞言不聞 謂耳識所受，耳識所了，則可言聞；若實耳識未受未了，則不可言聞，是名不聞言不聞。

三不覺言不覺 謂鼻覺香，舌覺味，身覺觸也。若鼻識、舌識、身識所受所了，則可言覺；若實三識未受未了，則不可言覺，是名不覺言不覺。

四不知言不知 謂意識所受，意識所了，則可言知；若實意識未受未了，則不可言知，是名不知言不知。

四種尋思（出阿毘達磨集論）

一名尋思 謂於諸法之中推求一切名字皆悉不實，是爲名尋思。

二事尋思 謂於諸法之中推求五陰等事生滅無常皆悉不實，是爲事尋思。（五陰者，色陰、受陰、想陰、行陰、識陰也）

三自體假立尋思 謂於諸法能詮名字及所詮義理中推求自體，惟是假立名言，皆悉不實，是爲自體假立尋思。

四差別假立尋思 謂於諸法能詮之中推求

差别惟是假立名言皆悉不實是爲差别假立尋思

眞空觀四句（出華嚴經隨疏演義鈔）眞空者法界之理也依理而觀故名眞空觀

一會色歸空 會即融會色即根身世界也謂根身世界本是眞如一心與生滅和合而有今觀此色都無實體歸於眞心之空故云會色歸空（根者謂眼等諸根身即色身也）

二明空即色 明即明了謂了眞空之理不異於色色無自性不異於空故云明空即色

三色空無礙 謂色之體全是眞空眞空之體不異於色若色是實色即礙於空空是斷空即礙於色今既色是幻色故不礙空空是眞空故不礙色故云色空無礙

四泯絶無寄 泯即亡泯絶即寂絶寄猶依也謂所觀眞空之理不可言即色是空亦不可言離色是空空不空皆不可得非言思所及亦無所依故云泯絶無寄

共不共四變（出宗鏡録）問云本識變現根身器世間等爲是自變爲是共變答有四種不同也（本識即藏識也）

一不共中不共變 謂如眼等五根唯自已第八識中最初一念託父母遺體時變現名不共出胎之後唯自已受用復名不共如眼識惟依眼根而發乃至身識唯依身根而發不相混雜是爲不共中不共變

二不共中共變 謂内浮塵根初唯自已第八識變現名不共變生已後他人亦有受用之義復名爲共是爲不共中共變（浮塵根者謂眼耳等諸根皆由色香味觸四塵所成故名浮塵楞嚴經云眼如蒲萄朶等是也他人受用者謂自已浮塵根能見之境他根亦能見而亦得同受用）

也

二共中共變 謂如山河大地由多人之識同所變現名之爲共變已亦與一切同用復名爲共是名共中共變

四共中不共變 謂如已田宅不與人共又如一水人見是水餓鬼見是猛火膿血等物是名共中不共變

四榮（亦名凡夫四倒出涅槃經并宗鏡錄）四榮者佛於拘尸那城娑羅雙樹間入滅東西南北各有雙樹每面雙樹一榮一枯故名四榮四枯以表凡夫二乘常無常等八倒也此四榮正表凡夫四倒而言榮者以凡夫由此四倒增長惑業有榮茂之義故名四榮也（梵語拘尸那華言角城梵語娑羅華言堅固樹間入滅者謂雙樹中間用表非常非無常即中道也二乘者聲聞乘緣覺乘也）

一非常計常 謂凡世間一切有爲等事皆悉無常虛幻不實豈能長久凡夫妄計是常即成常顛倒

二非樂計樂 謂世間五欲之樂皆是受苦之因凡夫不了妄計爲樂即成樂顛倒（五欲者色欲聲欲香欲味欲觸欲也）

三非我計我 謂此身皆因四大假合本無有我若一大是我三大應非我若四大俱是我應有多我畢竟是誰爲我故知我不可得凡夫不了於自身中强作主宰妄計爲我即成我顛倒（四大者地大水大火大風大也）

四不淨計淨 謂已身他身具有五種不淨凡夫不了妄生貪著執以爲淨即成淨顛倒（五種不淨者種子不淨住處不淨自體不淨外相不淨究竟不淨也）

四枯（亦名二乘四倒出涅槃經并宗鏡錄）四枯者表二乘四倒也所言枯者以二乘觀無常苦空無我等則煩惱有朽滅不生之義故名爲四枯也（二乘者聲聞乘緣覺乘也）

一常計無常 常者即法身常

住之義無常者即變異也謂聲聞緣覺爲無明之惑所覆於如來常住法身中妄計有變異相是爲無常顛倒

二樂計非樂　樂者即涅槃清淨之樂非樂者即苦義謂聲聞緣覺爲無明之惑所覆於如來涅槃清淨樂中妄計是苦是爲非樂顛倒

三我計無我　我者即佛性真實之我也無我者謂佛性中無有我也謂二乘爲無明之惑所覆不了無我法中而有眞我故於佛性眞我之中妄計無我是爲無我顛倒

四淨計不淨　淨者即是如來常住之身非雜食身非煩惱身非血肉身非是筋骨纒縛之身不淨者二乘爲無明之惑所覆但觀世間一切諸色皆爲不淨不了如來常住之淨是爲不淨顛倒

四種性行（出佛本行集經）

一自性行　經云若諸菩薩本性已來賢良質直順父母教信敬沙門及婆羅門善知家內尊卑親疎恭敬承事無失具足十善復更廣行其餘善業是名菩薩自性行（梵語沙門華言勤息梵語婆羅門華言淨行十善者不殺不盜不邪婬不妄語不兩舌不惡口不綺語不貪欲不嗔恚不邪見也）

二願性行　經云若諸菩薩發如是願我於何時當得作佛十號具足是名菩薩願性行（十號者一如來二應供三正徧知四明行足五善逝六世間解無上士七調御丈夫八天人師九佛十世尊也）

三順性行　經云若諸菩薩隨順脩行六波羅蜜是名菩薩順性行（梵語波羅蜜華言到彼岸謂脩布施持戒忍辱精進靜慮智慧六度之行到涅槃彼岸是爲六波羅蜜也）

四轉性行　經云如我供養然燈世尊依彼因緣讀誦經典轉凡成聖是名菩薩轉性行（如我者釋迦如來自謂也）

四不可說 出金光明經玄義拾遺記 涅槃經中明四教之理但可智證不可言說以其理本無說故也 四教者藏教通教別教圓教也

一生生不可說 生生者能生所生也謂根塵相對是爲能生由此根塵相對之時一念心起分別好惡是爲所生即心法也能所兼言故名生生此是藏教所詮實有生滅之法法雖生滅理本無言故云不可說也

二生不生不可說 生者即前根塵相對所生之法也不生者了此所生之法當體即空也既達所生之法本空故云生不生也此是通教所詮之理理本無言故云不可說也

三不生生不可說 不生者即眞空之理也生者從空出假而起度生之用也此言別教之人於十住位中脩習空觀了法無生故云不生而又不住於空復於十行中而脩假觀起十界度生之用故復云生也此是別教所詮之理理本無言故云不可說也 十住者發心住治地住脩行住生貴住方便具足住正心住不退住童眞住法王子住灌頂住也十行者歡喜行饒益行無嗔恨行無盡行離癡亂行善現行無著行尊重行善法行眞實行也十界者佛界菩薩界緣覺界聲聞界天界人界阿脩羅界畜生界地獄界也

四不生不生不可說 謂理本不生事即理故事亦不生是名不生不生又惑體本空故不生智用亦泯故不生是名不生不生又無因可脩故不生無果可證故不生是名不生不生此是圓教所詮之理理本無言故云不可說也

翻譯四例 出翻譯名義

一翻字不翻音 翻字不翻音者謂如諸呪字是此方之字音是彼土之音是也

二翻音不翻字 翻音不翻字者

謂如卍字以此方萬字之音翻之而卍字之體猶存梵書是也**三音字俱翻**音字俱翻者謂諸經文音與字二者皆就此方言音字體翻之是也**四音字俱不翻**音字俱不翻者謂西來梵夾音與字二者未經此方翻譯是也

阿難四問（出涅槃經後分）佛將入滅語阿難大衆言我滅度後汝當精勤教誡我諸眷屬早求出離此生空過後悔無追時阿難聞佛語已悲哽嗚咽舉體迷悶時阿泥樓豆安慰阿難曰如來滅度時至今日則有明旦則無汝依我語諮啓四問阿難問已佛言汝致四問爲最後問大能利益一切世間汝等諦聽吾當爲說（梵語阿難華言慶喜梵語阿泥樓豆又名阿㝹樓䭾即阿那律華言如意謂於過去九十一劫天人之中受如意樂故名如意）

一佛滅度後惡性車匿云何共住佛答言車匿比丘其性鄙惡我滅度後汝當依我教法調伏其心捨本惡性不久自當得證道果（車匿無翻西域記云正音闡鐸迦亦釋種太子出家令車匿牽揵陟揵陟馬名譯云納）

二佛滅度後我等以何爲師佛答言汝問以何爲師者當知尸波羅戒是汝大師依之脩行能得出世甚深定慧（梵語尸波羅華言戒）

三佛滅度後我等依何法住佛答言汝問依何法住者當知依四念處嚴心而住一觀身性相同於虛空名身念處二觀受不在內外不住中間名受念處三觀心但有名字名字性離名心念處四觀法不得善法不得不善法名法念處一切比丘應當依此四念處住（觀受者受即領納之義謂眼耳鼻舌身意六根領納色聲香味觸法六塵之境也不在內外者心不在六根名內不在六塵名外根

（慶之中名爲中閒）

四一切經初當安何語 佛答言汝問一切經初當安何語者當知如來滅後結集法藏一切經初當安如是我聞一時佛住某方某處與某等大衆而說是經

化儀四教（出天台四教儀）化儀者如來出世一代化物之儀式也

一頓教 謂不談小乘直說大法故名頓教即華嚴經也

二漸教 漸即漸次有漸初漸中漸末之不同謂如來初於鹿苑破斥邪法建立正教專爲二乘此名漸初即阿含經也次於方等會上彈斥二乘小機令其歸向大法此名漸中即淨名等經也後於般若會上廣談空慧之法淘汰二乘執小之情會一切法皆歸大乘此名漸末即般若經也如是自浅至深次第而進故名漸教（二乘者聲聞乘緣覺乘也）

三秘密教 謂如來不思議智慧神通之力能令大衆同會聽法所聞各異彼不知此此不知彼隱密赴機故名秘密教

四不定教 不定者謂如來不思議智慧神通之力能令聽法之衆或聞小法而證大果或聞大法而證小果彼此相知得益不定故名不定教

化法四教（出天台四教儀）化法者佛化衆生之方法也

一藏教 藏即含藏之義謂經律論各含一切文理故名藏教

二通教 謂通前藏教通後別圓故名通教（通前藏教者謂此教鈍根菩薩雖觀無生四諦但證眞空之理與前藏教是同也通後別圓者謂此教利根菩薩證眞空之理時能於眞空了達不空即入後之別教若知空不空具一切法即入後之圓教也）

三別教 別即隔別不同之義謂別前藏通別後圓教故名別教（別前藏通者謂此教獨被菩薩不涉二乘所脩也別後圓教者謂此教所談法門行相隔歷次第而不圓融也）

四圓教

圓即不偏之義謂此教所詮中道之理性相圓融事理無礙法法具足故名圓教

龍樹四教 出華嚴經隨疏演義鈔

龍樹論師乃西天第十三祖嘗立四教判釋經論故云龍樹四教也

一有門 謂阿含小乘等經說一切因果之法悉皆實有是爲有門 梵語阿含華言無比法

二空門 謂大品般若等經說眞空實相之理蕩除衆生情執是爲空門 梵語般若華言智慧

三亦有亦空門 謂深審等諸大乘經說有談空互相無礙是爲亦有亦空門

四非有非空門 謂中論等說一切法皆即空之有是非有即有之空是非空互泯互融即第一義是爲非有非空門

苑公四教 出華嚴經疏

苑公唐賢首藏法師弟子也因寶性論有四種衆生不識如來藏遂立四教焉 四種衆生者一凡夫二聲聞三辟支四初心菩薩也

一迷眞異執教 謂諸外道凡夫迷於眞性廣起異計故云迷眞異執教

二眞一分半教 謂聲聞辟支二人於眞如隨緣不變二分義中但得隨緣不得不變故名一分於隨緣分中唯說生空所顯之理不說法空故名爲半合而言之故云眞一分半教 隨緣不變者即眞如之理隨染淨緣變造諸法而其本體則不變易也生空即人空也

三眞一分滿教 謂初心菩薩但得不變不得隨緣故名一分於不變分中雙辯二空之理故名爲滿合而言之故云眞一分滿教 二空者人空法空也

四眞具分滿教 謂菩薩由具隨緣不變二分之義顯眞實理識如來藏故云眞具分滿教

曉公四教 出華嚴經疏

唐元曉法師海東新羅人

來此弘宗亦立四教判釋諸經故稱曉公四教焉【一三乘別教】謂如四諦緣起經等聲聞緣覺菩薩三乘之所共學於中二乘未明法空即是別相故云三乘別教【二三乘通教】謂如般若深密經等聲聞緣覺菩薩三乘之所共學於中說諸法空即是通相故云三乘通教【三一乘分教】謂如梵網經等菩薩不與二乘共學名爲一乘於中未顯法之周普名爲隨分故云一乘分教【四一乘滿教】謂如華嚴經等其中具明法界之理圓融周普故云一乘滿教

四不生（出中論）　龍樹菩薩造中觀論云因諸外道計一切法或從自生或從他生或從自他共生或從無因生故說偈破云諸法不自生亦不從他生不共不無因是故知無生【一不自生】自即六根謂根塵相對則有一念心起若無所對六塵則一念之心畢竟不生故名不自生（六根者眼根耳根鼻根舌根身根意根也六塵者色塵聲塵香塵味塵觸塵法塵也）【二不他生】他即六塵謂雖有六塵若無六根相對則一念之心亦畢竟不生故名不他生【三不共生】謂六根六塵和合名之爲共前云不自生則是根不能生又云不他生則是塵不能生根塵各各既不能生根塵相共又焉得生故名不共生【四不無因生】謂不因根塵而生也既離根塵則一念心無有生處故名不無因生

四種問答（出十住毘婆沙論）【一定答】謂決定以實答也如一比丘問佛云色受想行識常不變異否佛答言無有色受想行識常不變異

蓋言五陰之法本空實非常不變異是名定答梵語比丘華言乞士五陰者色陰受陰想陰行陰識陰也**二分別答**謂分別果報而答也如梵志問佛云人作身口意業受何果報佛答言若作苦業即受苦報若作樂業即受樂報若作不苦不樂業即受不苦不樂報是名分別答梵語梵志華言淨裔**三反問答**謂反問於他而使其答也如先梵志問佛已佛言我還問汝隨汝意答色是如來否受想行識是如來否梵志答曰非也佛又問云離色受想行識是如來否梵志又答言非也蓋如來之法不即五陰不離五陰梵志不達故皆答言非也是名反問答**四置答**謂棄置而不答也如外道或計世間常世間無常世間亦常亦無常世間非常非無常世間有邊世間無邊世間亦有邊亦無邊世間非有邊非無邊又計如來滅後有如來滅後無如來滅後亦有亦無如來滅後非有非無然如來實無此理凡若此問佛皆置而不答是名置答

四病出圓覺經疏

一作病作者即生心造作之謂也謂若有人言我於本心作種種行欲求圓覺彼圓覺性非作得故說名爲病**二任病**任者即隨緣任性之謂也謂若有人言我等今者不斷生死不求涅槃任彼一切欲求圓覺彼圓覺性非任有故說名爲病**三止病**止者即止妄即眞之謂也謂若有人言我今永息諸念寂然平等欲求圓覺彼圓覺性非止得故說名爲病**四滅病**滅者即寂滅之謂也謂若有人言我今永滅

一切煩惱身心根塵虛妄境界一切永寂欲求圓覺彼圓覺性非滅相故說名爲病

大四相（出大乘起信論疏）　大四相者此就始終一期受報而言也（一期者謂從生至死也）

一生相　謂一念托胎十月滿足此身即生是爲生相

二住相　謂既出胎已住於世間是爲住相

三異相　謂少則顏紅體潤老則髮白面皺是爲異相（皺側救切）

四滅相　謂業盡命終身亦壞滅是爲滅相

小四相（出大乘起信論疏）　小四相者此就一念而論也

一生相　謂以根對塵一念心生是爲生相（根即眼耳鼻舌身意六根也塵即色聲香味觸法六塵也）

二住相　謂一念之心暫爾相續是爲住相

三異相　謂一念之心初後不同是爲異相

四滅相　謂塵境既忘心念亦滅是爲滅相

光宅四乘（出華嚴經疏）　光宅者梁光宅寺雲法師也立四乘教謂臨門三車爲三乘即權教也四衢所授大白牛車爲第四乘即實教也

一羊車　謂聲聞之人以析空觀觀於生滅四諦破見思煩惱證眞諦理得離三界生死如乘羊車出於火宅故法華經云爲求羊車出於火宅是也（析空觀者謂於五陰等法觀察分析離共著心也四諦者苦諦集諦滅諦道諦也三界者欲界色界無色界也）

二鹿車　謂緣覺之人以析空觀觀十二因緣生滅破見思煩惱覺了眞諦之理得離三界生死如乘鹿車出於火宅故法華經云爲求鹿車出於火宅是也（十二因緣者一無明二行三識四名色五六入六觸七受八愛九取十有十一生十二老死也）

三牛車　謂三藏教菩薩發四弘誓脩六度行化導衆生同出三界生死究竟至於眞空涅槃如乘

牛車出於火宅故法華經云爲求牛車出於火宅是也（三藏者經藏律藏論藏也四弘誓者衆生無邊誓願度煩惱無數誓願斷法門無量誓願學佛道無上誓願成六度者一布施二持戒三忍辱四精進五禪定六智慧也梵語涅槃華言滅度）

四大白牛車 謂大乘菩薩以圓融三觀觀於諸法實相之理頓破無明煩惱而成一切種智如乘大白牛車至於寶所故經云有大白牛肥壯多力行步平正其疾如風是也（三觀者空觀假觀中觀也一切種智者佛智也寶所者喻實相之理也）

生公四輪（出華嚴經隨疏演義鈔）

生公者即羅什法師之弟子也立此四輪者輪有摧滅之義能摧滅衆生惑業而超出三界也（三界者欲界色界無色界也）

一善淨法輪 謂脩五戒十善之法摧滅四惡趣業而得天人果報是爲善淨法輪（五戒者不殺不盜不邪婬不妄語不飲酒也十善者不殺不盜不邪婬不妄語不兩舌不惡口不綺語不貪欲不嗔恚不邪見也四惡趣者脩羅趣餓鬼趣畜生趣地獄趣也）

二方便法輪 謂脩四諦十二因緣方便之道而證二乘之果是爲方便法輪（四諦者苦諦集諦滅諦道諦也十二因緣者一無明二行三識四名色五六入六觸七受八愛九取十有十一生十二老死也）

三眞實法輪 謂脩中道實相之觀摧滅無明煩惱之業而證一乘佛果是爲眞實法輪

四無爲法輪 謂脩三德妙觀摧滅五住煩惱而證涅槃無爲之果是爲無爲法輪（三德者法身德般若德解脫德也五住煩惱者見惑爲一住思惑分三住塵沙無明惑合爲一住因此五者住著三界故名住也）

文義四用（出法華文句記）

一有文有義常人用之 謂凡立言立論有文字可證據有義理可依憑此尋常之人皆能用故云常人用之

二無文有義智人用之 謂凡立言立論雖無文字可證據而有義理可依憑此唯智者

能用故云智人用之【三有文無義暗者用之】謂凡立言立論雖有文字可證據而無義理可依憑此暗昧之人不明義理而强自用故云暗者用之【四無文無義迷者用之】謂凡立言立論既無文字可證據又無義理可依憑此愚迷之人不了文義而强自用故云迷者用之

大明三藏法數卷第十

大明三藏法數卷第十一

上天竺前住持沙門一如等奉　勅集註

四衆（出法華文句）

一發起衆　發起衆者開端發起之衆也謂激揚發動使如來有所說使大衆有所聞乃至發起問答等是也

二當機衆　當機衆者當座之機衆也謂宿植德本緣合時熟不起于座聞即得道也（植者種也德本者衆善之根本也）

三影響衆　影響衆者謂古往諸佛菩薩隱其圓極之果示同機衆匡輔法王如影之隨形響之應聲又如衆星遶月雖無作爲而有大益也（佛梵語具云佛陀華言覺菩薩梵語具云菩提薩埵華言覺有情匡者正也輔者助也言古佛菩薩隱大現小而來匡輔釋迦法王也）

四結緣衆　結緣衆者謂結聞法因緣之衆也蓋由過去根淺三慧不生現世雖見佛聞法而未能獲益但作未來得度因緣也（三慧者聞慧思慧脩慧也）

四行衆（行者乘也出翻譯名義）

一聲聞　謂聞佛聲教依四諦法修道證真是名聲聞（四諦者苦諦集諦滅諦道諦也）

二緣覺　謂稟佛教法觀十二因緣覺真諦理是名緣覺（十二因緣者一無明二行三識四名色五六入六觸七受八愛九取十有十一生十二老死也）

三菩薩　菩薩梵語具云菩提薩埵華言覺有情謂自行成就則能覺悟一切有情衆生是名菩薩

四佛　佛梵語具云佛陀華言覺覺具三義一者自覺謂悟性真常了惑虛妄二者覺他謂運無緣慈度有情衆三者覺行圓滿謂歷劫脩因行滿果圓是名爲佛（無緣慈者謂無心攀緣一切衆生而能自然現益也）

人四依（出法華玄義）

依即依止也謂從五品位至等覺菩薩堪爲世間衆生之所依止能令

衆生聞法開解脩行證果故名人四依(五品位者隨喜品讀誦品說法品兼行六度品正行六度品也)

五品十信爲初依 五品十信皆圓教位次也謂此位之人觀慧明了達如來秘密之藏能令衆生聞法開解脩行證果而可依止故爲初依也(十信者信心念心精進心慧心定心不退心護法心迴向心戒心願心也)

十住爲二依 十住亦圓教位次也謂此位之人惑破理顯功用轉深能令衆生聞法開解脩行證果而可依止故爲二依也(十住者發心住治地住脩行住生貴住具足住正心住不退住童真住法王子住灌頂住也)

十行十迴向爲三依 十行十迴向亦圓教位次也謂此位之人無明漸盡利祐轉深能令衆生聞法開解脩行證果而可依止故爲三依也(十行者懽喜行饒益行無瞋恨行無盡行離癡亂行現前行無著行尊重行善法行真實行也十迴向者救一切衆生離衆生相迴向不壞迴向等一切佛迴向至一切處迴向無盡功德藏迴向隨順平等善根迴向隨順等觀一切衆生迴向真如相迴向無縛解脫迴向法界無量迴向也)

十地等覺爲四依 十地亦圓教位次也等覺者去後妙覺位猶有一等故名爲等勝前諸位故稱爲覺即最後心菩薩也謂此菩薩漸盡無明之源將滿圓極之果勝用具足能令衆生聞法開解脩行證果而可依止故爲四依也(十地者懽喜地離垢地發光地焰慧地難勝地現前地遠行地不動地善慧地法雲地也)

菩薩四事入於法門(出大寶積經)

一入禪思門 謂菩薩說法開導衆生必先入定思惟觀其根器或大或小大者即說大法小者即說小法方便隨宜稱機合道是爲入禪思門

菩薩(菩薩梵語具云菩提薩埵華言覺有情)

二入智慧門 謂菩薩說法以智慧照了於諸章句義理通達無

礙悉令一切衆生悟解明了破諸癡暗生法喜心是爲入智慧門【三入總持門】謂菩薩入諸善法持令不忘遮諸惡法持令不生於諸衆生運大慈與樂之心即持善也起大悲拔苦之心即遮苦也是爲入總持門【四入辯才門】謂菩薩於諸佛法之義分明決了辯說無礙開發一切衆生之心令得皆入正道是爲入辯才門

菩薩四淨（出菩薩善戒經）【一身淨】謂菩薩斷除惑業身器清淨成無上道生滅自在是名身淨（菩薩梵語具云菩提薩埵華言覺有情）【二緣淨】謂菩薩爲攝化衆生故現種種神通出没自在諸緣無礙是名緣淨【三心淨】謂菩薩脩習梵行離諸煩惱於一切法不生取著之心是名心淨【四智淨】謂菩薩善知世間出世間之法得清淨智無有罣礙是名智淨

四種自在（出大乘莊嚴經論）【一得無分別自在】謂菩薩住第八不動地即捨一切功用之行得無功用法於一切法遠離一切分別之想而得自在故名得無分別自在（不動地者以無生智慧捨於三界性無動移故也）【二得刹土自在】謂菩薩住不動地深心清淨於諸刹土亦得清淨出生自在故名得刹土自在（刹梵語具云刹摩華言土田即國土也）【三得智自在】謂菩薩住第九善慧地得無礙智慧演說諸法稱理自在故名得智自在（善慧者謂已得真如之體顯發真如妙慧也）【四得業自在】謂菩薩住第十法雲地於諸煩惱業縛悉能通達更無障礙故名得業自在（法雲地者謂菩薩以大慈悲普覆一切衆生如雲之普覆萬物也）

四無所畏（出大智度論）無所畏有二種一佛無所

畏二菩薩無所畏令此四無所畏皆言菩薩也蓋菩薩具諸智慧明了決定而於衆中說法則無恐畏之相故名無所畏菩薩梵語具云菩提薩埵華言覺有情

一能持無所畏 能持者謂菩薩聞一切法常能受持憶念不忘故於衆中說法得無所畏也

二知根無所畏 知根者謂菩薩知一切衆生諸根利鈍隨其所應而爲說法故於衆中說法得無所畏也

三決疑無所畏 決疑者決剖一切衆生之疑難也謂凡有一切來難問者菩薩悉能如法剖決而答故於衆中說法得無所畏也

四答報無所畏 答報者以言辭應答酬報其所問也謂凡一切衆生聽受問難菩薩悉能隨意如法而答故於衆中說法得無所畏也

四事勝 出地持經

一根勝 謂菩薩根性聰利勝於一切聲聞緣覺是名根勝菩薩梵語具云菩提薩埵華言覺有情

二道勝 謂菩薩以慈悲心脩行六度既自度已復能度脫一切衆生勝於聲聞緣覺但能自度不能度他是名道勝六度者一布施二持戒三忍辱四精進五禪定六智慧也

三巧便勝 謂菩薩善巧方便悉能了知一切諸法勝於聲聞緣覺但能了知五陰等法是名巧便勝五陰者色陰受陰想陰行陰識陰也

四果勝 謂菩薩脩因滿足即證佛果菩提勝於聲聞緣覺所證之果是名果勝梵語菩提華言道

菩薩行有四難 出華嚴經疏

一背已利世難 謂脩菩薩行者其心專爲利益一切衆生而無一毫爲已之念非如世人但求自利而不能利他是爲背已利世難菩薩梵語具云菩提薩埵華言

覺有情**二行相唯苦難**謂脩菩薩行者不樂世間種種欲樂愛護身命唯爲利益衆生以滿本願脩行苦行是爲行相唯苦難**三處經諸有難**謂脩菩薩行者其心但爲利益衆生諸有苦處無不經歷示現出生代受其苦是爲處經諸有難**四時劫無量難**劫梵語具云劫波華言分別時節華梵雙稱故名時劫謂脩菩薩行者唯求無上佛果兼脩利他之行所經時劫不可限量是名時劫無量難

大乘四果出大乘莊嚴經論　大乘者謂通教中菩薩於當教中對聲聞緣覺小乘故得稱爲大乘也四果者本是聲聞所證果位今菩薩歷於十地脩行證果亦有淺深始終不同故借小乘四果之位以區別之是名大乘四果十地者歡喜地離垢地發光地焰慧地難勝地現前地遠行地不動地善慧地法雲地也**一初地生如來家是須陀洹果**梵語須陀洹華言入流又云預流謂菩薩入初乾慧地時斷惑證理即是證佛所證故云生如來家因借聲聞初果以區別之故云是須陀洹果**二八地得授記是斯陀含果**梵語斯陀含華言一來謂菩薩於第八辟支佛地中蒙佛授記而得作佛因借聲聞第二果以區別之故云是斯陀含果辟支梵語具云辟支迦羅華言緣覺**三十地得受職是阿那含果**梵語阿那含華言不來謂菩薩於第十佛地中而得受如來職猶如別圓二教等覺之位因借聲聞第三果以區別之故云是阿那含果**四佛地是阿羅漢果**梵語阿羅漢華言無學又云無生佛地即通教中

果佛也菩薩已斷見思習氣俱盡而得成佛因借聲聞第四果以區別之故云是阿羅漢果

四種聲聞 出法華文句

一決定聲聞 謂其久習小乘之法故今聞小乘教而得證果既證小果之後再不進求大乘之法是名決定聲聞

二退菩提聲聞 梵語菩提華言道謂此聲聞本是菩薩曾發菩提之心積劫脩道忽因疲厭生死退失大心而證小果是名退菩提聲聞 劫梵語具云劫波華言分別時節

三應化聲聞 應謂應現化即變化謂此聲聞本是諸佛菩薩內秘真實之行外現聲聞之身而能引接前之二種聲聞歸於大乘及廣化衆生令入佛道是名應化聲聞

四增上慢聲聞 謂自得增上之法而輕慢於他此種聲聞厭惡生死欣樂涅槃因脩戒定慧之道少有所得便謂證果此即未得謂得未證謂證是名增上慢聲聞 梵語涅槃華言滅度

聲聞四果 出金剛經疏

一須陀洹果 梵語須陀洹華言入流又名預流即初果也謂此人斷三界見惑盡預入聖道法流故名入流 三界者欲界色界無色界也

二斯陀含果 梵語斯陀含華言一來即第二果也謂此人於欲界九品思惑中斷前六品盡後三品猶在須更來欲界一番受生故名一來 思惑者謂眼等五根對色等五塵心起貪愛迷惑不了也九品者於上中下三品中又各分三品也

三阿那含果 梵語阿那含華言不來即第三果也謂此人斷欲界後三品思惑盡更不來欲界受生故名不來

四阿羅漢果 梵語阿羅漢華言無學即第四果也謂此人斷色界

無色界思惑盡四智已圓已出三界已證涅槃無法可學故名無學四智者我生已盡梵行已立所作已辦不受後有也梵語涅槃華言滅度出成實論并法華玄義

四向法華玄義

一須陀洹向梵語須陀洹華言入流謂此人將入須陀洹道未至本位不稱爲果但稱爲向言其從此向初果也

二斯陀含向梵語斯陀含華言一來謂此人將入斯陀含道未至本位不稱爲果但稱爲向言其從此向第二果也

三阿那含向梵語阿那含華言不來謂此人將入阿那含道未至本位不稱爲果但稱爲向言其從此向第三果也

四阿羅漢向梵語阿羅漢華言無學謂此人將入阿羅漢道未至本位不稱爲果但稱爲向言其從此向第四果也

羅漢四智出涅槃經

一我生已盡謂阿羅漢斷見思惑盡更不受三界生死故云我生已盡梵語阿羅漢華言無學見思惑者謂意根對法塵起諸分別名見惑眼等五根對色等五塵起諸貪愛名思惑也三界者欲界色界無色界也

二梵行已立梵行即淨行也謂阿羅漢由戒定慧之行成就得證此果故云梵行已立

三所作已辦謂阿羅漢本求出離三界脩諸梵行生死既盡梵行既立故云所作已辦

四不受後有謂阿羅漢生死惑業既盡更不受後世之身故云不受後有

四種變易出成唯識論變易者因移果易故名變易謂脩一分之因即感一分之果此從變易生死一種中開出後之三種也

一變易生死謂菩薩以無漏智力斷其麤惑所感殊勝細異熟果以因移果易而爲生死故

名變易生死（漏即漏落生死今言無漏者謂菩薩依大智慧而脩不漏落生死故名無漏智麤惑即塵沙等惑也）二不思議身　謂菩薩以無漏定力及以願力身所示現妙用難測故名不思議身　三意成身　謂聲聞緣覺菩薩以無漏定力於十方世界隨其意願成身故名意成身　四變化身　謂聲聞緣覺菩薩以無漏定力於十方世界變現其身故名變化身

四加行（亦名四善根出析玄記）此四通言加行者謂此行人欲求見道革凡成聖遂起煖等四心脩四諦觀以定資慧加功用行故名四加行見道即初果須陀洹也（四諦者苦諦集諦滅諦道諦也）

一煖加行　煖者從喻得名謂如人以木鑽火火雖未出先得煖相譬此加行位中以智慧火燒煩惱薪雖未得無漏之智已得智火之前相故名煖加行（無漏者謂不漏落三界生死也）

二頂加行　頂者謂觀行轉明在煖之上如登山頂觀矚四方悉皆明了故名頂加行（觀矚四方者謂觀四諦也）

三忍加行　忍有二義一者印可義謂於此位中即能印可四諦之理謂苦諦實是苦乃至道諦實是道也二者決定義謂此善根決定無退故名忍加行

四世第一加行　謂此位中觀四諦理雖未能證而於世間最勝故名世第一加行

滅盡定與無想定四義不同（出宗鏡錄）滅盡定者謂受想心滅出入息盡身證此定能斷見思煩惱而證聖果無想定者謂能於定中心想不起如氷魚蟄虫不能斷惑證入聖果故此二定有四種勝劣之義也（見思即見思二惑也謂意根對法塵起諸分別名見惑眼等五根對色等五塵起諸貪愛名思惑也）

一約得人異　謂羅漢聖人由受想心滅而證滅盡之定外道凡夫由妄計無想以爲至道而證無想之定此之二定有世間出世間之不同故云約得人異也（受想者受謂領受想謂想像即五陰中之二也）

二祈願異　謂入滅盡定者則息諸想念斷除貪愛之心唯求出世功德入無想定者則妄計心無想慮以爲解脫唯求世間樂果故云祈願異也

三感果不感果異　謂無想定是有漏業能感無想天果報滅盡定是無漏業不感三界生死果報故云感果不感果異也（三界者欲界色界無色界也）

四滅識多少　謂滅盡定既滅第六識已兼能滅第七識染分無想定但滅第六識分別之見而諸邪見則未能盡斷故云滅識多少也（第六識即意識第七識即傳送識又云執我識染分者我癡我見我慢我愛之四惑也）

四種沙門（出瑜伽師地論）　梵語沙門華言勤息謂勤行衆善止息諸惡也

一勝道沙門　謂稟佛出家能滅貪瞋癡等煩惱得證勝道是名勝道沙門

二說道沙門　謂已調伏貪瞋癡等煩惱而能宣說正法爲令衆生入於佛道是名說道沙門

三壞道沙門　謂破諸禁戒行諸惡法非是梵行自稱梵行是名壞道沙門

四活道沙門　謂能調伏貪瞋癡等勤脩正行所有善法堪能生長智慧命根是名活道沙門

四種僧（出十輪經）

一勝義僧　謂諸佛世尊及諸菩薩緣覺聲聞等衆其德尊高於一切法通達無礙而得自在是名勝義僧

二世俗僧　謂剃除鬚髮被服袈裟成就出家威儀能

持佛之禁戒是名世俗僧**三瘂羊僧**謂愚癡魯鈍不能了知根本等罪犯與不犯及於微小之罪不能發露懺悔是名瘂羊僧根本等罪即殺盜婬妄也**四無慚愧僧**謂若有人投佛出家得出家已於所受持佛之禁戒一切毀犯無慚無愧不畏後世苦果是名無慚愧僧

四種天出大智度論

一世間天謂世間國王雖居人世受享天福是名世間天**二生天**謂三界諸天因脩戒善等福兼習禪定得生此天是名生天三界者欲界色界無色界也戒善者即五戒十善也**三淨天**謂二乘之人因脩空觀斷見思惑淨盡是名淨天二乘者聲聞乘緣覺乘也見思惑者謂意根對法塵起諸分別名見惑眼等五根對色等五塵起諸貪愛名思惑也**四義天**謂十住菩薩善解諸法之義是名義天十住者發心住治地住脩行住生貴住具足住正心住不退住童真住法王子住灌頂住也

四禪變化出大智度論

變即轉變化即幻化謂此四禪諸天於五欲勝妙之境悉能次第種種變化也五欲者色欲聲欲香欲味欲觸欲也**一初禪天二變化**初禪天二變化者一者能於初禪天中變化二者能於欲界變化也**二第二禪天三變化**第二禪天三變化者一者能於二禪天中變化二者能於初禪天中變化三者能於欲界變化也**三第三禪天四變化**第三禪天四變化者一者能於三禪天中變化二者能於二禪天中變化三者能於初禪天中變化四者能於欲界變化也**四第四禪天五變化**第四禪天五變化者一者能於四禪天中變化二者能於三禪天中變化三者能於二禪天中變化四者

能於初禪天中變化五者能於欲界變化也

四天華梵（出法華文句）四天即四天王皆帝釋之外臣也又稱護世者以能護持世間故也（梵語釋提桓因華言能天主言帝釋者華梵兼舉也）

一提頭賴吒天王　梵語提頭賴吒又云提多羅咤華言持國謂能護持國土也亦云安民謂令人民悉得安隱也居須彌山東黄金山（梵語須彌華言妙高）

二毗留勒叉天王　梵語毗留勒叉又云毗流離華言增長謂能令自他善根增長也居須彌山南瑠璃山（梵語瑠璃華言青色寶）

三毗留博叉天王　梵語毗留博叉又云毗流波叉華言廣目謂以其目廣大過於人眼故也居須彌山西白銀山

四毘沙門天王　梵語毗沙門華言多聞謂福德之名聞於四方故也居須彌山北水精山

帝釋四苑（出阿毘達磨大毘婆沙論）梵語釋提桓因華言能天主言帝釋者梵華兼舉也須彌山頂是諸天所住之處有城名曰善現乃帝釋所都城有千門嚴飾壯麗中有殊勝殿種種妙寶具足莊嚴其城四隅有四臺觀金銀等寶所成甚可愛樂城外四面面各一苑形皆正方中央各有一如意池八功德水盈滿其中是彼諸天遊戲之處也（八功德水者一澄清二清冷三甘美四輕軟五潤澤六安和七飲時除飢渴等八飲已長養諸根也）

一衆車苑　謂帝釋諸天若欲遊玩隨天福德之力種種寶車於此苑中自然出現

二麤惡苑　謂帝釋諸天若欲鬬戰之時隨其所須甲仗等器於此苑中自然出現

三雜林苑　謂帝釋諸天若遊此苑於諸衆妙

之境所玩皆同俱生勝喜【四喜林苑】謂帝釋諸天若遊此苑極妙欲塵種種皆集歷觀遍覽喜樂無窮而不生厭

四輪王（出長阿含經）此四輪王長阿含經唯言金輪王有金輪寶現若據俱舍論則四王各有輪現也【一鐵輪王】大智度論以人壽一增一減爲一小劫謂人壽八萬四千歲時歷過百年壽減一歲如是減至十歲則止復過百年又增一歲如是增至二萬歲時有鐵輪王出獨領南閻浮提一洲諸國有不順化者王則現威列陣令其降伏然後於彼勸化人民脩十善道是名鐵輪王（劫梵語具云劫波華言分別時節梵語閻浮提華言勝金洲十善者不殺不盜不邪淫不妄語不兩舌不惡口不綺語不貪欲不瞋恚不邪見也）【二銅輪王】謂人壽增至四萬歲時有銅輪王出領東弗于逮及南閻浮提二洲諸國有不順化者王至彼國宣威布德令其歸順於是勸化人民脩十善道是名銅輪王（梵語弗于逮華言勝身）【三銀輪王】謂人壽增至六萬歲時有銀輪王出領東弗于逮南閻浮提西瞿耶尼三洲諸國有不順化者王至彼國威嚴所加即便臣伏於是勸化人民脩十善道是名銀輪王（梵語瞿耶尼華言牛貨）【四金輪王】謂人壽增至八萬四千歲時有金輪王出統領北鬱單越等四洲以十五日沐浴昇殿有金輪寶忽現於前輪有千輻光色具足若王欲往東方輪則東轉王乃將諸兵衆隨其後行金輪寶前又有四神引導輪所住處王即止駕南西北方隨輪所至亦復如是於四天下普勸人民脩十善道是名金輪王

梵語鬱單越華言勝處

輪王四德出樓炭經

一大富 謂轉輪王有珎寶田宅奴婢珠玉象馬衆多天下之人無有能及是爲第一德 二端正姝好 謂轉輪王端正姝好顏色無比天下之人無有能及是爲第二德 三無疾病 謂轉輪王常安隱無病天下之人無有能及是爲第三德 四長壽 謂轉輪王常安隱長壽天下之人無有能及是爲第四德

四主出法苑珠林

四主者謂世間無輪王應運之時贍部洲地有四主焉梵語贍部又云閻浮華言勝金 一東人主 人主之國風俗機變仁義昭明其地和暢多人故名人主 二南象主 象主之國人則躁烈多習異術亦能清心釋累出離生死其地暑濕宜象故名象主 三西寶主 寶主之國人無禮義惟重財賄其地臨海多産寶貝故名寶主 四北馬主 馬主之國人則獷暴情忍殺戮其地寒勁宜馬故名馬主

西域四姓亦名梵生四姓出翻譯名義

謂四種人妄計我從梵天而生故稱梵生婆羅門自計從梵天口生刹帝利自計從梵天臍生毗舍自計從梵天脇生首陀自計從梵天脚生以此貢高自謂第一實非第一也 一婆羅門 梵語婆羅門華言淨行或在家或出家世世相承以道學爲業自稱是梵天苗裔守道居貞潔白其操故謂之淨行 二刹帝利 梵語刹帝利華言田主爲世間大地之主即王種也 三毗舍 梵語毗舍亦云吠奢即商賈種也 四首陀 梵語首陀亦云戍陀羅

即農人種也

四王生八子（出釋迦譜）四王同出師子頰王各生二子故通有八子也【一淨飯王生二子】第一子梵語名悉達多華言頓吉以其生時諸吉祥瑞頓出現故即釋迦牟尼佛也第二子梵語名難陀華言善歡喜從初慕道爲名歡喜中勝故云善歡喜【二白飯王生二子】第一子梵語名調達華言天熱以其生時人天等衆心皆驚熱故也第二子梵語名阿難華言歡喜又云慶喜以其生時舉國欣慶故也從佛出家持三藏教（三藏者經藏律藏論藏也）【三斛飯王生二子】第一子梵語名摩訶男（無翻）從佛出家即於鹿苑中最初得度第二子梵語名阿那律華言無滅又云無貧從佛出家所謂天眼第一者是也【四甘露飯王生二子】第一子梵語名婆娑（無翻）第二子梵語名跋提華言小賢從佛出家即於鹿苑中最初得度是也

四輩（出翻譯名義）【一比丘】梵語比丘華言乞士乞是乞求之名士是清雅之稱謂出家之人上乞法以資慧命下乞食以資色身故名乞士【二比丘尼】梵語尼華言女佛初不度女人出家成道之後因姨母摩訶波闍波提懇求出家佛乃度之故名比丘尼（梵語摩訶波闍波提華言大愛道）【三優婆塞】梵語優婆塞華言清淨士謂雖在家能持五戒清淨自守又云近事男謂能持戒可親近承事諸佛法故名優婆塞（五戒者不殺不盜不邪婬不妄語不飲酒也）【四優婆夷】梵語優婆夷華言清淨女謂雖在家亦能堅持五戒清淨自守故名優婆夷

人四生（亦名四種生出法苑珠林）人四生者謂世間之人亦具卵胎濕化四種之生也

一卵生　卵生者謂依殼而出也婆沙論云昔有商人入海得一雌鶴遂生二卵卵漸濕熟生二童子端正聰明年長出家得阿羅漢大名世羅小名鄔波世羅是也（梵語阿羅漢華言無學）

二胎生　胎生者謂含藏而生也謂世間之人含藏於母胎之中滿足十月而生是也

三濕生　濕生者謂假濕而生也賢愚經云於過去世有大國王名曰善住其頂上欻生一皰（皮教切）後轉轉大便生童子顏貌端正即頂生王是也又經律異相云昔維耶離國有梵志家種一柰樹生一榴節節生一枝去地七丈杪生諸枝形如偃蓋即作棧（仕限切）閣登而視之見偃蓋中乃有池水有一女兒在池水中是也（梵語維耶離華言廣嚴梵語梵志華言淨裔）

四化生　化生者謂無而忽有也涅槃經云佛與四衆遊行有比丘尼名阿羅婆忽於地中化生又劫初人皆是化生是也（四衆者比丘比丘尼優婆塞優婆夷也）

四種人（出成實論）

一常沒　謂人不能脩習涅槃之法則不得出離生死大河故名常沒（梵語涅槃華言滅度）

二暫出還沒　謂人或生世間於信等五種善根不能堅固還復退失流轉生死故名暫出還沒（五種善根者信根精進根念根定根慧根也）

三出觀　謂人沒於生死之河而能隨順涅槃之法欲求出離如人既沒思欲得濟故先觀看方向故名出觀

四得度　謂人具足脩習涅槃之法則能截生死流到涅槃岸故名得度

四法不得菩提（出地持經）

一無善友　謂脩行之人雖有精進之心而無善友知識爲其說法開導終不能得佛果菩提也（梵語菩提華言道）

二謬受學　謂脩行之人雖值善友知識種種說法而稟性愚鈍於所受法錯謬領解亦不能得佛果菩提也

三不精進　謂脩行之人雖於受學之際不謬領解但自己懈怠不能勇猛精進則亦不得佛果菩提也

四不調伏　謂修行之人雖聞正法精進勤脩然善根未熟久遠已來不能調伏其心則亦不得佛果菩提也

四人果報（出法苑珠林）

一先苦後樂　謂或有人先生卑賤家衣食不充受諸困苦然心無邪見自念我於宿世不行布施不脩福德恒值貧賤即便懺悔改往所作脩於善行後生人中多饒財寶無所缺乏是名先苦後樂

二先樂後苦　謂或有人先生富貴之家衣食充足受諸快樂然心懷邪見不能布施脩福多造惡業後生地獄受種種苦若生人中貧窮醜陋無有衣食是名先樂後苦

三先苦後苦　謂或有人先生貧賤家衣食不充受諸逼迫復懷邪見習諸惡法後墮地獄受種種苦若生人中又極貧賤衣食不充是名先苦後苦

四先樂後樂　謂或有人先生富貴家多諸財寶受諸快樂復能敬重三寶布施脩福後生人天中恒受富貴多饒財寶稱意自在是名先樂後樂

四種業報（出法苑珠林）（三寶者佛寶法寶僧寶也）

一現報　現報者謂今生作極善極惡之業即於今生現受善惡之果

報也**二生報**生報者謂今生作善惡業來世身中受善惡果報也**三後報**後報者謂今身造業來世未受多生之後乃受果報也**四無報**無報者謂由無記業而受不善不惡之果報也（無記業者即不善不惡之業無所記憶故名無記）

四報定不定（出法苑珠林）四報定不定者又於前無報中開出四種也**一時定報不定**時即時節報即果報謂於三時決定不改由業有可轉故受報不定是名時定報不定（三時者謂現報生報後報也）**二報定時不定**謂業力定故報不可改然時有可轉故時節不定是名報定時不定**三時報俱定**謂由業報定故時節亦定是名時報俱定**四時報俱不定**謂由業不決定故時報亦不定也蓋因衆生之業有輕有重故受報之時有遠有近隨其因緣先後不定是名時報俱不定

四有（出宗鏡録）因果不忘曰有謂衆生作業感果果必由因因果相酬則有生死既有生死必有色身既有色身必經中陰輪轉不息則成四有（中陰者謂人初死之後未曾托生故名中陰）**一生有**謂從中陰來托母胎一念識心相續五蘊由此生起是名生有（五蘊者色蘊受蘊想蘊行蘊識蘊也）**二本有**謂已生之後未死之前於其中間所有五蘊色身是業報之本是名本有**三死有**謂本有之後中有之前五蘊業果色身一時壞滅是名死有**四中有**即中陰也謂已死之後未生之前於其中間識未托胎是名中有

四胎相（出阿毘達磨俱舍論）**一正知入不正知住出**謂轉輪王宿世曾脩廣大之福其業最勝但

知入胎不能正知住胎出胎也（正知猶明知也）

二正知入住不正知出 謂獨覺之人久習多聞其智最勝但正知入胎住胎不能正知出胎也

三俱正知入住出 謂菩薩曠劫脩行福德智慧俱勝故能正知入胎住胎出胎也

四俱不正知 謂六道衆生有情之類若福微薄者入母胎時或見大風大雨或衆聲威逼遂見已身入於密草稠林住在此中復從此出若福厚大者入母胎時自見已身或處妙好園林或居勝臺殿住在此中復從此出於入住出胎皆不能知也（六道者天道人道修羅道餓鬼道畜生道地獄道也）

五根有四事增上（出五事毘婆沙論）

五根者眼耳鼻舌身也增上猶增勝也

一莊嚴身 莊嚴端莊嚴飾也謂眼耳鼻舌莊嚴於身然後完美於此諸根若闕一者便成殘陋若不缺者全美增勝是爲莊嚴身也

二導養身 導養者導引資養也謂眼能見安危之色耳能聞美惡之聲鼻能嗅香臭之氣舌能甞甜苦之味如是等諸識於色聲氣味若好若惡皆能分別導引於身就好避惡令身增勝是爲導養身也

三生識 識即分別之義謂眼對色耳對聲鼻對香舌對味身對觸而能生於分別之識及相應法俱得增勝是爲生識也

四不共事 謂眼惟見色耳惟聞聲鼻惟嗅香舌惟甞味身惟覺觸如是諸根各有所用不相雜亂於本根相應之法自能增勝是爲不共事也

四增盛（出阿毘達磨毘婆沙論）

一壽量增盛 謂劫末時此贍部洲人壽減至十歲後復漸增展轉

增至八萬歲是名壽量增盛（劫梵語具云劫波華言分別時節梵語贍部又云閻浮華言勝金）**二有情增盛** 有情即衆生也謂劫末時此贍部洲惟餘萬人後復漸增展轉無數於劫增時其地廣博嚴淨人民淳善福德以其人民加衆是名有情增盛 **三資具增盛** 資具者資生之具也謂劫末時此贍部洲人民飢饉以稊稗等爲上妙食至劫增時安隱豐樂種種地味自然出生乃至穀果等類漸漸充足是名資具增盛 **四善品增盛** 善品者善人所脩諸道品也謂劫末時世間有情廣造十惡之業不脩善道至劫增時人民廣脩十善及諸道品是名善品增盛（十惡者一殺生二偷盗三邪婬四妄語五兩舌六惡口七綺語八貪欲九嗔恚十邪見也十善者不殺生不偷盗不邪婬不妄語不兩舌不惡口不綺語不貪欲不嗔恚不邪見也）

四力（出地持經）

一自力 謂世間之人宿有善種不假他人教誡而自能以精進勇猛之力發菩提心是名自力（梵語菩提華言道）**二他力** 謂世間之人或因他人教誡或因他事感動遂發菩提之心則是藉他之力是名他力 **三因力** 謂世間之人先世脩習大乘之法今因見佛及諸菩薩嘆說無上佛道遂發菩提之心是名因力 **四方便力** 謂世間之人於現世中親近善友知識聞其善巧方便說法遂發菩提之心是名方便力

四恩（出本生心地觀經）

一父母恩 經云父有慈恩母有悲恩蓋父母長養之恩廣大無比若有男女背恩不順死即墮於地獄餓鬼畜生若有男女孝養父母承順無違常爲諸天護念福樂無盡縱能一日三時割自身肉

以養父母尚未能報一日之恩也

二衆生恩

經云即無始來一切衆生輪轉五道於多生中互爲父母以互爲父母故一切男子即是慈父一切女人即是悲母以是因縁諸衆生類亦有大恩猶如現在父母等無差別也（五道者天道人道鬼道畜生道地獄道也）

三國王恩

經云國王福德最勝雖生人間得自在故於其國界山河大地盡屬國王一人福德勝過一切衆生之福又以正法治世能使衆生悉皆安樂若王國內一人脩善其所作福七分之中脩善之人自得五分國王常獲二分以依於王而得修善故也王若以善法化世諸天善神常來守護若有惡人而生逆心於須臾頃福自消滅命終當墮地獄脩受諸苦所以者何是諸衆生由不知國王恩故起諸惡逆得如是報若有人民能行善心敬輔仁王尊重如佛是人現世安隱豐樂所以者何一切國王於過去時曾受如來清淨禁戒常爲人王安隱快樂以是因縁違順果報其速如影隨形如響應聲也

四三寶恩

三寶即佛法僧可尊可貴名之爲寶經云三寶利樂衆生無有休息功德寶山巍巍無比福德甚深猶如大海智慧無礙等於虛空一切衆生由煩惱業障沉淪苦海生死無窮三寶出世作大船師能截愛流超昇彼岸故恩難報也

四恩（出釋氏要覽）

一國王恩

謂出家之人國王聽許方得出家又蒙治化之力無强弱陵逼之憂而得安居山林進脩道業兼復飲食

水土皆屬國王是為國王恩**二父母恩**謂稟父母遺體而得成人其生成養育之恩如天罔極復令出家進脩道業是為父母恩**三師友恩**謂出家之人蒙師剃度教誨授以經業及得善友講明妙道開發慧性是為師友恩**四檀越恩**梵語檀華言施謂出家之人凡所資身飲食衣服等物皆由施者供給遂得安身辦道是為檀越恩

四難（出法華經文句）

一值佛難謂衆生因無始惑業輪迴六道之中四趣不得見佛聞法固不在言設得人身若生在東西北三洲者佛不出現於彼皆不見佛得生南洲而或居邊地或著邪見佛雖出世如是等人亦不得見佛而況佛不常出值遇良難故經云諸佛與出世懸遠值遇難此舉人之值佛難也（六道者天道人道脩羅道餓鬼道畜生道地獄道四趣但除人天也）

二說法難謂如來出世本欲便說大乘之法蓋緣機器不純不得已而權說三乘之法委曲調停方堪入實所以歷四十餘年更三百餘會最後至於法華會上方顯真實故經云正使出於世說是法復難此舉大法之難說也

三聞法難謂一乘圓頓之法微妙甚深難解難入非利根上智之士聞則惑耳驚心生疑起謗如法華會上五千人等雖梵音盈耳猶乃退席而去故經云無量無數劫聞是法亦難此舉聞法難也

四信受難謂一乘圓頓之法唯談中道實相之理乃是果佛所證非彼三乘所知然如來出世直欲人人信受此法以致四十餘年漸次調停後至法華會上佛初為上

根之人作法說唯身子得悟次爲中根之人作譬喻說唯四大弟子得悟又次爲下根之人作宿世因緣說千二百聲聞方始得悟故經云能聽是法者斯人亦復難此舉信受難也（法說者作三乘一乘而說譬喻說者作三車一車而說故文句云上根已悟中下未了故須作喻還譬上法也宿世因緣者如爲陳如明繫珠緣而領解阿難引空王緣而授記之類四大弟子即須菩提迦旃延迦葉目揵連也）

四事不可久保（出出曜經）經云有一孤母而喪其子憂惱失意來白於佛佛即以此四事告之

一常必無常 世間之相一一無常假令萬劫之久鐵石之堅須彌之高大海之廣終爲無常之所壞滅是故常不可久保也（梵語須彌華言妙高）

二富貴必貧賤 世間之事盛必有衰盈必有虧此理之必然也蓋富貴雖命於天而理有不可常者故今之富貴安知異時而不貧賤故富之於貴亦不可久保也

三會合必別離 人之生世離必有會合必有離此理之自然而非人意之所能必故今之會合安知異時而不別離故會合亦不可久保也

四强健必死 人之處世生必有死此理之常是故年雖强健終歸壞滅豈山石空海之所可避耶是故强健亦不可久保也（山石空海者經云非空非海中非入山石間無有地方所脫之不受死是也）

四不可得（出諸經要集）佛告諸比丘世有四事不可得免古今已來天地成立無免此苦以斯四苦佛興于世令諸衆生咸得脫離（梵語比丘華言乞士）

一常少不可得 謂年幼之時髮黑齒白形貌光澤衆人瞻戴莫不愛敬一旦老耄頭白齒落短氣呻吟欲使常少不至

老者終不可得**二無病不可得**謂身體强健行步輕便一旦疾病伏著床枕不能動轉欲使常安無病終不可得**三長壽不可得**謂欲求長壽五欲自恣放心逸意將期永久無常卒至忽然命終欲求長壽終不可得（五欲者色欲聲欲香欲味欲觸欲也）**四不死不可得**謂父母兄弟妻妾子息歡娛笑樂意可常得無常卒至魂神獨逝欲求不死終不可得

四山（出別譯雜阿含經）佛在給孤獨園語波斯匿王云有大石山上連於天下連於地從東方來所歷之處卉木叢林有生之類悉皆摧碎南西北方亦復如是以此四山喻衆生老病死衰之四相也（梵語波斯匿華言勝軍）**一老山**謂人之老邁形色枯悴精神昏昧髮白面皺逮將不久則彼少年端美之相悉皆變壞如彼大山來時摧損於物不可免者故經言老山能壞一切壯年盛色也**二病山**謂人之四大不調或寒或熱生種種病能使身力疲敗精神減損如彼大山來時損一切物莫可避者故經言病山能壞一切强健也**三死山**謂人身殞命終四大諸根悉歸磨滅如彼大山來時萬物一時摧碎莫可禦者故經言死山能壞一切壽命也（四大者地大水大火大風大也）**四衰耗山**謂人之生迫於衰耗勢力既去貲財亦空名稱不聞志意消沮如彼大山來時損壞於物莫可逃者故經言衰耗之山能壞一切榮華富貴也

四種死（出阿毘曇毘婆沙論）**一壽盡財不盡死**謂如有人由宿業故報壽既短於現生中復不積善作福但經營生理多求財物其壽已盡

積蓄尚多是名壽盡財不盡死二財盡壽不盡死謂如有人不能經營生理少有財物壽雖未盡積蓄素無或因飢餓或由凍苦遂致於死是名財盡壽不盡死三壽盡財盡死謂如有人作短壽業又不能經營財物一旦壽盡其財亦盡是名壽盡財盡死四壽不盡財不盡死謂如有人廣作壽業廣作財業其財未盡其壽未盡以餘因緣忽遭横死是名壽不盡財不盡死

大明三藏法數卷第十一